Panini BOOKS

AUSSERDEM BEI PANINI ERHÄLTLICH

JONATHAN FRENCH: DIE GETEILTEN LANDE

Band 1: DIE GRAUEN BASTARDE

Band 2: DIE WAHREN BASTARDE

Band 3: DIE FREIEN BASTARDE

JONATHAN FRENCH

DIE WAHREN BASTARDE

— DIE GETEILTEN LANDE, BAND 2 —

Ins Deutsche übertragen von
Helga Parmiter

PANINI BOOKS

Bibliografische Information der Deutschen Nationalbibliothek
Die Deutsche Nationalbibliothek verzeichnet diese Publikation
in der Deutschen Nationalbibliografie; detaillierte bibliografische
Daten sind im Internet über http://dnb.d-nb.de abrufbar.

MIX
Papier | Fördert
gute Waldnutzung
FSC
www.fsc.org
FSC® C014496

Titel der englischen Originalausgabe:
»*The True Bastards – The Lot Lands – Book 2*« by Jonathan French,
published 2019 in the US by Crown, an imprint of the Crown Publishing
Group, a division of Random House LLC, New York.
Originally published by Ballymalis Press in 2016.

Umschlagsdesign: Duncan Spilling LBBG
Umschlagsfoto: © Larry Rostant

Deutsche Ausgabe 2023 Panini Verlags GmbH, Schloßstr. 76, 70176 Stuttgart.

Geschäftsführer: Hermann Paul
Head of Editorial: Jo Löffler
Head of Marketing: Holger Wiest (E-Mail: marketing@panini.de)
Presse & PR: Steffen Volkmer

Übersetzung: Helga Parmiter
Lektorat: Katharina Altreuther
Umschlaggestaltung: tab indivisuell, Stuttgart
Satz und E-Book: Greiner & Reichel, Köln
Druck: GGP Media GmbH, Pößneck
Gedruckt in Deutschland

YDLOTLA002

1. Auflage, April 2023,
ISBN 978-3-8332-4333-2

Auch als E-Book erhältlich:
ISBN 978-3-7569-9998-9

Findet uns im Netz:
www.paninicomics.de

PaniniComicsDE

Für Liza, meine Braut, furchtlos und bezaubernd.
Danke, dass du deinen Lebensunterhalt in deiner Unterwäsche verdienst, damit ich ihn in meiner verdienen kann.

1

»*NJELLOS*.«

»Nellus.«

»Nein, *Njellos*.«

»... Nielus.«

»Hartes *o* am Ende. Wie ›offen‹. *Njellos*.«

»Nielos.«

»Besser. Aber nicht ›nie‹. Schnell ›*nnn*‹. N-jellos.«

»Nn... nnn... n-jell-ose.«

»Versuch, das Wort nicht zu trennen. Es geht alles ineinander über. *Njellos*.«

»...«

»Noch mal.«

»Njelos.«

»Fast. Du musst ... nach den *l*s schnalzen. Es gibt einen Klang im Klang. *Njellos*.«

»Njellos.«

»Roll die *l*s.«

»Njellos.«

»Denk an das Schnalzen.«

»Njellos.«

»Erst rollen, dann schnalzen.«

»Njellos.«

»Du hast nicht gerollt.«

»Nyellos.«

»Du hast vergessen zu schnalzen.«

»FICK DAS MIT DEM VERDREHTEN, SCHEISSEVERSCHMIERTEN SCHWANZ EINES KEILERS!«

Augenweide schleuderte den Trümmerbrocken wutentbrannt von sich. Der Stein prallte gegen die anderen in der

Schubkarre und brachte sie aus dem Gleichgewicht. Die Ladung verrutschte. Honigwein versuchte instinktiv, mit beiden Händen die Griffe der Schubkarre zu packen und zu verhindern, dass sie umstürzte. Er bekam zwar den linken Griff zu fassen, aber der rechte schlug gegen seinen Stumpf, als das Gefährt kippte. Augenweide sah, wie ihr Sprachlehrer die Zähne vor Schmerz und Verlegenheit zusammenbiss, als er vor der kleinen Lawine, die ihren Zorn ausgelöst hatte, davontaumelte.

Die Arbeitsgeräusche verstummten und aller Augen richteten sich auf die Störung. Weide blaffte die nächstbesten Gaffer an.

»Bekir, Gosse! Kommt her und helft!« Die angesprochenen Schlammköpfe sprangen sofort herbei und waren dabei so schnell und gehorsam wie junge Hunde. »Der Rest von euch, zurück an die Arbeit! Und seid verdammt vorsichtig!«

Die Arbeiter widmeten ihre Aufmerksamkeit wieder dem Schutt unter ihren Füßen und klopften vorsichtig mit den Schaufeln dagegen.

Weide richtete die Schubkarre auf. Während Gosse und Bekir den umgefallenen Stein zurück in die Mulde schoben, ging sie auf Honigwein zu und holte tief Luft. »Es tut mir leid.«

»Schon gut, Häuptling«, sagte er, ohne ihr in die Augen zu sehen. Er hielt sich den Stumpf mit seiner verbliebenen Hand, sodass sie ihn nicht sehen konnte. Eine Lüge. Und sie wusste es. Sie wusste auch, dass es den Schmerz noch verschlimmern würde, wenn sie ihn bedrängte. Er hatte ihr einmal gesagt, dass es nur eins gäbe, was noch schmerzhafter sei als der Verlust einer Hand – zu vergessen, dass sie weg war.

Sie standen beisammen und schwitzten vor sich hin, ohne etwas zu sagen. Der Morgen war farblos und die Hitze der Sonne hatte sich noch nicht entfaltet. Allerdings sorgte nicht der Himmel über ihnen für ihre Schweißausbrüche, sondern die Felsen neben ihnen taten es. Die Ruinen der Brennerei schwelten noch immer vor Wut über ihren Niedergang. Es war schon über ein Jahr her, dass die große Festung zusammengestürzt war, doch die umgefallenen Steine spien ununterbrochen schwarzen Rauch in den Himmel.

Die Bastarde hatten in den ersten Wochen nach ihrem Untergang versucht, brauchbare Blöcke aus den Überresten ihrer ehemaligen Heimat zu retten, aber die verbrannten Trümmer waren nach wie vor so heiß, dass sie sich daran verbrannten. Es vergingen Monate, bis die oberste Schicht abgekühlt war. Dennoch blieb das Sammeln der Steine ein gefährliches Unterfangen. Die Dorfbewohner und die für die Tagesarbeit ausgewählten Schlammköpfe bahnten sich ihren Weg über die zerborstene Oberfläche des Hügels, verschoben den einen oder anderen Stein und beluden mühsam die Schubkarren, die am Fuß des Schutthaufens warteten. Die Schubkarren wiederum wurden in große Seilnetze entleert, die, wenn sie voll waren, hinter einem Gespann aus Keilern zurück nach Teilsieg geschleppt wurden.

Weide beobachtete die Mannschaften. Ihre Schultern und ihr oberer Rücken trieften und juckten unter ihrem Hemd, und ihre geflochtenen Locken lagen schwer auf dem Leinen. Fluchend raffte sie die Zöpfe zu einem festeren Bündel und steckte sie höher zusammen. Zum hundertsten Mal, seit sie Häuptling geworden war, erwog sie, sich die Haarfülle mit einer Schere abzuschneiden. Aber sie tat es nicht, weil sie nicht genau wusste, warum sie sie überhaupt hatte wachsen lassen. Vielleicht, weil es die abgeleisteten Tage im Amt anzeigte – ein lebendiges Zeugnis ihrer Zeit als Rottenmaster. Vielleicht gefiel es ihr auch einfach, dass es mehr von ihr gab, und sie wollte nicht bereitwillig zu weniger zurückkehren.

So oder so, bei dieser Hitze empfand sie die Frisur als eine verdammt nervige Eitelkeit.

»Sollen wir weitermachen?«, fragte sie Honigwein.

»Ich glaube, deine Geduld ist für heute erschöpft, Häuptling.«

Was Honigwein wirklich meinte, war, dass *sein* Geduldsfaden kurz vor dem Zerreißen war, aber Weide beschloss, ihn nicht zur Rede zu stellen. Ihn dazu zu verdonnern, ihr Unterricht zu erteilen, war Missbrauch genug. In der darauf folgenden Stille sah Honigwein schließlich auf und lächelte sie verständnisvoll an.

»Elfisch ist kompliziert. Aber du schaffst das schon.«

Augenweide nickte, wobei sie darauf achtete, nicht zu schnell wegzuschauen. Sie konnte Honigwein einfach nicht lange in die Augen sehen.

Scheiße.

Er war viel zu verknallt, um ein richtiger Aufseher zu sein.

Die Stille war noch schlimmer als die Hitze und zeigte mit dem Finger auf das ansteigende Unbehagen.

Gnädigerweise bewegte sich Honigwein zuerst und fuhr sich mit der Hand durch den gefiederten Haarstreifen, den er in der Mitte seines ansonsten rasierten Schädels trug. Diese elfische Vorliebe war einst die Quelle endloser Spötteleien und Sticheleien der anderen Bastarde gewesen, aber er hatte den Beschimpfungen getrotzt und trug die Haartracht der Sprossen mit der gleichen Leichtigkeit, mit der er ihre Sprache sprach. Augenweide wusste, wie glücklich sie sich schätzen konnte, ihn als eingeschworenen Bruder an ihrer Seite zu haben. Er war für seinen neuen Häuptling genauso unersetzlich wie er es für den alten gewesen war.

Natürlich hatte sich der Lehmmaster nie Gedanken darüber machen müssen, dass seine Männer sich zu leidenschaftlichen Küssen hinreißen lassen könnten ... der blöde Arsch.

»Tja«, sagte Weide seufzend, »ich mache dann wohl besser weiter.«

Honigwein nickte.

Weide schlenderte auf die Schlacke zu und riss unterwegs eine Schaufel aus dem Boden.

»Häuptling?«

Sie hielt inne und drehte sich um.

»Du *wirst* immer besser.«

Sie lachte auf. »Warum? Weil ich zu einer Sprosse fast akzentfrei ›danke‹ sagen kann?«

Honigwein schaute sie mit dem geduldig-beharrlichen Blick des Lehrmeisters an. »*Nyellos* bedeutet ›töten‹ – und nur in Bezug auf ein männliches Subjekt.«

Augenweide wischte sich mit ihrer staubigen Hand über den Mund, um einen Schrei zu unterdrücken. »Und in welcher Weise verbessere ich mich dann?«

»Dieses Mal hast du es immerhin geschafft, die Schubkarre *nicht* kaputtzumachen.«

Das Lächeln, das er dabei zeigte, war ansteckend.

»Na, das ist ja großartig«, sagte Augenweide zu ihm und lachte über sich selbst, als sie sich dem Trümmerhaufen näherte.

Eine ganze Weile überlegte sie, wie sie am besten hinaufsteigen sollte. Alle, die in den Überresten der Brennerei arbeiteten, hatten gelernt, den Haufen zu betreten, als wäre er eine wimmelnde Masse von Schlangen, und die sporadischen Dampfschwaden, die zwischen den Felsen hervortraten, machten es leicht, so vorzugehen. Da ihr keiner der unmittelbaren Ansätze gefiel, bewegte sich Weide um den Rand des Schutthaufens herum und fand schließlich eine Reihe größerer, solide aussehender Brocken, die in dem Schutthügel ruhten. Sie kletterte hinauf und sprang von einem zum nächsten, bis sie die raue Spitze der ehemaligen Außenmauer erreichte. Einen Steinwurf links von ihr befand sich eine Menschenkette, die Stücke der zerstörten Festung von Hand zu Hand den Hang hinunterreichten. Weide hatte den Einwohnern von Teilsieg diese weniger anstrengende – und weniger gefährliche – Aufgabe übertragen und überließ es ihren Mischlingen, die Ruinen zu durchsuchen, vielversprechende Objekte auszugraben und sie zu dem ersten Händepaar der Kette zu tragen.

Inmitten des Trümmerfelds entdeckte sie Abril, der mit einer Brechstange versuchte, eine große Platte zu verschieben. Die Distanz zwischen ihnen war nicht groß, aber Weide brauchte eine Ewigkeit, um ihn zu erreichen, wobei sie sich auf Zehenspitzen vorsichtig auf ihn zubewegte.

»Das solltest du nicht allein tun, Anwärter.«

Touro oder Petro oder jeder andere der älteren Schlammköpfe, der kurz vor einer Abstimmung über den Eintritt in die Bruderschaft stand, hätte weiterhin mannhaft mit der langen Eisenstange gerungen und sich geweigert, vor seinem Häuptling schwach oder inkompetent zu wirken. Nicht so Abril.

»Ich weiß«, sagte er, atmete erleichtert aus und stellte sofort seine Bemühungen ein. »Ich habe mit Gespür gearbeitet. Wir hatten sie beinahe angehoben, aber dann ist er ausgerutscht und ...« Er drehte sich um und setzte sich auf die Platte. Glänzende Haarlocken, aus denen Schweißperlen tropften, hingen ihm ins niedergeschlagene Gesicht. Andächtig rieb er den Stein neben seinem Bein. »Ich schätze, wir können immer wieder hierherkommen, um ihn zu besuchen.«

Weide verschränkte die Arme. »Gespür ist losgezogen, um Hilfe zu holen, nicht wahr?«

Abril streichelte weiter liebevoll die Platte. »Genau. Er hat mir Zeit gelassen, allein nach dem Schatz zu suchen.«

»Es gibt keinen Schatz, Abril.«

Er warf ihr einen hoffnungsvollen Blick zu. »Mein Apfel ist darunter gerollt.«

Weide schnaubte. Das war die unwahrscheinlichste Geschichte von allen. Sie stellte ihre Schaufel ab und bedeutete ihm, aufzustehen und ihr die Brechstange zu reichen. Obwohl Abril gerne den Hanswurst spielte, besaß er die angeborene Kraft und die beeindruckende Muskulatur eines Halb-Orks an der Schwelle zum Erwachsensein. Gemeinsam hebelten sie die Platte hoch und schoben sie zur Seite. Darunter kam ein mit zerbrochenen Steinen angefüllter Hohlraum zum Vorschein, die einfach handzuhaben sein würden. Weide ging in die Hocke, streckte eine Hand aus und senkte sie nach und nach auf die soeben freigelegten Trümmer hinab.

»Keine Hitze«, sagte sie erfreut.

»Auch kein Apfel«, erklang eine enttäuschte Antwort hinter ihr.

Sie erhob sich und klopfte Abril auf die Schulter. »Guter Fund, Schlammkopf. Lass uns anfangen, sie zur Kette zu bringen.«

»Alles klar, Häuptling.«

Abril wollte schon die Brechstange zur Seite legen, als ein Stein unter seinem Absatz wegrutschte. Er knallte den Eisenstab nach unten, um nicht auf den Hintern zu fallen – ein Reflex.

Dort, wo die Stange aufschlug, entwich kreischend ein Schwall Luft.

Weide war bereits in Bewegung. Sie hechtete zu dem jungen Mischling und warf ihn zu Boden. Beide stöhnten beim Aufprall, und erneut, als sie auf die zerklüfteten Steine stürzten. Weide hielt Abril fest in ihren Armen und rollte sich weg, als ein Geysir aus grünem Feuer nach oben schoss. Sie entkamen den Flammen, wälzten voneinander fort und rappelten sich auf die Knie hoch. Die höllische Hitze zwang Weide dazu, die Augen zu schließen und auszuatmen. Das Al-Unan-Feuer sprang als Säule in die Freiheit. Sie war dreimal so groß wie Weide selbst. Die leuchtende, smaragdgrüne Flamme hatte eine flüssige Konsistenz, spritzte auf die Steine und brannte weiter, als das Gebilde in sich zusammenbrach.

Weide konnte Abrils angestrengte Stimme, die zum Rückzug drängte, zwar hören, aber sie war abgelenkt. Das Feuer zog sie in seinen Bann. Diese zauberhafte Substanz, die die Brennerei und den verrückten Mischling, aus dessen Geist die Festung entsprungen war, zu Fall gebracht hatte. Selbst als Augenweide dort kniete und sich die gezackten Steine in ihre Knie gruben, wurde ihr bewusst, dass sie auf dem Grab des Lehmmasters saß und die Stichflamme sein Grabstein war.

Brenn in allen Höllen, du hasserfüllter alter Sack.

»Häuptling! Wir müssen weg!«

Endlich verweigerte Weide sich der Verlockung des Feuers und begann, davonzukriechen. Dabei zwang sie sich, umsichtig vorzugehen. Es war töricht, sich zu hastig zu bewegen. Überall gab es versteckte Stellen mit der schrecklichen Substanz, die nur darauf warteten, dass ein Steinschlag oder ein unvorsichtiger Arbeiter sie zum Ausbruch brachten, um von ihr verzehrt zu werden. Die Entzündung einer Stelle machte die anderen unruhig. Das Aufstampfen fliehender Füße konnte sie aufwecken – eine Lektion, die sie auf die harte Tour gelernt hatten.

Als Weide und Abril davonhuschten, ertönten die Warnhörner. Alle Arbeiter würden den Haufen verlassen. Weide konnte nur hoffen, dass sie daran dachten, nicht zu rennen. Sie spürte, wie ihr eigener Instinkt zu rennen immer stärker wurde, denn sie wusste, dass sich das gesamte Trümmerfeld jeden Moment entzünden konnte. Endlich erreichten sie die Böschung der eingestürzten Mauer und stiegen den Abhang hinunter. Sobald ihre Stiefel den Staub berührten, sprinteten Weide und Abril los und schlossen sich der kleinen Schar besorgt dreinblickender Gesichter an, die sich nur einen Katzensprung von der Ruine entfernt versammelt hatte.

»Ist jemand verletzt?«, fragte sie und bahnte sich rasch einen Weg durch das gute Dutzend Schlammköpfe und Dorfbewohner. Man antwortete ihr mit Kopfschütteln und gemurmelten Beteuerungen. Alle waren blass und gezeichnet von den Strapazen der beschwerlichen Flucht, aber niemand hatte Verbrennungen.

Honigwein ritt auf seinem Keiler vor und war sichtlich erleichtert, als sein Blick auf Augenweide fiel.

»Irgendwelche Verluste?«, erkundigte sie sich.

Er schüttelte den Kopf. »Bin einmal ganz drum herumgeritten. Alle haben es nach unten geschafft. Auch keine weiteren Ausbrüche, soweit ich das beurteilen kann.«

Alles gute Nachrichten, aber die Arbeit für diesen Tag und für die kommenden Wochen war beendet. Der Einschluss musste sich selbst ausbrennen. Selbst wenn das schnell ginge, wäre es töricht von Weide, ihre Leute zu früh zu dieser schlummernden Bestie zurückzubeordern. Sie brauchten Zeit, auch wenn es keine Opfer gegeben hatte. Die Nachricht von der Entzündung würde sich bis nach Teilsieg verbreiten, wo der Mann wartete, der durch das Feuer einen Fuß verloren hatte, und wo die Witwe des Gerbers, die keine Leiche zu begraben gehabt hatte, noch immer mit ihren drei Kindern lebte.

»Wir sind hier fertig«, verkündete Weide. »Honigwein, sag es den anderen. Lasst uns nehmen, was wir haben.«

Honigwein drehte Nyhapsánis Kopf herum und spornte die Sau an, um den Befehl auszuführen.

Der Weg nach Teilsieg war lang. Sie waren noch vor Sonnenaufgang zum Steinhaufen aufgebrochen, und jetzt war es erst Vormittag. Von den drei Keilergespannen, die zum Transport von Steinen mitgebracht worden waren, schleppte nur eines ein volles Netz. Weide ging mit dem Großteil des Arbeitsteams zu Fuß und verzichtete darauf, zu reiten. Die Schlammköpfe brauchten die Zeit im Sattel.

Das Dorf kam in Sicht.

Weide war immer wieder erstaunt darüber, wie fremdartig Teilsieg umgeben von einer Palisade aussah. Sie war hier aufgewachsen; der Ausblick auf die Olivenhaine und Weinberge, die das Buschland am Rande des Dorfes schmückten, war die Kulisse all ihrer Kindheitserinnerungen. Jetzt waren eben diese Weinberge verdorrt, die Haine von Heuschrecken zerfressen und vom Dorf durch eine flickenteppichartige Wand aus geraubtem Holz und geborgenem Schutt abgeschnitten.

Die wachhabenden Schlammköpfe sahen sie kommen. Das erbärmliche Tor öffnete sich. Als sie sich innerhalb der Palisade befand, drehte Augenweide den Kopf auf ihrem steifen Nacken hin und her, bis es knackte. Verdammt, sie war jetzt schon müde, und der Tag hatte gerade erst begonnen.

Ein dürres Kerlchen kam die Hauptstraße entlanggerannt und trug eine Hacke über den Schultern, als wäre sie ein Joch. Als der Junge sie sah, rannte er noch schneller.

»Zu spät zum Graben, Tel?«, rief Augenweide aus.

»Nein, Häuptling«, kam die Antwort. Die Füße des kleinen Schlammkopfs wurden nicht langsamer. »Iltis' Hacke ist kaputt. Er hat mich geschickt, um eine neue zu holen.«

»Dann aber schnell«, ermutigte Weide ihn.

Der junge Halb-Ork gehorchte und eilte zum Tor hinaus.

Augenweide wandte sich an ihre Mannschaft. »Schlammköpfe, geht vor und meldet euch bei Iltis am Graben. Abril! Vergiss nicht, dass du zur Patrouille eingeteilt bist.«

Die älteren Anwärter, alle außer Abril, drehten sich um und folgten Klein Tel. Die Männer von Teilsieg gingen weiter in die Stadt. Weide ließ sie gehen und schickte Honigwein los, um die Übergabe der Lieferung gesammelter Steine an den Steinmetz zu beaufsichtigen.

»Mach unsere Keiler fertig«, befahl sie Abril.

Während der Mischling grinsend zu den Ställen rannte, machte sie sich auf den Weg zum Waisenhaus.

Es war still in dem Gebäude, aber es herrschte nicht diese herrliche, ungewisse Stille schlafender Kinder, sondern eine aus dem Mangel geborene Stille, die auf der Not der Kleinen beruhte, die seit zu vielen Tagen nicht genug zu essen hatten. Eine Handvoll der jüngeren Findelkinder war wach und spielte stumm unter einem Tisch. Ganz gleich, welches Spiel es war, es wirkte beunruhigend und wie etwas, das aus Gewohnheit getan wurde. Es gab kein Lachen, keine Freudenschreie oder gar Gebrüll der Uneinigkeit; es waren fünf mürrische Kinder, keins älter als vier, die sich die Zeit vertrieben. In den umliegenden Betten schlummerten ihre älteren Kameraden weiter und hielten so die Hungerschmerzen in Schach. Zu Weides Zeiten wäre es hier niemals so ruhig gewesen. Halb-Ork-Kinder waren für ihre Rauflust bekannt.

Feger sah von ihren Näharbeiten auf, als Weide hereinkam, und legte sie beiseite, um ihr an der Tür entgegenzukommen.

»Distel schläft«, sagte sie leise. »Eins der Babys hat sie die ganze Nacht wachgehalten.«

Augenweide nahm das mit einem Nicken zur Kenntnis und musterte die Frau. Feger war der Inbegriff dessen, warum die Mischlinge die Menschen als Weichlinge bezeichneten. Selbst in besseren Zeiten, zu Zeiten der Grauen Bastarde, war sie immer ein Mädchen wie ein Weidenzweig gewesen. Alles an ihr – von ihrem Haar bis zu ihren Gliedmaßen, ihrer Nase –, alles war lang und dünn.

»Und du?«, erkundigte sich Weide. »Immer noch krank?«

»Nein«, antwortete die Frau. »Ich bin seit kurz vorm Morgengrauen fieberfrei. Ich bin gesund.«

Das war alles andere als offensichtlich. Die Müdigkeit stand Feger in dunklen Flecken unter die Augen geschrieben.

»Dann komme ich wieder, wenn Distel wach ist.«

Als Augenweide ging, starrten sie die Gesichter der Waisenkinder unter dem Tisch an; jedes Gesicht eine Maske herzzerreißender Gleichgültigkeit.

Sie marschierte zum nördlichen Rand der Stadt. Die meisten Gebäude entlang ihres Weges waren leer. Es hatte Gerüchte gegeben, dass jeder der eingeschworenen Brüder ein eigenes Haus für sich beanspruchen wollte, weil so viele unbewohnt waren. Augenweide hatte diese Idee im Keim erstickt und den Bastarden befohlen, sich im Schlafsaal der Winzer niederzulassen. Sie konnte es nicht gebrauchen, dass die Mitglieder ihrer Rotte in der ganzen Stadt verstreut waren, mit ihren Bettwärmern Haus und Hof spielten und die Disziplin zum Teufel ging.

Weide näherte sich dem, was einst der obere Stadtrand von Teilsieg gewesen war. Hier beschrieb die Palisade einen Bogen und umfasste ein großzügiges Stück flachen, offenen Bodens. Diese Fläche hatte das zur Verfügung stehende Holz bis an die Grenze ausgereizt, aber es war wichtig, dass ihre Keiler geschützt waren. Die Geräusche und Gerüche von zweihundert Barbaren wurden von der Brise herbeigetragen. Die abgerichteten Reittiere der Bastarde drängelten sich an der Tränke vor dem Stall, und ein paar Schlammköpfe kippten Eimer mit Küchenabfällen über die gierigen Schnauzen der lärmenden Tiere. Diese glücklichen Keiler kannten keine Rationierung und fraßen an einem Tag mehr als ihre Pfleger an drei Tagen, aber es wäre ein großer Fehler gewesen, sie schwächer werden zu lassen. Die Ferkel und Einjährigen waren fast genauso gut gefüttert, obwohl sie auf der Koppel schliefen. Auf dem angrenzenden Reitplatz saß Stummklotz rittlings auf einer jungen, kräftigen Sau, die gerade dabei war, sich an eine kontrollierende Hand an ihren Stoßzähnen zu gewöhnen. Das war die größte Herausforderung bei der Ausbildung eines Barbaren. Die Schweine hassten es, wenn man an ihren ausladenden oberen Stoßzähnen zog, vor allem, wenn sie in Bewegung waren.

Weide lehnte sich gegen den Zaun und beobachtete, wie Stummklotz das Tier durch eine Reihe von Kurven führte und den Druck auf die Sauenhebel allmählich erhöhte, bis die Sau eng am Zaun entlanglief. Der ehemalige unabhängige Reiter war ein Naturtalent, verlor nie die Geduld und wusste immer genau, wie weit er bei einem Schwein gehen konnte. Die Bastarde trainierten die Barbaren abwechselnd an den Hauern, wie sie es auch mit den Schlammköpfen machten, aber bald wurde klar, dass niemand mit den Ergebnissen von Stummklotz bei den Tieren mithalten konnte. Also übertrug Augenweide ihm die ständige Aufgabe, neue Reittiere auszubilden.

Als er sah, dass sein Häuptling wartete, hielt Stummklotz das Schwein an und hüpfte herunter. Für einen so großknochigen Mischling war er ausgesprochen agil. Die Sau trottete auf die andere Seite des Hofs und war für den Moment frei.

»Kommt die von der Stoßzahnflut?«, erkundigte sich Weide und deutete mit einer Kinnbewegung auf die Sau.

Stummklotz kam an den Zaun heran und nickte.

»Sie ist fast fertig«, kommentierte Augenweide mit nicht geringer Genugtuung.

Stummklotz hielt ein Paar schwielige Finger hoch.

Weide verstand und brummte. »Zwei Wochen. Kannst du es in zehn Tagen schaffen?« Sie senkte ihre Stimme. »Ich weiß, dass du und Honigwein es kaum erwarten könnt, Abrils Namen für die Bruderschaft vorzuschlagen, und es wäre eine Schande, wenn unser neuer Spross kein eigenes Reittier hätte.«

Unter seiner vorgewölbten Stirn verdrehte Stummklotz die

Augen nachdenklich nach oben und nickte, nachdem er das Ansinnen kurz abgewogen hatte.

»Gut. Wie sieht es mit den einjährigen Hauern aus? Ich würde gerne mehr Schlammköpfe auf Patrouille schicken können.«

Stummklotz stieß einen tiefen Seufzer aus und dehnte seinen ohnehin schon gewaltigen Oberkörper. Sein Blick wanderte zu einer kleineren Koppel, wo ein Trio quiekender, borstiger Biester getrennt von den anderen untrainierten Keilern eingepfercht war. Stummklotz sah Weide wieder an, verzog den Mund und hob seine Hand. Dann wippte er in abwiegelnder Geste ein paar Mal mit der offenen Handfläche nach unten.

Weide stieß ebenfalls einen enttäuschten Seufzer aus. »Das habe ich mir gedacht. Bleib dran. Aber lass dich nicht umbringen. Wenn ich zurückkomme, nehme ich mir vielleicht einen vor.«

Dies löste Stirnrunzeln und Kopfschütteln aus.

»Kein Grund, mich zu verhätscheln, Stummklotz. Hast du vergessen, was ich geritten habe?«

Wie aufs Stichwort kam Abril aus dem Stall und führte ein Reittier der Schlammköpfe und Weides gesattelten Keiler heraus.

Sie nickte dem Schlammkopf anerkennend zu, weil er den Zeitpunkt nicht besser hätte wählen können, und stieg auf. Der Barbar war einer der Ersten, die den Bastarden von den Hauern der Vorväter geschenkt worden waren, und das Tier war noch genauso wild wie seine früheren Herren. Schnaufend bockte der Keiler und warf sein Hinterteil herum, sodass Abril ein oder zwei Schritte zurückweichen musste. Es war immer dasselbe alte Spiel, und Weide hatte stets gewonnen. Sie packte beide Sauenhebel und rang den widerspenstigen Keiler in die Unterwerfung, wobei ihre Beine seinen Bauch eisern umklammerten. Der Keiler gab ein letztes widerwilliges Grunzen von sich und gab auf. Augenweide legte Wert darauf, ihren Reittieren keine Namen zu geben, aber die Bastarde hatten sich angewöhnt, diesen hier Schoßbesen zu nennen: »Das Einzige, was den Schoß des Häuptlings frei von Staub hält.« Sie hielten sich für schlau. Sie dachten auch, sie wüsste es nicht.

Sie hatte zu lange in der Rotte gelebt, um es nicht zu wissen, und zu lange, um den Namen nicht wirklich verdammt amüsant zu finden. Kluge Schwachköpfe, ihre Bastarde.

Abril war nun ebenfalls aufgesessen und wartete darauf, dass sie sie hinausführte.

»Was trödelst du hier herum, Schlammkopf?«, verlangte Weide zu wissen. »Du hast die gesamte Südstrecke zu patrouillieren, bevor es dunkel wird. Das ist eine gute Strecke für einen einzelnen Reiter. Du machst dich am besten auf den Weg.«

Abrils Gesicht strahlte vor Eifer. »Allein?«

»Versuch, nicht zu sterben.«

»Jawohl, Häuptling!«

Abril gab seinem Keiler die Sporen und ließ Weide in einer fast respektlosen Staubwolke zurück.

Sie nickte Stummklotz zu, gab ihrem Keiler einen kräftigen Tritt und ritt Abril hinterher.

Die am Eingang postierten Schlammköpfe zogen die Tore auf. Das dünne Gebälk sah so aus, als könne es nicht einmal der Kraft einer angreifenden Ziege standhalten. Teilsieg musste weiter befestigt werden. So gefährlich die Brennerei auch war, sie war eine Ressource, die die Bastarde nicht links liegen lassen konnten.

Schlangenschlupf kam gerade von der Patrouille zurück und drehte sich im Sattel um, als Abril mit einem aufgeregten Schrei an ihm vorbeischoss. Weide hatte ein gemächlicheres Tempo angeschlagen und hielt neben Schlange im Schatten des Tores an.

»Abril reitet allein, Häuptling?«, fragte er erfreut.

»Hast du einen Bericht für mich, Mischling?«, erwiderte Weide und sein Lächeln erstarb.

»Nichts von hier bis zur Lucia. Von Dickhäutern und allen anderen verdammten Dingen ist nichts zu sehen.«

»Immer noch kein Wild?«

Schlangenschlupf kratzte sich behäbig unter dem halben Umhang, der seinen linken Arm bedeckte. Die Sonne reizte die fleischigen Narben, die die gesamte Gliedmaße bedeckten – ein Andenken an eine Verbrennung, die er sich bei der Arbeit in den Öfen der Brennerei zugezogen hatte, als er noch ein Schlammkopf gewesen war. »Nicht einmal Spuren. Tut mir leid, Häuptling.«

Die Beunruhigung in seiner Stimme entsprach der in Weides Kopf.

»Vielleicht habe ich ja Glück«, sagte sie zu ihm. »Stell die Fässer auf, wenn du drinnen bist. Ich will, dass die Schlammköpfe Schießübungen mit der Armbrust machen.«

Schlange nickte. »Wird gemacht.«

Als jüngster Bastard, der erst vor einem halben Jahr vereidigt worden war, war er nicht die beste Wahl, um die Anwärter auszubilden, aber es gab nur wenige Alternativen.

»Und richte Honigwein aus, dass er bis zu meiner Rückkehr das Sagen hat.«

»Häuptling!«, salutierte Schlange.

Ihre Keiler trennten sich, und Weide ritt eine Runde um Teilsieg, um die Palisaden auf Schwachstellen zu untersuchen. Das ganze Ding sah verglichen mit der einstigen, einschüchternden Masse der Brennerei aus, als wäre es aus dünnen Zweigen geflochten. Die gesprengten Steine effektiv zu nutzen, ging nur langsam voran. Steinmetzwerkzeuge und Männer, die wussten, wie man sie benutzte, waren Mangelware. Die meisten geschickten Handwerker der Stadt hatten es vorgezogen, nach dem Untergang des Lehmmasters und seiner Festung nicht zurückzukehren. Holz war im Brachland von Ul-wundulas schon immer Mangelware gewesen. Glücklicherweise musste Weide die Öfen der Brennerei nicht mehr befeuern, und so war es ihr in den ersten Monaten als Häuptling gelungen, genug Holz für den Bau der Palisaden zu beschaffen. Die Rotte lebte hinter ihrem dürftigen Schutz und teilte sich den Platz mit den Menschen, die früher unter ihrem Schutz gestanden hatten. Teilsieg verdankte seine Existenz den Bastarden, und seine Bewohner hatten in diesem erbarmungslosen Land nur dank der schützenden Präsenz der nahe gelegenen Brennerei und ihrer Reiter überleben können. Jetzt waren die Brennerei ein Schlackenhaufen und die Bastarde kaum mehr als Hausbesetzer.

Aber Weide wollte verdammt sein, wenn sie untätige Hausbesetzer wären.

Die Arbeiten an dem Graben außerhalb des Walls waren so gut wie abgeschlossen. Eine wechselnde Mannschaft aus Schlammköpfen hatte monatelang Staub aufgewirbelt und

Steine ausgegraben. Iltis hatte sich bereit erklärt, als Aufseher zu fungieren. Als Augenweide vorbeiritt, hob der axtgesichtige Bruder eine Hand zum Gruß. Er stand oberhalb des Grabens, schmutzig von der Arbeit.

»Zurück an die Arbeit, ihr wertlosen Mischlinge!«, brüllte Iltis die Schar der Schlammköpfe unter ihm an. »Der Häuptling sieht zu! Wenn ihr jemals die Chance haben wollt, den Ork zu ermorden, der eure Mutter vergewaltigt hat, solltet ihr besser Eindruck schinden!«

»Mach sie fertig, Iltis!«, erwiderte Weide und spielte ihre Rolle. »Ich will sehen, wer von ihnen noch die Kraft hat, eine Armbrust beim Training zu laden. Ich wette, kein Einziger!«

Iltis grinste. »Meine Weinration sagt, du irrst dich, Häuptling.«

»Wir werden sehen«, sagte Weide und ritt weiter. »Ich freue mich darauf, heute Abend betrunken zu sein!«

Nachdem sie den Graben hinter sich gelassen hatte, waren immer noch die üblichen Ermutigungen von Iltis zu hören.

»Ich habe Pläne für diesen Wein! Wenn ich ihn verliere, weil ihr Welpen zu schwach wart, ein langes Loch in die Erde zu graben, dann verspreche ich, dass der morgige Tag ein arschfickender Albtraum wird! Und damit meine ich, dass ich jeden von euch mit meinem ungeschmierten Schwanz ficken werde ...«

Das Geräusch von Schaufeln, die sich mit neuem Elan in die Erde gruben, übertönte alles andere.

Augenweide beendete ihre Runde und merkte sich die Stellen entlang des Walls, die Honigwein sich ansehen musste. Dann machte sie sich auf den Weg nach Osten.

Als sich das Brachland von Ul-wundulas vor ihr ausbreitete und die Grenzen des Dorfes immer weiter hinter ihr zurückblieben, fiel Weide das Atmen endlich leichter. An manchen Tagen war es schwer, nicht vor Erleichterung zu schreien.

Die Wahren Bastarde waren zu wenige, als dass ein Reiter von der Patrouille befreit werden konnte, aber selbst wenn sie hundert Mann stark wären, würde Weide ihre Runde machen. Sie würde sonst verrückt werden. Das Abreiten des Rottengebiets war die einzige Aufgabe, die sich nicht verändert hatte, egal ob sie Reiter oder Häuptling war. Hier draußen konnte man ihre

Pflichten an einer Hand abzählen und hatte noch Finger übrig, und ein einziger Fehler würde nur ihren Keiler und sie das Leben kosten. Sie wusste, wie man Orkspuren erkannte, wie man die Hufabdrücke von Zentauren von denen der Pferde der Cavaleros unterschied, wie man nach eindringenden Reitern am Horizont Ausschau hielt, wie man auf jede der tausend Gefahren achtete, die Ul-wundulas gerne heraufbeschwor. Was sie nicht wusste, war, wie sie für die Sicherheit ihrer Rotte sorgen und sie ernähren sollte. Sie wusste nicht, wann die Stoßzahnflut mit einem weiteren Spendenfuhrwerk voller Vorräte eintreffen würde oder wie sie genug Material finden sollte, um eine richtige Festung zu bauen. Teilsieg zu verwalten war, als würde man versuchen, ein Eigelb in der Hand zu halten. Egal wie flink Weide war, es schien ihr einfach zwischen den Fingern hindurchzugleiten.

Sie ließ die Patrouille alle anderen Sorgen verdrängen, und Schoß' trommelnde Hufschläge brachten sie weit weg von Teilsieg. Hier draußen war das Kopfzerbrechen eines Rottenmasters mehr als nutzlos; es war sogar schädlich. Hier draußen musste sie nichts weiter sein als eine Reiterin mit den zwei einfachen Gelübden: Lebe im Sattel. Stirb auf dem ...

Brennende Schmerzen durchzuckten Weides Bauch. Sie stöhnte, knirschte mit den Zähnen gegen die plötzliche Qual an, taumelte, zuckte im Sattel und versuchte, der auflodernden Messerschneide zu entkommen, die ihre Eingeweide zerschnitt. Beinahe wäre es ihr gelungen, sich doch noch im Sattel zu halten, aber Übelkeit stieg in ihr auf und tanzte in ihrem Schädel. Sie fraß Staub – der Aufprall des harten Sturzes wurde durch die Feuerpeitschen, die durch ihre Muskeln zischten, zur Nebensache. Ein kehliges Stöhnen entrang sich ihrem Mund, und Weide rollte sich zu einem Ball zusammen. Doch der Schmerz schnitt ihre Wirbelsäule entlang, setzte sich an ihrem unteren Ende fest und begann zu nagen. Weide versteifte sich, verkrampfte sich. Sie wollte schreien, den Schmerz herausfordern, aber statt eines Schreis füllten sich ihre Lungen mit einem nassen Gewicht. Zu dem unkontrollierten Zucken ihrer Glieder gesellte sich ein krampfartiger Husten. Sie würgte, versuchte verzweifelt, Luft zu holen, obwohl sich ihre gequälte Brust anfühlte, als wäre sie voller Steine. Sie würgte weiter, bis eine warme Masse aus ihrer Kehle auf ihrer Zunge landete. Sie schmeckte faulig.

Und bewegte sich.

Weide kniete sich hin und spuckte die zappelnde Masse aus.

Mit verschwommenem Blick sah sie sie im Dreck liegen. Das glitschige Etwas wand sich und zappelte, umgeben von hellen Blutstropfen. Der ausgespuckte Schlamm war so groß wie ihr Daumen, pechschwarz und reflektierte die helle Sonne auf seiner öligen Oberfläche.

Weide sog Luft in ihre geschundenen Lungen und krächzte ihre Verzweiflung hinaus: »Nicht schon wieder ...«

2

Es war eine Gnade, dass Rundungen tot war. Er hatte seine Frauen immer etwas draller gemocht. »Ein paar lustige Teile, an denen ich mich festhalten und auf die ich mit einem Sattelgurt klatschen kann«, so hatte er seine Vorliebe beschrieben.

Hätte ihn ein mörderischer Ork nicht bereits umgebracht, hätte es der Anblick von Distel jetzt getan.

Die Entbehrungen der letzten acht Monate waren für alle hart gewesen, aber die Halb-Orks überstanden die Not mit der animalischen Vitalität, die sie von ihren Dickhäuter-Vätern geerbt hatten. Die Menschen waren weniger widerstandsfähig. Distels angenehme Molligkeit war dahingeschmolzen, vom schleichenden Hunger gestohlen und an die Mischlingswaisen verschenkt, die an ihrer Brust saugen durften. Die Frau hatte den Findelkindern unter der Obhut der Grauen Bastarde jahrelang als Amme gedient. Wenn Augenweide nicht bald einen ständigen Nahrungsnachschub fand, würde Distel die nächste Jahreszeit nicht überleben.

Doch selbst jetzt, so schlecht sie sich auch fühlte, so grässlich sie auch aussah, gab sie weiterhin ab. Als Weide ihr kleines Zimmer betrat, lag ein Mischlingsbaby an Distels leer gesaugter Brust.

Die Frau sah im Halbschlaf auf, wurde aber schnell wach und blinzelte mit prüfenden und besorgten Augen.

»Augenweide? Geht es dir gut?«

Weide verfluchte die scharfe Wahrnehmung von Kindererziehern, winkte ab und zwang sich zu einem Lächeln. »Ist das Cassia?«, flüsterte sie und deutete auf das Baby.

»Obecco«, berichtigte Distel mit einem schwachen Lächeln.

Weides Mund verzog sich. Das war klar. Sie hatte sich nicht nur im Namen geirrt, sondern auch das falsche Geschlecht geraten. Wenn es um Kleinkinder ging, war sie eine Idiotin. Immerhin hatte sie es geschafft, Distels Aufmerksamkeit von sich abzulenken.

»Dieser kleine Kerl ist pflegeleicht«, fuhr die Amme fort. »Er kann gleichzeitig essen und schlafen.«

In diesem Moment stieß Obecco einen Furz aus, der einen ausgewachsenen Keiler beschämt hätte.

Weide schlug sich eine Hand vor den Mund, um nicht in schallendes Gelächter auszubrechen.

Unbeeindruckt lächelte Distel weiter müde. »Das kann er auch.«

»Wie geht es dir?«, fragte Augenweide und ließ sich auf einen Stuhl neben dem Bett fallen, wobei sie darauf achtete, dass der Talwar, der an ihrem Gürtel hing, nicht klapperte.

»Mir geht es gut«, log Distel. Genau wie Feger es getan hatte. Und Honigwein.

»Der Proviant von der Stoßzahnflut sollte in ein oder zwei Tagen hier sein«, sagte Augenweide und hoffte, dass sie damit nicht auch gelogen hatte.

Distel nickte nur und lehnte ihren Kopf hinten gegen die Wand. Einen Moment lang dachte Augenweide, sie sei eingeschlafen. Sie wollte gerade aufstehen, aber Distels Stimme hielt sie davon ab.

»Wenn sie hier sind, musst du sie um etwas bitten. Für die nächste Lieferung.«

»Worum?«

»Noch eine Amme.«

Weide zischte mahnend. »Sag das nicht. Du wirst ...«

»Nirgendwo hingehen«, warf Distel ein, »aber meine Milch

schon. Ich trockne aus, Weide. Ich habe kaum noch genug für die drei Säuglinge. Wenn noch ein Säugling bei uns ausgesetzt wird ...«

»Das ist unwahrscheinlich«, sagte Weide. »Teilsieg ist jetzt ummauert.«

Distel öffnete die Augen und blinzelte zweifelnd. »Hat das verhindert, dass dieser kleine Gasbeutel reinkommt? Oder die anderen beiden?«

Augenweide zuckte versöhnlich mit den Schultern. Distel hatte recht. Zwei der drei Babys, die jetzt bei ihnen waren, waren vor dem Tor ausgesetzt worden. Das andere war Iltis während einer Patrouille aufgehalst worden. Es gehörte zum Rottenkodex, alle Halb-Ork-Kinder aufzunehmen, und Weide konnte nur hoffen, dass Iltis nichts Eigennütziges von der verzweifelten Frau verlangt hatte, bevor er ihr unerwünschtes Kind entgegennahm.

Im vergangenen Frühjahr hatten die Orks einen weiteren Einmarsch versucht. Er wurde niedergeschlagen, bevor er richtig begonnen hatte, was nicht zuletzt den Bastarden zu verdanken war, aber die Dickhäuter hatten es bis knapp hinter die nördliche Grenze von Hispartha geschafft, bevor sie zurückgeschlagen worden waren. Berichten zufolge waren sie alle getötet worden, aber die jetzt auftauchenden Halbblüter widersprachen dieser Prahlerei. In den Geteilten Landen gab es immer Orks, was bedeutete, dass es immer Frauen gab, die ihre Brutalität überlebten.

»Und was ist mit denen, die durch die Mauer ferngehalten werden?«, fuhr Distel fort – ihre Frage voller Schmerz. »Die Frauen, die entmutigt sind, weil es keinen freien Weg mehr zur Tür des Waisenhauses gibt? Was glaubst du, was mit diesen Kindern passiert?«

Weide biss die Zähne aufeinander. »Nichts, was nicht schon mit verstoßenen Mischlingsbabys passiert ist, seit der erste Ork einen Weichling vergewaltigt hat, Distel.«

»Dir ist es nicht passiert«, sagte die Frau nachdrücklich. »Oder Honigwein. Oder Iltis, oder Schleich, oder irgendeinem anderen Halb-Ork, der überlebt hat, um ein Schlammkopf zu werden. Findelkinder sind die Zukunft einer Rotte. Das weißt du. Die

Babys, die Glücklichen, werden immer wieder kommen. Du solltest nicht wollen, dass das jemals aufhört. Ich will nicht, dass das jemals aufhört.« Distels Augen leuchteten jetzt. »Aber ich werde nicht in der Lage sein, sie zu ernähren, Augenweide. Ich werde hier sein, um sie zu halten, zu wickeln und zu waschen, aber nicht ... um sie zu ernähren.«

Es flossen keine Tränen, die Stimme brach nicht, aber der Kummer über dieses Eingeständnis erfüllte den Raum.

Weide holte tief Luft. »Wir haben ein paar Ziegen. Ich kann sehen, ob die Flut ...«

»Nein.«

Distel hatte es leise gesagt, doch die Wucht dieser Ablehnung, die Wut darin, verstörte selbst den Säugling. Obecco wimmerte, schien zu erwachen, aber seine Amme musste nur seinen Kopf berühren, und er schlief wieder ein.

»Nein«, wiederholte Distel und das Stählerne in ihrer Stimme wechselte in ihren Blick. »Ziegen können als Notlösung eingesetzt werden, wenn es sein muss. Aber diese Kinder brauchen eine Amme. Beryl hat das Waisenhaus in meine Obhut gegeben. Sie würde zornig zurückkommen, wenn sie wüsste, dass ich mich dazu herablasse, ein Kindermädchen einzusetzen. Glaubst du, sie hat dich jemals mit der Milch einer Ziege gefüttert?«

Augenweide wäre sie beinahe entgangen, diese kleine Offenbarung, die in dieser herausfordernden Frage steckte.

»Mich?«

Mühelos wechselte Distel das Baby an ihre andere Brust, ohne es zu wecken. »Das wusstest du nicht?«

Weide spürte, wie sie ihren Kopf schüttelte. Es war die gleiche kleine, unangenehme Bewegung, die sie machte, um einen Schlag abzuschütteln. »Beryl hat mich nie gemocht, als ich hier war.«

»Vielleicht später, als du gehen und sprechen konntest. Aber als Babys hat sie euch alle geliebt. Das war deutlich zu sehen, wenn sie darüber sprach. Unmöglich, die nicht zu lieben, die man gestillt hat.«

Augenweide stand auf und verspürte dasselbe Bedürfnis zu fliehen wie bei den Ruinen der Brennerei. »Du musst dich ausruhen.«

»Eine Amme«, erinnerte Distel sie.

»Ich werde eine finden.«

Vor der Tür des Waisenhauses wich die Dämmerung der Nacht. Weides Patrouille hatte länger gedauert als geplant. Schoßbesen war kein Keiler, der bei seinem Reiter blieb, wenn dieser stürzte. Glücklicherweise hielt ihn dieselbe wilde Natur aber auch davon ab, in die Stadt zurückzukehren, und sie waren außer Sichtweite der Mauern gewesen. Manchmal musste man auch Glück haben. Sie hatte lange gebraucht, um wieder auf die Beine zu kommen, und noch länger, um den widerspenstigen Keiler aufzuspüren. Ihre späte Rückkehr wurde von Honigwein mit einiger Besorgnis aufgenommen. Ihre Erzählung über Hirschspuren, die sie weit in die Ferne geführt hatten, ließ sein Stirnrunzeln wieder verschwinden.

Abril hatte auf der südlichen Patrouille mehr Glück gehabt. Die zufällige Sichtung eines echten Damhirsches, des ersten seit Monaten, hatte zu einer langen Verfolgungsjagd geführt. Der jagende Schlammkopf hatte nicht aufgeben wollen, bevor er dem Tier einen Armbrustbolzen durchs Herz geschossen hatte. Der Fleischgeruch hatte ganz Teilsieg aufgescheucht, und die Leute versammelten sich um eine Kochstelle, die von den fünf älteren Schlammköpfen betreut wurde. Ein strahlender Abril beaufsichtigte seine Kameraden und genoss die Rolle des heldenhaften Versorgers.

Das Damwild war ein seltener Glücksfall gewesen, aber wie bei allen Glücksfällen drohte die Bedeutung des Hirschs für Unfrieden bei den Empfängern zu sorgen. Mehr als hundert Augenpaare starrten, ohne zu blinzeln, auf die Vorbereitungen. Die Vorfreude auf die großzügige Gabe war spürbar und vermischte sich mit dem Duft geschmorten Wildbrets und brutzelnder Innereien. Als Schutz vor einem Ansturm umringten Iltis, Stummklotz, Schlangenschlupf und die dreizehn jüngeren Anwärter das Feuer. Es war die nackte Zurschaustellung des Misstrauens, das zwischen der Rotte und Teilsiegs Einwohnern herrschte, aber besser unhöflich als dumm.

Augenweide näherte sich und bahnte sich einen Weg durch die Menge. Die meisten bemerkten ihre Anwesenheit nicht, der Zauber des bevorstehenden Mahls war nicht zu brechen.

Erst als sie direkt vor dem baumelnden Topf stand und den meisten die Sicht versperrte, verlagerten die Blicke sich widerwillig.

»Der Häuptling hat was zu sagen!«, verkündete Iltis.

Augenweide erhob ihre Stimme, um die Aufmerksamkeit der wenigen zu erzwingen, die noch immer versuchten, an ihrem Körper vorbeizuspähen. »Ich weiß, dass eure Mägen knurren. Ich weiß, dass euch das Wasser im Mund zusammenläuft. Das wird sich gleich ändern dank unseres springenden Freunds, den Abril den halben Batayat-Hügel hinaufgejagt hat. Er ist jetzt im Topf, und bald wird er in euren Bäuchen sein. Aber lasst mich eins klarstellen: Die ersten Portionen gehen da rein.« Ohne hinzusehen, streckte Weide den Arm aus und zeigte auf die Tür des Waisenhauses. »Danach eure eigenen Kinder. Und danach ihr. Genau so wird es ablaufen, und es gibt keinen Grund, es anders zu machen. Alles andere würde Kampf bedeuten.«

Weide ließ die Verheißung dieser letzten Aussage einen Moment lang wirken.

»Und jetzt stellt eure Kleinen auf. Vom Jüngsten bis zum Ältesten, in Reih und Glied.«

Die Eltern übernahmen schnell das Kommando und scheuchten ihre Kinder mit Worten und lenkenden Händen nach vorne. Als die Menge sich umstellte, war es leicht, die Egoisten und Kleingeister unter den Erwachsenen auszumachen; der große Mann, der sich hinter den Kindern aufbaute, die alte Frau, die so tat, als würde sie die anderen nicht sehen, und ihre Schwäche ausnutzte, um sie zu schikanieren. Weide versuchte, sie zu ignorieren, aber sie merkte, dass sie sich die Gesichter trotzdem einprägte.

»Wir sind fertig, Häuptling«, meldete die Stimme von Gespür.

Vor einem Jahr noch hatte Augenweide keinen einzigen Schlammkopf beim Namen gekannt. Es gehörte zur Tradition der Rotte, sich von den Anwärtern fernzuhalten, außer beim Training, und dann war jede Aufmerksamkeit absichtlich grob. Die Dinge hatten sich in den letzten Monaten stark verändert. Der Häuptling der Wahren Bastarde kannte nicht nur den Namen eines jeden Schlammkopfs, sondern konnte auch ihre Stimmen erkennen, ohne sich umzudrehen.

»Bringt den Waisen ihren Anteil«, sagte Augenweide, die die Dorfbewohner immer noch beobachtete.

Eine Bewegung hinter ihr signalisierte, dass die Schlammköpfe sich an die Arbeit machten. Als sie zurückkehrten, trat Weide zur Seite und gab den Dorfkindern ein Zeichen näher zu kommen. Die Erwachsenen kamen als Nächstes, und die, die am Ende der Schlange standen, wurden immer nervöser, je länger das Warten dauerte. Die Kinder hatten sich bereits in der Nähe des Kochfeuers niedergelassen und schlürften den Eintopf, der noch zu heiß war, um ihn zu essen, aber ein leerer Magen ignorierte eine verbrühte Zunge. Weide hatte angeordnet, die Mahlzeit hier draußen zuzubereiten, in der Hoffnung, dass die Dorfbewohner durch die Aussicht auf zusätzliche Portionen davon abgehalten wurden, zum Essen in ihre Häuser zurückzukehren. Das schien zu funktionieren, und Weide entspannte sich ein wenig. Wenigstens musste sie sich keine Sorgen machen, dass Eltern ihren eigenen Kindern das Essen aus dem Mund stahlen. Das mochte ein unwürdiger Gedanke gewesen sein, denn die Menschen in Teilsieg hatten ihr nie Anlass gegeben, sie zu solcher Taten für fähig zu halten, aber harte Zeiten haben die Eigenschaft, die schlimmsten Instinkte hervorzubringen.

Ein Schrei aus dem Torhaus riss Weide aus ihren düsteren Gedanken.

»REITER KOMMEN!«

Honigweins Stimme.

»Behalte das hier im Griff«, sagte Weide zu Iltis, bevor sie die Hauptstraße hinunterlief. Sie schickte einen Wunsch in den sich verdunkelnden Himmel, dass die Stoßzahnflut endlich angekommen sei.

Uidal und Bekir waren bereits dabei, das Tor zu öffnen, als sie herbeieilte. Die Hoffnung auf frischen Nachschub wurde enttäuscht, als Blindschleiche durch den sich öffnenden Spalt ritt. Hinter ihm tauchte ein kleiner Mischling auf, den Augenweide gut kannte. Sie warf Blindschleiche einen finsteren Blick zu.

Schleich zuckte mit seiner blassen, von Narben durchzogenen Schulter. »Du hast gesagt, ich darf ihn nicht töten.«

»Das heißt nicht, dass ich es nicht tue«, sagte Augenweide und sah Späne an. Dann gab sie Schleich ein Zeichen, abzusteigen und ihr zu folgen. Er rührte sich nicht. Seine toten Augen starrten, blitzten kurz auf, alarmiert durch die gleichen Hinweise, die Distel gesehen hatte. Im Gegensatz zu ihr kannte er die Ursache.

Weide warf ihm einen warnenden Blick zu und widerstand dem Drang, sich umzusehen. Ohne den Blick des Jägers abzulegen – den Blick, dem nichts entging –, stieg Blindschleiche ab und presste seine farblosen Lippen zusammen, während er einen großen Sack aus seiner Satteltasche zog. Sie gingen ein Stück vom Torhaus und dem nervös grinsenden Nomaden weg, damit sie nicht belauscht werden konnten. Weide betrachtete das leichenblasse Gesicht ihres heimgekehrten Reiters und wartete.

»Keine Anzeichen von Dickhäutern«, berichtete Blindschleiche, dessen Stimme Weide immer an das Messer eines Gerbers erinnerte, der eine Haut schabt. »Von unserem Gebiet bis nach Kalbarca und zurück – nichts.«

Sein Arm vollführte eine ruckartige Bewegung, und der Sack flog über die kurze Entfernung zwischen ihnen. Augenweide fing ihn auf, ihre Finger schlossen sich um das prall gefüllte grobe Leinen, in dem Münzen knirschten. Sie wollte sich die Frage verkneifen, aber sie entschlüpfte ihr unwillkürlich:

»Wie geht es ihm?«

Die Antwort war simpel und gab ihr das Gefühl, eine dumme Frage gestellt zu haben. »Er ist Vollkorn.«

Weide nickte und betrachtete den Beutel mit den Münzen. »Nächstes Mal gehe ich mit.« Das war ein falsches Versprechen, wie immer. Sie sah hoch und wechselte das Thema. »Irgendwelches Wild?«

»Kaninchen. Keine während des letzten Tags.«

»Pferdedödel?«

Blindschleiche schüttelte seinen haarlosen Kopf.

»Es ist wieder passiert«, sagte er.

Weide stieß ein angewidertes Stöhnen aus. Sie hatte gehofft, er würde es auf sich beruhen lassen. Stattdessen drängte er.

»Warst du schon wieder dort?«

Weide schüttelte den Kopf. »Es ist einfach passiert.«

»Ich werde dich hinbringen.«

»Ich habe keine Zeit für einen Fünftagesritt, Schleich.«

»Der Tod dauert länger.«

»Und du weißt, was zu tun ist, wenn es so weit ist«, schnauzte sie mit immer noch gesenkter Stimme.

Blindschleiche antwortete mit einem starren Blick, der irgendwie Missbilligung in sich trug.

»Ich werde hingehen«, versicherte sie ihm. »Morgen. Ich werde gehen.«

»Und der Trank?«

»Ich habe ihn seit Monaten nicht gebraucht.«

Noch mehr vielsagendes Schweigen. Weide musste den Blick abwenden. Schleichs hohles Totengesicht war oft schwerer zu ertragen als die Mittagssonne.

»Ich habe noch etwas übrig«, gab sie zu. »Ich werde ihn einnehmen.«

Schleich drückte seine Zufriedenheit aus, indem er blinzelte. Einmal.

Weide wollte die Kontrolle zurückgewinnen und sich wieder der derzeitigen Angelegenheit widmen, ging um ihn herum und kehrte zum Tor zurück. Der ungebetene Ankömmling war abgesessen. Weide stellte sich ihm direkt in den Weg.

»Man hat dir gesagt, du sollst nicht hierher zurückkehren.«

Späne schreckte vor ihrem Knurren zurück, aber weniger als sonst. Wie die meisten Weichlinge war er kleiner als andere Halb-Orks. Er wich vor der weitaus größeren Weide zurück und hob beschwichtigend die Hände.

»Ich weiß, Häuptling ...«

»Nenn mich nicht so.«

Späne zuckte zurück. »Entschuldige. Ich zeige nur meinen Respekt.«

»Versuch nicht, mich zu bezirzen, Nomade. Respekt zu zeigen, wird dir keinen einbringen. Nicht hier. Jetzt steig auf und verschwinde.«

»Ich könnte nützlich sein, wenn ich nur eine kleine Chance bekäme«, jammerte er.

»Eine kleine Chance?« Augenweide konnte nur lachen. »Du hattest deine Chance beim letzten Verrätermond. Aber wie ich hörte, hast du lieber den Arsch deines Keilers aufblitzen lassen, statt die Zentauren anzugreifen. Du hattest noch eine Chance, als die Orks einmarschierten und die Bastarde ihnen entgegenritten. Und wieder hast du dich entschieden zu fliehen. Wenn du mit dieser Rotte reiten wolltest, dann hättest du *mit* dieser Rotte *reiten* sollen.«

Die Proteste des Nomaden nahmen kein Ende. Und sie waren ihr nervtötend vertraut. »Ich entdeckte die erste *ul'usuun*, als sie das Gebiet der Spitzbuben durchquerte. Ich ritt zurück und überbrachte die Nachricht. Ich habe geholfen, eure Leute sicher zur Suhle zu bringen, als die Stoßzahnflut sie aufnahm. Das sollte schon etwas zählen!«

»Ausguck und Eskorte zu sein, zählt einen Scheiß, wenn man nicht kämpfen will, Späne. Die Wahren Bastarde wurden an dem Tag geboren, als wir diese Orkzunge angriffen. Wir haben in dieser Masse von Dickhäutern herausgefunden, wer wir waren. Wir fanden heraus, auf wen man zählen und wem man trauen konnte. Stummklotz wurde einer von uns. Greifer ist unter unseren Gefallenen. Das waren deine Nomadenfreunde, Späne. Wo, zum Teufel, warst du?«

Er hatte keine Antwort, und sie ließ ihm keine Zeit, sich eine zu überlegen.

»Du hast deine Chancen vertan. Du hast gezeigt, wer du bist, und zwar keiner von uns. Du bist ein streunender Hund. Und ich werde meinem Volk nicht das Essen aus dem Mund nehmen, um einen streunenden Hund zu füttern.«

Späne fand seine Stimme und sprach hoch und verzweifelt. »Weißt du, was man mit den unabhängigen Reitern da draußen macht?«

Weide wusste es. Sie drehte sich um und rief nach Uidal und Bekir. »Öffnet das Tor! Der hier reitet weiter.« Sie ging zu Blindschleiche. »Sorg dafür, dass er unser Gebiet verlässt.«

Die tief liegenden Schlangenaugen in Schleichs Schädel blitzten fragend auf.

»Lebendig«, sagte Weide zu ihm.

Blindschleiche schob sich ohne weitere Worte an ihr vorbei, um die Befehle auszuführen.

Honigwein nahm seinen Platz ein und wirkte besorgt. »Bist du dir da sicher?« Sein Blick wanderte zu den abziehenden Keilern. »Späne ist ein erfahrener Reiter.«

»Er ist eine beschissene Wetterfahne«, sagte Weide. »Ich brauche Mischlinge, die nicht nur mit dieser Rotte reiten, sondern ihr auch beistehen können. Ein Mischling, der sich nach dem Schönwetterwind richtet, ist hier weniger als nichts wert. Heutzutage bläst den Bastarden kein Schönwetterwind mehr durch die Arschritzen, Honigwein. Das muss ich dir doch nicht erklären.«

»Nein, musst du nicht, Häuptling.«

Sie sahen beide zu, wie sich das Tor wieder schloss.

»Ich reite morgen früh zu Rhecia«, sagte Weide. »Ich muss eine neue Amme finden.«

»Ich werde bereit sein.«

»Nein. Ich brauche dich hier.«

»Du solltest nicht allein reiten.«

»Geht nicht anders. Klotz muss Keiler einreiten. Schlangenhaut wird meine Patrouillen übernehmen müssen, und du weißt, dass ich Iltis nicht mitnehmen kann.«

»Dann warte, bis Schleich zurückkommt, oder nimm wenigstens ein paar der älteren Schlammköpfe mit.«

»Wir werden keinen unserer Anwärter an den Geruch von Huren verlieren, Honigwein.« Sie beachtete seine Bemerkung über Blindschleiche nicht und hoffte, er würde es vergessen. Das war eine bescheuerte Hoffnung.

»Schleich wird zurück sein ...«

»Blindschleiche wird nicht vor mir wieder zurück sein«, sagte sie und beließ es dabei. Honigweins Stirnrunzeln vertiefte sich, aber er wusste, dass es keine gute Idee war, sich nach einer Aufgabe zu erkundigen, die Schleich vom Häuptling erhalten hatte. Das war das einzige Erbe, das Weide vom Lehmmaster übernommen hatte und das einen Dreck wert war.

Begierig auf ihr Bett und das Ende der Diskussion, ging sie davon.

Sie hatte das Haus des obersten Olivenbauers zu ihrem Privatquartier gemacht. Der Geruch von Olivenöl begrüßte sie, als sie durch die Tür trat. Die Aromen, die einen Reiter der Rotte begleiteten, schienen in diesen Räumen nicht Fuß fassen zu können. Sattelleder, Schweiß, Waffenöl – nichts von alledem konnte sich gegen die fest verwurzelte Inbesitznahme des längst abwesenden Olivenbauerns durchsetzen. Ohne sich die Mühe zu machen, eine Lampe anzuzünden, tastete sich Weide zur Treppe und nach oben. Der Vorarbeiter hatte einen Säulengang an das obere Stockwerk angebaut, der aus dem Schlafzimmer ragte. Früher hatte man einen ungehinderten Blick auf die Olivenhaine von Teilsieg gehabt. Die Umzäunung beeinträchtigte dies nun zwar, aber Weide fand den Aussichtspunkt immer noch nützlich, um die Stadt zu überblicken, die sie umschlossen hatte.

Sie ließ ihren Schwertgürtel und ihre Armbrust zusammen mit dem Sack voller Münzen auf das Bett fallen und trat auf den Balkon hinaus. Das Kochfeuer war inzwischen heruntergebrannt und wurde nur noch von drei Schlammköpfen unterhalten, die mit dem Aufräumen beschäftigt waren. Ein paar Dorfbewohner lungerten herum und hofften insgeheim darauf, dass ein weiterer geheimer Vorrat an Lebensmitteln zum Vorschein kommen würde. Auf der anderen Seite der Hauptstraße saßen Iltis und Stummklotz auf dem Dach der Küferei. Früher hätten sie sich vielleicht eine Flasche geteilt, aber die Weinvorräte waren geschrumpft und wurden nun streng rationiert. Weides Kehle sehnte sich nach einem Schluck, aber sie weigerte sich, einen privaten Vorrat anzulegen. Die Witwe des Gerbers tauchte auf und gesellte sich kurz zu den Reitern, bevor sie und Iltis sich gemeinsam davonschlichen, zweifellos um zu ficken. Der Gedanke daran erweckte kurz etwas in Augenweide, das jedoch schnell von Müdigkeit, den Schmerzen des Tages und einem Rasseln in den Tiefen ihrer Lunge verjagt wurde.

Sie hasste es, Honigwein anzulügen. Er hatte selbstverständlich recht. Es war leichtsinnig, allein durch die Geteilten Lande zu reiten, aber sie hatte keine andere Wahl.

Sie ging zu der Truhe am Fußende ihres Betts und kramte darin herum, bis sie eine Keramikflasche zutage förderte, die scheußlich aussah. Sie schüttelte den Inhalt und spürte, wie er dickflüssig auf dem Boden schwappte. Sie zog den Stöpsel heraus, schnitt eine Grimasse und kippte einen Schluck hinunter. Das faulige Zeug versuchte, sofort wieder hochzukommen. Weide kämpfte dagegen an. Sie glaubte, dass Keilersperma besser schmeckte als diese saure Scheiße. Zumindest hatte es eine ähnliche Konsistenz. Sie rammte den Korken wieder in den Flaschenhals und vertrieb den Geruch des Tranks. Dann ließ sie sich auf das Bett sinken und legte sich neben die verstreuten Waffen.

Sie stöhnte. Sie trug immer noch ihre Stiefel.

3

An der Teilsieg-Furt führte Weide Schoßbesen halb durch den Fluss und hielt an.

»Weiter kommt ihr nicht mit«, sagte sie zu ihrem Begleiter.

Honigwein hatte darauf bestanden, dass der Häuptling bis zur Grenze des Gebiets begleitet wurde. Natürlich von ihm selbst und den drei erfahrensten Schlammköpfen – Touro, Abril und Petro. Jeder von ihnen drückte seine Enttäuschung auf seine Weise aus.

»Geht zurück. Und seid vorsichtig.«

Sie trieb ihren Keiler an, aber ein Platschen hinter ihr ließ sie wieder anhalten. Sie drehte sich im Sattel um und sah, dass Abril ihr auf den Fersen war.

»Was, zum Teufel, machst du da, Schlammkopf?«

Abrils Augenbrauen schossen in demselben Maße in die Höhe, wie seine Kinnlade herunterfiel. »Oh! Du meintest uns alle? Ich dachte, du meintest, nur *sie* sollten nach Hause gehen.« Er deutete mit dem Daumen auf die anderen, die alle finster dreinblickten. Abril stellte sich in die Steigbügel und beugte sich über sein Sattelhorn, seine Stimme sank zu einem Flüstern, das die Geräusche der Strömung gerade noch übertönte. »Erinnerst du dich, Häuptling? Du hast gesagt, dass du mich zu Rhecia bringen und für mein erstes Mal bezahlen würdest, weil ich den Hirsch erlegt und die ganze Stadt ernährt habe.«

»Das habe ich nie gesagt, Abril.«

Der junge Mischling warf ihr einen zweifelnden Blick zu. »Bist du sicher?«

»So sicher wie darüber, dass ich dir, wenn du mir nicht aus den Augen gehst, einen Bolzen verpassen werde, und du die ganze Stadt ein zweites Mal ernähren kannst.«

Abril dachte einen Moment darüber nach, während er langsam nickte. Dann schloss er sich wieder den anderen an. Als Gruppe wendeten sie ihre Keiler nach Süden, wobei Honigweins Abschiedsblick am längsten auf ihr ruhte. Weide sah ihnen nach und wartete, bis sie in der wabernden Hitze am Horizont verschwanden, bevor sie die Durchquerung beendete und mit schwachen Beinen aus dem Sattel stieg.

Mit zitternden Händen stützte sie sich auf ihre Knie, die Bauchmuskulatur krampfte ein paar Mal, und sie erbrach sich. Der Schlamm wurde in einem trägen, schmerzhaften Strang herausgepresst. Das eklige Zeug fiel ihr aus dem Mund, und sie stolperte angewidert davon weg. Zitternd griff sie in ihrer Satteltasche nach der Flasche und kippte sich den letzten Schluck in den Schlund, der brennend ihre wunde Kehle hinunterglitt.

Sie nutzte die Wut über ihre eigene Schwäche, um wieder auf ihren Keiler zu klettern. Es galt, keine Zeit zu verlieren. Wenn sie wartete, bis sie wieder fit genug war, um zu reiten, würde sie für immer hierbleiben. Weide spornte Schoß an und konzentrierte sich darauf, am Leben zu sein, wenn sie ihr Ziel erreichte.

Wäre sie auf direktem Wege zu Rhecia geritten, wie ihre Rotte glaubte, wäre der schnellste Weg ein schmaler Streifen der Kronenländer gewesen, der fast genau nach Norden zwischen dem Gebiet der Sprossen im Osten und den Amphora-Bergen im Westen verlief. Tatsächlich aber zog es Weide zu den Bergen. Es waren niedrige Berge, die sich noch nicht am Horizont abzeichneten. Über ihnen hing die Sonne am Nachmittagshimmel. Weide hatte Mühe, die Ausläufer des Gebirges bis zum Einbruch der Nacht zu erreichen. Obwohl die südlichen Hänge der Amphoras bei Weitem nicht die imposantesten Berge der Geteilten Lande waren, zeigten sie sich von ihrer unbarmherzigsten Seite. Um in das Gebirge vorzudringen, musste Weide zunächst einen ihr bekannten Pass überqueren und sich den Hängen von Norden her nähern. Von dort aus waren sie leichter zu durchqueren. Aber das war ihre morgige Aufgabe.

Weide kehrte den dunkler werdenden Gipfeln den Rücken zu und ritt zurück, bis sie auf einen Bach stieß. Sie stieg ab und ließ Schoß trinken, während sie eine kurze Strecke zu einem Mandelbaumbestand ging. Ein kräftiges Schütteln der unteren

Äste ließ eine Kaskade von Schalen herabregnen und rief den eifrig schnüffelnden Keiler herbei. Weide sattelte das Tier ab, während es fraß, und bereitete ein kleines Lager vor. Im Sitzen schälte sie eine Handvoll Mandeln, aber sie hatte keinen Appetit.

Der Schlaf erwies sich als ein nervöser Besucher und wurde oft durch das Bellen ihres wilden Hustens verjagt.

Als die Nacht zu Ende war, stand Blindschleiche in der Nähe. Seine sehnige Gestalt wurde von der aufgehenden Sonne angestrahlt.

Die Gegend war für Wölfe bekannt, und Weides Hand hatte im Schlaf auf ihrer geladenen Armbrust gelegen. Nur Schleich konnte in ihr Lager eindringen, ohne sich einen Bolzen einzufangen.

»Gruseliger Scheißkerl«, begrüßte sie ihn mit einem Gesicht, das schlaftrunken und vor Ärger verzogen war.

Als sie sich aufsetzte, fiel ihr ein Bündel Kirschen in den Schoß.

»Keinen Hunger.«

»Egal. Iss!«

Weide nahm voller Zorn eine Kirsche, steckte sie sich betont desinteressiert in den Mund und stand auf.

»Zeit zu gehen.«

Sie ritten in den tiefen Schatten des Passes und waren hindurch, bevor die Sonne hoch genug stand, um sie wiederzufinden. Am anderen Ende wurden sie langsamer und vorsichtiger. Diese Ländereien lagen östlich des Kastells und gehörten der Krone, die sie des Olivenbaummeeres in den Hochebenen der Amphora-Berge wegen behalten hatte. Die Plantagen der alten Kaiser waren so riesig gewesen, dass die Pflanzen weiterhin gut gediehen. Die Villen waren längst verfallen, die Sklaven, die sie hegten, nur noch die fast vergessenen Vorfahren von Hispartha, und die Namen ihrer kaiserlichen Herren waren trotz all der Statuen, die zu ihrer eigenen Eitelkeit errichtet worden waren, inzwischen lediglich dahinsiechenden Gelehrten bekannt. Aber die Oliven blieben und waren mehr wert als jedes verdammte Monument, wie Weide fand. Marmor kann man nicht essen.

Weide folgte Schleich durch Täler mit kilometerlangen Hainen. Es war bitter, dass diese Bäume nicht von der Braunfäule befallen waren, welche die Plantagen Teilsiegs zerstört hatte. Doch selbst die Freigebigkeit des Alten Imperiums hatte ihre Grenzen. Als sie den angreifbaren Nordrand der Amphoras erreichten, wurden die Olivenbäume von erstickend dicht wachsenden Oleanderwäldern verdrängt. Nur an einem so rauen Ort wie Ul-wundulas paarte sich Wohlstand mit Gift. Die dünnen verdrehten Stämme der schädlichen Pflanzen wuchsen in die Höhe, bis sie sich neigten und sich ineinander verschlangen wie die Finger eines Verschwörers. Während sie durch die knorrigen Tunnel ritt und den Kopf einzog, behielt Weide Schoßbesen im Auge, damit er gar nicht erst versuchte, zwischen den Oleanderpflanzen nach Nahrung zu suchen. Die Rotte nannte den Oleander nicht umsonst Keilergeißel. Wenigstens waren sie jetzt vor den Patrouillen der Cavaleros sicher. Die Weichlinge hatten kein Interesse mehr an den Oliven. Von hier an war das Land eine Wildnis aus Dornen und kriechendem Wacholder.

Die Sonne brannte auf sie herab, während sie die kargen Hänge der Amphoras hinaufstiegen. Blindschleiche zog sich eine Kapuze über seinen kahlen, bleichen Kopf. Sie verbrachten den Tag damit, immer höher zu klettern, wobei Schleich sie auf flach ansteigenden Pfaden führte, die die Keiler nicht überanstrengten. Die Luft kühlte ab und der Wind wurde lebhafter.

Schließlich erklommen sie einen langen Bergrücken und ritten westwärts entlang seines Kamms. Der Boden war mit Felsbrocken übersät, und bald durchquerten sie eine Einöde aus zerborstenem Gestein. Abhänge und Fugen formten den Schutt, bis jegliche Abwechslung verloren war. Sie befanden sich in einer Pockennarbe des Bergs, die jedoch nicht durch das langsame Voranschreiten der Zeit entstanden, sondern durch die mühsame Arbeit vieler Hände gegraben worden war. Wie die Olivenhaine war auch dies ein Überbleibsel des Imperiums. Ein Steinbruch, jahrhundertelang bearbeitet und noch viel länger schon verlassen. Im Gegensatz zu den Olivenbäumen brachte der Stein nichts hervor, wenn er vernachlässigt wurde, sondern wurde zu einer verkalkten Wunde.

Weide und Schleich stiegen ab und führten ihre Keiler über die losen Steine. Sie bahnten sich den Weg an einer Falte entlang nach unten zu einem relativ flachen Stück. Weide war schon einmal mit demselben Führer hierhergekommen und hatte sich damals über das karge, scheinbar endlose Geröllfeld gewundert. Alles sah gleich aus. Auch bei dieser Reise konnte sie sich nicht besser orientieren. Aber Schleich kannte seinen Weg, damals wie heute, und glitt ohne Unterbrechung über die Trümmer.

Schließlich entdeckten sie eine Variation gestreiften Graus.

Vor ihnen ragte ein hölzerner Pfahl, halb so hoch wie ein Mann, aus den Felsen. Sein Fuß war von losen Steinen umgeben. Obenauf war ein Rad befestigt, wie es auf jedem Ochsenkarren zu finden ist, aber hier, an diesem Ort, sah es schrecklich seltsam aus. Auf dem Rad, das sich langsam nach den Launen des Windes drehte, saß eine Gestalt. Sie als Mann zu bezeichnen, wäre geradezu großzügig gewesen. Schmerzlich dünn und nackt, die Haut sowohl von der Sonne verbrannt als auch vom Gesteinsstaub gebleicht. Haare und Bart waren vulgär verfilzt, spröde und trocken und wehten steif in den Böen. Kleine, ausgetrocknete schwarze Kothäufchen übersäten die Felsen unter dem Rad, Abfälle eines Körpers, der nichts mehr zu entsorgen hatte. Eine gebrochene, hohle Stimme driftete von der Sitzstange herab, ein Gemurmel, das durch Durst, Schwäche und Wahnsinn unverständlich war.

Hinter dieser lebenden, totemhaften Vogelscheuche klaffte ein Durchgang in der Seite eines Schutthügels. Ein schmaler, niedriger Türsturz aus gestapelten Steinen, der nur durch geschickte Balance gehalten wurde. Oder durch verdammt verrücktes Vertrauen.

Das Rad knarrte, als Weide und Schleich darunter hindurchgingen, und der ansässige Irre stieß seine gequälten, kehligen Töne aus. Sie waren nur noch einen Steinwurf vom Türsturz entfernt, als der Knochengrinser sich hindurchduckte.

Zum zweiten Mal in ihrem Leben erblickte Weide den Mann, und zum zweiten Mal war sie überzeugt, dass er der Weichling war, der Blindschleiche gezeugt hatte. Die pergamentdünne Haut lag straff und dünn über dem kahlen Schädel, die Augenhöhlen waren tief eingesunken, die Wangenknochen messerscharf. Er war groß und schlank, seine Bewegungen flüssig und raubtierhaft. Er war nicht mehr jung, obwohl es schwer war, sein Alter zu beziffern, denn er war flink, seine Augen klar und klug. Er war nicht sehr muskulös, aber er war ja auch ein Mensch, und die stärksten Menschen wurden im mittleren Alter oft schwächer. Wenn man sich jedoch vorstellte, dass er ein Mischlingsmädchen schwängerte, sah man Schleich vor seinem geistigen Auge, obwohl er eine Eigenart besaß, die man bei Blindschleiche nie gesehen hatte: Der Knochengrinser *lächelte.* Und es war scheußlich anzuschauen.

Seine Zähne waren falsch, geschnitzt. Die einzelnen Zähne waren zu groß. Wenn sie unter seinen gespannten Lippen zum Vorschein kamen, verwandelten sie den gesamten Mund in eine schaurige, starre Fratze. Egal welche Knochen verwendet worden waren, sie mussten aus verschiedenen Überresten unterschiedlichen Alters stammen; die Farben der einzelnen Zähne bildeten ein Flickwerk aus allen Schattierungen von Weiß bis Schwarz, wobei grausige Brauntöne am häufigsten zu finden waren. Trotz der pferdeähnlichen Größe der Zähne war die gesamte Konstruktion unpassend, sie rutschte und verschob sich, wenn der Mann sprach. Er musste seine Lippen in übertriebenen Mustern bewegen, um die unansehnliche, klackernde Masse dahinter unterzubringen, während er die ganze Zeit saugte und schlürfte, um sie an ihrem Platz zu halten.

»Häuptling der Wahren **schlürf** Bastarde. Wieder zurück für einen **schmatz** Besuch!«

Hinter ihm stöhnte der Mann auf dem Rad lang gezogen auf.

Die Hand des Knochengrinsers wanderte hinter den Türsturz, und man hörte das Geräusch von schwappendem Wasser. Als er die Hand wieder hervorzog, hielt er einen dünnen Stab darin, an dessen Ende ein tropfender Lappen befestigt war. Er ging an Weide und Schleich vorbei, blieb ein paar Schritte von der Sitzstange entfernt stehen, streckte den Stab aus und hielt dem armen Teufel den Lappen vors Gesicht. Er wurde nicht beachtet, aber der Knochengrinser stand geduldig eine ganze Weile da und bewegte den Stab im Takt des Rades, sodass er immer vor den Lippen des Verrückten schwebte. Aber dieser trank nicht.

Schließlich ließ der Knochengrinser die Arme sinken. »Später vielleicht.«

Er drehte sich um und betrachtete seine Besucher einen Moment lang.

»Dieselben Beschwerden? *Ssst*«

Weide überlegte. Nickte.

»Lügnerin. Sie sind *schnalz* schlimmer.« Er trat wieder hinter sie. »Komm rein. *Schlupp* Die Waffen bleiben draußen.«

Er duckte sich durch das Loch und verschwand. Weide holte tief Luft, löste ihre Armbrust, schnallte ihren Schwertgürtel ab und reichte beides Schleich. Er zeigte auf ihren Stiefel. Kopfschüttelnd zog sie den Dolch heraus und reichte ihn weiter. Sie versuchte, ihr Zittern zu verdrängen, was ihr nicht gelang, und folgte dem Mann in die Dunkelheit.

Die Grotte bestand aus einer Höhle, die genauso eng und wenig einladend war wie zuvor. Eigentlich war sie noch schlimmer, denn sie war kein neues Geheimnis mehr. Ein hoher, uralter Holztisch beherrschte die Mitte, dahinter und daneben standen verfallene Schränke. Das einzige Licht war das, das durch die Öffnung drang, aber der Knochengrinser zündete bereits mit einer Wachskerze die zahlreichen im Raum verteilten Talglichter an. Die lauwarmen Flammen zeigten sein niedriges Feldbett, den einzigen Hocker und die Fülle von Kräutern und Instrumenten, die wie Fledermäuse von der Decke hingen.

Weide stand vor dem Tisch und versuchte, dem Mann aus dem Weg zu gehen, während er sich in den engen Durchgängen bewegte. Er holte ein Glasgefäß mit großer Öffnung aus einem Schrank und reichte es Weide im Vorbeigehen. Beim letzten Mal hatte dies zu einiger Verwirrung und einer nicht geringen Menge an fluchbeladenen Herausforderungen geführt, als die Erklärung folgte. Jetzt jedoch wusste sie mehr, war aber dennoch nicht weniger verunsichert.

Sie öffnete ihre Hose mit einer Hand, schob sie bis zu den Knien hinunter, ging leicht in die Hocke und stellte das Gefäß auf. Der Knochengrinser machte sich an die Vorbereitungen und weder beachtete er Weide noch ignorierte er sie, während sie pinkelte. Als sie fertig war, stellte sie das Gefäß auf den Tisch. Kaum hatte es den Tisch berührt, wurde es wieder hochgehoben. Der Knochengrinser schob sich hinter den Tisch und zwängte sich in den Platz zwischen ihm und den Schränken. Weide begann, ihre Reithose hochzuziehen.

»Lass sie.«

Sie stand da und fühlte sich wie eine Närrin mit entblößtem Hintern. Während der Knochengrinser arbeitete, vermied sie es, in seine Richtung zu schauen, denn sie erinnerte sich an ihren Ekel bei ihrem ersten Besuch, als der Mann ihr Wasser gekostet hatte.

Er war einige Zeit beschäftigt, und Weide hörte ein blubberndes Zischen, zweifellos das Ergebnis davon, dass er eins der zahlreichen Pulver in die Urinflasche mischte.

»Oben auf den **ffssst** Tisch.«

Sie sprang hinauf – die Hose hing noch immer unten um ihre Knöchel – und biss die Zähne zusammen, als er mit einer kleinen Klinge eine Vene in ihrem Arm öffnete. Er beobachtete gebannt, wie ihr Blut in eine flache Zinnschüssel floss. Er hielt das Gesicht so dicht davor, dass seine Nase in Karmesinrot getaucht zu werden drohte. Er überreichte ihr einen Leinenverband, um die Blutung zu stillen, und kehrte zu seinen Schränken zurück.

Schließlich drehte er sich um und blickte zwischen Tischkante und Boden hin und her.

»Erzähl mir, wie das angefangen hat. **Gluck**«

»Ich habe dir doch gesagt, dass ...«

»Erzähl es mir!« Der Knochengrinser hob abwehrend eine Hand. »Noch einmal.«

Weide holte tief Luft und übte sich in Geduld. »Der Schlammmann hat unsere Rotte angegriffen. Er wollte mich, wegen meines Elfenbluts. Eine Art Opfer, um den Sumpf der Alten Jungfer zu heilen. Er war ... zum Kotzen unaufhaltsam.« Weide ertappte sich dabei, wie sie auf eine Narbe an ihrem inneren Unterarm starrte. Eine weitere Narbe befand sich auf ihrer Schulter, die sie nur schwer sehen konnte, aber sie streckte die Hand aus und tastete über die wulstige Stelle. Beide waren von Schlitzohr verursacht worden. Drei weitere zierten ihren Oberschenkel. Sie konnte sie jetzt auf ihrem entblößten Bein sehen. Die hatte sie sich selbst zugefügt. Es waren bei Weitem nicht ihre einzigen Narben, aber es waren die einzigen Wunden, die auch Schutzschilde waren.

»Wir hatten einen Zauberer bei uns. Er sagte, mein Blut würde mich vor der Berührung durch den Schlammmann schützen.«

»*Sssp* Seine Berührung?«

»Des Schlammmanns«, sagte Weide. »Durch sie wurde man bewusstlos.«

Der Knochengrinser brummte. »Ein Beruhigungsmittel. Sprich weiter.«

»Schlitzohr ... der Zauberer hatte recht. Er hat mich geschnitten. Ich bin in den Schlamm gegangen, habe den verdammten Sumpfsauger herausgezogen, ihn in einen Ofen geworfen, und jetzt ist er tot. Ich weiß nicht, was ich dir noch sagen kann.«

Der Knochengrinser dachte in der nun folgenden Stille nach. Er sah auf die Narben an ihrem Oberschenkel hinunter und untersuchte sie geschickt mit seinen Fingern. »Durch die Schnitte konnte der Schlamm eindringen. Um sich **klick* *festzusetzen. Wie lange ist das her? Ganz genau?«

Weide überlegte. »Fast sechzehn Monate.«

»Wie lange, bis du **klick* *krank geworden bist?«

»Vier Monate ... glaube ich.«

»Du glaubst?«

»Das war der erste Anfall. Das erste Mal, dass ich etwas von dem Zeug ausgekotzt habe.«

»*Sssk*. Aber du hast dich vorher schwach gefühlt?«

Weide nickte und hasste dieses Eingeständnis.

»Wie hast du es sonst noch ausgestoßen?«

»Hm?«

»*Gluck* Hast du es ausgeschissen? Ausgepisst? Ist es durch die Nase gekommen?«

Weide verspürte einen Anflug von Panik. »Verdammt, nein! Wird das passieren?«

Der Knochengrinser antwortete nicht, sondern fuhr sich mit seinen langen Fingern über die gespannte Stirn. »Was ist mit dem Blut deines Leibes? Als du das **schlürf* *letzte Mal hier warst, hattest du seit dem Angriff nicht mehr geblutet.«

Das stimmte, war aber nicht beunruhigend. Anders als ihre männlichen Gegenstücke waren weibliche Halb-Orks nicht steril, aber auch nicht übermäßig fruchtbar. Weide hatte jahrelang keine Blutung gehabt, und dann trat sie manchmal ein paar Monate hintereinander auf. Beryl hatte ihr und Cissy beigebracht, dass sie unvorhersehbar blieb, bis sie ganz verschwand.

»Seit ich das letzte Mal hier war, habe ich einmal geblutet«, sagte sie. »Vor zwei Monaten. Da war nichts.«

Der Mann nickte und dachte nach. »Es kommt aus der Lunge. Aus dem Magen **klapp*. Aber jetzt schlimmer. Wie?«

»Ich ... kann nicht atmen. Ich kann spüren, wie es lauert, sich staut. Es droht immer wieder hochzukommen. Wenn es das tut, erstickt es mich fast. Es fühlt sich an, als würde ich sterben, bevor ich es herauswürgen kann.«

»Sehr gut. Leg dich zurück.«

Der Knochengrinser untersuchte sie gründlich, vor allem Weides Augen und Gelenke. Sie ertrug die Unannehmlichkeiten seiner tastenden Hände, wie sie es schon einmal getan hatte, und zwang sich dazu, nicht bei jeder Berührung um sich zu schlagen. Als er fertig war, kehrte er zu seinen Schränken zurück. Sie lehnte sich an die Tischkante und teilte sich den beengten Platz mit dem eigenbrötlerischen Apotheker. Er sah sie an, sein hageres Gesicht war ausdruckslos.

»Der letzte Trunk, den ich für dich bereitet habe, war ein Glückstreffer. Ich bin **gulp* überrascht*, dass du noch lebst.«

Weide konnte nur ein grimmiges Lachen ausstoßen. »Das wollte ich auch gerade über deinen Freund draußen sagen.«

Der Mann lächelte, und sie bedauerte, diesen Witz gemacht zu haben.

»Er war lange vor mir hier. Jetzt, da er den Schutz dauerhaft meidet, bin ich lediglich Pächter dieser Einsiedelei. **Schnalz** Er stürzt manchmal. Aber wie ein Vogel. Er wiegt so wenig, dass ein Sturz ihm kaum etwas anhaben kann. Die Knochen sind so dünn, dass er praktisch schwebt. Eines Tages wird es schlimm ausgehen. Ein gebrochenes Genick oder ein gebrochener Schädel werden seine Suche nach den Wahrheiten, nach denen er trachtet, beenden. **Sssslk**«

»Und was ist mit meiner Suche? Gibt es ein verdammtes Heilmittel?«

Der Knochengrinser wirkte tatsächlich bedauernd. »Ich bin kein Zauberer. Vielleicht kann dir derjenige, der dich geschnitten hat, helfen.«

»Nein. Das kann er nicht.«

»Dann eben Strava. Es heißt, der Hohepriester von Belico ...«

»Nein!« Diesmal spie sie das Wort geradezu aus. Sie hatte gesehen, was bei Abmachungen mit Zirko und seinem Gott herauskam, und wollte mit so einem Pakt nichts zu tun haben. »Gibt es denn nichts, was deine Arzneien tun könnten?«

Der Apotheker presste seine wulstigen Lippen aufeinander. Er wirkte verstört, während er nachdachte.

»Es gibt etwas«, erklärte er Weide.

Der Knochengrinser ging zu seinen Schränken, langsam, gemessen. Er holte eine kleine Flasche von ganz hinten heraus, kaum größer als sein Daumen. Die Keramik war in einem blassen, ungesunden Rot gefärbt. In Weides Kindheit hatte es einen Grauen Bastard namens Schleimer gegeben. Manchmal, wenn er Teilsieg besuchte, unterhielt er die Waisenkinder, indem er ein Paar Skorpione fand und sie zu einem Kampf überredete. Die Art und Weise, wie der Knochengrinser die Flasche hielt, erinnerte sie daran, wie Schleimer mit den Skorpionen umgegangen war: entspannt, aber vorsichtig.

»Kinnabar«, sagte er mit Blick auf die Flasche in seiner Hand und verfluchte sie. »In den Minen von Hispartha sterben Männer in Scharen, um es aus der Erde zu graben. Das Imperium schätzte es mehr als das Leben, nur damit die Frauen der Kaiser ihre Gesichter bemalen konnten. *Sssslk* Zu Quecksilber veredelt, wird es von Alchemisten bis nach Tyrkanien geschätzt, weil sie glauben, es könne sich mit wertlosen Metallen paaren und Gold hervorbringen. Gold. *Schnalz* Noch einmal wertvoller als Menschen. Aber in meinem Handwerk – zu Tränken, Pulvern und Salzen verarbeitet – soll es angeblich *gulp* Leben verlängern.«

Er wollte die Flasche Weide geben, aber als sie ihre Hand hob, zog der Knochengrinser sie zurück.

»Hör mir zu. *Sssslt* Das ist Gift. Nichts weiter. Es ist wertlos, außer für die Ermordung aller, die sich ihm aussetzen. Du musst verstehen ... indem du es nimmst, versuchst du, die Bösartigkeit in dir zu töten. Orkblut ist widerstandsfähiger als das der Menschen. Vielleicht wird dir das helfen. Aber wisse, der Kinnabar-Aufguss wird dich wahrscheinlich töten. Schneller sogar als die eindringenden Körpersäfte.«

Die Flasche wurde erneut hingestreckt.

Weide stellte zunächst eine Frage. »Also ... der Schlamm? Er bringt mich um.«

»Ja. Ich glaube schon.«

Sie nahm das Fläschchen.

Ein Anflug von Enttäuschung huschte über das skelettartige Gesicht des Knochengrinsers. »Einen Tropfen unter die Zunge. Nur einen.«

»Jeden Tag?«

»Wenn du kannst.«

Weide betrachtete das kleine Gefäß. »Es wird nicht sehr lange halten.«

»Nein«, kam die düstere Antwort. »So oder so. **Ssslt** Wird es nicht.«

4

Draußen fand Weide zwei Nomaden, die mit Blindschleiche warteten. Sie hatte das Schlurfen und Schnauben der Keiler und das kurze Gemurmel der Vorstellungsrunde nach ihrer Ankunft gehört, als sie auf dem Tisch des Knochengrinsers saß. Da sie mit heruntergelassener Hose in der Hütte war, hatte sie dem keine Beachtung geschenkt. Sie vertraute darauf, dass ihr ausgemergelter Reiter mit jedem Problem fertigwerden konnte – und würde. Der ältere der beiden nickte ihr zu, als sie die Hütte verließ. Orks waren völlig haarlos, sodass jeder Mischling, der einen Bart oder Locken trug, dies seiner menschlichen Hälfte zu verdanken hatte. Dieser hier besaß flachsblonde Schnurrhaare, eine seltene Farbe bei einem Halbblut. Sie wuchsen büschelweise über seinen Ohren und an seinem Kiefer entlang und bildeten einen scharfen Kontrast zu seiner dunklen Haut. Weide schätzte, dass er fünfzehn Jahre älter war als sie, vielleicht auch etwas mehr. Er trug eine Armbrust auf dem Rücken – eine weitere Besonderheit. Nomaden hatten normalerweise nicht die Mittel, um eine Armbrust zu warten. Der jüngere der unabhängigen Reiter nahm ihre Anwesenheit kaum war. Er war zu sehr damit beschäftigt, unruhige Blicke zu dem Einsiedler auf dessen Pfahl zu werfen.

Weide ignorierte sie für den Moment und holte ihre Waffen von Schleich. Der Knochengrinser tauchte auf, als sie sich ihren Schwertgürtel umschnallte.

»Ah, Kürbis. **Schnalz** Was führt dich her?«

»Nichts Schlimmes, Grinser«, antwortete der ältere Nomade und deutete auf seinen Begleiter. »Ich zeige diesem Jungblut nur, wo du wohnst. Er wird dich wahrscheinlich bald brauchen. Wenn er überlebt, meine ich.«

Kürbis gab seinem Begleiter einen Stoß, der ihn von dem Bann der schaurig-faszinierten Betrachtung des morbiden Verrückten erlöste.

Der Apotheker trat vor und lächelte. »**Ssslt** Ich stehe dir zu Diensten. Obwohl ich bete, dass du sie nie in Anspruch nehmen musst.«

Der junge Nomade ließ sich von diesem scheußlichen Grinsen nicht abschrecken. Er erwiderte es mit seinem eigenen, viel freundlicheren Lächeln und streckte ihm seine Hand hin.

»Ich heiße Faulpelz«, sagte er, und sein Lächeln wurde noch breiter, als der Knochengrinser sein Handgelenk fest umfasste – eine seltene Form der Begrüßung in den Geteilten Landen.

Augenweide musterte den gutmütigen Mischling. Er war nicht mager, wie die meisten unterernährten Nomaden, aber dennoch war sein Name eigenartig. In seiner gut bemuskelten Gestalt steckte nicht ein Hauch von Trägheit. Im Gegenteil, er hatte etwas von einem Leoparden an sich, dessen Körper selbst bei völliger Reglosigkeit kurz vor einem plötzlichen, heftigen Ausbruch zu stehen schien. Im Gegensatz zu seinem Gefährten trug Faulpelz Kopfhaar, das zu kurzen Zöpfen geflochten war. Weides Stirnrunzeln vertiefte sich, als sie keine Narben auf dem entblößten Fleisch seiner Arme bemerkte. Wenn ein Reiter verstoßen wurde, verunstalteten seine Brüder seine Tätowierungen mit Axtklingen, um ihn als Ausgestoßenen zu kennzeichnen und seine Verbindung zur Rotte auszulöschen. Kürbis und Blindschleiche trugen beide die Narben ihres Ausschlusses, aber die schieferfarbene Haut von Faulpelz war frei von Verletzungen, ob alt oder neu. Zur Hölle, er schien überhaupt keine Tätowierungen zu haben.

Weide sagte nichts über ihr Fehlen. Das durfte sie auch nicht. Es war Rottenkodex, einen unabhängigen Reiter nicht über seine Vergangenheit auszufragen.

Er trug eine Reithose, aber anders als die von Kürbis war sie nicht sonnengebleicht und schweißgetränkt. Sie war zwar verwittert, aber noch lange nicht verrottet. In seiner Hand hielt er einen kräftigen Bogen, der im Stile der Unyar gefertigt war. Die Reittiere der beiden Nomaden waren flink und zäh, obwohl Weide bei Kürbis' gefleckter Sau den Ansatz einer Hufentzündung registrierte.

Der Knochengrinser hatte es auch gesehen. »Der linke Hinterfuß von Todesbraut ist etwas **ssslk** angeschwollen.« Er ging neben der Sau in die Hocke. Während er und Kürbis sich berieten, fing Faulpelz Augenweides Blick auf.

Und zwinkerte ihr zu.

»Sogar dein wortkarger Freund dort hat seinen Namen genannt«, kommentierte er leichthin. »Ich hoffe, ich erfahre deinen, bevor du losreitest. Es sei denn, ich habe gerade Schande über mich gebracht, weil ich nicht wusste, dass du hier ein Heilmittel gegen Dummheit suchst.«

Kürbis' Kopf ruckte mit finsterem Blick hoch. »Du hast gerade Schande über dich gebracht, weil das da der Häuptling der Wahren Bastarde ist, du Ignorant!«

Faulpelz war entgeistert. Er sah zum Eingang der Hütte, als hoffte er, dass noch jemand herauskäme. »Ich dachte ...«

»Ich wäre größer?«, beendete Weide den Satz für ihn. »Keine Sorge, mein Schwanz ist genauso groß, wie du gehört hast.«

»Vergib ihm, Häuptling«, bat Kürbis. »Der besteht nur aus Sperma und Blödheit.«

»Ja, vergib ihm.« Faulpelz erholte sich erstaunlich schnell und das Grinsen kehrte in sein Gesicht zurück. »Und sag ihm deinen Namen.«

Sie zog den Sattelgurt von Schoß fest und antwortete ihm über ihre Schulter hinweg. »Augenweide.«

»Und ich dachte, alle Rottennamen seien voller Ironie.« Die Stimme von Faulpelz war ehrfürchtig.

Weide war nicht sicher, was das bedeuten sollte, aber seinem Tonfall nach zu urteilen, war es keine Beleidigung.

Blindschleiche näherte sich Schoß' Sattel von der anderen Seite. »Ich muss bleiben. Ein oder zwei Tage mit dem Knochengrinser jagen.«

Weide nickte. Es war genauso wie beim letzten Mal. Der Apotheker musste entschädigt werden, aber sie konnte sich die Verzögerung nicht leisten. Teilsieg war schon zu lange ohne sie gewesen.

»Ich reite zum Bordell. Dann nach Hause.«

Blindschleiches Stirn runzelte sich kaum merklich.

»Wenn du anderer Meinung bist, Schleich, dann mach den Mund auf.«

Als er es tat, bewegten sich seine Lippen kaum, und seine Stimme war so leise, dass Weide die Worte beinahe überhörte. »Du solltest warten.«

Weide warf einen kurzen Blick hinter sich und stellte fest, dass Faulpelz außer Hörweite war. »Geht nicht.«

»Du bist krank.«

»Scheiße, das weiß ich.«

»Du bist der Häuptling.«

Weide ruckte an einem Steigbügelriemen. »Noch mal. Weiß ich.«

»Du kannst nicht allein reiten.«

Sie schlug das Sattelblatt wieder nach unten, woraufhin Schoßbesen grunzte und sich aufbäumte. Weide packte seine Mähne und zwang ihn zur Ruhe, während sie Blindschleiche über seinen Rücken hinweg wütend anstarrte.

»*Kann nicht?*«

Bei diesem Blick hätte sich ein Schlammkopf in die Hosen gepisst, aber Schleich war ein Grabstein. Und er hatte nicht unrecht. Sie war krank. Verdammt, sie lag im Sterben. Das Wissen hätte sie vielleicht erschreckt, wenn es sich nicht richtig angehört hätte. Richtig angefühlt hätte.

Vor einem Jahr wäre das noch nicht der Fall gewesen. In Wahrheit war es ihr ganzes Leben lang unbegreiflich gewesen. Der Tod, sicher, der war etwas anderes. Wenn sie auf dem Rücken eines Keilers den Dickhäutern im Kampf gegenüberstand, war der Tod da. Er war vertraut, wurde erwartet. Etwas, dem man mit jedem letzten schreienden, spuckenden Atemzug trotzen musste. Im Kampf gegen den Tod fühlte sie sich nie schwach. Der Kampf gegen das Sterben schien jedoch im Griff der Ohnmacht geführt zu werden. Weide hatte die Beschwerden der Alten und Gebrechlichen nie verstanden. Weißes Haar und faltige Haut waren eine faule Ausrede für verlangsamte Reflexe und getrübten Verstand. Sie hielt es für das Beste, den Gebrechen des Alters keine Macht zu geben, indem sie sich weigerte, sie anzuerkennen. Schwäche konnte man ignorieren. So dachte sie.

Jetzt kannte sie die unausweichliche Wahrheit des Verrats eines Körpers. Die Hustenanfälle konnten nicht durch Zähneknirschen gestoppt werden. Die Atemnot konnte nicht durch Tapferkeit beiseitegeschoben werden. Sie konnte nicht stark sein aufgrund der einfachen, tückischen Tatsache, dass sie schwach war. Es war leicht, dem Tod zu trotzen, wenn man nicht im Sterben lag.

Ich sterbe, verdammt noch mal.

Bin aber nicht tot. Noch nicht. Und bis sie es war ...

»Ich habe eine Pflicht, Schleich. Als Häuptling. Findelkinder brauchen eine Amme. Ich werde hier neben diesem hirnverbrannten Geier auf seinem Rad keine finden. Ich muss zu Rhecia. Dorthin, wo du eine verdammte Last wärest, und wir beide wissen das.«

Diesmal hatte sie recht. Blindschleiche machte den Huren Angst, und das lag nicht nur an seinem blassen, stark vernarbten Fleisch oder den leblosen Augen. Diese Frauen hatten jeden wachen Moment mit furchterregenden Männern zu tun, aber einer, der nie mit ihnen ins Bett ging, war ein unheimliches Mysterium mit unbekannten Gelüsten. Einen Mischling, der keine offensichtlichen Begierden besaß, konnte man nicht kontrollieren. Zumindest konnte eine Hure es nicht.

»Du bleibst hier«, sagte Weide. »Sieh zu, dass wir mit Grinser im Reinen sind. Wir sehen uns dann in Teilsieg. Und was mein Alleinreiten angeht ...«

Sie drehte sich um und sah, wie Faulpelz verstohlen die Hand nach oben streckte, um dem Rad des Einsiedlers einen kleinen Schubs zu geben und es langsam zu drehen, während er Kürbis und den Knochengrinser beobachtete, um nicht erwischt zu werden.

»Ich denke, ich probiere es mal mit diesen beiden.«

»Du kennst sie nicht«, sagte Schleich.

»Das muss ich auch nicht«, antwortete Weide. »Sie kennen dich. Dein Ruf unter den Nomaden ist ... Du bist verdammt gefürchtet. Und das aus gutem Grund. Sie wären dumm, wenn sie mir etwas antäten. Außerdem habe ich bei keinem der beiden ein schlechtes Gefühl. Wenn sie sich Rhecia gegenüber als solide erweisen, werde ich sie vielleicht nach Teilsieg einladen.«

»Das hieße, noch mehr Mäuler zu stopfen.«

»Ich weiß«, seufzte sie. »Aber wir sind nur noch sieben Reiter. Da der Mauerbau so lange braucht, werden wir mehr Kräfte benötigen. Mehr Mäuler, ja, aber auch mehr Keiler, mehr Schwerter, mehr Bögen. Wenn wir keine starke Festung haben, dann zumindest starke Waffen.«

»Sechs.«

»Wie bitte?«

»Wir haben sechs Brüder. Nicht sieben.«

»Scheiße«, flüsterte Weide und schüttelte den Kopf. Sie zählte Vollkorn immer noch dazu.

»Noch was.«

»Zur Hölle, wenn man dich einmal zum Reden bringt, hältst du gar nicht mehr die Klappe«, stichelte Weide.

Eine Pause. »Du könntest mit einer Rotte voller Halsabschneider enden.«

Weide hörte auf, an ihrem Zaumzeug herumzufummeln, und dachte nach. Unabhängige Reiter waren Ausgestoßene der Rotten, die von ihren Brüdern der einen oder anderen Verfehlung wegen ins Exil geschickt worden waren. Die Geteilten Lande waren ein unversöhnliches Land, was bedeutete, dass man denen, die es wagten, hier zu leben, vieles verzieh. Ein Reiter musste hart sein und bereit, alles zu tun, was für das Wohl seiner Rotte nötig war. Diese Einsatzbereitschaft brachte Mörder und Viehdiebe hervor. Was kümmerte es einen Rottenmaster, wenn seine Bande aus den schlimmsten Mischlingen bestand, die je auf einem Keiler gesessen hatten, solange sie nur loyal waren? Nomaden waren das schon allein ihrer Lebensweise wegen nicht, aber eine zweite Chance war manchmal gerechtfertigt und ein Risiko wert.

Weide begegnete Schleichs erbarmungslosem Blick. »Wir haben dich gezähmt, nicht wahr?«

»Nein«, antwortete er leidenschaftslos. »Ich war ein Spion für Grasmücke.«

»Um den Lehmmaster zu stürzen«, sagte Weide.

»Um einen *Häuptling* zu stürzen.« Auf einmal war Schleichs Stimme nicht mehr ohne Leidenschaft, und sein plötzlicher Gefühlsausbruch hatte etwas beunruhigend Ernüchterndes.

»Ich weiß, was du meinst«, versicherte Weide. »Aber noch sitzen sie nicht an unserem Tisch.«

»Sie müssen keine eingeschworenen Brüder sein, um zu erzählen, wo sie dich getroffen haben.«

Weide sah sich im Steinbruch um, und ihr Blick blieb an der Tür zur Einsiedelei des Knochengrinsers hängen. Wenn die Bastarde herausfanden, dass sie hier gewesen war, würde es sicherlich Fragen geben, vor allem von Honigwein. Und dann würde sie vor die Wahl gestellt werden: lügen oder die Krankheit zugeben. Welcher Häuptling würde schon freiwillig eine Schwäche offenbaren? Das widersprach allem, was einen Rottenmaster ausmachte. Weide hatte keinen Zweifel daran, dass der Lehmmaster sein Leiden verborgen hätte, wenn es möglich gewesen wäre, aber es war das Einzige, was er nicht hatte verbergen können. Weide könnte Schleich sagen, dass sie anders sein und keine Geheimnisse haben würde, aber das wären Lügen. Und nicht ihre ersten.

»Knochengrinser«, rief sie und lenkte die Aufmerksamkeit des Apothekers auf sich. »Ich erwarte, dass du die Ursache für unsere Missernte weiter untersuchst.«

Der Mann schlüpfte nahtlos in seine Rolle bei diesem Mummenschanz. »Absolut. **Schnalz** Ich hoffe, die Rebstecklinge, die ihr mitgebracht habt, geben Aufschluss über die Art der Fäule.«

»Gut.« Weide wandte sich an Kürbis. »Du und das Jungblut, wollt ihr eine Weile mit mir reiten?«

Faulpelz sprang von der Stange des Mönchs weg. »Ja!«

Kürbis sah von dem Huf seines Reittiers hoch und war nicht ganz so begeistert. »Wohin?«

»Zu Rhecia.« Weide sah Faulpelz an. »Warst du schon mal da?«

»Nein«, antwortete er. Und dann kam dieses Lächeln. »Aber ich finde die Aussicht im Moment unbestreitbar verlockend.«

Weide ignorierte Faulpelz' plumpe Anmache und sah Kürbis wieder an. »Nichts gegen das Handwerk des Grinsers, aber ich bin sicher, er wird dir sagen, dass kein Breiumschlag bei einer Hufentzündung das bewirken kann, was geschützte Ruhe und gutes Futter tun. Deine Sau wird in den Ställen der Bastarde am schnellsten wieder gesund. Komm mit mir ins Bordell, und danach kannst du dich eine Weile bei uns in Teilsieg aufhalten.«

»Ich wette, auch dieser Name passt wieder hervorragend«, sagte Faulpelz.

»**Gulp** Sie hat recht«, warf der Knochengrinser ein. »Ich kann dir etwas geben, das die Fäule aufhält, aber es könnte **sssipt** übel werden, wenn sie nicht behandelt wird.«

Kürbis ließ Augenweide nicht aus den Augen. »Bietest du mir einen Platz in deiner Rotte an?«

»Ich biete dir die Chance, dir eine Stimme zu verdienen. Wenn du das willst.«

Die Kiefer des Nomaden mahlten, und er schielte zum Himmel hinauf.

»Bevor du antwortest«, sagte Weide, »solltest du zwei Dinge wissen. Zunächst einmal, Teilsieg ist noch weit vom Wohlstand entfernt. Wahrscheinlich wirst du die meisten Nächte hungrig zu Bett gehen.«

Kürbis tat das mit einem Achselzucken ab. »Das mache ich jetzt auch. Und was noch?«

»Ich verlange viel von meinen Reitern.«

»Hhhmm.« Kürbis kämmte mit seinen Fingern seine blassen Schnurrhaare. »Ich habe noch nie Befehle von einer Frau entgegengenommen.«

»Natürlich hast du das«, sagte Weide und zog ein letztes Mal ruckartig an ihrem Sattelgurt. »Mindestens eine muss dir gesagt haben, du sollst schneller machen.«

Faulpelz brach in unbeschwertes Gelächter aus.

Kürbis zögerte nur noch kurz. »Also schön.«

Weide nahm Blindschleiche beiseite, während der Knochengrinser in seine Hütte ging, um das Mittel zu holen.

»Ich werde die beiden auf Herz und Nieren prüfen. Bis wir zu Hause ankommen, sollte ich alles Nötige wissen.«

Schleich sah über ihren Kopf hinweg. »Sei wachsam.«

»Das werde ich.«

Die schwindende Sonne röstete Ul-wundulas. Nachdem sie von den Amphoras hinabgestiegen waren, ritt Weide vor Kürbis und Faulpelz her. Sie ließen die Keiler in aufgewirbelten Staubwolken rennen, bis sie den Fluss Cavalero erreichten, einen Nebenfluss des Guadal-kabir, der so genannt wurde, weil er die östliche Grenze des Kastellgebiets markierte. Sie ignorierte die Furt, trieb Schoßbesen nicht mehr voran und blieb stehen. Sie stiegen ab und ließen die Keiler zum Flussufer hinuntergehen, um zu trinken. Als Kürbis in die Hocke ging, um sich eine Handvoll Wasser in den Mund zu schöpfen, bemerkte Weide eine Axt, die hinten in seinem Gürtel steckte. Die Waffe sah verdächtig nach einem Wurfbeil aus, wie solche, mit denen Rotten traditionell gegen die Entscheidungen eines Häuptlings stimmten. Alle Äxte der Bastarde waren beim Einsturz der Brennerei verloren gegangen, und niemand hatte es eilig, sie zu ersetzen.

»Man munkelt, er hat sie aufgefangen.«

Weide hatte nicht gehört, dass Faulpelz sich näherte, und schrak beinahe zusammen wegen seiner plötzlichen, leisen Äußerung. Sie drehte sich um und sah den grinsenden Nomaden direkt hinter ihrer rechten Schulter stehen.

»Was aufgefangen?‹, fragte sie.

»Die Axt«, antwortete Faulpelz, die Stimme zu einem verschwörerischen Flüstern gesenkt. »Hatte versucht, die Führung bei den Schädelsäern zu übernehmen und die Abstimmung verloren. Kürbis stand zur Urteilsverkündung vor dem Baumstumpf, aber als sein Häuptling warf, hat unser mürrischer Freund dort unten am Ufer die Axt im Flug erwischt. Er verließ mit dem verdammten Ding in der Hand direkt die Furche und zerschnitt dabei seine eigenen Tätowierungen.«

Weide warf ihm einen bösen Blick zu. »Ich wette, du hast ihm geglaubt, als er dir erzählte, dass sein Schwanz mit dem eines Zentauren mithalten kann.«

»Oh, er hat nie ein Wort darüber verloren«, erwiderte Faulpelz ungerührt. »Man erkennt den Wahrheitsgehalt von Geschichten daran, dass sie nicht von ihren Helden erzählt werden.«

»Ist das eine Art Nomadenweisheit?«

»Ich mag den Gedanken, dass es sich um eine begründete Intuition handelt.«

»Noch mehr ausgefallene Worte«, sagte Augenweide und tat so, als wäre sie beeindruckt. Sie warf ihm einen abschätzenden Blick zu und bemerkte erneut das Fehlen der Rottentätowierungen und Narben Ausgestoßener. Alle Halb-Orks waren gut gebaut, aber sein muskulöser Körperbau hatte etwas Seltsames an sich. Er war zu ... kultiviert. Er sah aus wie eine der kopflosen Statuen des Imperiums, die in den Ruinen von Kalbarca standen. Die kleinen Hinweise ergaben jetzt ein klares Bild. Mit deutlicher Verachtung verlieh sie ihrer Erkenntnis Ausdruck. »Du kommst aus Hispartha.«

Faulpelz lächelte strahlend. »Magerit.«

»Die Stadt des beschissenen Königs?«

»Nun, die der Königin. Aber – ja.«

»Verfluchte Scheiße! Du warst noch nie in einer verdammten Rotte.«

Faulpelz' Gesicht verlor angesichts ihres finsteren Blicks etwas von seiner Selbstgefälligkeit.

»Warum, zum Teufel, bist du in den Geteilten Landen?«

»Er ist ein Staubfresser.«

Kürbis stapfte die Böschung herauf und führte seine Sau an einem Sauenhebel.

»Ein – was?«, hakte Augenweide nach.

Faulpelz hielt einen Finger hoch. »Das ist ...«

»Ein Staubfresser«, wiederholte Kürbis. »Mischlinge aus dem Königreich kommen nach Ul-wundulas, um etwas Staub in ihre Ritze zu bekommen, etwas Nomadentinte, vielleicht ein paar Narben. Weiche kleine Früchtchen, aus denen die Geteilten Lande harte Männer machen sollen. Die meisten von ihnen sterben schnell. Der Rest pisst sich nach dem ersten Anblick eines Dickhäuters oder eines Zentauren ein und rennt in seinen feuchten

Hosen nach Hause.« Kürbis richtete einen Finger auf Faulpelz. »Der hier ist hier, damit er zurück in die Häuser des Fleisches gehen und sich als blutiger Orktöter ausgeben kann, um den Preis in die Höhe zu treiben, den die Blaublüter für seinen Lümmel zahlen werden.«

Weide drehte ihren Kopf und sah Faulpelz an. »Ist das wahr?«

Der als Staubfresser Bezichtigte zuckte großspurig mit den Schultern. »Edelfrauen sehnen sich nach ein wenig Gefahr, ein wenig Schmutz. Ich hatte es satt, für die *Carnavales* zu reiten und Münzen aus dem Schlamm zu pflücken. Sobald ich das Brachland kennengelernt habe, werde ich einen hohen Preis erzielen, indem ich die Launen der vornehmsten Damen in Magerit bediene. Komfort und Luxus werden mein Leben erfüllen.«

»Während dein Fleisch und deine Zunge die Mösen von reichen Weichlingen füllen«, murmelte Kürbis und untersuchte den geschwollenen Huf seines Reittiers.

Augenweide war verblüfft und verärgert. »Du bist also hierhergekommen, damit du wieder nach da oben zurückgehen kannst ... um eine Hure zu sein.«

»Ein *Cortejo*«, korrigierte Faulpelz.

»Nein, nein, nein, nein«, sagte Weide, der ein Lachen in der Kehle aufstieg. »Du hast gesagt, du würdest reiche Frauen für Geld ficken. Ich weiß nicht, wer dir den Namen Faulpelz gegeben hat, aber da du ihn dir wahrscheinlich selbst ausgesucht hast und noch nie in einer Rotte warst, kann das nicht dein Rottenname sein. Von jetzt an heißt du Hure, wenn du mit mir reiten willst.«

»I...«

»Steig auf, Hure«, sagte Weide und schwang sich in ihren Sattel. Hinter ihr gab Kürbis ein kehliges Geräusch von sich, das vielleicht ein Kichern war. »Wie lange bist du schon in den Geteilten Landen? Ganz ehrlich.«

Faulpelz hob sein Kinn. »Fast ein halbes Jahr. Und ich bin noch nicht tot.«

»Kann er kämpfen?«, fragte Weide und drehte sich zu Kürbis um. »Schießen?«

Der Nomade kratzte sich an einem seiner Backenbartbüschel und zuckte gleichgültig mit den Schultern.

Faulpelz' Kiefer mahlten trotzig. »Glaubst du, nur Mischlinge in den Geteilten Landen haben es schwer? Glaubst du, wenn man als Halbblut in Hispartha aufwächst, erfährt man keine Verachtung? Jeder schwächliche Raufbold, der etwas zu beweisen hat, sieht dich als Herausforderung. Will sich seine Lorbeeren verdienen, indem er den Halb-Ork besiegt. Und ein Sieg schützt dich nicht vor der Vergeltung der Freunde des Herausforderers. Ich kann kämpfen. Ich kann aber auch lesen. Meinst du, jemand wollte mich unterrichten? Ich spreche Orkisch. Versuch mal, dafür einen Lehrer in einer Bastion der Kultur zu finden. Ihr macht euch über mich lustig, weil ich nach Ul-wundulas gekommen bin, um zu sehen, ob ich hier überleben kann. Sagt mir, ihr beiden, habt ihr jemals versucht, in Hispartha zu leben? Habt ihr versucht, in der gefühllosen, beiläufigen Schlechtigkeit der Zivilisation zu gedeihen? Ich habe gelernt, in den *Carnavales* auf einem Keiler zu reiten, weil das die einzige Möglichkeit war, die Arenen zu meiden. Denn glücklicherweise ist es unter den Adligen in Mode, sich dramatische Inszenierungen des großen Ork-Einmarschs anzusehen. Die Ehefrauen der Kaufleute kamen mit Münzen zu mir, um sich zu vergnügen, nachdem sie das Spektakel gesehen hatten. Aber die Hofdamen wollen nur echte Bösewichte. Deshalb bin ich gekommen.«

Weide beschloss, ihn noch länger zappeln zu lassen. »Ich habe nur gefragt, ob du schießen kannst.«

Faulpelz zog einen Pfeil aus seinem Köcher, spannte den Bogen, hob ihn an und ließ den Pfeil von der Sehne schnellen. Der Pfeil sauste über den Cavalero hinweg und traf genau auf einen moosbewachsenen Felsen, der mitten im Strom aus dem Wasser ragte.

In Anbetracht der Entfernung nickte Weide gemächlich und zustimmend. »Aber kannst du eine Armbrust benutzen?«

»Armbrüste sind den Bürgern von Hispartha verboten«, sagte Faulpelz. »Ich durfte bei einer Aufführung zum Geburtstag der Königin Madre, bei der ich das Lehmmonster gespielt habe, nur eine Attrappe tragen.«

Augenweide brauchte einen Moment, um zu verstehen, was er gerade gesagt hatte. »Du meinst ... den Lehmmaster?«

Faulpelz legte die Stirn in Falten. »Der Anführer der Grauen Bastarde? Das Lehmmonster.«

Jetzt brach Kürbis tatsächlich in schallendes Gelächter aus.

»Es gibt ... Nachahmungen von ihm?« Weide merkte, wie ihr Magen etwas in Richtung ihrer Kehle schob. Schlamm oder einfacher Ekel, sie wusste es nicht, aber sie kämpfte es trotzdem nieder.

»Dramatische Inszenierungen«, beharrte Faulpelz. »Ja. Er ist eine ziemlich romantische Figur unter ...«

»Verdammt noch mal, Hure, hör auf zu reden!«

Für den Rest des Tages war Schweigen angesagt. Sie ritten ihre Keiler bis zum späten Abend, solange es ratsam war, denn selbst die Ausdauer eines in den Geteilten Landen geborenen Barbaren hatte ihre Grenzen. Der Mond und die Sterne schmorten in einer trüben Wolkenbrühe, was einen nächtlichen Ritt waghalsig machte. Sie schlugen ihr Lager in der Ebene auf. Das war zwar riskant, aber die Zeit, die sie gebraucht hätten, um einen besser zu verteidigenden Platz zu finden, stand ihnen nicht zur Verfügung. Augenweide gestattete ihnen, Feuer zu machen. Ihre Mahlzeit bestand in ein paar Schlucken aus einem Wasserschlauch. Keiner der Nomaden beklagte sich.

»Ihr zwei schlaft«, sagte Augenweide zu ihnen. »Ich werde Wache halten. Wir lassen die Keiler ordentlich ausruhen, aber wenn der Himmel nach Mitternacht aufklart, reiten wir los.«

Zustimmendes Gemurmel erklang. Faulpelz legte sich hin und lehnte sich an den Bauch seiner Sau. Die Mischlingsrotten nannten eine solche Position »Schädelnuckeln«, und nicht jedes Schwein duldete sie, vor allem nicht die männlichen. Heimelig hatte sie bei Schakal immer zugelassen, eine der vielen Verhaltensweisen, die diesen Keiler so besonders gemacht hatten. Der Gedanke schmerzte Augenweide kurz. Sie schüttelte ihn ab. Schoßbesen schnüffelte am Rande des Feuerscheins. Um nichts in der Welt würde es dieser Keiler ertragen, ein Kissen zu sein. Keines der Reittiere der Hauer würde das tun, nicht einmal die weiblichen.

Auf der anderen Seite des Feuers säuberte Kürbis fleißig seinen Stockbogen.

»Du solltest schlafen«, sagte Augenweide.

»Die Armbrust wird zu einem Scheißhaufen, wenn ich sie nicht pflege.«

»Wie lange hast du es geschafft, sie zu erhalten? Den meisten unabhängigen Reitern gelingt das nicht.«

Kürbis hielt einen Moment in seiner Arbeit inne und dachte nach. »Diese hier fast fünf Jahre.«

Sie schwiegen lange, und Weide war entschlossen, ihn seiner Aufgabe zu überlassen, da sprach er wieder.

»Hab meine erste verloren. Ich habe es richtig gemacht. Hab den Rost von den Stangen entfernt und die Schnur gewachst. Aber ich habe nicht bemerkt, dass das Leder des Rückengurtes abgenutzt war. Ich überquerte den Guadal-kabir im Frühjahr, als der Fluss noch sprudelte. Die Strömung hätte mir und meinem Keiler fast den Garaus gemacht. Wir schafften die Überquerung, aber die Armbrust war weg. Den Rest der Saison habe ich in Kalbarca verbracht und mit einem Jagdbogen geübt. Es war einfach nicht dasselbe.«

»Nein«, stimmte Weide zu.

Kürbis' Aufmerksamkeit wanderte einen Moment lang zwischen ihr und der Armbrust hin und her, wobei er offensichtlich überlegte, ob er etwas sagen sollte.

»Was ist los?«, fragte sie.

»Gerüchte unter den Nomaden besagen, dass du einen Koloss von einem Dreiblut in der Rotte hast. Der als deine rechte Hand fungiert. Aber beim Grinser habe ich so einen Klotz nicht gesehen. Nur Blindschleiche.«

Weide wurde misstrauisch. »Warum fragst du nach dem Dreiblut?«

Kürbis zuckte mit den Schultern, immer noch auf den Bolzenhalter seiner Armbrust konzentriert. »Ich habe während des Verrätermonds an der Seite eines Dreibluts der Grauen Bastarde gekämpft. Das ist Jahre her. Er war frisch vereidigt. Ich fragte mich nur, ob es derselbe Mischling war.«

»Vollkorn«, schlug Weide vor.

»Das war er. Ist er tot? Schwer vorstellbar, wirklich, aber ich weiß, dass deine Rotte schwer in Mitleidenschaft gezogen wurde, als die Dickhäuter im letzten Frühjahr kamen.«

»Ich musste ihn wegschicken. Wegen der Rationierung.«

Kürbis stieß ein humorloses Lachen aus. »Das Monster hat zu viel gegessen, was? Tja, so sind die Dreiblüter nun mal.«

»Andersrum«, sagte Weide. »Er hat nicht genug gegessen. Meistens überhaupt nichts. Er war der Meinung, er könne einen leeren Bauch besser ertragen als der Rest von uns. Auf so dämliche Scheißideen kommt auch nur er.«

»Du hast ihn also rausgeworfen?«

Kürbis schien mehr am Abzug der Armbrust interessiert zu sein als an einer Antwort, aber Weide gab sie ihm trotzdem. »Nein. Er dient immer noch den Rotten. Nur irgendwo, wo er nicht verhungern muss.«

»Dann hat er Glück gehabt. Weg von der Entbehrung, der Gefahr.«

»Er ist in der Grube der Huldigung.«

Kürbis' Kopf ruckte hoch. Er starrte Augenweide aufmerksam an, die Armbrust – vergessen. Als er sah, dass sie nicht scherzte, blies er einen harten Atemzug aus seinen bärtigen Wangen.

»Wie lange?«, fragte er.

Weide zeigte mit ihrem Kinn auf den schlafenden Faulpelz. »Länger als unser Hurenbock in den Geteilten Landen ist.«

Kürbis grunzte erneut verwundert und verdoppelte seine Bemühungen um die Armbrust. »Deshalb sind in den Geteilten Landen auch keine Götter zu finden. Sie wachen alle über deinen Freund.«

»Dann wissen sie, worauf sie setzen müssen.«

Zwischen ihnen fiel kein weiteres Wort. Bald legte Kürbis die Armbrust beiseite und ließ sich auf seiner dünnen Bettrolle nieder. Das Feuer knisterte, während Halb-Orks und Keiler schnarchten.

Weide vergewisserte sich, dass beide Nomaden im Tiefschlaf lagen, bevor sie das Gift des Knochengrinsers hervorholte. Sie betrachtete das Fläschchen kurz, bevor sie den Stopfen herauszog. Sie öffnete den Mund und kippte vorsichtig einen Tropfen unter die Zunge. Er verbrannte das weiche Fleisch, machte es körnig. Ein fauliger, metallischer Geschmack breitete sich in ihrem Mund aus. Weide fuhr mit der Zunge herum, spuckte aus, aber der ätzende Geschmack war in ihre Zähne eingedrungen und ließ sich nicht mehr vertreiben.

Die Wolken klarten nicht auf. Weide verbrachte die Nacht schwitzend und zitternd, mit fiebrigen Tränen in den Augen. Sie biss sich in den Arm, um nicht zu wimmern, und hoffte, dass ihre Gefährten nicht erwachen würden.

5

»Spione. Sind. Fliegenfutter.« Faulpelz las die in den Rumpf der Leiche geritzten Worte mit dumpfer Kritik in der Stimme. »Man sollte meinen, sie wären cleverer.«

Kürbis spuckte aus. »Lügen müssen nicht clever sein.«

Weide sagte nichts und überließ es dem Summen derer, die sich an dem armen an den Baum genagelten Mischling gütlich taten, ihre Zustimmung kundzutun. Sein nackter Körper war in der Hitze angeschwollen, die alten Narben, die ihn als Nomaden kennzeichneten, erstreckten sich über die Überreste von Rottentätowierungen, die durch das gesprenkelte Purpur der Fäulnis so gut wie ausgelöscht waren. Vor einigen Meilen hatten sie seinen Keiler gesehen, auf dem sich ein halbes Dutzend Geier niedergelassen hatte. Die Cavaleros mussten Spaß an der Jagd gehabt haben, wenn er es so weit zu Fuß geschafft hatte.

»Sicher, dass es eine Lüge ist?« Faulpelz rieb sich den Nacken. »Ich habe gehört, die Orks hätten es letztes Jahr fast bis nach Hispartha geschafft. Die Leute sagen, dass sie ohne Hilfe nicht so weit hätten vordringen können.«

Kürbis warf dem Staubfresser für diese schwachsinnige Bemerkung einen strafenden Blick zu. »Unabhängige Reiter spielen nicht die Kundschafter für Dickhäuter, Junge. Hörst du? Nein, niemals. Das ist eine Wahrheit, die du mit in den Norden nehmen kannst.«

»Die Orks würden jedem Halbblut, das sie erwischen, weitaus Schlimmeres antun«, fügte Weide hinzu.

Faulpelz starrte auf den grässlichen Kadaver. »Schlimmer?«

»Stimmt auch wieder«, stimmte Kürbis zu.

»Warum diese Täuschung?«, fragte Faulpelz. »Die Weichlinge

haben noch nie einen Grund gebraucht, um Mischlinge zu ermorden, soweit ich weiß. Warum also diese Keilerscheiße über Spione?«

»Der Hauptmann des Kastells hat den Verstand verloren«, antwortete Kürbis. »Hat ein Bein verloren und Blutfieber bekommen. Sieht jetzt überall Feinde.«

Wieder blieb Weide stumm. Bermudo hatte ein Bein verloren und möglicherweise auch seinen Verstand, aber er war nur hinter einem Feind unter den Nomaden her; ein Mischling, von dem Weide wusste, dass er weit von den Geteilten Landen entfernt war.

Kürbis spuckte einen weiteres Mal in den Dreck. »Holen wir ihn runter.«

»Lass ihn.«

Weides Worte ließen den Nomaden in seinem Sattel erstarren. »Den Teufel werde ich tun!«

»Das wirst du, wenn du nicht willst, dass noch mehr Nomaden dasselbe Schicksal erleiden müssen.« Weide nickte dem Baum und seinem Fleischschmuck zu. »Das dort ist die beste Warnung für andere unabhängige Reiter, dass die Cavaleros in der Gegend sind. Wenn wir ihn in den Boden stecken, lassen wir diese Warnung verschwinden.«

Kürbis kaute verärgert auf ihrer Weisheit herum, konnte die praktische Vernunft darin aber nicht bestreiten.

»Es ist nicht mehr weit bis zum Bordell«, sagte er. »Gut möglich, dass die Weichlinge, die das getan haben, dort sind.«

Weide hatte das Gleiche gedacht. »Suchst du Abrechnung? Oder einen Grund, nicht zu gehen?«

Kürbis deutete auf die aufgewühlte Erde um den Baum herum. »Das waren zwanzig Pferde. Vielleicht mehr.«

Weide nickte. »Hab ich gesehen.«

»Sieben zu eins, wenn wir sie finden«, sagte Faulpelz.

»Die Hure hat recht«, sagte Weide zu Kürbis.

Der Nomade grunzte. »Diese Quoten sprechen nicht gerade für eine Abrechnung.«

»Und wir müssten sie alle erwischen. Jeden Einzelnen, damit keiner beim Kastell Bericht erstatten kann.«

»Sagen wir, wir schaffen es. Nichts wird Rhecias Mädchen davon abhalten, zu sagen, wer es getan hat. Es sei denn, du hast vor, sie gleich mitzutöten?«

»Habe ich nicht«, sagte Weide.

»Was dann?«

»Den schwierigsten Weg.« Weide warf den beiden Mischlingen einen Blick zu. »Wir lassen sie in Ruhe.«

Das gefiel Kürbis noch weniger, als den ermordeten Mischling unbestattet zu lassen. Seine Kiefer mahlten.

»Wenn du das nicht hinbekommst, reite am besten gleich weg«, sagte Weide zu ihm. »Ich habe bei Rhecia zu tun. Da kann ich kein Blutvergießen gebrauchen.«

Kürbis starrte auf die Leiche am Baum. »Und wenn *sie* keine Ruhe geben? Wenn diese Weichlingswichser zwei unabhängige Reiter und eine Mischlingsfrau sehen und es darauf ankommen lassen? Was dann?«

Weide spürte, wie Faulpelz sie ansah und auf die Antwort wartete.

»Es ist ein Risiko«, sagte sie. »Eines, das du nicht eingehen musst. Reite weiter. Du wirst nicht in meiner Achtung sinken, wenn du es tust. Die Wahrheit ist, dass du da draußen immer noch ein Nomade bist, Kürbis. Du riskierst immer noch, an einen Baum genagelt zu werden oder bis zum Kinn im Dreck vergraben zu enden. Vielleicht hast du Glück und kreuzt nie den Weg der Cavaleros. Aber wenn doch, wärst du dann lieber allein, wie dieser unglückliche Mistkerl? Oder wärst du lieber als Anwärter der Rotte mit dem Häuptling der Wahren Bastarde zusammen? Bermudos Männer mögen Nomaden töten, aber sie brauchen dafür eine Lüge. Das heißt, sie haben vor etwas Angst. Vor der Krone? Verdammt zweifelhaft. Wahrscheinlicher ist, dass wir es sind, die Mischlingsrotte. Zwanzig Männer, die einen Einzelnen jagen ... das spricht für ihre Feigheit. Ich wette, wenn sie von ihren Pferden steigen und wir vor ihnen stehen, werden sie nicht den Mumm haben, uns direkt anzusehen.«

»Und wenn du dich irrst?«, fragte Faulpelz, mehr neugierig als besorgt.

Weide zuckte mit den Schultern. »Dann sind wir tot, bevor die Sonne untergeht. Nicht anders als an jedem anderen Tag in den Geteilten Landen. Wenigstens stirbst du in einem

Bordell. Klingt sowieso schon fast nach dem, was du willst, Hure.«

Der junge Mischling grinste. »Ja, das stimmt wohl. Ich bin dabei. Was sagst du, Kürbis?«

»Ich sage, dass ich ein Paar silberne Maravedís habe und mich nicht von einer kleinen Bande Hinterwäldler davon abhalten lasse, sie bei Rhecia auszugeben.«

Weide schnaubte. »Mösen. Die Quelle allen Mischlingsmuts.«

»Zur Hölle mit Mösen«, erklärte Kürbis. »Ich will eine warme Mahlzeit. Ein voller Bauch ist einen Haufen Geld mehr wert als ein leer gespritzter Sack.«

»Hier liegt Kürbis«, rezitierte Faulpelz in demselben dumpfen Ton, den er beim Verlesen der mit Messern geritzten Worte verwendet hatte. »Er starb für Eintopf.«

Weide grinste darüber, drehte sich um und ließ den Baum hinter sich. Zwei Madennester starrten hinter ihr her.

Sanchos.

Es war leicht, den Ort anders zu nennen, wenn man nicht in seiner Nähe war, aber als sie die niedrigen Gebäude auf der hässlichen Ebene sah, die eine Atempause vom Brachland und einer Flut unangenehmer Erinnerungen versprachen, konnte Weide nicht anders, als ihn als das zu sehen, was er war.

Flankiert von den unabhängigen Reitern, ritt sie in die Umzäunung des staubigen Hofes. Niemand war zu sehen, außer einer Gestalt am Brunnen. Eine Mischlingsfrau, die Eimer füllte. Weide führte ihre Reiter zu den Ställen. Sancho hatte einen Jungen angestellt, Olivar, um die Reittiere seiner Gäste zu hüten, aber wie viele Diener des fetten Pedanten war er weggelaufen, nachdem sein Herr getötet worden war. Ein buckliger Mann mittleren Alters erbot sich, ihre Keiler zu übernehmen.

Weide winkte ab, während sie und Kürbis abstiegen. Faulpelz blieb wie geplant auf dem Rücken seines Keilers, um Wache zu halten. Weide ließ Schoß und Todesbraut in Kürbis' Obhut und schritt an dem ängstlichen Stallknecht vorbei in die stinkende Enge der Boxen. Schnell zählte sie nach.

Die Furchen auf Kürbis' Stirn vertieften sich bei ihrem Gesichtsausdruck, als sie herauskam. »Sie sind hier.«

»Sieben Pferde«, bestätigte Weide. »Alles Kavalleriepferde aus dem Kastell.«

»Nur sieben.« Faulpelz gab ein kleines Grunzen von sich. »Das nenne ich mal Glück.«

Weide gefiel das Grinsen nicht, das sich zwischen Kürbis' Schnurrhaaren breitmachte. Sie warf einen Blick auf den Stallknecht. »Warum sind sie noch gesattelt?«

Die Zunge des Gauners fuhr über seine pralle, kürzlich gespaltene Unterlippe. »Die Cavaleros haben darauf bestanden.«

»So wie sie darauf bestanden haben, dass unser Bruder Nomade diesen Baum heiratet«, sagte Kürbis.

»Da ist auch ein Barbar«, sagte Weide, um ihn abzulenken. Der Keiler eines Nomaden.«

»Kennst du ihn?«, fragte Kürbis.

Weide nickte. »Ich kenne ihn.«

Sie schwang ein Bein über ihren Keiler und schoss über den Hof. Die Halb-Ork-Frau am Brunnen sah auf, als sie vorbeiritt. Ihr Gesicht war von einer Vielzahl sich kreuzender Narben zerfurcht. Wenig überraschend war sie wie eine gewöhnliche Arbeiterin gekleidet. Der minderwertige Stoff ihrer Tunika und ihrer Reithose war von Sonne und Staub ausgebleicht. Auffällige Seidenstoffe wären an ihr verschwendet gewesen. Zur Hölle, Sancho hätte zu seiner Zeit niemals erlaubt, dass ein solches Gesicht bleibt. Rhecia musste eine tolerantere Zuhälterin sein.

Vor dem eigentlichen Bordell waren keine Reittiere an den Anbindepfosten festgemacht. Weide sprang aus dem Sattel und begann, ihren Keiler zu sichern, wobei sie Faulpelz und Kürbis ein Zeichen gab, ihre Reittiere am gegenüberliegenden Ende festzubinden, damit Schoßbesen der übellaunige Keiler sein konnte, der er war. Als sie ein letztes Mal kräftig am Knoten zog, fiel der Schatten der mit Eimern beladenen, vernarbten Frau auf die Erde am Pfosten.

»Ihr …«

»Wir bleiben nicht lange«, sagte Weide und schob sich durch die Tür.

Die Insassen des erbärmlichen Schankraums des Bordells schreckten bei ihrem Eintreten auf. Ein Hocker schabte über den Boden und fiel mit einem Knall um, als ein Mann aufsprang. Sein Begleiter stieß in seiner Eile, sich zu erheben, gegen den Tisch, und die Becher wackelten. Wein tropfte auf den Boden, während beide Männer in das grelle Licht blinzelten, das hinter Weide hereinfiel. Die Helligkeit ließ nach, als Kürbis und Faulpelz die Türöffnung füllten. Sie traten ein und erwiesen den nervösen Gesichtern wieder die Gnade des Dämmerlichts.

Weide zählte drei Cavaleros. Die beiden aufgesprungenen und einen weiteren, der allein an einem Tisch weiter drin in der Dunkelheit saß. Sie alle starrten sich einen Moment lang an, die Hände an den Griffen ihrer Schwerter, aber keiner zog den Stahl. Die Ankunft einer Frau, die frische Becher an den Tisch des Duos brachte, löste ihre Spannung. Mit einem letzten finsteren Blick setzten sie sich wieder. Der Einzelgänger blieb ruhig und wachsam, doch die Frau, die sich zwischen den Tischen durchschlängelte und vor Augenweide stehen blieb, verstellte ihm den Blick.

»Willkommen, Rottenmaster«, sagte sie auf Hisparthanisch mit einem Anflug von Anville-Akzent. Sie bot die drei verbleibenden Becher auf ihrem Serviertablett an. »Es ist mir eine Ehre, dass du dich hier wohlfühlst.«

Weide hatte nur eine vage Erinnerung an dieses milchhäutige Flittchen mit den dunklen Locken. Sie saß auf Schakals Schoß, das perfekte, sittsame, junge Spielzeug, das er mit Delia teilen konnte. Weide erinnerte sich daran, dass sie darauf gewartet hatte, dass die ältere Hure eifersüchtig wurde und Rhecia verjagte, aber das passierte nicht. Das neue Mädchen verstand ihr Handwerk und verführte Schak, ohne Delia zu verdrängen. Ein heikles Gleichgewicht. Weide war angewidert und beeindruckt gewesen. Jetzt leitete das hübsche Mädchen mit dem geübten Schmollmund das Bordell, das von Cavaleros und Halb-Orks besucht wurde. Augenweide hoffte, dass ihre ausgleichende Fähigkeit auch weiterhin so beeindruckend blieb.

»Wo sind die anderen vier?«, fragte sie, nahm einen Becher und sprach leise.

Rhecia lächelte weiter und warf nicht einmal einen Blick in die Richtung der Cavaleros. »Drei leisten den Frauen in ihren Zimmern Gesellschaft. Der letzte badet gerade.«

Weide führte den Wein an ihre Lippen und benutzte den

Becher, um ihren Mund zu verbergen. »Und wo versteckt sich Späne?«

»Auf dem Dach des Badehauses«, antwortete Rhecia gleichmütig.

Weide verbiss sich einen Fluch. »Wir brauchen ein Zimmer. Und wage es nicht, mich nach einer verdammten Münze zu fragen.«

Rhecia ging auf die Unhöflichkeit nicht ein und gab Weide ein Zeichen, ihr zu folgen.

Sie gingen den niedrigen, düsteren Flur an der Rückseite des Schankraums entlang. Eine der Türen öffnete sich gerade, als Weide vorbeiging, und ein Mann blieb abrupt stehen, als er sah, dass der Durchgang versperrt war. Auch Weide blieb wie angewurzelt stehen, aber nicht des erröteten Cavaleros wegen, der noch immer sein feuchtes Hemd zurechtrückte. Es war die nackte Mischlingsfrau auf dem Bett hinter ihm, die ihn mit einer lächerlichen Pose in der Hoffnung verabschiedete, er möge bald zurückkommen. Cissys Augen weiteten sich, als sie Weides Blick auffing, und Überraschung und Scham verhärteten sich schnell zu einer verärgerten Herausforderung.

»Hier entlang«, drängte Rhecia.

Augenweide ging weiter.

Am Ende des Flurs öffnete Rhecia eine Tür wie alle anderen. Als sie eintrat, nahm Weide die heruntergekommene Einrichtung und den muffigen Geruch wahr und erinnerte sich an die Nächte, die sie an diesem verdammten Ort verbracht hatte. Faulpelz und Kürbis folgten ihr hinein und nahmen in dem ohnehin schon engen Raum noch mehr Platz weg. Auch Rhecia trat ein und schloss die Tür.

»Du musst diesen Weichling aus den Bädern holen«, sagte Weide zu ihr.

»Er wird bereits herausgelockt«, sagte die Hurenmeisterin.

»Haben die Männer nach dem Keiler gefragt?«

»Das haben sie. Ich habe ihnen gesagt, dass er ohne Reiter hier angekommen ist.«

»Glauben sie dir?«

»Natürlich.«

»Waren sie Teil eines größeren Trupps?«

Rhecia schüttelte den Kopf.

»Wahrscheinlich haben sie sich von der Hauptgruppe getrennt«, sagte Kürbis und setzte sich auf die Bettkante. »Der Rest ist inzwischen zurück im Kastell, würde ich sagen. Das sind die wenigen Glücklichen, die hier eine Zeit lang Wache halten dürfen. Die *wenigen* Glücklichen.«

»Nervöser Haufen«, sagte Faulpelz. »Hast du das bemerkt?«

Kürbis schnaubte. »Das sind meistens mörderische Feiglinge.«

Weide warf ihm einen warnenden Blick zu. »Komm besser nicht auf dumme Gedanken. Ich habe gesagt, wir lassen es gut sein.«

»Das war, als es noch zwanzig waren«, sagte der Nomade.

»Das war, als ich es verdammt noch mal gesagt habe!« Weide spürte ein kaltes Kitzeln in ihrer Kehle, das sich zu einem Husten entwickelte. Sie erschauderte, schluckte und zwang ihn hinunter. »Meine Befehle ändern sich nicht aufgrund von Zahlen. Sie ändern sich, wenn ich es dir sage.«

»Na schön. Scheint aber eine verpasste Chance zu sein.« Kürbis kramte unter seiner Brigantine. Er holte eine Münze hervor und reichte sie Rhecia. »Essen. So viel, wie es hierfür gibt. Ich gehe davon aus, das wird reichlich sein.«

Die Frau senkte ihr Kinn und sah Augenweide an. »Und du? Warum bist du gekommen?«

»Hat eine deiner Frauen ein Kind? Oder ist eins unterwegs? Die Findelkinder der Rotte brauchen eine Amme.«

Rhecias Gesicht war ruhig und gelassen.

»Wage es nicht, mir etwas vorzumachen«, warnte Weide. »Ich werde jedes deiner Mädchen selbst fragen, wenn es sein muss.«

Rhecia atmete tief durch die Nase ein. »Bei Hilde ist es bald so weit. Ich werde sie fragen.«

»Ich werde sie fragen. Schick sie her.«

»Sie ist eine Guabianerin und ihr Hisparthanisch ist schlecht. Am besten, ich ...«

»Ich spreche Guabisch«, verkündete Faulpelz.

Rhecias mühsam aufrechterhaltene Fassung begann vor Ärger zu bröckeln.

Weide lächelte sie an. »So. Ich werde meine Hure mit deiner reden lassen. Schick sie her.«

Rhecia gewann ihre Fassung zurück und schlüpfte hinaus.

Kürbis begann, seine Armbrust zu laden, und erntete dafür fragende Blicke von Weide und Faulpelz. Der ältere Nomade zeigte mit seinem Kinn zur Tür.

»Wenn sie beschließt, lieber diese Cavaleros hierherzuschicken, statt einen Münzschlitz zu verlieren, würde ich es vorziehen, sie mit etwas mehr als nur verletzten Gefühlen zu begrüßen.«

»Recht hast du«, sagte Weide und lud ihre Armbrust ebenfalls mit einem Bolzen.

Faulpelz, der sich im Raum umsah und feststellte, dass es keinen Platz gab, um eine Bogensehne zu spannen, zog sein Messer und sah beunruhigt aus.

Als sich die Tür erneut öffnete, waren es weder die Cavaleros noch eine schwangere Frau aus Guabia. Es war Cissy, die ein Tablett mit Brot, einem halben Laib Käse, einer Hammelkeule und einer Schüssel mit etwas Dampfendem brachte. Die Gerüche verwandelten Weides Magen in einen wütenden Hund. Kürbis legte seine Armbrust beiseite, streckte die Arme vom Bett aus vor und nahm das Tablett mit einem tiefen Seufzer der Zufriedenheit entgegen.

Weide hatte Cissy seit fast einem halben Jahr nicht mehr gesehen, und sie war nicht besonders scharf darauf, sie jetzt zu sehen – Cissy, das kokette Mädchen mit dem üppigen Hintern, das Männern mit einem Blick einen Ständer verpassen konnte, wie die Rottenbrüder zu sagen pflegten. Sie hatte nie etwas anderes gewollt, als eine Bettwärmerin zu sein und in der Brennerei zu wohnen. Sie hatte sogar schon davon geträumt, als sie noch als Waise unter Beryls Obhut lebte. Weide konnte sich noch an all die kichernden, geflüsterten Geständnisse erinnern, an Cissys atemlose Fragen, wer von den Bastarden sie wohl bevorzugen würde. Es hatte Weide schon damals den Magen umgedreht, obwohl sie jahrelang eine treue Vertraute blieb.

Kürbis verschlang sein Essen mit lautstarkem Genuss. Cissy blieb. Weide versuchte, sie mit einem Blick wegzuschicken, erhielt als Antwort aber eine eindringliche Geste in Richtung Tür. Innerlich fluchend folgte Weide ihr in den Flur. Als die Tür fest verschlossen war, fixierte Cissy sie mit ihren großen Augen.

»Hilde wird nicht kommen«, sagte sie. »Nicht in dieses Zimmer. Nicht nach Teilsieg.«

»Wenn dieses Flittchen aus Anville glaubt, sie könne sie von mir fernhalten ...«

Weide drehte sich um und wollte den Flur hinuntergehen, aber Cissy ergriff ihren Arm.

»Es ist nicht Rhecia.«

Augenweide drehte sich wieder um, riss sich mit derselben Bewegung los und schäumte. »Ich werde hier keine Spielchen spielen. Erklär es mir, verdammt.«

»Ich war es«, erklärte Cissy, die sich nicht einschüchtern ließ. »Ich sagte Hilde, sie solle nicht gehen. Ich habe ihr gesagt, was sie erwartet, wenn sie sich mit den Bastarden einlässt.«

»Schluss mit dem Bedienen ungewaschener Schwänze für Münzen?«

»Schluss damit, mehr als einmal alle drei Tage zu essen!«

»Sie hätte mehr als das ...«

»Wie?«, fragte Cissy, und ihre Stimme begann zu zittern. »Distel hatte es nicht! Seid ihr deshalb gekommen? Ist sie tot? Hast du endlich das Letzte aus ihr heraussaugen lassen? Verdammt, ich habe sie angefleht, mit mir zu kommen und ...«

»Hure zu werden, ist keine Lösung für ...«

»Jetzt hast du sie verdammt noch mal umgebracht. Wie viele wirst du noch in den Tod führen, bevor du ...«

»Sie ist am Leben ...«

»... diesen kranken Scherz, Häuptling zu sein, aufgibst?«

Augenweide konnte sich nur mit Mühe davon abhalten, die kleine Schlampe an der Kehle zu packen. Der Impuls ließ sie mit gefletschten Zähnen nach vorne stürmen.

»Sei vorsichtig, Cissy«, knurrte sie, fast Nase an Nase mit der kleineren Frau, aber die Aggression schürte nur deren Trotz.

»Warum? Du herrschst hier nicht. Du kannst mir nichts befehlen. Das ist nicht dein Land. Und auch nicht deine Rotte. Du hast in diesen Mauern gar nichts zu sagen, *Isabet.*«

Ihre Lungen knisterten bedrohlich, und Augenweide verbarg ihr Unbehagen und ihre Wut hinter einem Grinsen.

»Du solltest wissen«, sagte sie, beinahe flüsternd, »dass Iltis mich seit dem Tag, an dem du gegangen bist, angefleht hat, hierherkommen zu dürfen. Ich habe mich geweigert. Ich bin mir nicht sicher, ob er vorhat, dich über sein Sattelhorn gelegt zurück nach Teilsieg zu schleifen ... oder dich bei lebendigem Leib zu häuten, weil du ihn im Stich gelassen hast. Um ehrlich zu sein, wollte ich mit keinem von beidem leben müssen. Aber wenn du mich noch einmal respektlos behandelst, du unreifes Miststück, werde ich ihm erlauben hierher zu reiten, und wir werden beide ein Risiko eingehen.«

Cissys Augen weiteten sich. Sie hielt jetzt den Atem an.

Weide ließ ihren Blick durch den Flur schweifen. »Du kannst dich wieder auf den Rücken legen.«

Nachdem die Hure geflüchtet war, stieß Weide die Tür auf und sah, dass Kürbis seine Schüssel mit einem Stück Brot auswischte, während Faulpelz ihn mit angewidertem Gesichtsausdruck beobachtete. »Hast du das alles schon runtergeschlungen?«

»Ich esse schnell.«

»Zu schnell«, sagte Faulpelz entgeistert.

Weide neigte den Kopf in Richtung Flur. »Wir reisen ab.«

Kürbis stopfte sich das Brot in den bereits vollen Mund, stand auf und nahm seine Armbrust. Sie waren noch keine drei Schritte gegangen, als ein Tumult durch die dünnen Wände des Bordells zu hören war. Laute Männerstimmen. Das Scharren und Poltern eines Kampfes. Alles kam aus Richtung des Badehauses.

Weide blieb stehen.

Späne.

Scheiße.

Lasst es auf sich beruhen. So lautete ihre Anweisung. Sie konnten direkt zu ihren Keilern gehen, *sollten* direkt zu ihren Keilern gehen. Aber einen Leichnam an einem Baum und seine Mörder unbehelligt zu lassen, war eine Sache. Denselben Männern zu erlauben, noch einen Mischling zu ermorden, egal was für ein wertloser Feigling er war, war eine ganz andere Geschichte.

Weide rannte mit Kürbis und Faulpelz auf den Fersen zum gegenüberliegenden Ende des Flurs. Es gab keine Tür zum Badehaus, sondern nur einen Torbogen, der auf den eingezäunten Hof führte und die Zuber und ihre baufällige Unterkunft mit dem Bordell verband. Weide eilte durch den Bogen und fand

Späne, der mit einem Messer in der Hand zwei Cavaleros in Schach hielt. Einer der Männer war nackt, tropfnass und blutete aus einer Wunde an den Rippen. Der andere war der einsame Trinker aus dem Schankraum, der in seinen Schuppenmantel gekleidet war und mit seinem Schwert über einen Bottich hinweg auf Späne einschlug. Die Bäder bestanden aus vier dieser großen eichenen Fässer, von denen jedes mit Leichtigkeit drei Personen aufnehmen konnte. Späne tanzte um den Rand eines Zubers herum, um ihn zwischen sich und den Cavaleros zu halten.

Bei Weides Ankunft wirbelte der Schwertkämpfer herum. Neben ihr hob Kürbis seine Armbrust, aber Weide schob sie beiseite und hielt ihre eigene gesenkt.

»Deswegen sind wir nicht hier«, sagte sie, als drei weitere bewaffnete Cavaleros herbeistürmten. Faulpelz musste ihnen aus dem Weg gehen. Dabei stieß er in seiner Eile, der Reichweite ihrer Klingen zu entkommen, eine Bank um und stürzte beinahe darüber. Weide konnte nicht verhindern, dass Kürbis sich umdrehte und seine Armbrust auf die Neuankömmlinge richtete, aber der direkte Blick auf die Bolzenspitze der geladenen Waffe hielt die Männer davon ab, weiter vorzudringen. Es war das unruhige Paar aus dem Schankraum, zusammen mit dem Mann, der Cissy gefickt hatte.

Rhecia erschien in dem Bogen hinter ihnen.

»Das werde ich nicht zulassen!«, rief sie in den Hof. »Legt eure Waffen weg!«

Der nackte Cavalero umklammerte seine blutende Seite und schrie zurück, wobei er einen Blick auf Späne warf. »Du hast uns belogen, Rhecia!«

»Ich habe die Wahrheit gesagt! Dieser Mischling muss heimlich gekommen sein, um sein Reittier abzuholen. Ich wusste nicht, dass er hier ist!«

Der kleine Nomade wusste die schnelle Auffassungsgabe der Bordellbesitzerin nicht zu schätzen. »Doppelzüngiges Teufelsweib!«

»Steck dir einen Schwanz ins Maul, Späne!«, fuhr Weide ihn an.

Der nackte Mann stupste sie mit einem Finger an. »Sie kennt ihn!«

»Ich kenne ihn. Er ist kein ...«

»Ein Späher für die anderen!« Diese Anschuldigung ertönte über ihre Schulter hinweg. Einer der drei Männer in der Nähe des Torbogens. »Sie sind unseretwegen hier!«

»Sind wir nicht!«, beharrte Weide. »Hier geht es um eine Rottenangelegenheit, und um nichts anderes!«

Ein wilder Ausdruck überzog das Gesicht des nackten Mannes. Sein Kopf drehte sich schnell, wie der eines Vogels, während er versuchte, sich an seine Kameraden zu wenden und Späne im Auge zu behalten. »Dem können wir nicht trauen! Wollt ihr, dass uns Halbblut-Spürhunde auf den Fersen sind? Wir werden die Schmelzlinge nie erreichen ...«

»Halt dein verdammtes Maul, Cino!«, knurrte der Schwertkämpfer neben ihm mit zusammengebissenen Zähnen und schlug seinem nackten Begleiter auf die Schulter. Sein Blick wanderte zu Augenweide, aber sie blieb stumm und versuchte, so zu tun, als hätte sie es nicht gehört ... und doch kribbelte es ihr in den Fingern, als sich die Hinweise verdichteten. Die gesattelten Pferde. Die schreckhaften Männer. Das Gerede von den Hügeln. Das waren keine Cavaleros. Nicht mehr. Und das war viel gefährlicher. Sie hatte davon gehört. Sie wusste es. Und wenn diese Weichlinge merkten, dass sie es wusste ...

Weide zeigte mit einem Finger auf Späne. »Ich bin seinetwegen hier. Der verdammte Kriecher hat eine Zeit lang bei uns Unterschlupf gefunden. Er hat sich dafür revanchiert, indem er einen unserer Bettwärmer vergewaltigt und sich mit einem Sack Bohnen davongemacht hat.«

Spänes Gesicht verzog sich ungläubig. »Einen Scheiß habe ich!«

Weide ignorierte ihn und hielt ihren Blick auf den nackten Weichling gerichtet. Er war verwundet und verletzlich. Wenn sie ihn überzeugen konnte, könnte das der einzige Schnitt bleiben. »Ich hatte die feste Absicht, ihn nach Teilsieg zurückzubringen, ihn von der Frau, die er verletzt hat, kastrieren zu lassen und ihn dann von meinen Schlammköpfen bei Zielübungen mit Pfeilen spicken zu lassen. Aber« – Weide ließ ihren Blick über die blutenden Rippen des Mannes schweifen – »er hat dich aufgeschlitzt, also würde ich mich damit zufriedengeben, wenn du ihn zurück ins Kastell brächtest. Ich weiß, dein Hauptmann würde für Gerechtigkeit sorgen.«

Das war eine kühne List – als würde man eine Schlange in einen überfüllten Raum werfen –, aber sie hatte die gewünschte Wirkung. Jetzt, da sie damit konfrontiert wurden, was sie am meisten fürchteten, konnten sich diese Männer nur noch darauf konzentrieren, dem zu entkommen.

»Nein«, sagte der Schwertkämpfer und beugte sich etwas näher zu dem blutenden Cino. »Sie kann ihn haben, oder? Sollen sich diese Rußhäute doch selbst um ihresgleichen kümmern.«

Cino biss die Zähne fest aufeinander. »Er hat mich verdammt noch mal geschnitten ...«

Späne drohte mit seinem Messer. »Geschieht dir recht, wenn du mich vom Dach zerrst und nichts als deine nackte Haut trägst, du dämlicher Weichlingsarsch!«

Der Schwertkämpfer kicherte. »Das war wirklich verdammt unklug, Cino.«

Weide nutzte die aufgelockerte Stimmung. »Nur ein mutiger Mann kämpft mit einem frei im Wind schwingenden Lümmel. Ich möchte wetten, dass sich Rhecias Mädchen um solche Männer bestimmt besonders gern kümmern.«

»Äußerst gerne«, stimmte die Bordellbesitzerin zu.

Das entschlossene Stirnrunzeln der anderen drei Cavaleros wurde weicher.

Weide sah wieder den einsamen Schwertkämpfer an. »Was haltet ihr davon, wenn wir Bastarde weiterreiten, damit ihr euch wieder in bessere Gesellschaft begeben könnt?«

Er gab ihren Worten nach, sie klangen gut. Sein Blick wanderte über sie hinweg, während sich sein Schwertarm senkte. »Ich sage, wir legen den Stahl weg, Jungs. Das ist nicht ...«

Späne schoss um den Zuber herum und stieß sein Messer in das Ohr des Mannes. Dessen ganzer Körper wurde für einen Herzschlag steif, dann begann er zu zucken.

Im Badehaus brach die Hölle los.

Weide hörte die drei Cavaleros fluchen, gefolgt vom Summen einer abgefeuerten Armbrust. Sie drehte ihren Kopf herum und sah, wie Kürbis' Bolzen die Kehle des einen Mannes durchdrang und in den Torbogen einschlug, sodass Putzsplitter umherflogen und Rhecia flüchtete. Während der tote Cavalero zu Boden fiel, sprangen seine Kameraden vor. Einer stürzte sich auf Faulpelz, aber sein Schwert traf die niedrigen Balken des Badehausdachs und blieb dort stecken. Faulpelz stieß ihm sein Messer in den ungedeckten Bauch. Es war ein ungeschickter Stoß, direkt in den Schuppenmantel des Kavaliers, doch die Kraft des Halb-Orks ließ die Klinge durch die Rüstung dringen und die Eingeweide durchbohren. Der angeschlagene Mann gurgelte, Blut quoll hinter seinen zusammengebissenen Zähnen hervor.

Der andere war in dem beengten Raum vorsichtiger und stach mit seinem Schwert zu. Kürbis wich aus, riss das Beil aus seinem Gürtel und rammte es seinem Angreifer in den Schädel.

Weide wollte sie anschreien, damit sie aufhörten, aber es war zu spät. Es blieb nichts anderes übrig, als das Abschlachten zu Ende zu führen.

Sie hatte recht gehabt, was Cino anging. Er war ein tapferer Mann, der nackt kämpfte. Er kämpfte mit Späne und rang um die Kontrolle über das Messer. Der Kampf endete damit, dass der Nomade Cino ein Knie in den Bauch rammte, seinen Kopf auf den Zuberrand schlug und ihm die Kehle aufschlitzte.

Alles wurde still. Die Pfützen des Badehauses waren mit Blut gefärbt. Weide stand wie betäubt vor dem Gemetzel, ihre Armbrust war immer noch geladen, und ihr Blick schweifte über die fünf toten Männer, die ausgestreckt auf den feuchten Brettern lagen.

Noch zwei. Es hätten noch zwei weitere sein müssen. Sie hatten es unmöglich überhören können. Welche Art von Männern kam nicht, wenn ihre Kameraden in Not waren?

Weides Schädel kochte.

»Der Stall! Die letzten beiden! Sie fliehen!«

Faulpelz stürzte aus dem Torbogen und war verschwunden, bevor Kürbis reagieren konnte.

Weide hatte einen anderen Weg im Sinn. Sie sprang hoch, hielt sich mit einer Hand an der Kante des Badehausdachs fest und zog sich hoch. Zwei Schritte Anlauf und ein Sprung brachten sie über die Lücke auf das Dach des Bordells. Sie sprintete über den flachen Bau und erreichte die Vorderseite – gerade als die beiden Cavaleros aus dem Schatten des Stalls auf der anderen Seite des Hofes herauskamen und ihren Pferden wütend die Sporen gaben. Sie könnte sie gehen lassen. Sie waren nicht unterwegs zum Kastell, die Feiglinge. Die Mörder. Die Weichlinge!

Weide legte ihre Armbrust an und zog den Abzug. Ihr Ziel ritt ahnungslos mit vollem Schwung in den Tod. Der Bolzen traf in die Brust des Mannes und schleuderte ihn nach hinten, wo er unter den Dachvorsprung der Ställe stürzte.

Der andere Cavalero ritt weiter. Fluchend zog Weide einen weiteren Bolzen heraus. Sie spürte die Enge in ihrer Brust, wusste, dass der Hustenanfall kommen würde, und versuchte, ihn noch ein paar Augenblicke zu unterdrücken. Die Lunge flatterte vor Schmerz, die Hände zitterten vor Anstrengung, und sie vermasselte das Nachladen. Die feuchten Spannhaken schnellten nach vorne, als ihre Armbrust auf das Dach krachte.

Der letzte Cavalero ließ die niedrige Mauer des Bordells hinter sich, sein Pferd beschleunigte zu vollem Galopp. Weide ergab sich dem Anfall, denn sie wusste, dass es hoffnungslos war, dagegen anzukämpfen. Eine Bewegung lenkte ihren Blick nach unten. Faulpelz band seinen Keiler vom Anbindepfosten los und schwang sich in den Sattel. Mit dem Bogen in der Hand nahm er die Verfolgung auf. Er hatte keine Chance, ihn einzuholen. Pferde waren schneller als Barbaren. Aber er musste den Reiter nicht einholen. Er musste nur die Lücke schließen.

Faulpelz stand in den Steigbügeln, sein Keiler immer noch in vollem Galopp. Sein Arm kehrte dreimal ruckartig in schneller Folge zum Bogen zurück. Seine Pfeile waren auf diese Entfernung unsichtbar, aber Weide sah, wie der Reiter beim ersten Schuss des Staubfressers zuckend aus dem Sattel stürzte. Die nächsten beiden Pfeile brachten das Pferd zu Fall.

Weide hätte vor Erleichterung ausgeatmet, wenn sie noch hätte atmen können.

Als Faulpelz in den Hof zurückkehrte, hatte der Anfall bereits nachgelassen. Weide ging zurück zum Badehaus, wieder über das Dach. Als sie hinuntersprang, entdeckte sie, dass Kürbis verschwunden war und Späne die toten Männer abtastete.

Als er Weide sah, richtete er sich auf und verzog enttäuscht das Gesicht. »Keine einzige Münze dabei.«

»Hast du erwartet, dass die Geldbeutel der Deserteure prall gefüllt sind?«

Der Weichling tat das mit einem Grunzen ab, setzte stattdessen sein Grinsen auf und machte eine Geste mit ausgebreiteten Armen, die das ganze Badehaus umfasste. »Wie ist das, wenn man zu den Bastarden steht, hm?«

Weide rammte ihm einen Stiefel in den Bauch und stieß ihn zu Boden.

»Du verdammter, tollwütiger Hund!«

Späne kroch aus der Feuchtigkeit heraus, um etwas Abstand zu gewinnen. Eine Hand deutete verzweifelt auf die Ansammlung von frischen Leichen. »Ich habe geholfen! Gekämpft!«

»Du willst eine Belohnung?«, knurrte Augenweide und riss ihren Talwar heraus. Beim Anblick des gezückten Schwertes kam Späne stolpernd auf die Beine, wobei er blutiges Wasser und Panik versprühte. Er prallte unerwartet mit dem Rücken gegen die Wand des Badehauses. Er machte einen Satz nach links, und Augenweide schleuderte die gebogene Klinge in das Holz rechts neben Spänes Kopf. Der Stahl traf das Holz, und Splitter flogen davon, als er tief eindrang. Der Weichling schrie erschrocken auf und wirbelte in die entgegengesetzte Richtung davon. Weide fing ihn ab und packte ihn an der Vorderseite seiner verrottenden Brigantine. Sie drückte ihre andere Hand auf Spänes Wange und schob seinen Kopf in Richtung des Talwars, der immer noch zitternd in der Wand steckte. Sie zwang sein Gesicht gegen die flache Seite der Klinge.

»Hältst du mich für verrückt?«, zischte Augenweide. »Hältst du mich für dumm?«

»Ich dachte, du wolltest sie ... ah! Wolltest sie tot sehen!«

Mit einer Hand hielt sie den Druck auf Spänes Kopf aufrecht, während sie mit der anderen den Griff ihres Talwars festhielt. Langsam senkte sie die Klinge in Richtung des Schlüsselbeins des festgenagelten Nomaden.

»Du hast keine Ahnung, was ich will. Du bist nichts als eine Laus, die versucht, sich an den Rücken eines Keilers zu klammern.«

Die Schneide des Talwars glitt nach unten. Späne wehrte sich, aber Weide hielt ihn fest. Die Hände des Weichlings waren frei, und zweifellos befand sich ein Dolch in Reichweite an seinem Gürtel. Weide ignorierte die Gefahr. Verdammt, sie forderte sie geradezu heraus. Sollte dieser Feigling doch versuchen, ihr Stahl in die Eingeweide zu treiben, ihr einen Grund geben, ihn zu töten. Bei dem Versuch, der herannahenden Klinge zu entkommen, knickte Späne in den Knien ein, aber Weide hakte einen Daumen unter seinem Kiefer ein und hob ihn hoch, wodurch sein Zusammenbruch abgeblockt wurde. Das Holz knirschte, als sich das Schwert auf Fleisch und Knochen zubewegte.

»Warum *wir*, Späne? Wenn du wieder ein geschworener Bruder sein willst, warum gehst du nicht zu einer der anderen Rotten? Ich werde es dir sagen. Du hast Angst vor ihnen. Aber nicht vor den Wahren Bastarden. Nicht vor mir! Du denkst, ich hätte einen Mutterinstinkt, der sich bei deinem Anblick erwärmt. Den gibt es nicht, Späne. Was soll ich tun, damit du das verstehst? Was soll ich tun, damit du Angst vor *mir* hast?«

Verrottetes Leder platzte auf, als der Talwar zubiss und das Fleisch darunter schmeckte. Späne stöhnte vor Schmerz, und ein höherer Ton stieg in seiner Kehle auf, als die Angst ihn packte.

Augenweide hörte auf, an dem Schwert zu ziehen. »Ich habe dir gesagt, dass in meiner Rotte kein Platz ist. Ich habe geschrien, gedroht und getreten. Und trotzdem versuchst du, mich mit deinem Gejammer und deinem Betteln zu bezirzen. Du bist hinterhältig! Zwing mich nicht, dir einen Armbrustbolzen zu verpassen, Späne. Denn das werde ich tun, wenn ich dich noch einmal sehe.«

Weide ließ den nun zitternden Weichling fallen und riss ihr Schwert aus der Wand. Dann ging sie davon. Sie fand Kürbis und Faulpelz, die in der Umzäunung standen. Der ältere Nomade zog eine Grimasse.

»Siehst du etwas Unangenehmes?«, fragte Weide.

»Solltest du mich so behandeln«, sagte er und deutete mit der Nase auf Späne, »wirst du feststellen, dass ich ein unangenehmer Zeitgenosse bin.«

»Warum sollte ich dich so behandeln? Hast du etwas getan, um mich wütend zu machen?«

»Es scheint, als würde es reichen, Cavaleros zu töten.«

»Lass dich vom Nomadenstolz nicht dumm machen, Kürbis.«

Weide zeigte mit ihrem Schwert auf Späne. »Dieser nutzlose Wichser hat uns alle in unnötige Gefahr gebracht.«

Kürbis zuckte mit den Schultern. »Er ist ein Weichling. Hat mehr Menschen- als Orkblut. Man kann nicht zu viel erwarten.«

Weide machte einen Schritt auf den Nomaden zu. »Kann man nicht? Ich habe eine Menschenfrau, die sich um unsere Findelkinder kümmert und die zehn der besten Reiter der Geteilten Lande wert ist. Sie hat nicht einen Tropfen Orkblut in den Adern. Jeden Tag zeigt sie mir, was ich erwarten kann, und das ist eine ganze Menge. Sie ist der Grund, warum ich an diesen verdammten Ort gekommen bin. Wenn du irgendeinen Scheiß über die Kraft von Orkblut predigen willst, dann geh und schnüffle bei den Orkflecken herum. Du siehst nicht wie ein Dreiblut aus, also würden sie dich nicht nehmen. Vielleicht bei den Hauern der Vorväter. Wie ist dein Orkisch?«

An den unabhängigen Reitern vorbei, verließ sie das Badehaus.

Rhecia befand sich im Schankraum, ihr hübsches Gesicht war mit kleinen Kratzern übersät. Einige der Huren, darunter auch Cissy, waren in der Nähe versammelt und kümmerten sich um ihre Herrin. Ihre geflüsterten Stimmen verstummten, als Augenweide hereinkam. Sie streckte den Arm zwischen ihnen hindurch und packte Rhecias Arm.

»Der Rest von euch bleibt hier«, sagte sie und zog die Frau auf den Hof hinaus, halb zum Brunnen, damit sie außer Hörweite waren. Rhecia stand Weide verdrossen gegenüber. »Sie waren mittellos. Deserteure auf dem Weg zum Schmelzgebirge. Ich weiß nicht, was sie tun wollten, wenn ihr herausgefunden hättet, dass sie nicht zahlen können.«

»Uns schlagen. Auslachen. Gehen. Glaubst du, das wäre nicht schon mal passiert?«

Weide brauchte darauf nicht zu antworten. »Schick deinen Stallburschen mit einer Nachricht zum Kastell. Wenn Bermudo mich braucht, um für das Geschehene zu bürgen, kann er einen Reiter nach Teilsieg schicken. Verstanden?«

»Ja.«

Weide ging zum Anbindepfosten. Kürbis und Faulpelz waren bereits aufgesessen.

»Sein Orkisch ist furchtbar«, erklärte Faulpelz.

Weide grunzte nur.

Die Tür des Bordells öffnete sich ruckartig, während sie aufstieg. Eine schlanke Menschenfrau mit Kopftuch stürzte heraus, ihr frisches, hübsches Gesicht stand in scharfem Kontrast zu dem der vernarbten Halb-Ork-Frau, die Weide zuvor am Brunnen gesehen hatte. Der Mischling wich zurück, als sich die hübsche Weichlingsfrau näherte.

»Bitte, Rottenmaster«, sagte sie, die Worte mit bewusster Ehrerbietung und der Spur eines Akzents gesprochen, den Weide nicht zuordnen konnte. »Es gibt einige hier, die darum bitten möchten, mit Euch zu kommen. Um den Wahren Bastarden ihre Dienste anzubieten.«

Weide sah nach unten. »Ist eine von ihnen eine Amme?«

»Nein, aber ...«

»Dann habe ich keinen Platz für euch.«

Weide schlug ihrem Keiler die Fersen in die Flanken, ließ Sanchos hinter sich und schwor sich, dass es das letzte Mal sei.

6

»Ist die Flut da?«

Weide stellte die Frage, noch bevor sie von ihrem Keiler abgesessen war.

Honigwein bedeutete einem Schlammkopf, sich um Schoßbesen zu kümmern, und verneinte.

»Verdammt ...« Sie war ohne Amme nach Hause zurückgekehrt und hatte gehofft, bei ihrer Rückkehr wenigstens frische Vorräte vorzufinden.

»Aber das hier schon.«

Honigwein zog einen kleinen ausgehöhlten Knochen hervor und gab ihn ihr.

»Welcher unserer Vögel?«, fragte Weide, als sie die winzige Pergamentrolle aus seinem Inneren zog.

»Strava.«

Weide spürte, wie ihr das Herz stockte bei der Aussicht auf den Verrätermond und die Gefahr, die er darstellte. Und wegen des Mischlings, den er zur Rückkehr zwingen würde. Ihre Finger waren etwas ungeschickt, aber sie schaffte es, den Pergamentfetzen zu entrollen und die Nachricht zu enthüllen, die in *akkurater* Schrift geschrieben war.

Zirko, Heldenvater, Hohepriester von Belico, ruft die Häuptlinge der Mischlingsrotten nach Strava zum Noumenia Gorperetos.

Stirnrunzelnd las sie es erneut.

»Wie viel Zeit haben wir?«, fragte Honigwein.

»Es ist nicht ... Ich glaube nicht, dass es um den Verrätermond geht. Zirko will, dass sich die Häuptlinge versammeln. Er *ruft* uns verdammt noch mal *herbei.*« Sie drückte Honigwein die Schriftrolle wieder in die Hand. »Wann ist das? Ich bin noch nie gut mit Hisparthas verdammtem Kalender zurechtgekommen.«

Seine Augen bewegten sich schnell, sein Geist noch schneller. »Es ist der letzte Neumond des Sommers. Du hast ... etwas weniger als vierzehn Tage.«

Honigwein reichte das Pergament zurück und Weide zerknüllte es mit einem Knurren. Ihr Volk hungerte, und nun sollte sie nur der mysteriösen Laune des heiligen Mannes der Halblinge wegen, der sich überall einmischte, in dessen Land reiten.

Kürbis und Faulpelz waren von ihren Keilern abgesessen. Der Nomade zögerte, sein Tier den wartenden Schlammköpfen zu überlassen, doch der Staubfresser begrüßte die Hilfe mit einem belustigten Lächeln. Schleich musste die Rotte über die Möglichkeit informiert haben, dass ihr Häuptling unabhängige Reiter mitbrachte, denn die Neuankömmlinge wurden ohne Widerwillen empfangen.

Weide hielt an ihren eigenen Vorbehalten fest.

»Ihr zwei habt euch einen Platz zum Schlafen verdient. Morgen früh müsst ihr mich davon überzeugen, dass ihr hierhergehört.«

Kürbis runzelte die Stirn und betrachtete die Stadt im Zwielicht. »Haben wir uns auch ein Abendessen verdient?«

»Wenn du ein Bastard sein willst, musst du essen, was wir essen«, antwortete Weide.

»Und das wäre?«

»Heute Abend? Nichts.« Augenweide bedeutete den Schlammköpfen, die Nomaden zu den Ställen zu führen. Als die jungen Mischlinge sich auf den Weg dorthin machten, packte Augenweide Abrils Arm. »Was, zum Teufel, ist mit deinem Kopf los, Anwärter?«

Die gesamte rechte Hälfte seiner Kopfhaut war von der Mitte aus rasiert.

»Orks haben eine Glatze«, war seine einzige Erklärung.

Weide starrte ihn an.

»Ich bin ein Halb-Ork«, erklärte Abril ihr. Er zeigte auf das halbierte Haar und fuhr mit dem Finger langsam über die rasierte Seite. »Halb. Ork.«

»Überlastete Höllen! Du hast dich gerade zum König der Dummköpfe gekrönt.«

»Was?« Abril zeigte mit seinem Kinn auf Honigwein. »Er trägt sein Haar wie eine Sprosse! Er denkt, es macht ihn so unsterblich wie sie.«

Honigwein stieß ein Lachen aus. »Das ist ein Ammenmärchen. Elfen altern und sterben genauso wie wir und die Weichlinge.«

»Kümmere dich einfach um die Keiler, Schlammkopf«, sagte Weide und ließ Abril mit einem leichten Stoß los.

Sie konnte noch hören, wie er Gespür im Weggehen zuraunte: »Halb. Ork. Wieso bin ich ein Dummkopf? Das sind wir doch. Er ist kein Elf ...«

Faulpelz, der den Anwärtern folgte, grinste Weide an, als er vorbeiging. »Erinnert mich an die *Carnavales*. Mir gefällt es hier jetzt schon!«

Kürbis blieb stumm und runzelte die Stirn.

Sobald sie außer Hörweite waren, wandte sich Weide an Honigwein. »Bring sie bei der Rotte unter. Ich will, dass die Jungs anfangen, sie einzuschätzen.«

»Ich werde sie im Auge behalten«, sagte Honigwein und sah ihnen auf ihrem Weg in die Stadt nach. »Besonders den Mürrischen.«

»Auf den anderen muss man aufpassen. Faulpelz. Jeder Mischling, der so viel lächelt, muss genau beobachtet werden.«

»Schakal hat immer gelächelt«, bemerkte Honigwein.

Weide ging. »Eben.«

»Häuptling, wo willst du hin?«

»In mein Privatquartier«, antwortete sie. »Ich brauche etwas verdammte Ruhe.«

»Was ist mit Zirkos Nachricht?«

»Scheiß auf Zirko!«

Augenweide musste nach dem Waisenhaus sehen, aber ohne eine neue Amme war die Aussicht, Distel unter die Augen zu treten, nicht sehr verlockend. Im Übrigen hatte sie Honigwein die Wahrheit gesagt. Sie war müde. Der Trank des Knochengrinsers war schuld daran. Schon ein einziger Tropfen war schwer zu ertragen. Er hatte nicht unrecht, wenn er das Zeug Gift nannte. Sie fühlte sich wacklig, hatte Kopf- und Gelenkschmerzen und ihre Zunge war trocken.

Sobald sie in ihrem Privatgemach war, nahm sie eine Dosis, legte sich auf ihr Bett und wartete darauf, dass das Zittern einsetzte. Es machte ihre Nächte unruhig, aber das war besser, als tagsüber unter den Auswirkungen zu leiden. Sie döste. Als sie erwachte, war es jenseits ihres Balkons völlig dunkel. Ein Mann stand vor dem Durchgang. Mit Hasenscharte und mürrischem Blick aus nur einem Auge. In der anderen Augenhöhle steckte ein Armbrustbolzen. Cavalero Garcia. Weide hatte ihn am Bordell getötet. Nicht heute. Der Mann heute hatte den Bolzen in die Brust bekommen, und sie hatte sein Gesicht nicht richtig sehen können. Vielleicht bedeutete das, dass ihr später ein Besuch von ihm erspart bleiben würde.

Augenweide fluchte leise vor sich hin. Der Knochengrinser hatte sie gewarnt, dass der Trank sie Dinge sehen lassen könnte. Warum konnte es nicht eine schönere Vision sein? Vielleicht Schakal, der mit seinem Kopf zwischen ihren Beinen zugange war. Sie legte sich wieder hin.

Ein Schrei von der Wand aus sägte durch eine traumlose Leere.

Augenweide schreckte hoch; ihre Hand klatschte auf ihre Armbrust. Es war immer noch dunkel. Der Raum hatte sich abgekühlt. Ihr Instinkt sagte ihr, dass sie den größten Teil der Nacht geschlafen hatte.

Der Schrei ertönte erneut, gefolgt von einem weiteren, diesmal antwortenden, fragenden Laut. Weide spannte ihre Armbrust und schnappte sich ihren Schwertgürtel. Sie nahm auf dem Weg nach unten zwei Stufen auf einmal und schnallte sich den Talwar um die Hüften. Draußen liefen Schlammköpfe und Bastarde zum Tor, wo die Wachen weiterhin schrien und mit ausladenden Gesten über die Mauer deuteten.

»Touro!«, rief Augenweide dem nächstbesten vorbeieilenden Mischling zu. Der ältere Schlammkopf blieb schlitternd stehen. »Nimm zwei andere und überprüft die Palisade. Passt auf, dass wir nicht von allen Seiten angegriffen werden.«

Touro nickte zur Bestätigung, rannte los und sammelte unterwegs Unterstützung ein.

Weide stürmte zum Tor und überholte Stummklotz und mehrere Schlammköpfe. Iltis hatte bereits die Mauer erklommen und schloss sich den Wachen an, die den Alarm ausgelöst hatten.

»Was haben wir? Dickhäuter?«, wollte Weide wissen und sprang mit ihrem Stiefel auf die dritte Sprosse, um die Leiter zu nehmen.

»Es sind ... Läufer, Häuptling«, antwortete Iltis, den Blick über die angespitzten Balken der Umzäunung gerichtet.

Weide kletterte auf den Steg, richtete sich auf, schloss sich ihren Männern an und folgte ihren unsicheren Blicken hinaus in die nächtliche Weite.

Im Licht von Mond und Sternen und dank der instinktiven Wahrnehmungen ihres Orkbluts sah Weide zwei Gestalten, die sich zu Fuß auf die Festung zubewegten, so schnell es ihre Beine zuließen. Die eine war viel größer als die andere und trug etwas auf den Schultern. Eine weitere Person.

»Öffnet das Tor!«, rief Weide.

Sie sprang vom Steg, um zu helfen. Die Balken des Tores knarrten, als man es zur Hälfte öffnete. Die beiden Läufer stürmten durch den Spalt, sobald er breit genug war, wobei der kleinere von ihnen mit dem Gesicht voran in den Staub stürzte, als die Beine aufgaben. Der zweite Ankömmling passte kaum durch die Öffnung. Es war eine Mischlingsfrau, die aufgrund ihrer Größe eindeutig ein Dreiblut war. Es war selten, dass ein Dreiblut Haare hatte, aber das Gesicht dieser Frau war fast hinter einem wilden schwarzen Vorhang verborgen, der so trocken und grob war wie die Borsten eines Keilers. Im Gegensatz zu ihrer Gefährtin blieb sie auf den Beinen, als sie taumelnd mit der schlaffen Gestalt auf den Schultern zum Stehen kam.

»Macht das Tor zu!«, befahl Weide und ging zu der am Boden liegenden Gestalt. In der Hocke erkannte sie die Halb-Ork-Frau aus Rhecias Haus, die ihr vernarbtes Gesicht vom Boden hob. »Was, zum Teufel ... wer jagt euch? Orks?«

Die Mischlingsfrau schüttelte den Kopf, versuchte zu antworten, wurde aber durch eine trockene Zunge und Keuchen daran gehindert.

»Häuptling!«, brüllte Iltis von oben. »Wir haben einen Reiter!«

»Sp... Späne«, brachte die vernarbte Frau heraus.

Weide knirschte mit den Zähnen. »Er hat euch gejagt?«

»N-nein. Hielt ... sie fern. Von ... uns.«

»*Wen?*«

»Die Bestien.«

Es war das Dreiblut, das antwortete.

Weide sprang auf die Füße. »Ich brauche sofort jede Armbrust auf dem Wall! Zentauren im Anmarsch!«

Sie rannte zur Leiter, doch als sie an dem Dreiblut vorbeikam, schnellte die Hand der über ihre Schulter hängenden Gestalt hervor und ergriff Weides Arm. Es war die hübsche Weichlingsfrau, die im Bordell mit ihr gesprochen hatte. Sie war an der Grenze zur Bewusstlosigkeit. Ihre Stimme war kaum hörbar.

»Sie sind nicht ... natürlich.«

Das Mädchen rollte wie betrunken mit den Augen und ihre Hand fiel schlaff herab.

Weide kletterte die Leiter hinauf. Iltis und Schlangenschlupf machten am Rand der Umzäunung Platz. Sie ließ ihren Blick schweifen und sah den Keiler, der weiter draußen war, als die Frauen es gewesen waren. Sein Gang war mühsam und erlahmte. Der schmächtige Reiter, unverkennbar Späne, drehte sich im Sattel um und verschoss Pfeile über das Hinterteil des Barbaren hinweg. Er war in heller Panik, und die Pfeile sausten nutzlos umher, ohne seine Verfolger zu treffen.

»Was, zum Teufel?« Weide atmete durch, beugte sich vor und schielte auf die herangaloppierenden Gestalten, die den fliehenden Keiler bedrängten.

Schlangenschlupf bestätigte ihre Verwirrung. »Das ... sind keine Zentauren.«

Er hatte recht. Weide zählte etwa zwanzig der Kreaturen. Aus der Ferne hätten es Wölfe sein können, aber jeder Schritt näher verriet, dass es sich um etwas anderes handelte. Etwas, das Weide noch nie gesehen hatte.

Sie waren größer als Wölfe. Nicht länger oder gar höher, aber kräftiger, vor allem an Brust und Schultern. Die Hälse waren dick und länglich, ragten aus dem buckligen Widerrist heraus und endeten in breiten Köpfen mit gedrungenen Schnauzen und abgerundeten Ohren. Sie arbeiteten als Rudel zusammen und griffen Spänes Keiler abwechselnd in Wellen an. Vier von ihnen stürzten sich auf den Barbaren, um ihn in die Flanken zu beißen, die anderen bildeten einen weiten, verfolgenden Bogen und blockierten die Fluchtwege.

»Ziel anvisieren!«, brüllte Weide und hielt ihre eigene Waffe vors Auge.

Späne versuchte, zum Tor zu reiten, aber die seltsamen Bestien trieben ihn in Richtung der vernachlässigten Weinberge, wo der Boden abschüssig und mit verdorrten Rebstöcken übersät war.

Egal, was dies für Tiere waren, sie waren gerissene Jäger.

Späne verschoss seinen letzten, erfolglosen Pfeil. Er sah nach vorn und versuchte, seinen Kurs zu ändern, doch sein Keiler kämpfte gegen ihn an, wehrte sich dagegen, in die Nähe der schnappenden Reißzähne der ihn umzingelnden Meute zu kommen. Der Nomade war gezwungen, seinen Bogen fortzuwerfen, die Sauenhebel zu packen und den Kopf des Keilers mit reiner Muskelkraft von den Hängen wegzudrücken. Die Meute bestrafte den Keiler für seine Rebellion, indem sie nach vorne stürmte und in seine Hinterläufe biss. Der Barbar quiekte auf.

Die Bestien ... lachten.

Es war ein seltsames, pulsierendes Gackern, ein hoher Chor aus schaurigem Kichern, unterbrochen von einem trillernden Jauchzen. Das Geräusch ließ Weide die Haare zu Berge stehen und ihre Kopfhaut kribbelte vor Gänsehaut. Sie spürte, wie sich ihre Brüder auf dem Wall bei diesem Geräusch unruhig bewegten, und warf Blicke zur Seite, um zu sehen, ob noch weitere nervös waren. Sie beschloss, auf das Lachen zu antworten, indem sie den Abzug ihrer Armbrust betätigte.

Die Sehne schnappte nach vorne, die Stifte sangen, und der Bolzen flog. Sie hatte richtig gezielt. Der Bolzen traf eins der Tiere genau oberhalb des Vorderbeins, zwischen Brust und Schulter. Ein Blattschuss. Die Wucht des Aufpralls warf das Tier um und ließ es für einen Moment in der Luft schweben, bevor es schwer in den Staub krachte, taumelte und rutschte, bis es zum Liegen kam.

»Bringt die Hunde zur Strecke!«, brüllte Weide, riss ihre Bogensehne zurück, bis sie einrastete, und zog einen weiteren Bolzen aus ihrem Köcher. Die Rotte ließ die Bolzen fliegen, und die Armbrüste erzeugten ihren eigenen Chor. Der Boden um die Verfolger herum wurde von einschlagenden Schäften gespickt. Späne wich zurück und duckte sich vor den tödlichen, dicht aufeinanderfolgenden Salven, doch die zielsichere Rotte traf ihn nicht, was auch die meisten der geifernden Bestien um ihn herum verschonte. Sie sprangen und torkelten gegen den Ansturm der Armbrustbolzen an, weigerten sich aber, ihre Beute aufzugeben.

Vier weitere fielen. Nicht annähernd genug.

Spänes Keiler trottete nur noch mühsam, zog eine Blutspur hinter sich her und befleckte die Mäuler seiner Angreifer. Durch das schreckliche, wogende Gelächter erhob sich die Stimme des Nomaden.

»Öffnet das Tor! Bitte!«

Augenweide spürte die Blicke ihrer Rotte auf sich gerichtet. Sie sagte nichts. Sie konnte nicht riskieren, dass diese gackernden Köter hereinkamen.

Spänes Rufe waren schrill vor Angst. »AUFMACHEN! BITTE!«

»Häuptling?«, drängte Schlange.

Ohne ihn eines Blickes zu würdigen, lud Augenweide ihre Armbrust nach und zielte. Sie hatte Späne gesagt, wenn er zurückkäme, würde er sterben. Besser, wie versprochen durch ihre Hand als durch die Klauen bösartiger Hunde.

Ein Gedanke veranlasste Weides Finger, sich vom Abzug zu lösen.

»Späne!«, rief sie und fuchtelte wiederholt mit dem Arm nach rechts. »Der Graben! Reite in den Graben!«

Einen Herzschlag lang schien der Nomade nicht zu verstehen, doch im letzten Moment zog er kräftig am linken Sauenhebel seines Keilers und zwang ihn, seinen Kopf in Richtung des trockenen Festungsgrabens zu wenden. Der Barbar trudelte in den Graben und wirbelte dabei eine Menge Staub auf. Die Tiere folgten ihm, wurden aber durch die Enge des Grabens zurückgehalten, sodass immer nur ein Paar den Keiler erreichen konnte.

»Bewegung!«, befahl Weide, eilte nach links, schob sich an Schlangenschlupf vorbei und winkte den Rest der Rotte aus dem Weg. Sie sprintete auf der Palisade entlang, in die entgegengesetzte Richtung von Späne. »Seil! Jemand muss mir ein verdammtes Seil zuwerfen!«

»Häuptling!«, rief eine Stimme von unten, als ein aufgewickeltes Seil vom Hof hochgeworfen wurde. Sie fing es auf, spannte ihre Armbrust und begann, eine Schlaufe in das eine Ende der robusten Hanfschnur zu knüpfen. Während ihre Stiefel über die Bretter des Weges stampften, richtete Weide ihren Blick über den Wall hinaus, sah nach vorne und nach unten und hielt nach Späne Ausschau. Der Graben war auf der Strecke unterhalb von ihr unvollendet. Sie musste bei dem Nomaden sein, bevor er das Aushebungsende erreichte.

Das Gelächter der Meute war nicht verstummt und schien Teilsieg mit seiner blutrünstigen Kadenz zu überziehen. Weiter unten auf dem Weg entdeckte Weide Touro und ein paar jüngere Schlammköpfe, die sie vom Tor wegbeordert hatte, um die Umgebung zu kontrollieren.

»Kommen sie?!«, rief sie.

Touro ließ sich von seiner Verwirrung nicht beirren. Er lehnte sich weit über die Mauer hinaus und sah nach. »Ja!«

Ohne langsamer zu werden, warf Weide die Schlaufe des Seils um einen Pfahl in der Umzäunung, wickelte das andere Ende um ihr linkes Handgelenk und sprang über die Mauer. Mit einem flauen Gefühl im Magen ließ sie sich fallen, bis das Seil ihren Fall mit einem heftigen Ruck stoppte, der an ihrer Schulter riss. Jetzt baumelte sie nur noch wenige Handbreit über der Stelle, an der der Fuß der Mauer auf den Erdwall traf. Augenweide stützte sich mit den Stiefeln an den Balken ab und lehnte sich über den Graben, wobei sie beide Arme so weit es ging ausstreckte. Mit dem einen hielt sie sich am Seil fest; den anderen hatte sie ausgestreckt. Sie wartete.

Späne tauchte einen Herzschlag später auf, als sein Keiler um die Kurve des Grabens bog. Zwei der Bestien rannten jetzt am äußeren Rand des Grabens entlang und hielten Schritt, sodass er gezwungen war, sich tief über den Hals seines Keilers zu beugen, um nicht in die Reichweite ihrer schnappenden Kiefer zu geraten.

Weide stieß einen schrillen Pfiff durch ihre Zähne aus. Der Pfiff übertönte das Gackern des Rudels. Spänes Blick hob sich, und er sah Weides ausgestreckte Hand. Das Rudel musste es ebenfalls gesehen haben, denn es hörte auf zu lachen. Irgendwie war die plötzliche Stille gruselig. Späne spornte seinen Barbaren an, und wie alle guten Keiler hatte er am Ende noch ein paar Reserven. Der Keiler löste sich von der Meute und steuerte mit Späne auf Weides Arm zu. Als Späne im Sattel stand und seine Arme ausstreckte, stieß Weide sich von der Wand ab. Die Hände des Nomaden schlugen gegen ihren Unterarm, und sein Vorwärtsschwung ließ Weide nach hinten schwingen. Das zusätzliche Gewicht straffte das Seil um ihr Handgelenk, und es schnitt ihr ins Fleisch.

»Halt dich fest, du mickriges Arschloch!«, knurrte Weide durch ihre Zähne.

Sie schwang sich wieder nach vorn und drehte ihren Körper so, dass ihre Stiefel erneut gegen die Wand stießen. Sie benutzte den Nomaden als Pendel und begann, an der Oberfläche der Umzäunung entlangzulaufen. Die Meute war unter ihr, und die Bestien bedrängten sich gegenseitig, während sie sich in der Enge des Grabens zurechtfinden mussten. Späne begann zu schreien und strampelte mit seinen baumelnden Beinen, als die Tiere hochsprangen und ihre Kiefer zuschnappten. Angetrieben von ihren Beinen und dem schwingenden Gewicht des Weichlings, erreichte Weide den höchsten Punkt des Bogens. Es gab einen Moment der Schwerelosigkeit, und in diesem Augenblick drehte Weide schnell ihr Handgelenk und wickelte mehr von dem Seil um ihren Arm. Als sie und Späne wieder nach unten schwangen, waren sie eine Handbreit näher am oberen Ende der Palisade.

Der Nomade stieß einen wortlosen Schrei aus, als seine Beine erneut die Bestien anlockten. Sie jaulten und knurrten und versuchten, die Böschung zu nutzen, um zu ihrer Beute zu klettern.

Touro erschien oben und beugte sich vor, um das schwingende Seil zu ergreifen.

»Lass es!«, rief Weide, und der Schlammkopf gehorchte. Allein würde er sie nicht hochziehen können, und die beiden Anwärter, die ihn begleiteten, waren kaum mehr als Jungen. Sie würden nur das Schwingen des Seils stoppen, und Weide würde verdammt sein, sich regungslos baumeln zu lassen. Sie musste sich nur lange genug von den Reißzähnen fernhalten, damit die Rotte sie schließlich doch hochziehen konnte.

Das Rudel hatte andere Pläne.

Als sie in die gierigen Gesichter sah, erkannte Weide, dass keins von ihnen den verletzten Keiler verfolgt hatte. Zu spät erinnerte sie sich an die beiden, die den Graben verlassen hatten.

Sie sah gerade noch rechtzeitig hoch, um den Ersten zu sehen, der über den Graben setzte und geradewegs gegen Späne prallte, als ihr Rückwärtsschwung sie in die Höhe hob. Das Seil drohte, Weides Handgelenk zu zerreißen, als das zusätzliche Gewicht zuschlug. Späne heulte auf, als sich die Kiefer der Bestie um seinen Arm schlossen. Unfähig, Weide loszulassen, unfähig, sich zu wehren, konnte der kleine Nomade nichts tun, als die Bestie ihn zerfleischte. Sie hing festgebissen an ihm und schüttelte wütend Kopf und Körper, bis Fleisch und Muskeln zerrissen. Der Dämonenhund stürzte in den Graben, ein purpurrotes Stück von Spänes Körper zwischen den blutigen Zähnen eingeklemmt. Ein gequältes Heulen entrang sich den Lippen des Weichlings. Sein zerfetzter Arm hatte keinen Halt mehr. Jetzt hielt Späne sich nur noch mit einer Hand fest und rutschte näher zum Graben und zu dessen gefräßigen Insassen.

Schreie von oben signalisierten die Ankunft der Rotte. Sofort spürte Weide, wie ihr Pendeln gestoppt und das Seil nach oben gezogen wurde. Schmerz und Furcht hatten vollkommen von Späne Besitz ergriffen, sodass er begann, sich zu wehren. Seine verzweifelten Tritte lockerten seinen Halt nur noch weiter, und Weide spürte, wie er abrutschte.

»Späne! Hör auf! Wir haben dich!«, rief sie.

Ihre Stimme erreichte ihn, und er erstarrte, als er spürte, wie sich das Seil spannte. Dann sah er hoch, und sein Gesicht verzog sich zu einer breiten Maske der Erleichterung.

In dem Augenblick schlug die andere Bestie zu.

Noch einen Moment länger und sie wären zu weit oben gewesen, um noch erreichbar zu sein für die grausigen Kreaturen, doch das Teufelsvieh schoss mit offenem Maul über den Graben und schloss es um den Knöchel des Nomaden. Weide krallte ihre Finger um Spänes Arm, doch er entglitt ihr, so leicht wie Wasser. Der Nomade stürzte in die wartenden Mäuler. Er verschwand unter einer wogenden Masse dreckigen, gefleckten Fells, und seine Schreie waren alles, was blieb, bis auch sie verschluckt wurden.

Kräftige Hände halfen, Augenweide über den Zaun zu hieven, und ein Dutzend Ausrufe der Erleichterung ertönten von ihren Rottenkameraden, noch bevor ihre Füße die Bretter berührten. Sie war taub für deren Besorgnis, sie hörte nur das Geräusch der feiernden Meute unter sich, und als das endete, dieses unheimliche spöttische Gelächter, als sie sich davonschlich, ein schreckliches Gewirr feuchter Knochen hinter sich herschleppend.

7

Die gesamte Rotte hielt für den Rest der Nacht Wache; Schlammköpfe neben eingeschworenen Brüdern und Nomaden, jeder Kurzspeer, jeder Langspeer und jede Armbrust wurden aus den spärlichen Vorräten der Waffenkammer hervorgeholt. Augenweide lief ständig Patrouille, sie blieb niemals stehen. Sie wich den Fragen aus, die sie nicht beantworten konnte. Was, in aller Welt, waren diese Hunde? Was, wenn sie zurückkehrten? Weide hatte keine Antworten, egal ob die Fragen von ihren Brüdern oder von ihrem eigenen unruhigen Geist kamen.

In der Morgendämmerung waren die Schlammköpfe immer noch an der Mauer, und die Wahren Bastarde ritten in voller

Montur hinaus. Alles in allem zählten sie nur sechs Reiter, und Weide war versucht, Kürbis und Faulpelz mitzunehmen. Aber das hier war nicht ihr Problem, also gewährte Augenweide ihnen einen Aufschub. Und eine magere Mahlzeit.

Das Tor öffnete sich knarrend. Weide ritt an der Spitze, Honigwein und Stummklotz an ihrer linken Flanke, Iltis und Schlangenschlupf an ihrer rechten. Blindschleiche bildete die Nachhut. Sie umrundeten Teilsieg und vergewisserten sich, dass die Meute wirklich weg war. Sie sahen nichts, hörten nichts. Als sie das Tor wieder erreichten, machten sie sich auf, um einen Blick auf die getöteten Bestien zu werfen.

Und fanden nichts.

»Ich habe genau hier einen niedergestreckt!«, erklärte Iltis rittlings auf seinem Keiler sitzend am Rande eines vernachlässigten Weinbergs. »Genau. Verdammt! HIER!«

Er stach wütend mit einem Finger auf den leeren Boden.

»Ausschwärmen«, befahl Augenweide und begegnete Iltis' Wut mit Gelassenheit. »Seht nach, ob sie sich sterbend davonschleichen.«

Sie wusste, dass es vergebens war. Sie selbst hatte zwei der Tiere mit ihrer Armbrust getroffen, wobei ein Bolzen das Herz des ersten und einer das Auge des zweiten durchschlagen hatte. Mit solchen Verletzungen kroch niemand davon.

Die Rotte kehrte zurück und hatte nur wenige Armbrüste geborgen.

»Möglicherweise sind sie wegen ihrer Toten zurückgekommen«, vermutete Honigwein. »Leichtes Fleisch.«

»Hat jemand sie zurückkommen sehen?«, fragte Schlangenschlupf. »Wir waren alle auf den Mauern.«

Er erhielt ein Kopfschütteln als Antwort.

Schoßbesen stampfte unter Augenweide auf und schnaubte, wobei er die Frustration an den Tag legte, die sie zu verbergen suchte. Sie sah Blindschleiche an. »Irgendwelche Anzeichen dafür? Schleifspuren? Blut?«

»Nein.«

»Dann suchen wir weiter.«

Im Graben war es eine auf grausame Weise einfache Angelegenheit, die Stelle zu finden, an der Späne gestorben war;

sein Blut bot einen anklagenden, nicht zu übersehenden Anblick.

»Wir haben einen Hinweis, Häuptling«, sagte Schlangenschlupf.

Pfotenabdrücke und Schleifspuren waren im Staub oberhalb des Grabens zu sehen und führten von Teilsieg weg. Spänes Keiler war ebenfalls in Sicht. Der Tierkörper lag am Ende des noch nicht fertig ausgehobenen Grabens. Weide wollte gerade ihre Rotte wegführen, um der Spur der Meute zu folgen, als Stummklotz aus der Formation ausbrach, seinen Keiler herumriss und in vollem Galopp zu den jämmerlichen Überresten von Spänes Barbaren ritt. Der große Mischling saß ab und stieg halb kletternd, halb rutschend den staubigen Abhang hinunter in den Graben. Als Weide und die Rotte ihn einholten, hockte Stummklotz neben dem Körper der Sau, Hände und Augen bewegten sich eifrig.

»Klotz?«, fragte Weide.

Der stumme Mischling sah hoch und hielt sich die Faust vor die Brust, die Finger spreizten und ballten sich wiederholt.

Weide war erstaunt. »Sie ist noch am Leben?«

Stummklotz nickte.

»Kannst du sie retten?«

Eine Pause. Ein weiteres Nicken, dieses Mal etwas unsicherer, aber das Gesicht war hoffnungsvoll.

Die Schlammköpfe entlang der Mauer hatten alles beobachtet. Weide befahl fünf von ihnen, herauszukommen und Hilfe zu leisten.

»Bring sie rein, wenn du kannst«, sagte Weide zu Stummklotz. »Aber wenn sie bei Sonnenuntergang immer noch hier draußen ist, müssen wir sie töten.«

Ein weiteres Nicken, diesmal ernst.

Weide gab Schleich ein Zeichen, und er wies dem Rest der Rotte den Weg entlang der Spur des Rudels. Eine Weile führte diese schnurgerade von der Mauer weg, dann begann sie sich zu schlängeln und nach etwa einem Kilometer bog sie in ein Gebüsch ab. Die spärliche Vegetation reichte nicht aus, um auch nur einen der Teufelshunde zu verbergen, geschweige denn ein Rudel. Die Bastarde ritten langsam durch die scharfen Büsche und das fahle Gras, um nach Spuren zu suchen. Als sie nichts finden konnten, befahl Weide ihnen erneut, sich aufzuteilen. Jeder Mischling kam kopfschüttelnd zurück.

Die Spur war verschwunden.

Iltis wütete. »Das ist verdammte Keilerscheiße!«

»Reiß dich zusammen«, sagte Weide zu ihm. »So bist du schon fast nutzlos.«

Er beruhigte sich, nickte und schloss sich schweigend seinen Brüdern an, die ihrem Häuptling einen Moment Zeit zum Nachdenken gaben.

Eine gemeinsame Patrouille durch das gesamte Gebiet war vor Einbruch der Dunkelheit unmöglich, und Weide würde die Rotte nicht aufteilen. Das Rudel hatte bewiesen, dass es in der Lage war, es mit einem einzelnen Reiter aufzunehmen. Es blieb nichts anderes übrig, als die unzugänglicheren Orte auszukundschaften, die unzähligen Schluchten, Täler und mit Felsbrocken übersäten Hügel, die Orte, an denen das Rudel am wahrscheinlichsten untergetaucht war. Sie gab den Befehl, und die Wahren Bastarde ritten los. Mischlinge und Keiler suchten unermüdlich.

Als der Tag fast vorbei war, lieferte er noch einen Hinweis in Form von kreisenden Geiern im Westen. Die Rotte befand sich südlich des Alhundra-Flusses und durchstreifte die sumpfigen Niederungen, die sich von der Einmündung des Lucia-Flusses ausbreiteten. Als sie eintrafen, tummelten sich die Aasgeier auf einem sonnenverbrannten Damm aus rissigem Schlamm.

Weide hatte erwartet, Spänes Überreste zu finden. Die Wahrheit war viel schlimmer.

Der Gestank schlug ihnen bereits entgegen, noch bevor sie etwas sehen konnten. Es war der unverwechselbare Geruch, den Ul-wundulas Hitze bei ihrer Arbeit an totem Fleisch verströmte, ein Gestank, der jedem Reiter die Kehle zuschnürte und ihn dazu zwang, sich ein Tuch um die untere Gesichtshälfte zu binden. Jeden Reiter außer Blindschleiche. Fünf tote Keiler lagen auf dem ausgeblichenen Boden um ein umgestürztes Fuhrwerk herum. Fässer und Kisten lagen zerbrochen da, ihr Inhalt verfaulte in der Hitze ebenso wie die Mischlinge, die sie abliefern sollten. Es waren sechs Leichen, obwohl es schwierig war, zwischen den zerfetzten Rippenkäfigen und Eingeweiden die einzelnen Personen auszumachen. Sechs Halb-Ork-Reiter, reduziert auf Tischabfälle.

»Die Hölle soll meinen Mund ficken«, stöhnte Iltis durch sein Tuch.

Honigweins Augen waren starr. »Das sind unsere Vorräte. Von der Stoßzahnflut.«

An jedem anderen Tag hätte ihm eine solch offensichtliche Bemerkung einen Klaps auf den Hinterkopf eingebracht, aber heute musste man das Scheißpech der Bastarde aussprechen, um es zu glauben.

»Sehen wir nach, ob noch etwas zu retten ist«, sagte Weide.

Sie verjagten die Geier mit Geheul und auf sie zustürmenden Keilern und stiegen ab, um die Trümmer zu durchwühlen. Es war vergeblich. Da war nichts außer Kadaverfliegen.

»Keine abgeschossenen Bolzen«, bemerkte Blindschleiche, als er von einer Erkundung der Gegend zurückkehrte. Seine Hose war bis zu den Oberschenkeln nass, was zeigte, dass er durch den Sumpf gewatet war.

»Ihre Köcher waren schon lange leer, bevor sie hierherkamen«, stimmte Weide zu. »Dies war ihr letzter Widerstand nach einer langen Jagd. Sie wurden hierhergetrieben.«

Iltis hockte neben dem Joch des umgestürzten Fuhrwerks. »Einer der Zugkeiler hat sein Geschirr zerrissen. Das hat sie umgeworfen.« Er deutete auf den Kadaver des am weitesten entfernten Keilers, der halb im Sumpfwasser versunken war. »Bis dahin ist er gekommen, bevor sie ihn zur Strecke gebracht haben. Die drei Mischlinge, die auf den Kutschen saßen, wurden wahrscheinlich zerrissen, bevor sie überhaupt reagieren konnten.«

»Und die Patrouillenreiter haben sich gewehrt«, beendete Honigwein und hob einen heruntergefallenen Talwar auf. »Mit nichts als Klingen.«

Der Boden war verwüstet, aber ein paar erkennbare Pfotenabdrücke zeichneten sich im Schlamm ab. Und wieder verschwand die Spur ins Nichts.

Blindschleiche saß neben Augenweide auf, seine blassen Augen sahen in den dunkler werdenden Himmel. »Wir müssen los.«

Augenweide konnte nur zustimmend nicken und ihren Keiler herumdrehen, sodass er nach Hause lief.

Als sie nach Teilsieg zurückkehrten, hatte die Sonne bereits ihr Antlitz mit dem Horizont bedeckt. Weide stieg ab und schickte einen Boten zu Stummklotz, um ein Treffen der eingeschworenen Brüder anzuberaumen. Vorher musste sie noch mit jemand anderem sprechen.

Honigwein ging mit ihr zum Haus des Kordelmachers. Der Mann und seine Frau waren schon lange verschwunden, zur Flut übergelaufen, nachdem die Brennerei gefallen war. Doch die geflochtene Markise an der Vorderseite war geblieben. Wo einst der Handwerker im Schatten gesessen und Leder zu Schuhen verarbeitet hatte, wartete nun das Trio ungebetener Gäste, bewacht von Abril und Petro. Die Vernarbte hatte sich gut erholt und stand mit verschränkten, sehnigen Armen da, als beleidigte sie die Anwesenheit der bewaffneten Schlammköpfe. Sie war mindestens ein Dutzend Jahre jünger als Augenweide, auch wenn der Schaden in ihrem Gesicht die Schätzung erschweren mochte. Die Menschenfrau saß, immer noch kraftlos, aber bei Bewusstsein. Sie trug wieder das Kopftuch aus ungefärbtem Leinen, das sie sich locker über Kopf und Schultern gelegt hatte. Zwischen dem Mischling und dem Weichling lehnte das Dreiblut am Türpfosten, um zu verhindern, dass ihr Kopf gegen die Zacken des Vordachs stieß.

»Was kannst du mir sagen?«, verlangte Weide zu wissen und schritt auf sie zu.

»Mein Name ist Dacia«, sagte die Vernarbte und trat in die schwindende Sonne hinaus. »Wir kamen mit der Absicht zu ...«

»Eure Namen und was ihr denkt, sind mir scheißegal. Die Biester. Erzählt mir von den verdammten Hunden! Wo sind sie über euch hergefallen?«

Weides Schroffheit prallte an dem hageren Mischling ab. »Ich habe sie erst gesehen, als wir fast in Sichtweite dieser Mauern waren. Ich habe sie aber schon ein Stück vorher gehört.«

»Dieses merkwürdige Lachen?«

Sie nickte kurz.

Weide ging um sie herum unter das Vordach und beugte sich zum Gesicht der Menschenfrau hinunter. »Du hast gesagt, sie seien nicht natürlich.«

Auch sie blieb von Weides Zorn unbeeindruckt. Kein Wunder.

Huren waren an Feindseligkeit gewöhnt. Doch die Erinnerung an das Erlebte verwandelte die ohnehin schon großen Augen der Frau in glänzende, verstörte Seen.

»Sie wollten einfach nicht sterben. Späne schoss Pfeile in sie hinein, aber sie standen wieder auf. Verfolgten uns weiter.«

Weide warf Honigwein einen Blick über ihre Schulter hinweg zu. Er war aschfahl geworden.

»In meiner Heimat gibt es ähnliche Bestien«, fuhr die Weichlingsfrau benommen fort. »Sind kleiner. *Dibà*, so nennen wir sie. Sie sind nur Tiere. Abscheuliche Aasfresser, aber Tiere.«

»*Dibà?*«, wiederholte Honigwein, der mit seiner Sprachbegabung den Akzent des Mädchens traf.

Ihr Blick wanderte zu ihm, und es gelang ihr, sich zu konzentrieren. »In eurer Sprache haben sie den Namen, den ihnen das Alte Imperium gegeben hat: Hyänen. Die Kreaturen, die uns angriffen, waren jedoch größer als alle, die ich je gesehen habe. Sicherlich waren es *Dschinns.* Teufel in Tiergestalt.«

Weide verfügte nicht über Honigweins Talente, aber sie erkannte das Turbankauderwelsch, wenn sie es hörte. Und sie mochte den Klang nicht.

»Wo bist du zu Hause?«, erkundigte sie sich.

»Sardiz.«

Weide grunzte bestätigend und kniff die Augen zusammen. »In Tyrkanien.«

»Das Imperium mag meine Stadt für sich beansprucht haben«, erwiderte die Weichlingsfrau mit etwas Feuer. »Das heißt aber nicht, dass ich das Imperium beanspruchen muss.«

Weide richtete sich gleichgültig auf und ging zu Honigwein. »Zeit, mit den Brüdern zu reden.«

»Was ist mit uns?«, rief der vernarbte Mischling ihnen nach.

»Was soll mit dir sein?«, erwiderte Weide und drehte sich nur halb um.

»Wir haben hier einen Zweck.«

»Dem wäre besser gedient gewesen, wenn ihr dortgeblieben wärt, wo ihr wart. Sobald es sicher ist, werden dich meine Reiter zurück ins Bordell begleiten.«

Wieder wandte sie sich zum Gehen.

»Wir sind keine Huren.«

Weide hatte diesen Tag nicht mit Geduld begonnen und hatte keine Lust, jetzt danach zu suchen. Sie drehte sich um.

»Nein, natürlich nicht. Du hast geputzt. Das Dreiblut dort hat *was* getan? Schädel eingeschlagen, wenn die Männer randaliert haben? Hat Rhecia sie rausgeworfen, weil sie sich im Kampf gegen die Deserteure nicht hat blicken lassen? Ich kann mich nämlich nicht erinnern, sie gesehen zu haben.« Weide vollführte der kleinen, sitzenden Frau gegenüber eine abfällige Geste. »Was den Weichling angeht, so frisch wie sie aussieht, würde ich wetten, dass sie einfach die Nerven verloren hat. Ich bin sicher, Rhecia wird ihr das früher oder später austreiben. Hier gibt es nichts für euch – für keine von euch – außer Hunger, glaubt mir. Ihr seid umsonst hierhergelaufen.«

Der Blick der vernarbten Mischlingsfrau war fest. »Wir sind gelaufen, damit wir reiten können.«

Weide brauchte einen Moment, um zu begreifen, was sie gerade gehört hatte. Auch als sie es verstanden hatte, zögerte sie.

»Du willst dich der Rotte anschließen?«

Ein weiteres Nicken. »So ist es.«

Weides Augen blitzten zornig und sie richtete ihren Blick auf Honigwein. Das verwirrte ihn. Verdammt, sie wusste selbst nicht, warum sie wütend war. Sie ersparte ihm die Ungerechtigkeit und wandte sich wieder der Fremden zu. »Wie war dein Name?«

»Dacia«, antwortete die Mischlingsfrau. Sie deutete nach hinten unter den Baldachin. »Die große ist Incus und der Ausrutscher ist ...«

»In einer Mischlingsrotte gibt es keine Weichlinge«, warf Weide ein.

Dacia schenkte ihr ein dünnes Lächeln. »Du solltest lieber rauskommen, Ahlamra. Damit der Häuptling dich besser sehen kann.«

Die schlanke Frau kam unter der Markise hervor, ihr Gang war fließend. Sie trug wie Dacia eine Hose und ein Hemd, wenn auch weit weniger zerfleddert. Ahlamra streckte die Hand nach oben und nahm das Tuch ab, sodass goldene Locken zum Vorschein kamen, die ihr bis kurz hinter die Ohren fielen und so gar nichts mit dem schwarzen Haar zu tun hatten, das die meisten Ostländer besaßen. Sie hielt ihr Kinn gesenkt, während sie sich näherte, und hob die klaren Augen, als sie vor Weide stand. Ihre honigfarbene Haut passte zu ihrem Haar, doch hier war das Gold von einem makellosen Olivton durchzogen. Es war dieser subtile Farbton, der auf Orkblut hinwies, aber das war nur ein Hauch. Das Mädchen hatte nicht einmal einen Ansatz von unteren Reißzähnen. Weide war in ihrem Leben schon als schön bezeichnet und von Männern lüstern angestarrt worden, aber die Kreatur vor ihr besaß etwas Unvergleichliches.

»Meine Großmutter war ein Weichling«, antwortete sie auf Weides zweifelndes Blinzeln. Ihr Ton war bescheiden, aber nicht kleinlaut.

»Das hier ist eine Halb-Ork-Rotte, Streuner«, sagte Weide zu ihr. »Mein Talwar wiegt mehr als du.«

»Die hier sollte die Differenz ausgleichen«, sagte Dacia und winkte das Dreiblut nach vorne.

Haut mit der Farbe von Eisen trat aus den Schatten hervor und umhüllte knorrige Muskeln und geschwollene Adern auf dem entblößten Fleisch der Arme des Dreibluts. Hätte Vollkorn hier gestanden, wären sie gleich groß gewesen.

»Und du heißt Incus?«, fragte Weide.

»Ja.«

Die Stimme, die aus der schwarzen Mähne kam, klang schwerfällig und dumpf.

»Ist sie einfältig?«, fragte Weide Dacia.

»Nein«, antwortete Incus. »Aber ich bin taub.«

Weide belohnte den Scherz mit einem Lachen und hob zerknirscht die Hand. »Schon gut. Tut mir leid, dass ich ein Arsch war.«

»Sie sagt die Wahrheit«, sagte Dacia. »Incus kann nicht mal Donner hören.«

Weide klappte die Kinnlade herunter. »Scheiße, taub? Wie kann sie mir da antworten?«

»Deine Lippen formen die Worte«, kam die hohl klingende Antwort.

»Stummklotz ist stumm, Häuptling«, sagte Honigwein.

»Dann tust du am besten so, als wärst du er, und zwar sofort!«, fuhr Weide ihn an. Sie sah das Dreiblut an. »Du kannst nicht in einer Rotte sein, wenn du nicht hören kannst.«

Dacia kratzte sich das kurz geschorene Haar. »Ich habe gehört, dass Keiler beim Rennen eine Menge Lärm machen. Hufgetrappel und so. Soll der Grund dafür sein, dass Rotten Handzeichen benutzen.«

»Handzeichen bringen nicht viel, wenn man auf unseren Mauern Wache hält«, sagte Weide. »Wir müssen in der Lage sein zu hören, wenn ein Schrei zur Warnung vor Dickhäutern oder Zentauren ausgestoßen wird.«

»Ich hoffe, der stumme Mischling, den du hast, ist nicht derjenige, der den Schrei ausstoßen muss«, gab Dacia zurück.

Augenweide schlug der Frau in ihr kluges, aufgeschnittenes Gesicht und brachte sie zu Fall.

Sie erwartete, dass Incus Vergeltung üben würde, aber das Dreiblut blieb regungslos stehen. Lediglich Ahlamra senkte ihren Blick. Dacia setzte sich auf und spuckte Blut in den Staub. Augenweide ging vor ihnen auf und ab, die geballten Fäuste warteten nur auf weitere Missachtung. Als keine kam, rief sie Honigwein über ihre Schulter hinweg zu: »Schaff die drei aus meinen Mauern fort.«

»Häuptling?«

»Du hast es gehört, verdammt!«

Dacia sprang wieder auf, die gespaltene Lippe kräuselte sich vor verwirrter Sorge.

»Ist das ein Scherz? Eine beschissene Prüfung?«

Weide schüttelte den Kopf. »Nein. Du hast keinen Platz in meiner Rotte. Keine von euch.«

»Warum verstößt du uns?«, fragte Ahlamra. »Womit haben wir dich beleidigt?«

»Ich habe meine Gründe. Und die Beleidigung besteht darin, so zu tun, als würdet ihr sie nicht kennen. Lauft weg und sagt eurem Meister, dass ihr versagt habt.«

»Ich habe keinen Meister«, sagte Incus. Die Stimme war tonlos, aber Weide nahm dennoch Anstoß daran.

Dacia warf den beiden anderen einen prüfenden Blick zu. Diese drei kannten sich nicht gut, das registrierte Weide jetzt.

»Klingt, als hättet ihr Feinde«, sagte Dacia. »Das sind wir

nicht. Wir dienen niemandem außer uns selbst. Und euch, wenn ihr uns lasst.«

»Das kann ich nicht riskieren«, antwortete Weide. »Drei Mischlinge, die ich nicht kenne und die von einem anderen mitgebracht wurden, den ich nicht besonders mochte, und die alle von irgendwelchen seltsamen Bestien gejagt werden.« Sie trat zu Ahlamra und beugte sich dicht zu ihr. »Und eine von euch hat alle möglichen Namen für sie. Namen, die verdammt schwer auszusprechen sind. Wie lauteten sie noch mal?«

Das Mädchen holte kurz Luft, um zu antworten, aber Weide unterbrach sie.

»Uhad Ul-badir Taruk Ultani.«

Ahlamra zeigte sich ungerührt. »Du hältst mich für etwas, das ich nicht bin. Dieser Name ist mir nicht bekannt.«

Weide grinste. »Ich vermute, er hat mehr als nur einen.«

»Ich diene niemandem.«

»Und ich habe eine zweite Fotze!« Weide trat zurück. »Honigwein. Wir werden diese Fremden aus der Stadt eskortieren. *Jetzt.*«

»Bitte. Ich kann mich beweisen. Ich kann nützlich sein, wenn ich eine Chance bekomme ...«

Die Worte des Mädchens verstummten beim Anblick von Weide, die ihre Armbrust spannte.

»Keine Chance, Tyrkanierin.« Weide lud einen Bolzen. »Nur eine Wahl.«

»Häuptling«, mahnte Honigwein.

Weide ließ sich nicht beirren und zielte mit ihrer Waffe. Ahlamra zuckte zusammen und wich einen Schritt vor der Armbrust zurück, die nun auf ihre Brust gerichtet war.

»Die Wahl ist folgende«, sagte Weide. »Verlasse meine Mauern und lebe. Oder bleib, und ich jage diesen Bolzen hier und jetzt durch dein Herz. Deine Reisegefährtinnen können ihre Wahl treffen, wenn sie sehen, dass ich nicht bluffe.«

Dacia machte einen Schritt und stellte sich zwischen Ahlamra und die Armbrust.

»Ich glaube nicht, dass du bluffst«, sagte sie. »Aber ich fange an zu glauben, dass du verdammt verrückt bist.«

»Keine der beiden Eigenschaften verheißt Gutes für dich, nicht wahr?«

»Nein. Das bedeutet, dass ich heute wahrscheinlich sterben werde. Entweder durch dich oder durch diese gackernden Köter, die da draußen lauern. Das bedeutet auch, dass es ein Fehler war, hierherzukommen. Es war falsch, Hispartha zu verlassen und in diesem Fickhaus zu warten, bis ein Reiter kommt und uns hierherführt. Und es kam einer. Nicht irgendein Nomade, sondern Augenweide, die Anführerin selbst. Diejenige, deretwegen wir alle hierhergekommen waren, wir drei, aus verschiedenen Richtungen. Aber sie hielt uns für Huren und wollte nicht hören und ließ uns stehen. Damals hatten wir auch eine Wahl. Aufgeben oder weitermachen, verdammt! Nun ja ...« Dacia zuckte bitter mit den Schultern. »Späne war im Bordell nicht mehr willkommen, also boten wir ihm an, was Incus an Münzen geblieben war, und fraßen deinen Staub, noch bevor er sich wieder setzen konnte. Er sollte uns in die Nähe bringen und weiterreiten, da er glaubte, du würdest ihn töten, so wie ich jetzt glaube, dass du uns töten wirst. Aber dann griffen die Hunde an, und er musste sich entscheiden. Er hätte uns verlassen können, doch das tat er nicht. Wenn du ihn jetzt fragen könntest, würde er sagen, es war die falsche Entscheidung. Genauso fühle ich mich in diesem Moment. Also zieh den Abzug, Häuptling, wenn du mich für eine Lügnerin hältst. Ich habe geschworen, mit den Bastarden zu reiten oder bei dem Versuch zu sterben. Lieber ein schneller Bolzen, als von diesen Monstern zerrissen zu werden, wenn ich die Wahl habe.«

»Herzerwärmende Rede«, sagte Weide. »Aber die Bastarde hatten so ihre Erfahrungen gemacht mit diesem fremden Mischling, der unerwartet auftauchte. Er konnte auch gut mit Worten umgehen. Und seine Schergen hier hereinzulassen und den Anschein zu erwecken, sie seien in Gefahr, ist genau die Art von Plan, die er anwenden würde. Deine Geschichte ändert nichts.«

»Dann tu, was du tun musst«, sagte Ahlamra. Langsam und mit fließender Anmut schritt sie um Dacias schützende Gestalt herum und kniete nieder. »Ich diene diesem Mann nicht, dessen Namen du genannt hast. Wenn ich es täte, würde ich die *Dschinn* in Gestalt der *Dibà* nicht fürchten. Tue ich aber. Also werde ich hier sterben, schnell, sauber und unter dem Kommando von niemandem, da du mich nicht mitnehmen willst.«

Dacia schluckte schwer und kniete sich neben sie.

Das Gesicht des Dreibluts war durch ihr Haar verdeckt, aber auch sie ließ sich in den Staub sinken.

»Genug von dieser Scheiße«, sagte Weide. »Steht auf, verdammt noch mal.«

Niemand bewegte sich.

Ich sagte: »Steht auf, Schlammköpfe! Taub, vernarbt oder ein Waisenkind zu sein, sollte nicht bedeuten, dass ich mich wiederholen muss! HOCH MIT EUCH!«

Dacia war die Erste, die es begriff, und sie sprang mit einem Lächeln auf den aufgeplatzten Lippen auf. Incus folgte ihrem Beispiel und ragte links von ihr auf. Die Letzte war Ahlamra mit gesenktem Blick.

Weide machte eine ausladende Geste mit dem Arm zu Petro und Abril. »Bringt sie in die Schlammkopfkaserne.«

»Ja, Häuptling.« Petro bedeutete den Frauen, ihm zu folgen.

Abril stellte sich vor Incus und ging dann rückwärts. »Hast du ein Glück, dass du nichts hörst. Die meisten der Jungs schnarchen. Ich bin Abril. Ich werde dir helfen, eine untere Koje zu finden. Oder vielleicht eine obere, wenn sie über Uidal liegt. Er schnarcht am lautesten. Wenn du die Koje kaputtmachst und fällst, zerquetschst du ihn, und wir schlafen alle besser ... wenn wir nach dem Knall wieder einschlafen ...«

Weide packte Ahlamras Arm, als sie an ihr vorbeiging, zog sie an sich und zischte: »Wenn ich dich dabei erwische, wie du die Jungs für einen Gefallen oder eine Vorzugsbehandlung fickst, bist du wieder draußen im Brachland, Teufelshunde hin oder her. Verstanden?«

»Ja.«

»Es heißt ›Ja, Häuptling‹.«

»Ja, Häuptling.«

Weide ließ sie los und schluckte einen aufkommenden Husten hinunter, um sich nicht zu verraten.

Honigwein stellte sich neben sie. »Ich dachte schon, du würdest sie mit Schaftfedern spicken. Verdammt gute List, Häuptling.«

»Keine List. Ich hätte sie getötet, aber ...«

»Dein Bauchgefühl sagte etwas anderes.«

Weide nickte. »Entweder sagen sie die Wahrheit oder sie sind verdammt gute Schauspielerinnen. Vielleicht sollte ich Faulpelz bitten, ihre Leistung zu bewerten.«

»Du vertraust ihm also bereits?«

Honigwein versuchte zwar, den Tadel in seiner Stimme zu verbergen, aber sie hörte ihn trotzdem. Das machte sie nachdenklich.

»Würde ich ihm mein Leben anvertrauen? Nein. Das ist für eingeschworene Brüder reserviert. Aber ich glaube nicht, dass er uns etwas Böses will. Er hat nicht plötzlich mit einem steifen Lümmel dagestanden, um sich der Rotte anzuschließen. Das wird mich bis zu meinem Todestag misstrauisch machen.«

Honigwein nickte langsam zustimmend. Die Art, wie seine Augen zuckten und sein Mund sich zusammenzog, verriet, dass er etwas zurückhielt.

»Was?«

»Nun ...« Honigwein fuhr sich mit der Hand über seinen Sprossen-Kopfschmuck. »Er ist nicht mit einem steifen Lümmel für die *Rotte* aufgetaucht.«

Weide bedauerte es, ihn provoziert zu haben, und ließ ihn mit ihrem Blick bedauern, dass er sich hatte provozieren lassen. »Ich verspüre schon wieder den Drang, jemandem einen Armbrustbolzen zu verpassen.«

Honigwein machte sich langsam davon. »Ich gehe die Jungs holen.«

»Man könnte meinen, du wärst verdammt schlau oder so.«

Die Bastarde versammelten sich in der verlassenen Böttcherei, dem Ort, an dem sie einst beschlossen hatten, Weide zum Häuptling zu machen. Seitdem war es ihr neuer Versammlungsraum geworden. Honigwein saß an der alten Werkbank des Fassbinders, Iltis und Schlangenschlupf zu beiden Seiten von ihm. Stummklotz ließ sich mit seinem großen Körper auf einem Bretterstapel hinter ihnen nieder. Blindschleiche stand an die Wand gelehnt an seinem üblichen Platz neben den unfertigen Särgen. Niemand sprach. Vorbei war es mit der typischen Kratzbürstigkeit und Leichtigkeit, mit der ein Rottentreffen selbst in den schwierigsten Zeiten zu beginnen pflegte.

Normalerweise stand Weide, aber die Last der vergangenen Nacht und des Tages ließ sie auf den Rand eines alten Fasses sinken. Sie fuhr sich mit der Hand durch die dicht geflochtenen Locken und löste den Lederriemen, der alles zusammenhielt. Verärgert schüttelte sie den Staub aus ihren Haaren und warf einen Blick auf Stummklotz.

»Wie geht's der Sau?«

Stummklotz hob einen verirrten Nagel von seinem Sitz aus Holz und hielt ihn hoch.

Weide musste grinsen. »Hart im Nehmen. Gute Arbeit. Hoffentlich kommt sie durch. Weiß jemand, wie Späne sie nannte?«

Es herrschte kurze Stille, bevor Blindschleiche mit seiner dünnen Stimme antwortete. »Kleines Waisenmädchen.«

Weide sah, wie Iltis' Augen aufblitzten und sich seine Mundwinkel nach oben zogen.

»Tu's nicht«, sagte sie, als er gerade Luft holte, um einen Scherz zu machen.

Iltis schloss den Mund mit klappernden Zähnen.

Honigwein stieß einen langen Atemzug aus. »Na ja. Jetzt wissen wir, warum wir hier verhungern. Diese ... Hyänen haben unser Gebiet ratzekahl leer gefressen. Erst töten sie das ganze Wild, dann fangen sie unseren Nachschub ab.«

»Das glaubst du doch selbst nicht«, sagte Schlangenschlupf. »Kein Tierrudel ist so schlau.«

Schlange versuchte, sich selbst zu überzeugen und eine andere Erklärung zu finden. Aber er hatte gesehen, was sie alle gesehen hatten: Bestien, die keine Toten zurückließen. Bestien, die erfahrene Mischlingsreiter in unwegsames Gelände verfolgten, um sie an einem Ort abzuschlachten, an den Patrouillen nur selten vordrangen.

»Schlitzohr schon.«

Aller Augen richteten sich auf Augenweide. Die Gewissheit musste ihr ins Gesicht geschrieben gewesen stehen, denn niemand stellte ihren Einwurf infrage. Und sie *war* sich sicher. Sie konnte den dicken Zauberer mit dem Turban in dieser neuen Teufelei förmlich riechen.

»Dann«, begann Honigwein langsam, »bedeutet das, dass Schakal ihn nicht gefunden hat.«

»Oder *dass* er ihn gefunden hat«, sagte Blindschleiche.

»Also ...«, wagte Iltis sich vor, »wenn Schlitzohr wieder in den Geteilten Landen ist, heißt das, dass Schakal ...«

»Ich weiß es nicht«, unterbrach Weide ihn und versuchte, nicht die Fassung zu verlieren, was ihr aber nicht gelang. »Ich weiß nur, dass wir in den ersten Monaten gut klargekommen sind. Dann verdorrten die Reben, die Haine wurden von Schädlingen zerfressen, und jetzt, wo wir vom Hunger geschwächt sind, zeigen sich diese spöttischen Dämonen, und alles stinkt nach diesem fetten, turbantragenden, tyrkanischen SCHEISSKERL!«

Augenweide sprang auf und verpasste dem Fass einen Tritt, sodass es einbeulte.

Es folgte Schweigen. Schließlich räusperte sich Honigwein.

»Wir müssen die Stoßzahnflut informieren.«

Weide hatte das bereits bedacht. »Ich werde einen Vogel schicken.«

»Sind wir sicher, dass er ankommen wird? Wenn Schlitzohr versucht, uns zu isolieren, wird er nicht zulassen ...«

»Ich weiß. Aber ich kann nicht riskieren, dass einer von euch dorthin reitet. Diese Kreaturen sind eindeutig auf der Strecke zwischen hier und der Suhle auf der Pirsch. Wenn sie vorhaben, uns den Weg abzuschneiden, wird kein Reiter von einer der beiden Rotten diese Strecke unbehelligt zurücklegen. Sechs Bastarde waren nicht sicher, geschweige denn einer. Wir können nicht gehen. Im Moment mache ich mir mehr Sorgen um die Ernährung unserer Leute. Wie lange können wir mit dem, was wir an Nahrung haben, durchhalten?«

Honigwein seufzte. »Bei der derzeitigen Rationierung? Vierzehn Tage. Aber nur knapp. Danach essen wir die Rationen der Keiler. Und dann essen wir ...«

Die Bastarde schwiegen und kauten auf dieser bitteren Wurzel herum.

Einen Barbaren wegen seines Fleisches abzuschlachten, war nahezu undenkbar. Eine Rotte, die sich dazu herabließ, konnte genauso gut verhungern. Aber solche Ideale waren für die Dorfbewohner bedeutungslos, sobald ihre Kinder starben.

»An diesem Joch hängt noch etwas. Wir haben fünf neue

Mäuler zu stopfen. Zwei Nomaden und drei weibliche Anwärterinnen. Ab morgen werden wir sehen, was sie wert sind. Aber solange diese Frauen Schlammköpfe sind, müssen sie auch wie Schlammköpfe behandelt werden. Das heißt, du darfst nicht mit ihnen ins Bett steigen.«

Iltis grinste und stieß Honigwein mit dem Ellbogen an. »Verdammt, ich bin bekannt dafür, dass ich ein oder zwei Mal einen Schlammkopfarsch gevögelt habe. Manchmal mögen sie es sogar.«

Weide seufzte. »Ich hoffe, das ist ein Scherz, Iltis. Das Problem ist, ich kann es nicht genau sagen.«

Iltis zwinkerte Schlangenschlupf über den Tisch hinweg zu. »Du kannst unser neuestes Blut fragen.«

Da ertönte das Geräusch von splitterndem Holz. »Wenn du dich an diesen Frauen vergreifst, Iltis, dann mache ich dich zu einer! Du solltest hoffen, dass dein Schwanz so groß ist, wie du behauptest, denn er wird das Einzige sein, was du einen Monat lang fressen wirst!«

Weide stellte fest, dass das Ende der Tischplatte unter den Knöcheln ihrer rechten Hand gebrochen war. Ihre Lungen fühlten sich wie Stein an und sie konnte den Hustenanfall nicht unterdrücken. Als sie sich wieder erholt hatte, war die Rotte totenstill, und aller Augen starrten sie an. Die meisten waren weit aufgerissen, nur Schleich runzelte die Stirn.

»Scheiß Sägemehl«, sagte Weide und räusperte ihre verstopfte Kehle. Sie blinzelte sich die Tränen aus den Augen, setzte sich wieder hin und betrachtete ihre Brüder. »Die unabhängigen Reiter brauchen eure Aufmerksamkeit mehr als die neuen Schlammköpfe. Konzentriert euch auf sie.«

Es gab gemurmelte Zustimmungen und reserviertes Nicken.

»Wir müssen die Hunde töten«, zischte Schleich und lenkte damit die Aufmerksamkeit von Weides Krächzen ab.

Stummklotz klopfte mit einem Fingerknöchel auf das Holz, um auf sich aufmerksam zu machen. Er schüttelte den Kopf, machte mit einem Finger eine schneidende Bewegung über seine Kehle, schüttelte erneut den Kopf und legte eine Hand auf seine Augen.

»Du hast recht«, sagte Augenweide. »Wir können nicht töten, was wir nicht finden können.«

Schlangenschlupf schnalzte verärgert mit der Zunge. »Also ... was? Müssen wir jetzt darauf warten, dass sie wieder zuschlagen?«

»Wie kommst du darauf, dass sie es tun werden?«, fragte Iltis. »Wenn der Zauberer versucht, uns auszuhungern, braucht er nichts mehr zu tun. Nur abzuwarten.«

»Warum greifen sie dann Späne und diese Frauen an?«, entgegnete Schlangenschlupf.

»Vielleicht wollte er, dass wir erkennen, dass er seine Hand im Spiel hat«, sagte Honigwein. »Uns erschrecken. Angst frisst einen Feind genauso auf wie Hunger. Schlitzohr würde das wissen.«

»Und die Hunde werden nicht sein einziger Trick sein«, sagte Blindschleiche.

Weide erkannte, was er damit sagen wollte. War Schlitzohr an ihrer Krankheit schuld? Es war wahrscheinlich.

Schlitzohr hatte gesagt, ihr Elfenblut würde sie vor der Berührung durch den Schlammmann schützen. Der Zauberer hatte recht gehabt, und der Schlammmann war nun tot – eins der wenigen Wesen, die Schlitzohr zu fürchten schien. Aber hatte der Zauberer mehr als einen toten Rivalen gewonnen? Hatte er auch die Vergiftung eines anderen herbeigeführt? Dasselbe Blut, das zum Sieg über den Schlammmann beigetragen hatte, hatte auch Schlitzohrs eigene Magie durchkreuzt. Sie konnte sich immer noch an den entsetzten Ausdruck auf seinem geschwollenen Gesicht erinnern, als das von ihm geworfene Pulver sie am Gerüst der Brennerei nicht hatte aufhalten können.

Nach dieser Erkenntnis stand Augenweide abrupt auf. Sie lief in einem engen Kreis und ließ ein paar Fingerknöchel knacken, bevor sie sich wieder ihrer Rotte zuwandte.

»Er hat Angst vor mir«, erklärte sie. »Vor uns! Er kann uns nicht mehr mit List angreifen, also ist er zum Belagerer geworden, der unsere Überlebensfähigkeit erstickt. Seine lachenden Hunde haben sechs Stoßzähne getötet. Was sollte sie daran hindern, das Gleiche heute mit uns sechsen zu tun?«

Iltis rieb sich den Kiefer. »Blindschleiche? Ganz sicher nicht

Schlangenschlupf. Es sei denn, die Hunde haben Angst vor bösen Brandnarben.«

Er erntete ein paar Lacher.

Honigwein blieb nachdenklich. »Wenn dein Elfenblut ihn von einem direkten Angriff abhält, sollten wir uns vielleicht an Hundsfälle wenden. Die Sprossen wissen womöglich, wie wir ihn am besten bekämpfen können.«

»Die Einzigen, die ohne Einladung nach Hundsfälle kommen, sind Gefangene der Sprossen. Und die sieht man dann nie wieder.« Weide schüttelte den Kopf. »Nein. Wenn wir in diesen Bergen willkommen wären, hätte Grasmücke uns eine Nachricht geschickt. Außerdem hast du mein Elfisch gehört.«

Honigweins hochgezogene Augenbrauen bestätigten diese Aussage. »Du würdest einen Krieg auslösen.«

Weide warf ihm einen vernichtenden Blick zu.

»Wir kennen Schlitzohrs Grenzen nicht, aber er hat welche, und wir müssen aufhören, ihn über die unseren entscheiden zu lassen. Wenn er uns tot sehen wollte, hätte er seine Hunde auf unsere Patrouillenreiter hetzen und uns einen nach dem anderen erledigen können. Nein, er will nur, dass wir schwach sind, er will uns nicht loswerden.«

Der Gedanke machte Iltis unruhig. »Schwach – wofür?«

Weides Schweigen kam einem Eingeständnis gleich. Sie wusste es verdammt noch mal nicht.

8

Die Rotte jagte die Hunde bei Tag. Als sich dies als erfolglos erwies, begannen sie, nachts zu jagen. Sie ritten zu elft, alle eingeschworenen Brüder plus die beiden Nomaden und die drei älteren Schlammköpfe. Jeder Sattel war vollgepackt mit Köchern und Speerhaken. Augenweide jagte es einen Schauer über den Rücken, so viele Reiter in Formation hinter sich zu haben. Doch nach jedem Ausflug kehrten sie unverrichteter Dinge nach Teilsieg zurück. Wäre da nicht die Wut ihrer Brüder gewesen, weil sie das Rudel nicht zu fassen bekamen, hätte Weide es für eine weitere, von der Medizin des Knochengrinsers verursachte Vision gehalten.

Sie suchten fast eine Woche lang mit verbissener Entschlossenheit, und die Rationierung wurde mit jedem Tag, an dem ihre Beute versteckt blieb, strenger.

Trotz der wutentbrannten Patrouillen blieb das Leben innerhalb der Mauern eine Aneinanderreihung mühsamer Aufgaben. Weide musste die kleinen Gärten und Obstplantagen überwachen, die die Dorfbewohner unterhielten, und sich die Vorhersagen ihrer immer nervöser werdenden Hüter anhören.

»Meine Ackerbohnenbeete gedeihen gut, aber ich befürchte, dass sie vor der Ernte von einem Pilz befallen werden.«

»Dieser letzte Mispelbaum trägt kaum noch genug für meine Kinder.«

»Jemand hat meine Quitten gestohlen. Du musst dem ein Ende bereiten!«

Alle wurden mit leeren Versprechungen und hohlen Ermutigungen abgespeist.

Sie konnte nicht einmal einen Hauch von Großzügigkeit bei der Ausbildung der Schlammköpfe aufbringen.

»Taugenichtse! Muss ich diese Ziele erst anzünden, damit ihr sie trefft?«

Die Bastarde waren von ihrer fünften nächtlichen Jagd zurückgekehrt, und Augenweide, die sich weigerte, sich auszuruhen, hatte angeordnet, dass die Anwärter noch vor Sonnenaufgang geweckt wurden, um mit der Armbrust Zielübungen zu machen. Die Strohziele, die unter der westlichen Kurve der Mauer aufgestellt waren, gewannen den Kampf.

»Wenn es sich um heranstürmende Dickhäuter handelte, wärt ihr schon längst abgeschlachtet worden!« Sie verpasste einem der Schlammköpfe eine Kopfnuss. »Ich erwarte etwas Besseres von dir, Graviel. Touro, bist du blind geworden?«

»Nein, Häuptling.«

»Tut mir leid, Häuptling.«

Sie hatte den drei Frauen befohlen, an der Übung teilzunehmen. Traditionell war es viel zu früh, um einem neuen Schlammkopf eine Armbrust zu geben, aber jede von ihnen war älter als die anderen Anwärter, und Weide musste ihre Fähigkeiten sehen. Sie musste sehen, ob sie es wert waren, durchgefüttert zu werden.

Sie war nicht erfreut.

»Das waren drei Schüsse, Dacia. Hast du auch nur *einmal* richtig getroffen?«

»Ja, Häuptling. Einmal«, antwortete der Mischling, ohne den Blick von dem Ziel zu nehmen.

»Wo?«

»Mitte. In Bodennähe.«

»Wenn er nicht gerade einen Schwanz von der Größe eines Elefantenrüssels baumeln ließ, wäre der Bolzen zwischen seinen Beinen hindurchgegangen. Das war ein Fehlschuss. Das hat ihn nicht mal verlangsamt. Du bist als Erste gestorben.«

Incus hatte mit zwei Bolzen die Mitte getroffen, aber der dritte war nicht zu finden.

»Sind das alle, die du abgefeuert hast?«

Das taube Dreiblut nickte. Sie hatte ihr dichtes Haar aus dem breiten Gesicht gebunden, sodass ihre Wangenknochen hervortraten und ein einzelner Reißzahn aus ihrer breiten Unterlippe ragte.

»Du bist eine gute Schützin«, lobte Weide, »aber du brauchst zu lange, um zu zielen. Jeder kann die Mitte treffen, wenn er die nötige Zeit dazu hat. Werde schneller.«

»Das werde ich.«

Augenweide zischte verärgert, als sie Ahlamra erreichte. Das kaum als Mischling erkennbare Mädchen hatte keinen einzigen Bolzen abgefeuert und kämpfte immer noch damit, die Sehne ihrer Waffe zurückzuziehen.

»Das reicht«, sagte Weide und entriss ihr die Armbrust aus den zitternden Händen. »Du hast nicht die Kraft dazu. Verdammt, ich bezweifle, dass du es mit einer Hilfskurbel, wie die verdammten Weichlinge sie benutzen, schaffen würdest. Dacia mag tot sein, aber du? Du lebst jetzt noch. Du liegst im Dreck, und eine ganze *ulyud* macht sich über dich her. Das sind sechs Orks mit kochendem Blut und Schwänzen. Hoffen wir, dass sie übereifrig werden und dich schnell töten. Sonst bringst du ein Kind auf die Welt, das mehr dickes Blut hat als du.«

Ahlamra ließ diese Prognose mit ihrem gewohnt gesenkten Kinn über sich ergehen.

Weide entließ die Streunerin mit einem Kopfschütteln. »Geh zu Stummklotz bei den Ställen. Sag ihm, du sollst Keilerscheiße schaufeln, bis du stark genug bist, eine Armbrustsehne zu spannen.« Das geschmeidige Mischlingsmädchen eilte davon, wobei der Tadel ihren Schritten nichts von ihrer Anmut nahm. »Der Rest von euch: noch eine Salve! Wer danebenschießt, wird die Jauchegrube tiefer graben. Ich wette, Dacia wird bis zu den Ellbogen in meinen Ausscheidungen stecken, bevor der Tau getrocknet ist. Ich frage mich, wer ihr noch Gesellschaft leisten wird. Laden! Zielen ... FEUER!«

Als Blindschleiche eintraf, um den Schlammköpfen den Nahkampf beizubringen, war Weides Vorhersage eingetroffen. Dacia wurde weggeschickt, zusammen mit Lopo und Graviel. Beide Anwärter hatten längst bewiesen, dass sie zielsicher waren, aber ihre Fähigkeiten hatten nachgelassen. Nahrungsmangel war die Ursache. Eine Lösung dafür war so schwer zu finden wie die lachenden Hunde.

»Lehnt eure Armbrüste an die Wand und stellt euch im Kreis auf!«, sagte Weide. »Wer will sich heute mit Schleich messen?«

Die Anwärter waren müde und lustlos, die meisten Nasen zeigten nach unten in den Staub.

»Ich«, kam eine tonlose Antwort.

Incus hatte die Arme vor der Brust verschränkt und zwei Finger der rechten Hand erhoben.

Der Kreis der Schlammköpfe erwachte.

Blindschleiche entledigte sich bereits seines Schwertgürtels, holte überall Messer heraus und warf sie mit der Spitze voran in den Boden. Seine Bewegungen erinnerten Weide auf seltsame Weise an die von Ahlamra, still und geschmeidig. Incus' Vorgehen wiederum erinnerte an einen mürrischen Ochsen. Langsam löste sie den Lederriemen von ihrem Kopf und ließ zu, dass ihr Haar wieder ihr Gesicht verdeckte. Weide wusste nicht, wie das Dreiblut überhaupt etwas durch diesen drahtigen Vorhang sehen konnte.

Ihr erster Schlag erfolgte so schnell und wurde mit solcher Wucht geführt, dass das Rauschen der verdrängten Luft hörbar war. Das Einzige, was noch schneller war, war Schleich. Er verbog sich, wich dem Schlag aus und tänzelte zurück, um der gewaltigen Reichweite seiner Gegnerin zu entgehen. Er hätte die Möglichkeit gehabt, ihr die Rippen zu brechen, aber Weide sah, dass er sich entschieden hatte, das zu ignorieren. Incus erkannte das auch, denn ihr Haar wehte leicht von einem beunruhigten Atemzug, und sie setzte den Angriff nicht fort. Stattdessen ließ sie die Hände sinken, gab ihre Haltung auf und blieb einfach stehen.

Wartete.

Blindschleiche ging um sie herum. Die Schlammköpfe vergrößerten den Kreis, als er sich ihnen näherte, als bestünde er aus Schlangengift. Sie alle hatten ihm im Training gegenübergestanden. Keiner hatte je einen Schlag gelandet.

Er griff blitzschnell an – eine Viper mit vier Gliedmaßen, schnell genug, um Incus in die Flanke zu fallen, obwohl sie sich um die eigene Achse gedreht hatte, um ihn im Blick zu behalten. Seine Faust zielte auf ihre Niere, aber sie wich aus und erwischte seine Knöchel mit ihrem Ellbogen. Mehrere Schlammköpfe zuckten bei dem Geräusch zusammen. Schleich hatte keine Zeit für Schmerzen. Seine andere Faust zielte auf Incus' Gesicht, und unter zustimmendem Gejohle beugte sie sich dem Schlag entgegen. Ein weiterer Aufprall war zu hören, als der Kopfstoß des Dreibluts Schleichs Hand traf und sein Handgelenk verbog. Es grenzte an ein Wunder, dass die Knochen nicht brachen. Weide glaubte zu sehen, wie sich Blindschleiches Mundwinkel nach unten verzogen. Diesmal wich er nicht zurück, sondern rammte Incus ein Knie in den Bauch. Sie schlug es nieder und antwortete mit einem Ellbogenstoß. Schleich duckte sich. Und er weigerte sich, das Auge des Sturms zu verlassen. Die beiden Kämpfer schlugen und blockten, rutschten aus und konterten, keiner konnte die Verteidigung des anderen durchbrechen. Es war fesselnd zu beobachten, wie diese große, dunkelhäutige Frau mit dem Gesicht wie eine zerklüftete Klippe gegen einen kleineren Mann kämpfte, der wie eine bleiche Schlange aussah.

Der Jubel der Schlammköpfe war angesichts des Spektakels so laut geworden, dass halb Teilsieg herüberkam, um sich den Anlass anzusehen. Innerhalb weniger Augenblicke erhoben sich vierzig weitere Stimmen und wurden wegen der unerwartet dargebotenen Unterhaltung so laut und hoch, dass es Weide schwerfiel, sich auf den Kampf zu konzentrieren. Das musste auch Blindschleiche verunsichert haben, denn seine Schläge wurden nachlässig, und das nahtlose Netz der Gewalt, das er normalerweise spann, zerfaserte. Incus hingegen blieb so unerschütterlich wie eine Burgmauer. Eine Mauer, die zuschlagen konnte.

»Du solltest vielleicht in Erwägung ziehen, deinen Albino da herauszuholen.«

Weide wandte den Blick nach rechts und entdeckte Faulpelz, der sie angrinste. Sie war so auf den Kampf konzentriert gewesen, dass sie seine Ankunft nicht bemerkt hatte. Damit war es ihm zweimal gelungen, sich ihr unbemerkt zu nähern. Ihre Schlammköpfe waren nicht die Einzigen, deren Fähigkeiten nachließen.

»Das ist nur Training«, sagte sie ihm.

Der Staubfresser zuckte gleichgültig mit den Schultern. »Trotzdem. Du könntest am Ende einen Bruder weniger haben, wenn die Ambossbraut aufbrausend wird.«

»Die Amboss...? Du meinst Incus?«

»Ich habe sie einmal in Magerit kämpfen sehen«, sagte Faulpelz, während sein Blick wieder auf den Kampf fiel. »Damals war ihr Kopf kahl geschoren, aber wenn ich sie jetzt kämpfen sehe, ist sie es ganz sicher.«

Innerhalb des wachsenden Kreises von Schaulustigen kämpften Schleich und Incus weiter. Die Schläge trafen jetzt, obwohl die meisten der kräftigen Ohrfeigen von abgeblockten Schlägen stammten. Beide Kämpfer hatten das Ausweichen ganz aufgegeben.

Weide runzelte die Stirn. »Sie ist also eine berühmte Schlägerin in Hispartha?«

»Sie hat sich ihren Namen in Traedria gemacht«, antwortete Faulpelz und schrie ein wenig, um gehört zu werden. »Sie besiegte jeden, der auf dieser schmalen Halbinsel Rang und Namen hatte, und so kam sie auf unsere große Halbinsel. Sie kämpfte am Hof zum Vergnügen des Königs und der Königin, bevor ihr Herr sie auf eine Rundreise durch alle großen Städte mitnahm. Auf einer der Karnevalsveranstaltungen, auf denen ich ritt, war sie die Hauptattraktion. In dieser Nacht sah ich, wie die Ambossbraut acht der berühmtesten Faustkämpfer von Magerit zu Boden schickte.«

»Ich dachte, du hättest sie nur einen Kampf kämpfen sehen?«

Faulpelz warf Augenweide einen Blick zu und zwinkerte. »Das habe ich auch. Sie hat gegen alle acht auf einmal gekämpft.«

Lauter Jubel lenkte die Aufmerksamkeit der beiden zurück in den Ring. Schleich hatte Incus' linken Arm erwischt, wahrscheinlich, als sie zu weit zum Schlag ausgeholt hatte. Er hielt ihren Arm zwischen seinem eingeklemmt, drehte sich, hämmerte einen Ellbogen in Incus' Rücken und stampfte mit einem Fuß in ihre Kniekehle, sodass ihr Bein einknickte. Ein Schwung des aufgesetzten Fußes brachte sie zu Fall.

Die Menge brach in Jubel aus.

Blindschleiche sonnte sich nicht in seinem Sieg, sondern pirschte sich sofort an Augenweide heran. Er beugte sich dicht zu ihr und flüsterte ihr ins Ohr.

»Sie hält sich zurück.« In seiner Stimme lag ein Tonfall, den Weide noch nie gehört hatte. Er klang ... fasziniert.

»Ach wirklich? Tut sie das?«

Augenweide schnallte ihren Schwertgürtel ab, drückte ihn dem verblüfften Faulpelz in die Hand und ging in den Ring.

Incus war bereits auf den Beinen, ohne sich um den Staub zu kümmern, der ihr Haar jetzt weiß färbte. Weide schritt voran, bis sich ihre Stiefelspitzen beinahe berührten, und reckte sich dem verborgenen Gesicht des Dreibluts entgegen. Die Menge war verstummt, also formte sie lediglich mit den Lippen die Worte: *Du kämpfst jetzt gegen mich. Wenn du dich zurückhältst, bist du hier erledigt. Hast du verstanden?*

Die Haare nickten.

Im nächsten Moment musste Weide einen Satz nach hinten machen, um nicht den Kopf zu verlieren. Aus dem Gleichgewicht gebracht, ließ sie sich bewusst fallen, stieß sich mit den Füßen nach hinten ab, als ihr Hinterteil auf dem Boden aufschlug, und rollte sich in die Hocke. Incus war immer noch auf dem Vormarsch. Weide hechtete vorwärts. Der Arm des Dreibluts spannte sich zum Schlag an. Weide sprang ab, setzte ihren Fuß auf Incus' vorgestelltes Bein und nutzte es, um hochzuspringen. Sie erwischte den Arm, nutzte ihren Schwung, um den Schlag abzufangen, und schwang sich auf die Schultern des Dreibluts. Ein Bein war neben ihrem Hals eingehakt, das andere unter dem Arm. Weide packte Incus unter dem Kiefer und zog ihn nach hinten. Das hätte sie beide zu Fall bringen sollen, aber das Dreiblut machte einen Ausfallschritt nach hinten, fand Halt, drehte sich, packte Weides Handgelenk und schleuderte sie mit einer Körperbewegung von sich. Weide prallte in die Menge, und die Schlammköpfe, die ihren Sturz bremsten, schrien erschrocken auf. Sie riss sich los und stürzte zurück in den jetzt unterbrochenen Kreis. Sie ließ Incus keine Chance zuzuschlagen, hüpfte vorwärts und holte zu einem Tritt aus, sobald sie in Reichweite war. Das Dreiblut wehrte ihren Fuß mühelos ab und entfesselte einen Schlaghagel zwischen ihnen, sodass Weide Mühe hatte, nicht getroffen zu werden.

Verdammt, sie war schnell!

Sicherlich schneller als Vollkorn, aber genauso stark. Ein Fehler – und Weide würde Zähne spucken. Oder Schädelfragmente.

Weide war so sehr auf diese tödlichen Fäuste konzentriert, dass sie den Fuß nicht kommen sah. Es war ein uneleganter Angriff, mehr ein stampfender Stoß als ein Tritt, aber er schlug trotzdem in Weides Rumpf ein. Ihr ging noch schneller die Luft aus, als sie nach hinten flog. Beim Aufprall auf den Boden würgte sie bereits. Es war nie angenehm, wenn einem die Luft wegblieb, aber die Anwesenheit des Schlamms machte es noch schrecklicher. Weide wand sich, rang nach Luft und wollte sich übergeben. Dann wurde ihr klar, dass sie wegen eines Sparringskampfs sterben würde. Sie hätte gelacht, wenn etwas anderes als Keuchen möglich gewesen wäre. Sie grub ihre Finger krampfhaft in den Dreck und wartete darauf, dass der nächste Atemzug ihr letzter sein würde.

Eine große Hand packte sie im Nacken, hob sie hoch, bis sie saß, und drückte ihren Kopf nach unten, bis er fast den Schmutz zwischen ihren Beinen küsste. Es vergingen noch ein paar quälende Augenblicke. Ihr Oberkörper hob und senkte sich, und die Hand in ihrem Nacken gab der Bewegung nach. Noch bevor sie wieder atmen konnte, klärte sich ihr Blick, aber alles, was sie sah, war Staub und ihren eigenen Schritt. Die Menge war totenstill. Weide hörte nichts außer mühsamem Einatmen. Die Hand verließ ihren Nacken und eine große Gestalt ließ sich vor ihr nieder. Weide sah auf und entdeckte Incus, die dort kniete. Eine ihrer großen Hände teilte das Haar und enthüllte ein ebenso zerknirschtes wie entschlossenes Gesicht. Die Frage wurde tonlos gestellt.

»Kann ich bleiben?«

Weide streckte die Hand nach oben und legte sie an die Wange des Dreibluts. Ihre Stimme war noch nicht zurückgekehrt, aber was machte das schon?

Wirst du dich jemals wieder zurückhalten?

Sie spürte das Kopfschütteln. »Nein, Häuptling.«

Gut. Du kannst bleiben.

Incus half Augenweide auf die Beine, und die Zuschauer stießen einen kollektiven Seufzer aus. Ob vor Erleichterung oder Enttäuschung, konnte Weide nicht erkennen. Sie versuchte zu verhindern, dass ihre Stiefel über den Boden schleiften, als sie zurück zu Blindschleiche ging.

»Gib ihr ein Schwert in die Hand«, sagte sie mit rauer Stimme. »Bring sie nicht mit anderen Schlammköpfen zusammen. Nur du.«

Schleich nickte, und Weide nahm ihre Ausrüstung von Faulpelz zurück.

»Mein Arm ist eine gute Stütze, wenn du möchtest«, bot der Staubfresser an.

»Möchte ich nicht«, krächzte Weide und ging allein weiter.

In dieser Nacht gönnte sie der Rotte eine dringend benötigte Ruhepause und zog sich früh in ihr Privatgemach zurück. Der Schlaf winkte. Und zog sich zurück. Sie hustete in die Kissen, schwitzte die Laken durch. Die Nacht, das Bett, wurde zu einem Gefängnis, das sie am Rande des Schlafs gefangen hielt. Sie zitterte vor Fieber, Hämmer arbeiteten in ihrem Schädel, und sie fand weder die Ruhe des Schlummers noch die Kraft, aufzustehen. Ein brennendes Gewicht kroch von ihrer Brust in ihre Kehle, unbeeindruckt von ihrem schmerzhaften Husten. Diese Qualen wurden zu etwas Lebendigem, heimtückisch und hartnäckig, listig genug, um nur dann zu kommen, wenn sie allein war, und machten ihre Schwäche zu einem intimen, isolierten Aufruhr.

In dieser Nacht gab es noch einen Eindringling.

Weides Lethargie verschwand, die brutalen Schmerzen in ihrem Kopf wurden schwächer, der Husten ließ nach. All die vertrauten Schmerzen verschwanden, als wären sie beleidigt, dass ihrem Wirken ein Zeuge beiwohnen durfte. Sie kämpfte sich mühsam in eine aufrechte Position, und da war er, lümmelte sich mit dem Rücken zur Wand auf dem Hocker herum.

»Schlitzohr.«

Sein Lächeln schimmerte in dem schwachen Licht, die reinen Mondstrahlen wurden durch seine Goldzähne befleckt.

»Ich wusste, dass du hier bist, um uns zu ficken«, knurrte sie.

Der Zauberer kratzte sich behäbig an seinem dicken Bauch. »Wahrlich, das war nicht meine erste Absicht. Ich hätte lieber aus euch allen Verbündete gemacht.«

»Spar dir deine Lügen. Ich werde nicht zuhören.«

»Schade. Denn ich fürchte, wenn du nicht auf mich hörst, ist deine Rotte dem Untergang geweiht.«

Eine Brise vom Balkon kühlte den Schweiß auf Weides Haut und ließ sie mehr frösteln, als es nötig gewesen wäre. Schlitzohr hatte sich kaum gerührt. Er war ein nahezu gesichtsloser Schattenklumpen, der die Ecke des Raums ausfüllte, gekrönt von den Umrissen eines Turbans. Es war seine Reglosigkeit, die beängstigend war, als würde er sich zurückhalten. Weide versuchte, sich daran zu erinnern, wo sie ihren Talwar hingelegt hatte, aber die Lage des Schwertes entglitt ihrem Gedächtnis so leicht wie ein zappelnder Aal durch die Finger. Dann eben ihre Hände. Leg sie um seinen dicken Hals und drück zu. Jetzt war der Zeitpunkt, zuzuschlagen. Jetzt! Aber sie konnte ihren Körper nicht dazu bringen, sich zu bewegen. Ein neuer Hustenanfall packte sie.

»Ich bringe dich um«, krächzte sie.

Der Zauberer lachte doch tatsächlich. »Du könntest versuchen, diesen Weg zu gehen. Doch ich denke, deine Schritte werden ins Stocken geraten. Ich wünsche niemandem den Tod, aber ich werde auch nicht vor der Ermordung all deiner Brüder zurückschrecken, solltest du mich dazu zwingen. Die Entscheidung liegt bei dir.«

»Entscheidung? Ich spiele deine Spielchen nicht mit!«

»Du musst gegen Schakal abstimmen.«

»Abstimmen? Wovon ... gegen Schakal? Du hast doch den Verstand verloren.«

»Nein.« Die Ringe glitzerten, als sich Schlitzohrs Finger bewegten, damit er sich den Nasenflügel reiben konnte. »Das ist in der Tat die einzig vernünftige Lösung. Du wirst gegen ihn vorgehen und ihm keine Warnung vor deinem Verrat zukommen lassen. Das sollte das Ende seiner Ambitionen bedeuten.«

Die Erkenntnis traf Weide nicht wie ein Schlag, sondern streichelte sie; eine Hand, die die ganze Zeit auf ihrer lag, unbemerkt, bis zum sanften Streicheln des Daumens.

Dieses ärgerliche Palaver hatte bereits stattgefunden.

»Es tut mir weh, das zu tun«, fuhr Schlitzohr fort, an dessen Worte sie sich jetzt erinnerte, wodurch sie vorhersehbar waren. »Ich habe ihn gern. Wahrhaftig. Aber ich denke, jetzt ist nicht der richtige Zeitpunkt für Schakal, um Master zu werden.«

Weides Kiefer mahlten, und sie hörte ihre Worte von damals in dem dunklen Schlafgemach widerhallen. »Er *wird* auf dem Häuptlingsstuhl sitzen, Tyrkanier. Ich werde dabei helfen, ihn dorthin zu bringen, und gemeinsam werden wir dich auf deinen schwabbeligen Hintern werfen.«

Schlitzohr stieß einen müden Seufzer aus. »Wir haben keine Zeit für solche Scheingefechte. Schakal hat seine Herausforderung ausgesprochen. Bald müsst ihr euch alle versammeln und eure kleinen Äxte schleudern. Eure Äxte werden für den Lehmmaster geworfen. Tut ihr etwas anderes, werde ich die Grauen Bastarde vernichten. Die Reiter, die Jünglinge in der Ausbildung, die Keiler. Ich werde diese Festung über euren Köpfen zum Einsturz bringen.« Der Zauberer machte eine träge, wirbelnde Bewegung mit dem Finger in Richtung Decke. Anders als jetzt waren sie in der Brennerei gewesen. Genau wie jetzt war Schlitzohr uneingeladen in ihrer Kammer erschienen. »Und ich werde es nicht dabei belassen. Euer beschauliches Städtchen Teilsieg wird ebenfalls brennen. Eure Rotte, euer Gebiet, alles wird verwüstet. Und warum? Aus Loyalität. Für die Liebe? Ich frage mich, gefürchtete Augenweide, was du mehr liebst? Den Mischling? Oder die Bastarde?«

Damals hatte sie gezögert. Sie hätte seine Eingeweide aufreißen sollen.

Schlitzohr beugte sich vor und seine Stimme triefte vor Mitgefühl. »Schakal wird nicht verletzt werden. Der Lehmmaster weiß, dass sein Tod … die Stimmung in der Bruderschaft trüben wird. Du hast mein Wort, und ich habe das deines Häuptlings. Schakal wird ein unabhängiger Reiter werden dürfen. Verrate ihn und du rettest ihn. Du rettest sie alle. Es ist deine Entscheidung. Aber ich muss dich bitten, sie jetzt zu treffen.«

Das hatte sie, und ihre Axtklinge war für den Lehmmaster eingeschlagen. Doch die Abstimmung ergab ein Unentschieden, was einen Kampf zwischen ausgewählten Champions nötig machte. Wieder hatte Schlitzohr die Antwort. Und wieder fügte sie sich. Vollkorn kämpfte für Schak, sie für den Häuptling. Und so stürzte sie die beiden Bastarde, die ihr mehr am Herzen lagen als alles andere.

Alles andere – außer der Rotte, so schien es.

»Du wusstest nicht …«, sagte Augenweide und zerschmetterte die Worte der Erinnerung, »… was ich war. Du wusstest es nicht. *Ich* wusste es nicht. Hätte ich es gewusst, hätte ich mich an deinen Organen gütlich getan!«

Sie hechtete aus dem Bett, knallte mit dem Knie gegen das Fußbrett, prallte gegen die Wand und stolperte über den leeren Hocker.

»Zeig dich.«

Es wäre eine in die Nacht hinausgeschriene Herausforderung gewesen, aber die Wut wurde durch einen Hustenreiz abgewürgt.

Aus Angst vor der Deliriumhölle des Betts weigerte sie sich, sich wieder hineinzulegen, und verbrachte die Nacht zusammengesunken auf dem Boden, wo sie über längst vergangene Tage grübelte und darauf wartete, dass sie aus den Schatten heraufbeschworen wurden.

9

»Al-Unan-Feuer!«

Weide schritt triumphierend in die Maurerhalle. In einem weiteren der verlassenen Gebäude von Teilsieg hatte Honigwein den Platz beansprucht, um ihn für die Planung der Stadtbefestigung zu nutzen. Sie hatte zwar nicht mit dem Anblick von Faulpelz gerechnet, als sie durch die Tür kam, aber sie ließ sich von dieser Überraschung nicht beirren.

»Um die Hunde zu töten«, fuhr Weide fort. »Wir werden Al-Unan-Feuer einsetzen.«

Die Worte schienen Honigwein erstarren zu lassen, der sich über die Zeichnung auf dem Tisch vor ihm beugte, obwohl seine Konzentration eindeutig unterbrochen war. Sowohl seine Worte als auch sein Blickkontakt ließen eine Weile auf sich warten.

»Häuptling. Das ist nicht ...«

»Hure, raus!« Weide deutete mit dem Daumen über ihre Schulter zur Tür.

Faulpelz räusperte sich, stand auf und ging.

»Es wird sie töten«, sagte Weide zu Honigwein, als sie allein waren. »Schluss mit diesem Scheiß, dass sie sich in Luft auflösen.«

»Sie müssen erst wiederauftauchen.«

»Das werden sie. Und dann werden wir mit etwas aufwarten, von dem sie sich nicht mehr erholen können.«

»Das weißt du nicht.«

»Es hat den Schlammmann getötet, es kann alles töten.«

»Ja. Es hat auch eine Festung aus Stein zerstört. Wir leben hinter hölzernen Mauern, Weide.«

Es kam nicht oft vor, dass ihre Brüder in diesen Tagen ihren Namen benutzten. Die Vertrautheit war tröstlich und ärgerlich zugleich. Sie schob beide Reaktionen beiseite.

»Hast du eine andere Idee? Ich bin ganz Ohr.«

Sie wartete. Honigweins Blick wanderte zurück zu seinem Tisch.

»Ich auch nicht«, sagte Weide. »Niemand hat eine. Die Ausscheidung dieses furchtbaren Dämons ist unsere einzige Chance.«

»Ist es nicht. Wir haben kein solches Feuer.«

»Es brennt immer noch in der Brennerei. Wir bekommen es von dort.«

Honigwein lachte. Es war ein bitterer Laut. »Nein. Man kann es nur inaktiv handhaben. Sobald es brennt ... Weide ...«

Sie schlug auf den Tisch. »*Häuptling!*«

Das brachte ihn aus der Fassung. Er holte tief Luft. »Häuptling. Wenn es einmal freigesetzt ist, kann es nicht mehr eingedämmt werden. Deshalb ist es so gefährlich.«

»Erklär mir nicht alles, als wäre ich ein verdammter Schlammkopf, Honigwein. Ich verstehe! Aber wenn jemand einen Weg finden kann, dann du.«

Die Bank flog nach hinten und fiel geräuschvoll auf den Boden, als der junge Mischling aufsprang. Vor Wut bebend hielt er seinen Stumpf vor Weides Gesicht.

»Und wie viele andere Teile muss ich für *dieses* Wunder verlieren?! Ich bin kein Zauberer, Augenweide! Schlitzohr war derjenige, der die Scheiße endlich in den Griff bekommen hatte, nicht ich!«

Weide gestand ihm seine Wut zu und wartete, bis sie verrauchte – so schnell wie eine Kerzenflamme erlosch. Honigwein ließ den Arm sinken, stand aufrecht und fuhr sich mit der unverletzten Hand durch seinen Sprossen-Kopfschmuck. Er schüttelte den Kopf in Richtung Zimmerdecke und sprach zu ihr. Die Worte krochen aus einer Spalte voller bitterer Erinnerungen.

»Der Lehmmaster hatte mich auf diesen Irrsinn fast von dem Moment an angesetzt, seit ich eine Brigantine angelegt hatte. Keine Ahnung, woher er es hatte, aber ich wusste nicht, wie ich damit arbeiten sollte, ohne die ganze Brennerei zum Einsturz zu bringen. Und was ist passiert?«

Weide beobachtete Honigweins gequälte Reglosigkeit und sagte nichts. Schließlich trat er einen Schritt zurück und sah ihr in die Augen. »Der alte Mischling wollte einen Weg finden, die Brennerei zu sichern, ohne Holz zu verwenden. Schon damals waren wir knapp bei Kasse. Wusstest du, dass er sogar selbst daran gearbeitet hat? Ich habe ihn mehrmals spät in der Nacht dabei ertappt, wie er in die Öfen starrte und ein wenig von dieser grünen Hölle darin brannte. Ich hoffte immer, er würde es herausfinden. Oder zumindest einsehen, dass es unmöglich war, und aufgeben. Aber er blieb dran. Ließ mich weitermachen. Ließ mich Schlammköpfe rekrutieren, die ihm helfen sollten. Ich überzeugte Salik ... Ich überzeugte Schlangenschlupf, zu helfen. Ich dachte, er würde schneller eine Stimme bekommen, wenn wir das Rätsel lösten. Er hatte an diesem Tag verdammtes Glück. Das hatten wir alle.«

»Ich erinnere mich«, sagte Augenweide.

Ein frühes Experiment mit dem unnatürlichen Feuer hatte Schlanges Verbrennungen verursacht, als er noch ein Schlammkopf war. Er hatte Glück, dass er den Arm behalten konnte, denn das Fleisch löste sich beim Heilen ab. Krämer hatte sich um ihn gekümmert, und der geizige alte Sack hatte sogar eine der Häutungen aufbewahrt, die sich als ein einziger, unversehrter Schlauch gelöst hatte.

»Der Arm dieses Mistkerls sieht aus wie eine frisch geschlüpfte Schlange«, hatte der mürrische Quartiermeister angemerkt und Salik damit unwissentlich seinen künftigen Rottennamen verpasst.

Krämer war am selben Tag gestorben wie die Brennerei, zusammen mit dem Lehmmaster und den Grauen Bastarden. Als Salik in die Bruderschaft aufstieg, schien es nur passend, dass Krämer einen letzten Beitrag leistete. Das war Honigweins Idee gewesen. Honigwein, der sie jetzt fast schon mit Abscheu ansah.

»Du erinnerst dich an die Nachwirkungen, aber du warst nicht dabei. Du warst mit Vollkorn und Schakal auf Patrouille. Wie immer. Ich war der einzige eingeschworene Bruder in der Ofenkammer, als die Schlammköpfe mit dem Zeug herumgespielt haben. Ich war derjenige, der sah, wie das Feuer die Ofentüren aufschlug und nach außen leckte, als wäre es lebendig und hungrig. Es berührte Salik kaum, und sein Fleisch entzündete sich wie ein Buschfeuer.«

Die Erinnerung quälte Honigwein, sein Blick war auf Weide gerichtet, aber er sah etwas anderes.

»Wie hast du es gelöscht?«, fragte sie, beschämt darüber, dass sie es nicht wusste. Wie er gesagt hatte, war sie nicht dabei gewesen, sie hatte den Bericht nur bei einer Rottenversammlung gehört, als sie an diesem verdammten sargförmigen Tisch saß, wo sie immer ihr Bestes tat, um klein und still zu bleiben.

Honigweins starre Augen fokussierten sich wieder. Einen Moment lang sah er verwirrt aus, als würde er sich nicht erinnern. Er stieß einen kurzen, auf morbide Art amüsierten Atemzug aus. »Urin. Ich hatte irgendwo gelesen, dass abgestandener Urin es auslöschen würde. Ich habe die Schlammköpfe vom ersten Tag an in Eimer pinkeln und diese Eimer herumstehen lassen. Ich wusste nicht einmal, ob es funktionieren würde, bis ich einen über Schlange auskippte. Ich hatte zu viel Angst, es auszuprobieren, falls es alles nur noch schlimmer machte. Aber in diesem Moment ...«

»Gab es nichts zu verlieren.«

Honigwein nickte, sein schneller Verstand begriff schlagartig die Tatsache, dass er gerade sein eigenes Argument widerlegt hatte. Mit einem freudlosen Grinsen rückte er die Bank zurecht und setzte sich wieder hin. Weide gesellte sich zu ihm und legte ihm einen Arm um die Schultern. Dabei war es ihr egal, wie er wohl reagieren würde.

Honigwein seufzte nur. »Ich schätze, ich muss den Jungs sagen, dass sie anfangen sollen, ihre Pisse aufzubewahren.«

»Ich könnte es ja tun«, sagte Weide zu ihm, »werde ich aber nicht.«

Sie lachten beide. Augenweide löste sich aus der Umarmung, rutschte ein Stück die Bank hinunter und tippte mit einem Finger auf die Befestigungspläne auf dem Tisch.

»Wir können nicht unser gesamtes Gebiet abriegeln. Wir brauchen die Möglichkeit, anzugreifen und uns zu verteidigen.«

»Ich weiß. Aber ... Häuptling. Das wird Schlange nicht gefallen. Wenn wir das tun, müssen wir darauf vorbereitet sein, ihn zu verlieren. Vielleicht wird er eher Nomade werden, als dass er sich noch einmal auf das Risiko des Feuers einlässt.«

Augenweide stand auf. »Ich verstehe. Es gibt keinen Grund, ihm jetzt schon etwas zu sagen. Wie alles, was ich brauche, um diese Rotte am Leben zu erhalten, befindet sich das Zeug nicht in unserem Besitz. Ich hatte gehofft, du weißt, woher es stammt.«

Honigwein sah zu Boden und unterdrückte ein Lachen.

»Was?«

»Nun … es heißt *Al-Unan*-Feuer.«

Weide führte eine Scheinattacke auf ihren grinsenden Reiter aus. »Klugscheißer! Arbeite einfach weiter an deiner verdammten Karte und ich werde an den anderen tausendundeins Wundern arbeiten.« Dann fiel ihr etwas ein, und sie deutete auf die Tür. »Und was, zum Teufel, hatte die Hure hier drin zu suchen?«

»Er hilft mir«, antwortete Honigwein, irritiert über ihre Frage. »*Faulpelz* hat sein Leben in ummauerten Städten verbracht. Er weiß das eine oder andere und hat sogar vorgeschlagen, dass wir eines Tages ein Aquädukt bauen.«

»Ein Ack-wä-was?«

»Es ist eine Möglichkeit, Wasser in die Stadt zu bringen.«

»Das nennt man einen Brunnen, Honigwein.«

»Nein, das wäre direkt vom Alhundra selbst …« Er war aufgeregt, aber Weide dämpfte seinen Enthusiasmus mit ihrem skeptischen Grinsen. »Vergiss es.«

Ihr schlechtes Gewissen ließ sie tief durchatmen, als Vorbereitung auf die Ermutigung, das näher zu erklären.

Beide erschraken, als die schwerfällige Gestalt von Stummklotz die Tür aufriss und diese Chance zunichtegemacht wurde. Er schwitzte und war erschöpft, sein Kiefer hing schlaff herunter.

Weide sprang von der Bank auf. »Was ist los?«

Stummklotz legte die Seiten seiner fleischigen Hände zusammen und fächerte sie auf.

Honigwein stand jetzt ebenfalls. »Das Tor.«

»Die Hunde?«, fragte Weide und ging um den Tisch herum.

Zwei ausgestreckte Finger der einen Hand wurden unter einen einzelnen Finger der anderen Hand gehalten.

Schlimmer.

Als Weide an der Palisade ankam, sah sie darauf nur Rücken. Niemand auf der Mauer sah sich um, als sie begann, die Leiter hinaufzusteigen. Honigwein war direkt hinter ihr. Sein Aufstieg wurde durch das Fehlen einer Hand kaum verlangsamt.

»Macht Platz!«, befahl Weide.

Zwei Rücken trennten sich, mit der Armbrust im Anschlag schaute sie über die Pfähle.

Eine Reihe von Reitern war in der Morgensonne versammelt.

Cavaleros.

Es mussten hundert sein. Mindestens achtzig. Zu viele.

Ein Mann stand vor allen anderen, weniger als einen Steinwurf vom Tor entfernt. Sein Kopf war nach oben geneigt und seine Stimme erhob sich, kurz nachdem Weide die Mauer erreicht hatte.

»Rottenmaster der Grauen Bastarde, ich bin Cavalero Ramon. Ihr sollt auf Befehl des Hauptmanns Bermudo mit mir zum Kastell kommen.«

»Es heißt Wahre Bastarde, ihr fohlenfickenden Weichlinge!«, brüllte Iltis hinunter.

Ramon ignorierte das Gelächter auf der Palisade. Sein Gesicht war genauso humorlos wie das von Weide.

Sie hielt ihre Armbrust im Anschlag, ihre Augen huschten hin und her. Das Sonnenlicht wurde matt von Stahlhelmen, Rüstungsplatten, den Spitzen der Halblanzen und den Kanten der Schilde reflektiert. Hunderte kleiner Flammen, begleitet vom gelegentlichen Aufstampfen eines Hufs und dem Klirren eines Geschirrs, wenn sich ein Pferd bewegte. Es *waren* hundert Männer, wie sie jetzt sah. Etwa siebzig Cavaleros und dreißig Späher, gekleidet in Wams und Hut mit Krempe, jeder mit einer geladenen Armbrust.

Sie blickte wieder zu Ramon.

Sie wussten beide, dass sie eine Wahl hatte.

»Ich komme runter!« Die Spannung, die sich bei ihrer Ankündigung über die Bastarde auf der Palisade legte, war mit Händen greifbar. »Bastarde, kommt mit mir.«

Am Fuß der Mauer kamen die Brüder von allen Seiten auf sie zu. Weide ging mit gleichmäßigen Schritten zu den Ställen, und ihnen blieb nichts anderes übrig, als ihr zu folgen. Abseits der Schlammköpfe machten sie ihren Sorgen Luft.

»Du willst doch nicht wirklich gehen?«, fragte Schlangenschlupf.

»Doch. Ich dachte mir schon, dass das passieren könnte.«

»Häuptling.« Honigwein klang fast flehentlich. »Die Hunde sind noch da draußen.«

»Das vermute ich auch.«

»Und wenn sie auf dich losgehen?«

»Sie haben uns elf nicht angegriffen. Ich bezweifle, dass sie es bei hundert Männern riskieren werden.«

»Hundert Weichlinge wiegen uns elf nicht auf, Häuptling«, sagte Iltis.

»Nein. Und Schlitzohrs Köter können sich an jedem Einzelnen von ihnen laben, bevor sie mich erreichen. Das wäre der größte Nutzen, den ein Cavalero in der Geschichte Ul-wundulas je erbracht hätte.«

»Du solltest trotzdem nicht allein reiten«, sagte Honigwein und ging schneller, um einen Vorsprung zu bekommen.

»Wo willst du denn hin?«, wollte Weide wissen.

»Meinen Keiler satteln!«

»DU BLEIBST, WO DU BIST!«

Die Wildheit in ihrer Stimme ließ Honigwein wie angewurzelt stehen bleiben.

Weide hielt an und die anderen auch. Sie drehte sich langsam im Kreis und machte deutlich, dass sie es ja nicht wagen sollten, sich ihren Worten zu widersetzen.

»Das ist ein Gang voller Keilerscheiße. Bermudo beruhigen, ihn davon überzeugen, dass seine Männer tatsächlich desertieren würden. Der Wichser kann nicht mehr auf einem Pferd sitzen, also lässt er mich zu ihm bringen.«

Iltis grunzte zustimmend. »Zeigen wir ihm, dass das ein Fehler war.«

Weide wartete einen Moment, bevor sie den Kopf schüttelte und ein bissiges Lachen ausstieß. »Ist es das, was ihr alle wollt? Kämpfen? Scheiß-Widerstand leisten? Das könnten wir. Wir würden ein paar Weichlinge erlegen und unsere Klingen mit Cavaleroblut benetzen.« Ihr Blick verharrte auf Iltis. »Wir könnten das Tor öffnen, als Rotte hinausreiten und sie mit einem Hauerschlag treffen, den sie nicht kommen sehen. Mit den Schlammköpfen auf den Mauern haben wir eine Chance, jeden Einzelnen zu töten. Heute noch. Aber das nächste Mal? Dann werden sie nicht mehr einfach nach mir fragen. Zur Hölle, sie werden kein verdammtes Wort sagen. Sie werden Teilsieg zerstören und jeden hinter dieser Treibholzmauer dem Schwert ausliefern. Alle. Muss ich darüber abstimmen lassen, wer das will?«

»Wir können unseren Häuptling nicht einfach ausliefern, nur weil das Kastell gepfiffen hat«, sagte Iltis. »Was macht das aus uns? Was macht das aus dir?«

»Es macht euch loyal gegenüber meinem Kommando«, sagte Weide zu ihren Brüdern. »Es macht mich zu einem weniger stolzen Arschloch als Bermudo und zu einem vernünftigeren als dem Lehmmaster. Jungs, wir sind nicht mehr die Grauen Bastarde. Es gibt keine Brennerei, die uns beschützt, keinen Hauptmann Ignacio, der kommt, wenn *wir* pfeifen. Und keinen rachsüchtigen alten Eitersack von einem Häuptling, der uns alle mit sich in den Abgrund reißt.«

»Du bist nicht er«, sagte Honigwein mit belegter Stimme. »Das warst du nie. Du bist eine von uns. Eine der Unseren.«

Weide wollte ihn dafür umarmen, wollte sie alle umarmen, weil sie ihr mit ihren stolzen Gesichtern zeigten, dass sie einverstanden waren. Stattdessen richtete sie einen Finger aufs Tor.

»Geht wieder auf die Mauer und sagt den Hinterladern, dass euer Häuptling direkt zu ihnen stoßen wird.«

Mit einem nachsichtigen Nicken zum Abschied taten sie, was ihnen gesagt wurde.

Bis auf einen.

»Ich weiß, was du denkst, Schleich.«

»Sie werden mich nicht sehen. Und du auch nicht.«

Weide trat einen Schritt näher an die Schlangenmaske heran.

»Nein. Du wirst uns nicht beschatten. Das befiehlt dir dein Häuptling. Das wirst du nicht. Du wirst hier gebraucht.«

»Es geht dir immer schlechter.«

Weide betrachtete den vernarbten, kahlen, wachshäutigen, leichenäugigen Mischling. »Ja. Und nicht einmal du kannst etwas dagegen tun.«

Sie verließ Teilsieg in voller Montur und ritt allein durch das Tor, unter den zwiegespaltenen Blicken der Rotte. Cavalero Ramon wendete sein Pferd, als sie sich näherte, und ritt neben ihr, als sie die Reihe der wartenden Kavallerie passierten. Er war ein grobschlächtiger, schlecht rasierter Mann. Seine Truppe formierte sich um sie herum und legte ein schnelles Tempo vor. Obwohl sie dem Namen nach Kavalleristen waren, konnte man an der Qualität ihrer Reittiere und Waffen erkennen, dass alle außer Ramon von niederer Geburt waren. Sie trugen weder Wimpel noch Fahnen. Alle trugen Halblanzen, aber nur selten einen Gürtel mit einem Schwert. Äxte und Streitkolben – billiger in der Herstellung und leichter zu pflegen – waren in der Überzahl. Kein Helm und kein Plattenmantel war frei von Rostspuren. Weide legte im Gegensatz zu den Weichlingen keinen Wert auf die sogenannte Blutqualität eines Mannes, aber die meisten dieser Männer waren nur einen kleinen Schritt von Räubern entfernt und würden wahrscheinlich zu Deserteuren werden, wenn sich ihr Schicksal nur ein klein wenig änderte.

»Bermudo muss sehr daran gelegen sein, Müßiggang in seinen Reihen zu vermeiden«, sagte Weide, die diese Farce nicht unkommentiert lassen wollte. »Das sind übermäßig viele Reiter als Eskorte für einen Mischling. Selbst für einen Rottenmaster.«

Ramon gab keine Antwort.

An der Teilsieg-Furt wurde die Schmierenkomödie nur noch schlimmer. Um genau zu sein, nahm sie den doppelten Umfang an. Eine identische Truppe von Cavaleros wartete auf der anderen Seite des Flusses. Weitere hundert berittene Männer, die genauso ausgerüstet waren wie der Rest. Ramon setzte ein Grinsen auf, das ihn zum König der hämischen Scheißefresser krönte. Weide begann, mit den Zähnen zu knirschen. Sie hatte sich geirrt. Es hätte keine Chance auf einen Sieg gegeben, wenn die Bastarde sich zum Kampf entschlossen hätten. Das Jagdhorn, das an Ramons Sattelzeug baumelte, und mindestens ein Dutzend weitere, verteilt auf seine Truppe, hätten der Reserve ein Zeichen gegeben. Die gesamte Streitmacht vor die Tore zu bringen, hätte jeden Gedanken an Widerstand vom ersten Moment an im Keim erstickt.

»Wichser«, zischte Weide.

Ein schmieriges, grinsendes Frettchen von einem Späher löste sich von den Reservisten und überquerte die Furt.

»Blas«, rief Ramon dem abstoßenden Mann zu, »du bist für die ... Sicherheit des Halbbluts verantwortlich.«

»Aye, Cavalero.« Blas steckte Finger und Daumen zwischen die Lippen und stieß einen beeindruckend gellenden Pfiff aus, mit dem er eine Gruppe seiner Mitstreiter herbeirief.

Weide trieb Schoß an, um ihnen entgegenzureiten. Dreißig

Männer rissen Armbrüste auf Schulterhöhe nach oben. Ihre Waffen verfügten über eine Zahnstange und ein Ritzel, um den Weichlingen beim Nachladen zu helfen, das dadurch aber zeitraubender geriet. Doch auf diese Entfernung würden sie keine zweite Salve brauchen. Die Hälfte dieser Mistkerle könnte beschissen zielen, und Weide wäre immer noch gefiederter als eine Gans. Sie tarnte ihre Verwunderung und ihre Besorgnis mit einem Gähnen. Das hier war mehr als das geringschätzige Misstrauen, das Weichlinge Halb-Orks gegenüber hegten. Sie fürchteten sie. Zweihundert zu eins, und doch fürchteten sie sie.

Schoßbesen schnaubte verärgert, als die Reiter begannen, ihn einzukreisen. Dieser Blas war töricht, einen Barbaren umzingeln zu lassen. Ein Keiler konnte mit Leichtigkeit mitten durch die Pferde walzen und sie dabei verkrüppeln und töten, wenn Weide einen Ausbruch riskieren wollte. Ihr Gesicht musste den Gedanken verraten haben, denn Blas sah sie besorgt an.

»Wenn dein Mischlingshirn dir sagt, dass du dich bald widerwärtig verhalten sollst«, der Anführer der Späher setzte ein drohendes Lächeln auf, »würde ich das begrüßen.«

Weide fletschte ihrerseits die Zähne. »Bist du sicher? Denn wenn ich widerwärtig werde, bist du der Erste, der stirbt.«

Blas versuchte, es zu verbergen, aber er wurde zusehends unsicherer. Er rief nach Ramon.

»Ich schlage vor, wir fesseln das Luder und werfen es über den Rücken eines Pferdes, Cavalero!«

»Du wirst mich nicht in Ketten legen«, versprach Weide Ramon, als er durch die Späher ritt. Sein Blick wanderte zu ihrer Hand, die auf dem Griff ihres Talwars ruhte. Die Zunge des Mannes schob sich gegen seine fest geschlossenen Lippen und wölbte sie nach außen, während er überlegte.

»Lass sie in Ruhe, Blas«, sagte er schließlich und trieb sein Pferd weiter.

Der Späher drehte sich in seinem Sattel. »Was ist, wenn sie wild wird?«

Ramon wurde nicht langsamer, drehte sich aber nicht um, als er antwortete. »Dann lass den Keiler unter ihr von deinen Männern töten. Sie werden ihr Ziel sicher nicht verfehlen, da es umzingelt ist.«

Blas schüttelte missmutig den Kopf und gab seinen Männern mit einem weiteren Pfiff das Zeichen zum Aufbruch. Weide ließ sich von ihnen durch die Furt treiben. Sie hätte auch nicht viel anderes tun können. Selbst wenn sie sich einen Vorsprung vor den Spähern verschaffen konnte, würde ein Trupp Cavaleros vor und hinter ihr reiten. Die Anzahl der Männer, ganz zu schweigen von ihrem Verhalten, deuteten darauf hin, dass Bermudo mehr von ihr wollte als ein Palaver über tote Deserteure.

Das Brachland breitete sich vor der Kolonne aus, verdorrt von der Sonne und endlos, nur unterbrochen von Gestrüpp, Hitzegespenstern und gelegentlich einem niedrigen Hügel. Weide ernährte sich kilometerlang nur von Staub, bösartigen Blicken und finsteren Gedankenspielen darüber, was Bermudos wahre Ziele sein könnten. Am Ende des Tages hatte sie eine trockene Kehle, einen erneuerten Hass auf Weichlinge auf Wallachen und keine verdammte Ahnung, was der Hauptmann vorhatte.

Der Himmel war nach dem Kampf mit der Dämmerung purpurrot gefärbt, sodass der Rauch so lange verborgen blieb, bis er Weides Nasenlöcher erreichte. Die Kolonne verlangsamte ihr Tempo. Die Männer von Blas verteilten sich und gaben den Blick frei auf Ramon, der auf seinem Pferd vor den verkohlten, ausgebrannten und rauchenden Überresten des ehemaligen Bordells von Rhecia saß.

»Ich denke, wir werden jetzt doch diese Fesseln benutzen«, sagte der Cavalero.

Weide schüttelte den Kopf. »Ich habe das nicht getan.«

»Sag das dem Hauptmann«, antwortete Ramon teilnahmslos.

Als Blas mit den Ketten vorwärtsritt, überlegte Weide, ob sie ihr Wort halten und einen Bolzen in den Mann jagen sollte. Was würde passieren, wenn sie das tat? Es gab kaum eine Chance zu entkommen, und sollte das Schicksal ihr doch in den Arsch kriechen, würde Ramon seine Männer sicherlich nach Teilsieg zurückbeordern. Selbst wenn sie Nomadin wurde und nie wieder zur Rotte zurückkehrte, würden sie für ihre Rebellion bezahlen.

Und so hielt sie vorsichtig still, als die Fesseln um ihre Handgelenke zuschnappten.

10

Augenweide verprügelte den Stallmeister, bis ihre Knöchel von seinen abgebrochenen Zähnen zerfetzt wurden. Blutige Spucke verschmierte ihre Hand bei jedem Schlag. Die Nase des Mannes brach, dann sein Kiefer. Gerade als sie glaubte, er würde besinnungslos werden und wäre betäubt vom Schmerz, bohrte sie einen Daumen in sein Auge und riss es aus der Augenhöhle. Der darauf folgende Schrei mit der hohen Tonlage gequälter Panik schmerzte in Weides Ohren.

»Ey.«

Blas' Stimme riss sie aus ihren finsteren Tagträumen.

Sie blinzelte und war fast blind von der Sonne. Ein paar Schritte entfernt, im Schatten des Stalls, war der Mann immer noch auf den Beinen, immer noch unversehrt, und immer noch drosch er dem einfältigen Jungen harte Worte und lässige Maulschellen um die Ohren. Die Gefühllosigkeit des Stallmeisters war geübt, vertraut, ebenso wie Muros Reaktion. Der Junge tat nichts, sondern saß weiter auf seinem kleinen Schemel und versuchte, das Beschlagen zu üben, wobei seine ungeschickten Bemühungen durch den ständigen Hagel von Ohrfeigen und Beleidigungen noch vergeblicher wurden. Er jonglierte mit dem Hammer, dem Hufeisen und der hölzernen Hufattrappe und hielt den Kopf gesenkt, das Gesicht abgewandt, um die Beschimpfungen ebenso beiläufig zu überstehen, wie der Stallmeister sie austeilte.

Weide begann, sich vorwärts zu bewegen, und spürte, wie sich die Rache aus ihrem Traum einen Weg in die Wirklichkeit bahnte.

Ein Schwert versperrte ihr den Weg, die flache Seite der Klinge schlug ihr in den Magen.

»Ey!«

Vor Wut schäumend ließ sie sich nieder. Blas zog seine Klinge zurück, doch sein wachsamer Blick blieb. Weide konnte ihn an ihrer Schläfe spüren. Zähneknirschend beobachtete sie das grausame Schauspiel, bis der Stallmeister weggerufen wurde, um sich um eine andere Angelegenheit in den Ställen zu kümmern, und Muro seiner Aufgabe überließ. Der Junge gab diese auf, sobald sein Herr außer Sichtweite war, und trottete zu Weide hinüber.

»Grau Bastrin?«, fragte Muro und zeigte mit dem Finger auf sie.

»Ja«, sagte Weide zu ihm. »Ich bin ein Bastard.«

»Wie Vollkorn. Bären und Berge!«

Weide lächelte. »Wie Vollkorn.«

»Er hier?«

»Nein. Tut mir leid, aber ich werde ihm sagen, dass du ...«

»Geh zurück an deine Arbeit, Schwachkopf!«, brüllte Blas und hob drohend die Hand.

Muro prallte zurück, obwohl er weder geistig noch körperlich in der Lage war, sich aus der Reichweite zu entfernen. Blas schlug ihn nicht. Stattdessen versetzte er dem Jungen einen harten Stoß.

»Ab!«

Niedergeschlagen drehte Muro sich um und ging zu seinem Hocker zurück.

Weide warf Blas einen angewiderten Blick zu. Wäre Vollkorn hier gewesen, wäre der Kopf des grausamen Mistkerls Brei gewesen. Vielleicht auch nicht, denn dann wäre der Stallmeister bereits in zwei Hälften zerrissen, und niemand würde es nach dem Anblick noch wagen, Muro anzurühren. Vollkorn hatte sich schon lange gewünscht, den Jungen aus dem Kastell zu holen. Aber die harte Wahrheit war, dass es Muro hier besser ging, abgesehen von der herzlosen Behandlung. Das Kastell hatte starke Mauern und reichlich Nahrung. Teilsieg hatte keins von beidem.

Mit einem Blick über die Schulter stellte Weide erfreut fest, dass ihre Wachen blinzelten und in der drückenden Hitze des Hofes schwitzten. Ihre Pferde waren längst in die Ställe gebracht worden, aber ein solcher Unterschlupf war ihnen verboten, solange sie sich um Augenweide kümmerten, denn es käme den Weichlingen nie in den Sinn, einem Halbblut irgendeinen Komfort zu gewähren. Nein, Mischlinge konnten stundenlang ohne Schatten stehen. Da gehörten sie hin.

Während sie warteten und versengten, herrschte um sie herum reges Treiben im Kastell. Stallknechte gingen in den Ställen ein und aus, einige führten Pferde, andere brachten Futter oder Wasser. Patrouillen der Garnison kamen regelmäßig vorbei, und die Augen eines jeden Mannes betrachteten Weide mit einer Mischung aus Neugier und Abscheu. Pagen und Dienerinnen eilten hin und her und achteten darauf, die Halb-Ork-Frau völlig zu ignorieren.

Ramon und seine Männer hatten sich vor Sonnenaufgang am Tor bemerkbar gemacht. Die Cavaleros hatten die Kaserne aufgesucht und Blas und seine Späher zurückgelassen, um die Gefangene zu bewachen. Jetzt stand die Sonne am höchsten und es wurde nicht einmal Wasser angeboten. Es wäre empörend, wenn es nicht so verdammt offensichtlich wäre: Bermudo versuchte, sie mit Müdigkeit und Durst weichzukochen. Das war nicht nötig. Sie hatte ihre Waffen konfiszieren lassen, und sie hatte geduldet, dass man ihr Fesseln an die Handgelenke legte. Ihr Keiler war sonst wohin gebracht worden, obwohl er sich heftig gewehrt und drei der Männer, die ihn wegbringen sollten, umgeworfen hatte, wobei er einem das Handgelenk brach.

Hinter ihr stieß einer der Späher einen verzweifelten Fluch über die Hitze und das Warten aus. Blas warf ihm einen warnenden Blick zu, schaffte es aber nicht, die Unmutsäußerung zu unterdrücken.

»Wann schafft man uns diese Fotze endlich vom Hals?«

Zustimmendes Gemurmel war zu hören, aber Blas blieb stumm.

Die Antwort traf in Form eines Cavaleros ein, der sich zu Fuß näherte. Er hatte schlaksige Beine und einen Bart, blieb vor den Spähern stehen und musterte sie einen Moment, bevor er über einen Scherz lachte, den nur er kannte. Sein rüpelhaftes Auftreten war typisch für die Qualität der Kavaliere, die sich jetzt im Kastell aufhielten. Was nicht üblich war, war der Flegel, der in seinem Gürtel steckte. Derartige Waffen wurden normalerweise nicht von der königlichen Kavallerie benutzt, denn es erforderte eine Kombination aus roher Kraft und kalter List, um sie zu führen. Weide musterte diesen Mann prüfend und stellte fest, dass er zu seiner gewählten Waffe passte.

Der Kavalier setzte seinen Helm ab und ordnete sein schweißnasses Haar, bevor er ein breites Lächeln aufsetzte und eine tiefe Verbeugung machte, die durch seinen rostigen Brustpanzer noch unbeholfener wirkte. Ein oberer Schneidezahn fehlte, und das schwarze Loch stand in scharfem Kontrast zum Perlweiß der übrigen Zähne.

»Ich bin Cavalero Maneto«, verkündete er launig. »Der Hauptmann hat mich beauftragt, Euch zu ihm zu bringen.«

Der Mann verstaute seinen Helm in der Armbeuge und deutete mit übertriebener Anmut auf den Weg, den er gekommen war.

Die Ketten schlugen klappernd gegen ihre Knie, als Weide an dem Cavalero und seinem ausgestreckten Arm vorbeiging. Maneto holte sie ein und ging links neben ihr her, während er seinen Helm aufsetzte. Trotz seiner krummen Beine war er genauso groß wie Weide, was die meisten Männer nicht von sich behaupten konnten. Während sie gingen, lehnte er sich zurück und starrte ihr eine ganze Weile lang auf den Hintern.

»Gesegnete Scheiß-Magritta, du bist aber eine kecke Mischlingshure!«, rief er anerkennend aus. Jegliche vornehme Zurückhaltung war aus seiner Stimme verschwunden und wurde durch ein feuchtes Knurren ersetzt. »Ich würde dich als die anmutigste rußhäutige Schlampe des Königreichs bezeichnen, aber das würde mich zum Lügner machen, denn du bist kein aschehäutiger Mischling, oder? Nein, bei den klebrigen Tüchern aller keuschen Priester von Galizien, dieses reife Fleisch ist grün wie alte Minze, doch ich möchte wetten, es trotzt dem Schein und ist würzig auf der Zunge.«

»Giftig, um genau zu sein«, antwortete Weide. »Wie eine Schlange. Männer, die an ihren grapschenden Händen hängen, leben nicht lange.«

Maneto gluckste mit echtem Humor. Zwinkernd führte er eine Hand an sein Gesicht heran und zeigte auf ihren Mund. »Sieh sich das einer an! Selbst die unteren Reißzähne sind kaum ausgeprägt. Ich würde sagen, dein Papi war ein Mensch. Doch kein Weichling, den ich je gezeugt habe, hatte so eine Salbeifarbe, nein! Du bist auch kein verdammtes Dreiblut. Die sind meist schwärzer als schwarz. Ich muss dir was gestehen, Mädchen. Ich würde den Sold eines Vierteljahres in den Diensten des Königs dafür bezahlen, dass du mir den Schwanz lutschst. Das hatte ich noch nie von einem Mischlingsmädchen, zu viel Angst vor den Zähnen.«

»Angst zu haben ist in den Geteilten Landen eine gute Sache. Vor allem in der Nähe von Mischlingen.«

Er hörte gar nicht mehr auf zu kichern. »Täusch dich nicht, ich bin nicht zum ersten Mal hier, ganz bestimmt nicht. Aber ich wette, was auch immer in meinem Geldbeutel übrig ist – nachdem ich für deinen Mund bezahlt habe –, dass es mein letztes Mal sein wird.«

»Ich würde sagen, das ist eine sichere Wette.« Weide grinste. »Ich habe gerade gedacht, dass du bald sterben wirst.«

Maneto lachte mehr, als angemessen gewesen wäre, und verspottete ihre Einschätzung, indem er die Drohung jovial akzeptierte. »Einen halben Jahressold also.«

Weide sah wieder zu ihm hinüber. Maneto strahlte und zeigte sein Zahnlückenlächeln.

Sie hatte sich schon lange an lüsterne Männer gewöhnt. Zum Teufel, sie hatte ihr ganzes Leben unter ihnen verbracht. Sie kannte ihre Gedanken, glaubte sogar, sie zu verstehen. Das hier war anders. Dieser vulgäre Schurke war eine weitere Maske, wie die Höflichkeitsmaske von vorhin. Und genau wie bei dieser Maske wollte Maneto, dass sie sie durchschaute. Er bot ihr an zu zahlen, obwohl er wusste, dass sie in Ketten lag, und köderte sie sowohl mit seinen Beleidigungen als auch mit der Dreistigkeit seines Schmierentheaters.

Wenn sie in dieses grinsende Gesicht schaute, sah sie nicht einen Mann, der sie ficken wollte, sondern einen Mann, der ihr Schaden zufügen wollte. Nicht nur ihr, sondern allem. Sein Schwanz versteifte sich nicht bei dem Gedanken an einen Arsch oder eine Muschi, sondern an das Säen von Chaos. Es gab nicht viele von dieser Sorte. Weide hielt ihren Blick auf Maneto gerichtet, doch ihre Gedanken wanderten zu dem Flegel in seinem Gürtel.

Brutal. Unberechenbar. Eine Waffe, die immer in Bewegung sein muss, um gefährlich zu bleiben.

»Ich werde mir das Angebot merken, Cavalero.«

Weide schenkte seiner finsteren Freude keine Beachtung

mehr und wandte sich dem Bergfried zu, wurde aber durch ein Zungenschnalzen von Maneto aufgehalten.

»Unser Ziel sind die Festungsmauern, hübsches Fräulein.«

Sie warf ihm einen zweifelnden Blick zu. »Hauptmann Bermudo ist oben auf den Mauern?«

Der Cavalero zwinkerte. »Heute sind alle möglichen glänzenden Dinge oben auf der Mauer zu finden, die es am Tag zuvor noch nicht gab.«

Damit drehte er sich um und schlenderte eine schmale Gasse zwischen zwei Lagerhäusern entlang, ohne abzuwarten, ob sie ihm folgte.

Ignoriert zu werden und sich unbewacht zu fühlen, war seltsam zermürbend. Ein weiterer Akt des Schmierentheaters. Weide raffte ihre Ketten zusammen und ging Maneto hinterher.

Die Geräusche fleißiger Arbeit hallten durch die Gasse und wurden mit jedem Schritt lauter. Als sie in die Nähe der östlichen Ausbuchtung der Ringmauer kamen, entdeckte Weide, dass ein großes Gerüst einen zerschmetterten Turm ersetzt hatte. Männer und Maultiere zogen an Seilen, die durch Klötze und Flaschenzüge gewunden waren. Sie zogen Säulen aus Bronzeguss auf die Zinnen. Diese bronzenen Gebilde waren unterschiedlich groß, aber die meisten waren etwas länger als die durchschnittliche Größe eines Mannes. Alle hatten ein Loch an einem Ende, das groß genug war, dass derselbe Mann seinen Arm hindurchstecken konnte.

»Schönheiten«, erklärte Maneto und sprach lauter, um das Geschrei zwischen den Arbeitern oben und unten zu übertönen. Er machte sich auf den Weg zum Gerüst und huschte in die Schatten darunter. Als Weide durch dieselbe Lücke zwischen zwei der Balken trat, sah sie den Cavalero, der zwei Arbeiter anblaffte, die gerade schwere schwarze Kugeln auf eine kleine Plattform in einem engen, von Brettern umgebenen Schacht luden.

»Ihr Schweißlappen verpisst euch jetzt für ein Weilchen. Der Häuptlingsschwanz einer Mischlingsrotte will denselben Weg wie der Hauptmann nehmen.«

Die Männer beendeten ihre Arbeit, und Maneto bedeutete Weide mit einer Geste, auf die Plattform zu gehen. Mit gesenktem Kopf betrat sie den Schacht. Der Stapel Bleikugeln ließ kaum Platz für ihre Füße, und die Lamellen an der Decke hinderten sie daran, aufrecht zu stehen, sodass sie das Gefühl hatte, in einem senkrechten Sarg zu kauern. Ihr Unbehagen verstärkte sich noch, als Maneto sich vor sie drängte, nahe genug, um den Rost auf seiner Rüstung zu riechen.

»Vielleicht hätte ich ›Häuptlingsmöse‹ sagen sollen, was?«

Grinsend streckte er die Hand nach oben und zog zweimal an einem Seil, das durch die Lamellen baumelte. Nach einem Moment schwankte die Plattform und begann, sich zu heben. Weide konnte das Ächzen und Scharren der Seile durch die dünnen Bretter hören, die als Wände dienten.

Während sie aufstiegen, starrte Maneto sie stumpfsinnig an, ohne zu blinzeln, und Weide erhaschte einen Blick auf sein wahres Gesicht. Mürrisch. Gefühllos. Ein Loch in der Gestalt eines Mannes. Blindschleiche besaß eine solche Leere nicht.

Das Licht begann, in die Schatten des Schachts vorzudringen, als sie sich der Sonne näherten. Hinter Maneto erschienen die Zinnen im Blickfeld. Er machte einen einzigen, geduckten Rückwärtsschritt, um Weide einen Weg aus dem erbärmlichen Schrank freizumachen. Sie traten wieder unter dem Gerüst hervor und begannen, die Mauer entlangzugehen. Maneto steuerte auf einen quadratischen Turm zu, der die Mauer überspannte, und wich den Arbeitern mit geübter Leichtigkeit aus. Überall auf dem Weg griffen Teams von Männern nach den Messingzylindern, die vom Hof hochgezogen wurden. Ein Stück weiter sah Weide, wie sie auf hölzernen, fahrbaren Gestellen befestigt wurden.

Sie blieb bei dem ersten stehen, der nicht von Arbeitern bewacht wurde, und betrachtete ihn mit wachsendem Unbehagen. Das offene Ende des Zylinders steckte leicht erhöht zwischen den Zinnen und zeigte trotzig auf das umliegende Brachland von Ul-wundulas.

»Zum ersten Mal ein Geschütz gesehen, was, Mädchen?«, fragte Maneto. »Du weißt nicht genau, was das ist, aber eine Kriegerin erkennt eine Waffe auf den ersten Blick, nicht wahr?«

»Geschütz«, wiederholte Weide, der der Geschmack des Wortes nicht gefiel. »Klingt verdammt orkisch.«

Maneto spuckte über die Mauer. »Nein. Nenn sie Kanonen, wenn du das weniger beleidigend findest. Ich habe gehört, sie wurden zusammen mit dem Pulver erfunden, das sie brauchen, um den Tod zu spucken. Komm jetzt, der Hauptmann mag es nicht, wenn man ihn warten lässt.«

»Genauso wenig wie Häuptlingsmösen.«

Maneto kratzte sich an seinem Bart. »Nun, ich werde mich bestens amüsieren, wenn du das mit ihm klärst.«

Sie gingen weiter, bis sie den Turm erreichten. Ein gewölbter Eingang führte in die Düsternis des Bauwerks, doch Maneto ignorierte ihn und nahm stattdessen eine steinerne Treppe, die in die Außenwand des Turms eingelassen war und zu dessen Spitze führte. Weide folgte seinen schnellen Schritten und wurde langsamer, als sie Blutstropfen auf den Stufen und rote Schlieren an der Wand entdeckte.

Der heiße Wind wehte ungehindert auf dem Turm.

Das Kastell war auf einem Steilhang erbaut. Seine gewaltigen Mauern verstärkten die imposante Höhe des natürlichen Felsens zusätzlich und ermöglichten einen uneingeschränkten Blick auf den Horizont. Dicke Wolken segelten über das Blau, und Weide wurde einen Moment lang schwindlig. Sie sah geradeaus und wartete, bis das Gefühl vorüber war.

Teams aus einem halben Dutzend Männer kümmerten sich um ein Paar Kanonen, die auf dem Turm installiert waren. Diese waren größer als die anderen, mindestens doppelt so breit und noch einmal halb so lang. Sie befanden sich an der südöstlichen und südwestlichen Ecke. Eine einsame Gestalt stand in der Nähe der Zinnen zwischen ihnen, ignorierte die Geschütze völlig und starrte über das braune Land hinweg. Maneto begleitete Weide hinüber, und sein Tonfall wurde wieder höflich.

»Augenweide, Häuptling der Wahren Bastarde, wie Ihr gewünscht habt, mein Herr Hauptmann Bermudo.«

»Danke, Cavalero.«

»Es ist mir ein Vergnügen und eine Ehre, Mylord.«

Mit einer knappen Verbeugung machte Maneto auf dem Absatz kehrt und entfernte sich einige Schritte.

Bermudo schwankte leicht, als er sich umdrehte, und dumpfe Geräusche stiegen von den Steinen auf, als er die lange Krücke unter seinem rechten Arm bewegte. Sein einst so gesunder Teint war fahl, die scharfen Züge durch ein Jahr ständiger Schmerzen abgestumpft. Schweiß überzog sein Gesicht, die hartnäckige Feuchtigkeit eines Fiebers, das selbst vor dem Wind nicht weichen wollte. Er trug keine Rüstung, seine verkümmerten Muskeln und sein verbliebenes Bein konnten das Gewicht nicht tragen. Weide wusste, dass Bermudo seine Kavallerie während des letzten versuchten Überfalls gegen eine anrückende *ul'usun*, eine Vorhut marodierender Dickhäuter, angeführt hatte. Er hatte zwar gesiegt, aber fast alle seine Männer verloren; mehr als dreihundert Kavalleristen von edler Abstammung, die von Ork-Krummsäbeln niedergemäht wurden. Eine dieser Klingen hatte dem Hauptmann ein Bein unterhalb des Knies abgehackt und sein Pferd mit demselben Schlag getötet, sofern die Gerüchte stimmten. Das Tier war auf ihn gestürzt und hatte ihm die andere Hüfte zerquetscht. Und obwohl er überlebt hatte, waren seine Qualen noch nicht vorbei. Was von seinem Bein übrig geblieben war, weigerte sich zu heilen und wurde von einer Infektion geplagt. Die Barbiere waren gezwungen gewesen, noch zweimal zu schneiden und ihm schließlich das Knie zu nehmen.

Weide sah, dass auf dem im Wind flatternden Hosenbein seiner Reithose dunkle Flecken waren.

Das war der Grund für das Blut auf der Treppe. Und für ihr langes Warten in der Sonne. Zweifellos hatte der verkrüppelte Hauptmann Stunden gebraucht, um den Turm zu erreichen, die Bühne, auf der er seine Gefangene empfangen wollte. Sie konnte nur hoffen, dass diese törichte Anstrengung diesen arroganten Wichser endlich ins Grab bringen würde.

»Im Hof stehen zwei Fuhrwerke«, sagte der Hauptmann. Er wandte sich ihr zu, wagte es aber nicht, ihr in die Augen zu sehen. Stattdessen richtete sich sein Blick zur Seite, auf die Kanonen und ihre Besatzungen. »Eins ist beladen mit ...?«

»Weizen, Bohnen, Pökelfleisch, Hauptmann!«, blaffte Maneto.

Bermudo wirkte unbeeindruckt. »*Nahrung*. Das andere Fuhrwerk, geschnittener Stein. Sie gehören zu einer Karawane, die aus Hispartha kommt, und zwar alle ...?«

»Sechs Wochen, Hauptmann!«

»Der Stein ist für die Instandhaltung des Kastells. Die Nahrung ist – war – für Sanchos schmutziges Etablissement. Mein Kastellan teilt mir mit, dass unsere Mauern stabil sind und der Stein gelagert werden muss. Und was die Lebensmittel angeht? Nun ...«

Weide verlor die Geduld und gab sich keine Mühe, dies zu verbergen. »Warum bin ich hier, Bermudo?«

Der Hauptmann antwortete nicht, sondern hob sein Kinn in Richtung der Mannschaft zu seiner Linken und rief über den Wind hinweg: »Seid ihr bereit?«

Einer der Männer rief zustimmend.

Bermudo hob eine Hand über seinen Kopf, die Bewegung forderte seinem Gleichgewicht alles ab, und ließ sie fallen.

Ein Donnerschlag erschütterte den Turm.

Weides Schultern zuckten und sie prallte vor dem plötzlichen, explosiven Knall zurück. Eine unsichtbare Faust schlug ihr gegen die Brust und verursachte einen schnellen Druck auf ihr Herz. Die Mündung der Südostkanone spie eine Rauchwolke aus, und die gesamte Waffe wurde durch die Gewalt ihrer eigenen Kraft auf ihrem Radgestell nach hinten gedrückt. Die Spitze des Turms ging kurz in Rauch auf, bevor der Wind die Nachwehen der aggressiven Äußerung der Waffe davontrug.

Überraschung und Instinkt hatten Weide dazu veranlasst, sich zu ducken, und sie wollte sich gerade wieder aufrichten, als das zweite Geschütz donnerte. Ihre Ohren klingelten, doch sie konnte noch weitere Schüsse in der Ferne hören, die von den anderen Türmen des Kastells abgefeuert wurden. Sie hustete gegen die versengte Luft an und spürte, wie der Schlamm sich zu regen begann. Weide wischte sich den Rauch aus den Augen und sah Staubfontänen, die in unregelmäßigen Abständen aus dem Brachland hochspien.

Als die wütenden Echos verklungen waren und der Boden um das Kastell nicht mehr bebte, betrachtete Bermudo sie mit kränklicher Schadenfreude.

»Da es die Brennerei nicht mehr gibt, ist diese Festung nun unbestreitbar die stärkste in den Geteilten Landen. Ich möchte, dass das so bleibt. Deine Rotte muss jedoch nicht weiterhin hinter einem Zaun leben.«

Weides Kiefer mahlten, da sie nicht wusste, in welche Richtung dieser Keiler trabte.

»Mit einer Fuhrwerkladung lässt sich keine Festung bauen«, fuhr Bermudo fort. »Man kann vielleicht anfangen, ein richtiges Torhaus zu errichten, aber mit regelmäßigem Nachschub ist es nur eine Frage der Zeit, bis die Bastarde wieder eine Festung haben.« Die Krücke pochte vorwärts. »Ich werde dir einen Handel anbieten. Du kannst mit den Fuhrwerken voller Ziegel und Bohnen hinausreiten, sobald du mir sagst, wo er ist.«

Weide umklammerte die Ketten. Da war es.

Bermudo gefiel ihr Schweigen nicht.

»Ich will wissen, wo du ihn versteckst! Wo ist Schakal?«

»Ich weiß es nicht. Nicht in den Geteilten Landen. Er ist kein eingeschworenes Mitglied meiner Rotte mehr.«

Drei Antworten. Und nur die letzte war eine Lüge.

Bermudo war nicht überzeugt und grinste verächtlich.

»Macht euch bereit!«, rief er über die Schulter zu den Geschützmannschaften. Die rußverschmierten Männer befolgten den Befehl sofort. Weide beobachtete den Vorgang des Nachladens und begann, in ihrem Kopf zu zählen.

Bermudo setzte die Schaufel voller Keilerscheiße, die sein Mund war, wieder in Bewegung. »Siehst du, Maneto? Ich habe versucht, barmherzig zu sein, aber wie immer sind diese Bastarde zu bösartig. Dann eben jetzt die Rute. Dein Verbrechen im Hurenhaus reicht aus, um dich zu verurteilen, Mischling. Ich könnte dich hier und jetzt hinrichten, und das werde ich auch. Hör mir zu, Halb-Ork, ich werde es tun, aber ich hätte lieber Schakal. Ich würde dich lieber wieder an die Spitze deiner Aschfarbigen stellen und ihm die Ketten anlegen. Es ist viel besser, ihn nach Hispartha zurückzuschicken, damit er sich für seine weitaus größeren Vergehen verantworten muss, als dich hier an seiner Stelle sterben zu lassen, ohne viel davon zu haben.«

»Ich habe kein Verbrechen begangen.«

Bermudo zog die Nase kraus. »Du hast einen Cavalero im Dienste des Königs getötet und dich verschworen, die Tat zu vertuschen.«

»Dieser Mann war ein verdammter Deserteur! Und ich habe

nichts vertuscht. Das Bordell stand noch, als ich ihm das Fell über die Ohren gezogen habe.«

»Natürlich stand es noch«, sagte Bermudo und sprach zu ihr wie zu einem Dummkopf. »Ich war es, der diese abscheuliche Räuberhöhle dem Erdboden gleichmachen ließ.«

Das verschlug Weide den Atem.

»Überlastete Höllen«, fluchte sie. »Du *hast* den Verstand verloren.«

Die Augen des Hauptmanns blitzten auf. »Sie überhaupt so lange stehen zu lassen, war der eigentliche Wahnsinn. Nichts als ein Zufluchtsort für Schurken und Geächtete. Ein Schlupfloch für Deserteure und Nomaden. Ul-wundulas wird solche Orte nicht länger dulden.«

»Rhecia wusste nicht, dass die Männer desertiert sind, du Scheißkerl.«

»Ja. Das behauptete sie. Alle Huren sagten dasselbe ... bis zu dem Moment, als ihr Bau in Brand gesteckt wurde. Dann sagten sie noch viel mehr, nicht wahr, Maneto?«

»Ein Chor eifriger Vögelchen, mein Herr.«

Bermudos Mundwinkel verzogen sich nach unten. »Ja. Und so findest du dich hier wieder, gefesselt für den Mord an einem Cavalero.«

»Sie können lügen«, sagte Weide. »Du und dein Eunuch mit den klaffenden Zähnen dahinten können lügen. Falsch wird nicht richtig durch die Anzahl der geschwätzigen Zungen.«

»Und doch braucht es nur eine Zunge, um eine Lüge hinwegzufegen.« Bermudo hielt einen Finger als Zeichen seines Sieges hoch. »Eine verzweifelte Hure, die dich als Cavalero Garcias Mörder bezeichnet.«

Weides Mund schmeckte plötzlich nach abgestandener Pisse.

Scheiße.

Bermudo beugte sich fragend vor und tat so, als hätte sie gesprochen, und er hätte es nicht gehört. »Wie bitte? Keine Behauptung, dass Schakal es war, der die Tat begangen hat? Sollte das nicht deine Reaktion sein? Er ist nicht hier. Er bleibt frei und unauffindbar. Es gibt keinen Grund, ihm nicht die Schuld in die Schuhe zu schieben, wo sie seit fast zwei Jahren bequem ruht. Doch du schweigst. Weil dein Stolz es dir nicht erlaubt, ihm die Schuld für einen Mord zu geben, den du begangen hast. Ich kann es an deinem Kiefer sehen! Es ist eine Sache, mich *glauben zu* lassen, dass es Schakal war, aber du wirst ihn nicht als den Mörder *bezeichnen*. Nein! Das wäre Feigheit. Mehr noch, es würde bedeuten, eine Tat zu leugnen, auf die du stolz bist!«

»Da hast du verdammt recht.«

Und so war es auch. Weide hatte sich nie hinter Schakal verstecken wollen, als es um den Tod der Hasenscharte ging. Sie war gerade mal ein Dutzend Herzschläge lang in der Gegenwart des Mannes gewesen, und das war mehr als genug gewesen, um mit Sicherheit zu wissen, dass sie den Geteilten Landen einen Gefallen erwiesen hatte, indem sie ihm einen Bolzen ins Gehirn gepflanzt hatte.

Ihr Geständnis ließ das Gesicht des Hauptmanns zu einer hässlichen Mischung aus Triumph und Abscheu erstarren. Die Schweißperle, die sich in der Vertiefung unter seiner Nase festgesetzt hatte, zitterte. Sein Einatmen wurde hörbar.

»Die Marquesa Punela wartet schon lange darauf, dass der Bastard, der ihren Sohn getötet hat, zur Rechenschaft gezogen wird.«

»Vorsicht, Bermudo. Sieht nicht so aus, als hättest du Blut für einen erigierten Lümmel übrig.«

Der Mann war von dem Gedanken an Gerechtigkeit so hingerissen, dass ihn die Respektlosigkeit nicht störte. »Die Fuhrwerke oder der Tod. Wähle.«

»Wovon, zum Teufel, sprichst du?«

»Mein wohltätiges Angebot steht. Du darfst von hier weggehen, kostenlos, mit Vorräten für deine Rotte. Gib mir nur Schakal.«

Weide konnte nur staunen.

»Du musst nicht für dein Verbrechen sterben!«, drängte Bermudo.

Weide kratzte sich mit ihren zusammengeketteten Händen an der Nase. »Gerade du musst mir gegenüber von Verbrechen reden, Weichling. Du, der den Befehl gegeben hat, unabhängige Reiter zu jagen und sie an Ort und Stelle zu pfählen.«

Bermudos Augen waren über dunklen, ungesunden Flecken weit aufgerissen, sein Gesicht war erzürnt. »Es ist kein Verbrechen, das Königreich Hispartha zu schützen – eine Pflicht, auf die ich geschworen habe.«

»Beschützen? Indem man Nomaden tötet? Indem du Rottenmaster in Ketten legst? Dein Hass schwächt ganz Ul-wundulas!«

»Schwächen? Wir brauchen deinesgleichen nicht«, höhnte Bermudo. »Ihr nutzlosen Keilerhirten konntet Diebe nicht davon abhalten, unsere Grenzen zu überschreiten. Das kommt nie wieder vor!« Der aufgeregte Krüppel kippte beinahe um, als er mit seinem Arm eine leidenschaftliche Geste hinter sich machte. »Diese Waffen werden dafür sorgen, dass die Orks nie wieder zivilisiertes Land beschmutzen.«

»Was glaubst du hier zu haben?«, wollte Weide wissen. »Orks werden diesen Ort nicht angreifen; nicht, wenn sie ihn umgehen können! Um sie in Schach zu halten, müssen wir sie kommen sehen, und um sie kommen zu sehen, müssen wir jedes Stück Gestrüpp und jeden Meter des gebleichten Canyons im Auge behalten. Das bedeutet Reittiere, Krieger im Sattel. Du bist ein Cavalero, du weißt das! Dies ist das Land der Pferde und Keiler, es ist riesig, und nur starke Rotten können es durchqueren. Nur starke Rotten können es beschützen!«

Bermudo schwoll der Kamm. »Die Rotten sind nicht mehr nötig! Ihr seid nichts weiter als Wächter. Und eure Zeit ist zu Ende.«

Jetzt war es an Weide, einen Schritt nach vorne zu machen. Aus dem Augenwinkel sah sie, wie Maneto sich anspannte, aber sie ging unbeirrt auf Tuchfühlung mit dem Hauptmann. »Wächter? Wir sind rausgeritten, Bermudo. Wir. Ritten. Raus. Und bluteten und starben, um einen weiteren Überfall zu verhindern, genau wie du. Und das werden wir wieder tun. Doch du dankst es uns mit Schikane. Lass die Nomaden in Ruhe, gib diese irrsinnige Jagd auf Schakal auf. Komm wieder zu deiner beschissenen Vernunft!«

Bermudo war beleidigt und verblüfft. »Glaubst du, ich bin es, der ihn so unbedingt will? Glaubst du, ich würde mich nicht anderen Dingen zuwenden wollen? Es ist die Krone, die nach ihm verlangt. Die Königin selbst! Sie war zutiefst beunruhigt, als ich ihr von dem schurkischen Halb-Ork schrieb, der von seiner Rotte vertrieben wurde und ohne Herr und Meister umherzieht.

Wie er sich mit einem anderen Ausgestoßenen verschworen hatte, um hier gefangen genommen zu werden, und wie er mithilfe von Ignacio entkam, um den Zauberer aufzuspüren, der diese Burg beschützen sollte, und ihn zu töten. Zunächst war mir nicht klar, warum er das tun wollte. Erst als ich den Ork-Einmarsch überlebt hatte, begriff ich es, als ich auf der Liege des Chirurgen lag. Er hat ihnen geholfen. Den Orks! Abzul war ein dreckiger Geizhals, aber seine Zauberei war stark wie eh und je, und die Orks fürchteten sie zu Recht. Als sein Turm in Rauch und Feuer aufging und den Zauberer in den Tod riss, war diese Angst verflogen. Durch *Schakal*! Ein Halbblut als Handlanger der Orks! Wie weit würde dieser Hund noch gehen, um seinen neuen Herren zu helfen? Würde er nicht auch die Zerstörung der Brennerei, seiner früheren Heimat, in die Wege leiten, um weitere Zwietracht zu säen und den Marsch der Orks zu erleichtern?«

Augenweides Eingeweide krampften sich zusammen. Bermudo kannte nicht die ganze Wahrheit, noch nicht, aber er konnte sie riechen, ein Stück Gammelfleisch, das zwischen ihnen lag, während sie sich auf diesem Turm umkreisten. Sie fürchtete, was mit den Bastarden geschehen würde, wenn Bermudo die Wahrheit über die Rolle des Lehmmasters bei Schlitzohrs Plan, den Thron an sich zu reißen, erfuhr.

Ihre Angst musste sich gezeigt haben, denn auf dem Gesicht des Mannes breitete sich ein dünnes, triumphierendes Grinsen aus.

»Hätte Schakal einen solchen Verrat begangen, wenn er nicht verbannt worden wäre? Ich habe Ihrer Majestät unterbreitet, dass Ausgestoßene aus einer so rauen Gesellschaft wie einer Mischlingsrotte nur weitere Gefahr bringen können. War es je klug, ihnen solche Freiheit zu gewähren? Es ist schwer genug, loyale Untertanen davon zu überzeugen, sich hier niederzulassen, ohne die Gefahr von missgünstigen Nomaden. Aber ich glaube, es war das Wissen, dass dieselben Nomaden jetzt für die Orks spionieren, das die Königin schließlich umgestimmt hat. Ich war mir sehr sicher, dass der Übergriff im letzten Jahr nie stattgefunden hätte, wenn die Dickhäuter nicht von Schakal und anderen rachsüchtigen unabhängigen Reitern angeführt worden wären.«

Engstirniger. Verlogener. Wichser.

Die Worte lagen Weide auf der Zunge, aber sie blieben unausgesprochen, denn sie sah, dass Bermudo nicht log. Er glaubte alles, was er sagte. Aber Glaube macht Menschen blind. Wenn Schakal die Bastarde verraten hatte, warum sollte sie ihn verstecken? Warum sollte sie für ihn sterben? Wieder sagte sie nichts. Die Löcher im Verstand dieses Mannes aufzuzeigen, würde ihn nur dazu bringen, noch tiefer und härter zu suchen, und das würde die Rotte nicht retten. Es war besser, ihn in seinen eigenen Wahnvorstellungen schwimmen zu lassen und zu hoffen, dass sie seinen geschwächten Geist ertränkten.

Bermudo hatte jetzt Spaß. »Und deshalb hat Ihre Majestät gehandelt. Alle Ländereien der Krone in Ul-wundulas gehören ihr von Rechts wegen, durch ihren Vater. Ihr Ehemann ist zwar König von Hispartha, hat aber keinen Anspruch auf die Ländereien, und nur er ist an die Bestimmungen der Urkunden gebunden, die sie begründet haben. Im Grunde genommen sind die Rotten nicht verpflichtet, die Souveränität des Königs anzuerkennen, aber sie können nichts dagegen tun, dass die Ländereien, auf denen ihr wohnt, zu den geerbten Besitztümern der Königin gehören.« Bermudo gab ein amüsiertes Brummen von sich. »Verzeih mir. Ich habe vergessen, dass all dies für einen Mischling wohl unmöglich zu verstehen ist.«

»Ich erkenne unnütze Grausamkeit, die als Gesetz getarnt ist, wenn ich sie höre«, sagte Weide. »Es ändert nichts. Ihr Schwachköpfe habt uns von Anfang an ohne Grund misshandelt.«

»Ja, aber es war ungesetzlich. Geschmacklos. Etwas, das am besten von einem Halunken wie Hauptmann Ignacio erledigt werden sollte. Da er nicht mehr unter uns ist – und ich bin froh darüber –, hatte ich niemanden mehr mit einem so schlechten Leumund, der seine Hände derartig beschmutzen konnte.«

Weide neigte ihren Kopf in Richtung Maneto. »Kommt selten vor, da bin ich mir sicher.«

Bermudos dünnes Lächeln verfinsterte sich. »Oh, die mir verbliebenen Cavaleros sind durch und durch niedere Kerle. Schurken, Plünderer, Vergewaltiger, jeder Einzelne. Genau aus diesem Grund müssen sie per Dekret an die Leine gelegt werden. Ignacio hatte Rang, wenn auch keinen Titel. Er sorgte dafür, dass seine Cavaleros gut betucht waren, und er stammte aus demselben Geschlecht. Ich trage nicht den Makel des Bauerntums und kann auch nicht mit den Männern reiten, um sie an die Befehle ihrer Vorgesetzten zu gewöhnen. Anstatt zu versuchen, eine weitere lärmende Mörderbande in den Geteilten Landen zu bändigen, habe ich dafür gesorgt, dass alles, was sie tun, unter königlicher Duldung geschieht. Es gibt einen Unterschied zwischen einem wilden Hund und einem, dessen Herr ihm erlaubt zu beißen. Die Drohung mit der Rute ist immer noch ein Schutz vor der Vorstellung, man könne nach eigenem Ermessen handeln. Das war der Fehler, den wir mit euch Mischlingen gemacht haben, als wir euch glauben ließen, ihr würdet nicht mehr beherrscht.«

»Wir werden nicht beherrscht«, betonte Weide durch ihre zusammengebissenen Zähne.

Der Hauptmann lächelte. »Du wirst bald feststellen, wie falsch du liegst. Falls du dich entscheidest zu leben.«

»Du wirst Schakal nicht von mir bekommen, Weichling. Hör auf, das bisschen Kraft zu verschwenden, das du hast. Nur zu, verurteile mich und schick mich zu dieser Marquesa-Fotze. Mit meinem letzten Atemzug werde ich ihr sagen, was für ein Vergnügen es war, die verdorbene Frucht, die sie aus sich herausgepresst hat, in ranziges Fleisch zu verwandeln.«

Bermudo lächelte ernst. »Du glaubst, ich würde dich nach Norden schicken? Ich bin nicht so dumm, jemandem wie der Marquesa gegenüber zuzugeben, dass ich mich geirrt habe. Nicht, wenn die Wahrheit so abscheulich ist. Sie erwartet, dass die Hinrichtung von Garcias Mörder zu einem Spektakel für das gemeine Volk wird. Maneto, kannst du dir vorstellen, wie sehr sich die Dame schämen würde, wenn man ihr unterbreitet, dass die Hand, die ihr adliges Geschlecht ausgelöscht hat, zu einem Mischlingsflittchen gehört?«

»Eine unhaltbare Schande, Mylord.«

Bermudo beugte sich näher zu Weide, seine Stimme wurde beinahe zu einem Flüstern. »Du wirst hier sterben. Heute noch. Die Jagd auf Schakal wird weitergehen. Und da alle unabhängigen Reiter jetzt als Verräter des Königs gelten, egal wo man sie findet, schützt die Zuflucht bei den Rotten sie nicht mehr.

Schakal mag tatsächlich aus den Geteilten Landen verschwunden sein, aber sollte er jemals zurückkehren, gibt es keinen Ort, an dem er sicher ruhen kann. Ich werde ihn mir holen, und er wird auf einem Schafott in Hispartha vor einer lärmenden Menge sterben. Augenweide, es ist deine Entscheidung, ob du ihn in der für Bastarde vorgesehenen Hölle begrüßen willst.«

»Dafür werden die Bastarde dein Blut fordern«, sagte Weide. Das war keine leere Prahlerei, obwohl sie es sich wünschte. Das Verlangen ihrer Brüder nach Rache würde ihnen den Tod bringen.

Bermudo wusste das auch, denn sein Gesicht hellte sich bei diesem Gedanken genüsslich auf.

Weide versuchte es mit einer weiteren Wahrheit. »Du wirst alle Rotten gegen dich aufbringen, Bermudo. Keiner der Mischlingshäuptlinge wird das lange unbeantwortet lassen.«

Der Hauptmann wich mit klopfender Krücke zurück, über dem grinsenden Mund funkelte es in seinen Augen. »Sie können gerne kommen. Die Stimmen dieser Kanonen werden meine Abgesandten sein. Ihre Reichweite sichert das Kastell. Alles innerhalb ihrer Reichweite ist Hispartha. Nicht die Geteilten Lande, nicht einmal die Kronenlande, sondern Hispartha. Zurückerobert! Nur die Kurzsichtigen sehen die Grenzen dieser Rückeroberung. Sieh über den Einschlagsort der Kanonenkugeln hinaus, wenn du kannst, Halb-Ork, und du wirst nicht das Ende meiner Reichweite entdecken, sondern den Anfang.«

Bermudo holte theatralisch Luft, zuckte zusammen und drehte sich um seine Krücke, um noch einmal über die Zinnen zu sehen. Er erhob seine Stimme über den Wind: »Ich gebe dir eine letzte Chance, mir zu sagen, wo er ist.«

»Ich weiß es nicht. Dann häng mich eben auf, verdammt noch mal!«

»Oh, ich werde dich nicht *hängen*.«

11

Klein Muro lag zusammengekrümmt auf der Seite neben dem umgestürzten Hocker, die Hände auf die Ohren gepresst. Er schaukelte und stöhnte unaufhörlich, sein einfacher Verstand wurde vom anhaltenden Donnern der Geschütze überwältigt. Weide konnte Manetos Kichern über die Misere des Jungen nicht hören, während sie darauf warteten, dass die Pferde bereit gemacht wurden. Sie sah nur das Zahnlückengrinsen, das sich auf seinem Gesicht ausbreitete. Im Hof waren die Schüsse noch lauter zu vernehmen, weil sie von den umliegenden Steinbauten zurückgeworfen und verstärkt wurden. Eine zweite und eine dritte Salve wurden abgefeuert, bis Cavalero Ramon und ein Trupp von zehn Männern in voller Montur aufgesessen waren. Auch für Maneto wurde ein Pferd herbeigeholt, und der große Mann schwang sich in den Sattel.

Er machte eine seiner höflichen Gesten. »Nach Ihnen, Häuptling Fötzchen.«

Weide lief los. Hinter ihr klapperten Hufeisen auf dem Kopfsteinpflaster, und sie wurde zum Torhaus geführt. Zwanzig Männer der Garnison waren in seinem Schatten versammelt und umringten mit erhobenen Hellebarden eine Gruppe Gefangener.

Weide kannte die Gesichter der Bewachten und war überrascht, dass sie noch lebten.

Eva und die Rote Ynes. Violante und die Schwarze Ynes. Rhecia und der gebückte Stallknecht.

Cissy.

Die verängstigten Bewohner des Bordells zählten fast zwei Dutzend, und Weide wurde in ihre wimmernde, zitternde Gesellschaft gebracht. Alle waren schmutzig und entkräftet. Es blieb keine Zeit für Gespräche. Sie wurden zum Tor geschoben und hatten keine andere Wahl, als dem Sonnenlicht entgegenzulaufen.

Die Geschütze schwiegen jetzt.

Als sie in den Schatten des Tunnels traten, unterdrückte

Weide ein Schaudern und sah hinauf zu dem großen Gussloch, das in den gewölbten Stein eingelassen war. Sie wurde nicht gehängt. Das bedeutete nicht, dass diese heimtückische Falle nicht bald einen Kessel kochenden Pechs ausspucken würde. Doch alle kamen unbeschadet darunter durch. Als sie aus der Barbakane ins Freie traten, erreichten sie den sonnenbeschienenen Pfad und begannen auf Drängen ihrer Eskorte, den Abhang hinunterzusteigen. Die Serpentinen verlängerten den Weg.

Weide spürte, dass die Nerven ihrer Mitgefangenen zum Zerreißen gespannt waren. Ihre Brust wurde von einem eisigen Griff umklammert. Angst war etwas, das man sich in den Geteilten Landen nie leicht eingestehen konnte, aber sie wünschte sich, dass dies nur der wachsenden Furcht vor dem nahenden Tod geschuldet war. Wenn der Schlamm jetzt einen weiteren Anfall auslöste, würde sie schwach und kraftlos sterben. Wenn sie ihren Eid schon nicht erfüllen konnte, wollte sie wenigstens den Höllen aufrecht begegnen.

Sie kamen unten an.

Dünne Rauchschwaden stiegen auf der Ebene vor ihnen auf, die Blüten eingepflanzter Kanonenkugeln.

»Weitergehen!«, rief jemand.

Die Hellebardiere drängten weiter, aber Maneto, Ramon und die anderen berittenen Männer zügelten ihre Pferde am Fuß der Klippe. Der brutale Plan, den sie verfolgten, war klar: Führt die Gefangenen weit hinaus in die Ebene, lasst sie davonlaufen und macht euch einen Spaß aus der Jagd.

Fotzen.

Weide behielt ein gleichmäßiges Tempo bei und setzte sich an die Spitze der schlurfenden Schar Verurteilter. Rasche Bewegungen und keuchende Atemzüge zu ihrer Rechten kündigten an, dass jemand aufholte.

»Ich war es nicht«, sagte Cissy. »Ich habe ihnen nichts gesagt. Es war Hilde, die gepetzt hat.«

Weide musste kurz und bitter lachen. »Schätze, sie konnte doch noch genug Hisparthanisch sprechen.«

Cissy war weniger nachsichtig. »Rückgratlose Guabianerin.«

Weide machte sich nicht die Mühe zu antworten. Schwangere Frauen hatten einen Haufen zu verlieren. Hilde hatte mehr als sich selbst gerettet, solange Bermudos Männer sie in Ruhe ließen. Wobei das keineswegs garantiert war. Maneto schien genau die Art widerlicher Mistkerl zu sein, der sich an einer so verletzlichen Person vergreifen würde.

Cissys nutzloses Bedauern nagte immer noch an ihr. »Wenn sie einfach mit dir gegangen wäre ... Wenn ich es ihr nicht ausgeredet hätte.«

»Nimm dich nicht so wichtig, Cissy. Wir wären nicht hier, wenn Späne den Cavalero nicht getötet hätte. Auch nicht, wenn diese Männer nicht desertiert oder einfach in die Berge gegangen wären. Es gibt so viele Glieder in dieser Kette, und du bist bei Weitem nicht das schwächste.«

»Verzeihst du mir, weil wir kurz vor dem Tod stehen, Isabet?«

»Ich fürchte, ja.«

Schweigend trotteten sie nun weiter.

Schon bald konnte Weide die geschwärzte, zerklüftete Grenze sehen, die die Reichweite der Waffen des Kastells absteckte. Als sie den breiten Streifen aufgewühlter Erde betrat, riefen die Wachen ihr zu, sie solle anhalten.

Verstehen brachte eine seltsame Ruhe.

Augenweide drehte sich um und sah, wie die anderen von Männern, die selbst keinen weiteren Schritt gehen wollten, zum Weitergehen gedrängt wurden. Mit ein paar letzten Stößen ihrer Hellebarden und drohenden Rufen begannen die Wachen, sich zurückzuziehen, gingen rückwärts und forderten die Gefangenen auf, sich nicht zu bewegen. Die Cavaleros am Anfang des Weges waren durch die Entfernung unsichtbar geworden. Als sich auch die Fußsoldaten zurückzogen, sprach eine der zusammengescharten Huren mit einer Stimme, die vor Sorge und Verwirrung belegt, aber auch von Hoffnung erfüllt war: »Lässt man uns gehen?«

»Nein«, sprach Weide fest und deutlich. »Das tun sie nicht.« Der beißende Rauchgeruch stieg ihr in die Nase, sie sah nach unten und trat gegen den von den Kanonen aufgewühlten Schmutz. Drei Salven, und noch immer waren weite Teile unberührt. Wie groß waren die Chancen dafür? Die Kanonen schienen nicht sehr präzise zu sein, aber vielleicht gab es auch Lücken, wo die Kugeln einschlugen. Weide schnappte sich die

Leute aus dem Bordell und brachte sie dazu, sich zu einer solchen Wunschinsel zusammenzudrängen.

»Ihr werdet alle weglaufen wollen«, sagte sie. »*Tut das nicht.* Bleibt standhaft. Steht still. Egal wie groß die Angst ist, bewegt euch nicht.«

Cissy blieb neben ihr.

Weide griff nach ihrem Handgelenk und hielt es fest. »Was passiert, wenn man durch Hornissen läuft?«

Cissys Stirn legte sich in Falten. »Man wird gestochen.«

»Und wenn du stillhältst?«

»Dann ... vielleicht nicht.«

Weide nickte eindringlich. »Lauft *nicht* weg. Niemand von euch! Ganz gleich, was passiert. Bis ich es sage.«

Cissy wand ihren Arm aus Weides Griff. Dann nahm sie Weides Hand und verschränkte die Finger mit ihren.

Augenweide richtete ihren Blick auf das Kastell und starrte auf den Turm, in dem sie Bermudo vermutete. Sie konnte ihn nicht sehen, aber sie glaubte über den Luftstrom hinweg sein verdammtes Lächeln zu spüren.

Die Wände donnerten.

Die Gefangenen schnappten nach Luft, prallten zurück. Ein Herzschlag. Ein entnervendes, hohles Kreischen.

Der Boden wurde zu einer lebendigen, wütenden Bestie.

Unsichtbare Riesenfäuste schlugen auf die Ebene ein, erschütterten sie, verwandelten sie in eine ohrenbetäubende Hölle. Brüllende, peitschende Erdwellen brachen vor Weides entsetzten Augen auf, stürzten über sie hinweg, blendeten sie, stachen sie, erstickten sie. Schreie erfüllten die Pausen zwischen den dröhnenden Einschlägen. Beißend riechender Schmutz prasselte auf sie herab. Eine Explosion links von Weide. Eine am Rand der Gruppe kauernde Frau wurde zerfetzt. Kopf und Oberkörper wurden weggeschleudert, ein Arm weggerissen und durch die Luft gewirbelt. Ein Körperteil von jemandem traf Weide an der Schulter, im Gesicht. Schwer und fleischig warf es sie beinahe um und überzog sie mit Blut und Schmerz. Die Geschütze übertönten nicht länger die Schreie der Menschen, die zerfetzt wurden. Der Knoten aus Gefangenen franste durch das Niedermähen aus und begann, sich aufzulösen.

Jemand lief davon. Noch jemand.

Durch den Angriff hindurch sah Weide den Stallknecht fliehen; Entsetzen verlieh seinem buckligen Körper Geschwindigkeit. Einen Bogenschuss entfernt schlug eine Kanonenkugel ein. Der Boden verlangsamte die Kugel genug, um sie sichtbar zu machen, und sie hüpfte über den Boden wie ein Stein auf dem Wasser. Sie prallte gegen den Stallknecht und riss ihn von den Füßen. Er wirbelte sich überschlagend davon, sodass sein Körper zu einer schlaffen Windmühle wurde. Sein Bein brach im Flug am Knie ab.

Schemenhafte Gestalten flohen in alle Richtungen, viele änderten ihren Kurs, als die Wut der Geschütze ihnen den Weg abschnitt.

Instinkt und Cissy zerrten an Weide, es ihnen gleichzutun. Sie unterdrückte den einen, riss die andere zurück und zwang beide, in dem Tumult aus verwüsteter Erde, Rauch und den umhergeschleuderten Körperteilen der Unglücklichen zu verharren. Ihre Ohren waren zu leeren Höhlen geworden, in denen Geräusche unerwünscht waren. Sie wusste kaum, wann das Sperrfeuer endete, und hörte kaum ihren eigenen Schrei, der ihr beinahe die Lungen zerriss.

»JETZT!«

Sie und Cissy rannten schnurstracks von der Burg weg, wobei ihre Schritte durch Rauch, zerschmetterten Boden und zerfetzte Körper erschwert wurden. Sie schlängelten sich um angesengtes Gestrüpp und zersplitterte Felsen, sprangen über verkohlte Vertiefungen, stolperten und rappelten sich wieder auf.

Die Kavallerie würde kommen.

Als sie den Rauch durchbrachen, rannten sie hinaus auf eine unberührte Ebene. Das Land, das das Kastell umgab, war von kleineren Verwandten des großen Steilhangs, auf dem es lag, durchzogen. Weide raste zum nächstgelegenen Bergrücken, der aus einiger Entfernung auf der Ebene lockte. Es war unmöglich, den Pferden zu entkommen, aber wenn sie raueres Terrain erreichen konnten, etwas, das die Cavaleros aufhielt, hätten sie bessere Chancen. Vielleicht konnte sie diesen verdammten Mistkerl Maneto töten, bevor er sie zur Strecke brachte. Ramon auch. Verdammt, sie würde es bei allen versuchen.

Cissy war zurückgefallen. Weide wendete, ergriff die Hand der kleineren Mischlingsfrau und zerrte sie mit sich, damit sie schneller lief.

Als sie den Kamm erreichten, entdeckten sie an seinem Fuß eine Schlucht, die durch einen versiegten Wasserlauf entstanden war.

Eine Entscheidung: den Hang hinauf oder die Kluft hinab?

Weide mochte die Enge und das steinige Flussbett, in dem man sich die Beine brechen konnte, und eilte weiter nach unten. Sie und Cissy wurden bald von der Böschung verschluckt. Vor neugierigen Augen abgeschirmt, drängten sie sich durch die Schlucht, bis die Seiten abflachten und die Senke wieder eins mit dem Flachland wurde. Zu ihrer Rechten ragte der Bergrücken steil auf. Eine Ansammlung von Felsbrocken und Gestrüpp säumte den Rand zu ihrer Linken. Weide kletterte hinauf und nutzte die Deckung, um einen Blick auf den hinteren Pfad zu werfen.

»Scheiße«, zischte sie und duckte sich wieder, kaum dass sie hinausgespäht hatte.

Sechs Cavaleros befanden sich auf dem Kamm über ihnen. Bei ihrer Verfolgung waren sie vor die gleiche Wahl gestellt worden und hatten sich wohl aufgeteilt. Die anderen riskierten entweder ihre Pferde in der Schlucht oder ritten am Rand entlang. Sie tippte auf Letzteres.

Sie rutschte über das Geröllfeld zu Cissy hinunter und zeigte ihr flüsternd den Weg, den die Reiter genommen hatten.

»Geh zurück. Wenn du auf Pferde triffst, lauf wieder hierher, aber verlasse die Schlucht nicht. Wenn die Cavaleros über dir sind, bleib stehen und ergib dich. Sorg dafür, dass sie dich im Auge behalten.«

Cissy nickte ängstlich, aber entschlossen.

»Geh.«

Weide wartete, bis die mäandernde Schlucht Cissy verbarg, bevor sie ihr Spiel begann. Sie kletterte auf die dem Kamm gegenüberliegende Seite und bewegte sich in der Hocke durch das Gestrüpp. Die Cavaleros, die alles von der Anhöhe aus mit Blicken absuchten, würden sie irgendwann bemerken, aber der Hang oberhalb dieses Endes der Schlucht war zu steil, als dass sie hinunterreiten könnten. Sie würden gezwungen sein, umzukehren. Sie würde schnell sein müssen.

Und verdammtes Glück haben.

Vor ihr riefen Männerstimmen. Die untere Gruppe hatte Cissy gesehen, und es klang, als wären sie nicht in der Schlucht, sondern oben auf Weides Seite.

Da war das Glück.

Rufe vom Bergkamm. Sie war ebenfalls entdeckt worden.

Zeit für die Schnelligkeit.

Weide raffte ihre Ketten im Lauf zusammen und sprintete über das Geröllfeld. Als sie eine Kurve nahm, die durch einen Vorsprung des Bergrückens gebildet wurde, erreichte sie die Cavaleros. Sie waren im Gänsemarsch geritten, hatten sich aber jetzt zur Seite gedreht, wobei alle ihre Aufmerksamkeit auf die fliehende Cissy unter ihnen richteten.

Der Cavalero an der Spitze sah Weide nicht kommen.

Sie sprang hoch, packte seinen Schild und riss ihn aus dem Sattel. Mit einem Aufschrei stürzte er auf die Steine, und der Helm fiel ihm vom Kopf. Er versuchte aufzustehen, aber Weide trat ihm mit ihrem Stiefel ins Gesicht und ließ seinen Schädel gegen einen Stein prallen. Blut spritzte.

Einer.

Sein Pferd wieherte vor Aufregung, scheute und stampfte, schreckte aber nicht zurück. Es war von drei Seiten umschlossen: links von Augenweide, vorne von der Schlucht und rechts vom nächsten Cavalero in der Reihe. Durch das Handgemenge aufgeschreckt, drehte der Mann sich um und fluchte, als er den leeren Sattel neben sich und die geflohene Halb-Ork-Frau gleich dahinter sah. Weide duckte sich und kramte nach einer Waffe, doch die Lanze des Mannes, dem sie den Kopf abgeschlagen hatte, war in die Schlucht gerutscht. Bevor sie das Schwert aus seinem Gürtel befreien konnte, ritt der andere Kavalier um das im Weg stehende Pferd herum.

Weide peitschte ihre Kette in das Gesicht des entgegenkommenden Tieres, woraufhin es sich vor Schmerz und Schrecken aufbäumte und seinen Reiter ins Gebüsch schleuderte. Die anderen Cavaleros schrien, ihre Stimmen waren rau vor Wut und Verwirrung. Das getroffene Pferd bockte weiter und schlug mit den Vorderhufen nach Weide. Sie wich zurück und versuchte erneut, das Schwert zu ziehen. Der abgeworfene Cavalero kämpfte gegen das dichte Gestrüpp. Er brachte nicht genug Hebelkraft auf, um aufzustehen. Ausgestreckt und in seinem Mantel verheddert, konnte er nur schreien, als Weide heranstürmte und ihm das Schwert durch den offenen Mund stieß. Die Parierstange brach ihm die Zähne, als die Klinge bis zum Heft hineingestoßen wurde.

Zwei.

Sie war jetzt in Sichtweite der anderen. Die übrigen Cavaleros hatten ihre Pferde gewendet und verteilten sich nun am Rand der Schlucht, um sich in Position zu bringen und sie niederzureiten. Sie ließ das Schwert liegen, schnappte sich die Lanze aus der toten Hand von Zwei und sprang auf das Pferd von Eins. Ihr Sitz im Sattel fühlte sich zu hoch, zu unsicher an und das unkooperative Tier unter ihr kräftig, aber unbeholfen. Es war aussichtslos, die Füße in die Steigbügel zu bekommen, und ihre gefesselten Handgelenke machten es unmöglich, die Lanze zu führen und die Zügel zu benutzen.

Die Cavaleros stürmten voran.

»Scheiß drauf.«

Weide legte eine Hand auf den Sattelknauf und spannte sich an, während sie aufsprang und ihre Stiefel auf den Sattel setzte. Sie machte einen hohen Satz vom Rücken des Tieres und stürzte sich auf die entgegenkommenden Männer. Mit der Lanze in beiden Händen stieß sie zu und traf den mittleren Cavalero in die Brust. Die lange, scharfe Spitze der Lanze durchbohrte seine Rüstung, riss die Schuppen auf und traf sein Herz.

Drei.

Sie hielt die Lanze fest, als der Mann über das Hinterteil seines Pferdes kippte und herunterfiel. Sein Rücken schlug in den Staub, und die Lanze drang noch tiefer ein, als Weide auf den Füßen landete und mit gespreizten Beinen über dem aufgespießten Kadaver stand. Als sie sich umdrehte, sah sie, dass die letzten Cavaleros davonritten und Abstand gewannen, um einen weiteren Angriff zu wagen.

»Isa!«

Auf Cissys Warnung hin wirbelte Weide herum, gerade noch

rechtzeitig, um zu sehen, wie Maneto den Flegel schwang und auf sie losging. Weide riss die Arme vor ihr Gesicht und erwischte den stachligen Kopf mit ihren gefesselten Handgelenken. Durch die Wucht des Schlags wurden die eisernen Handschellen gegen ihre Nase gerammt. Taumelnd tastete sie nach der Lanze, die in Dreis Körper steckte. Helle Farbkleckse sagten ihr, dass der Flegel ihren Hinterkopf getroffen hatte. Eine betäubende Schwerelosigkeit machte sich breit.

Ihr Augenlicht kehrte zurück, trübe und übelkeiterregend. Sie lag auf Steinen; Maneto und Ramon saßen auf hoch aufragenden Pferden. Cissy kniete neben ihr und umklammerte eine Lanze. Aber sie war ... am Boden der Schlucht gewesen. Genau wie Augenweide.

Maneto sagte etwas, und die Worte schwammen durch das pulsierende, krankmachende Gewicht von Weides Schädel.

»... besser, als ihnen hinterherzulaufen.«

»So töten Ungläubige.« Ramon. Nicht erfreut.

»Du kannst danach ein Büßerhemd tragen«, stichelte Maneto. »Ihr Männer fangt an, die größeren Steine zu sammeln! Wir werden diese Rußhäute auf einen Schlag töten und begraben.«

Mit einem Stöhnen richtete Weide sich auf und griff nach der Lanze in Cissys Händen. Mit weit aufgerissenen Augen ließ die Frau die Waffe los. Weide stieß das Ende des Schafts in das trockene Flussbett und begann, sich auf die Beine zu kämpfen. Bei der ersten Anstrengung erbrach sie sich auf ihre Stiefel, sehr zur Belustigung von Maneto.

»Oh, ho-ho! Seht her! Die hier will nicht sterben, Jungs! Märtyrermutter, wenn das nicht der Kampfgeist ist, der einen Häuptling von einem gewöhnlichen Mischling unterscheidet. Seid Zeugen, Jungs, und redet von Glück, dass ihr bessere Männer seid!«

Weide gelang es, sich aufzurichten. Die Zahl der Manetos vor ihren Augen schwankte von einem zu vier und wieder zurück.

Er beugte sich über seinen Sattelknauf, um besser auf sie hinuntersehen zu können. »Was erwartest du zu leisten, Häuptling Fötzchen, mit gebrochenem Schädel und kaum in der Lage, in deinem halb ausgehobenen Grab zu stehen?«

»Noch einen ... zu meiner ... großen Zahl getöteter Fotzen-

Cavaleros hinzufügen«, lallte Weide. »Hab dir versprochen, dass du bald sterben würdest, du Weichling.«

Maneto lachte nur.

Es tat weh zu lächeln, aber Weide schaffte es.

Maneto wandte sich an Ramon. »Sorg dafür ...«

Weide schleuderte die Lanze. Mit gefesselten Händen wäre das verdammt unangenehm gewesen, aber Manetos Flegel hatte eine der Schellen zerbrochen. Sie hatte sie versteckt, bis es Zeit war, den Wurf zu machen. Ihr angeschlagener Kopf suchte sofort nach Rache für die Anstrengung und verursachte einen schwindelerregenden Schmerz, der sie zurück auf die Steine schleuderte.

Ramon fluchte, ein Pferd wieherte. Klappernde Steine und knirschende Stiefelschritte, als die abgesessenen Cavaleros ihre Steinsammlung links liegen ließen, um zu sehen, was passiert war.

Weide zwang sich, die Augen zu öffnen und hochzusehen. Ramon griff von seinem eigenen Pferd aus nach dem Zaumzeug von Manetos wütendem Pferd. Der Sattel war leer.

»Vier.«

Sie sah Cissy an und bedauerte, dass sie nicht alle erwischen konnte.

Und dann hörten sie das Kichern.

Es wurde lauter, als Maneto staubig und ohne Helm ins Bild stapfte und sich die Seite seines Kopfes hielt. Immer noch kichernd bewegte er seine Hand, spreizte die glitzernd rote Handfläche.

»Füg ein Ohr zu deiner Liste hinzu, Möse. Füg ein Ohr hinzu!« Maneto brach in schallendes Gelächter aus. Er stieg auf sein Pferd. »Steinigt sie, Jungs!«

Mit diesem Befehl ritt er davon und trompetete noch immer seine Fröhlichkeit hinaus.

Ramon sah ihm nach. Seine Männer schlenderten zurück zu den Steinen, die am Rand der Schlucht aufgeschichtet waren, und jeder bückte sich, um einen aufzuheben.

Cissy erhob sich und stellte sich neben Weide, während die Männer die Felsbrocken über ihre Köpfe hoben.

»Wartet!«

Der Befehl kam von Ramon. Die Männer gehorchten.

Ramon stieg ab. Er verscheuchte die Männer mit einer Handbewegung. Sie legten die Steine ab, sammelten sich und verschwanden aus ihrem Blickfeld. Ramons gesenkte Stimme erreichte die Schlucht, aber nur unverständlich als tiefes Brummen.

Weide begegnete Cissys fragendem Blick, sah, wie die Unsicherheit neue Angst in ihr hervorrief.

Sie warteten.

Die Cavaleros kamen zurück, stellten sich an den Rand und sahen nach unten, sagten aber nichts. Sie hoben die Steine nicht auf. Ramon sah weiter in die Richtung, in die Maneto geritten war. Eine ganze Weile geschah nichts.

Es dauerte so lange, dass Weide es aufgab, stehen bleiben zu wollen.

Endlich brachte das Geräusch herannahender Pferde sie wieder auf die Füße.

Es war nicht Maneto. Es war dieses Nagetier Blas, zusammen mit einem Dutzend seiner Männer.

»Kommt da raus und hier hoch«, sagte Ramon zu Weide und Cissy, sobald die Späher ihre Armbrüste im Anschlag hatten. Der Aufstieg den Hang hinauf brachte Weide fast wieder zum Erbrechen, aber sie erreichte den Gipfel.

Blas und seine Truppe waren nicht die einzigen Neuankömmlinge. Es gab noch fünf neue Cavaleros, einige Maultiere.

Und Schoßbesen.

Weide war verwundert über den Anblick ihres lebendigen, gesattelten Keilers. Die Speerklammer war voll, und ihre Armbrust sowie ihr Talwar hingen am Gurtzeug.

Alle Hoffnungen auf eine unerklärliche Freiheit wurden enttäuscht, als Blas weitere Ketten hervorholte.

Weide sah sich unter den sechsundzwanzig Männern um. Und streckte ihre Handgelenke aus.

»Was geht hier vor?«, fragte sie Ramon.

»Wir bringen dich nach Vallisoletum«, kam die knappe Antwort.

Hispartha. Weide starrte Ramon so durchdringend an, wie es ihr kaputter Schädel zuließ. Er war wütend, ängstlich.

»Ihr desertiert alle«, stellte Weide fest.

Ramon zog eine Grimasse. »Wir bringen Garcias Mörder zur Marquesa. Bermudo kann es sich aussuchen, ob er seine Chance, von hier wegzukommen, verspielt. Wir nicht.«

Die Antwort war nicht für sie bestimmt, wie Weide feststellte. Ramon versuchte, seine Mitverschwörer davon abzuhalten, den Mut zu verlieren.

Während Blas die Ketten befestigte, sah Ramon Augenweide vom Pferd aus mit funkelnden Augen an. »Die Reise ist lang. Du wirst in Versuchung kommen zu fliehen. Für jeden Ungehorsam, für jeden meiner Männer, den du verletzt oder zu verletzen versuchst, für jeden Fluchtversuch werde ich sie bestrafen.« Der harte Blick wanderte zu Cissy, die ebenfalls angekettet war. »Setz sie auf ein Maultier, Blas. Wenn sie auch nur die Füße schleifen lassen, machst du der Hure eine Kerbe ins Ohr.«

Weide ging zum Maultier und konzentrierte sich darauf, gleichmäßig zu gehen. Die Übelkeit hatte während des Wartens in der Schlucht nachgelassen, aber der Schmerz war gereift, hatte sich festgesetzt. Die ersten stampfenden Schritte des Maultiers waren eine neue Hölle. Es dauerte nicht lange, bis der schaukelnde, raue Ritt die Übelkeit aus der Ritze ihres Schädels zurückholte, in die sie sich zum Schlafen geschlichen hatte. Sie wusste nicht, wie ihre Entführer verteilt waren, konnte nicht erkennen, in welche Richtung sie ritten, obwohl sie vermutete, dass es nach Norden ging. Es war das gleißende Licht der Sonne, das ihr Unbehagen ins beinahe Unerträgliche steigerte.

Sie hatte keine Ahnung, wo im Königreich Vallisoletum lag, und es war auch nicht wichtig. Sie wusste nur, dass Ramon wollte, dass sie lebend dort ankam. Diese Marquesa-Fotze würde sich sonst beleidigt fühlen. Bermudo sagte, ihre Rache erfordere ein Publikum. So dachten diese edlen Wichser. Faulpelz und Incus waren der Beweis dafür. *Carnavales*. Arenen. Halb-Orks waren etwas, das man sehen musste. Fürchten. Begehren. Beherrschen. Das war der verdammte Grund, warum Blas Weides Keiler mitgebracht hatte. Eine einsame Halb-Ork-Frau würde eine schlechte Parade zum Galgen abgeben. Die versammelten Weichlinge würden sich wahrscheinlich beschweren und denken, sie wären betrogen worden. Nein, man brauchte den wilden Keiler, die abgenutzten Waffen. Zubehör, das notwendig war, um das Bild der blutrünstigen, tätowierten, dreckigen Wilden zu vervollständigen, die einen ihrer blaublütigen Vorgesetzten getötet hatte.

Eure Zeit ist zu Ende.

Bermudos Worte schlängelten sich immer wieder durch den verworrenen Morast von Weides Verstand.

Es ging um mehr als um die Verfolgung der Nomaden. Der Kopf von Schakal könnte bei der nächsten Mahlzeit des Hauptmanns auf einem Tablett serviert werden, und er würde das Brachland weiterhin bluten lassen. Zur Hölle, der Mann hatte es mit eigenen Worten erklärt. Hispartha war dabei, Ul-wundulas zurückzufordern.

Eure Zeit ist zu Ende.

Noch lange nicht.

Die anderen Häuptlinge mussten informiert und gewarnt werden.

Scheiß auf Ramons Drohungen. Weide und Cissy mussten fliehen. Die Nacht war ihre einzige Chance, denn in der Dunkelheit würden die Weichlinge durch ihr schlechtes Augenlicht behindert. Um die Bastarde, die Geteilten Lande vor Bermudos Wahnsinn zu retten, mussten sie fliehen.

Und sie mussten es noch vor der Grenze tun.

12

Ramon hatte weit nach Einbruch der Dunkelheit haltgemacht. Er hatte ein brutales Tempo angeordnet, um sich so weit wie möglich vom Kastell zu entfernen. Für ihr Lager wählte er den Windschatten einer felsigen Anhöhe. Seine Männer entzündeten dort ein Feuer und setzten ihre Gefangenen an die schützende Felswand. Ein paar Mandelbäume standen abseits der Anhöhe, die einzigen anderen Bewohner des Ortes. Die Cavaleros legten ihren Pferden Fußfesseln an und errichteten in einiger Entfernung von den Felsen auf der Ebene einen Paddock. Die Späher hielten ihre Tiere getrennt, wahrscheinlich, weil ihnen die Wachpflicht oblag. Schoßbesen wurde unter dem nächstgelegenen Mandelbaum angebunden, wo er sofort anfing, herumzuwühlen. Das war kein Entgegenkommen. Ein zufriedener Keiler, der sich auf die Suche nach heruntergefallenen Leckerbissen konzentrierte, war schwieriger zu befreien.

Cavalero Ramon war klug und umsichtig. Hätte sie die Wahl gehabt, wäre es Weide lieber gewesen, er wäre ein betrunkener, schwachsinniger Feigling. Sie saß neben Cissy und beobachtete ihn und seine Männer genau, wachsam auf jeden Vorteil bedacht. Es war nicht gerade hilfreich, dass man Cissys Fesseln entfernt und um Weides Knöchel gelegt hatte.

Die Männer verbrachten die späten Abendstunden damit, ihr Feuer zu schüren und dort herumzulungern. Bald wurden die Würfel herausgeholt, und Weide wartete auf die Flasche, aber die erschien erst, nachdem die Männer Pökelfleisch und Hartkekse gegessen hatten. Weide und Cissy bekamen nichts.

»Höflich von ihnen, die Frauen nicht zu füttern«, murmelte Weide auf Orkisch.

»Ein Glück«, antwortete Cissy. »Ich weiß noch, wie du wirst, wenn du Hunger hast. Jetzt kannst du dich durch die Ketten beißen.«

Weide schnaubte durch ihre wunde Nase, die Vibration ließ ihren Kopf vor Schmerz schwirren. »Keilerarsch.«

Eine Pause. »Heute Abend haben wir eine Chance. Sie werden die Ketten entfernen, wenn sie kommen, um uns zu vergewaltigen.«

Die erschreckende Wahrheit dieser Aussage wurde durch die unverblümte Gewissheit in Cissys Stimme noch verstärkt. Es hatte keinen Sinn, es zu leugnen. Zwei Dutzend Stück menschliche Scheiße, die glaubten, Macht über zwei Frauen zu haben. Was sie tun würden, war so sicher wie der Aufgang der Sonne. Aber Cissy hatte auch recht, dass das ihre Chance war. Männer waren nie verletzlicher – körperlich und geistig –, als wenn ihre Lümmel steif in den Wind ragten.

Cissy las ihre Gedanken. »Ich mache sie dumm. Du machst sie zu Leichen.«

Weide nickte.

Es geschah, als ihnen die Würfel langweilig wurden.

Zwei der Kühnsten schlenderten herbei und teilten sich eine Flasche. Sie standen eine Weile einfach nur da und starrten nach unten, ihre Gesichter waren durch das Feuer hinter ihnen ins Schwarz getaucht. Ihre Anwesenheit zog drei weitere Männer an, die zu ängstlich waren, um mit dem Bösen anzufangen, aber nur allzu begierig, sich ihm anzuschließen, wenn es erst einmal begonnen hatte.

»Lasst das«, donnerte Ramon sie von seiner Schlafrolle am Feuer aus an, aber seine Worte klangen nicht besonders nachdrücklich. Kluge Männer erkennen eine sinnlose Aufgabe, wenn sie eine solche vor sich haben. Weide war überrascht, dass er überhaupt etwas sagte. Die Cavaleros vor ihr nahmen seine Worte nicht zur Kenntnis.

»Was meint ihr?«, fragte einer die anderen. »Reichen vier, um den Bastard festzuhalten?«

»Bist du verrückt? Wir brauchen mindestens doppelt so viele. Dieser Mischling ist bösartig wie ein Luchs.«

»Aber doch nicht nach dem Schlag, den Maneto ihr verpasst hat.«

»Bleib lieber bei der Harmlosen, Alvaro«, mahnte ein anderer.

»Die hatte ich schon.«

Ein knurrendes Lachen. »So wie wir alle.«

»Ich nicht.«

»Du bist ein verdammter Lügner, Luys.«

»Nein! Niemals.«

»Lügt er, Cissy?«, fragte Alvaro lässig und freundlich.

»Er lügt«, erwiderte sie mit einer Stimme, die nach guter Laune klang.

»Ich erinnere mich aber nicht«, sagte Luys verlegen. »Muss wohl betrunken gewesen sein.«

»Dann nimm sie. Ich will dieses rottentätowierte Fleisch.«

Alvaro wandte sich dem Feuer zu, wodurch Weide einen Blick auf sein schnauzbärtiges, vom Wein gerötetes Gesicht erhaschte. »Los, bewegt eure Ärsche und helft uns!«

»Fick dich, Varo!«, kam die Antwort, deren Sprecher mehr oder weniger hinter den Flammen verborgen war. »Ich bin nicht dein verdammter Diener.«

»Du bist nur ein Hinterlader, der Angst vor einer Möse hat,

Guillen!« Alvaro drehte sich um und murmelte vor sich hin: »Mannstoller Päderast.«

»Und macht es woanders«, bellte Ramon mit viel mehr Schärfe als zuvor. »Ich habe nicht das Bedürfnis, eure nackten Ärsche bei der Arbeit zu beobachten.«

Umso besser. Weniger als die Hälfte von Ramons Männern wollte ihrem monströsen Appetit frönen. Weide konnte fünf im Vorbeigehen töten. Sie mussten nur noch ungefesselt zu Schoß gelangen, und schon konnten sie verschwinden.

Alvaro nahm noch einen Schluck und schlug einem der anderen Männer mit dem Handrücken vor die Brust. »Holt ein paar von Blas' Jungs. Sie werden helfen.«

Der Mann gab ein angewidertes Geräusch von sich und nahm die Flasche. »Dann müssen wir mit ihnen teilen. Die Dreckskerle haben alle einen Tripper.«

»Sie kommen als Letzte dran oder gar nicht«, erklärte Alvaro. »Na los.«

So ein Mist. Acht der Späher hielten Wache. Die restlichen vier schliefen. Sie ruhten sich aus, bevor sie die Wache übernehmen mussten. Wenn sie sich alle für das Versprechen von erzwungener Fleischeslust aufrafften, wären es neun. Ganz andere Chancen.

»Wartet«, säuselte Cissy. Die fünf Silhouetten, die über ihnen standen, blieben stehen.

»Ihr geht das falsch an«, sagte sie mit leiser Stimme. »Ihr wollt, dass wir in der ersten Nacht von siffenden Schwänzen verwöhnt werden? Lasst die anderen aus dem Spiel, und ich zeige euch etwas, das es bei Rhecia nie zu kaufen gab.«

»Und was ist das?«, fragte Luys so neugierig wie misstrauisch.

Cissy machte ein gehauchtes Geräusch, als müsste die Antwort offensichtlich sein. »Das ist der Häuptling der Bastarde. Ihr habt nicht unrecht, Jungs. Sie wird kämpfen. Sie wird sterben, bevor sie sich entehren lässt. Dann könnt ihr sie nicht mehr an die Adelige verschachern, und euer neues Leben ist vorbei, bevor es begonnen hat. Aber«, Cissy richtete den Vorschlag an Augenweide, »diese hier liebt Möse mehr als ihr alle zusammen. Sie würde sich lieber von mir vor euren Augen bedienen lassen, als euch zu bekämpfen. Was meinst du, Häuptling?«

Bevor Weide antworten konnte, stimmten die Männer der Idee mit grunzendem Gelächter zu.

Cissy fuhr fort, ihr Netz zu weben. »Und danach kümmere ich mich um euch, brav wie ein Lamm. Ihr bekommt, was ihr wollt.« Die Vorfreude auf dieses Versprechen durchfuhr die Männer. Ihre Silhouetten schienen zu beben.

Alvaros Stimme lallte aus seinem verdunkelten Gesicht. »So soll es sein.«

»Lasst sie uns hinter die Felsen bringen«, sagte Luys, dessen Stimme jetzt so hoch war wie die eines Jungen. »Außerdem hat Ramon gesagt, wir sollen das tun.«

Er machte sich bereits auf den Weg.

»Warte«, sagte Alvaro. Weide konnte seinen Blick spüren. »Holt die Armbrust der Mischlingsschlampe.«

»Was?«, jammerte Luys. »Warum?«

»Willst du diese schäbigen Vorreiter aufwecken? Ich will einen Bolzen in diese Bastardschlampe jagen, wenn sie beschließt, durchzudrehen. Und bring deine Messer mit. Hast du das gehört, Halbblut?«

»Ich habe es gehört«, sagte Weide mit erzwungenem Desinteresse. »Cissy sagte es ja schon. Lieber verausgaben als heute Nacht sterben.«

Luys machte sich auf den Weg und kam mit Weides Armbrust, Köcher und einer neuen Flasche zurück. Umringt von ihren betrunkenen Viehtreibern, mussten Weide und Cissy den Fuß des Bergrückens entlanglaufen, bis sie schließlich hinter dessen Vorsprung schlurften.

»Scheiße«, beschwerte sich einer von ihnen und stolperte. »Man kann kaum etwas sehen.«

»Dann hol eine Fackel«, sagte Alvaro zu ihm.

Der Mann sprang auf. »Lass die beiden noch nichts tun!«

Luys fluchte und versuchte, die Sehne der schweren Armbrust zurückzuziehen. Ein anderer Mann half ihm und gemeinsam schafften sie es, die Armbrust zu spannen.

»Warum haben wir Gaspar losgeschickt, um eine Fackel zu holen?«, brummte Alvaro, trank den Rest der ersten Flasche aus und warf sie weg. »Nie war ein Mann langsamer bei einer Aufgabe.«

Er hatte sich nicht geirrt. Es dauerte lange, bis der Mann zurückkehrte. Er hielt die Fackel in der Hand. Und Blas war ihm auf den Fersen.

Scheiße. Jetzt mussten sechs um die Ecke gebracht werden. Und der Neue war nüchtern.

Die Cavaleros, deren Gesichter sich nun im fahlen Licht zeigten, waren über die Ankunft des Anführers ebenso unglücklich wie Weide selbst. Jeder Mann stieß einen Fluch oder ein Stöhnen aus, als sie ihn sahen.

»Gaspar, du dummes Stück Scheiße«, sagte der mit der Mopsnase.

Blas war ihr Spott gleichgültig. Er grinste breit und zeigte dabei eine Menge schiefer Zähne. »Das sieht kurzweilig aus. Ja.«

»Für dich ist es das nicht«, sagte Alvaro. »Hau ab.«

Blas nahm seinen schmutzigen Hut ab und ein kahler, schweißglänzender Kopf kam zum Vorschein. »Nein, nein. Cavalero Ramon sagte, ich solle ein Auge auf die Vorgänge hier haben. Dafür sorgen, dass du keine der Gefangenen tötest.«

Alvaro machte einen drohenden Schritt auf den kleineren Mann zu. »Ich sollte dich den ganzen Weg zurück ins Kastell prügeln.«

»Lass ihn«, sagte Luys. Es fiel ihm schwer, mit der Flasche und der Armbrust zu jonglieren, und beides wollte er nicht aus der Hand legen. »Machen wir uns an die Arbeit.«

Cissy nutzte die Ungeduld der beiden aus. Sie nahm Weides Hände und zog sie zu Boden. Jede ihrer Bewegungen war fließend und doch überdreht, aufreizend. Cissy drehte den Männern den Rücken zu, kniete vor Augenweide und kroch zu ihrem Schoß. Es wäre lächerlich gewesen, hätte es die Weichlinge nicht in seinen Bann gezogen. Mit gewölbtem Rücken schob Cissy ihren Rock bis über die Hüften hoch. Die Cavaleros gafften.

Sie warf Augenweide einen Blick zu, der besagte, dass sie bereit war, bevor sie über ihre Schulter sah. »Mit diesen Fesseln wird es nicht möglich sein, ihr die Hose auszuziehen.«

Alvaro zischte kurz. »Ich habe kei...«

Ein metallisches Klappern unterbrach ihn. Grinsend ließ Blas den Schlüssel baumeln. »Bist du jetzt froh, dass ich hier bin?«

Er warf ihn dem stämmigen Mann neben sich zu, aber der unvorbereitete Trottel konnte ihn nicht fangen.

»Verdammt, hebt ihn auf und macht sie los«, sagte Alvaro. »Und ziel mit der Armbrust, Luys, oder gib sie ab!«

Luys reichte die Flasche an Alvaro und richtete die Armbrust auf Augenweide, wobei die Spitze des Bolzens zitterte.

»Darf ich?«, fragte Cissy und streckte die Hand nach der Flasche aus.

Alvaro sah sie an und bewegte sich nicht.

»Dann sei eben ein geiziger Arsch, Varo«, schmollte sie, wobei ihr Rock im selben Moment wieder ihren Hintern bedeckte.

Der Stämmige hatte den Schlüssel aus dem Staub gefischt, und als er sich aufrichtete, gab Alvaro ihm die Flasche und deutete auf Cissy. Der Mann ging zu ihr und hockte sich hin. Er reichte Cissy die Flasche und machte sich daran, Weides Knöchel zu befreien. Sobald die Fesseln offen waren, nahm er die Ketten und stand auf.

Weide ergriff die baumelnden Kettenglieder und riss daran. Der Stämmige hätte loslassen sollen, aber der Instinkt starker Männer ist es immer, festzuhalten und zu ziehen. Mit einem Halb-Ork ist das nicht zu machen. Weide sprang auf, riss den Mann an sich, packte sein Wams, brach ihm die Nase mit der Stirn und wirbelte ihn herum.

Sie hörte, wie ihre Armbrust losging. Der Stämmige gab ein gurgelndes Geräusch von sich, und Weide spürte ein Stechen in den Rippen. Der Bolzen war an der Rückseite ihres nun sterbenden Schildes herausgetreten, hatte ihre Brigantine durchdrungen und sich in das Fleisch darunter gebohrt. Doch das hielt sie nicht auf.

Sie griff um den Stämmigen herum, riss ihm den Dolch aus dem Gürtel und stieß ihn weg, wodurch der schwerere Mann gegen Alvaro fiel. Sie stürzten als wirrer Haufen auf den Boden. Neben ihnen führte Blas seine Hand an die Lippen und stieß einen seiner verdammten Pfiffe aus. Cissy sprang auf, zog ihm die Flasche über den Schädel und rammte ihm die gezackten Reste in den Hals. Der Späher taumelte ein paar Schritte zurück. Blut spritzte auf und überzog seine Wange mit purpurner Farbe. Er sackte auf die Knie, bevor er auf sein Gesicht fiel. Luys bemühte sich, die Armbrust nachzuladen, aber Mopsnase hatte ihn alleingelassen und stürzte sich mit gezogenem Dolch auf Cissy. Weide sprang ihm in den Weg und rammte ihm ihre Klinge ins Ohr. Sie benutzte die Waffe in seinem Schädel als Griff, hielt ihn aufrecht, riss ihm den Dolch aus der zuckenden Hand und warf ihn Cissy zu. Diese fing ihn geschickt auf, bückte sich, um den heruntergefallenen Schlüssel aufzuheben, und befreite Weides Hände.

Gaspar hatte die Beine in die Hand genommen und das Licht der Fackel floh mit ihm.

Luys rang immer noch mit der Armbrust und stieß bei jedem vergeblichen Ruck an der Sehne ein schrilles Jammern aus. Weide eilte herbei und nahm ihm die Armbrust aus der Hand. Der Mann gab ein erschrockenes Wimmern von sich, aber er zitterte nur, als sie einen Bolzen aus dem Köcher an seinem Gürtel nahm. Sie lud schnell, hob die Armbrust und zog den Abzug. Gaspar zuckte zusammen, als der Bolzen ihn in den Rücken traf, bevor er die Felsen umrundete. Sie hatte darauf geachtet, seine Lunge zu durchbohren, damit er nicht aufschreien konnte. Sein Körper stürzte über die heruntergefallene Fackel und erstickte die Flamme.

Ein paar Schritte weiter hatte sich Alvaro von dem schweren Leichnam des Stämmigen befreit und stand auf, aber das plötzliche Verschwinden des Lichts hatte ihn blind gemacht. Doch Weide konnte ihn immer noch sehen, wie er zusammengekauert versuchte, in der Dunkelheit Formen zu erkennen, und sein Messer schwang. Der Narr hätte um Hilfe rufen können, aber er wollte sich wohl nicht zu erkennen geben, weil er fälschlicherweise glaubte, die Nacht würde ihn verbergen. Weide machte drei Schritte, rammte ihren Handballen unter den Knauf von Alvaros Dolch und drückte dem Mann seine eigene Klinge unter den Kiefer. Gurgelnd und an seinem eigenen Blut erstickend fiel er noch einmal, diesmal auf seinen toten Begleiter. Als Weide sich umdrehte, hatte Cissy dem Wimmern von Luys ein Ende gesetzt, indem sie ihm die Kehle durchschnitten hatte. Sie nahm ihm den Köcher vom Gürtel und hielt ihn Weide hin.

»Wir müssen los«, zischte Weide und nahm die Bolzen. »Wir

umlaufen die Wachen und gehen aus der Dunkelheit auf den Keiler zu. Mit etwas Glück schlafen die meisten der Männer.«

Die acht Späher schirmten das Lager ab. Sie ritten nicht auf Patrouillen, sondern saßen einfach auf ihren Pferden, die Gesichter vom Kamm abgewandt, und spähten in die Nacht. Weide und Cissy kauerten im Gestrüpp in der Nähe des Mannes, der ganz rechts stand. Der Mandelbaum, an dem Schoß angebunden war, war nur einen Steinwurf hinter ihm. Das Lagerfeuer war schon etwas heruntergebrannt, aber der Baum wurde noch von seinem Schein erfasst. Wenn einer der Späher einen Blick hinter sich warf, während Weide und Cissy den Keiler befreiten, wären sie deutlich zu sehen. Ein Blick auf das Lager zeigte Gestalten, die um das Feuer herum verstreut lagen, und ein paar Männer, die sich an die Felswand lehnten. Die Entfernung war zu groß, um zu erkennen, ob noch jemand wach war. Wenn auch nur einer seine Augen öffnete, würden sie entdeckt werden.

Weides Bauchgefühl meldete den richtigen Moment und sie nutzte ihn. Sie lief geduckt, während Cissy dicht hinter ihr blieb. Sie schlichen sich an dem Späher vorbei und liefen zügig auf den Baum zu. Schoßbesen schnaubte und stampfte, als Weide auftauchte, und sie verfluchte ihn innerlich als widerspenstigen Schuft. In der Hocke erstarrte sie, wobei sie den Keiler als Sichtschutz vor dem Lager benutzte, und verdrehte den Hals, um nachzusehen, ob der Späher sich umgedreht hatte.

Der Mann blieb ahnungslos.

Cissy kniete am Baum nieder und löste die Fesseln, während Weide den Späher im Visier ihrer Armbrust behielt, bereit, ihn mit Schaftfedern zu spicken, wenn es sein musste. Cissy sog scharf die Luft ein und erregte Weides Aufmerksamkeit.

Blas stolperte ins Licht, die Hand, die er an seinen Hals drückte, war rot gefärbt. Er lehnte an der Felswand und konnte sich kaum aufrecht halten. Sein Kiefer arbeitete und versuchte vergeblich, einen Laut aus seinem Mund zu pressen, aber es strömte nur Blut heraus. Weide stand auf und hob ihre Armbrust an die Schulter, aber das Leben wich aus Blas, bevor sie schießen konnte. Er stürzte auf einen der schlafenden Männer. Der Mann wachte schreiend auf.

Das Lager erwachte zum Leben.

Weide wirbelte herum und jagte ihren Bolzen durch die berittene Wache. Der Mann fiel aus dem Sattel, und sein Pferd wieherte auf. Seine Kameraden sprangen aus ihren Decken und griffen zu den Waffen, die meisten stürzten sich sofort auf ihre Pferde.

»Ihr drei, schaut euch auf dem Kamm um!« Ramon brüllte Befehle. »Findet sie, los!«

»Da! Der Keiler …!«

Weide hatte bereits nachgeladen und den aufmerksamen Mann niedergestreckt. Aber nicht schnell genug.

Cissy hatte die Seile losgemacht.

»Schwing dich drauf!«, rief Augenweide, die einen weiteren Bolzen abfeuerte, um die Cavaleros dazu zu zwingen, sich hinter ihren Schilden zu verstecken.

Cissy stieg auf. Weide wollte sich ihr anschließen. Schoßbesen schrie auf, und ein Armbrustbolzen schien aus seiner Flanke zu sprießen. Er warf sich herum, um dem Schmerz zu entkommen, und prallte gegen Augenweide. Lichtblitze, Schmerzen. Ihr verletzter Kopf war gegen etwas geprallt. Einen Baum? Sie wusste es nicht, versuchte aufzustehen, aber ihr wurde übel von der schwankenden Welt. Sie spürte ein Ziehen an ihrer Brigantine, sah Cissys Umrisse verschwommen über sich. Hufgetrappel und Keilerquieken. Pferdegewieher und Männergeschrei. Das alles drang auf den Schmerz in Weides Schädel ein und machte ihn nur noch schlimmer. Cissy schrie auf und das Ziehen hörte auf.

Es wurde durch harte Schläge ersetzt. Stiefel, Fäuste und Lanzenhiebe. Auf sie wurde so lange eingeprügelt, bis sich die Schmerzen von ihrem Kopf auf ihren Bauch und ihre Brust, ihren Rücken und ihre Gliedmaßen übertrugen. Noch mehr Gezerre. Kräftiger. Sie wurde mitgeschleift. Sie sabberte Blut, bis der Staub sich zusammenklumpte und ihr den Mund verstopfte. Die Hände ließen los und ihre Last fallen. Ihr Gesicht schlug gegen etwas Hartes und Raues. Sie streckte die Finger aus, spürte Rinde. Zurück zum Baum? Nein. Der andere. Weiter weg vom Licht.

»Holt ein verdammtes Seil!«

»Pfft. Es ist einfacher, sie mit einer Lanze zu durchbohren, dann haben wir es hinter uns.«

»Ich sage, sie wird gehängt.«

»Dafür ist der Baum nicht groß genug, Ramon.«

»Er wird es sein, nachdem wir ihr die Beine abgeschnitten haben.«

Weide schaffte es, sich umzudrehen. Männer standen über ihr, um sie herum. Hinter ihnen tauchten Reiter auf, von denen einer seine Armbrust nachlud.

»Verdammte Weichlinge«, murmelte sie und spuckte ihnen Blut entgegen.

Sie versuchte, sich umzuschauen, aber ihr Kopf fiel haltlos hin und her. Sie konnte Cissy nicht sehen. Sie stützte sich auf, rutschte zurück. Ramon verpasste ihr einen Tritt vor die Brust, und der Baum hämmerte gegen ihre Wirbelsäule. Sie stützte sich am Stamm ab und wartete auf das Seil.

Es wurde um Cissys Hals gelegt.

»Isa?«

»Nein!« Weide versuchte, wieder aufzustehen.

Ramon trat ununterbrochen weiter auf sie ein.

»Ich habe es dir gesagt!«, brüllte er und keuchte vor Anstrengung. »Ich habe dir gesagt, was passieren würde!«

»Isabet!« Der Appell war panisch. »WEI...«

Ein Pferd rannte vorwärts, das Seil schabte über einen Ast, und der Schrei wurde abgewürgt.

Ein Cavalero brummte leise. »Der Baum ist wohl doch groß genug.«

»Nein ...« Das Wort kam über Weides geschwollene Lippen, eine schwache und nutzlose Äußerung, die sie nicht unterdrücken konnte. »Nein ... nein ...«

Eine Armeslänge und einen Fingerbreit entfernt baumelte Cissy; ihre strampelnden Füße waren weniger als eine Handbreit vom Boden entfernt.

Wut kochte in Augenweide hoch und versprach, sie wieder auf die Beine zu bringen und die stumpfen Schläge zu ertragen, bis die Cavaleros gezwungen waren, scharfen Stahl zu schwingen. Sie ließ die Wut aufsteigen. Und wurde verraten. Der Schlamm erstickte sie, raubte ihr mit seinem nassen Gewicht den Atem. Ramon hielt den Anfall für einen Trick und trat sie erneut. Es wäre eine Gnade gewesen, sich diesem Moment zu beugen und neben Cissy zu ersticken. Aber der Schlamm war grausam. Weide starb nicht mit ihr. Sie konnte Cissy nur in die Augen schauen, bis sie sich verdrehten und nur noch das Weiße zu sehen war. Das Mädchen, das sie seit ihrer ersten Erinnerung kannte, war tot, lange bevor die Zuckungen ihrer baumelnden Gliedmaßen nachließen.

Weide versuchte, die Weichlinge zu verfluchen und ihnen zu versprechen, dass sie durch ihre Hand sterben würden, aber sie gab nur würgendes Husten von sich.

»Ich will, dass sie in Ketten gelegt wird!«, schrie Ramon. »Und niemand wird sie anfassen, es sei denn, um sie auf den Rücken eines Maultiers zu werfen! Du und du, ihr schnappt euch Blas und den Rest dieser Hundesöhne und schleppt sie weit weg vom Lager. Wenn die Sonne aufgeht, will ich mein Frühstück nicht mit Geiern teilen.«

»Wir werden sie nicht begraben?«

Ramon knurrte unwirsch. »Lasst diese vergewaltigenden Narren in der Sonne verrotten.«

»Und die Hure?«

»Nehmt sie auch mit.«

Cissys Körper gab kaum ein Geräusch von sich, als sie auf dem Boden landete. Ihre zusammengesunkene Gestalt reichte bis zu Weide, die ihr eine Hand auf den Kopf legte und kurz das Haar streichelte, das sie im Waisenhaus so oft geflochten hatte. Cissy entglitt ihren Fingern und wurde durch den Staub von den Cavaleros fortgeschleppt.

»Das war *dein* Werk«, sagte Ramon. Er wandte sich ab.

Ein Chor von Schreien durchbrach die Nacht und lenkte die Aufmerksamkeit des Mannes auf sich.

Weide hatte schon Pferde in Panik gehört, aber das waren die Schreie von Tieren jenseits aller Schrecken, von Tieren, deren Verstand aus den Fugen geraten war. Die Cavaleros wandten sich gemeinsam der Seilkoppel des Lagers zu. Ihre Pferde bäumten sich auf, bockten und begannen vor lauter Angst, ihre Fußfesseln zu zerreißen.

»Passt auf sie auf!«, befahl Ramon den Spähern und führte den Rest seiner Männer an, die zu den durchgedrehten Tieren eilten.

Sie waren so sehr mit den schreienden Pferden beschäftigt, dass sie die Hundemeute auf dem Kamm nicht bemerkten.

Dann trällerte das verdammte Gackern durch die Nacht und aller Augen richteten sich nach oben.

Weide stimmte in das Gelächter der Hyänen ein. Nun war es ihr wohl doch gelungen, alle Cavaleros zu töten.

Komm und hol mich, Schlitzohr, du Hängebackenarsch.

Eine Gestalt erschien auf dem Bergrücken und schritt mitten zwischen den Hunden zu dessen Rand. Es war kein fetter Zauberer mit Turban.

Es war ein hoch aufragender, unmenschlicher Schatten mit langen Gliedmaßen und breiten Schultern, die von Mondlicht und Bedrohung umgeben waren. Die Anhöhe war fast so hoch wie zehn Männer, und die Gestalt sprang herunter wie von einem Schemel. Ihr massiver Körper landete stampfend auf dem Boden, die sehnigen Beine bogen sich unter dem Aufprall. Im flackernden Schein des Lagerfeuers richtete sich ein monströser Ork auf, der größte, den Weide je gesehen hatte, ein Exemplar mit barbarischen Muskeln. Grausamkeit und Blutdurst schienen aus seinem schieferdunklen Fleisch zu pulsieren, selbst als er einfach nur dastand und atmete. Er war unbewaffnet und nackt, abgesehen von Verzierungen aus Knochen und Stoßzähnen, die seine Haut durchbohrten, vor allem auf der Brust und an den Armen.

Die Späher reagierten zuerst, und jeder feuerte einen Bolzen auf den riesigen Ork ab, der mitten in ihrem Lager gelandet war. Nur zwei fanden ihr Ziel. Einer traf ihn in die Brust, der andere in das Fleisch seines Oberschenkels. Beide Bolzen zerbrachen knackend an seinem von Knochen durchbohrten Fleisch.

Die Cavaleros kramten im Dreck nach ihren Schilden und Lanzen, die sie abgelegt hatten, um sich um die Pferde zu kümmern. Langsam drehte sich der haarlose Schädel des Orks und sah sie an.

Die Männer rannten.

Zumindest versuchten sie es.

Der Ork bewegte sich mit einer Geschwindigkeit, der Weides verwirrte Augen nicht folgen konnten. Im Nu war er über sie hergefallen, hatte die Beine gepackt, die Köpfe gegen die Felswand geschleudert und Blut und Hirn verspritzt. Ramon wirbelte herum und versuchte, sich mannhaft zu wehren. Er hob seinen Schild und stieß mit seiner Lanze zu. Der Stahl traf und verbog sich. Der albtraumhafte Dickhäuter schlug Ramons Schild beiseite und zermalmte den Schädel des Mannes, indem er seine Hände zusammenschlug, wobei das knirschende Geräusch sogar über das Geschrei der Pferde hinweg zu hören war.

Die schnellsten Cavaleros hatten etwas Abstand gewonnen, und ihre wirbelnden Gliedmaßen trugen sie, so schnell es ging, von dem Gemetzel weg. Der Ork blieb, wo er war, und stand vor den durchdrehenden Pferden. Die Tiere konnten seine Anwesenheit nicht mehr ertragen. Die Seile rissen und sie stoben davon, doch der Ork packte eines, bevor es entkommen konnte, und bohrte seine Finger in seinen Hals und Bauch. Die Bestie hob das strampelnde Tier über ihren Kopf und schleuderte es auf die fliehenden Männer. Die schreiende Masse prallte mit voller Wucht gegen sie. Die Männer wurden herumgeschleudert und zerquetscht, als das Pferd aufschlug, wobei erst das Geräusch brechender Knochen zu hören war und dann ein letzter, grausiger, dumpfer Aufprall. Der Körper des Tieres glitt bis zum Stillstand, die zerschmetterten Männer waren darunter eingeklemmt.

Die Späher fluchten, wendeten ihre Reittiere und trieben sie an. Der Ork machte eine kaum wahrnehmbare Kopfbewegung nach oben und die Hunde verließen den Bergrücken. Ihr Gelächter wurde lauter, als sie die Hänge zu beiden Seiten herabliefen.

Die Reiter würden nicht weit kommen.

Der Blick des Orks veränderte sich.

Er ging durch das Lager in Richtung des Mandelbaums. In Richtung Augenweide.

Sie versuchte, aufzustehen. Zu fliehen. Die Anstrengung erforderte mehr Atem. Atem, den sie nicht hatte. Die Luft, die sie einsog, traf auf eine Wand. Sie schlug im Staub auf. Ihre Lungen waren überflutet, nichts als eine Münzbreite an der Spitze war frei. Weide nutzte dieses winzige Volumen, spürte, wie es mit jedem angestrengten Atemzug schrumpfte. Ein nackter Fuß glitt unter sie, drehte sie um. Der Ork beugte sich hinunter, packte sie am Hals und hob sie mit einer Hand in die Luft. Sie baumelte, wie Cissy gebaumelt hatte. Wurde erstickt, wie Cissy erstickt worden war. Erstickt durch den Schlamm, durch die einschnürenden Finger des Dickhäuters. Sie wurde hochgezogen, bis sie ihm in die Augen sehen konnte. Bernsteinfarbene Iriden leuchteten im Feuerschein und musterten ihr Gesicht verächtlich.

Durch die tanzenden schwarzen Flecken sah Weide, wie sich der Mund des Orks öffnete, und spürte, wie die warme, feuchte Zunge über ihre Wange glitt.

»Ul ulma'huuq.«

Die Stimme war wie ein entfernter Donner, der aus den Tiefen von Dhar'gest kam.

Die schwarzen Flecken verschmolzen zu nahtloser Dunkelheit, als Weide mit diesen Worten starb.

Du schmeckst schwach.

13

Die Höllen waren heiß. Und hell wie die Mittagszeit.

Weides Augenlider hatten sich flatternd geöffnet und waren für ihre Kühnheit bestraft worden. Jetzt waren sie fest geschlossen und konnten das einfallende Licht kaum abhalten. Verängstigt und geblendet spürte sie, wie Staub zwischen ihren Fingern über ihre Wange kratzte. Da war auch ein Geräusch. Feucht. Auf- und abschwellend, aber rau. Wie gezackte Kieselsteine, die in einem durchnässten Sack herumrutschten. Es war ihr Atem, gequält und blockiert, kaum stark genug, um gegen die trockene Erde unter ihrer Brust zu pressen.

Mit geschlossenen Augen drückte sie sich nach oben. Zu früh. Zitternd und schwindelig fraß sie wieder Dreck, wobei ihre Wangenknochen unsanft auf die harten Kieselsteine unter dem Schotter klatschten. Zweimal gestraft, wartete sie ab. Sie hoffte darauf, sich an das Licht zu gewöhnen; darauf, dass ihre Lungen frei wurden und dass sich ihre Glieder stabilisierten. Die Geduld half bei dem Licht und ihren Gliedern, aber ihr Atem blieb rasselnd und flach. Dennoch unternahm sie einen zweiten, langsameren Versuch sich aufzusetzen, und es gelang ihr besser.

Weide öffnete ihre Augen zu Schlitzen und erinnerte sich an etwas, das Distel einmal gesagt hatte:

Ich stelle mir vor, dass die schlimmste aller Höllen diejenige ist, die so aussieht wie das Leben.

Als Weide sich umsah, fiel ihr Blick auf die Wand eines Bergrückens. *Des* Bergrückens. Entlang des Kamms waren keine Hunde zu sehen, aber an seinem Fuß lagen tote Männer. Ausgestreckt, blutig und still. Die Überreste ihres Lagerfeuers waren ein rußiger Fleck, schwarz im Kontrast zu den roten Flecken. Draußen in der Ebene labten sich die Geier an den Klumpen, die einst Pferde gewesen waren.

Weide richtete sich auf und zischte bei einem plötzlichen Schmerz in ihren Rippen. Als sie die Ursache untersuchte, entdeckte sie eine böse aussehende Einstichwunde. Vorsichtig tastete sie sie ab und erinnerte sich an den Bolzen aus ihrer eigenen Armbrust, der den Cavalero durchbohrt hatte. Ihre Hand wanderte zu ihrem Hinterkopf. Das Haar war verkrustet, Schlamm und Blut waren nicht zu unterscheiden, aber die Wunde an ihrem Schädel, die Striemen von Manetos Flegel, konnten sich nicht vor ihren suchenden Fingern verbergen.

Weide sah sich erneut um, die Verletzungen zwangen sie zum Nachdenken.

War sie noch am Leben, verdammt?

Mühsam trottete sie näher an den Kamm heran. Sie untersuchte die Leichen, zu schwach und zu steif, um etwas anderes als ihre Augen zu benutzen. Der Tod und seine Begleiterscheinungen ließen die meisten der Cavaleros gleich aussehen. Nur wenige hatten erkennbare Wunden, sodass man sie für schlafend oder tot halten konnte. Nur die kleinen, grausigen Details verrieten es. Die Posen, die nur ein Leichnam einnehmen kann. Die halb geschlossenen, seelenlosen Augen. Außerdem waren die Fliegen von Ul-wundulas nie faul. Als Weide die Niedergemetzelten betrachtete, fragte sie sich, warum ihr eigenes Fleisch nicht darunter war. Ein gewaltiger Ork, unempfindlich gegen Stahl, war von der tödlichen Höhe des Bergrückens gesprungen und ... hatte diese Männer zerschmettert. Mit nichts als blanker, roher Wildheit. Er hatte die Hunde befehligt, sie auf die Fliehenden gehetzt. Die schimmernden Kleckse der Bussarde, die in der wabernden Hitze draußen auf der Ebene speisten, zeugten vom Erfolg ihrer Jagd.

Sie war verrückt geworden. Trauer und Krankheit hatten ihren Geist zerrüttet und ihr eine Vielzahl von Visionen beschert. Sie war gestorben und ihre Hölle wurde aus den Wahnvorstellungen ihrer letzten Momente erschaffen.

Doch sie wusste, dass die Hunde echt waren. Ihre Brüder hatten sie gesehen. Und ihre Spuren waren in dem Gemetzel deutlich zu erkennen. Genau wie die des Orks. Weide folgte ihnen dorthin zurück, wo sie gelegen hatte; den Weg, den der Ork genommen hatte, bevor er sie ergriff und sie als schwach bezeichnete. Ein Urteil. Eine Verurteilung. Warum hatte er sie am Leben gelassen? Ein Ork seiner Größe und Stärke war unbekannt. Ein Ork, der bei einem Halbblut Gnade walten ließ, war unmöglich.

Weide schlurfte umher und folgte den Spuren, um Antworten zu finden. Sie fand Cissy zuerst.

Die Cavaleros hatten sie nur ein paar Dutzend Schritte von dem Baum weggeschleppt, bevor der Ork aufgetaucht war. Man hatte sie liegen gelassen, die Schlinge lag noch immer um ihren gezerrten und verfärbten Hals. Weides Beine drohten nachzugeben. Sie ließ sich nach unten sinken, gerade lange genug, um ihre Arme unter Cissy zu schieben. Sie drückte sie an sich und stand wieder auf. Sie würde Cissy nicht den Geiern überlassen, und sie würde sie auch nicht neben ihren Mördern begraben. Nein, sie würde sie von hier forttragen. Wenn dies ihre Hölle war, würde sie wählen, wie sie leiden wollte.

Sie machte sich auf den Weg.

Die Sonne war ein feuriger Hammer. Cissys Rücken bekam die volle Wucht von oben ab. Das grelle Licht und die Hitze des ausgetrockneten Bodens musste Weide ertragen, zusammen mit dem Joch ihrer toten Gefährtin. Sie hatte nur einmal angehalten, um ihre Brigantine abzulegen und Cissy über ihre Schultern zu heben. Von der Last der Weste befreit, ging sie weiter und versuchte, sich nach Süden und Westen zu orientieren, aber die Sonne stand im Zenit und trug nicht dazu bei, dass ihr verwirrter Verstand den richtigen Kurs fand. Nach Süden und Westen. Zu dem einzigen Ort, der Zuflucht bieten könnte. Das Kastell war näher, aber das war nur ein weiterer Weg in den Tod.

Cissys Gewicht drückte sie nieder. Weide wollte immer wieder anhalten, sie absetzen und einen Steinhaufen errichten, aber sie ging weiter.

Sie hatte keine Ahnung, wie weit sie gegangen war. Die Entfernungen im Brachland kannte sie nur vom Rücken eines Keilers aus, gemessen an dessen langen, vertrauten Schritten. Nur Orks wanderten durch Ul-wundulas und überlebten. Jeder andere war eine sichere Beute der Geier.

Schwitzend und unter Schmerzen blinzelte Weide in die Landschaft. Sie musste einen Kamm erklimmen, um einen Überblick zu gewinnen. Cissy einen felsigen Abhang hinaufzuziehen, würde ihre Beine belasten, aber sie konnte sie nicht zurücklassen.

Sie hatte keine andere Wahl und kletterte.

Die ersten paar Schritte nach oben brachten Weide Zuversicht. Die rutschige Erde und die tückischen Felsen raubten sie ihr jedoch bald wieder. Sie hatte ein Viertel des Weges nach oben zurückgelegt, da brannten ihre Oberschenkel, und ihre Schultern verkrampften sich, während sie Cissy festhielt. Jedes Ausatmen erzeugte ein leises Geräusch der Anstrengung. Jeder Schritt vorwärts wurde mit hundert Tröpfchen von ihrem Kinn und ihrer Nase benetzt. Auf halber Höhe erwog sie, Cissy abzusetzen, nur für einen Moment, um ihre Wirbelsäule zu entlasten. Der Gedanke, sie wieder hochzuheben, ließ diese Überlegung jedoch in der leider nur spärlich vorhandenen Brise verwehen. Endlich erreichten sie den Kamm.

Ul-wundulas belohnte ihre Mühe mit einer kargen Aussicht in alle Himmelsrichtungen.

Du kannst mich mal.

Sie stieg wieder hinunter.

Den restlichen Nachmittag hielt sie sich an flache Erde. Dadurch wurde ein direkter Kurs unmöglich. Trockene Schluchten, Geröllhalden, Hügel, all das zwang Weides Weg, sich zu schlängeln. Ihr Geist wurde zu der Hoffnung verführt, dass hinter dem nächsten Hindernis ein Zitronen- oder Birnbaum wartete, etwas, das ihren Mund mit Feuchtigkeit versorgte und eine Abwechslung von dem eintönigen Gelände bot. Das Brachland verhöhnte derartige Hoffnungen allerdings sofort. Es gab ihr nichts als Hitze und die Mühsal ihrer eigenen Schritte. Die Sonne stand tiefer und verspottete sie mit dem Geheimnis des Westens, aber die Richtung hatte keine Bedeutung mehr. Sie war eine Sklavin des ebenen Bodens.

Irgendwann behinderten die Felsbrocken und Bergkämme ihren Weg nicht länger, rückten immer näher und umschlossen ihn. Der Schatten entlockte ihr ein Schluchzen der Erleichterung. Weiter, immer weiter. Weide redete sich ein, dass sie immer tiefer in einen Canyon hineinging und umkehren musste, um wieder herauszukommen. Etwas anderes zu denken, würde nur die Sackgasse heraufbeschwören. Nach und nach wurden Steineichen sichtbar. Hätte Weide auf einem Keiler gesessen, wären die herabgefallenen Eicheln ein willkommener Anblick für ihren Barbaren gewesen. Für ihre sandige Zunge boten sie keine Versuchung. Als die Bäume größer wurden und sich zu einem richtigen Hain entwickelten, wagte sie es, nach Wasser Ausschau zu halten.

Vorher fand sie den Schrein.

Eingebettet zwischen den Eichen, entdeckte sie ihn, ohne es zu wissen. Es war eine zerbrochene Säule aus gemeißeltem Marmor, deren zerklüftete Spitze brusthoch war. Das Weiß des Steins war mit dem angesammelten Schmutz langer Jahre besudelt, umschlungen von Generationen von Reben, die sowohl verdorrt als auch üppig waren. Der runde, geriffelte Körper war breit wie eine Regentonne und erhob sich auf einem quadratischen Sockel. Darunter lag eine geschlachtete Ziege, deren freiliegende Eingeweide grellrosa und von umherschwirrenden Fliegen schwarz gesprenkelt waren. Dutzende von toten Schlangen lagen um die Ziege herum verstreut, einige frisch getötet, andere vertrocknet; von den meisten waren nur noch Stränge zarter Rippenkäfige übrig, die an den Rückenwirbeln und Schädeln mit Fangzähnen befestigt waren. Der kränklich-süße Geruch alter Verwesung verpestete die Luft.

Im Stillen verfluchte Weide sich selbst. Obwohl sie noch nie einen solchen Schrein gesehen hatte, wusste sie, was er bedeutete.

Ihre Irrwege hatten sie in das Land der Zentauren geführt.

Weide wich zurück, als wäre die Säule so gefährlich wie die

geopferten Schlangen, die sie zu Lebzeiten umgeben hatten. Dann folgte sie ihren Schritten zurück, lief jetzt aber schneller. Sie hatte es fast bis zum Rand des Hains geschafft. Stimmen und Hufgetrappel verkündeten das Ende jeder Chance, ihr Eindringen zu überleben. Die Bäume boten ihr zwar Deckung, aber sie konnte sich weder schnell noch leise genug bewegen, um sich richtig zu verstecken. Der Gedanke an einen Kampf war lächerlich und ermüdend. Das war ihr Fehler und sich dagegen zu wehren, war vergebens.

Weide blieb, wo sie war, und wartete, bis die Zentauren in Sichtweite kamen.

Es waren drei, zwei Frauen und ein Mann. Sie bewegten sich achtlos und sprachen sorglos. Sie lachten sogar. Warum eigentlich nicht? Ein dummer Halb-Ork war gerade in ihren Hain gestolpert, schwach, müde, ohne Reittier und unbewaffnet. Das war ein Lachen wert. Ihre Stimmen erstarben, als sie Augenweide sahen, und ihre Schritte stockten. Sie erwartete grausames Hohngelächter, gnadenloses Grinsen, das die Vorfreude auf ein Blutvergießen verriet. Was sie sah, war große Überraschung. Die Frauen umklammerten Körbe, der Mann trug nichts als einen langstieligen Spaten. Sie hatten keine Waffen. Das Trio warf sich gegenseitig unsichere Blicke zu, ihre Vorderhufe bewegten sich nervös.

Sie hatten nicht gewusst, dass sie hier war. Ihre Anwesenheit hatte sie ebenso überrascht wie das Heiligtum sie.

Die Frau in der Mitte sprach in angespanntem Flüsterton mit den anderen beiden, wobei ihre Blicke Weide nicht losließen. Der Mann antwortete in tiefen Tönen. Was sie sagten, war Weide ein Rätsel. Die andere Frau deutete auf sie, oder vielleicht auf Cissy, und sprach etwas mit großer Besorgnis aus. Sie unterhielten sich eine Zeit lang in ihrer Sprache, wachsam und angespannt. Wahrscheinlich stritten sie sich darüber, wer die Krieger rufen sollte, damit sie dem Eindringling ein paar Speere in den Leib jagten. Weide fragte sich, ob es so schnell gehen würde. Höchstwahrscheinlich nicht.

Eine Entscheidung wurde getroffen und die Frauen übergaben ihre Körbe an den Mann. Ihre leeren Hände hoben sich mit gespreizten Handflächen in Richtung Weide. Die Ältere sprach zu ihr, unverständlich. Langsam näherten sich die Frauen, die Arme immer noch ausgestreckt. Die Geste war beruhigend, friedlich und doch abwehrend, als befürchteten sie, sie würde weglaufen oder angreifen. Verdammt, ihr Verhalten war in Ton und Aussehen identisch mit dem, was Weide mit einem aufgeregten Keiler gemacht hätte.

Sie blieb reglos stehen und beobachtete den Mann, während sich die Frauen ein wenig verteilten und zu ihren Seiten hinbewegten. Die ältere Frau sprach immer wieder Worte, die im Kern beruhigend, aber auch verängstigt waren. Sie blieben in unmittelbarer Nähe stehen. Die Sprecherin wiederholte denselben Satz mehrmals. Langsamer als zuvor bewegten sie sich vorwärts und streckten die Hände aus ...

Nach Cissy!

Weide zuckte zusammen, versuchte, sie von sich fernzuhalten, aber die plötzliche Bewegung brachte sie ins Straucheln und untergrub das bisschen Ausdauer, das sie noch hatte. Sie stürzte.

Die Zentauren sprangen herbei, packten Cissys Füße, ihre Schultern, hielten sie fest. So plötzlich von dem Gewicht befreit, wurde Weide schwindlig und sie ließ zu, dass die Erde ihr Hinterteil begrüßte. Die Zentaurinnen legten Cissy auf den Rücken, ihre Vorderbeine gingen gezwungenermaßen in die Knie, um sie sanft abzulegen.

Jetzt, wo Weide saß, schien die stolze Vorstellung, auf ihren Füßen zu sterben, nicht mehr so wichtig zu sein. Sie würde genau hier auf ihrem Hintern sitzen, wenn die Speere kamen, und nicht weniger von sich halten. Die ältere Zentaurin sprach, machte ein eindringliches schnalzendes Geräusch mit der Zunge und schickte die jüngere los, um die Körbe wieder an sich zu nehmen und tiefer in den Hain zu traben. Ab zu den Mördern. Auch der Mann erhielt einige Anweisungen, aber sein Gesicht verfinsterte sich bei allem, was ihm gesagt wurde, und er schien zu protestieren. Die Zentaurin konterte mit strengeren Worten und scheuchenden Gesten, die jeden weiteren Widerstand zunichtemachten. Er stampfte davon.

Die verbliebene Zentaurin ließ ihren Pferdekörper vorsichtig zu Boden sinken und schob die Beine unter sich. Sie gestikulierte in Cissys Richtung und sagte ein paar Worte, ihr Gesicht war kläglich. Verdammt, denkt sie ...

»Ich weiß, dass sie tot ist«, krächzte Weide. »Ich bin nicht verrückt.«

Nicht verrückt. Nicht tot.

Die Zentaurin streckte eine Hand nach Weide aus und hob langsam, ganz *langsam*, ihr Hemd an. Weide machte keine Anstalten, sie aufzuhalten. Jetzt, wo sie saß, schien sie nur noch wie betäubt und stumm vor sich hinzustarren.

Die Zentaurin zischte beim Anblick der Einstichwunde. Sie ließ das Hemd fallen.

Der Zentaur kehrte zurück und trug eine Ladung Stöcke. Er ließ sich auf die gleiche Weise wie die andere nieder und machte sich daran, ein Feuer anzuzünden. Als das Holz aufgeschichtet war, löste er ein Horn, das an einem Riemen quer über seinen Körper hing, und holte etwas heraus, das schwach qualmte. Er nahm es in die Hand und blies sanft hinein, bis das schwelende Bündel aufflammte und züngelte. Vorsichtig legte er das brennende Bündel unter das Holz. Bald war das Feuer stark, und der Zentaur nährte es mit Stöcken, um es zu vergrößern. Die jüngere Zentaurin kehrte mit einem Korb voller Eicheln zurück, die sie der älteren reichte, bevor sie sich wieder entfernte. Die ältere begann, die Schalen auf einem Felsen mit einem flachen Stein zu zerbrechen und die befreiten Nüsse zu mahlen.

Während Weide das alles beobachtete, begann ihr erschöpfter Geist zu begreifen. Sie halfen ihr.

Das war ein weiterer Trick der Hölle. Das musste es sein. Pferdedödel waren blutrünstige Jäger, die in ihren verstreuten und abgeschotteten Ländern lauerten, bis der Verrätermond kam und sie auf der Suche nach Mord und Raub ausschwärmten.

Nicht verrückt. Nicht tot.

Dann hatte die Sonne wohl ihr Gehirn gekocht, und dies war ein aus dem Durst geborenes Delirium. Die Illusion der jüngeren Frau, die scheinbar ihre Gedanken lesen konnte, kam mit einem Wasserschlauch zurück und reichte ihn ihr mit zittriger Hand.

Weide schnappte ihn sich, woraufhin das Stutfohlen zusammenzuckte und sich zurückzog. Sie hob den Schlauch an und ließ sich den Strahl gierig in den Mund laufen. Das Wasser war warm und schlammig und herrlich. Sie wartete darauf, dass es zu Staub wurde, dass es sie erstickte, dass der Schlauch verschwand. Aber die Flüssigkeit spritzte weiter auf ihre Zunge und sie schluckte. Sie riss ihren Mund von der Flüssigkeit los und sackte neben Cissy zusammen, während sie sich der glückseligen Fata Morgana hingab.

Sie öffnete ihre Augen unter einem Sternenhimmel und zum Zirpen der Grillen. Der Feuerschein zuckte über die umliegenden Eichen. Sie setzte sich auf, was ihren Schädel hämmern ließ und den Beweis dafür lieferte, dass sie immer noch in dem Hain war. Cissy lag immer noch in der Nähe, immer noch tot, aber sie ruhte jetzt auf einem gut errichteten, nicht angezündeten Scheiterhaufen. Auch ihr Körper war gereinigt worden. Weide erhob sich und spürte etwas Klebriges unter ihrem Hemd. Als sie nachsah, stellte sie fest, dass ihre Wunde mit einer glitzernden Paste bedeckt war.

Wenn die Zentauren Visionen gewesen waren, schlief Weide jetzt, und sie hatten sich in ihre Träume geschlichen. Sie waren jetzt zu siebt und versammelten sich gerade jenseits des Waldrands. Ein weiteres, größeres Feuer war errichtet worden, und sie umringten die Flammen, wobei jeder einen Ring aus geflochtenem Schilfrohr in der Hand hatte. Diese hielten sie über ihre Köpfe und sangen in ihrer seltsamen Sprache. Weide folgte ihrem Blick zum Himmel und spürte beim Anblick des Mondes eine Vorahnung. Er schien normal, aber die Pferdedödel richteten ihre Stimmen auf sein viertelvolles Gesicht. Weide dachte verzweifelt, dass er vor ihren Augen auf volle Größe zunehmen und ihre vorgeblichen Retter in gefräßige Bestien verwandeln würde. Doch der Mond blieb standhaft.

Die Zentauren senkten die Schilfringe und hielten sie in die Flammen. Sobald sie brannten, wurden sie erneut hochgehalten, bis die Flammen die Hände ihrer Träger bedrohten. Jeder Zentaur warf seinen Ring so in den Himmel, dass er sich drehte, fing ihn auf und warf ihn erneut. Sie berührten die brennenden Kränze gerade lange genug, um sie erneut zu werfen, und wiederholten den Vorgang, bis sie auseinanderfielen und Glut und schwelende Stängel in die Nacht trieben. Die Gesänge verstummten, und die Gruppe blieb nur noch einen Moment lang stehen. Sie entfernten sich mit düsteren Gesichtern, alle bis auf die Zentaurin, die sich vorhin niedergekniet und Eicheln zerdrückt hatte. Sie drehte sich um, bemerkte, dass Weide sie ansah, und kam mit einem brennenden Scheit vom Lagerfeuer auf sie zu. Als sie sprach, deutete sie auf einen Korb in der Nähe, der mit einem Stück Fell bedeckt war. Weide nahm es herunter und enthüllte Kakis, Ziegenfleisch, Feigen und die Kraft ihres eigenen Hungers. Die Zentaurin löste einen weiteren Wasserschlauch von ihrem Körper und reichte ihn ihr.

»Danke«, sagte Weide.

Die Augenbrauen der Zentaurin zogen sich zusammen, als würde sie versuchen, sich an die Antwort auf ein Rätsel zu erinnern. Ohne ein weiteres Wort oder Zeichen reichte sie Weide das brennende Holzscheit. Dann drehte sie sich um und ging tiefer in den Hain, wohin der Feuerschein ihr nicht folgen konnte.

Weide legte das Scheit in das kleine Lagerfeuer.

Sie aß.

Es war schwierig, nicht den gesamten Inhalt des Korbes auf einmal zu verschlingen, obwohl reichlich davon vorhanden war. Sie behielt etwas für den nächsten Tag übrig. Auf diese Nacht würde ein Tag folgen, dessen war sie sich immer sicherer, je länger sie kaute. Dies war kein Traum, keine Vision, keine Hölle. Die Schrecken, die Geheimnisse waren real. Weide war nicht verrückt, auch wenn sie den Griff des Wahnsinns draußen im Brachland gespürt hatte. Warum sonst hatte sie sich eine Leiche aufgebürdet, statt Waffen und Proviant mitzunehmen?

Warum sonst ...

Weide nahm den Wasserschlauch und näherte sich dem Scheiterhaufen. Die Zentauren hatten den Morast aus Blut und Schmutz von Cissys Gesicht gewaschen, aber die Spuren der Schlinge waren nicht zu beseitigen. Weide erübrigte ein wenig von dem Wasser und benetzte damit die Lippen des toten Mischlings. Sie hatte sie schon einmal auf diese Weise getröstet, als sie noch Kinder waren.

Eine Krankheit hatte das Waisenhaus damals heimgesucht. Sie und Vollkorn waren verschont geblieben, aber Schakal lag im Sterben. Cissy auch. Sie waren alle sieben oder acht Jahre alt gewesen. Eins der jüngeren Kinder war gestorben, erinnerte sich Weide, ein kleines, schwächliches Mädchen. Sie hatte Angst, dass es auch Schak und Cissy treffen würde, und weigerte sich, sie zu verlassen. Beryl hatte ihr gezeigt, was zu tun war, wie man das Fieber der Kinder linderte. In jener Nacht war sie wach geblieben, bis ihre Freunde außer Gefahr waren. Doch heute Nacht würde auch keine Nachtwache mehr helfen.

Weide kehrte zum Feuer zurück und nahm das Scheit auf.

»Suche Frieden, Schwester«, flüsterte sie.

Den Blick auf Cissys Gesicht gerichtet, zündete sie den Scheiterhaufen an.

Am Morgen wurde sie vom Geräusch herannahender Hufe aus dem Schlaf gerissen. Gestärkt durch Ruhe und Nahrung, schoss Weide auf die Beine und sah, dass der männliche Zentaur zurückkehrte.

»Fick. Meinen. Arsch ...«

Sie stand da, von Unglauben und völliger Erleichterung überwältigt angesichts des Zentauren, der Schoßbesen führte. Als der Keiler herantrabte und sich auf etwas konzentrierte, das an der gezackten Stange des Zentauren befestigt war, fiel Weide die Kinnlade herunter. Der Barbar war immer noch gesattelt, nur Weides Talwar fehlte. Mit einem freudigen Ausatmen ging sie zu dem Barbaren. Schoßbesen kümmerte das einen Dreck. Er war fixiert auf das, womit man ihn geködert hatte. Der Zentaur löste den schwarzen Klumpen vom Ende der Stange und warf ihn Weide zu. Es erwies sich als ein stechend riechender, unförmiger schwarzer Pilz.

»Ein verdammter Trüffel«, sinnierte sie und warf ihn Schoß hin, der ihn genüsslich grunzend verschlang.

Sie waren eine Rarität, die die Rotte nie an die Keiler verfütterte, aber nachdem er so weit mit dem Duft in der Nase gekommen war, wäre es grausam gewesen, ihm ihn zu verweigern. Sie untersuchte ihn, während er fraß. Der Bolzen war aus seiner Flanke entfernt und die Wunde mit der gleichen Eichelpaste verarztet worden, die man auch bei ihr angewendet hatte. Es wäre nicht klug, ihn zu überanstrengen, aber reiten könnte sie ihn sicher.

Der Zentaur interessierte sich nicht für Weides Einschätzung. Er hatte die Stange geschultert und richtete sein Kinn auf den Keiler, bevor er etwas sagte und vom Hain weg zeigte.

»Es scheint, dass wir nicht mehr willkommen sind«, sagte Weide zu Schoß.

Der war immer noch verblüfft über den Trüffel – obwohl er längst verschlungen war – und grunzte undankbar. Weide nutzte die Zeit, in der er abgelenkt war, und verstaute das, was sie von den Vorräten der Zentauren verwahrt hatte, in der Satteltasche des Keilers. Sonst konnte sie nichts weiter mitnehmen. Der Scheiterhaufen war zu Asche zerfallen.

Weide schwang sich in den Sattel und trieb Schoßbesen an, damit er sie von den wachsamen Zentauren, den Bäumen und der Schlucht der unerklärlichen Nächstenliebe wegtrug. Sie ritt zu dem einzigen Ort, der ihr jetzt helfen konnte, dem letzten Ort, an den sie gehen wollte.

Nach Süden und Westen.

14

Es hieß oft, es gäbe keine Götter in Ul-wundulas. Oft gesagt, aber keineswegs wahr.

Die Weichlinge verehrten ihre betrunkenen, lüsternen Unsterblichen und herrischen Jungfrauen, und so gab es kaum einen Siedler, der nicht eine kleine Ikone aus Hispartha mitbrachte und nachts Kerzen anzündete, während er um Schutz flüsterte. Weide hielt nichts von diesem Unsinn, nur wenige Halb-Orks taten das. Niemand war je vor den Krummsäbeln eines Orks verschont geblieben, wenn er zu einer Statue gebetet hatte.

Aber es gab einen Gott, der in Ul-wundulas wohnte, dessen Macht sie nur schwer leugnen konnte, denn sie hatte sie mit eigenen Augen gesehen. Ein Gott, der schon hier gewesen war, bevor Hispartha das Land den respektlosen Bastarden überließ.

Belico, der Meistersklave.

Zwei Tage, nachdem sie die Zentaurenschlucht verlassen hatte, betrat Weide sein Gebiet.

Der Glaube an den uralten menschlichen Kriegsherrn, der die Göttlichkeit erlangt hatte, war für das Leben der Halblinge von zentraler Bedeutung, ebenso wie für das Leben der Unyaren, eines Stammes von Feen, die von Belicos Soldaten abstammten und sich dem Schutz seines Tempels in Strava verschrieben hatten. Strava bestand aus einem uralten Turm auf einem hässlichen, von Menschenhand geschaffenen Hügel, aber sein wahres Heiligtum lag unter der Erde. Einmal, als sie mit Schakal im Bett lag, hatte er versucht, das Labyrinth aus niedrigen Tunneln zu beschreiben, das die unterirdischen Gräber von Belico mit seinem Gastgeber verband, aber der Gedanke daran hatte ihn sichtlich beunruhigt. Er und Augenweide hatten beschlossen, lieber noch einmal zu ficken, als weiter über diesen Ort zu reden.

Weide war nicht mehr hierher zurückgekehrt, seit sie, Vollkorn, Schakal und Schlitzohr mit einem Sprossenmädchen hergekommen waren, das sie vor dem Schlammmann gerettet hatten. Schakal hatte sich im Kampf gegen den Moortrotter eine schwere Verletzung zugezogen und Hilfe bei Belicos Hohepriester gesucht. Keiner von ihnen hatte es damals geahnt, aber dieser Besuch hatte alles verändert. Schakal wurde zwar geheilt, doch Zirko ließ ihn ein Gelübde ablegen, das sich als unumstößlich erweisen sollte. Das Ritual hatte Schakal außerdem eine Vitalität verliehen, die man nur als unnatürlich bezeichnen konnte. Ohne diese seltsamen Gaben hätte er die Bastarde vielleicht nie vor Schlitzohr und dem Lehmmaster retten können. Ohne diese Gaben wäre er jetzt nicht außerhalb der Geteilten Lande auf der Jagd nach einem Zauberer, bis er von einem Gott und seinem verkrüppelten irdischen Diener an den Fäden zurückgerissen wurde.

Unyar-Reiter begegneten Weide, noch bevor der Hügel und der Turm in Sichtweite kamen. Sie war an die unerschütterliche Wachsamkeit des Stammes gewöhnt, aber etwas war anders. Die schrägen Augen der Unyar-Reiter blickten ebenso misstrauisch wie wachsam, die mächtigen Recurvebögen in ihren Händen bereits mit Pfeilen bestückt. Sogar die Bewegungen ihrer robusten und temperamentvollen Rösser schienen unruhiger zu sein.

»Ich bin Augenweide, die Anführerin der Wahren Bastarde«, erklärte sie ihnen. »Ich muss mit dem Heldenvater sprechen.«

Ein Unyar nickte nur kurz, sagte aber nichts.

Umgeben von einer Eskorte, wurde sie nach Strava und in das dortige Dorf der Bittsteller gebracht. Die Unyaren waren emsig wie immer. Der Ritt zwischen ihren Hütten hindurch war einem Spektakel gleich aus Tierehüten, Bogenmachen, Weben und Kochen. Die Stammesangehörigen lenkten ihre Reittiere sicher durch das unübersichtliche Gewirr und hielten schließlich vor einer Hütte an, die mit Hunderten anderer Hütten identisch war. Ein hochbetagtes Unyar-Paar stand vor der Tür, klein und verschrumpelt wie altes Obst. Es war klar, dass Weide absteigen sollte, also glitt sie aus dem Sattel. Die Truppe wendete ihre Reittiere, sobald ihre Stiefel den Boden berührten.

»Ich muss mit Zirko sprechen!«, rief Weide ihnen nach. Die von den davonlaufenden Hufen aufgewirbelten Erdklumpen waren ihre einzige Antwort.

»Du wirst warten müssen wie wir anderen auch, Frau.«

Die tiefe Stimme grollte aus der Hütte auf der anderen Seite des Weges. Ein großer Halb-Ork duckte sich durch die Fellklappen, die den Eingang verdeckten. Seine Größe und das Fehlen von Haaren oder Bart waren die offensichtlichen Merkmale eines Dreibluts, obwohl seine Muskeln von einer Schicht wohlgenährten Fleisches bedeckt waren. Die beiden Mischlinge, die ihm in die Sonne folgten, waren ebenfalls Dreiblüter. Ihre Rottentätowierungen wiesen sie alle als eingeschworene Orkflecken aus. Der Sprecher musterte sie mit einem spöttischen Blick, bevor er mit seinen Brüdern im Schlepptau in die entgegengesetzte Richtung der Unyar-Reiter schlenderte.

Vom Auftauchen der Mischlinge überrascht, hatte Weide nichts gesagt, aber nach einem Moment folgte sie ihnen. Sie führte Schoßbesen am Zügel und ignorierte die unverständlichen Worte der älteren Unyaren, die immer noch zur Begrüßung dastanden. Sie wollte die drei Flecken einholen und fragen, was dieser ganze Scheiß zu bedeuten hatte, aber sie entdeckte andere Mischlinge auf dem Weg und wurde langsamer. Sie tummelten sich vor den Hütten, einige tranken aus Tonkrügen. Sie sah andere, die in den von den Behausungen abgetrennten Koppeln die Keiler hüteten. Es waren Brüder von den Scherben, der Bruderschaft der Kessel und den Söhnen der Verdammnis. Weides Hände fuhren durch ihr Haar.

Die Zentauren *hatten* ihn beschworen.

Den Verrätermond.

»Weide?«

Die vertraute Stimme klang angespannt vor Schreck und Erleichterung.

Sie wirbelte herum und Honigwein stürzte ihr in die Arme. Sie lehnten sich zurück, umklammerten einander aber noch immer.

Fassungslos ließ Honigwein ihr verwahrlostes Aussehen auf sich wirken. »Wo ...? Häuptling, wir dachten ...«

»Ich weiß. Hör zu, Honigwein, ich muss mit Zirko reden. Bevor die Zentauren kommen. Es kann nicht warten.«

Honigwein legte die Stirn in Falten. »Es geht nicht um den Verrätermond.«

»Was? Warum zur Hölle sind dann all diese Bastarde hier?«

»Wegen des *Noumenia Gorperetos.*«

Jetzt war es an Weide, verwirrt zu sein.

»Zirkos Vorladung«, sagte Honigwein. »Er hat alle Häuptlinge gebeten, zu kommen.«

»Scheiße.« Weide sackte zusammen. Sie hatte nicht daran gedacht. Verdammt, es war ihr scheißegal gewesen. »Was ist der Grund?«

»Wir wissen es nicht. Die Flut, die Schädelsäer und die Hauer sind noch nicht da. Sie sind spät dran. Es ist bereits einen Tag nach der *Noumenia,* also was immer Zirko will, es ging nie um den Tag. Ich nehme an, er wollte uns allen Zeit geben, um anzukommen, und hat versucht, dass alle es gleichzeitig schaffen. Niemand durfte ihn sehen, obwohl wir alle darum gebeten haben, einige lauter als andere.«

Weide sah den Weg zwischen den Hütten entlang, wo die Dreiblüter vom wimmelnden Leben des Dorfes verschluckt worden waren.

»Ich glaube, ich habe gerade den Häuptling der Orkflecken gesehen.«

Honigwein nickte. »Knolle.«

»Ich wette, dieser schwerfällige Schwanz hat gemeckert.«

»Er und Blumenkohlohr, hauptsächlich. Aber auch Kerbe wird allmählich unruhig.«

»Kerbe. Das ist der Rottenmaster der Scherben?«

»Richtig. Und Blumenkohlohr führt die Bruderschaft der Kessel an.«

Weide kannte einige der Häuptlinge vom Namen oder vom Ruf her, aber keinen vom Sehen. Die Kommunikation zwischen den Rotten war begrenzt. Soweit Weide sich erinnern konnte, hatte der Lehmmaster sich nie mit allen anderen Anführern getroffen.

Sie grinste Honigwein an. »Und wie fühlt sich der Häuptling der Bastarde?«

»Ich dachte, jemand muss doch kommen«, sagte er beschämt. »Aber es hat keine Abstimmung gegeben.«

Weide streichelte seine Wange mit grober Zuneigung. »Das hast du gut gemacht. Welchen der Brüder hast du mitgebracht?«

»Keinen. Nur Faulpelz und Kürbis.« Honigwein hielt seinen Stumpf hoch. »Auf diese Weise würde die Rotte nur einen einhändigen Reiter und ein paar Nomaden verlieren, falls das, was Zirko wollte, uns töten sollte. Außerdem wollten wir danach zum Kastell reiten. Nach dir suchen.«

Weide wollte ihm sagen, wie unschätzbar wertvoll er für die Rotte war und dass die Bastarde ohne ihn wahrscheinlich zerfallen würden, aber die Worte schienen ihr zu schwach. Also lächelte sie, zerzauste seine Sprossen-Federn und nannte ihn stattdessen einen Dummkopf.

Er ertrug die spielerische Demütigung mit einem Lächeln, aber als sie aufhörte, verzog er das Gesicht.

»Häuptling. Was ist mit dir passiert?«

Weide holte tief Luft. »Du bist bei den Nomaden untergebracht?«

»Ja.«

»Dann hier entlang. Ich glaube, ich habe eine eigene Hütte mit zwei Unyaren, die wie Walnüsse aussehen.«

Sie saßen auf dem Boden, zwischen ihnen die Feuerstelle, und unterhielten sich. Das alte Ehepaar bemühte sich um sie und drängte ihnen Tee und Schalen mit Quark auf, während Weide Honigwein erzählte, was sich seit ihrer Abreise aus Teilsieg ereignet hatte. Von Bermudo und den Kanonen, der Zerstörung des Bordells und der Hinrichtung all ihrer Leute, von dem Versuch, Weide nach Hispartha zu bringen, und dem Mord an Cissy. Sie erzählte ihm von den Zentauren, aber es war der riesige Ork, der ihn wirklich verwirrte.

Honigwein rieb sich den Hinterkopf. »Er hat dich vor den Cavaleros gerettet und dich am Leben gelassen? Das klingt gar nicht nach einem Dickhäuter, von den Hyänen will ich gar nicht erst reden.«

Weide schwieg zustimmend. Aber die Finger an Honigweins Hand tippten nacheinander auf seinen Daumen, vom Zeige- bis zum kleinen Finger und wieder zurück. Das tat er nur, wenn er versuchte, einen aufkommenden Gedanken zu unterdrücken.

»Was?«, fragte sie.

»In der Nacht, als wir die Hunde sahen ... Sie töteten Späne, aber nicht ...« Honigwein begann zu zögern. Weide beugte sich vor und bestand darauf, dass er fortfuhr. »Nicht die Frauen. Späne hat sie beschützt, aber das Rudel wäre groß genug gewesen, um sich aufzuteilen. Warum haben sie sie in Ruhe gelassen? Warum haben sie dich am Leben gelassen?«

Du schmeckst schwach. »Willst du damit sagen, dass dieser Wichser Frauen nicht für würdig hält, getötet zu werden?«

Honigwein schüttelte den Kopf. »Ich weiß es nicht. Vielleicht ist dein Wert das, was du lebendig zu bieten hast.«

Weide sah die Angst, die er überwinden musste, um das auszusprechen. »Er hat mich nicht vergewaltigt, Honigwein.«

Seine Erleichterung wurde schnell von einem weiteren verwirrenden Gedanken verjagt. »Das klingt immer weniger nach einem Ork.«

Er hatte es nicht witzig gemeint, aber Weide musste lachen. »Apropos Frauen. Wie geht es unseren drei neuen Schlammköpfen?«

»Incus und Dacia entwickeln sich schnell. Ahlamra ...?« Honigwein verzog den Mund.

Weide hob zustimmend die Augenbrauen. »Dachte ich mir.«

Honigwein ließ das folgende Schweigen nicht lange andauern. »Also, was machen wir, Häuptling? Wegen all dem hier?«

»Ich muss mit Zirko reden. Er ist der Einzige, der etwas über diesen Scheiß wissen könnte. Ich will deshalb keinen Krieg mit Strava anfangen, aber sie lassen mir keine andere Wahl. Du sprichst die Sprache der Unyar?«

»Nicht genug. Kürbis scheint sie aber zu verstehen.«

»Hol ihn.«

Honigwein sprang vom Boden auf und verließ die Hütte.

Der Unyar-Mann legte Weide eine Schüssel mit Knödeln in den Schoß. Sie aß gerade ihre zweite Portion, als Honigwein ohne Kürbis und mit besorgtem Blick zurückkehrte.

»Problem?« Weide schluckte einen weiteren Knödel hinunter.

»Er geht weg.«

»Einen Scheiß wird er!«

Weide folgte Honigwein nach draußen und in die Gasse. Er eilte durch die Menge und führte sie zu einer der Keilerkoppeln. Kürbis war dort und nahm letzte Korrekturen an seinem Sattelzeug vor. Er warf einen Blick über seinen Sattel, als Weide sich näherte, hörte aber nicht auf.

»Tut mir leid, Häuptling«, sagte er und knotete eine Tasche fest. »Bin froh, dass du noch atmest, aber ich kann nicht bleiben.«

»Nenn mir einen Grund.«

»Ich habe gerade gehört, dass die Säer angekommen sind.«

»Du willst deinen früheren Brüdern nicht begegnen«, stellte Weide fest.

Kürbis grunzte zustimmend. Er sah immer wieder zum Eingang der Koppel, als erwarte er, dass seine ehemalige Rotte jeden Moment hereinstürmen würde. »Es gibt böses Blut zwischen mir und Gruft. Böses Blut.«

»Strava ist neutraler Boden«, sagte Weide ihm. »Er kann dir hier nichts anhaben.«

Kürbis' flachsfarbener Schnurrbart wölbte sich nach außen, als er ein grimmiges Kichern von sich gab. »Du kennst Gruft nicht. Ein kälterer Mischling wurde nie geboren.« Er warf Honigwein einen bösen Blick zu. »Hätte ich gewusst, dass es ein

Treffen wie dieses geben würde, wäre ich ganz sicher nicht gekommen. Ich habe so lange gezögert, wie ich mich getraut habe.«

»Ich habe dich nicht für einen Feigling gehalten, Kürbis.«

Er reagierte gereizt. »So was hat mir noch niemand vorgeworfen.«

»Gut. Denn ich brauche dich hier. Du sprichst die Sprache der Unyaren?«

»Was glaubst du, wie ich gewarnt wurde, wer kommen würde? Ich hatte jedes Schlitzauge hier auf der Lauer liegen.«

Kürbis wandte den Blick ab und spannte die Arme an, um in den Sattel zu steigen, als ein Trio Mischlinge in die Koppel ritt. Als er sah, dass es keine Schädelsäer waren, entspannte er sich. Ein wenig.

»Ich muss zu Zirko«, drängte Weide. »Die Unyaren denken, ich sei auf sein Geheiß hier und quäkte nur wie all die anderen ungeduldigen Bastarde, aber ich bin in einer anderen Sache hier. Zirko wird mich anhören wollen. Kürbis, ich brauche jemanden, der mit ihnen sprechen kann, damit sie es verstehen. Du wolltest eine Chance bei den Bastarden, und soweit ich sehe, bist du ein würdiger Reiter. Aber wenn du jetzt losreitest, um vor deiner alten Rotte zu fliehen, dann fliehst du auch vor allen Chancen auf eine neue. Die Orte, die ein Nomade aufsuchen kann, werden immer weniger. Du brauchst ein Zuhause und die Bastarde brauchen gute Mischlinge. Scheiß auf Gruft! Scheiß auf die Säer. Zeig ihnen, zeig mir, dass du ein Wahrer Bastard bist.«

Kürbis verzog sein bärtiges Kinn. Er dachte einen Moment nach und sah ihr in die Augen. »Na gut. Ich werde versuchen, dir eine Audienz bei dem Watschelpriester zu verschaffen.« Er deutete auf Honigwein. »*Du* sattelst Todesbraut ab.«

»Und Kürbis«, sagte Weide, als er um den Keiler herumging. »Geh schneller.«

Lachend zog der Nomade von dannen.

Honigwein machte sich daran, Todesbraut abzusatteln.

»Wenn du damit fertig bist, kannst du dich dann um Schoßbesen kümmern?«, fragte Weide. »Er hat eine Feder abbekommen und ich will nicht, dass es eitert.«

»Sicher, Häuptling.« Nach einem Moment hellte sich Honigweins Miene auf. Er versuchte, es zu verbergen, aber sie sah es.

»Was?«

»Iltis schuldet mir noch eine Monatsration Wein.« Honigwein hielt das Grinsen nicht länger zurück. »Ich habe mit ihm gewettet, dass du weißt, wie wir den Keiler nennen.«

»Wirklich komische Wichser, jeder Einzelne von euch«, sagte Weide. »Ich gehe zurück in meine Hütte und lasse mich zu Tode füttern.«

Das Reitertrio kümmerte sich um seine Barbaren. Als Weide näher kam, erkannte sie einen als Rotnagel, den älteren Mischling, der Schakal bei dem Verrat am Lehmmaster geholfen und die Bewohner aus Teilsieg zur Suhle begleitet hatte.

Plötzlich lag Weide ein kalter Stein im Magen.

Das bedeutete, dass diese Reiter von der Stoßzahnflut waren.

Rotnagel sah sie kommen und sagte etwas zu einem Mischling, der noch mürrischer war als er selbst.

»Augenweide«, sagte der Master der Flut und ging um seinen Barbaren herum. »Endlich lernen wir uns kennen. Ich bin Keilerlippe.«

Es war leicht zu erkennen, woher der Name stammte. Seine unteren Stoßzähne traten weit hervor, bevor sie sich zur Nase hin krümmten. Die meisten Halbblüter hatten solche Zähne, aber keiner, den Weide je gesehen hatte, besaß ein so großes Paar.

Augenweide ergriff den dargebotenen Arm. »Es tut mir leid um die Reiter, die ihr bei eurem Versuch, uns zu helfen, verloren habt.«

Er nahm das mit der gefestigten Entschlossenheit eines erfahrenen Häuptlings hin. »Sie waren gute Brüder. Ich wünschte nur, du hättest ihre sterblichen Überreste zurückbringen können, damit man in der Suhle um sie trauern kann.«

Weide nickte bedauernd. »Es tut mir leid. Ich möchte dir auch für alles danken, was du für die Wahren Bastarde getan hast.«

»Das ist nicht nötig«, sagte Keilerlippe zu ihr. »Du hast schon genug dafür gezahlt.«

»Ihr habt unsere Leute aufgenommen, als die Brennerei fiel, obwohl sie euch keine Bezahlung versprechen konnten, und sie in Sicherheit gebracht, während wir uns erholten. Die Bastarde schulden der Flut etwas. Und wir werden unsere Schuld begleichen.«

»Du kannst es wiedergutmachen, indem du mir sagst, warum dieser den Schwanz eines Gottes lutschende Watschler uns alle hierherreiten ließ.« Weide öffnete den Mund, um zu antworten, und merkte dann, dass Keilerlippe nur meckerte. Er holte tief Luft. »Du solltest es von mir hören. Ich bedaure, aber wir müssen unsere Hilfen einstellen. Die Flut besteht nur noch aus siebzehn eingeschworenen Brüdern. Ich kann es mir nicht leisten, noch mehr aufgrund der Probleme einer anderen Rotte zu verlieren.«

Er wollte nicht noch mehr an ein hoffnungsloses Unterfangen verlieren, meinte er. An die Rotte, deren Anführerin verrückt geworden war und den Fall ihrer Hochburg herbeigeführt hatte. An die Rotte, die von Zauberei und Hunger heimgesucht worden und deren Zahl so weit gesunken war, dass sie kaum noch Patrouillen durchführen konnte. Keilerlippe wollte nicht noch mehr Leute an die Rotte verlieren, deren Bettlerhäuptling ohne Armbrust und Brigantine vor ihm stand.

Und doch setzte die Entscheidung ihr Gehirn in Brand. Sie wollte schreien und ausrufen, dass er und der Rest seiner Rotte Fotzen und Feiglinge seien, dass sie mit siebzehn Reitern vor nichts Angst haben müssten. Mit siebzehn Reitern könnten die Bastarde die Welt erobern! Dasselbe Feuer wütete auch mit Flammen einer anderen Art, der Art, die sie dazu drängte, die Flut um Vergebung dafür zu bitten, dass ihre Jungs getötet worden waren und dass sie überhaupt ihre Hilfe brauchten. Keilerlippes eigenes, kaum verhohlenes Mitleid fachte beide Flammen nur noch weiter an.

Es war Quatsch, ihr die Schuld zu geben, aber sie taten es. Sie war der Häuptling. Und es war noch größerer Quatsch, dass sie sich selbst die Schuld gab, doch sie tat es. Aber der allergrößte Quatsch war, dass sie Schakal die Schuld gab. Sie fragte sich oft, was er an ihrer Stelle tun würde. Nicht, um sich zu inspirieren, sondern als echte Frage, mit einem Hauch von Bosheit darin. *Was würdest du tun, hübscher Schakal? Du wolltest es so sehr. Aber andererseits auch nicht, nicht das. Mauern errichten, Schlammköpfe trainieren, Weichlinge ernähren, bei anderen Rotten betteln. Das war nicht das, was du wolltest. Es ist aber das, was du weitergegeben hast!*

Weide gab Keilerlippe die einzige Antwort, die sie geben konnte: »Ich verstehe.«

Weide betrank sich.

Sie hatte es nicht gewollt, aber der Kinnabar-Aufguss war noch in ihren Satteltaschen, und sie hatte ihre erste Dosis seit Tagen genommen, als Kürbis nach Einbruch der Dunkelheit zurückkam und den Kopf schüttelte. Die Unyaren würden sich nicht rühren. Zirko würde sich mit keinem der Mischlingshäuptlinge treffen, bevor nicht alle eingetroffen waren. Sie war gezwungen zu warten und hasste die Verzögerung. Sie vergewisserte sich, dass Honigwein den Nomaden fest im Griff hatte, damit er sich nicht mit den Schädelsäern anlegte, während sie sich in ihrer Hütte verkroch und alles aß, was das alte Paar ihr anbot. Wenn sie schon hier festsaß, wollte sie die Zeit dafür nutzen, Kräfte zu sammeln. Nach dem Hammelragout und dem Brot kam die vergorene Stutenmilch. Beim ersten Schluck musste Weide beinahe würgen, aber das saure Getränk nahm der Medizin des Knochengrinsers die Schärfe. Nach dem zweiten Becher ging das Zeug ganz leicht runter.

Die Milch, so übel sie auch schmecken mochte, war auch ein Mittel gegen das wachsende Schuldgefühl, geschlemmt zu haben, während es ihren Leuten an allem fehlte. Da sie sich nicht daran erinnern konnte, wann es das letzte Mal genug Wein für eine solche Ausschweifung gegeben hatte, fand sie sich bald in einem verworrenen Sog wieder, der sie mit sich riss.

Die Milch der Stute schwappte.

Sie schlenderte mit dem Krug in der Hand durch das Dorf der Unyaren. Im Mondschein sangen und tanzten die Stammesangehörigen in Gruppen und belohnten sich für einen weiteren Tag, den sie durchgestanden hatten. Kinder hüpften über den Weg, den Weide entlangschlurfte, lachten und riefen sich gegenseitig etwas hinterher. Jede Schar, an der sie vorbeikam, winkte ihr zur Begrüßung zu. Sie verstand die Worte nicht, aber die Angebote waren klar. Angebote zum Tanzen, zum Singen, Angebote von aufgespießtem Fleisch und mehr Stutenmilch.

Angebote, sich anzuschließen. Die Unyaren waren ein abgeschottetes Volk, aber ihre Gastfreundschaft war an ihre Ehre gebunden. Ihre breiten, gebräunten Gesichter mit den schmalen, freundlichen Augen lächelten Augenweide offen an, doch sie ging weiter und schob ihre Trunkenheit als Entschuldigung für ihre Selbstabgrenzung vor. Sie tat so, als würde sie das Essen, das Trinken und die wohlmeinenden Rufe nicht bemerken. Sie tat so, als würde sie den Namen Attukhan nicht hören, der aus ihren meist unverständlichen Worten herauszuhören war.

Schakal war hier sehr beliebt. Die Unyaren glaubten, er sei das Gefäß für einen ihrer in Ehren gehaltenen Vorfahren. Und dieser Glaube gründete sich nicht einfach auf Aberglauben, sondern auf Schakals Taten. Er hatte sich, während eines der höllischsten Verrätermonde seit Menschengedenken, gegen die Zentauren gestellt und Strava eigenhändig davor bewahrt, überrannt zu werden. Verdammt noch mal, sie liebten ihn. War das der Grund, warum sie sie so anlächelten? Wussten sie es? Dass sie ihn ebenfalls liebte, mehr als sie? Wussten sie, dass sie ihn gefickt hatte? Gab es dafür eine ehrfürchtige Bezeichnung?

»Arm von Attukhans Muschi. Fotze von Attukhan. Attufotze.«

Sie gluckste, als sie den bitteren Klang hörte. Sie mochte betrunken sein, aber sie wusste, was sie sagte, und war sich bewusst, dass sie jeden Mann und jede Frau, die mit ihr sprachen, anglotzte. Verflucht. Sie suchte Streit. Ihr Verstand war immer noch da, aber er war ein Reiter, der sich an den Rücken eines Berserkers klammerte und nichts weiter tun konnte, als nutzlos zu schreien und zuzusehen. Weide verspürte den plötzlichen Drang, das nächste lächelnde Gesicht zu schlagen.

Sie näherte sich der Dorfgrenze und stolperte weiter. Hier draußen waren die Feste ausgelassener. Es gab weniger Kinder, und die Struktur des Clans zerfaserte. Hier tummelten sich unverheiratete Männer, entehrte Frauen, Trunkenbolde und Ghan-Süchtige. Hier waren die Gesichter weniger einladend, eher spöttisch und beleidigend. Wahrscheinlich verdienten sie eine Tracht Prügel.

Ein jubelnder Kreis hatte sich um zwei ringende Männer gebildet. Ob es sich dabei um arrangierten Zeitvertreib oder das Aufeinanderprallen von Temperamenten handelte, wusste Weide nicht, und es war ihr auch egal. Sie drängte sich nach vorn, um zuzuschauen, und erntete Beschwerden von denen, die sie zur Seite schob, aber niemand unternahm etwas. Wie sich herausstellte, handelte es sich nur um einen Kampf zwischen zwei Betrunkenen, und sie hatte schnell genug von der schwachen Darbietung träger Griffe und schlampiger Schläge. Beinahe hätte sie sich eingemischt, um einen dritten Betrunkenen in die Schlägerei einzubringen, einen, der sich tatsächlich als effektiv erweisen würde, aber sie wurde von einem Gesicht, das sie auf der anderen Seite des Rings entdeckte, gestoppt.

Ein Gesicht, das sich nicht um den Kampf scherte, sondern Augenweide direkt ansah, eine Maske intensiver Ruhe inmitten einer Flut wimmelnder Unbekümmertheit. Es sah den Unyaren, die es umgaben, ähnlich, doch die kleinen Unterschiede schrien über die Entfernung hinweg.

Mandelaugen, wenn auch größer, klar und deutlich. Gebräunte Haut, aber nicht rau und dunkel, sondern kastanienbraun und makellos.

Es waren elfische Züge, die einer Sprosse, und nicht nur irgendeine Rosthaut.

»Sperling?«

Weide murmelte den Namen lallend und wusste, dass sie wie eine besessene Närrin klang. Sie sah auch so aus, als sie in ihrer Eile, die Elfe zu erreichen, nach vorne in den Ring stürzte. Etwas prallte gegen ihre Seite. Sie verlor beinahe den Halt, verlor ihr Glas. Es zerschellte auf dem Boden. Wütend brach sie nun dem Ringer, der den Schaden verursacht hatte, die Nase und schlug ihn bewusstlos. Als sein Gegner sah, wie er fiel, wechselte er seine Loyalität so schnell und engstirnig denkend, wie es nur ein Betrunkener kann. Er brüllte einen Unyaren-Fluch und stürzte sich auf Weide. Sie wich aus, obwohl es eher ein Stolpern war, packte seinen Hinterkopf mit einer ausgestreckten Hand, drehte sich und stieß ihn nach unten. Die Drehbewegung und der Druck nahmen dem Mann das bisschen Gleichgewicht, das ihm noch geblieben war, und er plumpste mit dem Gesicht voran in den Dreck. Sie war sich nicht sicher, ob die Geräusche, die von den Schaulustigen kamen, Beifall oder Spott waren. Der hingestreckte Trunkenbold war jedenfalls nicht erfreut. Er versuchte, sich zu erheben, und gab dabei wütende Laute von sich. Weide verpasste ihm einen Tritt ins Gesicht. Er fraß wieder Dreck und blieb still und unbeweglich liegen.

Weide hob einen Arm und zeigte mit einer unsicheren Handbewegung auf ihren eigenen Kopf. »*Va Gara Attufotze!*«

Sie war die Einzige, die das lustig fand. Die nun finsteren Gesichter machten es schwierig, Sperling wiederzufinden. Aber sie war da und sah immer noch zu. Weide bewegte sich auf sie zu und war fast am Rand des Rings angelangt, als die Elfe sich umdrehte. Sie trug Unyaren-Kleidung, aber die ausgebeulten Reithosen, das voluminöse Hemd und die Schaffellweste konnten ihre pralle Mitte nicht verbergen. Sie war hochschwanger, was sie jedoch nicht daran hinderte, flink in der Menge unterzutauchen.

Weide runzelte verwirrt die Stirn und setzte ihr unbeholfen nach. Die mürrische Menge teilte sich, um sie vorbeizulassen, aber die Elfe war weg.

War sie die ganze Zeit über in Strava geblieben? Sie hatten sie hergebracht, Weide und Schakal und Vollkorn und Schlitzohr, sie hatten sie von der Alten Jungfer hierhergebracht. Nein, sie war nicht geblieben – Weides Gedächtnis begann zu arbeiten –, sie war zur Brennerei gekommen. Zum Teufel, sie hatte in Weides Zimmer geschlafen!

Das letzte Mal, als sie sie gesehen hatte, war ... auf Heimeligs Rücken, an dem Tag, als Schakal von den Grauen Bastarden ausgestoßen worden war. Weide hatte sie von der Mauer aus beobachtet, vorsichtig, um nicht entdeckt zu werden.

Den Rest kannte sie nur aus den Erzählungen von Schakal und Grasmücke. Sperling war von einem Ork vergewaltigt worden, während sie die Gefangene des Schlammmanns gewesen war, und trug ein Halbblut in sich. Sie setzte den Schlammmann auf Weide an und erzählte ihm von ihrem Elfenblut. Sie erzählte es eigentlich jedem. Alles nur, um das Kind in ihrem Bauch vor dem irrsinnigen Bedürfnis des Moortrotters zu retten, einen Elfen-Ork-Mischling dem Sumpf zu opfern. Schakal war mit einer Warnung zur Brennerei geeilt und hatte Sperling nicht mehr gesehen. Grasmücke reiste mit ihr zur Grenze des Sprossenlandes. Er behauptete, sie habe die Spitzohren überzeugt, den Bastarden gegen die eindringenden Dickhäuter zu

Hilfe zu kommen. Danach wusste niemand mehr, was aus ihr geworden war. Weide hatte es einen Scheißdreck interessiert.

Warum also eierte sie um einen Haufen Unyaren-Zelte und suchte nach ihr?

Weide schüttelte den Kopf, rülpste und schüttelte weiter den Kopf, um gegen den Gestank zu protestieren. Sie musste sich setzen. Und das tat sie auch. Sank genau dort nieder, wo sie war. Durch die zerlumpte Wand aus Fellen neben ihr drangen unverkennbare Fickgeräusche. Die Ausrufe waren fremd, aber lustvolles Stöhnen klingt in jeder Sprache gleich. Sie stammten überwiegend von einem Mann. Das bedeutete normalerweise: eine Hure bei der Arbeit. Oder eine Ehefrau.

Jetzt, da sie sich nicht mehr bewegte, stieg die Flut der Geister in Weides Schädel und überschwemmte den Strand ihrer Entschlossenheit. Unfähig, wieder aufzustehen, unfähig, sich überhaupt noch aufzusetzen, legte sie sich mit einem Stöhnen der Niederlage zurück. Ihr Kopf neigte sich zur Seite und sie stellte fest, dass sie unter dem Rand des Zeltes hindurchsehen konnte. Ein Unyar-Mann stieß auf allen vieren in eine Frau. Ihr Kopf hing herunter, ebenso ihr Haar, ihre Brüste, ihr schwangerer Bauch.

Sperling. Weide blinzelte heftig, bis sie wieder scharf sah, und die Frau wurde zu einer müden Unyarin.

Weide sah nicht länger hin und wuchtete ihren Kopf herum, in dem ein Sturm tobte, bis sie zu den Sternen hochblickte.

Scheißdreck. Verdammte Stutenmilch. Verdammtes Medikamentengift.

Sperling konnte nicht schwanger sein. Es war genug Zeit vergangen, dass sie zweimal hätte entbinden können. Ein Gedanke drängte sich in Weides vernebelten Kopf. Was hatte die Elfe mit ihrem Kind gemacht? Es bei einer Rotte ausgesetzt? Verdammte Schnapsidee. Sperling würde nie wieder etwas mit den Halb-Orks zu tun haben wollen. Hatte sie es getötet? Auf Mischlingsbabys wartete kaum ein anderes Schicksal. Hatte sie das getan?

Der Gedanke war sogar bei Weides verzweifeltem Fluchtversuch in die Trunkenheit ernüchternd. Sie blies spritzend Luft durch ihre Lippen. Verdammt.

Sie rollte sich auf den Bauch und drückte sich hoch.

Und fiel sofort wieder hin.

15

Sie wachte auf, weil Spitzhacken ihren Schädel durchbohrten. Eine Hand schüttelte sie.

Honigweins Gesicht ruhte im Zentrum einer pulsierenden Welt.

»Es ist so weit, Häuptling. Die Hauer kamen gerade angeritten. Zirko hat uns zu einem Treffen auf dem Hügel gerufen.«

Weide lag auf Schaffellen in der Hütte des alten Ehepaars und hatte keine Ahnung, wie sie dorthin gekommen war.

»Alles klar«, krächzte sie.

Als Honigwein sah, dass sie nun wach war, zog er sich zurück. Beinahe wäre Weide wieder eingeschlafen, doch dann tauchten die verhutzelten Gesichter ihrer Gastgeber auf, die beide aufmunternd lächelten, er mit Tee in der Hand, sie mit einer dampfenden Schale.

Ihr Kopf schaffte es, die Decken zu verlassen. »Sind das Knödel?«

Draußen war die Sonne ein Angriff der Höllenschwänze auf ihre Augenhöhlen. Honigwein saß bereits rittlings auf Nyhapsáni. Faulpelz stand in der Nähe und hielt seinen Barbaren an einem Sauenhebel fest.

»Rauf mit dir«, sagte er.

»Wo ist mein Keiler?«

»Er wird von den Unyaren gepflegt«, sagte Honigwein. »Er macht es uns nicht leicht.«

Faulpelz grinste leicht. »Der Keiler ist schon übellaunig genug, wenn er nicht verletzt ist. Also nimmst du meinen mit zu diesem Treffen der Rottenmaster. Es sei denn, du willst der einzige Stiefelmaster sein.«

Der schlechte Scherz ließ Weide zusammenzucken; der Staubfresser wusste, dass er schlecht war und machte ihn trotzdem – das brachte sie zum Lächeln.

»Und worauf reitest du?«

»Ich halte es für das Beste, wenn du nur von eingeschworenen Reitern begleitet wirst, Häuptling«, sagte Honigwein.

Weide drückte Faulpelz dankbar die Schulter und stieg auf. Ihre gute Laune hielt an, bis sie sich in Bewegung setzten und ihr Kopf zu einer Trommel für die stampfenden Hufschläge wurde.

Der Ritt zum Hügel verlief in einer schmerzhaften Fata Morgana der Morgensonne.

Alle anderen Häuptlinge warteten bereits. Sie hatten unterschiedlich viele Gefolgsleute mitgebracht. Einige hatten mehr Begleiter, als die ganze Rotte der Wahren Bastarde zählte. So viele Halb-Ork-Reiter hatte Weide noch nie auf einem Haufen gesehen. Da sie immer noch damit kämpfte, nicht doppelt zu sehen, machte sie sich nicht die Mühe, sie zu zählen.

Doch die versammelten Unyaren-Krieger waren ihnen zahlenmäßig deutlich überlegen.

Ein Horn ertönte und Weide zuckte zusammen.

»Verdammte Stutenmilch«, murmelte sie.

Die Stammesangehörigen setzten sich in Bewegung, umringten die vorrückenden Keiler und trieben sie vorwärts.

»Hast du Zirko gesehen?«, fragte Weide Honigwein.

»Nein.«

Da sie keine andere Wahl hatten, ritten die Halb-Orks zwischen den Unyaren hindurch und schlugen den Weg nach Nordosten ein, wobei sie sich langsam innerhalb der Dorfgrenzen bewegten.

Weide spürte, dass ein Augenpaar auf sie gerichtet war.

Als sie einen Blick nach links warf, entdeckte sie einen haarlosen Mischling, der neben ihr ritt, sie mit wölfischen Augen anstarrte und kaum mehr als Knochenfetische und ein wildes Grinsen trug.

»*Ul'shuum tashruuk, t'huruuk.*«

»Kul'huun?« Weide begriff. Verdammt, die Milch hatte ihren Verstand verlangsamt. Sie hatte nicht einmal den vertrauten Hauer in der Gruppe bemerkt; ein Mischling, an dessen Seite sie gegen eine Ork-*ul'usuun* gekämpft hatte. Diesem Wilden hatten sie das Geschenk neuer Barbaren zu verdanken, nachdem fast alle Reittiere der Bastarde während der Schlacht getötet worden waren.

»Der Trank dieser Teufel ist stark«, sagte Kul'huun auf Orkisch zu ihr, wobei ihr Unbehagen eindeutig der Grund für sein Grinsen war.

Weide antwortete in der gleichen Sprache und respektierte damit den Glauben der Hauer der Vorväter, dass menschliche Zungen sie schwächten. »Trink die Milch des Pferdes und fühl dich, als hätte es dich getreten … nachdem du es geboren hast.«

Kul'huun griff in einen Fellsack, der an seinem Sattel hing, und holte einen schwarzen, verdrehten Klumpen von etwas Getrocknetem hervor. Er reichte ihn ihr herüber.

»Sieht aus wie ein Scheißhaufen«, bemerkte Weide ausdruckslos und nahm das Zeug.

Kul'huun zog seine Unterlippe von den Zähnen weg und deutete auf die Lücke dazwischen.

Weide befolgte seine Aufforderung und steckte sich den Brocken in den Mund. Die Säfte, die ihre Spucke aus dem Ding herausholte, waren schlimmer als die Milch. Sie verzog den Mund.

»Toll … sieht nicht nur aus wie ein Scheißhaufen.« Dennoch spürte sie, wie das Pochen in ihrem Schädel nachließ und ihre Eingeweide nicht mehr rebellierten. »Also, da hol mich doch …«

Kul'huun wirkte zufrieden. »Unsere Väter sind stark. Ihre Medizin auch.«

Die Dickhäuter hatten keine Worte für Dankbarkeit, also begnügte Weide sich mit einem Nicken.

»Wie geht es den Hauern?«

»Wir sind weiterhin stark genug, um gegen die Vollblüter anzutreten«, antwortete Kul'huun. »Sie sterben. Wir sterben. Dann sterben mehr von ihnen.«

Weide war noch nie auf dem Gebiet der Hauer der Vorväter gewesen. Nach dem, was sie gehört hatte, gab es dort wenig zu sehen. Von allen Rotten lagen ihre Ländereien am weitesten im Süden und damit ganz in der Nähe des Schlauchs, der schmalen Meerenge, die Ul-wundulas von Dhar'gest trennte. So nahe an der einzigen Möglichkeit für die Orks, das Sintflutmeer zu überqueren, hielten es die Hauer für klug, keine Festung oder dauerhafte Siedlung zu errichten. Stattdessen zogen sie in ständiger Patrouille umher, schliefen im Freien und aßen nur das, was sie erjagen konnten. Man musste schon halb verrückt sein, um sich auf ein solches Leben einzulassen – ein Leben, das mehr Entbehrungen mit sich brachte als das, was die meisten unabhängigen Reiter ertragen mussten. Doch halb verrückt war in Wahrheit nicht genug. Denn die Hauer hielten auch an Überzeugungen fest, die für die meisten Bastarde unvorstellbar waren. Sie verehrten die Orks, ahmten sie in ihrem Auftreten und ihrer Erscheinung nach, rasierten sich alle Haare und sprachen nur in ihrer gutturalen Sprache. Man munkelte, sie wüssten auch etwas über die Blutmagie der Dickhäuter. Während sie auf Kul'huuns übelschmeckendem, aber wirksamen Heilmittel kaute, war Weide sich sicher, dass daran etwas Wahres war.

Jetzt war nicht der richtige Zeitpunkt, um nachzufragen. Sie hatten die Ebene erreicht, und die Unyaren beschleunigten ihr Tempo.

Da sie von Pferden umgeben waren, war es schwierig, die bisher zurückgelegte Entfernung einzuschätzen. Es waren mindestens mehrere Kilometer, die sie auf den staubigen Ebenen jenseits von Strava zurücklegten, bevor sie einen Bergrücken hinauf- und an dessen Rand entlangritten und bis die Ebenen darunter in eine Schlucht mündeten. Die Kolonne hielt an, und die Reiter teilten sich auf, sodass die Halb-Orks ein weites Tal überblicken konnten. Am Rande des Tals, eingerahmt vom grellen Himmel, wartete Zirko auf sie.

Das Leinengewand des Halblings bauschte sich über seinen Füßen, die in Sandalen steckten, und seine Hand ruhte auf dem Knauf des stämmigen Schwerts an seiner Seite.

Seine klangvolle Stimme ignorierte den heftigen Wind.

»Ich danke euch für euer Kommen, Rottenmaster.«

Es war der Häuptling der Orkflecken, der mit der Frage herausplatzte, die alle beantwortet haben wollten: »Warum hast du nach uns geschickt, Priester?«

Zirko ließ sich von der Unhöflichkeit des Dreibluts nicht beirren.

»Ich hielt es für klug, dass eure Augen und nicht meine Worte diese Nachricht überbringen, denn ihr werdet dem einen vertrauen und dem anderen nicht. Tretet näher, ihr Häuptlinge, und ihr werdet es erfahren.«

Weide, Keilerlippe, Knolle und fünf weitere Mischlinge saßen ab, um näher an den Rand zu gehen. Weide fand Kul'huun zu ihrer Linken wieder.

»Überlastete Höllen«, sagte sie leise, als der fast nackte Mischling neben ihr herging. »Du hast nie gesagt, dass du die Hauer unserer Vorväter anführst.«

Kul'huun warf ihr lediglich einen strahlenden Blick zu und kratzte sich lässig an der Brust.

»Was ihr hier unten seht, ist das ehemalige Gebiet eurer Bruderrotte, der Spitzbuben«, verkündete Zirko.

Flüche und Verwünschungen wehten durch den Wind, als die Häuptlinge das Tal erblickten.

Weide konnte nur starren.

Vor Jahren waren die Spitzbuben während eines besonders bösartigen Verrätermonds von Zentauren so gut wie ausgelöscht worden. Sie versuchten sich zu erholen, aber Ul-wundulas hatte andere Pläne. Schließlich lösten sie sich auf, und ihre wenigen verbliebenen Brüder verstreuten sich. Einige, wie Iltis, fanden einen Platz in neuen Rotten. Weide hatte nie Interesse daran gehabt, durch das leere Tal zu reiten, in dem sich einst die Festung der Spitzbuben befunden hatte, aber es waren nicht die Ruinen der Festung oder die nahe gelegene Stadt, die ihr Erstaunen hervorriefen.

Unten bildeten unzählige Zelte ein weitläufiges Lager. Rauchsäulen stiegen von so vielen Feuern auf, an denen gekocht wurde, dass es für die Versorgung einer ganzen Armee reichen musste. Und es *war* eine Armee. Männer bewegten sich durch die behelfsmäßige Siedlung, viele von ihnen auf Pferden, die sie von nicht weniger als dreißig großen Koppeln holten. Weide konnte ihr Zähneknirschen nicht mehr unterdrücken, als ihr Blick schließlich auf die Elefanten fiel. Einen hatte sie vor Jahren in einer Karawane von Schaustellern gesehen. Jetzt sah sie unten zehn der großen Tiere, die sich abmühten und Schlitten mit Holz und behauenen Steinen schleppten. Es gab bereits Anzeichen von Bauarbeiten, die Halb-Ork-Festung wurde geplündert, um eine neue zu errichten.

Ein wütendes Geräusch drang durch die massiven Zähne von Keilerlippe. »Hispartha hat das verdammte Gebiet zurückerobert.«

Weides Kiefer mahlten. Verdammter Bermudo. Er hatte es gewusst. Es lag alles in diesem selbstgefälligen Lächeln. Ein Knurren drang aus ihrer Kehle und durch ihre Zähne. Sie war mit ihrem Zorn nicht allein. Entlang des Bergrückens war ein aufgeregtes Raunen zu hören.

»Ich schlage vor, wir reiten zurück nach Strava«, sagte Zirko. »Dort können wir uns beraten und entscheiden, wie wir am besten vorgehen.«

Der kleine Priester hatte eine Art, seine Vorschläge wie Befehle klingen zu lassen.

»Nein!«, platzte Knolle heraus. »Ich werde nicht länger auf dein Drängen hin schmachten, du verkrüppelte Schwarzhaut. Nicht, solange die Eunuchen von Hispartha eine verdammte Flagge in den Geteilten Landen hissen!«

»Beruhige dich, Knolle«, knurrte Keilerlippe.

Der Dreiblut-Häuptling fuhr herum. »Warum? Habe ich dich beleidigt, Stoßzahn? Hast du Angst, dass ich *ihn* beleidige?« Knolle schwang seinen Arm verächtlich in Zirkos Richtung. »Solange ich bei jedem Verrätermond einen Reiter schicke, der seinen Hals riskiert, kann er mir nichts anhaben. So lautet der Pakt. Die Orkflecken haben sich daran gehalten. Nichts besagt, dass ich mich bücken muss, um sein Arschloch zu lecken. Und wenn ich ihn beleidigt habe? Was dann? Schickst du mir kein Vögelchen, kleiner Priester? Keine Warnung vor dem Verrätermond, weil ich deinen kindlichen Stolz beleidigte? Na schön. Die Zentauren könnten uns unvorbereitet treffen und uns auslöschen. Das ist mit den Spitzbuben passiert. Dadurch fehlt euch jedes Mal ein Mischlingsreiter, wenn der verfluchte Mond sein Gesicht zeigt. Es hat ein Loch in den Geteilten Landen hinterlassen. Eines, das Hispartha nun für sich beansprucht. Das ist deine Schuld, Zwerg! Also scheiß auf deinen Stolz, deine Vögel und deinen Gott.«

»Es ist nicht Hispartha«, sagte ein anderer der Häuptlinge gleichmütig.

»Verdammt, natürlich ist es das!«, rief Knolle aus.

Der Häuptling der Scherben zuckte unbeeindruckt mit den Schultern. Er benutzte ein kleines Stück gebogenen Eisens, um seine Fingernägel zu reinigen. Das Rot des Tuchs, das er um den Kopf gebunden hatte, war ebenso verblasst wie die bestickte

Schärpe um seine Taille, aber beides besaß mehr Farbe, als irgendjemand sonst auf dem Bergkamm trug. Er deutete mit seinem Nagelreiniger auf das Tal. »Hispartha ordnet seine Lager nicht auf diese Weise an.«

»Und das weißt du woher?«, verlangte Knolle zu wissen.

»Weil Kerbe früher Späher in der Armee des Königs war«, antwortete ein säuerlich dreinblickender Mischling, der seine Lippen kräuselte. Das konnte nur Blumenkohlohr von der Bruderschaft der Kessel sein, obwohl in Wahrheit beide Ohren so oft zerfetzt worden zu sein schienen, dass sie dem Quark ähnelten, den Weides Unyar-Wirte servierten. Sein Haar war ergraut, und er trug es lang, obwohl es schütter war.

»Richtig«, sagte Kerbe und blickte auf von seiner Körperpflege. »Das war ich. Und das sind sie nicht. Das Dreiblut erwähnte Flaggen. Das ist noch ein Zeichen. Da unten sind keine. Die Zelte sind auch falsch.«

»Wer ist es dann?«, fragte Keilerlippe.

»Die Elefanten deuten auf den Os...«, setzte Weide an.

»Spielt keine Rolle«, sagte Knolle mit unverminderter Wut. »Das sind Weichlinge auf Wallachen. Man muss ihnen zeigen, dass sie hier nichts zu suchen haben.«

»Das ist unüberlegt«, stellte Zirko fest.

Knolle gab ein leises Geräusch von sich und biss die Zähne aufeinander. »Wenn du nicht die Absicht hattest, dich ihnen zu widersetzen, warum hast du uns dann herbestellt?«

»Absicht«, wiederholte Zirko. »Vielleicht ist das etwas, was wir von den Neuankömmlingen in Erfahrung bringen sollten: ihre Absicht. Bevor wir in den Krieg ziehen.«

Blumenkohlohr war skeptisch. »Willst du uns etwa weismachen, dass du das noch nicht weißt?«

»Was soll das heißen?«, erkundigte sich Zirko.

»Ihr Watschler seid dafür bekannt, dass ihr alles erbeutet, was ihr kriegen könnt«, sagte Knolle. »Welchen Tribut habt ihr von diesen Eindringlingen für eure Warnung vor dem Verrätermond herausgeschlagen?«

»Ich habe nicht mit ihnen gesprochen«, antwortete Zirko.

»Warum nicht?«, fragte Weide. »Welchen Sinn hatte es, zu wa...?«

»Er will, dass wir die Schlacht kämpfen, damit seine Leute es nicht tun müssen«, fuhr Blumenkohlohr sie an. »Er will mehr Blut aus uns herauspressen, um seine verdammten Anhänger zu retten.«

»Schlacht?«, fragte Kerbe feixend. »Kannst du nicht zählen? Es sind mindestens achthundert Mann da unten.«

»Hast du etwa Angst, Scherbe?«, stichelte Knolle.

Kerbe zwinkerte ihm zu. »Nicht von dir, Dickerchen.«

»Beruhigt euch, Jungs«, mischte sich ein korpulenter, weißhaariger Halb-Ork ein, der die jüngeren Mischlinge mit scharfem Blick beobachtete. Das konnte nur Vater sein, der Anführer der Söhne der Verdammnis. »Nicht der richtige Zeitpunkt.«

»Und wir sind hier nicht die Söhne, alter Pimmel«, sagte Knolle. »Ich bete nicht jedes Wort von dir an wie die Hinterlader in deiner Rotte.«

Vater lachte nur und schüttelte den Kopf.

»Selbst mit achthundert könnte man fertigwerden«, überlegte Keilerlippe, »wenn man sie überrumpelte. Wenn sie die Festung fertig haben, wird es zu spät sein. Die meisten sind wahrscheinlich Bauleute. Solange sie ihre Pferde nicht erreichen, wäre es machbar.«

Knolle nickte heftig. »Dann lasst es uns erledigen.«

»Viel Glück«, sagte Kerbe.

Blumenkohlohr zeigte mit dem Finger auf den Häuptling der Scherben. »Passt auf den da auf. Er wird sich zu seinen alten Meistern schleichen und ihnen sagen, dass wir kommen.«

Kerbe zuckte wieder mit den Schultern. »Wenn die Münze richtig lag. Aber wer auch immer da unten ist, braucht nicht gewarnt zu werden. Nicht vor deinem bescheuerten Plan. Die Flecken haben drei Reiter mitgebracht. Oh, Verzeihung, sie sind Dreiblüter, also zählen sie in ihrer Vorstellung für drei. Sagen wir neun. Ich habe elf von der Bruderschaft gesehen. Drei Stoßzähne. Neun für die Säer. Die beschissenen Hauer haben nur einen geschickt. Obwohl Vater anscheinend seine halbe Rotte mitgebracht hat, das sind noch mal zwanzig. Und ich ritt mit zweien. Also weniger als sechzig, wenn man Knolles aufgeblasener Vorstellung vom Wert seiner Brut zustimmt.«

Weide entging die Auslassung in Kerbes Aufzählung nicht.

Sie ertappte sich dabei, wie sie in alte Gewohnheiten und in das Schweigen verfiel, das die einzige Möglichkeit gewesen war, die Rottenversammlungen der Grauen Bastarde zu ertragen. Der Lehmmaster hatte nie gewollt, dass sie ein eingeschworener Bruder wurde, aber niemand konnte ihr Geschick im Sattel oder ihre Fähigkeiten im Umgang mit Waffen leugnen. Auf Patrouille und im Kampf gegen die Dickhäuter war sie nützlich und geduldet, aber ihre Stimme am Tisch war nie willkommen. In diesem Raum war sie immer die Abweichung. Wenn sie sich zu Wort meldete, erregte sie nur die Aufmerksamkeit des Lehmmasters. Es war einfacher und sicherer, eine stumme Beobachterin zu sein, die sich kaum bewegte, um nicht noch mehr Zorn auf sich zu ziehen.

Das war auch jetzt so.

Sie war die Außenseiterin. Nur brauchte sie nicht zu arbeiten, um ignoriert zu werden. Diese Mischlinge regierten schon Jahre länger als sie. Als sie Häuptling wurde, hatte sie nichts über diese Art von Kampf gelernt. Ihre Brüder hatten abgestimmt, und von da an gehorchten sie. Ihre Stimme, früher geknebelt, war nun Gesetz.

Und diese eingebildeten Mischlinge stopften ihr den Lappen wieder in den Rachen.

Das Gezänk hatte seinen Siedepunkt erreicht. Knolle dürstete nach einem Kampf, und Kerbe machte sich einen Spaß daraus, das Dreiblut zu ködern. Vater und Keilerlippe versuchten, Frieden zu stiften, während Blumenkohlohr weiterhin Antworten von Zirko verlangte. An ihrer Seite beobachtete Kul'huun den wachsenden Aufruhr mit dem Blick eines Jägers und wartete. Der Anführer der Schädelsäer hatte geschwiegen. Er war ein fahler Mischling, denn die Hochburg der Säer lag unter der Erde. Seine blasse Haut und sein lakonisches Auftreten erinnerten Augenweide an Blindschleiche, aber wo der Bastard geschmeidig und sehnig war, war der Schädelsäer von Muskeln durchzogen. Sein drahtiges, pechschwarzes Haar hob sich deutlich von dem bleichen grauen Fleisch seiner Brust und Arme ab. Ein bäuerlicher Filzhut mit Krempe verdunkelte sein Gesicht.

Jetzt setzte er sich in Bewegung und schritt unaufhaltsam auf seinen Keiler zu.

Vater rief ihm nach: »Gruft. Wohin gehst du?«

»Zurück zur Furche«, antwortete der Schädelsäer, seine Stimme so hohl und unbarmherzig wie sein Name. »Priester, ich danke dir, dass du mir erlaubt hast, dies zu sehen.«

»Du willst weglaufen?«, fragte Knolle herrisch.

Gruft hielt inne und wandte seinen Hut gegen die brennende Sonne. »Ul-wundulas ist nicht großzügig. Kein Gebiet kann achthundert Männer auf Dauer ernähren. Die Schädelsäer müssen nichts tun. Nur warten.«

Der bleiche Rottenmaster saß auf, wendete seinen Keiler und ritt mit seinen Brüdern davon.

»Feigling«, spie Blumenkohlohr.

»Meinst du?« Kerbe überlegte. »Du bist vielleicht ein noch größerer Idiot als der Orkfleck.«

Knolle platzte der Kragen. »Wir können gleich dein Gehirn vermessen.«

Vater hielt müde eine Hand hoch. »Genug. Zur Hölle, genug. Fragen des Verstands und der Tapferkeit bedeuten hier wenig. Keilerlippe sagt, das Lager kann eingenommen werden. Ich stimme zu. Was dann? Wir haben bewiesen, dass wir dicke Eier und steife Lümmel haben. Außerdem haben wir Hispartha den Krieg erklärt. Kerbe und der Heldenvater sagen, dass sie nicht zur Krone gehören, aber ich frage euch alle: Wie groß ist die Wahrscheinlichkeit, dass wer auch immer in diesem Tal ist, sich ohne ihre Erlaubnis dort aufhält? Wir machen Leichen aus ihnen und werden Tag für Tag die Gelegenheit bekommen, zu beweisen, wie mutig wir doch sind. Und wie töricht.«

Keilerlippe stimmte mit einem nachdenklichen Nicken zu.

»Es wird so oder so zum Krieg kommen«, warf Weide ein, die eine Chance sah. »Die da unten sind nur der Anfang. Wenn wir …«

»Wir?«, sagte Knolle und sah sie zum ersten Mal an. »*Wir?* Wir sind nicht ohne Armbrust auf einem blutenden Barbaren reitend nach Strava gekommen. Wir kamen nicht auf einem geliehenen Keiler in Begleitung eines einzelnen, verkrüppelten Reiters auf diesen Kamm. Wir sind keine Bettwärmer, die den kläglichen Rest einer gefallenen Rotte mit feuchtem Mund und strammer Möse dazu gebracht haben, uns zu folgen. Wir sind nicht die auserwählte Schlampe eines verstoßenen Reiters, der aus Scham über die Vernichtung seiner Brüder aus den Geteilten Landen floh. Oh ja, Steinmagen hat mir von ihm erzählt. Von Schakal. Hundesohn, um genau zu sein.« Ein spöttisches Schnauben drang aus dem dicken Hals des Dreibluts. »*Wir*. Wir sind die Orkflecken und die Stoßzahnflut. Die Scherben und die Bruderschaft der Kessel. Ihr seid nicht einmal die Überbleibsel der Grauen Bastarde. Nur ein hübsches Mischlingsmädchen, das für Loyalität mit seinen Löchern bezahlt.«

Kerbe schüttelte sich vor lautlosem Lachen. Blumenkohlohr stand neben ihm und ließ seinen Blick über Augenweide gleiten.

Sie ignorierte sie und sah mit zusammengekniffenen Augen zu Knolle hinüber. Zirko hatte recht, wenn er sich gegenüber diesem schimpfenden Schwanzsack taub stellte.

Weide richtete ihre Aufmerksamkeit auf Vater. »Du machst dir Sorgen wegen eines Kriegs. Er wurde bereits erklärt. Von Hispartha. Wir alle sehen ihn dort unten. Ich habe ihn an den toten Nomaden und den niedergebrannten Gebäuden gesehen. Ich habe ihn an den schrecklichen Waffen auf den Mauern des Kastells gesehen.«

»Waffen?« Plötzlich war Keilerlippes Interesse geweckt. »Was für Waffen?«

»Reite hin und finde es heraus«, antwortete Weide. »Bermudo wird dich gerne ihren Donner hören lassen.«

Das lenkte Kerbe von seinen Fingernägeln ab. »Kanonen?«

Weide nickte.

»Du kennst sie?«, fragte Vater den Häuptling der Scherben.

»Aus dem Osten, vom Kampf gegen Turbanträger um die Krone. Sind verdammt große Dinger. Könnten Löcher in Burgmauern reißen, statt auf sie draufzupassen.«

»Diese sind also kleiner«, stellte Weide fest. »Und sie können immer noch Löcher in alles schlagen, was ich mir vorstellen kann.«

Blumenkohlohr wurde misstrauisch. »Wo hast du diese Waffen gesehen?«

»Bermudo hat mich genau angeschaut, bevor er versucht hat, mich damit hinzurichten.«

»Dann muss man sich nicht vor ihnen fürchten«, schnaubte Knolle. »Du lebst.«

»Ich werde meinen Atem nicht verschwenden, um dich zu überzeugen, Dreiblut. Oder irgendwen von euch. Die Cavaleros sind auf mein Gebiet gekommen, haben mich in Ketten gelegt und hätten mich getötet. Bermudo hat es gewagt, das einem Rottenmaster anzutun. Denkst du, er wird es dir nicht auch antun? Denn er hat es verdammt noch mal vor. Das habe ich direkt aus seinem Munde.«

»Die Worte eines Weichlings sind nichts wert«, sagte Knolle. »Bermudo ist ein Wurm. Was hat er getan? Er ist auf das leere Gebiet der Spitzbuben gezogen. Leer! Er wagt es, unverteidigtes Land zurückzufordern. Was sagt es über die Bastarde, dass er ihres Rottenmasters wegen gekommen ist? Du und die Deinen sind erledigt, Weib. Ihr seid mit der Brennerei gefallen. Ich sage, die Menschen können euer Land haben. Sollen sie doch ihre Mauern bauen und diese Waffen darauf anbringen. Lass sie endlich helfen, die Orks zu bekämpfen. Es ist an der Zeit, dass sie ein wenig bluten. Wir sind durch ihre Stärke nicht gefährdet.« Knolle trat näher und beugte sich zu Weide hinunter. »Wir sind es durch deine Schwäche.«

Weide rührte sich keinen Millimeter. »Das klingt nach einer Herausforderung für meine Führung.«

Knolles Augen blitzten auf, als er die Gewalt, nach der er sich sehnte, zum Greifen nahe sah.

»Dummes Getue«, sagte Blumenkohlohr angewidert. »Die Fotze ist unbewaffnet.«

»Ich brauche keine Waffen für ihn oder dich, du potthässlicher Spermafleck«, zischte Weide.

Knolle fletschte seine Zähne. »Ich beginne zu verstehen, warum deine Reiter dich mögen, Frau.«

»Sie werden mich dafür lieben, dass ich ihnen die Chance gebe, einen neuen Häuptling zu wählen.«

»Das werde ich nicht zulassen«, sagte Zirko.

»Halt dich da raus, Watschler, oder ich benutze dich, um ihre Leiche in den Arsch zu ficken.«

»Verdammt, Knolle, lass es sein«, drängte Vater.

»Lass sie nur machen«, schmunzelte Kerbe. »Ich wette das

Gewicht meines Keilers in Silber, dass sie Knolle ein Auge aussticht, bevor er sie umlegt.«

Augenweide hörte die Stimmen, aber ihr Fokus war auf das grinsende Dreiblut zugespitzt. Ihre Lippen zogen sich zurück.

Eine Hand berührte ihren Arm. Kein Griff, nur eine Berührung, eine, die blieb. Sie bewegte langsam den Kopf, behielt Knolle im Blick, und fand Kul'huun hinter sich, den Arm ausgestreckt. Ihre Blicke trafen sich und er schüttelte leicht den Kopf.

»Nicht.«

Er sagte es auf Hisparthan.

Augenweide atmete aus und trat einen Schritt zurück. Zirko warf ihr einen vernichtenden Blick zu, wenngleich aus seinen Augen auch Erleichterung sprach.

Weide wandte ihm und dem Tal den Rücken zu und ging davon. Gruft hatte recht. Hier gab es nichts zu gewinnen.

»Auf geht's«, sagte sie zu Honigwein, als sie sich in den Sattel schwang.

Nachdem sie die Unyaren hinter sich gelassen hatten und den Kamm hinuntergeritten waren, schoss sie davon.

Direkt zum Lager der Neuankömmlinge.

16

Der erste Mann, der sie vorbeireiten sah, blieb einfach stehen und starrte, während er seine Bemühungen unterbrach, einen Stein mithilfe eines Maultiers wegzuräumen. Er war unbewaffnet, ein schwarzer Arbeiter mit einem Bart und einem Schal um den Kopf. Weide achtete darauf, ihr Tempo langsam, aber zielstrebig zu halten. Sie waren noch ein gutes Stück vom Rand des Lagers entfernt und passierten Maultierzüge, die mit Gestein beladen waren, das man aus dem Staub gezogen hatte. Einer der Elefanten, die sie vom Kamm aus gesehen hatte, zog ebenfalls einen beladenen Schlitten, auf dem ein Felsbrocken von der doppelten Größe eines Keilers lag. Der Tag war heiß und machte die Arbeit zur Hölle. Menschen und Tiere waren alle in ihre Tätigkeit vertieft. Die meisten bemerkten die Halb-Orks auf den Keilern erst, als sie vorbeiritten. Die wenigen müden Ausrufe, die die Männer von sich gaben, waren in einer Sprache, die Augenweide nicht verstand. Doch die Kopfbedeckungen, die Elefanten, all das wies auf den Osten hin.

Tyrkanien.

Land der Wüsten. Land der Sklaven. Land von Schlitzohr.

Es dauerte nicht lange, bis ihre Anwesenheit von mehr als nur den Trotteln, die Steine schleppten, bemerkt wurde. Sie waren nur noch einen Bogenschuss von den Zelten entfernt, als vor ihnen ein Trupp Berittener auftauchte. Sie kamen schnell näher, fast in vollem Galopp und mit trommelnden Hufen. Weide hielt eine Hand hoch, die andere umklammerte die Mähne ihres Keilers.

»Scheiße, Häuptling«, sagte Honigwein, als der Trupp herandonnerte.

Die Sonne glitzerte auf Metall. Die Pferde waren gepanzert. Eine geformte Stahlmaske schützte das Gesicht, während eine Hülle aus segmentierten Platten die Tiere bis zum Sattel bedeckte. Bei dieser Hitze schien es eine Grausamkeit zu sein, aber zweifellos waren diese Reittiere weitaus glühendere Gefilde gewohnt. Die Rüstung verlieh ihren Bewegungen einen metallischen Klang und der ohnehin donnernden Gangart noch mehr Gewicht. Die Männer trugen schlanke Lanzen und große, runde Schilde. Die Helme wölbten sich unter ihren Kopfbedeckungen, und eine Weste aus geschientem Kettenhemd schützte sie bis zu den Knien. Sie hielt ihren Keiler an, und Honigwein blieb rechts von ihr stehen.

»Du sprichst Tyrkanisch, richtig?«, fragte Weide.

»Mein Elfisch ist besser.«

»Was bedeutet das?«

»Das heißt, dass ich Elfisch tatsächlich *spreche*, Häuptling.«

»Scheiße.«

Ihr Begrüßungskomitee stand nur einen Steinwurf entfernt und schwärmte aus, um ihnen den Weg zu versperren, ohne sie jedoch zu umzingeln. Es war schwer einen Sturmangriff durchzuführen, wenn sich eine Truppe im Kreis aufstellte. Wer auch immer diese Männer waren, der Krieg im Sattel war ihnen nicht fremd.

Es war an der Zeit, sich vorzustellen und zu hoffen, dass einer dieser Turbanträger Hisparthan sprach.

»Ich bin Augenweide, Anführerin der Halb-Ork-Rotte, die als die Wahren Bastarde bekannt ist. Ich muss wissen, wer ihr Schwanzlutscher seid und was ihr in den Geteilten Landen macht.«

»Ach, verdammt«, sagte Honigwein leise.

Daraufhin zischte einer der Reiter und fuchtelte mit seiner Lanze vor ihr herum, als wolle er einen streunenden Hund verscheuchen.

»Hör zu, du dünenbumsender Weichling, ich reite nicht von hier weg, ohne mit jemandem gesprochen zu haben.«

Die Lanze winkte erneut, und das Zischen wurde durch ein gerufenes Kommando ersetzt.

»Wir sprechen nicht, Sandfresser!«

Weitere Rufe drängten sie zum Aufbruch.

Augenweide stieß einen frustrierten Atemzug aus. »Lass uns abhauen.«

Sie wendeten ihre Keiler und ritten den Weg zurück, den sie gekommen waren. Das Tal war zwar nicht gerade üppig, aber es gab mehr Vegetation, als in Ul-wundulas üblich war. Zu ihrer Rechten fiel Weide ein Anblick auf, den sie zuvor nicht bemerkt hatte: ein Hain mit Bäumen, die mit Kugeln aus leuchtend ockerfarbenen Früchten beladen waren. Es waren keine Arbeiter zu sehen. Sie neigte den Kopf in Richtung des Hains, und Honigwein folgte ihr.

»Halte die Augen offen«, sagte Weide. Sie erhob sich aus dem Sattel, griff nach einer der Kugeln und zog daran, bis sie sich löste. Sie hatte die Farbe einer Aprikose, aber ihre Schale glich der einer Zitrone. »Leih mir ein Messer.«

Honigwein reichte ihr eine Klinge, und Weide schnitt die Frucht in zwei Hälften, aus denen ein klebriger, duftender Saft floss. Wieder fühlte sie sich an eine Zitrone mit ihren segmentierten Innereien erinnert, obwohl der Geruch weniger scharf war.

Sie hielt sie hoch, damit Honigwein einen Blick darauf werfen konnte. »Irgendeine Idee?«

Er schüttelte den Kopf. »Ich kann dir sagen, dass sie auch kein Tyrkanisch spricht.«

»Sprossenhaariger Schwanz.«

Sie pulte ein Stück des glänzenden, breiigen Fleisches heraus und warf es vor Faulpelz' Keiler hin. Das Tier verschlang es mit einem Schniefen.

Weide kräuselte ihre Lippen. »Ich wette, du würdest alles fressen.«

Sie schob das zweite Stück in ihren eigenen Mund. Der Geschmack war stark und süß, fast überwältigend, aber Weide ließ sich nicht davon abhalten. Sie riss die Schale beider Hälften ab, warf eine zu Honigwein und aß die andere mit wachsendem Genuss. Die Keiler stürzten sich bereits auf das Fallobst.

»Noch eine?«

Honigwein sah sich um. »Aber klar doch.«

Weide schälte eine weitere Frucht, diesmal mit mehr Geschick. Sie warf sie Honigwein zusammen mit seinem Messer zu, stieg ab und begann, Platz in ihren Satteltaschen zu schaffen, während sie im Kopf die Anzahl von Teilsiegs Kindern zählte.

»Glaubst du, dass einige der Olivenbauern diese Bäume aus den Samen der Früchte züchten könnten?«

Honigwein dachte darüber nach und riss mit den Zähnen Teile der Frucht ab. Er nickte in Richtung Boden.

»Sieh dir die Wurzeln an. Diese Bäume sind frisch gepflanzt.«

Weide konnte einen breiten Streifen zertrampelten Bodens sehen, der zeigte, wo die Elefanten durchgekommen waren und wahrscheinlich die Bäume auf denselben Schlitten transportiert hatten, mit denen sie jetzt Felsbrocken schleppten.

»Sie müssen sie ausgewachsen hierhergebracht haben. Trotzdem ist es einen Versuch wert.«

Honigwein lächelte. »Wenigstens war das kein fruchtloser Ausflug.«

»Verdammte Scheiße! Du hörst dich schon an wie Faulpelz.«

Bald waren beide Keiler mit gestohlenen Früchten beladen. Weide wollte gerade aufsteigen, als ein Gedanke sie aufhielt.

»Wir waren keine Bedrohung.«

»Häuptling?«

»Die Turbanträger. Sie sahen uns nicht als Bedrohung an. Nur als ein paar verstaubte Bastarde, die Unsinn in einer unbekannten Sprache sprachen.«

Honigwein schaute unbehaglich drein.

Weide duckte sich in sein Sichtfeld. »Was?«

»Eine unbewaffnete Frau und ein einhändiger Mann. Das war es, was sie sahen.«

»Ja, aber hätte das irgendeinen Cavalero, den du kennst, aufgehalten?«

»Nein. Was denkst du?«

Weide hievte sich auf den Rücken des Keilers. »Ich denke, du solltest zurück nach Strava reiten. Kürbis soll den Unyaren sagen, dass ich mit Zirko sprechen *werde*. Und finde Kul'huun. Ich muss auch mit ihm sprechen, wenn ich zurückkomme.«

»Wenn du zurückkommst?« Honigwein verdrehte die Augen, als es ihm dämmerte. »Du gehst noch mal da rein.«

»Entweder haben sie eine Art von Ehre oder sie haben den Befehl, uns nichts anzutun.«

»Weide, du rätst!«

»Nun, wenn ich mich irre, sei weiterhin ein guter Häuptling.« Sie trieb ihren Keiler aus dem Hain.

Und nicht lange danach stürmte sie direkt ins Herz des Menschenlagers. Die Reiterschar war nicht weit hinter ihr und schrie Zurechtweisungen, aber niemand wandte Gewalt an, um sie aufzuhalten. Augenweide ritt schnurstracks auf das größte Zelt zu. Das verdammte Ding war in Wahrheit ein Pavillon, ein Ungetüm wallender Seide. Ein paar Männer bewachten den Eingang. Sie waren schwarz wie Zirko, hatten aber nicht seine einschränkende Statur. Groß, kahlköpfig und kräftig gebaut traten sie vor, als sie ihren Keiler zügelte, und hoben massive, zweihändige Krummsäbel.

Augenweide hob beide Hände und hörte, wie die schreienden Reiter hinter ihr anhielten. »Ich will nur mit dem Herrn dieses Ortes sprechen!«

Ein Mann trat geduckt aus dem Schatten des Pavillons, stellte sich zwischen die großen Schwarzen und betrachtete den Störenfried mit scharfem, befremdetem Blick. Seine Haut hatte denselben gelbbraunen Farbton wie der der Reiter, seine Züge waren adlerartig und wurden unterbrochen von einem kleinen, scharf gestutzten Kinnbart. Er trug eine Weste und lockere Reithosen, die Schärpe an seiner Taille war ebenso grün wie das Tuch um seinen Kopf. Unter der Weste war er gut gebaut, vor allem für einen Weichling, und seine Muskeln zeugten von einem tüchtigen Leben. Sein scharfer Blick ruhte auf Augenweide.

»Ihr könnt mit mir sprechen«, sagte er mit akzentuiertem, aber sicherem Hisparthan. Er sah über sie hinweg und rief der Kavallerie in seiner Sprache Befehle zu, bevor er den Zeltwächtern leiser Anweisungen gab. Weide war froh, als sie ihre riesigen, gebogenen Schwerter senkten. »Kommt herein.«

Weide stieg ab, band Faulpelz' Keiler die Vorderbeine zusammen und trat ins Zelt.

Drinnen war es angenehm kühl. Weihrauch und Öllampen brannten in hängenden Messinggefäßen und kitzelten Weides Hals und Augen. Ein Adler breitete seine Schwingen zur Begrüßung von einem Sitzplatz nahe der Mitte des Raumes aus, wo eine dicke Anordnung von Teppichen um einen niedrigen Tisch aus dunkel lackiertem Holz lag. Der oberste Tyrkanier saß dort in einem Nest aus Kissen, begleitet von einer Frau in wallenden Gewändern aus Blau, Weiß und Gold.

Er wies auf die Kissen gegenüber dem Tisch. »Bitte. Setzt Euch.«

Augenweide willigte ein, und die Frau reichte ihr eine kleine Tasse mit einem dampfenden Getränk. Ihre mit Kajal umrandeten Augen sahen Weide nicht an, aber ihre Bewegungen waren ruhig und sicher. Der Mann erhielt eine identische Tasse, und er sprach ein Wort, bevor er einen Schluck nahm. Weide behielt die Tasse in der Hand, trank aber nicht. Der Mann nahm dies mit einem schnellen Blick zur Kenntnis, sagte aber nichts. Er betrachtete sie einen Moment lang, bevor er sein Getränk sanft auf den Tisch stellte. Er beugte sich vor und streckte seine Hand nach Weides Tasse aus. Sie reichte sie ihm, er nahm einen Schluck und gab sie zurück.

»Ich bin Tarif Abu Nusar. Und ich vergifte meine Gäste nicht.«

Weide ließ die Tasse zwischen ihnen stehen. »Und was ist mit Euren Feinden?«

Der Arm des Mannes blieb ruhig. »Sind wir bereits Feinde?«

»Wenn Ihr Schlitzohr in diesem Lager beherbergt, waren wir schon Feinde, bevor Ihr heute Morgen aufgewacht seid.«

Tarif stellte die Tasse auf den Tisch und lehnte sich noch einmal zurück, sein Gesicht verriet nichts. »Verzeiht mir. Ich spreche Eure Sprache, aber einige der Ausdrücke sind seltsam. Schlitzohr beherbergen?«

»Spielt mir nicht den ignoranten Ausländer vor, Weichling. Uhad Ul-badir Taruk Ultani.«

»Ich kenne diesen Namen nicht.«

»Wie auch immer er sich nennt, er ist ein schwachsinniger Halb-Ork-Zauberer, also hören wir doch auf, uns gegenseitig für dumm zu verkaufen und bringen ihn verdammt noch mal hierher!«

Tarif musterte sie einen Moment lang. Er nickte langsam. »Er ist nicht hier.«

Die Ernsthaftigkeit der Aussage des Mannes war nicht zu leugnen.

Augenweide spannte sich an. »Aber Ihr kennt ihn doch.«

»Ja. Er hat mir nie einen Namen genannt, aber es war ein Halb-Ork, der mich ermutigte, mein Volk hierherzubringen.«

»Verdammt. Ich wusste es, verdammt.«

»Es schmerzt mich zu wissen, dass er Euer Feind ist. Er war ein großer Freund meines Stammes. Ich stehe in seiner Schuld.«

Augenweide musste lachen. »Darauf wette ich.«

»Bitte«, sagte Tarif und hob die Tasse noch einmal an. »Trinkt einen Tee und sagt mir Euren Namen.«

»Augenweide. Häuptling der Wahren Bastarde.« Sie ließ den Tee stehen, wo er war.

»Diese Wahren Bastarde ... sind sie eine der viel beschworenen Roten von Ul-wundulas?«

»Rotten«, korrigierte Weide, »aber ja. Ihr wollt mir weismachen, der Zauberer hätte uns nie erwähnt?«

»Ich kann nichts in Weiß verwandeln. Ich kann Euch jedoch die Wahrheit sagen. Unser Treffen war kurz und er sagte nichts über Euch oder Eure Wahren Bastarde. Warum sollte er auch?«

Weide konnte nicht genau sagen, ob sie verspottet wurde. Das Gesicht des Mannes hätte genauso gut aus Holz geschnitzt sein können. »Weil wir einst im Zentrum seiner Pläne standen. Aber jetzt kennen wir sein Gesicht und wissen, dass alles, was aus seinem Mund sickert, Lügen sind. Ich denke, es ist nicht abwegig, dass er uns jetzt durch seine tyrkanischen Schergen angreift.«

»Wir sind keine Tyrkanier«, sagte Tarif.

»Ihr seht aber verdammt wie einer aus, Turbanträger.«

Sie schaffte es tatsächlich, dass sich auf seiner Stirn eine Falte bildete. »Sagt mir, wie viele Reiter befehligt Ihr als Oberhaupt der Scherben?«

»Bastarde, meint Ihr.«

Tarif hob die Augenbrauen. »Tue ich das? Ein auf einem Keiler reitender Halb-Ork, dessen Fleisch mit Mustern aus gemeiner Tinte besudelt ist – man sagte mir, dies sei das Aussehen einer Mischlingsrotte. Und die einzige Rotte, von der ich gehört habe, sind die Scherben. Ihr ... seht verdammt wie eine aus.«

»Na schön«, sagte Augenweide und lächelte anerkennend, als sie verstand, worauf er hinauswollte. »Wenn Ihr kein Tyrkanier seid, was seid Ihr dann?«

Tarif stand auf und nahm ein Tablett von der Frau, die sie bediente. »Wir sind die Zahrazen.«

»Das sagt mir immer noch einen Scheißdreck, Weichling.«

Tarif ging zu dem sitzenden Adler hinüber und begann, ihn per Hand mit Leckerbissen von dem Tablett zu füttern.

»Unser Land war ein Land der Bergstämme«, erklärte er, »lange bevor sich Tyrkanien erhob. Wie jedes Land der Welt in jenen alten Tagen standen auch wir den Eroberungsschritten des Imperiums gegenüber. Meine Vorfahren kämpften gegen ihre Legionen und scheiterten tapfer. Aber das Imperium war nie verschwenderisch. Es erkannte den Kampfgeist der zahrazischen Stämme und nutzte sie, um andere Länder zu erobern. Generationen später gab es das Imperium nicht mehr, aber mein Stamm überlebte. Er ist durch Zeit und Krieg zu beeindruckenden Reitern geworden. Das ist der Grund, warum der Zauberer sagte, wir sollten Hispartha bitten, uns hier niederlassen zu dürfen, und er sagte mir, Rotten seien das, was in Ulwundulas wirklich herrsche. Erst jetzt begreife ich, was das zu bedeuten hat.«

Da es Augenweide nicht gefiel, dass der Mann stand und sie nicht, erhob sie sich. »Der Einzige, den Schlitzohr hier herrschen sehen will, ist sich selbst. Er benutzt gern die Rotten, um das zu erreichen. Das solltet Ihr wissen. Und warum sollte er wollen, dass Ihr hierherkommt? Eure Berge wären doch sicher besser.«

Tarif wandte sich von dem Adler ab. »Ul-wundulas ist nicht das einzige unwirtliche Land der Welt. Wir kommen aus felsigen Gegenden, die sich aus der Wüste erheben. Und wir würden noch immer dort leben, wenn unsere Heimat nicht an Tyrkanien verloren wäre.«

Augenweide dämmerte es. »Ihr seid Nomaden.«

»Nicht mehr«, verkündete Tarif und übergab das Tablett den wartenden Händen der Frau. »Nachdem der Zauberer uns von diesem freien Gebiet erzählt hatte, flohen wir vor denen, die uns beherrschen wollten, nahmen ein Schiff in Al-Unan, überquerten das Sintflutmeer und erreichten Valentia an der Ostküste Hisparthas, wo wir von Abgesandten Eurer Königin empfangen und begrüßt wurden.«

»Ich habe keine verdammte Königin.«

Tarif wirkte verlegen. »Ja, natürlich. Ich bitte um Verzeihung. Vielleicht sollte es genügen zu sagen, dass es eine lange Reise war, und nicht ohne Verluste. Aber wir sind endlich hier in unserer neuen Heimat und dankbar dafür.«

»Wartet ein Jahr«, sagte Weide zu ihm. »Nach Eurem ersten großen Überfall, Eurem ersten Verrätermond – wenn Ihr ihn überlebt –, werdet Ihr Euch wünschen, wieder in der Wüste zu sein.«

»Die Zahrazen werden überleben«, behauptete Tarif und kehrte zu seinen Kissen zurück.

Weide blieb stehen. »Hört mir zu, Weichling. Nichts ist sicher in den Geteilten Landen, das Überleben am allerwenigsten. Schlitzohr benutzt Euch, weil er wusste, dass Hispartha Euch benutzen würde. Im Norden scheißen sich die Blaublüter in die Hose, weil die Orks gerade einen weiteren Einmarsch versucht haben, den Schlitzohr angezettelt hatte. Wir Bastarde haben ihn zurückgeschlagen, denn dafür sind wir da, aber wie Ihr so schön sagtet, nicht ohne Verluste. Hispartha sieht, dass die Verteidigung hier schwächer wird, und sie schieben Euch hinein, um die Lücke zu füllen. Lasst Euch das von jemandem sagen, der diesen Haufen Keilerscheiße geerbt hat.«

»Wenn unsere Anwesenheit bei der Verteidigung hilft, warum sollten wir dann gehen?«

»Weil es in den Geteilten Landen bis jetzt noch keine Rotte gab, die sowohl Hisparthas als auch Schlitzohrs schmucke Hände im Arsch hatte.«

»Er hat nichts von uns verlangt, und die Hisparthaner waren nur großzügig.«

»Gebt Euch Zeit. Ihr werdet Schlitzohr wiedersehen. Er wird dann zwar immer noch lächeln, Euch aber einen Preis für seine Hilfe nennen. Und glaubt nicht, dass Hispartha das nicht auch tun wird.«

»Das haben sie. Wir sollen helfen, Ul-wundulas zu verteidigen. Das verlangen sie auch von ihren eigenen Leuten. Sie unterhalten hier Garnisonen, ja?«

»Wohl kaum«, spottete Weide. »Die Kronenlande sind rar und liegen alle in den oberen Gebieten oder entlang der Küste. Die letzte Festung, die sie hier halten, ist beeindruckend, aber ihr Burgvogt ist ein Verrückter, dessen Leben nur noch am seidenen Faden hängt, und die Männer, die ihm bleiben, sind Tiere. Mir scheint, Ihr seid die nächste große Idee, um das Königreich vor den Dickhäutern zu schützen. Aber abgesehen von Euren neuen Nachbarn, den Unyaren, ist es Weichlingen in Ul-wundulas noch nie gut ergangen, und die haben einen Gott auf ihrer Seite.«

»Woher wisst Ihr, dass wir das nicht haben?«

Weide streckte abwehrend eine Hand aus. »Erspart mir Eure Predigten. Wenn Ihr hierhergekommen seid, um die rückständigen Bastarde zu Eurem verdrehten, hochmütigen Glauben zu bekehren, dann spart Euch den Atem. Das wurde schon versucht. Halb-Orks dulden keine Götter, weder Eure noch andere. Wir werden auch nicht erlauben, dass Ihr die Spitze eines Eroberungsspeeres seid. Hispartha hat Pläne, die Geteilten Lande zurückzuerobern. Wenn sie Euch bitten, den Angriff anzuführen, weigert Euch lieber. Ihr wollt Euch nicht zwischen die Rotten und unser Land stellen.«

Das war ein verdammter Bluff. Nach dem, was sie gerade auf dem Bergkamm gesehen hatte, würden die anderen Häuptlinge sicherlich hart kämpfen, um ihre eigenen Gebiete zu schützen, aber zusammenzuarbeiten, um die Geteilten Lande als Ganzes zu verteidigen, das war ein verdammter Witz.

Tarif war verblüfft. »Wir stellen uns zwischen die Orks und die Monarchie Hisparthas. Genau wie Ihr.«

Weide musste sich konzentrieren, um ihre Fäuste nicht zu ballen. »Wir sind nicht einer verdammten Monarchie wegen hier. Oder eines Königs, Kalifen, Emirs oder irgendeines anderen verdammten Inzüchtigen mit einer Krone wegen. Wir sind hier, weil wir dieses Land den Fäusten der Orks entrissen haben und ihre Finger mit den Schwertern unserer Lebenden und den Körpern unserer Toten daran hindern, sich darum zu schließen. Ihr wollt kämpfen, weil Ihr eine Heimat braucht. Ich verstehe das. Aber Ihr fühlt Dankbarkeit, dass Hispartha Euch erlaubt hat, Euch hier niederzulassen. Ihr habt das Gefühl, dass Ihr ihnen etwas schuldet. Wartet, bis Ihr eine oder zwei Hungersnöte überlebt habt, Eure Häuser von Zentauren zerstört und Eure Männer von ein paar marodierenden *ulyud* abgeschlachtet wurden. Dann werdet Ihr das Gefühl haben, dass Hispartha Euch etwas schuldet.« Weide hob ihr Kinn und deutete auf die Frau, die sie bedient hatte. »Es wird Euch schwerfallen, Dankbarkeit zu empfinden, wenn Ihr ertragen musstet, dass Eure Frauen von den Dickhäutern geschändet wurden und die unglücklichen Überlebenden ein Halbblut zur Welt bringen müssen. Aber Ihr werdet es erleben. Wenn dies Euer neues Zuhause sein soll, wird das nicht ausbleiben.«

Tarifs hölzernes Starren war versteinert. »Meine Frau würde niemals mit einer solchen Demütigung leben. Und auch keine andere Frau der Zahrazen.«

Weide schnaubte spöttisch durch die Nase. »Das sagten die Sprossen auch. Ich aber bin der lebende Beweis dafür, dass solche Schwüre keinen Bestand haben.«

Vor Verwirrung zogen sich Tarifs Augenbrauen ein wenig zusammen, aber er überspielte es schnell.

»Denkt an meine Worte«, sagte Weide und ging zu den Klappen.

»Wartet.«

Weide drehte sich um und sah, dass Tarif seiner Frau etwas ins Ohr flüsterte. Sie antwortete mit einem einzigen, leisen

Wort und verschwand hinter einem Trennvorhang. Weide war neugierig geworden und hielt inne. Es dauerte nur einen Moment, bis die Frau mit einer langen, dünnen Schatulle zurückkehrte. Tarif erhob sich, nahm sie ihr ab und ging auf Weide zu.

»Ich habe ein Geschenk für Euch«, sagte er.

Augenweide wurde misstrauisch, wie ihm nicht entging.

»Von niemandem außer mir«, versicherte Tarif ihr.

Die Schatulle war aus hellem Holz gefertigt und mit kunstvollen Darstellungen seltsamer Tiere verziert. Tarif balancierte sie auf einem Unterarm und öffnete den Deckel. Darin befand sich eine Waffe. Die Klinge war breit und dreieckig. Sie verjüngte sich von einem merkwürdigen Griff weg, der aus einem Paar parallel von der Klinge ausgehender Längsstreben bestand. Zwischen ihnen hatte man weitere Metallstäbe quer hineingeschmiedet, um die man die Hand legte. Tarif nickte einladend. Weide hob die Waffe heraus und fand einen Zwilling darunter. Sie nahm den Griff und zog den seltsamen Dolch aus der Scheide. Sie lächelte, als sie das Gewicht und die Balance spürte. Die Beschaffenheit der Waffe führte dazu, dass die Klinge direkt von den Fingerknöcheln des Anwenders abstand, während die Längsstreben entlang des Unterarms verliefen. Beide Seiten der Klinge waren geschliffen und verwandelten Weides Arm effektiv in einen Speer.

»Kennt Ihr das Königreich Narasinga?«, fragte Tarif.

Augenweide riss ihren Blick lange genug von der Waffe los, um den Kopf zu schütteln.

»Es war einst ein großes Reich, weiter östlich sogar als Tyrkanien. Die Waffe, die Ihr in der Hand haltet, wurde in ihrer Sprache *Katar* genannt. Unter den Kriegern von Narasinga bestand der wahrhaftigste Test für Geschicklichkeit und Tapferkeit darin, einen Tiger nur mit einem Paar dieser Klingen zu erlegen.«

»Was?«

Tarif nickte, und ein Ausdruck des Bedauerns überzog sein sonst so beherrschtes Gesicht. »Nach dem Untergang des Imperiums kämpfte mein Volk weiter in den Kriegen anderer Herrscher. Als die Sultane, die eines Tages Tyrkanien gründen würden, begannen, alle Länder östlich des Sintflutmeeres zu unterwerfen, schlossen sich die Zahrazen ihren Armeen an. Ihre Invasion nach Osten führte sie bald in das Königreich Narasinga. Der Krieg zwischen ihnen war lang und zog sich über Generationen hin. Narasinga wurde vernichtet, doch das war das letzte Mal, dass die Zahrazen Tyrkanien dienten.«

»Warum gebt Ihr mir das?«, fragte Weide und steckte den Katar in die Scheide zurück.

»Weil Ihr gekommen seid, um den Tiger zu jagen, unbewaffnet und allein. Es scheint nur angemessen, dass Ihr Eure eigenen Krallen habt.«

»Wollt Ihr damit sagen, dass ich eines Tages gegen Euch kämpfen werde?«

»Ich möchte ein Freundschaftsgeschenk überreichen«, antwortete Tarif. »Aber ich möchte Euch aufrichtig sagen: Wenn Hispartha verlangt, dass wir Feinde sind, werde ich sie nicht zurückweisen. Und wenn es zu einem Konflikt zwischen uns kommt, werde ich Euch den Katar abnehmen, so wie ich ihn dem letzten Krieger von Narasinga abgenommen habe.«

Der ernste Blick des Zahrazen war schwer zu ertragen, aber Weide wich ihm nicht aus. Stattdessen lächelte sie, legte den Dolch zurück in das Etui und klappte den Deckel zu.

»Ihr solltet Euch nicht den Kopf darüber zerbrechen, dass Hispartha von uns verlangen könnte, Feinde zu sein«, sagte sie. »Ihr solltet Euch überlegen, was Ihr antwortet, wenn der Zauberer zurückkehrt und von Eurem Volk verlangt, Krieg gegen Hispartha zu führen. Denn das wird er tun, Tarif Abu Nusar, so sicher wie der Sonnenaufgang kommen wird. Wo wird Eure Loyalität dann liegen? Bei den Weichlingen, die Euch Land zum Leben angeboten haben? Oder bei dem Mischling, der Euch sagte, wo es zu finden ist?«

»Der Zauberer hat mir das Leben gerettet«, antwortete Tarif, ohne zu zögern. »Die Ehre verbietet es mir, ihm etwas abzuschlagen.«

»Dann werden die Zahrazen wieder Tyrkanien dienen, denn Schlitzohr ist sein Werkzeug.«

»Dann kann ich nur beten, dass Ihr Euch irrt.«

»Viel Glück damit«, sagte Weide. Sie schob ihm die Schatulle hinüber. »Ich habe schon zwei Scheffel von dem verdammt guten Obst Eurer Bäume genommen. Ich hätte lieber das, wenn Ihr in Geberlaune seid.«

»Nehmt beides«, sagte Tarif, brachte ein schwaches Lächeln zustande und legte ihr die Schatulle in die Arme. »Die Katare als Geschenk, und die großzügige Menge *Nāranj* als Bezahlung für den weisen Rat einer, die diese Länder kennt.«

Augenweide nahm das Geschenk mit einem kapitulierenden Lächeln entgegen, und Tarif kehrte zu seinem Platz auf dem Teppich zurück. Anstatt zu gehen, trat Weide vor, nahm ihre Tasse vom Tisch und trank den Inhalt aus. Der Tee war jetzt kalt, aber süß. Sie hob die leere Tasse zum Gruß.

»Willkommen in den Geteilten Landen, Tarif Abu Nusar von den Zahrazen.«

Der Mann nickte zustimmend. Die Frau räumte den Tisch ab, doch Tarif ergriff sanft ihre Hand und küsste sie, während er sie zärtlich zu sich auf die Kissen zog.

Weide blieb noch einmal an der Klappe stehen und drehte sich um.

»Oh, und wenn ich herausfinde, dass Ihr mich angelogen habt – wenn Schlitzohr hier ist und Ihr ihn beschützt –, werde ich zurückkommen und Euch diese schicken Dolche zurückgeben. Mit der Klinge vorweg.«

17

Ein Akolyth kam in die Hütte und sprach mit Augenweides faltigen Gastgebern. Sie wechselten unverständliche Worte in der Sprache der Unyaren, bevor der Halbling Augenweide direkt mitteilte, dass der Heldenvater bald eintreffen würde. Die Unyaren fuhren mit ihren gemächlichen Vorbereitungen fort, sobald der Akolyth verschwunden war.

»Ich weiß nicht, ob Zirko sich dazu herablassen wird, Orkisch zu sprechen«, sagte Weide zu Kul'huun.

Der Häuptling der Hauer hockte auf der anderen Seite der Feuerstelle und ignorierte den alten Mann, der ihm Tee anbot, so lange, bis er wegging. »Er hat unsere Sitten immer respektiert. Er weiß, dass unser Hass auf Dhar'gest dem seinen entspricht.«

Honigwein konnte nicht mehr an sich halten, seine Neugierde hatte ihn gepackt. »Warum eifert ihr den Orks nach, wenn ihr sie so sehr hasst?«

Wie Honigwein hatte Weide eine wirre Vorstellung von den Überzeugungen, die die Hauer der Vorväter umtrieben, aber es war offensichtlich, dass ihr Bruder sich die Chance nicht entgehen lassen konnte, ein wenig tiefer zu graben. Kul'huun schwieg so lange, dass Weide dachte, er würde die Frage wie den Tee behandeln. Ein Ärgernis, dem man nicht nachgeben sollte. Endlich drang die gutturale Sprache der Orks durch den Rauch des Feuers.

»Du trägst dein Haar wie eine Elfe.«

Es war weder eine Frage noch eine Anschuldigung. Weide war sich auch nicht sicher, ob es eine Antwort war. Honigwein war es auch nicht.

»Ich respektiere sie«, sagte er.

»Du liebst sie«, grunzte Kul'huun, der gezwungen war, Hisparthan zu sprechen, weil Orks kein Wort für Liebe hatten.

Honigwein räusperte sich. »Ich weiß nicht, ob ich sie dafür genug verstehe.«

»Es ist die Unwissenheit, die deine Liebe ermöglicht. Du füllst die Löcher in deinem Verstand mit dieser Zuneigung.«

»Es gibt vieles, was ich über die Orks nicht weiß, aber ich habe nichts für sie übrig«, erwiderte Honigwein.

Kul'huun beugte sich vor. Er sprach wieder Orkisch. »Hasst du den Ork, der dir deine Hand genommen hat, Elfenhaar?«

Honigweins gesunde Hand glitt nach unten, um seinen Stumpf zu stützen. »Ja.«

»Hasst du ihn so sehr, dass du dich weigern würdest, wenn du deine verlorene Hand durch seine ersetzen könntest?«

Jetzt brauchte Honigwein lange für eine Antwort. »Nein. Ich würde mich nicht weigern.«

Kul'huuns Augen blitzten auf. »Die Hauer der Vorväter versuchen, den Ork zu verstehen. Wir nutzen seine Wege anstelle unserer eigenen, um uns zu stärken, aber wir füllen die Lücken in unserem Wissen nicht. Wir lassen sie leer. Sie zu füllen, wie ihr es bei den Elfen getan habt, verschafft Respekt; das ist die törichte Art der Orkflecken. Wir Hauer stellen den Ork nicht über uns, wir halten ihn nahe bei uns, damit wir weiterhin die bösartige Bestie sehen können, die er ist. Durch diese Nähe wollen wir sie zur Strecke bringen können.«

Honigwein hielt Kul'huuns Blick stand und antwortete, so gut er konnte, in einer Sprache, die keinen Ausdruck für Dankbarkeit kennt: »Deine Worte sind stark.«

In der Hütte wurde es heller, als das alte Paar die Klappen weit öffnete und mit einer tiefen Verbeugung das Sonnenlicht und Zirko in ihr Haus einlud. Der Heldenvater sprach zu den überglücklichen, sich verneigenden Alten. Er nahm eine der Hände der Frau zwischen seine eigenen, und was immer er sagte, ließ ihr die Tränen über ihr faltiges Gesicht laufen. Zirko wurde zu ihrem Feuer geführt, und nachdem er auf ihrem besten Schaffell Platz genommen hatte, reichten ihm die Unyaren ein kleines Festmahl, dann verließen sie demütig die Hütte.

Weide war von dem alten Paar gut gefüttert worden, aber im Vergleich zu dem, was sie Zirko servierten, waren ihre Portionen mager gewesen.

»Bitte, helft mir bei dieser Mahlzeit«, sagte der Halbling und deutete auf das Essen und die drei am Feuer sitzenden Halb-Orks. »Sie vergessen, dass der Hohepriester von Belico auch ein kleiner Mann ist, aber sie werden sehr niedergeschlagen sein, wenn nicht alles aufgegessen wird.«

»Ich hätte Kürbis mitbringen sollen«, raunte Weide Honigwein zu, nahm einen Knödel und warf ihn ihm zu. Kul'huun schnappte sich eine ganze Lammhaxe und den Krug mit Stutenmilch.

»Die anderen Häuptlinge sind alle abgereist, um in ihre Gebiete zurückzukehren«, sagte Zirko und benutzte einen Brocken Brot, um ein Stück gebratenen Hammelfleischs von der vollgehäuften Platte zu nehmen. »Ich bin neugierig zu erfahren, warum ihr beide geblieben seid.«

Aus dem Gespräch, das Weide mit Kul'huun geführt hatte, während sie warteten, wusste sie, dass auf dem Bergkamm nichts weiter erreicht worden war. Knolle hatte weiterhin darauf gedrängt, die Weichlinge anzugreifen und sie auszulöschen. Blumenkohlohr hatte sich überreden lassen, aber Kerbe und Vater hatten abgelehnt. Keilerlippe war hin- und hergerissen gewesen. Kul'huun hatte ihnen gesagt, dass er höchstpersönlich in die Schlacht reiten würde, wenn sie sich für einen Angriff entschieden, aber dass die Hauer ihr Gebiet nicht im Stich lassen würden, um gegen die Weichlinge zu kämpfen. Als Zirko erklärt hatte, dass die Unyaren eine solche Aktion nicht unterstützen würden, hatte das Knolle den Wind aus den Segeln genommen. Es war so geendet, wie Weide es vorausgesehen hatte – schlaff wie ein abgetrennter Schwanz. Sie hatte Kul'huun alles erzählt, was sie im Lager der Zahrazen erfahren hatte, und Honigwein hatte zugehört. Sie hatte nicht vor, Zirko zu informieren. Er würde schon bald mit Tarif sprechen und seine eigenen Schlüsse ziehen.

Was die andere Sache anging ...

»Was wisst ihr zwei über Ork-Zauberer?«

Sowohl der Priester als auch der Häuptling hörten auf zu essen.

Zirko runzelte die Stirn. »Was bringt dich zu dieser Frage?«

»Ein gewaltiger Dickhäuter, der einen Trupp Cavaleros mit bloßen Händen getötet hat«, sagte Weide.

»Dieser Ork hat Zauberkraft?«

»Wenn man eine eisenharte Haut, die Kraft aller Höllen und eine Meute von Teufelshunden, die fast so unmöglich zu töten sind wie er, Zauberkraft nennt, dann ja.«

Zirko wurde noch besorgter. »Unter ihresgleichen werden sie *uq'huul* genannt.«

Weide seufzte angesichts der Einfachheit, der Ehrlichkeit. »Der Stärkste.«

»Doch ich glaube, dass der Name, den die Elfen ihnen geben, die meiste Wahrheit enthält«, sagte der kleine Priester. *»Asily'a kaga arkhu.«*

Weide sah Honigwein an.

»Fleischgewordener Ruin«, sagte er und wurde ganz still.

Er verdiente den Namen. Weide hatte noch nie einen größeren Ork gesehen, noch nie gegen einen so starken gekämpft. Gekämpft, verdammt, das war großzügig ausgedrückt. Sie war weggekrochen. In seinem Griff war sie weniger als eine Kinderpuppe gewesen.

Kul'huun blickte grübelnd ins Feuer. »Obwohl die Hauer so nah am Schlauch hausen, habe ich noch nie einen gesehen. Es heißt, sie können Staubstürme herbeirufen, das Blut ihrer Feinde kochen und sogar Leichen auferstehen lassen, um für sie zu kämpfen. Aber die Beherrschung von Bestien? Dieser *uq'huul* muss wirklich mächtig sein, denn alle Tiere fürchten und meiden den Ork. Ihm den Kopf abzuschlagen, wäre eine würdige, wenn auch tödliche Aufgabe.«

Der Häuptling der Hauer schien sich mehr nach dieser Chance zu sehnen als nach dem Fleisch in seinen Händen.

»Ihre Kräfte sind groß, vielfältig und zum Glück selten«, sagte der Priester. »Selbst während des Großen Einmarschs gab es nur wenige.«

»Und sie wurden von den Sprossen besiegt. In der Alten Jungfer«, sagte Honigwein.

»Sie haben viel erlitten, um diesen Sieg zu erringen«, sagte Zirko. »Die Schlacht im Sumpf war eine Tragödie.«

»Ich wusste gar nicht, dass Strava dort gekämpft hat«, sagte Honigwein.

Weide steckte sich etwas Brot in den Mund, um nicht zu lachen. Nicht jeder war in der Lage, den Hohepriester von Belico in aller Höflichkeit bloßzustellen.

»Nein, aber wir haben die Folgen gesehen. Die Elfen waren die einzigen Überlebenden, und das waren nur wenige. Die Zauberer von Hispartha, die Armee, die sie unterstützte, und die Orks, die dort kämpften, wurden alle völlig vernichtet.« Zirko sah Augenweide tief besorgt an. »Aber jetzt sagst du, ein *uq'huul* sei zurückgekehrt.«

»Die Hauer werden diesen Ork und seine Hunde jagen«, erklärte Kul'huun und starrte ins Feuer, als wären alle willigen Mösen der Welt vor seinen Augen ausgebreitet.

Weides Miene hellte sich auf. »Du weißt, wie man ihn töten kann?«

Kul'huun stand auf. »Das werde ich euch sagen, wenn ich es geschafft habe.«

»Verdammt, du lümmelschwingender Wilder!« Weide erhob

sich, um ihm in die eifrigen Augen zu sehen. »Kul'huun, dieser Dickhäuter ist keine Trophäe, er ist ein verdammter Albtraum.«

»Dann darf er nicht in Ul-wundulas herumstreunen.«

Weide holte tief Luft. »Und die Hauer können nicht durch das ganze Brachland reiten, um ihn zu jagen. Ihr würdet eure Leute ungeschützt zurücklassen! Du hast dich geweigert, das zu tun, um diese neuen Weichlinge zu bekämpfen. Warum es für diesen Ork riskieren? Sei nicht töricht. Ich habe dich hergebeten, weil keiner die Orks besser kennt, und nicht, damit du losreitest und deine ganze Rotte getötet wird.«

Kul'huun zog einmal die Nase hoch und lächelte. »Lebe in der Schlacht.«

Weide würde nie seine Meinung ändern. Niemand von ihnen. »Stirb in der Wut.«

Der wilde Mischling schlüpfte aus der Hütte, geschmeidig und leise wie ein Luchs.

Zirko stieß einen tiefen Seufzer aus. »Ich wusste nie, ob der Lehmmaster einen Fehler begangen hatte, als er die Halb-Orks in Stämme aufteilte, oder ob er einfach die Vergeblichkeit des Versuchs sah, sie zu vereinen.«

»Ist doch scheißegal«, sagte Weide und starrte auf die Hüttenklappen. »Er ist tot.«

»Unsere größten Triumphe und Irrtümer bleiben oft bestehen.«

»Ich bin nicht der Weisheiten wegen gekommen, Priester. Ich kam in der Hoffnung, du würdest wissen, wie man diesen ... Ruin tötet.«

»Ich bedaure, dass ich bei dieser Aufgabe nicht helfen kann. Die Zauberei ist eine Kunst, die man am besten meidet, und meine Kenntnisse beschränken sich auf die wenigen unwillkommenen Gelegenheiten, bei denen sie in das Leben meiner Gläubigen eingedrungen ist und es befleckt hat. Aber vielleicht gibt es etwas, das ich anbieten kann.«

»Was?«

»Ul-wundulas ist ein unbarmherziges Land«, sagte Zirko. »Ich habe von den Problemen eurer Rotte gehört. Ich bin sicher, dass mein Volk genug entbehren kann, um euch zu helfen. Darf ich diese Hilfe anstelle dessen anbieten, was du gesucht hast?«

Augenweide zögerte. Sie hatte diesen frommen Watschler noch nie gemocht, und die Halblinge waren nicht für ihre Wohltätigkeit bekannt. Normalerweise gab es einen Preis. Sie wartete darauf, dass er genannt wurde.

Nur das Feuer sprach für einige lange Momente.

Schließlich legte Zirko den Kopf schief. »Soll ich den Nachschub bereitstellen lassen?«

»Ja«, stimmte Weide zu, ein wenig aus dem Gleichgewicht gebracht.

Zirko sah Honigwein an. »Sag meinen Akolythen, die draußen warten, was du verlangst. Sie werden wissen, dass es mein Wille ist.«

Nachdem Weide zustimmend genickt hatte, ging Honigwein hinaus.

Zirkos Augenbrauen senkten sich, besorgt und, wie Weide sah, auch zerknirscht. Der kleine Mann faltete die Hände in seinem Schoß. »Ich muss dich um Verzeihung bitten. Als du ankamst und um ein Gespräch mit mir gebeten hast, wurdest du absichtlich ignoriert. Alle Rottenmaster haben solche Bitten geäußert, und ich befürchtete, dass ein Treffen mit einem von ihnen zu Unruhen führen würde. Die Rottengründer waren nicht so misstrauisch gegeneinander, aber sie hatten auch gemeinsam einen Krieg geführt. Diese neueren Häuptlinge sind ...«

»Nützlich wie ein Schlammkopf, der seinen eigenen Lümmel melkt?«, bot Weide an.

Zirko lächelte dünn und müde. »Nicht als Individuen. Zusammen, ja, da ist es, wie du sagst. Ich hatte mir ein besseres Ergebnis erhofft. Hätte ich gewusst, was du mir sagen wolltest, hätte ich ihren Stolz nicht so geschützt. Ich gestehe, ich dachte, du wolltest über eine andere, persönlichere Angelegenheit sprechen.«

Weide spürte, wie sich ihre Kehle zuschnürte und sie die Zähne zusammenbiss. »Hast du Neuigkeiten von ihm?«

»Habe ich nicht«, antwortete Zirko. »Alles deutet darauf hin, dass der Verrätermond noch eine Weile ruhen wird. Ich rechne nicht damit, dass der Arm von Attukhan in den nächsten Monaten nach Strava zurückkehren muss. Bis dahin ist Schakal dort, wohin er in deinen Diensten gereist ist.«

Weide holte tief Luft. *Ruf ihn zurück.* Sie hätte die Worte beinahe ausgesprochen. Sie verschluckte sie zusammen mit der Wut über den Impuls, sie aussprechen zu wollen. Sie weigerte sich, eine Mitverschwörerin in der Gefangenschaft zu sein, in die Schakal sich so bereitwillig begeben hatte. Sie würde nicht der Grund dafür sein, dass ihm die Freiheit genommen wurde.

»Da ist noch etwas«, sagte Zirko. Weide sah hoch und begegnete seinem unbewegten Blick. »Du hast etwas in dir nach Strava gebracht. Etwas, das nicht sein sollte.«

Scheiße.

Sie hatte gewusst, dass er es womöglich spüren würde.

Weides Körper wurde steif, ihr Gesicht verhärtete sich. »Es ist keine Gefahr für dein Volk. Es wird mit mir fortgehen.«

»Es sind nicht meine Leute, um die ich mich sorge, Augenweide, Häuptling der Wahren Bastarde. Du bist es.«

Weide stand auf und sah auf den Halbling hinunter. »Musst du nicht.«

»Du fürchtest meine Hilfe.«

»Ich lehne deine Hilfe ab! Ich fürchte mich davor, zum Sklaven gemacht zu werden!«

Ihr Ausbruch brachte einen traurigen, nachdenklichen Blick auf das Gesicht des Priesters. Er nickte leicht zustimmend. »Ich verstehe. Du jedoch nicht.«

»Ich weiß, dass deine Hilfe einen Preis hat.«

»Belico ist selten großzügig.«

Weide schüttelte warnend den Kopf. »Du wirst mich nicht einwickeln, Zirko. Schakal hat mir alles über eure Abmachung erzählt. Dass es zwei Zahlungen gab. Belico zu dienen, sollte er zurückkehren. Das war es, was dein Gott laut deiner Aussage verlangt. Aber du warst es, *du*, der sagte, er müsse bei jedem Verrätermond für Strava kämpfen.«

»Meine Kräfte sind nicht grenzenlos. Ich bin durch den Segen Belicos und seiner Reliquien gebunden. Wäre es nicht so, könnte und würde ich jedes kranke Kind retten, das von einer verzweifelten Mutter zu mir gebracht wird. Doch Wunder, fürchte ich, kennen kein Erbarmen. Sie sind hart, unwandelbar. Man kann sie weder wie Metall formen noch wie eine Rebe pflegen. Sie warten, träge und herzlos, bis sich Tragödie und Zufall zu ihnen gesellen. Dann – und nur dann – werden sie sich rühren, und zwar für diejenigen, die den Mut haben, ihre Berührung zu riskieren. Sollte sich diese Chance, diese wagemutige Seele, nie ergeben, weinen sie nicht, sie haben kein Mitleid mit den unzähligen Seelen, die ohne ihre Fürsprache gelitten haben. Hätte Schakal den Arm von Attukhan nicht beansprucht, hätte dieser ohne Bedauern bis zur Verbrennung der Welt geschlummert. Doch Schakals Verletzung, seine Kühnheit, sein ganzes Wesen machten ihn zum perfekten Gefäß.«

»Zur perfekten Waffe, meinst du«, sagte Weide. »Zu einer, die man gern zur Hand hat.«

Zirkos sonst so ruhige Miene verfinsterte sich. Es war Wut, aber aus Schmerz geboren. Er löschte das Feuer schnell, wandte seine Augen ab und schloss sie fest, während er durchatmete. Als er das nächste Mal sprach, war seiner Stimme die erzwungene Geduld anzuhören.

»Im Gegensatz zu Wundern bin ich nicht herzlos. Va Gara Attukhan war eine zu große Macht, um in diese Welt zurückzukehren, ohne sie in den Dienst meines Volkes zu stellen. Wenn Schakal während der Raserei der Zentauren Strava verteidigt, werden weit weniger Unyaren sterben. Weit weniger Kinder werden ihren Eltern aus den Armen gerissen und erschlagen werden. Ja, ich habe einen Preis von ihm verlangt, aber nicht, um ihn zu einem Sklaven zu machen. Sondern um sein Leben zu retten, wie er es sich gewünscht hatte. So habe ich ihn zu einem Schild für meine Getreuen gemacht.«

»Und was würdest du aus mir machen, Priester?«, fragte Weide und hasste sich dafür, dass sie sich das fragte. Sie hasste ihn für die Versuchung.

»Dich selbst«, sagte Zirko.

Weides Bauchgefühl signalisierte Gefahr. »Erklär mir das.«

»Das Böse, das im Sumpf der Alten Jungfer hauste, existiert seit der Schlacht, die dort während des Überfalls stattfand. Ich habe mich in den vergangenen Jahrzehnten mit seiner Präsenz vertraut gemacht. Es wohnt jetzt in dir.« Zirkos Blick wurde ernst. »Du weißt, dass es dich umbringt.«

Weide spürte, wie sich der Schlamm regte, kalt und einschnürend. »Ja.«

»Ich brauche dir nichts zu geben, um dich zu retten, Augenweide. Ich entferne nur, was nicht dazugehört. Du würdest weder von mir noch von Belico etwas annehmen. Keine große Macht, die nutzbar gemacht werden muss. Alles, was meine Hilfe dir gewährt, ist die Rückgabe deiner eigenen Kraft.«

Weide konnte immer noch spüren, wie die Zunge des Orks über ihre Wange glitt und seine Worte zu einem Schwelen in ihrem Kopf wurden.

Du schmeckst schwach.

Sie sah Zirko geradewegs an. »Nimm den Scheiß aus mir raus.«

Sein Gesicht wurde vor Erleichterung weicher. »Komm.«

Draußen war keine Spur von Honigwein zu sehen. Weide war erleichtert, dass ihr eine Erklärung, eine Lüge, erspart bleiben würde. Gefolgt von zwei Halblingsakolythen und einem halben Dutzend berittener Unyaren, folgte sie Zirko zu dem Hügel und stieg zum Turm hinauf. Die Stammesangehörigen blieben am Fuß des Hügels zurück.

»Bitte bleib hier«, sagte Zirko, als sie den Gipfel erreichten. »Ich werde zurückkehren.«

Weide sah zu, wie die Halblinge in der Dunkelheit durch den einzigen Torbogen des Turms verschwanden. Wieder war sie erleichtert. Sie hatte nicht den Wunsch, jemals die Katakomben im Inneren des Hügels zu betreten.

Sie stand im Wind, Strava breitete sich vor ihr in alle Richtungen aus. Es gab viel zu verteidigen, bestimmt die zwanzigfache Fläche von Teilsieg und verdammt viel mehr Einwohner. Da sie wusste, was sie alles für ihr eigenes Volk tun würde und getan hatte, war Weide gezwungen, dem Heldenvater etwas mehr Verständnis entgegenzubringen.

Sie drehte sich nicht um, als er aus dem Turm kam, spürte aber, dass er jetzt allein war.

»Warum greifen die Zentauren an?«, fragte sie und dachte an den Hain und seine Bewohner, die den Mond anflehten. »Weißt du es?«

Zirkos Antwort klang bleischwer. »Sie haben sich die Feindschaft eines Gottes zugezogen und wurden verflucht.«

»Belico?«

»Nein. Ein anderer. Älter. Doch viele fühlen sich hierhergezogen, wenn der Verrätermond ihren Blutdurst weckt. Den Grund dafür muss ich noch herausfinden.«

Weide stellte sich ihm gegenüber und sah, dass er etwas in seinen Händen hielt.

»Meine Getreuen haben auf ihrer Suche nach den wahren Relikten aus Belicos sterblichem Leben viele Kuriositäten ausgegraben, einige davon sind geheimnis- und gefahrvoll. Obwohl sie keine Verbindung zu dem Meistersklaven oder seinen Brüdern haben, werden sie hierhergebracht und aufbewahrt.« Während er sprach, schritt Zirko stetig vorwärts und streckte die Arme aus, um den Gegenstand vor sich zu halten. Es war eine Öllampe aus Steingut, die die Farbe von altem Blut hatte. Sie war grob zum Kopf eines Mannes geformt, dessen Mund zu einem Fratzenbild aufgerissen war. Die Zwillingsdüsen der Lampe waren seine herausgestreckte, gespaltene Zunge, der Griff eine Knolle aus einem seltsamen Kopfschmuck oder Haar. Es gab keinen Deckel, um das Ölgefäß zu bedecken, nur die offenen Nasenlöcher der himmelwärts gerichteten Nase. Ein abscheuliches und uraltes Stück Tonware, geformt von einem wahnsinnigen Geist. »Das wird die Sumpfkreatur enthalten.«

»Nicht groß genug«, sagte Weide und betrachtete die Lampe mit Abscheu. »Ich habe mehr ausgehustet, als da reinpassen würde.«

»Solche Dinge sind nicht an die Größe gebunden«, antwortete Zirko. »Und auch nicht an die Zerbrechlichkeit ihrer Erscheinung. Sobald du sie in die Hand genommen hast, wird die Kraft dieser Lampe das Böse aus dir herausziehen und es gefangen halten. Die Tortur wird unangenehm sein, aber schnell gehen.«

Ein Leben mit einer Mischlingsrotte ließ ein Dutzend Witze auf Weides Zunge liegen. Sie ließ sie ungesagt. Stattdessen streckte sie ihre Hand aus, die einen Moment lang über der angebotenen Lampe schwebte, bevor sie den kargen Ton ergriff.

Der Schlamm stieg auf, schneller als sie erwartet hatte. Eifrig.

Eine Masse drückte sich durch ihre Kehle nach oben und schnitt ihren Husten und ihre Schreie ab. Weide taumelte, der Atem war ihr genommen. Würgend sank sie auf die Knie. Der

Schlamm kroch in einem Klumpen an ihren weit aufgerissenen Lippen vorbei. Der Druck löste sich von ihren Augen, etwas Schweres lief über ihre angespannten Wangen, und Weide wusste, dass sie schwarze Tränen vergoss. Wäre die Lampe aus Lehm und ohne finstere Magie gewesen, wäre sie unter ihren krampfenden Fingern zersprungen. Am äußersten Rand dessen, was sie ertragen konnte, kam der Schlamm vollends zum Vorschein, so lang wie ihr Arm und fast doppelt so dick.

Als sie plötzlich Luft einatmete, wurde sie zurück auf ihren Hintern geworfen.

Sie spürte, wie die schwärzliche Masse ihren Hals hinunterlief, sah, wie sie ihren Arm hinunterkroch und ihr Fleisch überzog. Als der Schlamm sich der Lampe näherte, spürte er die Falle und schreckte vor dem einschließenden Gefäß zurück. Er kräuselte sich, schälte sich am erstarrenden Rand zurück. Weide krümmte ihren Hals weg und streckte ihren Arm aus, während der Schlamm versuchte, sich selbst davor zu bewahren, in die Nasenlöcher des geformten Gesichts der Lampe gesogen zu werden.

»Ach, fick dich!«, knurrte sie.

Der Schlamm löste sich mit beängstigender Geschwindigkeit von ihrem Arm und wurde weicher, als er in ihr Gesicht sprang. Sie stolperte rückwärts, blind, und versuchte, ihn wegzureißen, aber er klammerte sich an ihre Hände und sog sie ein, damit sie ihm halfen, sie zu ersticken. Er strömte in ihre Nasenlöcher und sickerte zwischen ihre zusammengekniffenen Lippen. Sie verschluckte sich an seiner Abscheulichkeit, würgte, als er sich in ihrer Kehle festsetzte, und begann zu ertrinken, als er ihre Lungen überflutete. Die Dunkelheit glitt von ihren Augen fort, als der letzte Rest des lebenden Teers in ihre Nase kroch. Es gab keine Luft mehr. Versuche, zu husten oder ihn auszukotzen, waren zwecklos. Dies war die Strafe für eine unverzeihliche Verleugnung.

Sie hatte den Schlammmann erschlagen, aber er hatte die Schuld beglichen, sie mit seinem Bösen vergiftet. Reste seiner abscheulichen Haustiere hatten sich in ihr eingenistet, machten sie krank, ließen ihren Körper unberechenbar und ihren Geist unsicher werden. Seine geduldige Rache war endlich da.

Sie krampfte vor Panik, umklammerte ihren Hals und stürzte. Die Lampe war weg, heruntergefallen.

Eine Hand griff in Weides Haar und riss ihren Kopf zurück. Ihre Zunge schmeckte blanken Ton, als Zirko ihr die Zwillingsdüsen der Lampe in den Mund drückte. In Windeseile wurde der schwarze Dreck aus ihrem Körper gerissen. Die Brutalität seiner Flucht war quälend, die Geschwindigkeit glückselig.

Weide lag keuchend auf dem Boden. Strudel windgepeitschten Staubs wirbelten um die in Sandalen steckenden Füße Zirkos, der die Lampe in seinen Händen hielt. Sie schien unverändert und verriet nichts von dem, was sie jetzt enthielt.

Der Priester kam an ihre Seite, täuschend stark, als er ihr beim Aufstehen half.

»Bist du gesund?«, fragte er.

Weide atmete schwer von der Anstrengung. Schwer, doch wieder leicht. Ihre Brust fühlte sich schwerelos an, ihre Lungen rein und tief. Sie antwortete dem Priester mit einem dankbaren Lachen, das so freudig und lang anhaltend war, dass sie ihre Hände auf den Knien abstützen musste.

»Ich bin gesund«, sagte sie schließlich, wobei ihr Atem immer wieder von Kichern unterbrochen wurde. Weide richtete sich auf und begegnete dem forschenden Blick des Priesters: »Danke, Heldenvater.«

Die versprochenen Vorräte waren noch vor dem Mittag gebündelt. Kürbis und Honigwein saßen mit ihren Keilern neben dem beladenen Wagen. Schoßbesen war hinten angebunden, da er noch zu verletzt war, um in dem erforderlichen Tempo geritten zu werden. Faulpelz saß auf der Kutscherbank und hielt die Zügel des Maultiergespanns. Er grinste Weide vergnügt an.

»Pass gut auf meinen Keiler auf.«

Es gab nur selten Reiter, die so großzügig waren und ihren Barbaren einem anderen anvertrauten. Faulpelz war sicherlich eine Seltenheit, aber Weide war keine Närrin. Großzügigkeit war nicht die einzige Motivation des Staubfressers.

»Ich behandle ihn wie meinen eigenen«, war das einzige Versprechen, das sie ihm gab. »Es wäre vielleicht gut, seinen Namen zu kennen.«

»Palla.«

»Palla?«

Faulpelz verzog keine Miene. »Nach dem großen Troubadour aus Galizien.«

Weide warf Honigwein einen Blick zu. »Wusstest du das?«

»Nein, Häuptling«, antwortete er lachend.

»Ich schon«, brummte Kürbis. »Aber nur, weil ich das Pech hatte, danach zu fragen.«

Faulpelz war beleidigt. »Dieses Schwein ist eines Liedes würdig!«

Weide hielt abwehrend eine Hand hoch. »Ruhig, Hure. Nicht gleich Schaum vor dem Mund haben.« Sie lächelte und legte eine Hand auf den Rand der Kutschbank. »Im Ernst. Ich danke dir.«

Faulpelz neigte den Kopf. »Gern geschehen.«

»Das hier wirst du auch brauchen«, sagte Honigwein und streckte seine Armbrust aus. »Und versuch nicht, es zu leugnen. Wir wissen beide, dass ich sie nur noch aus Gewohnheit trage.«

Er hatte sich eine Lederstütze mit einem Eisenhaken an der Unterseite angefertigt, die er über seinem Stumpf trug, damit er seine Armbrustsehne zurückziehen konnte, aber er war immer noch langsam beim Nachladen.

Weide nahm die Armbrust und einen Moment später Honigweins vollen Köcher. »Wenn du auf dem Rückweg nach Teilsieg getötet wirst, weil du die hier nicht dabeihast, komme ich in die Höllen, um dich zu häuten.«

Honigwein warf einen Blick auf die acht Unyar-Reiter, die darauf warteten, den Wagen zu eskortieren. »Ich denke, es werden eine Menge Pfeile fliegen, wenn wir in Schwierigkeiten geraten.«

»Ich sollte nur ein oder zwei Tage hinter euch sein.«

»Wir halten die Augen offen. Wäre schön, euch beide wiederzubekommen.«

»Ja, das wird es.« Weide drückte mit ihrer Handwurzel gegen seinen Oberschenkel. »Jetzt geh schon.«

Ihr Unbehagen wuchs, als sie den Wagen abfahren sah. Diese Vorräte waren Teilsiegs Rettung, aber der Ork und seine Hunde waren noch da draußen. Weide hätte sich besser gefühlt, wenn sie mit ihnen gegangen wäre, aber sie musste zuerst noch einen anderen Ort aufsuchen.

Sie musterte Faulpelz' Keiler. »Palla, was? Ich warne dich, Keiler, das wird kein verdammter Karneval.«

Sie stieg auf, ritt nach Norden und ließ Strava hinter sich. Und den Schlamm. Zirko hatte die Lampe zurück in die Tiefen des Hügels gebracht, wo sie mit all den anderen begrabenen Schrecken ruhen konnte.

Weide versetzte Palla in Trab und überließ sich dem reinigenden Rauschen des Windes.

Sie war wieder eine Rottenreiterin. Eine starke Halb-Orkin. Sie hatte ein Schwert, eine Armbrust, die Katar-Dolche, einen Barbaren. Was brauchte sie noch? Nur ihre Rotte. Nur ihre Brüder. Einen mehr als alle anderen. Weide trieb den Keiler zum Galopp an, begierig darauf, ihn nach Hause zu holen.

Vollkorn war schon viel zu lange weg.

18

Vor einem Jahr war Kalbarca eine Ruine gewesen, die nur noch von kaputtem Ruhm, schutzsuchenden unabhängigen Reitern und knochensammelnden Eiferern bewohnt wurde, nichts weiter als ein gespenstisches Wahrzeichen, eine Kreuzung für Menschen auf einsamen Reisen.

Nicht mehr.

Weide saß auf dem Rücken ihres Keilers auf einer Anhöhe östlich der Stadt, die seit alters die Bewacherin des großen Guadal-kabir war. An beiden Ufern des breiten Flusses waren Reihen von Lastkähnen vertäut, beladen mit Holz, genug, um Teilsiegs Palisaden zehnmal wiederaufzubauen. Weitere Schiffe fuhren durch die Strömung und steuerten die überfüllte Zufahrt zu den neu errichteten Docks an. Selbst aus der Ferne konnte Weide ständige Bewegung auf der alten kaiserlichen Brücke erkennen; Männer und Maultiere, die das Wasser überquerten, um in die Stadt zu gelangen. Das Stakkato von fallenden Hämmern hallte hinter den frisch eingerüsteten Mauern wider. Und überall war der schwarze Stier der Krone zu sehen, arrogant auf einem rotgoldenen Feld. Er prangte auf Bannern, die von der Brücke herabhingen, und auf Wimpeln, die auf den Türmen flatterten, wo die Geschütze an Seilen hinaufgezogen wurden. Obwohl sie es aus so weiter Entfernung nicht sehen konnte, wusste Weide, dass dasselbe Siegel die Brust der Soldaten zierte, die entlang des Kais, der Brücke, der Mauern und des wiederaufgebauten Torhauses postiert waren.

»Ach, Scheiße, Palla.«

Hispartha hatte mehr als das Gebiet der Spitzbuben zurückerobert.

Die Stadt stand schon seit der Kaiserzeit, und das aufstrebende Hispartha hatte sie geerbt, nachdem alle Kaiser schließlich die letzten Verbindungsfäden zu ihrem Verstand und der Welt verloren hatten. Die Hölle wusste, wie alt der Ort war, was er alles gesehen und überlebt hatte. Was er nicht überstanden hatte, war der große Ork-Einmarsch. Die Dickhäuter hatten den Ort so leicht zerschlagen wie ein Ei und hockten dann in den Trümmern, um sich an dem Dotter zu laben. Die Krone ließ ihn nach dem gewonnenen Krieg im Stich, aber jetzt waren sie endlich wieder da und fegten die verrottete Schale weg, damit sie sich mit ihrem fetten Arsch hinhocken und eine neue, glänzende Beute beanspruchen konnten.

Weide musste spucken. Das hier würde sie ausbremsen.

Sie konnte es nicht riskieren, die Stadt zu betreten. Man konnte anzweifeln, dass Bermudo das Schicksal von Ramon und seinen Männern kannte, aber er wusste mit Sicherheit, dass seine Männer desertiert waren, ohne ihre Gefangenen zu töten. Wenn die Männer dort unten den Befehl erhalten hatten, die Augen offen zu halten, würde Weide in Ketten liegen, bevor sie die Brücke halb überquert hatte. Verdammt, selbst wenn sie nicht gesucht wurde, war die Chance gering, dass sie unbehelligt passieren durfte. Es waren Vollstreckernomaden. Was würden sie mit einem einsamen weiblichen Halb-Ork auf einem Keiler versuchen?

Fluchend machte Weide sich auf den Weg nach Süden.

Sie war gut drei Kilometer von Kalbarca entfernt, bevor sie

es riskierte, Palla in Richtung Flussufer zu wenden. Die dunkle Weite des Guadal-kabir kam immer näher, der unangefochten der größte Fluss von Ul-wundulas war. Kein Keiler konnte seine Breite durchschwimmen. Die nächstgelegene Furt lag Tage flussabwärts in der Nähe des Sumpfs der Alten Jungfer. Weide war gezwungen, einen ganzen Tag lang am Ufer zu verweilen und auf einen flussabwärts fahrenden Kahn zu warten. Ein Ruf an die Männer, die den Kahn steuerten, und ein paar der von Honigwein erbeuteten Münzen ermöglichten eine Fährfahrt.

Die acht Weichlinge an Bord hatten alle die abgeschnittenen Hosen und das von Wanzen zerfressene Fleisch von Sumpfbewohnern. Sie trugen lange Messer an ihren Gürteln und Froschgig-Speere lagen in Reichweite, aber die Männer bedrohten sie nur mit ein paar vorsichtigen Blicken. Sie schienen mehr Angst vor dem Keiler zu haben als vor der Halb-Orkin. Weide hielt Palla in der Mitte des Kahns fest, neben dem Stapel von Kisten, Körben, Netzen und Fässern, in denen die Sumpfbewohner alles zurücktransportieren würden, was sie in der Jungfrau fangen, jagen oder sammeln konnten. Faulpelz' Keiler blieb während der gesamten Überfahrt brav und kooperativ, und Weide war plötzlich froh, dass sie Schoßbesen nicht dabeihatte. Ein schlecht gelaunter Keiler hätte wahrscheinlich versucht, sie alle ins Wasser zu stoßen.

Weide ging von Bord und überließ den Sumpfbewohnern die versprochene Bezahlung, ein Wort des Dankes und die innere Bitte, dass sie sie vergessen hätten, wenn sie mit ihren Schnecken und Blutegeln nach Kalbarca zurückkehrten, um sie zu verkaufen.

Auf der anderen Seite des Flusses bedeckten dunkle, unfreundliche Buckel den nördlichen und westlichen Horizont.

Das Schmelzgebirge.

Wahrscheinlich hatte das Imperium einst einen anderen Namen für das Gebirge gehabt, aber Weide hatte keinen Schimmer, wie der lautete. Das Gebirge bildete die nordwestliche Grenze zwischen Hispartha und Ul-wundulas. Kalbarca und die südlichen Ausläufer gehörten zwar noch zu den Geteilten Landen, waren aber Kronländer. Wie bei den meisten Parzellen, die sie besaßen, begnügten sich die Adligen damit, das Gebiet sich selbst zu überlassen, untersagten jedoch das Betreten. Das war eine typisch königliche Torheit. Bei der Verteilung des Brachlands hatten die Adligen dafür gesorgt, dass kein Fleckchen Erde, das an Hispartha angrenzte, in die Hände der Mischlinge fiel. So hatten sie einen weiten Landstrich geschaffen, der von der Krone ignoriert, allen anderen aber verwehrt wurde. Doch ein Erlass kann sich nicht selbst aufrechterhalten, das können nur Soldaten, und die wurden nie geschickt. Bis jetzt.

Unter den Halb-Orks von Ul-wundulas, vor allem unter den Nomaden, gab es eine lange Tradition der schamlosen Missachtung jeglicher Reiseverbote, und Weide hielt diese nur allzu gerne aufrecht.

Das Gleiche galt für Räuber und Halsabschneider von der anderen Seite der Grenze. Alte kaiserliche Bergwerksstollen boten ein Labyrinth von Verstecken für diejenigen, die vor der hisparthanischen Justiz flohen, aber zu feige waren, das Risiko der Geteilten Lande einzugehen. Mörder, Wegelagerer, in Ungnade gefallene Cavaleros und entflohene Gefangene wurden vom Schmelzgebirge angezogen und bildeten eine Abschreckung entlang der Grenze, die die Krone nie beabsichtigt hatte.

Weide trieb Palla in Richtung der Berge, aber sie hatte Zeit verloren und erreichte die Ausläufer nicht vor Sonnenuntergang. Sie verbrachte die Nacht in einem Kiefernwald. Weide konnte nicht widerstehen und aß noch eine der Zahrazen-Früchte, die sie nicht auf den Versorgungswagen geladen hatte, bevor sie sich schlafen legte. Sie schlief unter den Sternen und saß wieder im Sattel, bevor die Sonne aufging.

Sie war nur ein einziges Mal hierhergekommen, vor mehr als einem halben Jahr, und hielt ihre Augen nach bekannten Zeichen offen. Aber dies war Ul-wundulas. Alles sah trocken, durstig und erbärmlich aus. Die Berge waren voll von Pässen. Eine falsche Entscheidung konnte Tage kosten, wenn nicht sogar Schlimmeres. Weide vertraute auf ihren Instinkt und ritt weiter. Sie erinnerte sich, dass es auf einem Gipfel oberhalb des Passes winzige Spuren einer alten Hispartha-Festung gegeben hatte, nur einen Hauch von weißem Stein. Sie hielt die Augen offen, als sie die Ausläufer des Gebirges erreicht hatte.

Bis zum Mittag hatte sie die Einmündungen von vier Pässen

ausgekundschaftet, aber der richtige wollte sich nicht zeigen. Fluchend ritt Weide schnell zwischen den Pässen hin und her, auf der Suche nach einem Anhaltspunkt für eine Entscheidung. Der weiße Stein aus ihrer Erinnerung war nicht zu finden.

»Die verdammte Bergziege hat ihn wahrscheinlich mit einem Kindermädchen verwechselt und ihn vom Kamm gefickt«, schrie sie in die Berge. Als das Echo nachließ, wuchs ihr Zorn. Sie vergeudete den Tag und Pallas Kraft. Es blieb ihr nichts anderes übrig, als eine Entscheidung zu treffen.

»Dann eben du«, sagte sie zu dem Pass, der ihrem Gedächtnis gerade nicht auf die Sprünge helfen wollte, und ritt in die Arme der Schmelzlinge.

Der Pass weitete sich bald zu einem breiten Sattel zwischen felsgekrönten Gipfeln. Obwohl sich dieser Gebirgszug über die gesamte Breite Ul-wundulas' erstreckte und sich schließlich im Sprossen-Gebiet mit dem imposanten Umbragebirge vereinigte, waren die Schmelzlinge die Schwächsten im Bunde. Nur wenige der Hänge waren steil genug, um einen geübten Keilerreiter abzuschrecken. Allerdings war es eine mühsame Angelegenheit, sich einen Weg nach oben und über die Windungen zu suchen. Deshalb waren die Pässe so wichtig. Sie boten einen mäandernden, aber mehr oder weniger geebneten Weg. Augenweide war sich ihrer Wahl nicht sicher, bis sie auf einem nahe gelegenen Gipfel eine verlassene Burg entdeckte.

Das war es. Weiter war sie beim letzten Mal nicht gekommen. Vollkorn hatte darauf bestanden, den Rest des Weges allein zu gehen. Der Abschied war nicht leicht gewesen. Die Anführerin der Wahren Bastarde war an diesem Morgen nirgends zu sehen gewesen. Zur Hölle, Augenweide und Vollkorn existierten in dieser letzten, harten Umarmung kaum noch. Sie waren wieder Isabet und Idris, die sich tröstend umarmten, wie sie es als Kinder so oft getan hatten.

Sie saß auf ihrem Keiler und starrte auf den Weg, den Vollkorn und Matschepatsch genommen hatten. An diesem Tag hatte sie sie beobachtet, bis sie in den felsigen Falten der Erde verschwunden waren.

»Wir sind dran«, sagte Augenweide zu Palla und trieb ihn vorwärts.

Ihr blieb nichts anderes übrig, als umherzuwandern und darauf zu warten, dass man auf sie aufmerksam wurde.

Sie wusste, dass Vollkorn von den Bergbewohnern aufgenommen worden war. Blindschleiche reiste jeden Monat hierher, seit das Dreiblut gegangen war, und brachte immer einen schweren Beutel Silber mit zurück. Für die Bastarde bedeuteten diese prall gefüllten Säcke voller Münzen, dass die Stoßzahnflut für eine weitere Ladung Vorräte bezahlt werden konnte. Für Augenweide bedeutete es, dass Vollkorn noch am Leben war. Sie konnte nur hoffen, dass ein weiterer Sack mit Münzen auf sie wartete, wenn sie den berüchtigten Ort seines Exils erreichte. Und ein großes, törichtes Dreiblut, das ihn ihr überreichte.

Bei Einbruch der Nacht ritt Augenweide immer noch durch die Berge. Erst mit Eintreten der Dunkelheit offenbarten sich die Bewohner der Schmelzlinge. Sechs Männer stiegen von Felsvorsprüngen an den Hängen herab und versperrten ihr den Weg. Die gleiche Anzahl rutschte hinter ihr herab. Weide lud ihre Armbrust. Sie wartete nicht darauf, dass die Banditen einen Zug machten, sondern ritt zu der Gruppe vor ihr.

»Ich suche die Grube der Huldigung.«

Einer der Männer löste sich von seinen Kameraden. Er war schlaksig, der Fäulnisgestank seiner Kleidung stieg Weide in die Nase, bevor das Mondlicht seine Gesichtszüge hervorhob. Langes Haar, dünn und schmutzig, hing unter einem erbärmlichen Hut herab. Seine Gürtel strotzten vor Messern.

»Wir könnten dich mitnehmen«, sagte der Mann. »Oder dich einfach nehmen.«

Bei diesen Worten brach seine Gruppe in gehässiges Gelächter aus. Die Gruppe hinter Weide rückte immer noch näher. Sie spürte es.

Sie richtete ihre Armbrust auf den Sprecher. »Ich werde nichts dergleichen mit dir machen, Weichling. Bring mich zur Grube, oder ich werde diesen Bolzen in dein Maul schießen.«

»Wenn du das tust, werden dich meine Männer töten.«

Weide brummte irritiert. »Seltsame Drohung. Du wirst tot sein. Erwartest du, dass Rache dich wieder zum Leben erweckt? Denk nach. Wenn diese Keilerscheiße noch einen Moment länger dauert, werde ich dich töten. Und du wirst nicht der Letzte sein. Vielleicht schaffen es deine Männer, mich von diesem Keiler herunterzuziehen, bevor ich in die Freiheit durchbreche, aber er ist der gemeine Sohn einer Sau. Er wird wahrscheinlich mehr von dir bekommen als ich. Wie auch immer, ich bin diejenige, die sehen wird, wie das hier endet. Nicht du.«

Palla war kein Schoßbesen, also war sie sich nicht sicher, wie gemein er wirklich war, aber ein Barbar war immer noch ein Barbar, und Weide meinte jedes verdammte Wort ernst. Es gab keinen Bluff, den diese Fotzen wittern konnten.

Ein paar Herzschläge lang herrschte Stille, bevor der Mann einen Arm hob. Die Schritte der Banditen hinter ihr verstummten.

»Natürlich war das nur ein Scherz«, erklärte der Mann mit einer heiteren Ernsthaftigkeit, der man sich nur schwer entziehen konnte. »Gestatte uns, dich zu führen.«

»Ich brauche kein Dutzend Schwachköpfe, um irgendetwas in dieser Welt zu tun. Und schon gar nicht, um mir den Weg zu zeigen.«

»Natürlich nicht!«

Der Wortführer stieß einen Pfiff aus und machte eine wirbelnde Handbewegung über seinem Kopf. Die Banditen schlurften davon und verschwanden in den Schatten des Passes.

»Erlaube mir, Jacintho, dich allein zu begleiten.«

Ohne auf eine Antwort zu warten, machte sich die schlaksige Gestalt auf den Weg.

Augenweide war bereit, ihr Versprechen einzulösen und dem Mann einen Bolzen zwischen die Schulterblätter zu jagen, falls seine Gefährten wiederauftauchen sollten. Sie blieben nicht lange auf dem Pass. Jacintho begann, sich auf die Hänge zuzubewegen, und schon bald mussten sie über einen Serpentinenpfad laufen. Schließlich verlief der Weg entlang eines Bergrückens und umrundete den Hang, während er leicht nach oben anstieg. Als sie den Gipfel erreichten, überquerte Jacintho die Felsen und kletterte auf der anderen Seite hinunter. Sie liefen in der Dunkelheit. Der Himmel spendete zwar etwas Licht, aber Weide war nicht klar, wie der Mann so sicher seinen Weg finden konnte.

Menschen konnten im Dunkeln nicht so gut sehen wie Halb-Orks. Verdammt, andere Halb-Orks sahen im Dunkeln nicht so gut wie Augenweide. Als sie jünger waren, ärgerten sich Schakal und Vollkorn darüber, weil sie nicht wussten, warum sie Dinge sah, die sie nicht sehen konnten, wenn sie nach Sonnenuntergang spielten. Später lernten ihre Bastardbrüder, ihrer Sehkraft vor allem anderen zu vertrauen. Inzwischen wusste sie, dass sie ihrer Elfenmutter zu verdanken war. Dieser abscheuliche Jacintho besaß mit Sicherheit kein Spitzohrblut, also musste er seinen Weg aus Instinkt und Vertrautheit finden.

Augenweide versuchte, sich ihren Weg zu merken, aber es war unmöglich. Sie kletterten ein halbes Dutzend Gipfel hinauf und hinunter, überquerten lange Kammlinien und kurze Spalten, bis Weide sich zu fragen begann, ob sie im Kreis gingen. Sie war sich sicher, dass sie sich in den Höhen aufhielten, denn sie konnte Täler und Pässe unter ihnen sehen, Flüsse und Seen aus Schatten zwischen den sternbeleuchteten Bergmassiven. Schließlich begannen sie hinabzusteigen, aber nur bis zu einer Mulde zwischen zwei Hängen, kaum mehr als eine in den Berghang gefressene Pockennarbe.

Hier klaffte ein Höhleneingang, der so einladend war wie ein Raubtiermaul.

»Von hier an musst du deinen Keiler führen«, sagte Jacintho.

Augenweide stieg ab und hielt Palla an einem Sauenhebel fest. Ihre Armbrust behielt sie in der anderen Hand.

Der Bandit gab ein gackerndes Geräusch von sich. »Die solltest du lieber über deine Schulter schlingen. Ich hänge an meinem Leben. Die da drin kümmert das nicht. Und dein Leben auch nicht. Eine geladene Armbrust wird uns beide nur umbringen.«

Nach kurzer Überlegung entfernte Augenweide den Bolzen und löste die Sehne. Die Armbrust hing nun auf ihrem Rücken, und sie folgte Jacintho in die Höhle. Palla kämpfte an der Schwelle ein wenig mit ihr, grunzte und grub seine Hufe ein, um sich aus ihrem Griff zu winden, aber Weide zerrte ihn hinein. Einem schwappenden Laut folgten ein paar Klickgeräusche, die im Höhleneingang widerhallten, als Jacintho eine Fackel aus einem Fass zog und mit einem seiner Dolche einen Feuerstein anschlug, der Funken gegen die ölgetränkte Spitze warf, bis sie sich entzündete. Im Schein der Fackel entpuppte sich die Höhle als eine Mine.

Der Schacht war niedrig, aber breit, die Wände und die Decke von den Schlägen unzähliger Spitzhacken zerfurcht. Der Boden fiel nach unten ab – ein Schlund im Berg. Der Eingang war nur noch eine Erinnerung, als sie eine Abzweigung im Gang erreichten. Jacintho ging nach links. Der Tunnel wurde unregelmäßiger und bog sich schlangenartig um scharfe Vorsprünge. Abwärts, immer weiter abwärts.

Aus der unsichtbaren Tiefe drangen Geräusche nach oben, zunächst als leises Flüstern, das irgendwo zwischen Wahrnehmung und Wahnsinn angesiedelt war, dann als dumpfe Echos, die über die Felsen schwammen. Die Fackel des Banditen wurde überflüssig, als an den Tunnelwänden befestigte Lampen auftauchten. Der Gang wurde flacher und breiter, ausgehöhlte Kammern bildeten Blasen entlang seiner Länge. Hagere Frauen verweilten im Eingang einer solchen Felsendelle. Den Jahren nach waren sie Mädchen, aber ihre Augen waren die verbitterter, alter Frauen. Eine von ihnen forderte Jacintho sachlich auf, einzutreten und sich der Schar anderer Männer in der Kammer anzuschließen, die sich lautstark mit halb so vielen Huren vergnügten. Mit dem Versprechen, wiederzukommen, ging der Bandit vorbei. Ein Stück weiter hielt er seine Fackel in eine andere Kammer und erntete ein schrilles Quieken aus dem Inneren.

»Du kannst dein Schwein hierlassen.«

Weide führte Palla hinein. Drei andere Barbaren, groß und wohlgenährt, waren in dem beengten, unterirdischen Stall angebunden. Weide glaubte, einen von ihnen zu erkennen, aber sie dachte nicht lange darüber nach. Sie band Palla an einem Eisenring an der gegenüberliegenden Wand fest, bevor sie sich wieder ihrem Führer zuwandte.

»Gehen wir.«

Der Tunnel führte nur noch ein paar Dutzend Schritte weiter, bevor er abbog. Hinter der Biegung war eine große Kammer aus den Eingeweiden des Berges gemeißelt worden. Die Luft in dieser Tiefe hätte kühl und dünn sein müssen, aber Weide schlug ein drückender Gestank entgegen, der von ungewaschenen Körpern, menschlichen und tierischen Exkrementen und etwas anderem stammte, das sie nicht identifizieren konnte – einem scharfen, vage sauren Geruch. Der Lärm im Innern war ohrenbetäubend und wurde von einer gedrängten Schar zerlumpter Gestalten verursacht. Männer schrien aus rauer Kehle, gackerten mit ungezügelter Freude. Scharfe Pfiffe und heftige Anfeuerungsrufe schwollen zu einer unerträglichen Lautstärke an. Und unter all dem lag noch etwas anderes, wie ein Geruch, wie etwas Unbekanntes. Es war wie das Rauschen der Brandung am Meeresufer, nur nicht so leise oder einlullend. Es hatte eine Schärfe, tausend Schärfen, als käme es von einer Lawine zischender Schlangen.

Jacintho drehte sich zu ihr um, sein breites Lächeln zeigte zwei Reihen moosbewachsener Grabsteine. »Willkommen in der Grube der Huldigung.«

Augenweide konnte ihn des Lärms wegen kaum hören. Sie beugte sich zu ihm und schrie ihm ins Ohr: »Ich suche ein Dreiblut! Ist seit einem halben Jahr hier!«

Der Bandit behielt lediglich sein furchtbares Lächeln bei und gestikulierte großspurig durch die Kammer.

Sie biss die Zähne zusammen und trat durch die Wand aus Geräuschen und Gestank.

Die Größe des Raumes war kaum zu erahnen. Die Decke war außer Reichweite, doch Weide hätte sie berühren können, wenn sie gesprungen wäre. Der ganze Raum wurde durch wimmelnde Wände voller schmutziger Männer blockiert. Die meisten hatten ihnen den Rücken zugewandt und bildeten große, grobe Kreise. Weide fand den Ansatz eines Weges zwischen den Rändern zweier dieser Kreise und drängte sich vorwärts, wobei sie von beiden Seiten angerempelt und gestoßen wurde, während die Männer im hinteren Teil darum kämpften, einen besseren Blick auf das zu bekommen, was da zu bejubeln war.

Etwas spritzte auf Weides Schulter und sie zog eine Grimasse des Weingeruchs wegen, der so widerlich war, dass er Essig beleidigt hätte. Sie erspähte den schreienden und herumtobenden Übeltäter mit hoch erhobenem Krug in der Faust, packte ihn am hinteren Teil seines Waffenrocks und riss ihn zu Boden. Der Weinkrug zerbarst. Das zornige Knurren des Mannes stieg nur kurz vom Boden auf, bevor Weide ihm ihren Stiefel ins Gesicht stieß. Seine Nase tat es dem Steinzeug gleich, und dann sackte der Narr in sich zusammen.

Ein kleiner Kreis bildete sich um die Szene, die kurzzeitig Aufmerksamkeit erweckte. In dem grellen Licht starrten Männer mit gelblichen Augen auf Augenweide, verloren aber angesichts ihres herausfordernden Blicks schnell das Interesse. In weiser Voraussicht ignorierten sie den bewusstlosen Mann und wandten sich wieder ihren Unterhaltungen zu. Nur ein Blick ruhte weiter auf ihr – Jacinthos. In seinen Augen funkelte Zustimmung. Er vollführte wieder eine seiner theatralischen Gesten und deutete hinter das Gedränge. Weide schob sich hindurch. Einige dieser armen Teufel waren größer als sie, aber keiner war stärker. Jeder wütende Widerstand, auf den sie stieß, war schnell gebannt. Der bloße Anblick eines Halb-Orks veranlasste die meisten, Platz zu machen.

Als sie aus der Menge auftauchte, entdeckte Augenweide die Quelle des seltsamen Geruchs und des rasselnden Geräuschs. Ihre Zehen waren nur eine Handbreit von einer tiefen Grube in der Form eines Beckens entfernt. Sie hatte kein Geländer, das Weide vor einem Sturz über die Kante der steil abfallenden Ränder hinunter hätte bewahren können. Sie hätte Mühe gehabt, einen Stein auf die andere Seite der Vertiefung zu werfen. Der Boden war mit Münzen gefüllt, ein Gezeitentümpel aus angelaufenen, stinkenden Geldstücken, so viele, dass sie den Abhang hinaufschwappten. Der säuerliche Gestank vergammelnden Metalls, den sie vom Geruch einer einzelnen Münze her kannte, wurde durch die gewaltige Masse auf schreckliche Weise unkenntlich gemacht.

Drei Männer wateten knöcheltief durch die mit Schätzen bedeckte Arena, um sich gegenseitig zu bekämpfen. Zwei waren bärtig und trugen ungegürtete, grob gesponnene Tuniken. Der dritte schien jünger zu sein, denn er hatte ein glattes Gesicht und war splitternackt. Die bärtigen Männer gingen auf ihn zu und versuchten, ihre Beute am Weglaufen zu hindern. Die Münzen erschwerten ihre Trittsicherheit, aber während Weide zusah, sprang der nackte Junge zwischen seinen Gegnern hindurch, wobei er zu einem Hechtsprung ansetzte, der die Münzen zischen ließ.

Jacinthos Stimme drang in Weides Ohr: »Es heißt, dass das Loch einst blank war. Dann kam der Kaiser, um seine Minen zu besichtigen, und ihm wurde langweilig. Er befahl Sklaven, für ihn zu kämpfen. Sie waren nicht die ausgebildeten Krieger der städtischen Arenen, sondern einfache Bergleute, die vom Kampf noch weniger wussten als von der Sonne. Sie schlugen sich gegenseitig wie Kinder, aber sie waren keine Mörder. Der Kaiser war erfreut über ihre Niedertracht, warf Münzen hinunter und verkündete, dass derjenige, der seinen Gegner tötete, die Grube mit so viel Geld verlassen dürfe, wie er tragen könne. Schon bald kamen die reichsten Familien des Imperiums, um dieses neue Spektakel zu sehen, und warfen Münzen, um es dem Kaiser gleichzutun. Versklavte Männer kämpften und starben, aber keiner konnte den ganzen Glanz, der geworfen wurde, mitnehmen. Das Imperium ist seit tausend Jahren tot. Es werden keine Münzen mehr geworfen, aber die Menschen kämpfen und sterben immer noch, der Sieger füllt seine Hände, aber die Grube leert sich immer noch nicht.«

Weide spürte, wie sich bittere Galle in ihrer Kehle festsetzte, geboren aus Jacinthos Nähe, seinem Atem. Geboren aus der Geschichte, die er erzählte. Geboren aus dem Widerwillen, zu wissen, dass sie einen Bruder geschickt hatte, um an dieser perversen Erfindung dekadenter Verrückter teilzunehmen.

Unten gelang es einem der bärtigen Männer, den nackten Jungen zu fassen und ihn an den Knöcheln durch die Münzen zu ziehen, bis er nahe genug war, um sich auf ihn zu stürzen. Dünne, blasse Gliedmaßen schlugen um sich. Der Mann drückte das Gesicht des Jungen in die Münzen und erstickte den Kampfgeist in ihm. Dann hakte er einen Arm unter dem Kinn seiner halb toten Beute ein und hob sie hoch. Das Gesicht des nackten Jungen kam aus dem Haufen frei, die Münzen klebten einen Moment lang an seiner Stirn, bevor sie als blecherne Tränen herunterfielen. Weide wartete auf das Ende, auf das gebrochene Genick, das über dem lauten Gekreische der Menge nicht zu hören sein würde. Doch der bärtige Mann begann unter dem Saum seiner Tunika zu fummeln. Seine Faust kam zum Vorschein und brachte seinen Schwanz dazu, sich zu verhärten.

Weide warf einen Blick auf Jacintho.

Der Räuber amüsierte sich über ihre empörte Verwirrung.

»*Dieser* Wettbewerb wird von demjenigen gewonnen, der als Erster den Fatzke fickt.«

Die Menge johlte, als der andere bärtige Kämpfer durch die Arena stürmte, um seinen Konkurrenten zu attackieren und ihn von dem Jungen wegzuschlagen. Die beiden Männer begannen, aufeinander einzuprügeln und zu beißen, sich zu wälzen und zu ringen, während der benommene Junge mit glasigen Augen und der Geschwindigkeit einer halb zerquetschten Schnecke davonkroch.

Weide packte Jacintho an seinem fettigen Hals. »Ich sagte, ich suche ein verdammtes Dreiblut!«

»Ah, aber er wäre nicht hier«, röchelte der Bandit, der trotz seiner verengten Luftröhre immer noch amüsiert war. »Dies ist die Grube des Fleisches. Du willst zur Grube der Größe.«

»Die Grube der Huldigung!«, knurrte Weide und packte noch fester zu.

»Du bist drin«, hustete Jacintho hervor. »Die ganze Mine.«

Verdammt, warum hatte sie das nicht gewusst? Weide verfluchte Blindschleiche innerlich dafür, ein wortkarges Arschloch zu sein, und ließ Jacintho los.

»Ich werde ihn selbst finden.«

Als sie sich durch die Menge zurückdrängte, ertönten aus dem Graben hinter ihr Schreie der Schändung.

Die Suche führte sie in weitere Arenen, die alle gleichermaßen mit Münzen und Albträumen gefüllt waren. Weide war zwar ein Kind der Geteilten Lande, aber es war trotzdem schwer, der Grausamkeit dieser Gruben ins Gesicht zu sehen.

Endlich fand sie, was sie suchte, während der Wahnsinn der Mine ihr immer bewusster wurde.

Es war die bisher größte Arena. Sie war fast doppelt so breit wie die Grube des Fleisches und um die Hälfte tiefer. Sie war länglich und war im hinteren Teil der Höhle gegraben worden, sodass sich die Menge nur an den kurzen Enden und an der langen Seite gegenüber der Höhlenwand versammeln konnte. Die anderen Gruben waren nichts als Krater gewesen, aber diese enthielt zwei Tunnel, die jeweils in den langen Hang unterhalb der Wand eingelassen waren. Sie waren nur durch ein paar Armspannen voneinander getrennt, wobei der linke durch ein dickes Metallgitter versperrt war. Abgesehen von den Münzen, war der Boden leer, aber die Masse der Männer, die die Ränder säumten, war vor Erwartung angespannt.

»Das sollte ein guter Kampf werden«, ertönte eine tiefe Stimme zu Weides Rechter.

Sie sah hoch und entdeckte Knolles finsteres Profil, das in die Arena starrte. Das war keine Überraschung. Sie hatte seinen Keiler auf dem Weg hierher gesehen.

»Wird es nicht«, sagte Augenweide zu dem Anführer der Orkflecken. »Sobald mein Junge reinkommt, werde ich es beenden.«

Knolle lächelte. »Wenn du das tust, werden dich diese Teufel in Stücke reißen. Sie legen großen Wert auf dieses erbärmliche Ritual.«

In diesem beengten Raum, mit so vielen Männern, wusste Weide, dass er recht hatte, und das brachte ihr Gift in Wallung.

»Was machst du hier, Fleck?«

»Ich bin hier, um einem Bruder-Dreiblut einen Platz in meiner Rotte anzubieten.«

Bevor Augenweide reagieren konnte, brach die Menge in Jubel aus. Eine hochgewachsene Gestalt trat aus dem offenen Tunnel, mit nacktem Oberkörper und massig, die Glatze in ein Kopftuch gehüllt, ein grimmiger Bart stand von einem Schaufelkiefer ab: Vollkorn.

Weide stockte der Atem.

Sein gewaltiger Torso wies eine Reihe neuer Narben auf. Einige der Wunden waren noch mit Stichen versehen. Aber es waren nicht die Schnitte, ob verheilt oder frisch, deren Anblick schmerzte. Es waren die leeren Augen, der stumpfe Blick, der sich nicht zu den brüllenden Männern über ihm erheben wollte.

Weide musste sich auf die Wange beißen, um nicht zu schreien. Es hätte nichts genützt. Er hätte sie niemals gehört. Die Männer ließen die Höhle mit einem Sprechgesang erbeben.

»GROSSER! BASTARD! GROSSER! BASTARD!«

Mit bloßen Füßen ging Vollkorn über die Münzen. Er durchmaß langsam die Länge der Grube und ignorierte die Bewunderung. Das Publikum begann zu johlen, als sich das Gitter des anderen Ganges zu heben begann.

Weide wurde kalt.

Der einzige Grund für ein solches Gitter war, etwas an der Flucht zu hindern, etwas, das im Käfig gehalten wurde. Vollkorn war frei herausgekommen, und man würde ihn nicht gegen einen unterernährten Gefangenen antreten lassen. Nein, an einem so schrecklichen Ort, der an den Tod gewöhnt war, würde man nur wenige Dinge so sehr fürchten, dass man sie unter Verschluss hielt. In den anderen Gruben hatte Weide einen Blick auf wilde Wildschweine, Wölfe, Stiere und Berglöwen erhascht. Was auch immer hier freigesetzt werden sollte, war eine viel gefährlichere Bestie.

Die Kreatur, die hervortrat, ließ die Männer in höhnische Rufe ausbrechen.

»Verdammt!«, rief Weide aus. »Ein verdammter Zyklop?!«

Sie hatte noch nie ein leibhaftiges Exemplar gesehen, nur ein Skelett, das einst ein wertvoller Besitz von Krämer und Schleimer gewesen war, bevor sie es bei einem Brand verloren hatten, dem die ursprüngliche Vorratshalle der Brennerei zum Opfer gefallen war. Weide hatte das verdammte Ding gehasst, aber es heimlich anzuschauen, war ein Lieblingsspiel von Schakal gewesen, als sie noch Kinder waren. Das Hinzufügen von Fleisch zu diesen schwerfälligen Knochen machte es nur noch schlimmer.

Der Zyklop in der Grube war ein dickbäuchiger, bernsteinfarbener Unhold. Zotteliges schwarzes Haar mit grauen Strähnen und mit Schmutz verdrillt, hing wie Seile neben seinem breiten, kinnlosen Gesicht herab und umrahmte das große, gelbliche Einzelauge, das tief unter der schrägen Stirn lag. Der Zyklop stand gebeugt, selbst nachdem er die Enge des Tunnels verlassen hatte und in den offenen Raum der Arena eingetreten war.

»Die Fleischhändler riskieren manchmal einen Überfall auf Aetynia«, sagte Knolle gefühllos. »Sie können die älteren Einäugigen bändigen. Sie bringen sie lebend in die Grube.«

Der Anblick drehte Weide den Magen um. »Bande von verdammten Sklavenhändlern.«

Der Zyklop war mit seinem gebeugten Rücken gut halb so hoch wie das Arenaloch. Ein drohend aufragender Wilder, der nur mit einem schmutzigen Lendenschurz aus Leder bekleidet war. Langsam drehte sich das Auge nach oben und starrte die

Männer an. Die Verachtung für die Weichlinge wurde durch die Reglosigkeit des Unholds deutlich zum Ausdruck gebracht.

Schnell wie ein Panther schlug er zu, stürzte sich auf den nächstgelegenen Abhang und griff zu. Die Männer wichen vor der Kante zurück, aber der Zyklop erwischte das Bein eines Unglücklichen, und dieser wurde kreischend den Abhang hinuntergeschleift. Monster und Mensch rutschten zurück auf den klirrenden Boden. Der Zyklop verlor kaum den Halt auf der brüchigen Oberfläche der Münzen, aber der in Panik geratene Bandit lag lang gestreckt auf dem Rücken. Der Zyklop machte einen einzigen Schritt und stampfte auf die Brust des Mannes. Blut quoll aus dessen Mund, gefolgt von einem rasselnden Keuchen.

Weinkrüge und Unrat wurden auf die Kreatur geschleudert, nicht um den gefallenen Narren zu retten, sondern um sie davon abzuhalten, einen weiteren Sprung zu wagen. Mehrere der Krüge schlugen gegen den dunkelhäutigen Körper, aber der Zyklop blieb unbeeindruckt von dem Bombardement. Er sah zu, wie der Mann unter seinem Fuß starb, bevor er sich seinem Gegner zuwandte.

Von der anderen Seite der Grube aus hatte Vollkorn die Tötung mit distanziertem Blick verfolgt.

Er setzte sich nun in Bewegung, zunächst langsam. Er beschleunigte seinen Schritt, sobald seine Füße auf dem tückischen Boden Halt fanden, und stürmte gleichmäßig und aggressiv auf seinen Gegner zu. Der Zyklop schritt in seine Richtung.

Vollkorn war ein großer Mischling, selbst für ein Dreiblut. Sein Vater musste ein wahrhaft monströser Dickhäuter gewesen sein, und es war ein Wunder, dass Beryl die Schändung überlebt hatte, die sie als Trägerin des Ork-Sprösslings zurückgelassen hatte. Als Weide beobachtete, wie der Zyklop näher kam, sah sie zum ersten Mal etwas, das ihren Freund in den Schatten stellte. Verdammt, das Mistvieh war mindestens zwei Köpfe größer.

Die Fäuste immer noch an den Seiten geballt, stürmte Vollkorn vorwärts. Der Zyklop stürzte sich auf ihn. Vollkorn drehte sich und versetzte ihm einen vernichtenden Schlag in die Rippen. Der alte Einäugige indes zuckte kaum. Er wirbelte herum, beugte sich vor, schmetterte Vollkorn einen Ellbogen an den Schädel und prallte gegen dessen Körpermitte. Bevor das Dreiblut reagieren konnte, richteten sich die kräftigen Beine des Unholds auf. Vollkorn wurde in die Luft gehievt und über die Schulter geschleudert. Er schlug hart auf dem Boden auf, die Münzen knirschten, aber er rollte sich direkt nach dem Aufprall ab und wich einem aufstampfenden Fuß aus.

Die Banditen brüllten, als Vollkorn schnell wieder auf die Beine kam. Der Zyklop war schon über ihm. Vollkorns Arm schnellte nach vorn und warf eine Handvoll Münzen hart in das Gesicht seines Gegners. Das große Auge wurde mit Metall beschossen und klappte zu. Der Zyklop geriet ins Stocken und schlug mit einer Mühlsteinfaust zu.

Vollkorn war nicht da.

Er war hinter den entblößten Rücken des Ungeheuers gewirbelt, hatte es um die Taille gepackt und versuchte, es zu Boden zu reißen.

»Raus da, Vollkorn«, flüsterte Weide.

Aber er war entschlossen. Er ließ den Unhold kurz los und sprang in die Höhe, um seine Beine um seine Hüften zu schlingen, fand Halt unterhalb seiner Schultern, umschlang seine Achselhöhlen und versuchte, seine Hände hinter seinem Kopf zu verschränken. Der Zyklop wehrte sich gegen den Griff und drückte mit seinen eigenen kräftigen Armen nach unten.

Vollkorn legte seinen rechten Arm um seinen Hals und zog ihn nach hinten. Der Zyklop machte einen Ausfallschritt rückwärts, um stehen zu bleiben, aber sein Fuß rutschte in den Münzen ab und zwang ihn auf ein Knie. Vollkorns linker Arm legte sich nun auch um den Hals. Jeder andere Gegner wäre an einer gebrochenen Wirbelsäule gestorben, aber dieses Ungetüm beugte sich einfach vor, griff nach hinten, packte Vollkorn am Kopf und schleuderte ihn von sich.

Augenweide prallte zurück.

Das größte verdammte lebende Dreiblut, und es war einfach weggeschleudert worden, als wäre es nicht mehr als ein Kind.

Zweimal.

Der Zyklop sprang aus der Hocke heraus auf Vollkorn, noch bevor dieser überhaupt gelandet war, und rammte ihn gegen den Abhang. Vollkorn begann, kopfüber hinunterzurutschen, aber der Zyklop setzte einen Fuß auf seine Brust, um ihn festzunageln, bevor er mit seinen Fäusten auf seine Eingeweide und seine Leiste einhämmerte. Vollkorn stöhnte unter den entsetzlichen Schlägen und revanchierte sich bei dem alten Einäugigen, indem er unter seinem Schwanz nach oben griff und ihn an den Nüssen packte. Brüllend wich das Monster zurück, weg von den Schmerzen, und versuchte, sich der Hand zu entledigen, die an seinem Lümmel riss.

Vollkorn hielt sich fest, bis er vom Hang hinuntergezogen wurde. Sobald er den Boden berührte, ließ er los und erlaubte dem Zyklopen, sich zurückzuziehen. Als das Dreiblut mühsam auf die Beine kam, pirschte sich der Zyklop weiter rückwärts und duckte sich schmerzerfüllt und wütend. Weide erkannte seine Absicht kurz darauf.

»Verdammt, Vollkorn, stürz dich auf ihn!«

Aber ihre Stimme war eine von Hunderten blutrünstiger Ermutigungen.

Der Zyklop streckte seine Hand nach unten und packte den Mann, den er getötet hatte, an beiden Knöcheln. Grinsend begann er, den Leichnam mit sich zu schleifen. Vollkorn wartete mit gerunzelter Stirn. Er begriff es nicht. Er konnte es sich nicht vorstellen, bis es zu spät war.

Der Zyklop machte einen mächtigen Schritt nach vorne, drehte seinen großen Oberkörper und schwang den Leichnam nach vorne. Ein Münzhagel schoss durch die Luft, da der Tote durch sie hindurchgezogen wurde, bevor er vom Boden abhob. Vollkorn sprang zurück und konnte dem halbkreisförmigen Schwung gerade noch ausweichen. Der Zyklop hielt den Leichnam noch immer in der Faust, ließ ihn aber auf den Boden klatschen, was der Menge ein amüsiertes und gleichzeitig angewidertes Stöhnen entlockte. Doch es dauerte nicht lange, und der Zyklop schlug erneut zu. Er holte mit seinem Arm aus und schleuderte seinen grässlichen Dreschflegel erneut in die Luft. Mit dem Hang im Rücken konnte Vollkorn nicht mehr ausweichen. Er versuchte, sich zu ducken, wurde aber vom Kopf der Leiche gestreift. Schädel prallten mit einem hölzernen Geräusch aufeinander, das über das erstaunte Gejohle der Banditen hinweg zu hören war. Benommen versuchte Vollkorn, sich zu erholen, schaffte aber nur ein paar stolpernde Schritte, bevor die Leiche erneut auf ihn zusteuerte und ihn gegen den Abhang schleuderte.

Der geschundene Körper in der Hand des Ungeheuers schleuderte nun nicht nur Münzen, sondern auch Blut. Da Vollkorn feststeckte und der Reichweite der schrecklichen Waffe nicht entkommen konnte, blieb der Zyklop einfach an Ort und Stelle stehen und bereitete den nächsten – letzten – Schlag vor. Er passte seinen Griff an und hielt nun in jeder Hand einen Knöchel, während er ein paar seitliche Schritte machte, bis der Leichnam lang ausgestreckt hinter ihm lag. Erschöpft konnte sich Vollkorn nur an den Rand der Grube lehnen und mit trüben Augen zusehen, wie der Zyklop sich anspannte und mit dem Leichnam zu einem bösartigen Schlag ausholte.

Weides Bolzen bohrte sich bis zur Befiederung in das einzelne Auge und durchschlug die Gallerte bis zum Schädel dahinter. Mit durchbohrtem Gehirn wurde der Zyklop schlaff, der Körper des Mannes hing einen Moment lang zwischen seinen nervenlosen Fingern und landete dann auf seinem ehemaligen Missbraucher. Ein toter Weichling fiel auf einen toten Einäugigen, das fleischige Geräusch des Aufpralls war in der verblüfften Stille deutlich zu hören.

Aller Augen richteten sich auf sie, aber Weide warf nur einen Blick in die Runde.

»Zeit, nach Hause zu gehen, Großer Bastard!«, rief sie nach unten.

Vollkorn klappte die Kinnlade herunter.

Die verblüffte Menge schüttelte die Unterbrechung ab, und aus dem verärgerten Gemurmel wurden lautstarke Proteste.

»Keine Huldigung!«

Der erste Schrei ertönte direkt neben Augenweide, geäußert von Knolle. Er wurde schnell vom Pöbel aufgegriffen.

»Keine Huldigung! KEINE Huldigung! KEINE HULDIGUNG!«

Sie schrien hinunter auf Vollkorn und stießen anklagend die Fäuste in die Luft.

Das Gitter, das den Tunnel versperrte, begann sich wieder zu heben. Etwas anderes wurde herausgelassen.

Fluchend begann Weide, ihre Armbrust nachzuladen, aber Knolles fleischige Hand schlug diese nach unten. Der Dreiblut-häuptling riss ihr die Waffe aus den Händen, gerade als Männer hinter ihr nach vorn drängten und sie über den Rand der Grube stießen. Sie rutschte in die Münzen hinunter und landete in der Hocke.

Auf der anderen Seite der Grube hatte sich Vollkorn aufgerichtet, seine Blicke wanderten langsam zwischen ihr und dem Gitter hin und her. Aus dem schattigen Tunnel trat ein Zentaur hervor, der sich unter den Zähnen des Gitters hindurchduckte, noch bevor es ganz angehoben war.

Aufgeregt stampften Pferdehufe auf die Münzen. Der Oberkörper des Mannes auf den Tierbeinen war dick bemuskelt, das Gesicht unter dem verfilzten Haar voller Böswilligkeit, weil man ihn eingesperrt hatte.

»Verdammte Scheiße«, zischte Weide und zog ihr Unyaren-Schwert.

Als Antwort darauf wurden ihr spöttische Rufe und Weinkrüge entgegengeschleudert. Das Trommelfeuer ließ ihr keine andere Wahl, als die Waffe fallen zu lassen. Sie wollte sich erheben, aber sie sah, dass Vollkorn eine Hand abwehrend in ihre Richtung hielt. Ihre Blicke trafen sich, Vollkorns jedoch war nicht mehr stumpf.

Er zwinkerte.

Mit einem Kriegsschrei stürmte der Zentaur los, und die Münzen spritzten unter den stampfenden Hufen hervor. Das Dreiblut bückte sich tief, breitete seine wuchtigen Arme aus und stürmte los. Halb-Ork und Pferdedödel trafen in der Mitte der Grube aufeinander, der Aufprall ihrer Körper ging durch Mark und Bein. Weide kniff die Augen zusammen und wartete darauf, dass ihr Bruder zertrampelt wurde, aber Vollkorn schlang seine Arme um die Taille des Halbmenschen und drückte seine Beine durch. Das Metall zischte, als Vollkorn nach hinten geschoben wurde und seine Füße Furchen in die Münzen gruben. Mit lungenzerfetzendem Gebrüll grub er seine Zehen ein und warf sich rückwärts, wobei er ein unmögliches Gewicht aus Menschen- und Pferdefleisch in die Luft wuchtete. Die Geschwindigkeit der Kreatur sorgte dafür, dass sie sich überschlug. Vollkorn streckte seine Arme aus, ließ sich flach auf den Rücken fallen und rammte mit diesem Schwung den Zentauren zu Boden, sodass dessen gesamtes Gewicht auf seinem Kopf landete. Knochen knackten – die Wirbelsäule am lautesten von allen.

Alle sechs Gliedmaßen zuckten in Todeskrämpfen, und Vollkorn erhob sich. Er ging zu Weide hinüber, als die Menge ihre erneute Verwunderung ablegte und in Jubel ausbrach.

»Dann lass uns nach Hause gehen«, grunzte Vollkorn und beugte sich vor, um einen Haufen Münzen in seine riesigen Hände zu schaufeln.

19

Vollkorn saß auf einem umgestürzten Eimer und lauschte, während eine Halblingsfrau seine Verletzungen versorgte. Obwohl das Dreiblut so niedrig saß, musste sie sich auf einen Schemel stellen, um sein Gesicht zu erreichen.

Nachdem Augenweide ihm alles erzählt hatte, nickte er langsam und tastete mit einem Finger nach einem seiner unteren Reißzähne. Die Halblingsfrau klatschte auf seine Hand und warf ihm einen mahnenden Blick zu. Sie hatte zwar nur ein Auge, denn das andere wurde von einer Lederklappe verdeckt, aber sie schaffte es, den doppelten Vorwurf in die Hälfte des Blicks zu legen. Vollkorn ließ seine Hand sinken.

»Als ich sah, dass du mich abholen kommst, hatte ich gehofft, dass die Dinge besser geworden sind, um ehrlich zu sein. Aber das ...«

Weide schwieg zustimmend.

»Fleischgewordener Ruin«, brummte das Dreiblut. »Scheiße. Und wir dachten, Schlitzohr wäre eine Nervensäge.«

»Ihn sind wir auch noch nicht los.«

»Aber du glaubst doch nicht, dass diese Sar... Zayra... – wie war das noch?«

»Zahrazen.«

»Du glaubst nicht, dass er bei ihnen ist?«

»Ich weiß es nicht«, gab Weide zu und setzte sich auf die klapprige Pritsche, die Vollkorn als Bett diente. Die feuchte Höhle, in der er seit seiner Ankunft in der Grube hauste, war eng und trostlos. »Es sah nicht so aus, aber das ist es, was der fette Scheißer am besten kann: Scheinbilder.«

Vollkorn begann wieder zu nicken, aber die Bewegung verhinderte, dass die Halblingsfrau eine große Beule behandeln konnte. Sie schnalzte scharf mit der Zunge und schlug ihm gekonnt auf den Hinterkopf.

»Verdammt, Xhreka!«, beschwerte sich Vollkorn und wich zurück.

»Halt still«, befahl die kleine Frau und zeigte mit dem Finger auf ihn.

Weide musste sich ein Lächeln verkneifen. Es war gut, dass Beryl nicht hier war. Sie hätte diese Xhreka vielleicht aus Eifersucht ermordet. Vollkorn verstummte und ertrug ihre Aufmerksamkeiten mit einer bockigen Grimasse.

Die Münzen, die er gewonnen hatte, lagen in großen Säcken an der feuchten Wand am Kopfende des Feldbetts. Es tat weh, die Menge zu betrachten. Die kleine Höhle hatte keine Tür. Weide konnte sich nicht erklären, wie das Geld sicher aufbewahrt wurde, aber sie verstand auch nicht, warum der ganze Reichtum nicht schon längst aus der Grube gestohlen worden war. Es gab so viel, was sie nicht über diesen verruchten Ort wusste, so viel, was sie nicht wissen wollte, weder damals noch heute. Die Entscheidung lag in der Vergangenheit, das Geld war gewonnen, und Vollkorn hatte überlebt. Er hatte verdammtes Glück, dass er noch am Leben war. Weide hatte verdammtes Glück, dass er noch am Leben war.

»Wenn wir zurück sind«, sagte sie, »werden wir entscheiden, was wir tun. Wie eine Rotte.«

Vollkorn mahlte immer wieder mit seinem bärtigen Kiefer, und das nicht, weil der Lappen des Halblings in seiner Wunde brannte. Er konnte Weide irgendwie nicht in die Augen sehen.

»Was ist los?«, fragte sie verständnisvoll.

»Wie lange?« Unmut lag in der Frage.

Weide hielt inne und überlegte, wie sie antworten sollte. Vollkorn ließ nicht locker.

»Wie lange wolltest du diese Hustenanfälle andauern lassen, ohne es mir zu sagen? Wie lange wolltest du krank sein, Schlamm spucken und denken, dass es dich umbringt, bevor du es *mir* sagst?«

Sie begegnete seinem schmerzerfüllten Blick. Es war besser, es einfach zuzugeben.

»Ich wollte es dir gar nicht sagen.«

Vollkorn stieß einen wütenden Atemzug aus. »Verdammt, Isa ...«

Da war noch mehr, was sie ihm sagen musste.

»Das war einer der Gründe, warum ich dich weggeschickt habe. Ich hatte Angst, du würdest es sehen.«

Vollkorn biss die Zähne aufeinander und zog seinen Kopf so langsam aus der Obhut des Halblings, dass die kleine Frau keinen Versuch unternahm, ihn daran zu hindern. »Einer der Gründe? Ich wette, es war der einzige Grund.«

»Du hast dich freiwillig zu Tode gehungert, Vollkorn.«

»Wir alle standen kurz vorm Verhungern.«

»Der Rest von uns hat das nicht mit Absicht getan.«

»Wenigstens habe ich es nicht heimlich getan!«

»Ich habe versucht, die Rotte zu schützen!«

»Das habe ich auch!«

»Indem du vor Hunger stirbst?«

»Indem du durch Schlamm ertrinkst? Schwachkopf!«

»Was hättest du tun können, wenn du es gewusst hättest?«

»Keine Ahnung. Ich war nicht da. Weil du mich hierhergeschickt hast!«

»Es war nur zu deinem Besten!«

»Es war für dich!«

»Quatsch!«

»Du hast es gerade zugegeben!«

»Eben! Es tut mir verdammt noch mal leid!«

»Es tut dir leid? Es tut dir verdammt noch mal leid?!«

»Willst du auch eine Titte zum Lutschen? Scheiße! Ich weiß nicht, was ich noch sagen soll!«

»Wie wäre es, wenn du ...«

»HEY!«, schrie die Halblingsfrau und blieb wie eine Statue stehen.

Weide und Vollkorn hörten auf zu schreien. Es herrschte

lange Stille, in der sie einfach nur dasaßen und vor sich hinbrodelten.

»Fertig?«, verlangte Xhreka zu wissen. »Ich habe mein halbes Augenlicht verloren. Ich werde nicht noch die Hälfte meines Gehörs verlieren, indem ich das hier ertrage. Bei Belicos Schwanz, können Halb-Orks brüllen! Ich würde sagen, prügelt euch doch, aber ich will nicht noch mehr Arbeit, als ich schon habe. Also, ich frage noch einmal. Seid. Ihr. Fertig? Wenn nicht, habe ich hier noch ein paar Fetzen, die ich euch in eure lauten Mäuler stopfen kann.«

»Wir sind fertig«, murmelte Vollkorn. Er atmete langsam ein. »Wissen es die Brüder?«

»Wissen sie was?«, fragte Weide.

»Von dem Schlamm.«

»Nur Schleich. Er roch die Schwäche an mir wie ein verdammter Aasgeier. Aber ich werde es ihnen allen sagen. Alles. Wenn du mir die Führung streitig machen willst, werde ich das verstehen.«

»Xhreka, gib mir einen von diesen Lappen. Ich hätte Lust, meinem Häuptling einen in den Hals zu stopfen.«

Die Halblingsfrau griff nicht nach dem Lappen, aber sie richtete ihren Blick auf Augenweide.

»Selbstmitleid ist hier unten keinen Misthaufen wert, Mädchen.«

Weide stieß ein humorloses Lachen aus. »Na schön. Aber die anderen sehen das vielleicht anders. Es ist kein Selbstmitleid, sich darauf vorzubereiten, den Sitz zu verlieren. Geheimnisse wie diese haben den Lehmmaster unter die Erde gebracht.«

Vollkorn sagte nichts und sie nahm es ihm nicht übel. Das Einzige, was noch weniger wert war als Selbstmitleid, war das Mitleid der anderen.

»Vollkorn, wie auch immer es mit den Brüdern weitergeht, du solltest wissen ... dies könnte das Ende sein. Für die Bastarde. Scheiße, ich weiß nicht mal, ob Teilsieg noch steht, wenn wir zurückkommen. Das ist die kalte, beschissene Wahrheit. Dieser Ork und seine Bestien, die Hungersnot, der verdammte Bermudo ... Vielleicht finden wir keinen Weg, sie zu besiegen. Ich möchte, dass du weißt, dass ich dich deswegen geholt habe. Ich dachte, du würdest mit uns allen dort sein wollen. Ich dachte ... Du würdest mir nie verzeihen, wenn die Bastarde ohne dich zu Staub zerfallen.«

Vollkorn war ganz still. »Dann gehen wir zurück. Wir kämpfen weiter. Und wenn uns das alles über den Kopf wächst, dann gibt es nur eins, was wir tun können.«

»Wir leben im Sattel.«

Vollkorns Adamsapfel wippte in der Mitte seines dicken Halses. »Wir sterben auf dem Keiler.«

Er stand weniger als einen Herzschlag früher als sie. Ein Schritt brachte sie in die Arme des anderen.

»Überlastete Höllen«, sagte Weide aus der Tiefe ihres Oberkörpers. »Ich habe vergessen, wie fest du zudrückst.«

Vollkorn umschlang sie noch enger. »Nimm es hin und genieße es, Schwesterherz.«

Nachdem sie sich voneinander gelöst hatten, herrschte Schweigen, und Xhreka widmete sich wieder ihrer Arbeit. Die Art und Weise, wie der Halbling Vollkorns ramponierten Körper säuberte und ankleidete, erinnerte Weide an einen Reiter, der einen Keiler striegelte. Da war Zuneigung, aber auch eine gewisse Distanziertheit. Eine notwendige, aber nicht verhasste Aufgabe. Sie war sicherlich eine Kuriosität. Es war nicht nur die Augenklappe und die Tatsache, dass sie der einzige Halbling war, den Weide hier unten gesehen hatte, es war ihre ganze Art. Die meisten ihrer Art waren gelassen, geduldig bis hin zur Unnahbarkeit. Doch Xhrekas Bewegungen waren geschickt und kompetent, wenn auch von einer effizienten Verärgerung durchzogen. Weide fand es schwierig, das Alter von Halblingen zu schätzen. Sie trugen es nicht so offensichtlich zur Schau wie die hellhäutigen Weichlinge. Es gab kein Grau in Xhrekas dichtem, gewundenem Haar, keine Falten in ihrem ebenholzfarbenen Gesicht. Doch ihre wenigen Worte und Taten, die alle von einem unbeschwerten Mut erfüllt waren, zeugten von einer Frau, die es seit Langem gewohnt war, der Härte der Welt ins Gesicht zu spucken.

»Du kümmerst dich um alle Kämpfer?«, ertappte sich Weide bei ihrer Frage.

Xhreka machte ein Geräusch in ihrer Kehle, das entweder Belustigung oder Abscheu ausdrückte. Oder beides. »Nein.«

Als keine weitere Erklärung folgte, meldete sich Vollkorn zu Wort. »Xhreka war früher in der Grube der Köder zu finden.« Das Gesicht des Dreibluts wirkte verstört und er zögerte. »Sie hat …«

Der Halbling kam ihm zu Hilfe. »Ich ging in eine Grube mit einigen anderen Narren und einem Rudel Wölfe oder verhungerter Hunde, vielleicht auch einem Bären. Wer als Letztes noch am Leben war, wurde herausgezogen.«

»Sie hat mir geholfen, mich hier zurechtzufinden«, fügte Vollkorn hinzu.

Weide nickte. »Ich verstehe.«

Und das tat sie. Xhreka hat einen Weg gefunden, die Grube zu überleben, ohne an einem Wettbewerb teilnehmen zu müssen. Zweifellos hatte Vollkorn sie von seinem Gewinn bezahlt. Es wäre vielleicht irritierend gewesen, wenn Weide den großen Trottel nicht so gut gekannt hätte. Er brauchte immer jemanden, um den er sich kümmern und auf den er aufpassen konnte. Selbst im Waisenhaus war das seine Art gewesen. Der größte Teil des Grundes, warum Augenweide ein eingeschworener Reiter war, lag in genau dieser Eigenschaft. Sie fragte sich, ob Xhreka wusste, wie sehr sie dem Dreiblut wirklich half, über das Nähen von Wunden und das Massieren von Muskeln hinaus. Weide war bereit zu wetten, dass sie es wusste.

»War das der erste Zyklop, gegen den du kämpfen musstest?«, fragte sie.

Xhreka antwortete, ohne ihre Aufmerksamkeit von ihrem Schützling abzuwenden. »Der dritte. Aber die anderen waren älter und verkrüppelt.«

Vollkorn konnte nur die Augenbrauen zur Bestätigung hochziehen.

Ich hätte dich nie hierherschicken dürfen. Weides Herz wollte es sagen, aber es war das Beste, es nicht wieder durchzukauen.

Sie stand auf. »Sag mir, wo Matschepatsch ist, und ich lasse ihn satteln.«

»Nein«, sagte Xhreka, und ihr einzelnes Auge schnappte zu, wo ihre Stimme es nicht tat. »Er kann nicht reiten. Nicht vor dem Morgen.«

»Ich kann«, brummte Vollkorn.

Erneut erhielt er einen Klaps an den Kopf. »Nein, kannst du nicht.«

Vollkorn warf Weide einen entschuldigenden Blick zu.

»Schon in Ordnung«, sagte sie zu ihm. War es aber nicht. Jeder Augenblick, den sie fernblieb, brachte die Axt dem Hals der Rotte näher, wenn sie nicht schon gefallen war. Aber Vollkorn wirkte am Ende seiner Kräfte. »Schlaf ein bisschen. Wir können bei Tagesanbruch aufbrechen.«

»Auch nicht schlafen«, sagte Xhreka.

Vollkorn hob eine Hand. »Nicht das schon wieder.«

Die Halblingsfrau hob ihre eigenen Hände und gab ihre Aufgabe auf, den Kopf des Dreibluts zu verbinden. »Na gut. Hör nicht auf mich. Leg dich hin.« Sie deutete mit dem Verband auf die Pritsche. »Schlaf.« Sie deutete mit dem Verband auf den Höhleneingang. »Reite. Aber wenn man mich fragt, würde ich sagen, dass ein Mann, der im Sattel sterben will, dies in der Schlacht tun sollte und nicht, weil ihm schwindlig wurde, er von seinem scheußlichen Furzschwein fiel und sein Hirn auf einem Felsen zerschmetterte.«

Vollkorn atmete fügsam aus, aber seine Betreuerin war nicht bereit, die Kapitulation zu akzeptieren, und die Ermahnungen gingen weiter.

»*Wenn* man mich fragt, würde ich sagen, dass ein Mann, der im Bett sterben will, dies tun sollte, während er seine Frau befriedigt, und nicht, weil er ein fauler Flegel war, der den Schlummer wählte, nachdem ihm ein aetynischer Riese den Schädel eingeschlagen hatte, und der nie wieder aufwachte und sich einpisste, als er die Welt der Sterblichen verließ.«

Wieder musste Weide sich das Lachen verkneifen. Sie mochte es nicht besonders, wenn ihre Befehle von dieser verkrüppelten Frau widerrufen wurden, aber sie konnte nicht anders, als sie zu mögen.

»Wir werden im Morgengrauen aufbrechen«, wiederholte Weide und schritt auf den Eingang zu.

Vollkorn warf ihr einen verwirrten Blick zu. »Wohin gehst du?«

»Meine Armbrust zurückholen.«

Die Minenstollen waren in diesem Abschnitt enger als die,

die in die Grube führten. Als Vollkorn und Weide die Arena verließen und denselben Tunnel benutzten, durch den sie hereingekommen waren, achtete sie darauf, sich den Weg zu merken, während sie die erstickenden Schächte durchquerten. Obwohl Vollkorns Füße vom Kampf etwas wackelig waren, war seine Vertrautheit mit den Minen offensichtlich und deprimierend. Seine Kammer war nicht weit von der Arena entfernt, auch wenn es sich so anfühlte, als wären sie etwas nach oben gestiegen. Xhreka hatte auf ihn gewartet, bereit, ihn zu waschen, zu nähen und zu schienen.

Augenweide folgte nicht dem Weg zurück zur Arena, sondern ihrem Bauchgefühl durch das, was offensichtlich der Schlafsaal für die Kämpfer war. In einer der kleinen Höhlen sah sie den unglücklichen Jungen aus der Fleischgrube, der zusammengerollt auf einer Pritsche lag und sich nicht bewegte. Ein Stück weiter fand sie Jacintho, der im Tunnel herumlungerte. Es war offensichtlich, dass er auf sie wartete, eine Tatsache, die ihr Gänsehaut bereitete. Doch in diesem Moment brauchte sie einen Führer.

»Bring mich zu den Orkflecken.«

Jacintho rieb sich die Kehle, die Spuren ihres Würgens waren auf seiner fettigen Haut sichtbar. »Vielleicht bist du nicht dankbar genug für meine Hilfe, was?«

»Du hast recht«, antwortete Weide und ging an ihm vorbei. »Ich werde sie auch ohne dich finden.«

Der Raufbold lief krabbenartig seitwärts, um aufzuholen. »Aber ich bin kein nachtragender Mann, also werde ich wohltätig sein. Komm.«

Jacintho ging voraus und führte sie durch einen nach rechts gewundenen Tunnel.

Die Minen waren ein wahrer Bienenstock. Es gab regelmäßig Stollen und Grotten, die meist besetzt waren. Viele waren nur mit betrunkenen, stinkenden Männern gefüllt, die auf Steinen schliefen. In einer gab es eine Versammlung schweigsamer Halsabschneider, die an einem Tisch Ränke schmiedeten, wobei die einzige Kerze kein Licht auf ihre dunklen Pläne warf.

Die Orkflecken hatten es sich in einer mit groben Bänken ausgestatteten Höhle bequem gemacht. Die drei Dreiblüter hatten sich einen Vorrat an Wein und Frauen ertauscht oder erpresst. Als Augenweide eintrat, fand sie Knolle auf einer Bank sitzend, mit dem Rücken an der Wand, und eine Frau, die zwischen seinen Beinen kniete und mit dem Kopf wippte. Der Häuptling grinste über das verfilzte Haar des Mädchens hinweg, seine Augen waren vor Vergnügen zusammengekniffen. Er machte keine Anstalten, die Dienstleistung zu unterbrechen, aber seine beiden Reiter hörten auf, sich zu vergnügen, als Weide in ihre Mitte trat.

Sie sah ihre Armbrust, die an der Wand lehnte. »Du versuchst gerne, mir zu nehmen, was mir gehört, nicht wahr, Knolle?«

»Ich nehme sie nicht«, antwortete der Häuptling der Flecken. »Du solltest mir danken, dass ich deine Haut vor der wütenden Menge gerettet habe.«

»Du stiehlst meine Armbrust also nicht, aber du wolltest versuchen, meinen Reiter zu stehlen.«

Knolle gluckste. »Reiter? Vollkorn ist nirgends mehr geritten, seit du ihn hier abgesetzt hast. Dachtest du, das würde sich nicht herumsprechen? Ein Rottenreiter, der in der Grube der Huldigung schmachtet? Als ich sah, dass er nicht bei dir in Strava war, wusste ich, dass es wahr ist. Ich dachte, ich könnte ihm ein besseres Zuhause bieten.«

Weide trat einen Schritt näher und ignorierte die schlürfenden Geräusche. »Es ist gegen den Rottenkodex, Brüder zu wildern.«

»Du hast keine Rotte, Möse. Das habe ich dir schon gesagt.«

»Und du glaubst, du entscheidest das?«

»Klar. Wer sonst? Wir sind keine Schwachköpfe. Wir sind die Mischlingsrotten. Es gibt kein Gericht oder einen Rat, der unser Handeln bestimmt und den wir um Erlaubnis bitten müssten. Ul-wundulas ist unser einziger Richter und sie respektiert Stärke. Ich sage, du bist kein Häuptling. Ich sage, dein Reiter gehört in eine stolze Rotte unter seine Dreiblut-Brüder! Du kannst es nicht verhindern, wenn du es nicht mit Stärke verhindern kannst. Und. Du. Hast. Keine.«

Weide tat theatralisch, als würde sie nachdenken. »Du hast recht. Zumindest, was die Rotten angeht. Es gibt keinen Rat. Verdammt, wir konnten uns nicht mal ein paar verdammter

Weichlinge wegen einig werden, die auf dem Land der Spitzbuben campieren. Was hast du da beschlossen, Knolle? Ich weiß es. Keiner der anderen war bereit, in den Krieg zu ziehen, also bist du schmollend abgezogen. Die Orkflecken können nicht allein gegen die Neuankömmlinge antreten? Das klingt für mich wirklich nach Stärke.«

Knolles Augen blitzten, und er richtete sich auf. Das Mädchen musste seinen Kopf zurechtrücken, hörte aber nicht auf.

»Wenn diese Weichlinge den Flecken in die Quere kommen, werden sie sehen, wie stark wir sind.«

»Du wirst meine Brüder nicht dieser Stärke hinzufügen.«

»Wärst du nicht gekommen, hätte ich Vollkorn das Angebot bereits gemacht.«

»Dann solltest du mir danken, dass ich dein Leben gerettet habe. Vollkorn ist ein Bastard bis aufs Blut. Er wäre nicht erfreut gewesen, wenn du versucht hättest, ihn von seinen Brüdern wegzuziehen.«

»Brüder?« Knolle grinste und lehnte sich mit einem zufriedenen Seufzer wieder zurück. »Oder ist es die Schwester, der er nicht widerstehen kann? Die schmale Spalte, die sowohl Befehle als auch Gefallen ausgibt.«

Augenweide sah zum ersten Mal auf die beschäftigte Hure hinab. Sie lächelte und richtete ihren Blick auf Knolle.

»Du hast recht«, sagte sie, ging langsam zu dem Mädchen und stellte sich dahinter. »Du kannst nicht das bieten, was ich kann. Und wäre es nicht einfacher, selbst herauszufinden, warum ich solche Loyalität hervorrufe? Warum solltest du einen meiner Reiter nehmen, wenn du so viel mehr von mir bekommen könntest?«

Weide wickelte ihre Finger träge in die verhedderten Locken der Hure und zog ihren Kopf zurück, bis ein nasses Ploppen ertönte. »Ich sehe, wo dein Rottenname herrührt«, bemerkte sie nach einem Blick nach unten. Der Gesichtsausdruck der Hure war voller Bitterkeit über die Einmischung, aber sie war erfahren genug, um zu wissen, dass Knolle sich amüsierte. Das Gesicht des Häuptlings errötete vor eifriger Neugierde. Er atmete scharf ein, als Weide den Kopf der Frau wieder nach unten führte, und schloss seine Augen.

Augenweide warf ihr Gewicht nach vorne, verkeilte ihr Knie hinter dem Hals der Hure und zog einen der Katare, der ihre Faust in eine Klinge verwandelte. Knolles Augenlider flogen auf und seine Augen quollen ihm aus dem Kopf, als der Stahl seine Kehle berührte.

»Eine Bewegung und ich schlitze ihn auf!«, rief Weide den anderen Flecken zu, ohne den Blick von ihrem Master abzuwenden. Unter dem Gewicht ihres Beins versuchte die Frau, sich zu befreien, wurde aber festgehalten.

»Hast du schon mal einen Schwanz gelutscht, Knolle?«, wollte Weide wissen. »Ich wette, das hast du. In deiner Zeit als Schlammkopf. Ich habe gehört, in manchen Rotten kümmern sie sich nicht nur um die Keiler. Hast du vergessen, dass du nicht mehr atmen kannst, wenn ein Lümmel so tief in deinem Hals steckt?«

Die Zuckungen der Hure verstärkten sich. Dumpfe, erstickte Proteste erfüllten die Höhle.

Weide beugte sich näher zu Knolles wütendem Gesicht. »Ich frage mich, wie lange sie durchhält, bevor sie ihn abbeißt?«

Das Dreiblut erblasste.

»Oder bekommst du vorher Angst«, spottete Weide, »und versuchst, mich abzuschütteln? Gib mir einen Grund, in deinem glorreichen Dreiblut zu baden.«

Die Frau bäumte sich unter dem Bein auf, das sie festhielt, und begann zu würgen.

»Also! Wenn du noch einmal versuchst, dich in die Reihen der Wahren Bastarde – MEINER VERFICKTEN ROTTE – einzumischen, wird es keinen Atemzug einer Hure dauern, bis du ein verdammter Eunuch wirst! Wo ist hier jetzt die Stärke?«

Weide nahm ihr Knie weg, sodass die Frau sich zurückziehen und würgen konnte. Der Katar blieb an Knolles Kehle.

»Jacintho!«, rief Weide über ihre Schulter.

»Wie kann ich behilflich sein?«, kam die salbungsvolle Antwort des Banditen von außerhalb der Höhle.

»Hol meine Armbrust und lade sie. Es sollten genügend Bolzen vorhanden sein.«

Es entstand eine Pause. »Also wirklich ... die Halb-Orks da drinnen sind ziemlich groß. Und sie sehen aus, als wollten sie unbedingt jemanden töten.«

»Ich auch«, verkündete Weide. »Und er liegt unter meinem Messer. Wir werden sehen, wer das stärkere Verlangen hat.«

Hinter ihrem Rücken füllte sich die Höhle mit kleinen, angespannten Geräuschen. Weide hielt ihre Klinge und ihren Blick fest auf Knolle gerichtet, beides ein unerschütterliches Versprechen, sollte er dem brennenden Zorn, der in seinem Gesicht schwelte, nachgeben.

Nach einigen hektischen kleinen Geräuschen stieß Jacintho ein paar geflüsterte Flüche aus.

»Problem?«, fragte Weide.

»Ich ... kann die Sehne nicht zurückziehen.«

Verdammte Weichlinge. Weide hatte vergessen, dass nur wenige ohne die Hilfe einer Kurbel eine Armbrust spannen konnten. Ihr Verstand begann, nach einer Lösung zu suchen. In dem Moment, in dem Knolle außer Gefahr war, würden die Flecken angreifen.

»Ich hab's«, brummte eine vertraute Stimme.

»Es gibt jetzt einen weiteren, sehr großen Halb-Ork«, informierte Jacintho pflichtbewusst.

Weide lächelte. »Ja, der gehört zu mir.«

»Haben wir hier drin Probleme?«, fragte Vollkorn. Wenn man lange genug mit einem Mischling reitet, erkennt man schon am Klang, wenn er eine Waffe in der Hand hält.

»Nein«, antwortete Weide und zog sich langsam von Knolle zurück. »Nur eine kleine Meinungsverschiedenheit zwischen Häuptlingen.«

Sie wich zurück, bis Vollkorn und Jacintho zu beiden Seiten von ihr standen, beide mit einer geladenen Armbrust im Anschlag.

Im Tunnel konnten nur zwei nebeneinanderstehen, also ging Weide nach hinten und überließ es den anderen, für Feuerschutz zu sorgen.

Vollkorn musterte den Katar, als sie vorbeiging. »Was, zum Teufel, ist das?«

»Ich hatte die ganze Zeit ein Paar an den Hüften, du Trottel.«

»Mal sehen, ob du merkst, was ich umgeschnallt habe, nachdem du von einer Leiche erschlagen worden bist!«

»Gutes Argument.«

»Vielleicht kann die Spöttelei warten, bis wir in Sicherheit sind«, schlug Jacintho vor.

Einer der Orkflecken trat in den Tunnel hinaus, die Armbrust in der Hand.

Mit einem überraschten Zirpen geriet Jacintho in Panik und feuerte seine Armbrust ab. Ein Bolzen schlug nicht weit vom Kopf des Flecks in die Tunneldecke ein. Der Mischling duckte sich zurück in die Sicherheit der Höhle.

Weide steckte die ausländische Klinge in ihr Futteral, riss dem Banditen ihre Armbrust aus den Händen, stieß ihn hinter sich und lud nach.

»Wir ignorieren möglicherweise die Anweisungen deiner kleinen Amme«, sagte sie zu Vollkorn, während die beiden Schulter an Schulter rückwärtsgingen.

»Ich habe sie schon geschickt, um meinen Keiler zu holen.«

»Kann dieser Halbling mit Matschepatsch umgehen?«, fragte Weide.

»Er mag sie wirklich.«

»Sag mir nicht, dass sie auch die Münzsäcke geschleppt hat.«

Vollkorn lachte leise grunzend. »Nein. Die werden wir uns holen müssen.«

»Jacintho«, sagte Weide. »Willst du dir etwas Silber verdienen?«

»Du wirst sehen, dass ich mit Reichtum beladen schneller und stärker bin«, erklärte der Schurke voller Stolz.

Weide kam ein Gedanke. »Vollkorn? Woher wusstest du, dass du mich suchen musstest?«

»Ich habe den Blick gesehen, den man bekommt, wenn man kurz davor ist, in eine Schlangengrube zu pissen. Ich hätte mit hundert Leichenknüppeln geschlagen werden können und hätte *diesen* Blick trotzdem bemerkt.«

Sie machten sich auf den Weg zurück zu Vollkorns Höhle, ohne dass es weitere Anzeichen von Verfolgung gab. Während Weide den Tunnel beobachtete, band Vollkorn die Geldsäcke zusammen und half Jacintho, das klimpernde Joch über seine knochigen Schultern zu hieven.

»Wir müssen uns beeilen«, sagte Weide zu ihnen. »Die Flecken haben ihre Barbaren am selben Ort wie meinen untergebracht. Wenn sie dort zuerst ankommen ...«

»Sag nichts mehr«, raunte Jacintho und huschte an ihr vorbei. »Ich kenne diese Minen besser als alle anderen. Es gibt Nebenwege. Folgt mir!«

Der schlaksige Bandit schoss davon.

»Er ist wirklich schneller, wenn er mit Glanz beladen ist«, bemerkte Vollkorn.

Jacintho hielt Wort und führte sie zu der Höhle, in der Palla wartete. Die Orkflecken waren nirgends zu sehen, doch ihre Keiler waren noch angebunden.

Augenweide spannte ihre Armbrust, gab Vollkorn ein Zeichen, den Tunnel zu beobachten, hob die Säcke von Jacinthos Schultern und legte sie Palla auf den Rücken. Der Keiler schnaubte widerwillig.

»Nimm deinen Hut ab«, sagte Weide zu Jacintho. Der Mann stand nur verwirrt da. »Beeil dich!«

Sie ging zu der Tasche und holte eine Handvoll Münzen heraus. Die Erkenntnis ließ Jacintho an ihre Seite springen. Weide füllte den Hut.

»Geh fort«, sagte sie. »Du willst doch nicht, dass Knolle und seine Jungs dich jemals wiedersehen.«

»Dann bleibe ich am besten bei dir.«

Weide schnaubte und löste Pallas Fesseln. »Du willst nicht dorthin gehen, wo wir festsitzen, Weichling. Und wir haben kein Reittier, um dich zu tragen.«

Jacintho warf einen unsicheren Blick auf die Barbaren der Orkflecken.

»Das ist eine Art zu sterben«, sagte Weide zu ihm.

»Ich könnte ein Maultier besorgen.«

Vollkorn kicherte vom Höhleneingang her.

»Ich wünsche dir viel Glück, Jacintho«, sagte Weide.

Sie führte Palla in den Tunnel und machte sich auf den Weg aus der Mine. Vollkorn behielt den Weg hinter ihnen im Auge.

Als sie aus dem Schacht stiegen, herrschte noch Nacht, aber der Morgen brach bereits an.

Xhreka und Matschepatsch warteten. Vollkorns riesiger und

unfassbar hässlicher Keiler stand ruhig neben dem Halbling, ihre Hand ruhte auf einem seiner Sauenhebel.

»Leb wohl, Idris«, war alles, was Xhreka sagte, als Vollkorn sich näherte.

Augenweide stieg auf und stellte fest, dass das Dreiblut zu ihr hochsah.

»Wir schulden ihr ein paar Münzen, Häuptling.«

»Ja, natürlich. Kann sie gerne haben.« Weide sah den Halbling an. »Oder du kannst mit uns kommen.«

Xhreka sagte nichts, aber Vollkorn lachte vergnügt und munter.

»Es könnte einen Platz für dich in Teilsieg geben«, sagte Weide zu der kleinen Frau. »Es wird nicht einfach sein ...«

Xhreka warf eine Hand hoch. »Ja, ja, das Leben ist schwierig. Weiß ich. Ich komme mit. Ich habe nur gerade überlegt, wie ich Idris schonend beibringe, dass ich lieber mit dir reiten würde. Der Geruch von Matschepatsch ist eine Beleidigung für die Erde.«

20

Teilsieg war unversehrt.

Der erleichterte Seufzer, den Augenweide ausstieß, als sie sah, dass die Mauern noch standen, dass das Tor unbeschädigt war und dass die Schlammköpfe entlang der Mauer standen, reichte fast an Ekstase heran. Der Ritt zurück war anstrengend gewesen, für Schweine und Reiter, vor allem für Xhreka, deren Beine sich nach dem ersten Tag elendig verkrampften, obwohl sie sich nie beschwerte. Das Tempo, das Augenweide auf der letzten Etappe nach der Überquerung des Lucia-Flusses vorgelegt hatte, grenzte an Wahnsinn. Jetzt, nach fünf Tagen harten Ritts, waren sie zu Hause. Die Schlammköpfe auf der Mauer riefen einen Gruß und die Tore öffneten sich.

Die Wahren Bastarde kamen ihnen entgegengeritten.

Iltis und Honigwein ritten direkt zu Vollkorn und beugten

sich in ihren Sätteln vor, um ihn zu begrüßen. Die Umklammerung fleischiger Unterarme und die heftigen Umarmungen warfen Xhreka beinahe von ihrem Platz vor Vollkorn.

»Bringst du dir ein Haustier mit, Vollkorn?«, fragte Iltis und beäugte den Halbling mit einem schiefen Grinsen. »Es muss schön gewesen sein, sie in der perfekten Höhe zu haben, um dir den Arsch zu lecken, während du in den letzten Monaten deinen Keiler gefickt hast.«

»Eigentlich«, meldete sich Xhreka zu Wort, »spucken wir einfach in meine leere Augenhöhle, und er steckt ihn da rein.« Sie sah Iltis an und machte sich daran, ihre Augenklappe anzuheben. »Dein Lümmel ist wahrscheinlich klein genug. Willst du mal probieren?«

Iltis' Grinsen wurde breiter. »Vielleicht.«

Ein harter, liebevoller Stoß von Vollkorn beendete den Schlagabtausch, alle lachten und nickten dem Halbling anerkennend zu.

»Nun, keiner von euch ist klapperdürr«, bemerkte Augenweide. »Ich nehme an, die Vorräte der Unyaren helfen.«

»Das tun sie, Häuptling«, antwortete Honigwein. »Wir konnten die Rationierung ein wenig lockern. Trotzdem, ohne unsere eigene Ernte ...«

»Um die Ernte kümmern wir uns«, sagte Augenweide zu ihm. »Seien wir froh, dass es uns besser geht als vorher. Irgendein weiteres Zeichen von den Hunden?«

»Keins.«

Noch mehr Glück. So viel, dass Weide ihm nicht trauen konnte.

»Es gibt eine Menge zu besprechen, und ich muss alles hören, was während meiner Abwesenheit passiert ist. Sobald die Keiler versorgt sind, treffen wir uns.«

»Das muss vielleicht noch warten, Häuptling«, sagte Honigwein.

»Warum?«

»Wir haben Gäste«, antwortete Schlangenschlupf, sagte aber nichts weiter.

Weide ließ einen strengen Blick über die Rotte schweifen. »Möchte sich jemand zu Wort melden, verdammt?«

»Sag es ihr, Stummklotz«, raunzte Iltis und legte den Kopf schief.

Der stumme Mischling sah ihn stirnrunzelnd an.

»Es sind die Söhne der Verdammnis«, sagte Honigwein, der sah, dass Weide das nicht lustig fand. »Zehn von ihnen sind gestern kurz vor der Dämmerung aufgetaucht, darunter ihr Anführer.«

»Und du hast sie reingelassen?«, fragte Weide.

»Ein Rottenmaster ritt zu unseren Toren. Ich dachte, es sei besser, ihn einzulassen, als zu riskieren, dass er uns beleidigt und das Bündnis darunter leidet.«

»Nur, dass wir damit zehn weitere Mischlinge füttern, Honigwein!«

Der junge Reiter machte kurz ein verlegenes Gesicht, doch dann hob er das Kinn. »Ich habe eine Entscheidung getroffen.«

Mist. Er hatte es tun müssen, nicht wahr? Und das nicht nur aus diesem Grund. Er war zwar nur dem Namen nach nicht Häuptling, aber er könnte es auch werden, wenn sie sich weiterhin wie ein bissiger Hund benahm und seine Geduld auf die Probe stellte. Schon bald würde sie sein Vertrauen auf die Probe stellen.

Weide atmete aus und drückte Honigweins Schulter. »Sag mir, dass sie sich an die Rationierung halten.«

»Das tun sie.«

»Wir beobachten sie genau, Häuptling«, fügte Iltis hinzu.

»Nicht, solange wir hier draußen sind«, sagte Weide. »Ich sehe nach, was Vater will, und schaffe uns diese Mäuler vom Hals. Ihr zeigt Vollkorn seine Koje. Vielleicht hat er vergessen, wo sie ist.«

Sie ritten durch die Tore, endlich wieder eine ganze Rotte. Fast.

Weide sprang von Palla herunter und übergab ihn an Gespür.

»Willkommen zu Hause, Häuptling«, sagte der wartende Schlammkopf.

»Hast du deinem Häuptling gerade in die Augen geschaut, Anwärter?«, bellte Iltis und ließ Gespür zusammenzucken. Er senkte den Kopf und machte sich an die Arbeit.

»Bist du sicher, dass ich nicht mit dir kommen soll?«, fragte Vollkorn und ließ Xhreka mit einem Arm vom Sattel herunter.

»Oder ich?«, bot Honigwein ein wenig zu schnell an.

»Bin ich«, antwortete Weide den beiden. »Ich mache das schon. Sag mir nur, wo sie sind.«

Die Söhne der Verdammnis waren in einem alten Lagerhaus untergebracht worden. Groß genug, um sie und ihre Keiler aufzunehmen, aber alles andere als komfortabel. Das sollte sie davon abhalten, lange zu bleiben. Kluger Honigwein. Es war kurz vor Mittag, sodass Vater und seine Jungs sich drinnen aufhielten, um der Sonne zu entgehen. Der alte Mischling saß auf einem Melkschemel und zeigte zweien seiner Reiter, wie man einen komplizierten Zopf aus Lederbändern machte.

»Wenn ihr jemals eine Reparatur an eurem Sattel vornehmen müsst, Jungs, dann macht das so. Nehmt euch die Zeit. Macht es richtig und vernünftig.«

Vater sah von seinem Unterricht auf, als Weides Schatten auf die Lektion fiel. Sein Gesicht bestand aus Falten und Narben und der damit erworbenen Weisheit.

»Macht weiter«, sagte er zu den Reitern, die zu seinen Füßen saßen, und stand auf. Er war klein für einen Halb-Ork, aber wahrscheinlich hatte ihn das Alter etwas schrumpfen lassen. Weide blieb, wo sie war, während Vater ihr durch den breiten Türdurchgang entgegenstapfte.

»Ich hatte nicht erwartet, dass ich vor dir hier eintreffen würde«, sagte er zur Begrüßung, obwohl in seinem Tonfall ein Hauch von Rüge lag.

»Ich habe nicht erwartet, dass außer meiner Rotte noch jemand wartet.«

»Nun, die Reise nach Strava ist von meinem Gebiet aus nicht gerade kurz. Ich dachte, es wäre das Beste, auf dem Rückweg hier haltzumachen. Erspart mir später einen gegerbten Arsch.«

Weide biss die Zähne aufeinander. Was war das für eine Scheiße? Das Gebiet der Bastarde lag nicht auf dem Rückweg der Söhne. Ihr Land lag fast genau südlich von Strava. Der alte Scheintote dachte entweder, die Sonne ginge jetzt im Süden auf, oder er hielt sie für eine komplette Närrin, die die Anordnung der verdammten Gebiete nicht kannte. Dennoch schluckte sie den aufkommenden Zorn hinunter. Nachdem sie sich bereits einen

Rottenmaster zum Feind gemacht hatte, hatte sie es nicht eilig, auch noch diesen zu verärgern.

»Können wir ein Stück gehen?«, schlug Vater vor, bevor er leiser weitersprach: »Ich werde steif, wenn ich zu lange faulenze.«

Weide nickte und machte sich auf den Weg zum anderen Ende des Geländes.

Vater begutachtete alles. »Du hast hier gute Arbeit geleistet. Es ist nicht die Brennerei – das war ein herber Verlust für die Geteilten Lande –, aber es ist besser als nichts.«

Auf dem Weg zu den Schweineställen herrschte fast völliges Schweigen zwischen den beiden. Schließlich sprach Vater wieder.

»Du hast mit den neuen Weichlingen gesprochen.« Das war keine Frage.

Weide betrachtete das faltige Profil des alten Mischlings. »Das habe ich.«

»Klug von dir, dort hinunterzureiten, während der Rest von uns auf dem Bergkamm zankt.« Ein missbilligendes Glucksen stieg aus Vaters Kehle auf. »Verdammter Knolle! Dieser haarlose Affe sieht nichts, was außerhalb der Reichweite seines Schwertes oder seines Schwanzes liegt. Ich bin nicht so. Ich habe dich an jenem Morgen verstanden, als du uns sagen wolltest, was sich zusammenbraut.«

»Und?«

»Glaubst du, dass diese Weichlinge eine Gefahr darstellen?«

Sie erreichten die Ställe. Stummklotz arbeitete mit einem der Jährlinge, war aber nicht in Hörweite. Nicht, dass er etwas von dem wiederholen könnte, was er hörte.

Weide stützte einen Fuß auf den untersten Zaunpfahl und beobachtete, wie der junge Keiler eingeritten wurde. Sie atmete tief durch und teilte Vater ihre Meinung mit:

»Achthundert Männer, die meisten von ihnen ausgebildete Krieger, die im Sattel geboren wurden. Sie reiten auf Pferden, die halb mit Stahl überzogen sind, und werden angeführt von einem Mann, der sich nicht nur im Krieg, sondern auch bei Eroberungen bewährt hat. Ja. Das ist gefährlich. Aber für wen? Im Moment nicht für uns. Die Unyaren sind ihnen am nächsten und ihnen gegenüber immer noch in der Überzahl.«

Vater stützte seine Ellbogen auf den Zaun. »Aber wird Zirko seine Anhänger in den Krieg gegen sie schicken?«

»Das kannst du dir sicher selbst beantworten.«

»Er hatte noch nie Angst zu kämpfen. Aber er wird es nicht für die Mischlingsrotten tun. Nicht einmal für die Geteilten Lande. Nein ... Zirko wird nur in den Krieg ziehen, um sein eigenes Volk zu schützen. Ich glaube nicht, dass er sich mit den Turbanträgern gegen uns verbünden würde, aber du kannst dich verdammt noch mal darauf verlassen, dass er sie vorbeireiten lässt, solange sein Volk unversehrt bleibt.«

Augenweide mochte den Priester nicht sonderlich, aber sie nahm ihn in Schutz. »Er hat die Unyaren letztes Jahr angeführt, als die Orks angriffen. Er kämpfte auch während des Großen Einmarschs.«

Vater kicherte. »Über den letzten Teil weiß ich mehr als du, Mädchen. Ich war dabei. Aber ihre Hilfe ließ auf sich warten, und auch wenn sie kam, ging es ihnen vor allem um Strava.«

»Das ist bei uns nicht anders. Wir stellen unsere Gebiete über alles andere. Ich denke, das habt ihr alle deutlich gemacht. Verdammt, im Moment denke ich nur daran, dich und deine Brut vom Bastardland wegzuschaffen, bevor ihr das wenige auffresst, was wir entbehren können, und das ist nichts.«

Vater nickte langsam, und als er das nächste Mal sprach, war es, als spräche er nur zu sich selbst. »Die Bastarde sind auf keinem guten Weg. Und die Söhne sind auch *nicht* hier, um euch das Leben schwer zu machen.«

»Ihr macht es nicht einfacher.«

»Aber vielleicht könnten wir das.«

Weide starrte den alten Mischling an und wartete auf eine Erklärung. Sie ließ deutlich durchblicken, dass ihre Geduld schwand. Vater blieb ungerührt. Er begegnete ihrem finsteren Blick und lächelte, wobei sein faltiges Gesicht etwas weicher wirkte.

»Als der Einmarsch vorüber war, hätte ich nie gedacht, wie es viele Jahre später sein würde. Ich hätte nie gedacht, dass ich so lange leben würde. Ich weiß nicht, ob es jemals einen Plan für die Geteilten Lande nach dem nächsten Sonnenaufgang gab. Ich weiß nur, dass die Häuptlinge damals mehr zusammengearbeitet haben. Der erste Master der Söhne, genannt Finsterkeiler, ritt regelmäßig zu den Scherben, den Hauern, den Bastarden. Wahrscheinlich ging es vor allem um die armen Teufel, die diese verdammte Seuche in sich trugen.«

Weide glaubte, dass der alte Mischling recht hatte. Die Pestträger, jeder von ihnen eine lebende Waffe, waren es, die die Orks und Hispartha davon abhielten, weitere ernsthafte Angriffe auf Ul-wundulas zu unternehmen. Als Weide zum Grauen Bastard wurde, war der Lehmmaster der Einzige, der noch übrig war, und erst als er dem Wahnsinn verfiel – was durch Schlitzohrs Einfluss beschleunigt wurde –, kehrte diese Wahrheit in die Geteilten Lande zurück. Ein paar alte Hasen hatten das Geheimnis bewahrt, Grasmücke und Vater natürlich, doch ihr Wissen war nahezu nutzlos. Die Wahrheit der Vergangenheit bedeutet wenig, wenn die Wahrheit der Gegenwart ein täglicher Kampf ums Überleben war.

Aber verdammt, jetzt, wo die Geschichte geradegerückt war, liebten diese Fossilien es, sich darin zu suhlen.

»Damals war ich der Schlammkopfausbilder«, fuhr Vater fort, »ich zog den Nachwuchs heran und verließ unser Land nicht oft, aber es verging kaum ein Mond, an dem wir Sargmotte oder dem Lehmmaster nicht unsere Tore öffneten. Ich war nicht eingeweiht in all die Gespräche zwischen den Gründern über das, was ausgeheckt wurde, wenn überhaupt. Aber das spielte keine Rolle. Wir hatten die Dickhäuter über das Sintflutmeer zurückgetrieben und Hispartha gesagt, dass man mit uns rechnen musste. Ja, wir saßen zwischen dem dampfenden Arschloch von Dhar'gest und Hisparthas verschwitzter Samenhaut fest, aber wir waren trotzdem stolz. Stolz und streitlustig.«

Vater wurde still. Weide hoffte, dass er fertig war und zum Punkt kommen würde, aber ein tiefer Atemzug signalisierte, dass noch mehr kommen würde.

»Ich möchte etwas Dummes sagen wie ›Und dann ging plötzlich alles schief‹, aber die Wahrheit ist nicht so einfach, und das Gedächtnis ist eine schwierige Sache. Jahreszeiten kamen und gingen, Verrätermonde nahmen zu und ab, Ork-Überfälle, Missernten, unwürdige Schlammköpfe. Wenn ich an all das zurückdenke, werde ich einfach nur müde. Finsterkeiler war schon seit Jahren tot und die Söhne wurden von einem Trunkenbold angeführt. Wir bezeichnen unsere Mitreiter als Brüder, aber nachdem ich so lange junge Bastarde zu etwas mit Biss gedrillt hatte, gab es kein eingeschworenes Mitglied meiner Rotte, das ich nicht als Sohn betrachtet hätte. Der Name, den unser Gründer uns gegeben hatte, bekam eine neue Bedeutung ... ergriff Besitz von mir. Ich kannte dieses Wort früher nicht einmal – ›besessen‹. Aber es war so. Wir waren nicht nur die Söhne, sie waren *meine* Söhne. Ich forderte den Häuptling heraus, gewann, nahm seinen Platz ein und änderte meinen Rottennamen. Aber Führung wird nicht durch Verbündete begründet. Wie alle anderen Rotten waren auch die Söhne der Verdammnis von einer Bande stolzer und streitlustiger Halbblüter zu etwas ... Geschrumpftem geworden. Wir alle bewachten nur noch unsere kleinen Parzellen im Ödland, tauschten selten Neuigkeiten aus und trafen uns nie. Hin und wieder mochte ein Patrouillenreiter einer anderen Rotte kommen, aber nie ein anderer Häuptling.«

Weide konnte ihre Zunge nicht länger im Zaum halten. »Werde ich so alt sein wie du, bis du mir endlich erzählst, worum es dir eigentlich gerade geht?«

Wenn Vater beleidigt war, ließ er es sich nicht anmerken. Er sah wirklich verdammt müde aus.

»Die Rotten der Mischlinge sind gespalten, Mädchen. Und nicht nur durch die Entfernung zwischen unseren Ländern. Das hat man bei Strava gesehen. Wie du schon sagtest, kümmern wir uns alle nur um unsere eigenen Interessen und kratzen im Staub nach dem bisschen, was Ul-wundulas zu geben hat. Trotz aller Prahlerei von Knolle ist keiner von uns mehr so stark wie am Tag unserer Gründung. Zur Hölle, ich habe mehr Jungs als einige von euch zusammen, und das ist immer noch der schwache Pinkelstrahl eines alten Bastards im Vergleich zu dem, was es einmal war.

Wir sollten uns nicht wegen achthundert Schwachköpfen treffen und Sorgen machen müssen! Am Anfang hätten sich doppelt so viele niemals getraut herzukommen. Ul-wundulas mag immer zwischen Hammer und Amboss eingeklemmt sein, aber die Halb-Orks haben die Wahl, sich davon brechen zu lassen oder härter zu werden. Wenn wir nur noch vereinzelte Stücke sind, sind wir bereits gebrochen.«

Endlich verstand Weide. »Du willst die Rotten vereinigen.«

Vater warf ihr einen Blick zu, der zugleich schockiert und erleichtert war, als hätte er sich nicht getraut, es auszusprechen, weil er befürchtete, dass sie es nicht sehen würde. Doch jetzt, wo es ausgesprochen war, fürchtete er die Folgen. Er gurgelte und schüttelte seinen groben, weißen Kopf.

»Ich nicht. Zu verdammt alt. Ich werde es nie schaffen. Verdammt, das dauert Jahre, wenn es überhaupt möglich ist.«

Wieder presste der alte Mischling die Lippen zusammen, aber er hatte noch mehr zu sagen, und dieses Mal wartete Weide unaufgeregt, bis seine Worte wieder zu fließen begannen.

»Manche würden sagen, dass wir letztes Jahr einfach bloß Glück hatten. Aber wenn auch nur die Hälfte der Gerüchte über den Lehmmaster wahr ist, was er geplant hatte ... das wird nicht durch Glück allein vereitelt. Um die Dickhäuter zurückzuschlagen, bräuchte es mehr als das. Wir haben alle gekämpft, aber nur, weil wir alle gewarnt wurden. Wenn die Geteilten Lande hoffen wollen, *irgendeine* kommende Bedrohung zu überstehen, brauchen wir denjenigen, der das möglich gemacht hat. Wir brauchen den Anführer der Grauen Bastarde.«

Augenweides Kehle schnürte sich zu. »Du meinst Schakal.«

Vater nickte. »Deshalb bin ich gekommen. Um herauszufinden, wo er ist und wann er zurückkommt.«

»Ich weiß es nicht«, sagte Weide, und ihre Stimme war nur ein Wispern. Aber das war nicht wichtig. Vater war zu sehr in seine Rede vertieft, um es zu hören.

»Ich hatte gehofft, ihn bei Strava zu sehen. Es heißt, dass Zirko ihn bevorzugt. Sandsturm – einer meiner Jungs – kämpfte während des Verrätermonds an Schakals Seite. Er sagt, dass er ihm das Leben gerettet hat und dass die Unyaren ihn geradezu verehren. Er behauptet, er sei der verwegenste Kämpfer, den er je gesehen hat, und ich halte das, was meine Söhne mir sagen, immer für die Wahrheit. Ich muss wissen, wann er zurückkommt, damit er anfangen kann, uns zusammenzuschweißen.«

Augenweide stieß sich vom Zaun ab und begann davonzugehen.

»Du weigerst dich, es mir zu sagen?«

»Ich kann dir nicht sagen, was ich nicht weiß«, erklärte Weide und drehte sich um. »Vielleicht kommt er nie wieder zurück, alter Mann. Verstehst du das? Deshalb ist er auch nicht der Anführer der Bastarde, der *Wahren* Bastarde. Ich bin es! Ich wurde auf diesen Platz gewählt.«

Das Gesicht Vaters verfinsterte sich. »Wärst du das geworden? Kannst du mir sagen, dass ich jetzt nicht mit Schakal sprechen würde, wenn er nicht wer weiß wohin gegangen wäre?«

»Nimm deine Jungs und verschwindet von meinem Gebiet.«

Sie wollte weitergehen, doch Vater griff nach ihr. Er hielt sie zwar fest, aber nicht aggressiv am Handgelenk zurück.

»Meine Jungs folgen mir aus Liebe. Ich habe mich darum bemüht, dass es so ist, also weiß ich, wovon ich rede. Deine Reiter lieben dich, Mädchen. Das ist die Wurzel ihrer Loyalität. Bei manchen Rottenmastern ist es Stärke, List oder Angst. Bei uns nicht. Aber die Liebe zu einem Vater – etwas, das kein Mischling kennt – ist etwas ganz anderes als das Kribbeln in den Hosen, das sie spüren, wenn sie dich ansehen, etwas, das alle Mischlinge kennen.«

Weide riss ihren Arm los. »Das ist nicht der Grund, weshalb sie mir folgen.«

»Vielleicht nicht alle«, räumte Vater ein, »aber sag mir, dass der beilgesichtige Lustmolch und der Einhändige nicht mit dir schlafen wollen. Ich konnte es sofort riechen, als ich nach dir gefragt habe.«

»Das ist unwichtig!«, zischte Weide.

»Das ist sehr wichtig! Die Lust wird keine Rotte zusammenhalten. Was ich mit den Söhnen aufgebaut habe, wird meinen Tod nicht überdauern, aber was ihr hier habt, wird keine weitere Saison überdauern. Schakal muss zurückkehren, wenn die Bastarde eine Chance haben sollen. Er muss zurückkehren, wenn die Geteilten Lande eine Chance haben sollen.«

»Er wird *nicht* zurückkommen.«

Sie wusste nicht, ob das eine Lüge war, aber es war ihr egal. Die Überzeugung in ihren Worten machte es für Vater wahr.

Der alte Mischling sackte zusammen. »Dann zeig deinen Brüdern, dass ihre Liebe nicht umsonst war. Lass sie hier nicht für eine verlorene Sache verrotten. Lös die Bastarde auf. Ich werde sie alle zu den Söhnen holen. Auch eure Dorfbewohner. Wir können alle zusammen von hier wegreiten, stärker als zuvor. Wenn du sie sicher in der Wiege der Mischlinge untergebracht hast, kannst du als Nomade losziehen, vielleicht Schakal finden und ihn nach Hause bringen.«

Weide spürte, wie sich ihre Augenbrauen zusammenzogen. »Nomade? Du würdest meine Brüder mitnehmen und mir nicht erlauben, bei ihnen zu bleiben?«

»Mädchen«, schnaubte Vater, »ich bin zwar alt, aber noch nicht verrückt. Nicht wie der Lehmmaster. Und blind bin ich auch nicht. Glaubst du, ich hätte nicht gesehen, wie die beiden mit deinen Schlammköpfen trainieren? Wir Halbblüter mögen unfruchtbar sein, aber ich schwöre dir, der Tag wird kommen, an dem ich Kinder zeuge, bevor die Söhne der Verdammnis Töchter in ihren Reihen zulassen.«

Weide beugte sich vor und sprach mit zusammengebissenen Zähnen: »Ich hoffe, du kannst immer noch auf einem Keiler reiten und mit deinen knarrenden Gelenken Tempo machen, denn wenn du und deine Jungs auch nur ein Staubfleck am Horizont seid, wenn ich vom Pissen zurückkomme, wird es eine Rotte weniger in den Geteilten Landen geben, und *ich schwöre,* es wird nicht meine sein.«

Sie ließ den aufgebrachten alten Mischling stehen und schob sich durch das Tor der Koppel, um sicherzustellen, dass die Stallknechte die Keiler der Söhne so schnell wie möglich herausbrachten. Klein Tel war im Hauptstall und schob eine übervolle Schubkarre zum Misthaufen. Die zehn zusätzlichen Keiler gaben fast so viel Scheiße von sich wie Vater.

»Tel!«, rief Weide, als sie durch den Pferch schritt. »Die Söhne brechen auf. Wer ist noch bei dir?«

Der kleine Mischling blieb stehen, und die Kinnlade fiel ihm beim Anblick des Häuptlings herunter.

»Ja, zur Hölle, ich bin wieder da. Also, wo ist der andere Stallbursche? Ich werde helfen. Wir drei schaffen das schon. Wer ist noch eingeteilt?«

»A-Ahlamra. Häuptling.«

»Warum ist sie dann nicht bei dir?«

Klein Tel zeigte auf den Stall. »Sie ist, äh, sie ist da drin.«

»Hilft sie dir nicht? Hat sich das hübsche Weibchen nicht herabgelassen, sich mit Schweinescheiße zu beschmutzen?«

Ohne auf eine Antwort zu warten, machte sich Weide auf den Weg. Als sie den Stall betrat, sah sie Ahlamra nicht sofort, aber selbst die niedrigen Wände, die die Ställe voneinander trennten, hätten sie verbergen können, wenn sie sich beim Schaufeln bückte. Die Dunghaufen vor den ersten Ställen zeugten davon, dass das Mädchen sich nicht vor der Arbeit gedrückt hatte, es sei denn, das alles wäre Tels Werk. Als Weide den Gang hinunterging, erschrak sie, als sich eine Gestalt im letzten Stall auf der linken Seite erhob und einen zufriedenen Seufzer von sich gab, während sie sich streckte.

Es war einer der Söhne. Die Tätowierungen auf seinem nackten Rücken machten das deutlich.

Weides Schritte beschleunigten sich, kalte Finger griffen nach ihren Eingeweiden. Ihre Hand wanderte zum Griff ihres Schwertes, als sie die offene Stalltür erreichte.

Der Sohn drehte sich bei ihrer Ankunft um. Er war überrascht, sie dort stehen zu sehen, verbarg dies aber schnell mit einem kleinen Grinsen. Seine Hose war bis zu den Knien heruntergelassen, sein erigierter Schwanz begann gerade erst schlaff zu werden.

»Häuptling«, sagte der Mischling lang gezogen. »Ich bin nur gekommen, um nach meinem Keiler zu sehen und habe festgestellt, dass ich hier von Nutzen sein kann.«

Er versperrte ihr den größten Teil der Sicht, aber Weide konnte jemanden hinter ihm sehen. Sie konnte auch seine Waffen sehen, die in der Ecke standen, weit außerhalb seiner Reichweite. Sie schob ihn beiseite und sah Ahlamra, die sich gerade aufrichtete, splitternackt.

Aber unversehrt.

Weides Augen suchten verzweifelt nach den Zeichen. Die Flecken, die grobe Hände hinterlassen hätten. Die Tränen und der Rotz, die über ein verschmiertes Gesicht liefen. Das Blut.

Sie waren nicht da.

Ahlamra hatte Flecken auf den Knien und einen Strohhalm im Haar. Mehr nicht.

Aber es war ihr Blick, der es bewies. Da war keine Angst, kein Schmerz, nur die Überraschung, entdeckt zu werden, und selbst die war dürftig.

»Raus«, befahl Weide dem Sohn.

Er zog seine Hose hoch, lächelte immer noch, holte den Rest seiner Ausrüstung und zog sich zurück.

Ahlamra machte keine Anstalten, sich anzuziehen. Sie stand vor ihr, ohne sich zu entschuldigen, ohne um Verzeihung zu bitten. Es war das erste Mal, dass ihr traditionell zurückhaltender Blick nicht den Boden suchte.

Weide biss die Zähne zusammen und starrte zurück.

Die Schönheit des Gesichts dieser Frau war von Anfang an unbestreitbar gewesen, aber Weide hatte nicht vermutet, dass sie mehr als eine knabenhafte Figur hatte. Als Ahlamra jetzt dort stand, zeigte sich, dass sie kein verwahrlostes Kind war. Klein ja, aber alles andere als zierlich. Ihr flacher Bauch und ihre festen Schultern hatten nichts Zerbrechliches an sich. Die Rundungen der Hüften und Brüste, die man in ihrer Kleidung so leicht übersehen konnte, waren eine weiche Ergänzung zu der kompakten Kraft ihrer Gestalt. Das Blut der Orks hatte sich in Ahlamra nicht verdünnt, sondern destilliert und eine Schicht menschlicher Sanftheit über makellosem Stahl erzeugt.

»Du wurdest nicht vergewaltigt«, sagte Weide.

»Nein. Er war hübsch. Ich suchte Trost.«

»Trost«, spottete Weide. »Das Leben in einer Rotte bietet wenig Trost, Mädchen. Schon gar nicht für einen verdammten Schlammkopf! War das der Plan? Ihn zu überreden, diese letzten Ställe für dich fertig zu machen?«

»Ernsthafte Arbeit liegt nicht in seiner Natur. Wahrscheinlich wäre er langsam und nachlässig gewesen. Ich brauchte ihn nicht zum Ausmisten. Ich habe von ihm bekommen, was ich wollte.«

»Unter Missachtung meines Befehls!«

Ahlamras ruhiges Auftreten geriet leicht ins Wanken. »Er war nicht von dieser Rotte. Ich dachte nicht, dass es eine Missachtung war.«

»Ich sagte doch, keine Hurerei!«

»Es war keine Münze im Spiel. Ich habe ihn begehrt. Verzeih mir. Ich wusste nicht, dass es sich um einen Übertritt handelt.«

»Einen Übertritt? Du warst damit beauftragt, die Ställe zu misten. Du hattest eine verdammte Aufgabe. Und diese Aufgabe war nicht Ficken!«

»Du hast natürlich recht. Dieses Leben ist neu. Es fällt mir schwer, die alten Gewohnheiten abzulegen, wie es scheint.«

Weide grinste sie höhnisch an. Sie konnte sich vorstellen, wie das alte Leben für diese Frau aussah, die nackt selbstbewusster sprach als angezogen, deren Vorstellung von Trost schlammige Knie und ein Mund voll Sperma war.

»Die Söhne reiten weiter. Zieh deine verdammten Sachen an und geh mit ihnen.«

Man musste Ahlamra zugutehalten, dass sie nicht in Panik geriet. Sie flehte nicht. »Darf ich eine Frage stellen?«

Weide gab keine Antwort, wartete aber.

»Weißt du noch, dass ich aus Sardiz komme?«

Weide konnte nur den Kopf schütteln.

»Es wurde von Tyrkanien verschluckt, lange bevor ich geboren worden bin, doch wir haben einige unserer Gewohnheiten beibehalten. Die, die wir behalten durften. Die Sultane behielten das Haus der Lustvollen Blicke. Wenn du den Namen dieses Hauses hörst, was glaubst du, was es war?«

»Ein Bordell«, gab Weide zu.

Ahlamras Worte schwankten nicht, ihr Blick blieb ruhig. »Nichts so Vulgäres. Zunächst einmal ist es ein Waisenhaus, allerdings nur für Mädchen. Es ist auch eine Schule. Von Kindheit an lernte ich zu tanzen, zu singen, in mehr Sprachen zu lesen und zu schreiben, als du aufzählen kannst, Gedichte in denselben Sprachen zu verfassen und Instrumente mit Perfektion zu spielen. All dies und noch viel mehr wurde mir täglich in einem reichen Haus mit sprudelnden Brunnen, schattigen Gärten und abgeschirmten Balkonen beigebracht, von denen aus man eine Straße überblicken konnte, auf der es von verlausten Bettlerkindern in meinem Alter nur so wimmelte. Und ja, das Alter brachte eine Ausbildung in Verführung und männlichem Vergnügen mit sich. Das war kein Grund zur Scham, denn die Frauen meines Hauses wurden gefeiert, und ich kannte kaum etwas anderes. Heute weiß ich viel mehr über die Welt außerhalb dieses Hauses, und trotzdem schäme ich mich nicht. Die Fähigkeiten, die ich mit der Zeit und durch Training und Hingabe erlangt habe, sind von Vorteil. Sag mir, Häuptling, schämst du dich für deine Geschicklichkeit mit der Klinge, deine Treffsicherheit mit der Armbrust, dein Können auf dem Rücken eines Keilers? Schämst du dich für die Vorteile, die du dir erkämpft hast, um in deinem Heimatland zu überleben?«

Die Antwort war einfach, doch die Frage ließ Weide zögern. »Nein.«

»Nein. Hier würdest du ohne sie schnell sterben. In meiner Stadt würdest du auch mit ihnen schnell sterben. Sardiz ist wohlhabend und friedlich, und du würdest verhungern, weil deine Fähigkeiten wenig Bedeutung hätten, und wo sie eingesetzt werden könnten, ist Sache der Menschen. Ich hätte meine Tage in Komfort und Pracht verbringen können, doch ich kam hierher, nach Ul-wundulas, um die Mischlingsfrau zu finden, die auf die Provinzen der Menschen spuckte. Ich wollte neue Fähigkeiten erlernen. Deine Fähigkeiten. Ich habe dich gefunden. Doch du wirfst mich hinaus. Nicht, weil ich mich dir widersetzt habe, und auch nicht wegen der Liebelei während der Arbeit, die ich bereue. Nein, du wirfst mich hinaus, weil du mich für eine nutzlose Hure hältst.«

Ahlamra zog ihre Kleider langsam wieder an. Weide fand die ruhige Wut in den Bewegungen dieser zarten, kleineren, schwächeren Frau schwer zu ertragen. Bald war sie angezogen und machte sich daran, den Stall zu verlassen.

Weide griff nach ihrem Arm, rauer als sie es beabsichtigt hatte. »Du wirst nie eine Reiterin sein.«

Ahlamras Kinn senkte sich und sie schlug die Augen nieder. »Ich weiß, dass du so denkst.«

»Nein ...« Weide ließ sie los. »Das hat man mir gesagt. Ein Mädchen, mit dem ich aufgewachsen bin. Eine Freundin. Wir konnten die Wünsche der anderen nie verstehen. Am Ende wurden wir hasserfüllt. Weil ich ihr bewies, dass sie sich irrte. Und sie ... gab mir recht. Sie wollte nichts anderes als ein Bettwärmer sein und hatte am Ende nicht einmal mehr den Mumm dazu.«

»Und du denkst das Gleiche von mir.«

Weide holte tief Luft. »Vielleicht bist du stärker, als sie es war. Das sehe ich. Aber du wirst nie einen Keiler reiten, Ahlamra. Niemals eine Armbrust spannen. Du hast nicht genug Muskeln für einen Mischling. Du bist einfach viel zu klein. Mit der Zeit könnten wir dir vielleicht beibringen, passabel mit einem Talwar umzugehen, aber die Bastarde können dich nicht verhätscheln. Also werden wir es nicht tun. Stattdessen halte ich es für das Beste, auf die Fähigkeiten zu setzen, die du bereits hast. Auf die, die wir nicht haben.«

Ahlamra hob die Augen. »Was bedeutet das?«

»Das heißt, es gibt einen Weg, wie du dieser Rotte dienen kannst. Nur nicht hier. Und das erfordert so viel Mumm, wie ein Dreiblut wiegt.«

»Sag es mir.«

21

Kaum hatte sich das Tor hinter den Söhnen der Verdammnis geschlossen, versammelten sich die Bastarde. In der Böttcherei betrachteten sechs Gesichter Augenweide von dem großen rechteckigen Tisch aus, der die Mitte des Raumes beherrschte. Vollkorn saß ihr am Fußende gegenüber, Honigwein zu ihrer Rechten.

Keine Geheimnisse mehr.

»Es gibt eine Menge zu besprechen«, begann Weide. »Honigwein hat euch das meiste bereits erzählt, doch es gibt noch mehr, was ihr von mir hören müsst. Aber ich hasse es, mich zu wiederholen, also lasst uns zuerst sehen, ob es einen weiteren Bruder gibt, der bei diesem Treffen dabei sein wird.«

Auf den Gesichtern von Iltis, Honigwein und Stummklotz breitete sich ein zufriedenes Lächeln aus.

»Einige von euch glauben, dass Abril bereit ist, die Schlammköpfe zu verlassen«, fuhr Weide fort. »Wer schlägt seinen Namen vor?«

»Ich«, sagte Honigwein.

Ihm gegenüber klopfte Stummklotz zweimal auf den Tisch.

»Das sind die erforderlichen zwei«, sagte Weide. »Setzen wir also auf dieses Schwein und sehen wir, wo wir stehen. Abril ist im Waisenhaus hier in Teilsieg aufgewachsen, hat als Schlammkopf in der Brennerei angefangen und den Krämer ertragen.« Der Name des gefallenen Quartiermeisters der Grauen Bastarde ließ auf den meisten Gesichtern am Tisch einen grimmigen Ausdruck erscheinen. »Er kehrte nach Teilsieg zurück, nachdem er bei der Stoßzahnflut gefördert worden war – man muss sagen, dass das nicht alle Schlammköpfe taten –, und hat seitdem hart für diese Rotte gearbeitet. Aber es gehört mehr dazu, als ein starker Arbeiter zu sein, um eingeschworener Bruder zu werden. Also, da ich ihn nicht vorgeschlagen habe, möchte ich eure Meinung hören. Honigwein?«

»Sein Orkisch ist gut, Häuptling. Soweit ich weiß, hat er sich noch nie vor einer Pflicht gedrückt, und er ist unermüdlich bei der Wache.«

Weide nickte und wandte sich an Iltis.

»Abril ist solide auf Patrouille«, sagte er. »Er lässt sich nicht ablenken, trotz seiner Mätzchen. Behält die Orientierung. Und er gräbt einen Graben, wie ich Mösen lecke, mit Elan und sehr wenig Umherschweifen.«

»Dieser Graben ist obendrein trocken und widerstandsfähig«, murmelte Schlangenschlupf und entlockte Vollkorn ein Schnauben.

Weide fragte den Nächsten. »Stummklotz? Wie geht er mit den Keilern um?«

Ein fleischiger Daumen ging nach oben.

»Sein Nahkampf muss verbessert werden«, sagte Blindschleiche, ohne auf eine Aufforderung zu warten. »Mit dem Talwar ist er passabel, aber mit einem Messer ist er schwach.«

Honigwein verteidigte den Anwärter. »Schwach im Vergleich zu wem, Schleich? Im Vergleich zu dir? Das ist, als würde man sagen, er sei kein so guter Schütze wie der Häuptling. Manche Mauern kann man nicht erklimmen.«

»Wie kommt er mit einer Armbrust klar?«, erkundigte sich Augenweide. Sie hatte ihre eigene Meinung, aber sie wollte die Reaktion der Rotte abwarten.

»Besser als ich jetzt«, sagte Honigwein mit einem gezwungenen Lachen.

»Gut genug«, sagte Iltis.

Schlangenschlupf war sich da weniger sicher. »Er hatte nicht viele Chancen bei beweglichen Zielen.«

Blindschleiche senkte zustimmend sein Kinn.

»Ich habe da auch einige Bedenken«, sagte Weide.

Honigwein rieb sich frustriert die Sprossenmähne. »Er hat das Reh zur Strecke gebracht, und ich bin sicher, es hat dafür nicht ruhig gestanden. Außerdem hat er damit die Stadt ernährt.«

»Vollkorn?«, drängte Weide.

Das Dreiblut hatte geschwiegen, aber das war verständlich, denn Vollkorn war weg gewesen. Er nahm einen tiefen Atemzug: »Er war noch nicht so weit, als ich ging. Soweit ich mich erinnere, war er ein ziemlicher Spaßvogel, was nicht unbedingt gegen ihn spricht. Aber ich vertraue dem, was ich gehört habe, und kann es abwägen. Ich kann abstimmen.«

»Schleich, Grasmücke hat dir seine Stimme gegeben, ja?«

Ein Nicken.

»Ich habe die von Schakal«, sagte Vollkorn.

»In Ordnung, Brüder«, sagte Weide. »Hebt eure Hand, wenn ihr glaubt, dass Abril bereit ist, sich den Wahren Bastarden anzuschließen.«

Honigwein, Stummklotz und Iltis gaben ihre Stimmen bereitwillig ab. Weder Vollkorn noch Blindschleiche hoben eine Hand. Schlangenschlupf war zögerlich. Es war seine erste Stimme, und er war hin- und hergerissen zwischen seiner Freundschaft zu Honigwein, seinen eigenen Zweifeln und dem Wunsch, seinem Häuptling zu gefallen. Er beobachtete Weide, kratzte sich an seinem vernarbten Arm und versuchte herauszufinden, in welche Richtung sie tendierte. Weides Gesicht blieb ausdruckslos, ihre Handflächen auf dem Tisch. Schlange musste auf seinen Platz an diesem Tisch vertrauen und selbst entscheiden. Es war üblich, dass frisch Eingeschworene sich ihrem Anführer gegenüber respektvoll verhielten, aber das Herz einer Rotte sollte nicht aus Stiefelleckern bestehen.

Alle hielten sich an die Tradition, und niemand setzte ihn unter Druck.

Schließlich schüttelte Schlangenschlupf mit einem kurzen, reumütigen Blick auf Honigwein den Kopf.

Weide sah zu Vollkorn.

»Schak würde ihn mögen«, entschied das Dreiblut. »Ja.«

»Grasmücke ist ein Nein«, sagte Schleich.

Damit blieb Augenweide die entscheidende Stimme. Die Rotte beobachtete sie und wartete.

An jedem anderen Tag hätte sie sich in Windeseile entschieden. Abril brauchte mehr Zeit. Aber Vaters Worte nagten an ihrem Verstand, verflucht sei er. Die Bastarde – verdammt, alle Rotten – wurden immer weniger. Sie brauchten eingeschworene Brüder. Schlammköpfe waren nicht an eine Rotte gebunden. Sie konnten jeden Moment gehen. Einige waren, nachdem die Brennerei gefallen war, nicht zurückgekehrt – solide Anwärter –, und noch mehr in der Zeit danach. Weide glaubte nicht, dass Abril Teilsieg im Stich lassen würde, aber die kommenden Tage würden wahrscheinlich neue Entbehrungen mit sich bringen, genug, um die Loyalität selbst der Standhaftesten unter ihnen auf die Probe zu stellen. Ihn in die Reihen aufzunehmen, würde nicht nur seine Loyalität festigen, sondern auch die der anderen Anwärter. Für die anderen Schlammköpfe war es wichtig zu sehen, dass es möglich war, sich einen Platz unter den Brüdern zu verdienen. So gab man ihnen einen Grund, weiter zu schuften und zu trainieren.

Weide begrub ihre Vorbehalte und hob die Hand.

Abrils Anhänger klopften sich gegenseitig auf die Schulter und auf den Tisch. Auch diejenigen, die nicht für ihn gestimmt hatten, schlossen sich an. Dies war eine Mischlingsrotte, sie verschwendeten keine Zeit damit, einer Meinungsverschiedenheit wegen zu schmollen. Ein neuer Bruder war ein Grund zum Feiern. Für Kürbis musste noch eine zweite Abstimmung angesetzt werden, aber die würde auf einen anderen Tag warten müssen. Abril verdiente seine eigene Aufnahme.

»Wer wird ihn holen?«, fragte Weide lächelnd.

»Das sollte Schleich sein«, bot Iltis an. »Er wird etwas ahnen, wenn Honigwein oder ich es sind.«

Blindschleiches straffhäutiges Gesicht starrte Iltis an, ohne zu blinzeln.

»Oooooder«, ergänzte Iltis, »vielleicht Vollkorn.«

Vollkorn zuckte mit den Schultern. »Was soll ich ihm sagen?«

Die Heiterkeit im Raum wurde spürbar.

Iltis' verschmitztes Grinsen zerteilte sein Gesicht in zwei Hälften. »Sag ihm, der Häuptling hat sich betrunken und hat sich ausgezogen, um für uns alle zu tanzen.«

Jetzt war Weide an der Reihe, ihn, ohne zu blinzeln, anzustarren.

»Oooooder, du könntest sagen, ich bin es.«

Schlangenschlupf verzog die Lippen. »Das will niemand sehen, Iltis.«

Stummklotz klopfte an die Wand, um die Aufmerksamkeit des Raumes zu erregen. Strahlend stand er auf, beugte sich vor und machte schnelle Gesten von seinem Hintern weg, indem er mit den Fingern nach außen schnippte.

Die Rotte heulte vor Lachen.

»Wenn ihr Trottel noch lauter werdet, weiß ganz Teilsieg, was hier vor sich geht«, warnte Weide und versuchte, ihr eigenes Gelächter zu unterdrücken.

Honigwein wischte sich eine Träne weg. »Das ist es! Wir sagen ihm, Stummklotz hat Flitzekacke und hat überall hingeschissen ...«

Iltis stemmte eine Hand in die Seite und bekam keine Luft mehr.

Schlangenschlupf sah Vollkorn an. »Sorg dafür, dass er einen Eimer mitbringt.«

»Das Wasser ist rationiert«, warf Blindschleiche ein. »Er kann keinen Eimer benutzen.«

Da niemandem klar war, ob der ausgemergelte Mischling einen weiteren Scherz beigetragen hatte oder es ernst meinte, brach im Raum erneut kaum unterdrückte Heiterkeit aus.

Vollkorn versuchte kopfschüttelnd, sein Gesicht wieder unter Kontrolle zu bekommen, und ging zur Tür.

»Warte«, sagte Weide. »Wir brauchen noch einen Rottennamen.«

Es wurde still im Raum.

Schlangenschlupf nickte feierlich. »Ich hab einen.«

Kurz darauf kehrte Vollkorn zurück, hielt die Tür auf und gestikulierte mit ruppiger Gleichgültigkeit. »Das Chaos ist hier drin.«

Ein sehr entschlossen wirkender Abril trat ein und trug ein Bündel trockener Lappen. Er hielt kurz inne, als er die Rotte sah, die um den Tisch herumstand, und er musterte sie verwirrt, bis sein Blick auf die Gegenstände fiel, die auf dem Tisch lagen. Ein Sattel, drapiert mit einer Brigantine.

Abril riss die Arme hoch, warf die Lappen weg und stieß einen Schrei aus.

Die Wahren Bastarde fingen wieder an zu lachen und feuerten ihren neuesten Reiter an.

Augenweide hob die Brigantine hoch und ging auf Abril zu. Im Raum wurde es still. Abril versuchte, sich zu entspannen, aber er zitterte immer noch, als Augenweide ihm in die gepanzerte Weste half.

Sie trat einen Schritt zurück und sah ihm in die Augen. »Was bist du?«

Abrils Stimme brach beinahe. »Ich bin ein Wahrer Bastard, Häuptling.«

»Brüder?«, fragte Augenweide in den Raum, immer noch mit Blick auf ihren neuesten Reiter. »Was wissen wir, was er tun wird?«

»LEBE IM SATTEL! STIRB AUF DEM KEILER!«

Abril nickte heftig, seine Augen quollen hervor, Kehle und Kiefer waren wie zugeschnürt.

Augenweide trat zurück und Schlangenschlupf kam um den Tisch herum. Er deutete mit scherzhafter Verachtung auf Abril.

»Dieser Wichser und ich sind zusammen aufgewachsen. Schon vor den Schlammköpfen waren wir gemeinsame Findelkinder. Ich war still, hatte zu viel Angst vor Beryl, um aus der Reihe zu tanzen. Der hier nicht. Wenn etwas kaputtging, wenn Essen fehlte, wenn eins der Mädchen weinend ankam, wusste Beryl immer, wer es war. Wir alle wussten es. Aber sie hatte ein Wort dafür.« Schlangenschlupf trat vor und streckte Abril seinen Arm mit gespreizten Fingern entgegen. »Willkommen bei den Wahren Bastarden. Übeltäter.«

Abril entsagte seinem Geburtsnamen und ergriff die angebotene Hand, ließ sich in eine feste Umarmung ziehen.

Augenweide lenkte Vollkorns Blick auf sich. Er zwinkerte ihr zu, und sie lächelte. Beide erinnerten sich an ihre eigene Zeit im Waisenhaus und daran, wer die beiden immer in Schwierigkeiten gebracht hatte.

Einer nach dem anderen begrüßte den neuen Bruder auf seine Weise: Vollkorn schüttelte ihn wie ein Bär, Iltis schnippte ihm gegen die Kronjuwelen, während Blindschleiche ihn völlig ignorierte.

»Ich bekomme meine erste Rottentätowierung genau hier!«, verkündete Übeltäter und klatschte sich auf die rasierte Hälfte seines Kopfes. »Iltis, willst du es heute Abend machen?«

»Irgendwo, wo du nicht sehen kannst, was ich tue? Nur zu gern! Was meint ihr, Brüder? Ein Schwanz und Nüsse?«

Abril deutete streng mit einem Finger auf Iltis. »Es muss ein Zeichen der Bastarde sein.«

»*Mein* Schwanz und meine Nüsse?«

Traditionell wäre Wein geflossen, und zwar reichlich, aber die Rationierung machte betrunkenes Feiern unmöglich. Stattdessen verteilte Weide Stücke der zahrazischen Frucht, die sie von Honigwein für die Rotte zur Seite hatte legen lassen. Es gab ein paar skeptische Blicke, aber Vollkorn hatte auf dem Rückweg von den Schmelzlingen eine probiert und stürzte sich genüsslich darauf, um die anderen zu ermutigen, es ihm gleichzutun. Schon bald war der Raum erfüllt von überraschten Seufzern des Genusses und den Geräuschen, wenn Saft von den Fingern gesaugt wurde. Honigwein achtete darauf, alle Samen aufzusammeln.

Als alles erledigt war, forderte Weide sie auf, sich wieder um den Tisch zu versammeln. »Wir haben zu tun.«

Stühle und Hocker schrammten über den rauen Boden, als sich die Brüder wieder an den Tisch setzten.

Ein Bruder stand noch immer da und wirkte verloren.

»Übeltäter?«, sagte Weide. »Willst du deinen verdammten Sattel wegschieben und dich hinsetzen, damit wir weitermachen können?«

Übeltäter blinzelte heftig und tat, wie ihm geheißen, wobei er von gutmütigem Gelächter begleitet wurde.

Augenweide sah ihre sieben Reiter an. »Keine Geheimnisse mehr.«

Und sie hielt sich daran.

Endlich, müde vom Klang ihrer eigenen Stimme, hatte sie alles über ihre Krankheit und den Schlamm erzählt.

In der Böttcherei herrschte nachdenkliche Stille, und jeder Mischling kaute auf dem Gesagten herum. Weide wartete darauf, dass ihre Führungsrolle infrage gestellt wurde, und versuchte, nicht daran zu denken, wer sie unterstützen würde. Es gelang ihr nicht. Vollkorn sprach für zwei, denn er hatte auch Schakals Stimme. Blindschleiche würde loyal bleiben, aber sie war sich nicht sicher, wie er mit Grasmückes Stimme abstimmen würde. Übeltäter war gerade erst an den Tisch gekommen. Er würde es sich nicht vorstellen können, gegen sie zu stimmen. Den Rest konnte sie jedoch nicht einschätzen.

Stummklotz war der Erste, der sich meldete und in Gebärdensprache eine Frage an Weide stellte. Die einfache Großzügigkeit dieser Frage brachte sie fast dazu, als Häuptling zurückzutreten. Sie hatte diese Bastarde nicht verdient.

»Ja«, antwortete sie, »ich bin jetzt gesund. Nicht mehr krank.«

»Freut mich zu hören, Häuptling«, sagte Iltis. »Obwohl ich sagen muss, dass du einen viel besser aussehenden Schlammmann abgegeben hättest.« Er beugte sich nach links und stupste Honigwein an. »Erinnerst du dich an diesen verdammten Weichling? Verdammt, was für ein Inzüchtiger!«

Honigwein schenkte ihm ein Grinsen, das aber wieder zu einem Grübeln zusammenschmolz. Er wirkte hölzern und starrte auf den Tisch. Iltis bemerkte es nicht, seine Aufmerksamkeit galt den anderen Brüdern.

»Ich und der Häuptling waren die Einzigen hier, die gegen ihn gekämpft haben. Vollkorn war bewusstlos und Honigwein hat ihn gepflegt. Schleich war ... wo warst du? Ach, wen kümmert das schon! Der Rest von euch war noch nicht eingeschworen. Das ist auch ein verdammtes Glück. Ich und Schuhnagel rannten los, um dem Häuptling zu helfen, und dieser schlabbrige Sumpfbewohner ...«

»Er hätte dich fast umgebracht«, unterbrach ihn Weide. »Er war ein Wahnsinniger, ein Horror. Und zum Glück sitzt alles, was von ihm übrig ist, unter Strava in der Falle.«

Honigweins Schweigen war das einzige Anzeichen von Missbilligung in der Rotte. Weide brauchte einen Moment, um die im Raum herrschende Ruhe zu begreifen. Erleichterung, wo eigentlich Wut hätte sein sollen, Gehorsam, wo eigentlich Rebellion hätte sein sollen. Ihre Brüder akzeptierten, was sie ihnen gesagt hatte, akzeptierten ihr Vorgehen. Doch sie wusste, was sie *nicht* akzeptieren würden: ein Rücktrittsangebot. Und sie verstand.

Die Wahren Bastarde hatten ihren Häuptling wieder.

Sie war ihnen entrissen worden und war zurückgekehrt. Es war ein Sieg gegen Hispartha, gegen die Teufelshunde. Es war ein Sieg gegen Ul-wundulas.

Wieder einmal war Weide gezwungen, sich ihrem Vorgänger zu stellen. Indem sie den Platz des Häuptlings einnahm, war sie ihm ähnlicher, als sie es je für möglich gehalten hätte. Nach allem, was man hörte, war der Lehmmaster von Anfang an gerissen, mächtig und gefürchtet gewesen. Das hatte ihn zu dem Kriegsherrn gemacht, der die Geteilten Lande gewonnen hatte. Vielleicht war das verbitterte, hasserfüllte, verrückte Arschloch immer da gewesen und hatte den Rest aufgefressen. Sicherlich war am Ende nichts anderes mehr übrig gewesen, aber Weide musste akzeptieren, dass sie einen Häuptling gekannt hatte, der durch Alter, Schmerz und die Härte des Rottenlebens geschwächt gewesen war. Warum hatte er dann überlebt? Warum war Grasmückes Herausforderung gescheitert? Warum hatte es nicht ein Dutzend mehr davon gegeben, bevor Schakal seine Axt aus Trotz geworfen hatte? Jetzt erkannte sie die Antwort.

Eine Rotte scharte sich um Macht und Stärke, aber das war nicht das, was sie zusammenhielt. Ihre Loyalität war an die Überzeugung gebunden, dass derjenige, der sie anführte, den Mut hätte, dem Sturm am längsten standzuhalten, der die schwersten Aufgaben übernahm, damit sie es nicht tun mussten. Vater hatte sich in ihr getäuscht. Und in sich selbst. Das hatte nichts mit Lust, Liebe oder Angst zu tun. Es ging darum, den Mischling zu unterstützen, der den Appetit hatte, aufs Maul zu bekommen und für mehr zurückzukehren. So hart das Leben im Brachland auch sein mochte, es war nichts im Vergleich zum Leben auf dem Stuhl des Rottenmasters. Warum sollte jemand die Herausforderung annehmen, wenn es einen anderen gab, der bereit war, sich zwischen sie und die fliegenden Bolzen zu stellen? Was würden sie nicht alles verzeihen, um diesen Schutz zu behalten?

»Wie geht es jetzt weiter, Häuptling?«

Weide war sich nicht sicher, wer von den beiden die Frage gestellt hatte. Sie war sich nicht sicher, ob es überhaupt eine Stimme im Raum war und nicht nur eine in ihrem Kopf. Nein, nicht in ihrem Kopf. Es war das Geräusch, das ihr Herz jedes Mal machte, wenn es schlug.

»Hispartha wird eines Tages wieder vor unseren Toren stehen«, sagte sie. »Entweder auf der Suche nach mir oder nach Schakal; oder einfach nur, weil wir ihnen bei ihrer Rückeroberung Ulwundulas' im Weg stehen. An diesem Tag werden wir alle sterben. Und das auch nur, wenn dieser verdammte Ruin von den Dickhäutern sie nicht zur Schlachtbank geführt hat. Es gibt nur einen Weg zu überleben: nicht hier sein, wenn sie kommen.«

Die angenehme Ruhe im Raum schwand.

»Was willst du damit sagen, Häuptling?«, fragte Schlangenschlupf.

»Dass es an der Zeit ist, Teilsieg zu verlassen.«

»Machst du gerade Witze?‹«, fragte Vollkorn, seine Verwirrung grenzte an Feindseligkeit.

Weide wusste, dass sie ihn damit verletzen würde. Deshalb hatte sie es vermieden, ihm auf der Rückreise davon zu erzählen.

»Unser Zuhause ist die Rotte, Vollkorn«, sagte sie und wünschte sich jetzt, sie hätte nicht gewartet.

»Nicht für die Stadtbewohner«, sagte Schlangenschlupf.

Stummklotz klopfte zustimmend auf den Tisch.

Weide nickte. »Sie werden gehen müssen.«

»Wohin?«, fragte Übeltäter erschrocken.

»Zur Stoßzahnflut?«, schlug Schlange vor. »Sie haben sie schon einmal aufgenommen.«

Weide würde nur die Wahrheit sagen. »Keilerlippe wird nichts mehr mit uns zu tun haben.«

Iltis lehnte sich in seinem Stuhl zurück, breitete die Hände aus und warf einen spöttischen, suchenden Blick durch die Böttcherwerkstatt. »Wohin dann?«

»Zu den Söhnen.«

»Dieser verschrumpelte Samenbeutel, der sie anführt, hält uns für einen hoffnungslosen Fall!« Iltis war kurz davor, vor Wut auszuspucken. »Glaubst du, ich hätte nicht mit einigen seiner Jungs gesprochen? Verdammt, die Hälfte der Geteilten Lande glaubt bereits, wir seien tot. Die andere Hälfte hat uns einfach vergessen. Wenn wir zu den Söhnen oder einer anderen Mischlingsrotte gehen und sie anflehen, unsere Leute zu nehmen, wird sich in ganz Ul-wundulas herumsprechen, dass wir erledigt sind.«

»Aber das werden wir nicht sein.«

Alle am Tisch sahen Honigwein an.

»Denkt darüber nach«, sagte er. »Eine Rotte besteht aus Reitern. Halb-Orks auf Keilern. Unser Glaubensbekenntnis sagt nichts von Festungen und Höfen. Die Hauer der Vorväter kümmern sich nicht um solche Dinge und niemand sagt, dass sie sich auflösen sollen.«

»Honigwein«, Iltis konnte sich die Zurechtweisung nicht verkneifen, »hör dir selbst mal zu. Du ermutigst uns, die Menschen, die wir beschützen sollen, im Stich zu lassen.«

»Das tue ich. Wenn es sie *und* die Rotte rettet, dann ja, tue ich das. Der Häuptling hat recht. Wir ernähren sie kaum noch. Sie werden Teilsieg schon bald verlassen, so wie es aussieht. Vielleicht wird diese Rotte eines Tages wieder eine Macht in den Geteilten Landen sein, vielleicht eine Festung bauen, die es mit der Brennerei aufnehmen kann. Aber an dem Punkt sind wir jetzt nicht! Wir stehen am Rande des Verhungerns und werden von Scheiße angegriffen, gegen die wir nichts ausrichten können. Wir versuchen, an etwas festzuhalten, das mit dem Lehmmaster gestorben ist. Ich sage, wir bringen diese Leute irgendwohin, wo sie sich wenigstens sicher fühlen können, und dann können wir uns darauf konzentrieren, diese Rotte wieder stark zu machen.«

»Und was ist mit unseren Schlammköpfen?«, sagte Vollkorn herausfordernd, der mit Honigweins Argumentation offensichtlich nicht zufrieden war. »Schmeißen wir die auch einfach weg?«

Die Antwort von Honigwein war ruhig und kalt. Und korrekt: »Die Hälfte von ihnen wird desertieren, egal wohin wir die Dorfbewohner bringen. Das haben wir letztes Jahr gesehen, als die meisten unserer Anwärter beschlossen, dass sie bei der Flut besser aufgehoben sind. Sollen sie doch. Das sind weniger Münder. Wir werden herausfinden, welche von ihnen nur eine Brigantine tragen wollen und welche Wahre Bastarde sind.«

Vollkorn knurrte. »Und was ist mit den Wahren Bastarden? Wo sollen wir hin?«

»Hundsfälle«, antwortete Honigwein.

Übeltäter starrte Weide mit offen stehendem Mund an, als hätte sie die Antwort gegeben. »Die Sprossen?«

Iltis war der Nächste, der sich eindringlich an sie wandte: »Sollen wir uns wirklich hinter den Elfen verstecken?«

»Sie sind die Einzigen, die wissen, wie man die *Asil'a kaga arkhu* bekämpft«, sagte Honigwein.

Die fremden Worte steigerten Iltis' Erregung nur noch mehr. »Sollen wir *dafür* unser Land aufgeben? Die Orks einfach hindurchmarschieren lassen, nur weil eine ihrer unglückbringenden Fotzen hier herumschleicht? Wir haben von diesen Hunden seit der ersten Nacht, in der sie kamen, weder Haut noch Haar gesehen.«

»*Du* vielleicht nicht«, sagte Weide.

»Das ist aber ein gutes Argument«, sagte Vollkorn und nutzte die Gelegenheit, um der Diskussion eine Wende zu geben. »Weide, du hast selbst gesagt, dass er dich am Leben gelassen hat. Honigwein kam mit den Unyar-Vorräten durch. Auf dem ganzen Ritt von den Schmelzlingen hat uns nichts gestört. Ich glaube nicht, dass einer von uns so tun würde, als wüsste er, was dieser Ork vorhatte, aber es sieht so aus, als wäre er weitergezogen.«

Honigwein beugte sich vor und presste einen Finger auf den Tisch. »Dieser Ork wird immer wieder auf uns zukommen. Darauf wette ich. Selbst wenn *er* uns in Ruhe lässt, wird Hispartha es nicht tun. Kalbarca wird nicht das Ende der Fahnenstange sein. Hört denn keiner von euch den Häuptling?«

»Ich höre den Häuptling sagen, dass wir von unserem Land fliehen sollen und es einfach den Orks überlassen«, sagte Iltis. »Du reitest diesen verrückten Keiler mit ihr, weil du glaubst, dass er ins Sprossenland galoppiert.«

Honigwein warf seine Hand hoch. »Dann hörst du mich wohl auch nicht.«

»Ich habe dich gehört, als du von Strava zurückkamst und mir erzählt hast, dass es auf dem Gebiet der Spitzbuben jetzt ein paar dünenbumsende Weichlinge gibt, und jetzt sagt mir der Häuptling, dass sie dieses Gebiet hier auch bekommen werden!«

Stummklotz unterbrach den aufkeimenden Streit zwischen den beiden, indem er mit den Fingern schnippte. Er deutete auf Blindschleiche, bevor er eine Hand als angedeutetes Geweih auf seinen Kopf hielt.

»Ich habe eine Idee«, sagte Schlangenschlupf. »Häuptling, warum kann Schleich nicht zu den Sprossen gehen? Er kennt Grasmücke am besten. Dann können wir bleiben und ...«

Weide schlug auf den Tisch. »Genug! Keiner von uns kann bleiben. Keiner. Wenn wir es tun, sterben wir. Es ist so weit. Ich weiß noch nicht, wohin, aber wir *werden* gehen. Teilsieg kann uns nicht aufrechterhalten, kann uns nicht beschützen. Wir werden nie besser ausgerüstet sein als jetzt, um zu gehen. Aber es wird trotzdem Zeit brauchen. Das Volk wird sich weigern, uns zu verlassen, also werden wir ...«

»Nein.«

Iltis' Hand schnellte hoch, krachte herunter und rammte ein Messer in den Tisch.

Der bebende Stahl war alles, was sich eine Ewigkeit lang bewegte.

Weide holte tief Luft. »Iltis, hör zu ...«

»Das bin ich! Das habe ich. Tut mir leid, Häuptling, aber nein. Bastarde werden sterben, und ich sage, wir sterben hier, auf unserem Land. Nirgendwo sonst. Wir haben schon einmal bewiesen, dass wir bereit sind, es zu tun. Was ist der Unterschied zu damals?« Sein Axtgesicht sah alle am Tisch nacheinander an. »Brüder, es gibt keinen. Also sage ich Nein. Wir bleiben. Wenn ihr alle nicht einverstanden seid, kann der Häuptling mir diesen Dolch durch mein verdammtes Auge stoßen. Das ist der Kodex. Aber ich sterbe lieber, bevor ich mich von noch einem Gebiet verabschiede. Heute, wenn es sein muss.«

Weide stützte ihre Hände auf den Tisch, eine leichte Bewegung, die die Aufmerksamkeit aller auf sich zog. »Er hat recht. Wahre Bastarde, die Entscheidung, Teilsieg zu verlassen, wurde infrage gestellt. Stecht ein Messer, wenn ihr meint, wir sollten bleiben.«

Stummklotz stand auf, zog sein Messer und stieß es ohne Groll in den Tisch.

»Ich bin auf der Seite des Häuptlings«, sagte Blindschleiche. Doch noch während seine dünne Stimme seine Unterstützung verkündete, schob er ein Messer zwischen die Lamellen des Tisches, glatt und lautlos. »Das ist für Grasmücke.«

Der bleiche Mischling scheute sich nicht, Augenweide anzusehen, nachdem er es getan hatte, und in den starren Augen war keine Reue zu erkennen. Sie nickte ihm zu. Grasmücke war von der Rotte vertrieben worden und hatte fast zwei Jahrzehnte in der Fremde verbracht, bevor er zurückkehren konnte, nur um dann wieder zu gehen, freiwillig, um einem von einer Seuche befallenen Kind zu helfen. Aber sein Herz war immer in Teilsieg. Schleich hatte recht, das alte Dreiblut würde niemals zustimmen, dass die Rotte gehen sollte.

Schlangenschlupfs Messer lag nun in seiner Hand, aber er starrte lange auf die Klinge, beinahe verwirrt über ihre Anwesenheit. Schließlich vergrub er die Klinge im Holz, als würde sie ihn noch mehr verbrennen als das Al-Unan-Feuer.

Vier Stimmen dagegen. Für Weide hatten nur sie selbst und Schleich gestimmt.

Honigwein sah aus, als wolle er den ganzen Tisch umwerfen, während er auf seiner wachsenden Bestürzung herumkaute. »Ich bin auf der Seite des Häuptlings.«

Drei auf ihrer Seite.

Niemand konnte es fassen, als das Messer des Übeltäters zuschlug. Weide bemühte sich, ihn nicht anzustarren. Nicht, dass das Jungblut sich getraut hätte, sie anzusehen. So viel zu ihrem Glauben an die Loyalität des frisch Eingeschworenen.

Vollkorn blieb mit verschränkten Armen am Fußende sitzen. Langsam zog er sich das Kopftuch vom Kopf und kratzte sich.

»Als er ging, sagte Schakal mir, ich solle immer an deiner Seite bleiben, also weiß ich, was er tun würde.«

Vier. Weide hielt Vollkorns Blick stand.

»Aber er kontrolliert nicht meine Stimme.«

Vollkorn stieß sein Messer in den Tisch. Ohne aufzustehen,

spaltete er eines der Bretter und machte damit die Entscheidung, dass die Rotte bleiben sollte, unmissverständlich klar.

Weide ließ nicht zu, dass irgendetwas den nächsten Augenblick beherrschte, kein Schweigen, kein Zögern, keine Gewissensbisse. Nur ihre ruhige Stimme folgte dieser letzten Abstimmung.

»Wir bleiben also hier. Das bedeutet normale Aufgaben. Honigwein, ich will eine Bestandsaufnahme unserer Vorräte und einen Rationierungsplan. Klotz, bleib an den Keilern dran. Wir müssen sie alle einreiten. Iltis, mach den Graben fertig. Übeltäter, Schlange, Schleich, ihr reitet Patrouillen. Der Rest von uns schließt sich euch an, wenn es möglich ist, aber ihr tragt die Hauptlast. Vollkorn, Schlammkopftraining. Gewöhne sie daran, dass du wieder da bist. *Bearbeite* sie, verdammt. Ich werde einen Trupp zur Ruine der Brennerei führen. Wir brauchen immer noch Steine, vor allem, wenn wir uns zur Wehr setzen wollen. Ihr habt eure Aufgaben. An die Arbeit.«

Die Brüder standen auf und schlurften zur Tür hinaus. Iltis blieb zurück.

»Häuptling ...«

»Die Abstimmung ist entschieden, Iltis«, sagte Weide. »Du hast gewonnen. Das Einzige, was schlimmer ist als Schadenfreude, ist Schmollen. Wir sitzen immer noch im selben Boot, und wenn du dein Glück nicht mit einer anderen Herausforderung versuchen willst, bin ich immer noch der Häuptling. Und jetzt geh.«

Als er weg war, saßen Honigwein und Vollkorn immer noch herum.

Verärgert warf Weide ihnen einen Blick zu. »Braucht ihr zwei etwas?«

»Ich wollte nur wissen, ob es noch etwas gibt, das ich wissen sollte«, antwortete Honigwein, dessen Stimme so steif war wie sein Körper. »Über die Söhne oder etwas anderes?«

»Was habe ich gerade über das Schmollen gesagt? Ich habe dir nicht gesagt, dass ich krank bin, Honigwein. Ich habe es niemandem erzählt. Schleich hat es herausgefunden. Du nicht. Sei wütend, aber finde einen Weg, darüber hinwegzukommen. Und zwar schnell.«

»Ich bin nicht wütend, Häuptling. Ich weiß, warum du es niemandem gesagt hast, genauso wie ich weiß, warum Vollkorn gerade gegen dich gestimmt hat. Es hätte zu einem Unentschieden geführt, wenn er dich unterstützt hätte, und die beiden Seiten zu einem Kampf gezwungen, um die Herausforderung zu entscheiden. Mit Vollkorn und Schleich auf deiner Seite hatte Iltis niemanden mehr, den er für den Kampf vorschlagen konnte, und der in der Lage gewesen wäre, ihn für sich zu entscheiden. Wir hatten bereits gewonnen. Ihr beide denkt, dass niemand die Blicke sehen kann, die zwischen euch ausgetauscht werden. Sicher, ihr kennt euch schon so lange, dass sie fast unsichtbar sind, aber es gibt sie trotzdem. Ich habe es gesehen. Vollkorn hat dich gefragt, was du von ihm willst, und du hast geantwortet. Du hast Iltis die Abstimmung geschenkt.«

»Die Rotte braucht die Zwietracht nicht, die durch einen solchen Kampf hervorgerufen wird«, sagte Weide. »Ich konnte mir nicht vorstellen, dass Abri... Ich konnte mir nicht vorstellen, dass Übeltäter sich gegen mich stellen würde. Ich kann ihn umstimmen. Schlange auch. In ein paar Tagen kann ich das wieder auf den Tisch bringen. Vielleicht muss ich Kürbis erst auf den Zahn fühlen, bevor ich seinen Namen für die Bruderschaft vorschlage.«

Honigwein stand auf. »Ich weiß, Weide. Ich verstehe das alles. Ich verstehe, dass du uns nicht von der Krankheit erzählt hast, weil du Angst hattest, schwach zu wirken. Was ich nicht verstehe, ist, warum du dachtest, du wärst mit dieser Angst allein. Warum du nicht mit ... jemandem gesprochen hast, der vielleicht ein wenig über das Überleben in einer Rotte weiß, die ihn für schwach hält.«

»Weil ich dich nie für schwach gehalten habe, Honigwein. Das tut keiner von uns.«

Das überrumpelte ihn und zerstreute seine Wut etwas.

»Trotzdem. Ich hätte helfen können.«

Honigwein blieb noch einen weiteren verkrampften Moment und versuchte, Vollkorn nicht anzusehen, was ihm nicht gelang. Schließlich drehte er sich um und verließ die Werkstatt.

»Ich glaube, es hat ihm gefallen, dass ich weg war«, sagte das Dreiblut. Er versuchte, sie zum Lächeln zu bringen, das wusste Weide.

Stattdessen warf sie ihm einen warnenden Blick zu.

Vollkorn verstand den Wink und stand auf.

»Du hast das Richtige getan.«

Weide lachte jetzt zwar, aber es war ein humorloses Lachen. »Ich bin nur davon ausgegangen, sie würden mich nie herausfordern. Was für ein Dummkopf.«

»Ich wünschte, du hättest mir vorher gesagt, was du denkst. Ich konnte es zunächst nicht begreifen. Wahrscheinlich hat das nicht geholfen.«

Weide konnte nur nicken. Sie beschloss, das Thema zu wechseln. »Hat sich Xhreka eingelebt?«

Vollkorn brummte zustimmend. »Ich bin immer noch überrascht, dass du ihr allen Ernstes einen Platz angeboten hast.«

Augenweide zuckte mit den Schultern. »Sie wird sich vielleicht noch wünschen, sie hätte abgelehnt, bevor alles vorbei ist.«

»Das meinte ich nicht.«

»Ich weiß. Geh schon. Geh zu den Schlammköpfen. Und sieh dir auch Kürbis und Faulpelz genauer an. Ich will wissen, was du von ihnen hältst.«

Vollkorn nickte und stand auf. »Wir werden das Kind schon schaukeln, Weide.«

Die Tür zur Böttcherei öffnete und schloss sich wieder, und Weide blieb allein zurück, um herauszufinden, wie sie diese Rotte retten konnte; die Rotte, die sie gerade vergrößert hatte, die Rotte, die sich ihr gerade zum ersten Mal offen widersetzt hatte, und zwar nicht aus den Gründen, die sie vermutete.

Die Schatten verlängerten sich über halb fertige Fässer und Särge, doch sie fand keine Antwort.

22

Weide und der Regen beherrschten den zweiten Tag des Schlammkopf-Trainings. Gefechtsübungen, das Reparieren von Zaumzeug und das Üben von Stürzen von einem angebundenen

Keiler waren allesamt matschige, rutschige Tätigkeiten. Weide übernahm das Training, damit Vollkorn seinen starken Rücken beim Ausheben des Grabens einsetzen konnte, wo sich der Abfluss den Schaufelnden widersetzte, indem er alles in die eben entstandene neue Erdfurche schüttete.

Gegen Mittag rückten die Schlammköpfe zwischen verlassenen Häusern vor, mit vorerst ungeladenen Armbrüsten im Anschlag.

»Achte auf den Winkel der Armbrust, Tel«, riet ihm Weide. »Wenn du dich erschreckst und den Abzug ziehst, bekommt Touro einen Bolzen in den Rücken. Bekir, mehr auffächern. Überhol das Zentrum nicht, Incus, du bist die Nachhut. *Incus*. Verdammt.«

Weide folgte der Formation, sodass sie hinter dem gehörlosen Dreiblut ging.

»Das wird ein Problem sein«, sprach Kürbis Weide von der Seite an.

»Nur für die Ausbildung«, antwortete sie. »Auf dem Feld wäre Stille das Ziel. Gosse, Gesicht nach vorne! Was schaust du nach hinten? Du auch, Dacia. Nichts von dem, was ich sage, betrifft euch! Touro, gib das Zeichen zum Halt.«

Der Schlammkopf an der Spitze grub die Zehen seines hinteren Fußes in den Boden. Der Rest stoppte den Vormarsch nahtlos. Weide drehte sich um und sah Incus an.

»Behalte immer alle deine Brüder im Blick«, erklärte sie und machte eine Bewegung, um dem Dreiblut zu zeigen, dass sie die Flanken überholt hatte. »Deine Körpergröße ist hier von Vorteil, also wird das immer deine Position sein. Ich möchte, dass du heute Abend mit Vollkorn sprichst. Er wird dich besser beraten können. Lerne alles, was er dir sagen kann.«

»Ja, Häuptling.«

Als Weide an ihren Platz zurückkehrte, vernahm sie ein genervtes Atmen. Sie machte auf dem Absatz kehrt.

»Gibt es ein verdammtes Problem, Gosse?«

Das schuldbewusste Gesicht des Schlammkopfs wurde ausdruckslos, seine Augen weiteten sich überrascht, weil er erkannt worden war. Er war in den mittleren Jahren seiner Ausbildung, alt genug, um ein paar Dinge zu wissen, gerade genug, um übermütig zu werden, aber jung genug, um immer noch ein Dummkopf zu sein.

»Wenn du etwas zu sagen hast, lass es uns hören.«

»N-nichts, Häuptling.«

Wenn Blicke Scheiße werfen könnten, hätte Weides eiserner Blick, mit dem sie ihn bedachte, es getan.

»Touro«, sagte sie, und die Formation setzte sich wieder in Bewegung.

Weide wartete, bis sie die Wäscherei erreicht hatten, und ließ erneut anhalten. Sie trat an einen der Balken, die das Vordach stützten, und wandte sich an die Schlammköpfe.

»Du wurdest gerade von zwei *ulyud* angegriffen. Dacia, wie viele Orks sind das?«

»Ein Dutzend, Häuptling.«

»Ein Dutzend Orks. Und einer ist gerade in eurer Mitte eingefallen.« Weide schlug mit einer offenen Handfläche auf den Balken. »Ihr müsst alle dem Drang widerstehen, ihn zu spicken. Er ist in eurer Mitte. Wenn ihr Bolzen abfeuert und ihn verfehlt, riskiert ihr, euch gegenseitig zu treffen. Und ihr haltet nicht länger die anderen elf Dickhäuter zurück. Diese Scheißsituation hängt von einem einzigen Bastard ab. Gosse, töte diesen Dickhäuter, bevor sein Hackebeil die Köpfe deiner Brüder abschlägt.«

Der Schlammkopf hob seine ungeladene Armbrust.

»Sieht so aus, als hättest du keine Bolzen mehr, Anwärter«, bemerkte Weide unaufgeregt. »Du wirst wohl gegen ihn kämpfen müssen.«

Gosse ließ seine Armbrust am Riemen baumeln und zog seinen Talwar. Er machte einen schnellen Schritt und hackte in den Balken. Seine Klinge schnitt fingerbreit in das Holz und blieb stecken. Er zog ein paar Mal, bis er sie freibekam.

»Dein Feind steht noch«, sagte Weide und betrachtete die Höhe des Balkens, der halb so groß war wie sie. »Und du bist tot.« Sie machte einen weiten Schritt nach rechts. »Incus.«

Gosse musste ausweichen, als das Dreiblut angriff. Sie hatte keine Waffe gezogen und traf mit beiden Händen den Balken. Sobald sie aufprallte, stieß sie zu, wobei sie ihr ganzes Körpergewicht und ihre ganze Bewegung in den Stoß legte. Der Balken riss eine Handbreit über dem Boden ab und knickte ein, wobei die Schlammköpfe, die dem Vordach am nächsten waren, sich schleunigst zerstreuten, als es einstürzte.

Alle starrten verblüfft, auch Kürbis. Weide sah Gosse scharf an.

»Incus hat eurer Patrouille gerade noch ein paar Momente zum Weiterleben geschenkt«, sagte sie mit erhobener Stimme. »Wenn ihr sie gut nutzt, werdet ihr mit ein wenig Glück nur mit einem toten Bruder nach Hause gehen. Aber mit zwei *ulyud* ist das alles andere als sicher. Auch für die erfahrensten Reiter nicht. Also habe ich gerne ein Dreiblut im Rücken. Ihr könnt alle hören. Sie kann es nicht.« Weide trat gegen die Trümmer. »Sie kann das. Ihr könnt es nicht. Sie stärkt eure Schwächen. Seht zu, dass ihr das Gleiche für sie tut. Verstanden?«

Alle Schlammköpfe gaben ein eifriges und ernsthaftes »Ja, Häuptling« von sich.

»Sehr gut. Zurück in die Formation.«

Incus schritt zurück auf ihren Platz, aber Weide hielt Gosse auf, indem sie sich räusperte. Sie blickte auf den umgestürzten Balken.

»Der Anblick dieses toten Orks gefällt mir«, sagte sie. »Ich würde ihn gerne als Trophäe behalten.«

Der Schlammkopf nickte und schleppte das zersplitterte Holz für den Rest der Übung klaglos mit sich herum. Danach schickte sie alle Anwärter in den Graben und stapfte durch den Morast von Teilsiegs Durchgangsstraße zu den Ställen.

Sie fand Stummklotz in dem behelfsmäßigen Abferkelstall, wo er sich um Spänes Sau kümmerte. Der große Mischling sah von dem Tier auf, als Weide sich in die Enge des niedrigen Baus beugte. Kleines Waisenmädchen stand ruhig da, während Stummklotz ihre von den Hunden erlittenen Wunden wieder versorgte. Sie schienen nicht zu eitern, ein Beweis für die Geschicklichkeit des stummen Reiters.

»Ich hätte gewettet, dass wir sie einschläfern müssen«, sagte Weide.

Stummklotz schüttelte den Kopf und sah zufrieden aus. Er hob drei Finger und winkte sie hin und her. Dann streckte er einen Finger der anderen Hand aus, reduzierte die drei Finger der anderen Hand auf zwei und benutzte sie, um die erste Hand zu spreizen.

»Sie ist in ein paar Tagen bereit, geritten zu werden?«

Klotz formte seine Hände zu der Gestalt eines Reiters und bewegte sie langsam auf und ab.

»Leicht zu Anfang. Natürlich.«

Stummklotz senkte sein Kinn auf diese langsame Art. Weide widerstand dem Drang, das Verlassen von Teilsieg anzusprechen. Es würde schwierig werden, diesen ehemaligen Nomaden auf ihre Seite zu ziehen. Er kannte die Nöte eines heimatlosen Wanderers nur zu gut, und sie verlangte von ihm, dieses Leben noch einmal aufzunehmen. Der Schatten von Orks und Cavaleros war nichts im Vergleich zu den Jahren, die er im Brachland verbracht hatte, verletzlich und isoliert. Verdammt, die anderen Brüder sagten, er hätte sich noch keine Koje genommen und schliefe weiterhin auf dem Boden. Wie konnte sie ihn überzeugen, an einen Ort zurückzukehren, den er in vielerlei Hinsicht nie verlassen hatte? In den meisten Nächten ging er immer noch hungrig zu Bett. Teilsiegs Mauern, dieser Stall, waren das, was den Unterschied zwischen dem alten und dem neuen Leben ausmachte und ihn an die Rotte fesselte. Weide hatte dem nichts entgegenzusetzen, noch nicht, und so blieb ihr nichts anderes übrig, als ihn in Ruhe zu lassen und zu akzeptieren, dass er und Iltis die stärksten Gegner waren.

Schlangenschlupf und Übeltäter konnte sie jedoch für sich gewinnen. Honigwein bearbeitete Schlange. Wenn sie ihn erst einmal hatten, hoffte Weide, dass ihr jüngstes Mitglied sich ihnen anschließen würde.

In der Dämmerung ließ der Regen zwar nach, aber die Luft war immer noch schwül. Blindschleiche führte mit Touro und Petro Messerübungen in der Nähe des Tores durch. Die ältesten und erfahrensten Anwärter arbeiteten hart, und die Nachricht von Übeltäters Aufstieg gab ihnen offensichtlich zusätzlichen Mut; genug, um ihre angeborene Angst vor Schleich zu überwinden. Fast.

Augenweide beobachtete das Training, bis die Dunkelheit Iltis und seine Grabengräber wieder in die Mauern zurückbrachte, alle erschöpft und müde. Dacia und Incus gehörten zur Mannschaft und gingen Seite an Seite. Faulpelz und Kürbis waren ebenfalls angeworben worden, zweifellos auf Drängen von Vollkorn. Das Dreiblut blieb neben ihr stehen, überkrustet mit Erde.

»Fast fertig«, sagte er zu ihr.

Verdammt, es war gut, ihn wiederzuhaben.

Augenweide nahm sich vor, am nächsten Tag selbst einige Zeit bei der Aushebung zu verbringen. Es würde sich gut anfühlen, mit einem Stück Metall etwas Hartes zu treffen, auch wenn es nur Dreck und Steine waren.

»Gute Arbeit«, sagte sie zu der schmutzigen Mannschaft, als sie vorbeikam. Sie klopfte Vollkorn auf den Arm. »Komm in mein Privatgemach, wenn du dich gewaschen hast.«

»Das werde ich gerne tun.«

Es war Faulpelz, der antwortete. Er war vorbeigegangen und ging nun mit einem strahlenden Lächeln rückwärts.

»Geh weiter, Hure«, sagte Augenweide zu ihm.

Der Nomade tat, wie ihm geheißen, und stieß ein Lachen aus. Irgendetwas an diesem Geräusch, das nach der Schinderei im Graben so aufrichtig und amüsiert klang, brachte Weide auf einen Gedanken, den sie schnell wieder loswerden musste. Wurde sie aber nicht. Weide beobachtete Faulpelz, bis er im Schlafsaal der Winzer verschwunden war.

In dieser Nacht ging eine magere Menge Weins zwischen Weide und Vollkorn hin und her. Sie konnte nur mit Mühe verhindern, dass sie die gesamte kärgliche Ration in einem Zug hinunterkippte.

»Glaubst du, unter den Vorräten der Unyaren ist etwas von dieser abscheulichen, glorreichen Milch?«, überlegte Weide, beugte sich auf der Bettkante vor und stützte die Ellbogen auf die Knie.

Vollkorn beobachtete sie von seinem Stuhl aus mit kaum verhohlener Sorge.

»Ich weiß«, sagte sie. »Nicht der richtige Zeitpunkt, um sich zu betrinken.« Sie fragte sich, ob die Grube der Huldigung Vollkorn mit einer Menge Spirituosen versorgt hatte, aber sie ließ die Frage in ihrem Kopf verschwinden. Das schien nichts zu sein, worüber er groß sprechen wollte. »Hast du heute bei Iltis etwas erreicht?«

Vollkorn zuckte frustriert mit den Schultern. »Ich habe ihn der Herausforderung wegen ein bisschen aufgezogen. Es ist ihm unangenehm, das getan zu haben.«

»Genug, um seine Stimme zu ändern?«

»Vielleicht. Mit ordentlich Schikane. Willst du diesen Weg einschlagen?«

Weide gab die Flasche zurück und schüttelte den Kopf. »Nein. Aber habe ich deshalb unrecht? War es falsch von mir, nicht für die Wahl zu kämpfen?«

»Du weißt, dass es darauf keine Antwort gibt.«

Die gab es nicht. Sie wusste, dass man unmöglich sicher sein konnte, dass Schleich nicht denjenigen töten würde, den Iltis zum Champion wählte. Und sie konnte aus demselben Grund nicht Vollkorn wählen, nicht nach der Grube.

»Lehmmaster hätte gekämpft.« Sie bekam den Wein zurück und nahm einen Schluck.

»Ja. Aber er hätte keine weiblichen Schlammköpfe erlaubt.«

Bei ihrem bitteren Lachen tropfte ihr ein wenig Wein aus dem Mund. Sie wischte sich das Kinn ab. »Die Wahrheit? Das ist mir nie in den Sinn gekommen. Ach, Scheiße. Was, zum Teufel, bedeutet das? Ich habe jahrelang gegen die Verachtung des Lehmmasters angekämpft, nur um festzustellen, dass ich auch nicht anders bin. Ich habe sie für Huren gehalten, Vollkorn.«

»Du hattest nicht ganz unrecht. Eine von ihnen ist eine, richtig? Du hast sie mit den Söhnen so schnell weggeschickt, dass ich sie kaum zu Gesicht bekommen habe. Die anderen beiden werden es sich zweimal überlegen, ob sie jemals einen Befehl missachten.«

Er wollte, dass sie sich besser fühlte. Sie wollte sich nicht besser fühlen. Und sie wollte sich nicht mit Ahlamra beschäftigen. Sie hatte ihr mit der Aufgabe, mit der sie das Mädchen betraut hatte, keinen Gefallen getan. Eine Aufgabe, über die sie nicht zu sprechen wagte, nicht einmal mit Vollkorn.

Weide nahm einen weiteren Zug und gab die Flasche wieder ab. »Was noch schlimmer ist: Selbst als ich erkannte, was sie vorhatten ... verdammt, ich konnte nur daran denken, dass keiner von ihnen Erfolg haben würde.«

Vollkorn grunzte. »Nun, eine von ihnen hat heute im Graben die Arbeit von zehn erledigt.«

»Sagt ein Dreiblut über das andere.«

»Nicht sie. Die mit den Narben ... Dacia.«

Weide quittierte das mit einem Nicken. »Sie hat Kampfgeist. Aber reicht das? Sie scheint an harte Arbeit gewöhnt zu sein, aber Graben ist nicht Reiten. Es geht nicht darum, gegen Dickhäuter zu kämpfen und die Formation zu halten, während man auf einem Keiler reitet, im Galopp eine Armbrust auslöst und sein Ziel tötet.«

»Und es ist wahrscheinlich, dass keine von ihnen dazu in der Lage sein wird, selbst mit Training.«

Weide warf ihm einen Blick zu. »Anscheinend bin ich nicht die Einzige, die wie der Lehmmaster denkt.«

»Du warst nie ein Schlammkopf.«

»Das weiß ich, verdammt!«

Vollkorn hob eine Hand und bat wortlos um Geduld. »Als Schakal und ich aufstiegen, war da dieser andere Schlammkopf.« Er hielt einen Moment inne und konzentrierte sich, bis er den Namen aus seinem Gedächtnis fischte. »Joam. Guter Reiter. Zäher Kämpfer. Der Zielsicherste unter uns mit einer Armbrust. Und eines Nachts ... fanden wir ihn, von den Dachsparren in der Kaserne baumelnd. Hatte sich aufgehängt. Keine Anzeichen dafür, dass so was kommen würde. Ein anderes Paar, das etwas älter war als wir – ich kann mich nicht einmal mehr an ihre Namen erinnern –, bekam die Stimmen für die Bruderschaft nicht, also zogen die beiden zu Fuß los, um ihr Glück bei den Schädelsäern zu versuchen. Sie haben es nie bis zur Furche geschafft. Es gibt einen Grund, warum es in Teilsieg ... verdammt, in *allen* Gebieten, nicht mehr Mischlinge gibt, die keine Rottenbrüder oder Nomaden sind. Die meisten überleben das Training nicht oder die Schande des Versagens. Die Chancen standen für diese drei von Anfang an nicht schlecht, weil sie etwas zwischen den Beinen hatten, Isa. Schwingende Lümmel sind seit Jahren gescheitert und gestorben, weil es einfach verdammt schwer ist.«

»Darüber habe ich nie nachgedacht«, gab Weide zu.

»Wir reden nicht darüber. Schlammköpfe sind Niemande, bis sie sich beweisen. Diejenigen, die sterben oder desertieren, könnten genauso gut nie gelebt haben. Aber davon weißt du nichts. Du hast dir das Schießen und Kämpfen selbst beigebracht. Als Schak und ich Bastarde waren und dich in den Sattel hievten, hast du auch das schnell gelernt. Nichts von alledem war für dich ein Problem, Weide, außer der Eiterpott selbst.«

Weide ahnte, wohin der Keiler sie tragen würde, und wich aus. »Für dich war das alles genauso wenig ein Problem. Und für Schakal auch nicht.«

»Scheiße!«, platzte Vollkorn lachend heraus. »Der Häuptling war nachsichtig mit mir. Er wollte unbedingt ein Dreiblut, und er hat darüber hinweggesehen, dass ich kaum mit der Armbrust umgehen konnte. Und Schakal? Der hat fast nie eine Brigantine getragen.«

Weide konnte sich ein Lächeln nicht verkneifen. »Der ewige Rebell.«

»Das war er ganz und gar nicht.« Vollkorn nahm einen Schluck. »Er konnte die Signale nicht im Kopf behalten. Ich habe noch nie einen besseren Mischling auf dem Keilerrücken gesehen, aber Schak war nutzlos, sobald der führende Reiter Befehle gab. Hauerschlag. Schenkelschuss. Schnecke. Er konnte nichts davon behalten. Ganz zu schweigen von den Patrouillengeschwindigkeiten!«

Weide war ganz Ohr. Sie hatte nicht geglaubt, dass es noch irgendwelche Geheimnisse zwischen ihnen dreien gab. »Also, was hat er getan?«

»*Er?* Ich! Ich habe jede Nacht mit ihm wach gelegen und sie ihm eingebläut. Hat Wochen gedauert! Jetzt würde man davon nichts mehr ahnen, den Göttern sei Dank.«

»Nein«, sagte Weide nüchtern. »Nein, jetzt kann er nichts mehr falsch machen. Kein Wunder, dass Vater seinetwegen so einen steifen Lümmel hat.«

Als sie fertig war, kratzte Vollkorn an seinem Bart. »Also ... was macht dir zu schaffen?«

»Vater hatte recht. Er *hat* recht. Wäre Schakal geblieben, wäre er jetzt der Häuptling und nicht ich.«

Vollkorn wies das mit einem Rülpsen zurück. »Aber er konnte nicht bleiben. Er ist der Charme von Azhulthickhan ... oder wie auch immer der Scheiß heißt.«

»Ich weiß!«, sagte Weide und sprang vom Bett auf, um etwas Abstand von ihrer eigenen Dummheit zu gewinnen. »Das ist nicht ... es ist nicht so, dass ich wütend bin, dass er es gewesen sein könnte und nicht ich. Es geht darum, dass die Bastarde, wenn er es wäre, nicht in diesem Haufen Schweinescheiße steckten. Wäre er der Anführer, würden uns die Orkflecken nicht abweisen und die Söhne würden uns helfen wollen. Verdammt, Vater sah aus, als würde er seine ganze Rotte auf links drehen, wenn es nur ... Schakal wäre. Es wäre alles so anders, wenn er es wäre, und an den meisten Tagen wünschte ich, es wäre so.«

Nach diesem Eingeständnis wollte sie etwas zerschlagen.

»Du hast recht«, sagte Vollkorn nach kurzem Überlegen. »Wir säßen nicht in dieser Scheiße, wenn Schakal Häuptling wäre. Denn wir wären tot.«

Daraufhin drehte Weide sich um und sah ihren ältesten Freund an. Vollkorn beugte sich auf seinem Stuhl vor. »Ich liebe diesen Mischling mehr als einen Bruder. Das mag ein bisschen nach Hinterlader klingen, wenn ich ehrlich bin. Aber er hätte diese Rotte nie durch die Scheiße führen können, in der wir stecken. Schakal hat den ... täglichen Kampf nie erlebt. Er war blind dafür. Schaks Vorstellung von den Bastarden war die Brennerei, die Jagd auf *ulyud* und auf Huren, die auf Knien seinen ork-schlachtenden Lümmel anbeteten. Du weißt das. Er hat diese verdammte Art, nur das zu leben und sonst nichts. An manchen Tagen hätte ich ihn am liebsten verprügelt.« Vollkorn nahm einen großen Schluck und sah Weide scharf an. Plötzlich erinnerte sein Gesichtsausdruck sie an Beryl, wenn sie sich Gehör verschaffen wollte. »Er liebte die Geteilten Lande und diese Rotte und er liebte uns. Ich hoffe, dass er das nach wie vor tut, wo immer er auch ist. Aber hör mir zu, wenn ich dir sage, dass er uns nicht durch dieses erste Jahr hätte führen können. Wir befanden uns nicht im Krieg, Weide. Was hätte er gesehen? Er mag dir diese Rotte übergeben haben, aber nur, weil er wusste, dass du tun kannst, was er nicht konnte. Niemals. Keiner von uns ringt den täglichen Kampf so zu Boden wie du. Weil du ihn nie ignorieren durftest. Also fang am besten an, dich mit dem auseinanderzusetzen, was der Rest von uns bereits weiß. Nur du kannst uns da durchhelfen.«

Er gab die Flasche zurück.

Weide lächelte. Und ließ ihn den Wein austrinken.

Der Morgen begann wieder mit Regen, der so stark war, dass er den Himmel verdunkelte. Es war ungewöhnlich, dass es so viel regnete, aber zumindest bekam Teilsiegs Zisterne die dringend benötigte Auffrischung.

Übeltäter, Schlangenschlupf und Blindschleiche kehrten im Morgengrauen von einem Ausflug zum Fluss zurück, als Weide und Vollkorn von der Aushebung zurückkamen. Die Arbeit ging weiter, aber sie würde noch vor Ende des Tages abgeschlossen sein. Weide musste eine Mannschaft zur Brennerei bringen. Vollkorn hatte sich freiwillig gemeldet, um bei der Rekrutierung der Dorfbewohner zu helfen.

»Hattet ihr Erfolg?«, fragte Weide die zurückkehrenden Reiter, die durch das Tor kamen.

Übeltäter schüttelte seinen frisch tätowierten Kopf. Zum Glück hatte Iltis es bei dem traditionellen, mit zerbrochenen Ketten umwickelten Huf belassen. »Offenbar sind Schlange und ich beschissene Angler.«

»Darauf hätte ich gewettet«, stichelte Weide.

»Zum Glück«, sagte Schlangenschlupf und warf einen Blick auf Blindschleiche, »hat dieser hier einen gewissen Vorteil gegenüber anderen kaltblütigen Kreaturen, die nicht blinzeln.«

Schleich ignorierte den Seitenhieb und reichte einen Korb vom Sattel herunter. Augenweide freute sich, darin vier fette Barben zu sehen.

»Nicht genug, um die Stadt zu ernähren«, flüsterte Blindschleiche.

Bei jedem anderen Mischling wäre eine solche Aussage als Bedauern aufgefasst worden. Bei Schleich war es eine kalkulierte Andeutung.

»Dann werden die Schlammköpfe heute Abend gut essen«, entschied Augenweide. Sie hasste es, vorzuschreiben, welche Lebensmittel wohin gehen sollten. Es war besonders schwierig, nicht alles an das Waisenhaus zu schicken, aber die Rationierung musste gleichmäßig aufgeteilt werden, auch wenn es schwerfiel. Verdammt, selbst die eingeschworenen Brüder mussten mindestens einmal in der Woche etwas essen, auch wenn ihr Instinkt sie die Hauptlast der Hungersnot tragen ließ. Die Vorräte der Unyaren würden nicht ewig reichen, vor allem, wenn man nachlässig wurde.

Graviel und Lopo standen in der Nähe, bereit, den Patrouillenreitern die Barbaren abzunehmen. Beide versuchten, so zu tun, als hätten sie nicht gehört, was ihre Anführerin gesagt hatte, aber die Aufregung über ihre unerwartete Belohnung stand ihnen ins Gesicht geschrieben. Augenweide winkte sie heran und überließ ihnen den Korb.

»Wartet mit dem Essen, bis es spät ist«, befahl sie ihnen. »Vermeidet so weit wie möglich Geruch. Dünstet sie oder esst sie verdammt noch mal roh, wenn es sein muss, aber wenn ihr in der Stadt Aufsehen erregt und uns alle mit pikantem Essensgeruch quält, seid ihr die Nächsten, die gekocht werden. Verstanden?«

Ein paar Anwärterköpfe nickten energisch. »Ja, Häuptling.«

Vollkorn beugte sich über die Schlammköpfe, sein Bart tropfte. »Und schenkt den Dorfmädchen keinen Fischschmaus, damit eure Lümmel nicht nur vom Regen feucht werden. Behaltet das für euch.«

Mehr Nicken.

Weide entließ sie mit einer Kopfneigung. »Geht. Versteckt den Korb. Wir übernehmen die Keiler.« Während die Schlammköpfe davoneilten, begannen die Reiter, ihre Keiler zu den Pferchen zu führen. Schlange und Blindschleiche gingen voraus. Übeltäter trottete neben Vollkorn her.

Weide klopfte dem Dreiblut auf den Arm und deutete mit dem Kinn auf die davoneilenden Schlammköpfe. »So hungrig sie auch sind, würden sie trotzdem Essen gegen Sex tauschen?«

Das Dreiblut brummte. »So jung? Die haben mehr Sperma als Hirn.«

Übeltäter wirkte nachdenklich. »Außerdem ...«

»Was?«, fragte Weide und beugte sich so weit vor, dass sie ihn um Vollkorns Körper herum sehen konnte.

Übeltäter zuckte mit den Schultern. »Um als Held dazustehen? Ich weiß nicht. Sich um das Mädchen mit dem süßen Lächeln zu kümmern, ihr die eigene Ration zu geben ... Wahrscheinlich fühlt sich das besser an als die kurze Brunst, die sie vielleicht bekommen.«

»Verdammt«, sagte Weide lachend, »da sagst du vielleicht was. Für einen ganzen Fisch, der über einem Feuer geröstet wird? Ich würde einen zitternden Anwärter für die sechs Herzschläge, die er zum Abspritzen braucht, auf mich klettern lassen.«

»Nein, würdest du nicht«, sagte Vollkorn.

Übeltäter zitterte theatralisch und streckte seine Zunge heraus. »Verdammt, Häuptling! *Igitt*.«

Weide wusste nicht, ob sie beleidigt oder belustigt sein sollte. »Der Gedanke, mich zu ficken, ekelt dich an, Mischling?«

Übeltäter erschauderte erneut. »Das ist wie mit meiner Mutter ins Bett zu gehen, nur dass ich weiß, wer *du* bist. Stimmt's, Vollkorn?«

Vollkorn rümpfte die Nase. »Eher wie mit meiner Schwester, aber ja. Lass uns jetzt verdammt noch mal aufhören, darüber zu reden.«

Es fühlte sich gut an, im Regen spazieren zu gehen, besonders nachdem sie im Graben im Dreck gewühlt hatten. Weide war überfällig für ein Bad, und die Tropfen, die stetig die Luft durchdrangen und die Welt schrumpfen ließen, würden erst einmal ausreichen. Sie würde heute Abend ihre Waffen sorgfältig pflegen müssen, aber das war nicht der Rede wert.

Weide spürte, wie sich ihre Stimmung hob. Ul-wundulas war ein Land mit weitgehend gleichbleibendem Klima, jeder Tag sah aus wie der nächste, nur eine weitere Taktik, um den Verstand seiner Bewohner zu zermürben. Die Abwechslung, die Pause von der Sonne und der Hitze, wirkte belebend. Außerdem hatte der Regen die Dorfbewohner in die Häuser gescheucht und viele der Sorgen eines Häuptlings aus dem unmittelbaren Blickfeld entfernt. Es war eine flüchtige, illusorische Erleichterung, aber Weide würde sie genießen, solange sie andauerte. Ein amüsanter Gedanke kam ihr. Sie gab Vollkorn einen neckenden Klaps auf die Schulter.

»Haben du und Schakal das als Schlammköpfe gemacht? Mädchen in Teilsieg bestochen, um ...«

Sie brach ab.

Ein Dutzend Schritte vor ihnen waren Blindschleiche und Schlangenschlupf stehen geblieben. Schleichs Hand war zum Zeichen der Warnung erhoben, Wasser lief von seinem Ellbogen. Er und Schlange machten bereits ihre Armbrüste bereit. Instinktiv taten Weide und Vollkorn dasselbe. Übeltäter brauchte einen Moment länger. Die drei näherten sich schnell und leise, bis sie mit ihren Brüdern gleichauf waren. Aller Augen richteten sich auf die Schweineställe, die nur einen Steinwurf entfernt waren und grau im Regen lagen.

Irgendetwas stimmte nicht.

Im Hauptstall waren die Keiler in und um die Pferche herum versammelt, wobei die meisten versuchten, sich auf der Westseite des Gebäudes zu drängen, die am weitesten vom Auslauf entfernt war. Im Inneren stand eine einzelne Sau, still und ruhig. Ihr nasses Fell glänzte, glitschig von Wasser und klebrigem Blut, das sie von den Stoßzähnen bis zu den Sprunggelenken bedeckte. Direkt außerhalb des Zauns lag Stummklotz, der das Geländer an der Stelle, an der er über den Zaun gekrochen war, rot verschmiert hatte.

»Scheiße«, hauchte Schlangenschlupf und wollte sich auf den gefallenen Mischling stürzen, aber Blindschleiche streckte eine Hand aus und hielt ihn auf.

Die Pferche befanden sich unterhalb des nördlichen Bogens der Palisade. Augenweide hielt ihre Armbrust fest gegen die Schulter gedrückt und überprüfte den Palisadengang. Die Schlammköpfe, die diesen Abschnitt der Mauer bewachten, waren immer noch auf Patrouille. Sie beobachteten das Land jenseits der Mauer, während sie weitergingen, aber Gespür war gerade auf dem Rückweg zu den Pferchen und bemerkte den Aufruhr auf dem Hof. Weide stieß einen gellenden Pfiff in Richtung des Wachpostens aus, und als dieser nach unten sah, hob sie eine gespreizte Hand, legte dann die Finger zusammen und machte eine scharfe Tauchbewegung.

Bleib stehen. Such nach Kletterern.

Gespür gehorchte den Befehlen, machte seinen Speer bereit und begann, sich vorsichtig über die Mauer zu beugen, um nach Anzeichen von Eindringlingen zu suchen. Die anderen drei

Wachposten in Sichtweite, die durch den Pfiff alarmiert worden waren, taten dasselbe und vertrauten darauf, dass die Bastarde am Boden mit dem, was in den Pferchen geschah, fertigwerden würden.

»Vollkorn, Schlange«, zischte Weide.

Mehr war nicht nötig. Während sie, Übeltäter und Schleich ihre Annäherung deckten, eilten Vollkorn und Schlangenschlupf vorwärts. Als sie Stummklotz erreichten, knieten sie nieder, um ihn zu untersuchen.

Ohne Vorwarnung stürmte die Sau im Hof auf den Zaun zu und ließ Vollkorn und Schlange zurückprallen, als die Hauer des Tieres auf das Holz trafen. Die Stangen knickten ein.

»Weg da!«, schrie Weide.

Vollkorn und Schlange packten Stummklotz' Brigantine und zerrten ihn von der Koppel. Die Sau hatte einen weiteren Angriff auf den Zaun gestartet. Er würde nicht halten.

»Geht weiter«, befahl Weide, als ihre sich zurückziehenden Brüder ihre Position erreichten. »Bringt Klotz in Sicherheit. Übeltäter, hol die anderen! Aber sag Honigwein, er soll das Tor sichern!« Sie wandte ihren Blick nicht vom Lauf ihrer Armbrust, wagte es nicht, ihr Ziel auf die durchgedrehte Sau aufzugeben, wollte nicht sehen, ob Stummklotz noch am Leben war.

Der nächste Angriff ließ die obere Latte zersplittern. Als sie zerfiel, sprang die blutige Sau über das, was vom Zaun noch übrig war, und stürmte direkt auf Schleich und Augenweide zu.

Sie ließen im selben Moment ihre Bolzen los.

Dumpfe Schläge ertönten. Bolzen trafen auf Fleisch. Die Sau wurde nicht langsamer.

Weide rollte sich vor dem Tod davon. Nicht schnell genug. Sie erhielt einen heftigen Schlag gegen die Hüfte und die Rippen, der ihre Rolle in einen uneleganten Sturz verwandelte, wobei der nasse Boden bei jedem Aufprall quietschte, bis sie anhielt. Sie zuckte zusammen und betrachtete ihre Seite, wo sie nur Schlamm fand. Der gebogene Stoßzahn der Sau musste sie getroffen haben, aber das Glück hatte sie vor einem Biss bewahrt.

Als sie mit von Schmerz und Regenwasser getrübten Augen hochsah, kam die Bestie erneut auf sie zu. Es blieb keine Zeit zum Nachladen. Weide spannte sich an und bereitete sich auf den Sprung vor. Ein Speer sauste von oben herab und schlug genau rechts von ihr ein.

Ein Geschenk.

Sie wünschte Gespür, dass ihm für den Rest seines Lebens jeden Tag einer geblasen würde, riss den Speer aus dem Schlamm und stürzte sich auf die entgegenkommende Sau.

Im Sprung stieß sie zu, traf in die Schulter, drehte sich in der Luft und drückte sich ab. Als sie platschend auf den Füßen landete, sah sie, wie der Schwung der Sau sie weiter vorwärts trug. Barbaren waren verdammt zähe Tiere, die dazu gezüchtet wurden, einiges einzustecken. Eigentlich hätte sie zumindest stolpern müssen, aber sie blieb fest auf ihren Hufen.

Weide war nicht sonderlich überrascht. Allmählich gewöhnte sie sich an verzauberte Tiere.

Die Sau vollführte eine langsame Drehung, gespickt mit dem Speerschaft und einem Trio von Armbrustbolzen. Schleich musste ihr bei ihrem letzten Versuch, Augenweide niederzutrampeln, einen weiteren Bolzen in die Flanke gejagt haben. Er kam jetzt an ihre Seite gerannt und reichte ihr schnell einen Bolzen. Ihr eigener Köcher war leer, der Inhalt verstreut. Die Sau war direkt unterhalb der Mauer stehen geblieben und beobachtete sie. Sie warf Weide einen langen Blick zu.

»Es ist Kleines Waisenmädchen«, sagte sie grimmig und lud ihre Armbrust nach.

»Spänes Reittier«, stimmte Blindschleiche zu.

»Verdammt.«

Sie hätten das Tier nie hier hineinbringen dürfen, sondern hätten es einschläfern sollen, als sie die Gelegenheit dazu hatten. Es war eigentlich zu schön, um wahr zu sein, dass die Sau die Verwüstung durch die Hunde überlebt hatte, selbst bei allem Geschick von Stummklotz. Barbaren waren zäh, aber verliehen ihrem Schmerz durchaus Ausdruck. Das Waisenmädchen hatte gerade schwere Wunden erlitten und keinen einzigen Schrei von sich gegeben.

Übeltäter, Vollkorn und Schlangenschlupf kamen mit Iltis, Kürbis und Faulpelz im Schlepptau zurück. Weide und Blindschleiche standen in der Nähe der Pferche, ihre Brüder weit rechts von ihnen, und Waisenmädchen bildete die Spitze des

Dreiecks. Die Sau war wieder in die beunruhigende Stille verfallen, die sie im Auslauf an den Tag gelegt hatte.

»Federt sie!«, rief Augenweide, und die Bastarde reagierten.

Armbrustsehnen schnappten, gefletschte Schäfte schlugen in das Schwein ein. Sie hätten genauso gut auch auf eine Trainingspuppe schießen können. Ein Schauer lief Weide beim Anblick des Tieres über den Rücken, das von Schüssen getroffen wurde, die es hätten töten sollen, und das bei jedem Treffer leicht schwankte, um sich dann wieder aufzurichten, als die Salve aufhörte.

»Es reicht jetzt«, zischte Weide und warf ihre Armbrust auf den Boden. Sie zog die Katare von ihren Hüften und strich sich mit jeder Klinge schnell über die Schultern.

»Häuptling?«, sagte Blindschleiche, als er sah, wie sie sich schnitt, und in seiner Stimme war nicht die geringste Sorge zu hören.

»Bleibt hier.«

Weide entfernte sich vom Pferch, ohne sich dem Waisenmädchen zu nähern, aber sie stellte sich genau zwischen Schleich und die anderen Bastarde. Vollkorn machte einen Schritt nach vorn.

»Keine Bewegung!«, befahl Weide und hielt ihn auf.

»Augenweide ... was, zum Teufel, machst du?«

»Ich töte dieses verdammte Ding. Ihr bleibt alle hier!«

Wenn Ruin ihr Volk weiterhin in seinem eigenen verdammten Zuhause angreifen wollte, würde sie ihm seine Zauberei in den Rachen rammen. Nichts schien den Schlammmann aufhalten zu können, bis Schlitzohr Augenweides Fleisch aufgeschlitzt und ihr Blut, das zu gleichen Teilen aus Orks und Elfen bestand, geflossen war. Es hatte damals funktioniert, es könnte auch jetzt funktionieren.

Warmer Regen und heißes Blut rannen an ihren Armen herunter, tropften von den Enden der Katare. Kleines Waisenmädchen, oder was auch immer in der Haut der Sau wohnte, beobachtete ihre bedächtige Annäherung mit den erschreckend intelligenten Augen, die alle Barbaren besitzen. Augenweide strich mit der flachen Seite ihrer Klingen über ihre triefenden Wunden und verfluchte innerlich den Regen, weil er den Fluss verdünnte.

Ohne die natürlichen, aufgebrachten Anzeichen von Aggression stürmte die Sau los und verwandelte sich von vollkommener Reglosigkeit zu einer bärenstarken Muskelmasse. Tropfen sprühten nach allen Seiten aus ihrem Fell, und die vielen hervorstehenden Schäfte bebten bei jedem Hufschlag. Augenweide folgte dem Tier Schritt für Schritt, die Stiefel stampften auf den aufgeweichten Boden. Im letzten Moment tauchte sie ab, die Füße voran, durch den Schlamm pflügend. Ihr Kurs war nur eine Handbreit rechts von der entgegenkommenden Bestie. Waisenmädchen riss den Kopf nach unten und versuchte, Augenweide mit einem Stoßzahn zu erwischen, schlug aber nur auf den Boden.

Weide stieß mit der linken Hand nach oben und trieb ihre Klinge, ihr Blut, tief in den Bauch der Sau. Durch ihre eigene Vorwärtsbewegung riss die Klinge den Bauch auf und weidete das Tier aus. Aber es floss kein Blut, keine Eingeweide drangen heraus. Weide riss den Katar los und sprang mit einer rasanten Bewegung vom Rücken auf die Füße. Sie wirbelte herum und stürzte sich auf Waisenmädchen, bevor die Sau sich umdrehen konnte, und sprang rittlings auf ihren Rücken. Sie schlug mit beiden Fäusten zu und trieb die Katare bis zum Anschlag in den Rücken der Barbarin. Die Sau bockte und wirbelte herum und versuchte, sich von ihrer mörderischen Reiterin zu befreien, aber Weide drehte die bösartigen Dolche und hielt sie fest. Sie hielt sich mit den Beinen fest, griff nach der einen Waffe, strich erneut über die blutende Schulter und stieß sie wieder zurück, befreite die andere Hand und wiederholte den Angriff.

Wieder und wieder.

Aber die Sau ließ nicht nach. Nichts konnte ihre schreckliche Vitalität auslöschen.

Sie ignorierte das Trommelfeuer der Stiche und rannte zu den Pferchen, direkt auf einen intakten Teil des Zauns zu, der die Hauptkoppel umgab.

Weide hörte, wie ihre Brüder ihr zuriefen, sie solle abspringen.

Wenn sie gegen den Zaun prallten und dieser hielt, würde sie wahrscheinlich abgeworfen werden. Sollte er brechen, würde Waisenmädchen unter den Keilern der Rotte wüten. Sie könnte all ihre Reittiere verstümmeln, und sie wären machtlos, das zu verhindern.

Weide ließ die Dolche in dem Tier stecken und griff nach dem Speer, der noch immer in der Schulter steckte. Sie nutzte den Schaft zum Ausbalancieren und sprang auf den Rücken der Sau. Mit einem Schrei, bei dem sie jeden Muskel anspannte, stieß sie den Speer nach unten. Sie spürte einen Herzschlag lang Widerstand, bevor die Klinge den Rest des Weges eintauchte. Weide spürte, wie sie das Tier durchbohrte und im Boden versank. Sie wurde durch die Luft geschleudert, als der Angriff des Schweins gestoppt wurde und es sich kopfüber überschlug.

Weide landete unsanft in der Koppel und stolperte durch einen Sumpf aus Schlamm und Schweinemist. Als sie sich drehte, sah sie, dass Waisenmädchen auf der Seite lag und mit den Hufen gegen den Zaun schlug.

Die Bastarde stürzten sich auf die gefallene Kreatur, wobei Iltis, Kürbis und Schlangenschlupf Speere trugen, die ihnen von den Wachen auf der Mauer zugeworfen worden waren. Sie stießen nach dem Schwein und versuchten, es festzunageln, bevor es wieder auf die Beine kommen konnte.

Weide rannte in die Ställe und holte den schweren Abdecker von seinem Haken. Dieses grausige Instrument war manchmal nötig, um ein Schwein von seinem Elend zu erlösen, denn der schwere, spitz zulaufende Kopf versetzte ihm einen tödlichen Schlag zwischen die Augen. Sie mühte sich, nicht im Dreck auszurutschen, und überquerte die Koppel. Dann rief sie nach Vollkorn und warf den Hammer über den Zaun. Das Dreiblut fing ihn in der Luft auf, und die anderen Bastarde tänzelten beiseite, um ihm Platz zu machen. Vollkorn machte einen Schritt auf den Kopf von Waisenmädchen zu, hob den Hammer und schwang ihn mit der ganzen Wucht seiner kräftigen Arme. Es gab einen dumpfen, ekelerregenden Knall.

Weide hatte schon ein halbes Dutzend Schweine gesehen, die auf diese Weise erledigt wurden. Wenn man es richtig machte, wurden sie schlaff und fielen um. Vollkorns Schlag war präzise und brutal genug gewesen, um einen verdammten Elefanten zu fällen.

Kleines Waisenmädchen fiel, aber nur durch den Aufprall.

Kaum war sie unten, begannen ihre Beine wieder nach Halt zu suchen.

Sogar Blindschleiches Augen weiteten sich verstört und ungläubig.

»Seile!«, rief Faulpelz. »Bindet sie mit dem Lasso an unsere Keiler und schleift sie vor die Mauern!«

»Gut!«, erwiderte Weide. »Vollkorn, wir werden Patsch brauchen!«

Vollkorn nickte. »Haltet sie fest, wenn ihr könnt!«

Während die drei zu den Ställen rannten, eilte Schleich zurück ins Dorf, Übeltäter folgte ihm. Schlangenschlupf warf Faulpelz seinen Speer zu und rannte ihnen hinterher. Ihre Reittiere waren noch gesattelt und standen auf Teilsiegs Durchgangsstraße.

Iltis und die beiden Nomaden versuchten, die Sau mit ihren Speeren niederzuhalten, aber es war vergeblich. Die Bestie spürte keinen Schmerz und ließ sich von dem zustoßenden Stahl nicht abschrecken. Sie wehrte sich gegen die Klingen, ohne Rücksicht darauf, dass sie sich immer tiefer in ihre Haut bohrten. Die Mischlinge zerrten mit jeder Sehne, aber nicht einmal die beträchtliche Kraft von drei Halb-Orks konnte sie aufhalten. Die Sau stand auf, kreiselte wie wild und schwang die Hauer nach ihren Angreifern. Faulpelz war ihrem Kopf am nächsten und versuchte, seinen Speer festzuhalten, aber der Griff brach unter dem Druck. Der Staubfresser stolperte vorwärts, da wurde der Stoßzahn herumgerissen und traf ihn an Brust und Hals. Blut spritzte in den Regen, als Faulpelz zur Seite geschleudert wurde.

»Geht zurück!«, brüllte Augenweide die anderen an. »Geht zu den Mauern!«

Kürbis und Iltis ließen ihre Speere in der Bestie stecken und rannten zur Palisadentreppe.

Waisenmädchen wollte hinterher, aber Weide sprang auf die obere Stange des Zauns und von da aus erneut auf den Rücken der Sau. Sie griff nach den Sauenhebeln und rang die Sau von den Fersen der Mischlinge weg.

»Weide!«, rief Vollkorn und ritt auf Matschepatsch aus der Koppel, wobei er ein Seil über dem Kopf schwang. »Runter!«

Sie sprang gerade rechtzeitig ab, als Vollkorn das Lasso warf und das Schwein am Hals erwischte. Die Lassos von Blindschleiche, Übeltäter und Schlangenschlupf folgten kurz darauf. Übeltäter verfehlte die Sau, aber die beiden anderen Lassos schlangen sich um den Kopf von Waisenmädchen. Die unheimlich stille Sau versuchte, Vollkorn anzugreifen, aber Schleich machte einen schnellen Schlenker nach hinten und hielt sie mit dem Seil zurück, das er um sein Sattelhorn geschlungen hatte. Als sie sich gegen Schleich wandte, brachte Schlange sie zum Stillstand. Dieser Tanz ging weiter, während Übeltäter versuchte, ihre Hinterbeine zu fangen, aber sein Wurf verfehlte sie erneut.

»Sie wird nicht müde!«, erklärte Vollkorn. »Wir können sie aufhalten, aber nicht bewegen!«

Matschepatsch war der stärkste Barbar im Stall der Bastarde, und er würde lange vor der widerlichen Zauberkunst, die Waisenmädchen in den Klauen hatte, ermüden.

»Sattelt eure Keiler!«, brüllte Weide ihrer Rotte zu. »Jeder von uns wird gebraucht!«

Sie rannte zu Übeltäter, nahm ihm das Lasso ab, warf es und fing die Hinterhufe von Waisenmädchen ein. Übeltäter nahm das Seil zurück, wickelte es schnell um sein Sattelhorn und trieb seinen Keiler rückwärts. Das Seil wurde straff und zog die Beine der Sau nach hinten. Sie wehrte sich, aber da Vollkorn, Schlange und Schleich nun in die entgegengesetzte Richtung an ihrem Kopf zogen, wurde sie auf den Bauch gezwungen.

Augenweide rannte zu den Ställen, vorbei am gefallenen Faulpelz. Es war keine Zeit, ihn zu untersuchen. Wenn sie diesem Teufelsvieh nicht mehr Seile anlegten, würde die ganze Rotte mit dem Gesicht nach unten und blutend im Schlamm landen. Kürbis und Iltis rannten an der Palisade entlang, bis sie oberhalb der Ställe waren, und sprangen direkt auf das Dach des Stalls, um hinunterzuklettern.

Ein Warnschrei von Vollkorn und ein gebrüllter Fluch von Schlange ließen Weide herumwirbeln.

Kleines Waisenmädchen hatte begonnen, sich zu wälzen und die Seile um ihren Hals zu schlingen. Vollkorn, Schlange und Blindschleiche versuchten, die Sau davon abzuhalten, aber ihre

Keiler wurden einwärts gezogen und ihre Hufe gerieten ins Rutschen.

Kürbis und Iltis hatten Mühe, ihre verängstigten Keiler zusammenzutreiben und zu satteln. Sie waren nicht schnell genug, um zu helfen.

»Schneidet die Seile durch!«, rief Weide.

»Wir werden keine weitere Chance bekommen!«, entgegnete Vollkorn.

»Schneidet sie durch!«

Die Reiter zogen ihre Talware.

Ein sonorer Knall durchdrang die Luft. Weide taumelte unter der Schallwelle und sah, wie der Regen explodierte und durch eine kugelförmige Leere, die von Waisenmädchen ausging, nach außen gedrückt wurde. Der widerhallende Schrei nahm kein Ende, einem Stoß aus tausend Kriegshörnern gleich. Mit schwimmendem Kopf und gummiartigen Beinen verlor Augenweide das Gleichgewicht, fraß Schlamm. Der tiefe, donnernde Angriff dröhnte in ihren Ohren und presste ihre Augen zusammen. Womöglich stieß sie als Antwort einen schwachen Schrei aus, der von der größeren Raserei verschlungen wurde. Die Seile, die Waisenmädchen hielten, zerfaserten und rissen lautlos. Die Sau stand auf, die hervorstehenden Bolzen und Speerschäfte zerschmetterten kurz vor den Hauern des Tieres. Augenweide hob einen Arm und wehrte die Splitter aus Holz und Elfenbein ab. Die Haut vibrierte und riss auf. Das Blut, das nicht aus den vielen Wunden der Sau vergossen worden war, floss in Strömen zu Boden, als ihr ganzer Körper zerplatzte.

Der Regen kam wieder und eroberte die Luft zurück. Es dauerte einen Moment, bis Augenweide merkte, dass sie die Tropfen wieder fallen hören konnte. Um sie herum erhoben sich Keiler und Halb-Orks aus dem Schlamm, bewegten sich benommen, mit schlaffen Gesichtern, erschüttert, aber unversehrt.

Vom Kleinen Waisenmädchen blieb nichts übrig als ein aufgeweichter Haufen aufgeplatzter Haut, der auf verstreuten Eingeweiden und gebrochenen Knochen lag.

23

Augenweide saß neben Stummklotz, bis er starb.

Sie hätte nicht sagen können, wie lange es dauerte. Als der letzte zitternde Atemzug in seinem gebrochenen Körper rasselte, war der Schlamm auf Weides Haut verkrustet, ihre Stiefel waren trocken, die Wunden an ihren Schultern geronnen. Die Kerze im Hinterzimmer der Apotheke war mehrmals ausgetauscht worden – einmal von Bekir, ein anderes Mal von Feger. Vielleicht auch ein drittes Mal.

Nachdem Stummklotz ins Haus gebracht worden war, hatten sie ihn so gut es ging gewaschen, aber das Blut und der Dreck machten es unmöglich, seine Wunden zu sehen. Jeder feuchte Lappen enthüllte eine weitere Wunde, einen weiteren freigelegten Knochen. Was auch immer geschehen war, es war schnell und brutal gewesen. Die Wachen auf der Mauer hatten gesehen, wie er ein Schwein in den Hof geführt hatte. Als sie nur wenige Minuten später zurückkamen, lag er am Boden.

»Er konnte nicht um Hilfe rufen«, hatte Weide einem der Kerzenlieferanten zugeraunt.

Irgendwann während ihrer hilflosen Nachtwache war Honigwein hereingekommen und hatte ihr gesagt, Faulpelz sei am Leben und wach. Seine Verletzungen würden heilen.

»Gut«, war alles, was sie als Antwort herausbrachte.

Die guabische Frau, die als Teilsiegs Apothekerin gedient hatte, war nach dem Untergang der Brennerei in die Stadt zurückgekehrt, aber die Hungersnot hatte ihren alternden Körper strapaziert. Sie war im letzten Winter gestorben und hatte damit jegliche Hoffnung, Stummklotz wiederherzustellen, mit sich genommen. Die Regale in ihren Räumen waren ohnehin fast leer. Was nützten ein paar Kräuter und Salben gegen einen eingeschlagenen Schädel? Das war der Moment, in dem sie wussten, dass es hoffnungslos war. Fegers Rasierlappen hatte das Grauen offenbart. Als Schlamm und Blut entfernt waren, lag das Hirn des armen Mischlings frei. Auf der anderen Seite des Tischs hatte die Witwe des Gerbers weiter die Wunde unter

Stummklotz' Rippen genäht, aber ihre Hände waren nicht mehr so flink wie früher.

Weide hatte Xhreka holen lassen. Die Halblingsfrau hatte nur ihr einziges Auge zusammengekniffen.

»Ich weiß, wie man Zähne zieht und Knochen richtet. Dinge, die ich in der Grube aus der Not heraus gelernt habe. Das hier ... Ich bin keine Heilerin. Ich glaube auch nicht, dass es eine Rolle spielen würde, wenn ich es wäre.«

Sie war nicht lange geblieben, nachdem sie ihre Worte ausgesprochen hatte.

Stummklotz bekam ein paar Mal vor dem Ende einen Anfall. Der erste schreckte Augenweide aus ihrer zusammengesunkenen Starre auf dem Hocker neben seiner Pritsche auf. Einen Moment lang dachte sie, er sei vielleicht zu sich gekommen. Das war das Schlimmste: Sie fürchtete, er könnte in schrecklichen Qualen erwacht sein, wusste nicht, was sie tun sollte, fragte sich, ob sie sein Leiden beenden sollte, nur um festzustellen, dass sie keine Waffe hatte. Zweifellos waren einige der Kräuter, die von den Dachsparren hingen, giftig, aber sie hatte keine Ahnung, welche. Sie würde ihn ersticken müssen, ihm Nase und Mund zuhalten. All das ging ihr in einem einzigen, verdammten Augenblick durch den Kopf. Neben diesen düsteren Gedanken keimte die Hoffnung auf, dass er lange genug wach sein würde, um ihr etwas über das Geschehene zu erzählen.

Es war eine lächerliche Hoffnung. Dieser stumme Mischling, der keinen Laut von sich gab, selbst wenn er von Krämpfen geplagt wurde, erzählte ihr durch Gesten eine Geschichte, die sie bereits kannte.

Der erste Anfall endete. Weitere folgten, schwächer, in immer größeren Abständen. Weide machte sich nicht die Mühe, zu zählen. Warum war keiner der anderen Bastarde mit ihr hier drin, um in seiner letzten Stunde bei ihrem Bruder zu sein?

Ach, richtig. Sie hatte ihnen befohlen, sie in Ruhe zu lassen. Befohlen mit einem Schrei und einem geschleuderten Hocker. Dieser Hocker? Nein, der andere war an der Wand zerschellt. Feger hatte den, auf dem sie jetzt saß, zusammen mit der neuen Kerze gebracht. Der Kerze, die jetzt ein glühender Stummel war. Das Fleisch von Stummklotz und das Wachs hatten eine ähnliche Farbe und Beschaffenheit. Das konnte sie in dem schwindenden Licht sehen.

Und dann kam der letzte Atemzug, die Luft, die eindrang und nicht mehr herauskam, gefangen im Moment des Todes. Stummklotz sah nicht friedlich aus. Sein Gesicht war immer noch schmerzverzerrt und gezeichnet. Augenweide saß weiter da und starrte auf diese gequälte Maske, bis die Kerze erlosch.

Auf steifen Beinen stehend, die Füße voller stechender Ameisen, streckte sie in der Dunkelheit die Hand aus und berührte den Arm ihres gefallenen Reiters. Beinahe hätte sie die Worte gesagt, aber sie waren irgendwie zu vulgär, also ließ sie sie in ihrer Kehle verwelken.

Nichts zu sagen, war besser. Das hätte auch Stummklotz getan.

Draußen im Hauptraum fand Augenweide Feger, die mit einem Stück Käse und einem halben Becher Wein auf einem Tablett wartete. Weide nahm den Wein, trank ihn in einem Zug aus, stellte den Becher ab und zeigte müde auf den Käse.

»Nimm du ihn.«

»Honigwein sagte mir, dass du das sagen würdest«, antwortete Feger leise mit gesenktem Blick. »Er sagte, ich solle darauf bestehen.«

»Du hast dich gerade erst von der Krankheit erholt, Feger. Iss.«

Es entstand eine Pause. Langsam stellte Feger das Tablett auf einem Tresen ab, auf dem früher Kräuter gemahlen wurden. Sie hob den Käse hoch und riss ihn in zwei Teile.

»Ich esse die Hälfte«, sagte sie und hielt Weide eins der Stücke hin.

»Verdammt.« Weide atmete ein und nahm es.

Sie kauten schweigend und zogen den Genuss jedes Bissens in die Länge.

»Ist er tot?«, fragte Feger schließlich.

Augenweide seufzte. »Ja.«

»Ich ... werde ihn noch besser säubern. Bevor du ... bevor ...«

»Nicht nötig. Die Rotte wird es tun.«

Feger gab einen leisen Laut der Zustimmung von sich, bevor sie das Tablett in die Hand nahm. Sie blieb einen Moment stehen, hielt es in der Hand und schaute darauf hinunter, bevor sie zur Tür hinausging.

Weide blieb zurück und wünschte sich um alles in der Welt, sie müsste sich nicht dem stellen, was sie außerhalb der niedrigen Räume der Apotheke erwartete. Aber sie hatte sich lange genug hier versteckt, und ihr Grund zum Bleiben wurde immer kälter.

Draußen war es tiefe Nacht. Der Regen hatte aufgehört und die Luft war kühl. Uidal stand an der Tür. Weide hatte ihn geschickt, um Honigwein und Vollkorn zu suchen und ihnen zu befehlen, sich mit ihr auf den Mauern zu treffen. Die Abgeschiedenheit ihres Privatgemachs lockte, aber Teilsieg wurde belagert. Die Aufgaben nahmen kein Ende, für niemanden. Und jetzt fehlte ihnen ein Mann, ein guter Mann. Da konnte man genauso gut auf einem Posten stehen und Berichte hören.

Weide stieg die Treppe hinauf, erreichte das obere Ende der Palisade und ging bis zur Südwand. Dort blieb sie stehen, und zwar aus keinem anderen Grund als dem, dass sie dort am weitesten von den Schweineställen entfernt war.

Vollkorn kam als Erster und trug Weides Waffen. Ohne ein Wort zu sagen, übergab er sie.

Augenweide zog die Augenbrauen hoch, als sie die Katare sah. »Ich bin überrascht, dass die überlebt haben. Sie steckten noch in Waisenmädchen, als ...«

»Ich habe sie aus dem Dreck gefischt«, sagte Vollkorn. »Ich dachte, du wärst verrückt, weil du dich geschnitten hast und so, aber es hat funktioniert.«

»Ich glaube nicht, dass ich das war, Vollkorn. Dieses Geräusch, dieser ... Schrei. Nein. Das war nicht ich.«

Das Dreiblut schnitt eine Grimasse. »Was dann?«

»Niemand hat etwas gesehen?«

»Nicht ich, nicht die anderen. Was immer die Sau getötet hat, hat keine Spuren hinterlassen. Wenn du es nicht warst, dann war es vielleicht das, was sie verzaubert hat ... die Zeit lief ab.«

»Möglich«, sagte Weide, aber sie war nicht überzeugt.

Honigwein schloss sich ihnen an.

»Hast du es ihr gesagt?«, fragte er und sprach an Weide vorbei mit Vollkorn, der nur den Kopf schüttelte.

»Mir was gesagt?«

»Kürbis ist weg«, sagte Honigwein. »Er sagte, diese Rotte sei verflucht. Er sagte ...«

Weide hielt eine Hand hoch. Mehr brauchte sie nicht zu hören.

»Er wird nicht der Letzte sein«, stellte sie fest und starrte in das schattenverhangene Brachland.

»Keiner von uns wird irgendwohin gehen«, polterte Vollkorn. »Es sei denn, du befiehlst es.«

»Du hast verdammt recht, dass ich es befehle. Wir werden verdammt noch mal verschwinden. Niemand kann mehr etwas dagegen tun.« Es war die kalte Wahrheit, und sie fühlte sich wie eine Fotze, weil sie es gesagt hatte, aber da Klotz tot war, hatte Iltis keine Mehrheit mehr. Weide deutete mit ihrem Kinn über die Umzäunung. »Wir sind da draußen besser dran. Hier drinnen, da hat Kürbis recht, sind wir verflucht.«

Sie blieben eine Weile stehen, alle drei.

Honigwein brach das Schweigen. »Wie hat Feger es aufgenommen?«

Weide sah zu ihm hinüber und kniff die Augen zusammen.

»Stummklotz«, sagte Honigwein etwas zögerlich.

Und dann ging Weide ein Licht auf. Sie machte ein angewidertes Geräusch, das gegen sie selbst gerichtet war. »Scheiße ... ich bin eine Fotze.«

»Du wusstest es nicht«, sagte Vollkorn und versuchte, tröstend zu klingen, was ihm nicht gelang.

Weide stützte sich mit den Ellbogen zwischen den Palisadenpfählen ab, ließ ihre Stirn auf dem rauen Holz ruhen und schüttelte den Kopf.

Sie hatte es wirklich nicht gewusst. Weil sie es ignorierte.

Damals in der Brennerei hatten die Reiter ihre eigenen Quartiere, Privaträume neben einer gemeinsamen Halle. Jahrelang hatte sie mitbekommen, wie Frauen aus der Stadt heraufkamen, um der Rotte Gesellschaft zu leisten – oft geweckt durch das Geräusch von heftigem Ficken ... besonders hinter den Türen von Rundungen und Iltis, wenn sie sich überhaupt die Mühe machten, sie zu schließen. Aber alle Bastarde, mit Ausnahme von Blindschleiche, hatten lautstark ein oder zwei Stadtmädchen in ihrem Bett beherbergt. Genau wie im Waisenhaus, wo man allein am Klang der Schritte erkennen konnte, wer nachts aufstand, wurde Weide zur Expertin dafür, welches Stöhnen zu welchem Bastard gehörte.

Natürlich hatte sie selbst keinen derartigen Trost. Keiner der Dorfbewohner würde es wagen, zur Brennerei zu kommen, selbst wenn sie sie eingeladen hätte, was sie nie tat. Der Lehmmaster hatte dafür gesorgt, dass sie ihre Grenzen kannte. Bevor sie Häuptling war, wären die meisten Schlammköpfe mit Freuden in ihr Zimmer gekommen, aber auch das war verboten, um nicht zu sagen für Weide undenkbar. Schlammköpfe sollten eingeschworene Reiter fürchten, sie respektieren, nicht nach ihnen gieren. Wenn man den Gerüchten Glauben schenken konnte, waren die Geteilten Lande voll mit Nomaden, die von den Rotten vertrieben worden waren, weil sie Schlammköpfe für niedere Zwecke missbraucht hatten, und sie hatte nicht vor, dem Lehmmaster einen Grund zu liefern, sie aus den Reihen hinauswählen zu lassen.

Um zu überleben, lernte sie, sich anzupassen. Sie benahm sich in allen Dingen wie ihre Rottenkameraden, einschließlich ihrer Vorlieben. Es war ein Trick, auf den die Bastarde schließlich hereinfielen. Aber sie wurde es nie. Das erste Mädchen bei Sancho, mit dem sie ins Bett ging, war fast noch weniger interessiert als Weide selbst. Das nächste war kräftiger, großzügiger, aber das machte kaum einen Unterschied. Bald waren alle Huren scharf auf Augenweides Geld und Gesellschaft. Welcher andere Freier bezahlte dafür, auf dem Bett zu sitzen und seine Waffen zu reinigen, während das Mädchen ein Nickerchen machte?

Sie beschränkte ihre List auf das Bordell und brachte nie jemanden in ihr Zimmer in der Brennerei.

Cissy, Distel, Feger und all die anderen Frauen, die den Flur hinunterkamen und in die angrenzenden Räume geführt wurden, wurden zu etwas, das sie ignorierte. Sie waren ein Ärgernis, eine Quelle schlafloser Nächte. Nach einiger Zeit jedoch, wenn Weide ehrlich war, wurden sie zu etwas, das sie hasste. Vielleicht, weil sie etwas waren, das sie nicht sein wollte; vielleicht, weil sie etwas hatten, das ihr verwehrt blieb, vielleicht beides.

Was auch immer die Gründe waren, sie wurden übernommen, als sie Häuptling wurde.

Die Beziehungen zwischen Reitern und Einwohnern hatten sich seit der Brennerei verändert. Es gab keine Privatzimmer mehr für die Reiter, sie waren alle im Schlafsaal der Winzer untergebracht. Für die meisten bedeutete dies, dass sie ihre Beziehungen zu den Frauen ändern mussten. Bevor Cissy fortging, machten sie und Iltis wie gewohnt weiter, ohne Rücksicht auf das Fehlen von Wänden. Die anderen beschwerten sich oft darüber. Augenweide sagte ihnen, sie sollten das unter sich klären, und weigerte sich, sich einzumischen. Sie hatte ihr Privatgemach und musste nicht länger mit ansehen, wo ihre Brüder ihre Lümmel reinsteckten.

Und so hatte sie nichts von Feger und Stummklotz gewusst. Zusammen mit Cissy war Feger eine häufige Besucherin in Iltis' Zimmer in der Brennerei gewesen, meistens zu zweit. Weide hatte einfach angenommen, dass das so weiterging, wenn sie überhaupt darüber nachdachte.

Diese Annahme, diese vorsätzliche Ignoranz, hatte sie gerade dazu gebracht, unbewusst sehr herzlos zu sein.

»Wie lange?«, fragte sie.

»Schon vor meiner Abreise«, antwortete Vollkorn.

Weide hob ihren Kopf vom Pfahl. »Honigwein. Geh zu Feger. Sag ihr, die Rotte möchte, dass sie Klotz' Leiche vorbereitet. Sag ihr ... vergiss es. Ich werde es ihr sagen. Ihr zwei sagt den Jungs, sie sollen packen. Wir brechen auf, sobald es uns möglich ist.«

Sie machte sich auf den Weg zum Waisenhaus. Obwohl es schon spät war, schlich Weide sich leise hinein, etwas, das sie seit ihrer Kindheit geübt hatte. Jede der Betreuerinnen hatte ihr eigenes Zimmer im hinteren Teil des Hauses, in der Nähe des Schlafzimmers für die älteren Kinder und noch näher am Zimmer für die Babys. Distel schloss ihre Tür nie, wie es Beryls alte Gewohnheit war, aber ihre Ohren waren nicht so scharf. Augenweide konnte sich noch an das erste Mal erinnern, als es ihr gelungen war, sich unbemerkt zurück ins Bett zu schleichen. Schakal und Vollkorn lebten bereits als Schlammköpfe in der Brennerei und hatten die fast unmögliche Aufgabe zu einem Teil von Weides Ausbildung gemacht. Sie war sich immer noch nicht sicher, ob sie es wirklich geschafft hatte. Vielleicht hatte Beryl es auch einfach aufgegeben, sie für ihr Ausbleiben zu bestrafen.

Heute Abend würde kein noch so erfolgreiches Herumschleichen unbemerkt bleiben, denn im Gemeinschaftsraum befand sich eine wache Person.

Xhreka schritt vor dem Kamin auf und ab und summte einem Säugling in ihren Armen leise etwas vor. Halb-Ork-Babys waren nicht klein und Halblingsfrauen nicht groß, aber Xhrekas Griff war fest und sicher. Sie sah an dem eingehüllten Kopf des Babys vorbei zu Augenweide und legte die Stirn in Falten, um eine stumme Frage zu stellen.

Leichtfüßig schritt Weide durch den Raum und näherte sich.

»Ist Feger in ihrem Zimmer?«, flüsterte sie.

»Ist das das gertenschlanke Mädchen oder die blonde Frau mit den hängenden Brüsten?«, fragte Xhreka in demselben leisen Ton.

»Die gertenschlanke.«

Xhreka nickte.

Weide bedankte sich mit derselben Geste und machte sich auf den Weg zum hinteren Korridor, doch der Halbling berührte ihr Handgelenk.

»Sie war ziemlich aufgewühlt.«

Augenweide hatte gelernt, auf einem Barbaren zu reiten, sich einer Mischlingsrotte anzuschließen, gegen Rochs, Dämonen, einen Zauberer und eine Ork-Horde zu kämpfen. Aber diese eine leichte Berührung, diese vier Worte, ließen ihren Mut schwinden. Sie setzte sich an einen der Tische am Herd, einen der kleinen, an denen die Waisenkinder aßen, langsam, damit ihre Waffen nicht klapperten.

Xhreka stand zwischen ihr und dem unbeleuchteten Kamin und wippte ein wenig, um das Baby zu beruhigen.

Augenweide war sich nicht sicher, ob es die Halblingsfrau überhaupt interessierte, aber sie ertappte sich trotzdem beim Reden.

»Ich habe ihr die Chance verwehrt, am Ende bei ihrem sterbenden Mann zu sein. Ihr und allen anderen.«

Xhreka zuckte die Achseln, mehr durch ein Herunterziehen ihrer Mundwinkel als durch ein Anheben ihrer Schultern. »Ich habe schon viele Männer sterben sehen. Das ist nicht immer die beste Erinnerung, die man haben kann. Nach dem, was ich von diesem Mischling gesehen habe, hast du dem Mädchen einen Gefallen getan.«

»Sie wird das nicht so sehen.«

»Nein. Warum sollte sie? Ihr Mann ist gerade gestorben. In der Welt gibt es im Moment keine Freundlichkeit. Aber das Schlechte der Vergangenheit ist schnell vergessen. Dafür ist keine Zeit, dafür sorgt das Schlechte der Gegenwart. Die guten Erinnerungen bleiben. Das Mädchen wird sich an die Dinge erinnern, die sie am meisten mochte, was auch immer das war. Sein Geruch, sein Ficken, der Klang seiner Stimme.«

»Er war stumm.«

Xhreka verdrehte die Augen. »Nun, das also nicht. Ich will damit sagen, dass sein letzter Atemzug nicht während dieser ersten, schlimmsten Zeit in ihrem Kopf herumspuken wird.«

»Aber sie hasst mich.«

»Ihr wart vor heute befreundet?«

»Nein«, gab Augenweide zu.

»Du hast also nichts verloren.«

»Ich habe einen Reiter verloren. Einen Bruder.«

»Und sie einen Liebhaber. Vielleicht mehr. Es steht uns nicht zu, das zu wissen. Wenn du sie um Verzeihung bittest, fühlst du dich weniger schuldig, sonst nichts. Es war egoistisch von dir, andere von seinem Sterbebett fernzuhalten. Sei nicht noch egoistischer, indem du in die Tränen des Mädchens marschierst und um Vergebung bittest.«

Weide schnaubte ein kleines, bitteres Lachen. »Verdammt. Ist es verrückt, dass es mir gerade Spaß gemacht hat, gesagt zu bekommen, was ich tun soll?«

»Wie lange führst du diese Bande schon?«

Weide musste nachdenken, bevor sie antwortete. »Ein Jahr und ... ungefähr ein halbes Jahr.«

»Dann nicht. Es ist nicht verrückt. Es ist Erleichterung. Und die könntest du gebrauchen, vor allem, weil du so lange keinen Schwanz mehr hattest.«

Weide war verblüfft. »Woher weißt du ...?«

»Bitte. Ich bin nur halb blind. Sieh dir an, wie du gehst.« Xhreka ließ Weides Mund einen Moment lang offen stehen, bevor sie ein schelmisches Grinsen aufsetzte. »Ich mache nur Spaß, Mädchen. Idris hat es mir gesagt.«

»Verficktes, großmäuliges Dreiblut.«

Xhreka warf einen Blick auf den nun regungslosen Säugling herab. Sie hielt vor Weide einen Finger hoch, bevor sie in den Korridor ging und kurze Zeit später mit entlasteten Armen zurückkam. Der Halbling setzte sich auf die Bank unter dem Tisch, lehnte sich an die Kante. Ihr Kopf war jetzt neben Weides Knie.

Sie atmete müde aus. »Es ist oft schwer, die Kleinen ohne eine Titte zu beruhigen.«

»Ich muss eine neue Amme finden«, sagte Weide und spürte, wie sich die Last der Führung wieder auf ihre Schultern legte. »Noch etwas, das ich versäumt habe.«

»Bitte mich nicht, dir dabei zu helfen«, sagte Xhreka kichernd und sprach etwas lauter als flüsternd, jetzt, da der Säugling weggelegt war. »Ich kann es nicht ausstehen, wenn ein Mann an meinen Titten herumnuckelt, geschweige denn ein Baby. Außerdem wäre das eine verdammt magere Mahlzeit für sie.« Die Halblingsfrau verdrehte ihren Hals und musterte Augenweide übertrieben empört. »Im Gegensatz zu dir, mit Beinen und Brüsten, Muskeln und Arsch. Bei Belicos Kronjuwelen, ich hasse dich, und du hast mich nicht einmal von meinem sterbenden Mann ferngehalten. Augenweide wird dir eigentlich nicht gerecht, wenn ich ehrlich bin.«

Weide versuchte, ihr Lächeln aufrechtzuhalten, aber es war erzwungen. »So bin ich nicht zu dem Namen gekommen.«

»Ich weiß«, sagte Xhreka etwas nüchterner. »Idris hat mir auch das erzählt.«

»Du solltest wirklich seinen Rottennamen benutzen.«

Xhreka gab einen unhöflichen Laut mit ihren Lippen von sich und winkte abweisend mit der Hand. »Ich mache, was ich will.«

»Das tust du wirklich, oder?«, erwiderte Augenweide und warf dem Halbling einen abschätzenden Blick zu. »Warum machst du dann das hier? Als ich dir einen Platz hier angeboten habe, habe ich nicht erwartet, dass du Babys in den Schlaf wiegst.«

»Nun, wenn du erwartet hast, dass ich Schwänze lutsche, um meinen Lebensunterhalt zu verdienen, wirst du enttäuscht sein.« Xhreka legte den Kopf nachdenklich schief. »Obwohl, wenn dieser haarlose, blasse Mischling fragen würde ...«

»Blindschleiche?«, fragte Augenweide und fand ihr Lächeln wieder.

Xhreka gab nur einen leisen Pfiff von sich.

Weide fand den Gedanken beunruhigend, und zwar nicht des Halblings wegen, und lenkte das Gespräch wieder auf ihr ursprüngliches Thema. »Ich meinte nur, dass es in Teilsieg mehr Arbeit gibt als das hier.«

Xhreka warf ihr einen scharfen Blick zu. »Du denkst, sich um Kinder zu kümmern, sei ein Zeichen von Schwäche.«

Das war keine Frage.

Weide schüttelte entschieden den Kopf. »Nein, aber du kommst aus der Grube ...«

Xhreka hielt beide Hände hoch und unterbrach sie. Dann drehte sie ihre ausgebreiteten Handflächen nach oben und machte eine wiegende Bewegung. »Mit Tieren in einem Loch kämpfen, während die Degenerierten vor Vergnügen schreien. Oder das Halten, Säubern und Füttern entzückender kleiner Kreaturen, deren größtes Vergehen es ist, dich gelegentlich anzupinkeln. Wenn dir diese Entscheidung schwerfällt, dann hast du seltsame Vorstellungen, mein Mädchen.«

Weide gab keine Antwort. Die Wahrheit hatte ihr die Stimme geraubt.

Xhreka gab ihr einen Klaps auf das Schienbein. »Ach, grüble nicht. Meine Zähne, ihr Halb-Orks seid ein grimmiger Haufen. Du bist gar nicht so verkehrt. Deine Jugend vielleicht, aber das Leben oder der Tod wird dich davon befreien. Warte ab. Wenn du lange genug gekämpft hast, wirst du die Aussicht, kleine Ärsche abzuwischen, weniger erniedrigend finden. Vielleicht wünschst du es dir sogar. Und das nicht, weil du eine Möse hast! Verdammt, das ist alles, was Idris will, auch wenn sein dicker Kopf das noch nicht wahrhaben möchte.«

Die Wahrheit in diesen Worten gab Weide ihre Stimme zurück. »Du hast recht. Da ist dieser einfältige Junge ...«

»Muro.«

Weide war erstaunt. »Er hat dir wirklich alles erzählt.«

»Das hat er. Und glaub nicht, ich wüsste nicht, dass du mir

deshalb einen Platz angeboten hast. Du wolltest ihm die Rückkehr erleichtern, nicht weil ich gebraucht wurde.«

»Aus diesem Grund wirst du gebraucht, Xhreka.«

»Nun, ich werde meinen Lebensunterhalt verdienen. Ich helfe morgen bei der Reparatur eines Dachs.«

»Was ist aus der Fürsorge für süße kleine Kreaturen geworden?«

Der Halbling zuckte unbekümmert mit den Schultern. »Mir wird langweilig.«

Augenweide holte tief Luft und wollte etwas sagen, doch Xhreka hielt sie mit einer Hand auf.

»Nein, nicht. Ich weiß, was jetzt kommt. Du willst fragen, warum ich nicht wie der Rest meiner Art auf der Suche nach Belicos Relikten durch die weite Welt ziehe.«

»Stimmt.«

»Tu es nicht«, wiederholte Xhreka. »Nicht jetzt. Oder jemals. Idris hat es getan und die gleiche Antwort bekommen. Ich spreche nicht darüber.«

»Soll mir reichen«, sagte Weide und stand auf. »Wenn du Feger siehst, sag ihr, dass die Wahren Bastarde von ihrem Häuptling die Erlaubnis bekommen haben, dass sie Stummklotz säubern und ankleiden darf. Kannst du das tun?«

»Das kann ich.«

»Danke.«

Sie ging zur Tür.

»Und, Augenweide«, rief Xhreka ihr nach. »Ich weiß, warum du den Namen behältst. Es geht darum, dem Mann in die Augen zu spucken, der ihn dir gegeben hat.«

Wieder sprach der Halbling die Wahrheit.

24

»Und wenn wir nicht gehen wollen?«

Einst war Glaucio nichts weiter als ein Handwerkerlehrling gewesen. Jetzt stand er da, die Hände auf den Tisch gestützt, und sprach für die Bürger von Teilsieg. Er war ein kleiner, unscheinbarer Mann, selbst für einen Weichling, mit eingefallenen Wangen und schütterem, lockigem Haar, aber er hatte keine Mühe, Augenweides Blick standzuhalten, und in seiner Frage lag Stahl.

Augenweide blieb sitzen. »Du hast keine andere Wahl. Keiner von uns hat eine.«

»Ich möchte trotzdem eine Antwort.«

»Ich auch«, sagte Distel von ihrem Stuhl am anderen Ende des Tischs, rechts von Glaucio. Sie war die einzige andere Dorfbewohnerin, die Weide in die Böttcherwerkstatt eingeladen hatte. Sowohl ihre Stimme als auch ihr Blick waren eisig.

»Was ist, wenn ihr nicht gehen wollt?«, fragte Weide dumpf. »Dann habt ihr beiden Teilsieg ganz für euch allein.«

»Das ist eine dumme Antwort«, sagte Distel.

»Das war eine dumme Frage«, entgegnete Weide und sah die beiden Menschen an. »Die Wahren Bastarde werden alle, die leben wollen, von hier wegeskortieren. Die *gesamte* Rotte, Schlammköpfe und Reiter. Keiner wird bleiben, um diesen Ort zu sichern. Warum solltet ihr bleiben wollen, wenn ihr das wisst?«

Glaucio beantwortete ihre Frage mit einer weiteren. »Und wenn wir ... übergeben wurden? Was werdet ihr dann tun?«

»Das ist Angelegenheit der Rotte.«

»Sie werden hierher zurückkehren«, sagte Distel zu Glaucio. »So schnell sie können.«

»Eines Tages vielleicht. Das ist unser Gebiet, Distel. Wir müssen zurückkehren. Es ist unsere Heimat.«

Die Augen der Frau blitzten auf. »Und unsere nicht?«

»Keine, für die ihr sterben müsst, nein.«

»Das sollte unsere Entscheidung sein«, erklärte Glaucio.

»Aber das ist sie nicht«, sagte Weide und ließ den Mann hören, dass auch sie Stahl in ihre Worte legen konnte. »Die Geteilten Lande gehören den Mischlingsrotten. Mischlinge. Alle Weichlinge, die hier leben, tun dies, weil wir es zulassen.«

»Zum beiderseitigen Nutzen.« Glaucio begegnete ihrem Metall mit Hitze.

»Früher. Nicht mehr. Die Bastarde können nicht länger als

Rotte auf diesem Land bestehen. Wir können euch nicht länger beschützen. Ihr müsst neu anfangen, irgendwo, wo es sicherer ist und weniger Not herrscht. Ihr dürft leben.«

Glaucio stieß einen spöttischen Laut aus und entfernte sich vom Tisch. »Wenn wir die Reise dorthin überleben, wohin du uns bringen willst.«

»Das Wohin ist der Grund, warum ihr in diesem Raum seid«, sagte Weide und schluckte ihren Zorn hinunter. »Was die Reise angeht, so wird die Rotte euch beschützen. Wenn es keine Mauern gibt, werden wir uns zwischen euch und alles, was auf dem Weg passieren könnte, stellen. Ich möchte dafür sorgen, dass niemand stirbt.«

»Man kann nicht sicher sein, dass keiner stirbt«, sagte Distel.

»Ich bin mir sicher, dass alle es tun werden, wenn ihr bleibt.«

»Es ist nicht richtig, Augenweide.«

»Es ist so richtig, wie ich es nur ermöglichen kann.«

Distels Augen, die vor Müdigkeit ständig düster waren, blinzelten nicht. »Ich habe Kinder, um die ich mich kümmern muss. Kleinkinder! Und du wirfst sie hinaus ins Brachland.«

»Ich will nicht, dass sie verhungern, Distel.«

»Dann ernähre sie, verdammt noch mal!«

Distel sprang auf, die Nasenflügel blähten sich und das blonde Haar wurde durch die schnelle Bewegung durcheinandergebracht. Glaucios Kopf ruckte bei diesem Ausbruch herum, und seine sorgenvollen Züge legten sich in Falten.

Weides Zähne waren so fest zusammengebissen, dass sie schmerzten.

Glaucio ging zu Distel hinüber und legte ihr sanft die Hand auf den Arm. Sie erschrak, denn der Zorn hatte sie seine Anwesenheit vergessen lassen. Für einen Augenblick richtete sich der böse Blick auf ihn.

»Setzen wir uns«, schlug Glaucio vor.

Langsam setzte sich Distel wieder hin, ihr Gesichtsausdruck war von Schmerz erfüllt. Glaucio ließ sich auf dem Hocker neben ihr nieder und musterte Augenweide.

»Du hast gesagt, wir könnten mitbestimmen, wohin wir gehen.«

»Gewissermaßen«, sagte Augenweide und räusperte sich. »Ihr

solltet wissen, dass ihr nicht zur Stoßzahnflut zurückkehren könnt, aber die Söhne der Verdammnis könnten eine Möglichkeit sein.«

»Könnten?« Distel machte aus dem einen Wort eine Anklage.

Weide ignorierte sie. »Wenn ihr nicht unter dem Schutz einer anderen Rotte leben wollt ... Kalbarca wird wiederaufgebaut und neu befestigt.«

Glaucio machte ein angewidertes Geräusch. »Wir Männer können also zur Armee eingezogen werden, und unsere Frauen werden zu Kasernenhuren gemacht?«

»Ihr müsstet nicht dortbleiben«, bot Weide an. »Die Cavaleros würden euch sicher die alte Kaiserstraße hinauf nach Hispartha begleiten.«

Der Mann ihr gegenüber brachte ein kleines, mürrisches Lächeln zustande. Er starrte auf den Tisch hinunter und zupfte gedankenverloren an einem imaginären Splitter. »Nichts für ungut, Häuptling«, sagte er, ohne aufzublicken, und trotz seiner Worte überhaupt nicht zerknirscht zu klingen, »aber glaubst du, dass alle Menschen Land und Geld, Gerechtigkeit und Schutz erhalten, nur weil sie nach Norden zurückkehren? Denn ich muss dir sagen, dass die Halb-Orks nicht die einzigen Wesen sind, die sich in Ul-wundulas ein Leben aus Liebe zur Freiheit erkämpfen. Hispartha ist nur für wenige ein Reich des Überflusses, und dieser Überfluss wird von den Massen eingebracht. Männer wie mein Vater. Ich wurde nicht hier in den Geteilten Landen geboren und erinnere mich an genug von Hispartha, um dir zu sagen, dass Teilsieg bei Weitem nicht der einzige Ort ist, an dem ein Kind mit einem leeren, aufgeblähten Bauch sterben muss.«

»Und was ist mit Orks?«, fragte Weide, die sich nicht von ihrer eigenen Unwissenheit blamieren lassen wollte. »Was ist mit Zentauren und Dämonenhunden, die lachen, wenn sie töten? Gibt es solche Dinge in Hispartha?«

»Nein«, antwortete Distel. »Schlimmer. Es gibt Zuhälter und Kinderschänder, unter den Adligen genauso viele wie in der Gosse. Es gibt Sklavenmärkte und Arenen. Und die Männer, die davon profitieren, lachen sehr laut über das Elend, das sie verursachen. Hispartha erfreut sich an seiner Grausamkeit gegenüber den Armen und Schwachen. Es amüsiert sich, wenn man sich wehrt, denn es gibt keine Hoffnung auf Erfolg. Die Geteilten Lande sind grausam. Aber hier ist der Kampf zumindest willkommen. Möglich.«

Distel sprach nie über das Leben, das sie vor Teilsieg geführt hatte. Sie war kurz, nachdem Weide auf die Bastarde eingeschworen worden war, angekommen, eine hübsche, dralle Frau mit Brüsten voller Milch, aber ohne Baby an der Hüfte. Beryl hatte sie sofort als Amme eingestellt. Sie hatte monatelang gedient, bevor sie zur Brennerei kam und schließlich von Rundungen überredet wurde, seine Kammer aufzusuchen. Weide fragte sich, ob der breitschwänzige Mischling seine Bettwärmerin jemals dazu gebracht hatte, ihre Geschichte zu erzählen. Wenn ja, hatte er das Geheimnis bis zu der Nacht bewahrt, in der ein Ork ihm eine Klinge in den Hals rammte. Distel war nicht mehr drall, ihr Geliebter und ihre Milch waren zu Staub geworden. Aber die hart erarbeitete Entschlossenheit aus einem Leben vor Teilsieg, die ihr stets den Rücken gestärkt hatte, war immer noch fest an ihrem Platz.

Weide hatte gelernt, sie zu respektieren. Das war der Grund, warum sie sie zu diesen Gesprächen eingeladen hatte, der Grund, warum sie jetzt den leidenschaftlichen, grimmigen Blick des Trotzes und der Enttäuschung aushielt.

»Dann nicht Kalbarca«, gestand Weide ihnen zu. »Wenn ihr in Ul-wundulas bleiben wollt, bleibt euch nur eine andere Rotte.«

Es war zweifelhaft, ob die Schädelsäer Neuankömmlinge willkommen heißen würden. Gruft, ihr Anführer, hatte in Strava deutliche Worte über die Knappheit der Ressourcen in den Geteilten Landen gefunden. Die Ländereien der Orkflecken lagen am nächsten, aber Weide würde ihr Volk nicht bereitwillig Knolles Kontrolle ausliefern. Er würde sie wahrscheinlich zu seinem eigenen Vergnügen missbrauchen, wenn er sie nicht aus reiner Bosheit ablehnte. So blieben nur drei Möglichkeiten.

»Die Scherben, die Söhne oder die Bruderschaft der Kessel«, zählte Weide für die Menschen auf. »Ich wäre für die Söhne. Ihre Festung liegt in Küstennähe. Solange es Fische im Sintflutmeer gibt, werden sie nicht hungern.«

Eine solche Unterstützung hätte ihren Preis. Vater würde wahrscheinlich die Aufnahme von Teilsiegs Bewohnern für einen weiteren Versuch nutzen, die Bastarde zu schlucken. Auf seinem eigenen Gelände, in seiner eigenen Festung würde er mutiger sein. Weide würde ihre Rotte schnell wegbringen müssen, wenn sie nicht jeden Schlammkopf an die Söhne verlieren wollte. Möglicherweise auch ein paar eingeschworene Brüder. Dennoch blieb es die beste Wahl, und sie würde das Risiko eingehen. Die Menschen hier hatten nichts weniger als das verdient.

Glaucio erhob sich. »Ich muss mit einigen der anderen sprechen. Wann brauchst du eine Antwort?«

»Gestern«, sagte Weide und hasste die Notwendigkeit einer solchen Gefühlskälte. »Wenn ihr euch bis heute Abend nicht für ein anderes Ziel entschieden habt, brechen wir zur Wiege der Mischlinge auf. Wie dem auch sei, alle sollten jetzt Vorbereitungen treffen. Ihr habt heute Zeit, um eure Habseligkeiten zusammenzusuchen.«

Es war nicht nötig, darum zu bitten, mit leichtem Gepäck zu reisen. Dies war das zweite Mal, dass Teilsiegs Volk gezwungen war zu fliehen, und die Zeitspanne dazwischen hatte ihnen schwer zugesetzt. Sie besaßen nicht viel.

Glaucio verabschiedete sich, aber Distel blieb noch einen Moment.

»Du hättest uns bei der Stoßzahnflut zurücklassen sollen«, sagte sie und schüttelte resigniert den Kopf. Die Frau stand auf und verließ den Raum.

Weide blieb ruhig. Damals war es nicht allein ihre Entscheidung, sie war noch nicht Häuptling gewesen. Die Grauen Bastarde hatten an jenem Tag gemeinsam abgestimmt. Vollkorn wollte, dass Beryl nach Hause kam, Iltis wollte Cissy und Feger. Sie hatten es alle eilig, zu den alten Zeiten zurückzukehren, blind für die Tatsache, dass diese Tage nie wiederkehren würden. Alle hatten es eilig, außer Schakal und Grasmücke, die beide aus ganz eigenen Motiven heraus zögerten. Und das war auch der Grund, warum Weide selbst die Frage aufgeworfen und als Erste für die Rückkehr der Menschen gestimmt hatte. Sie war der Meinung gewesen, dass Schakal Häuptling werden sollte, mit ihr, Vollkorn und Grasmücke als Ratgebern an seiner Seite. Angetrieben von dem Bedürfnis, ihm etwas zum Anführen zu geben, hatte sie ihre Stimme und ihre Hand erhoben. Hätte sie das immer noch getan, wenn sie die Wahrheit gekannt hätte? Dass Schakal gar nicht die Absicht hatte, zu führen? Dass er und Grasmücke vorhatten, fortzugehen und ihr die Herrschaft über eine gebrochene Rotte zu überlassen, die sich soeben die zusätzliche Last bettelarmer Dorfbewohner aufgebürdet hatte? Unter Teilsiegs Leuten gab es niemanden, den sie brauchte. Keine Mutter. Keinen Geliebten. Was ihr etwas bedeutete, waren die Rotte, ihre Brüder und der Mischling, den sie verraten hatte, um ihn zu retten. Derjenige, der die Rotte und sie im Stich gelassen hatte, um den Fehlern nachzujagen, die er bei seinem Streben nach Führung begangen hatte. Der Führung, die jetzt in ihren Händen lag!

Mit einem wütenden Schrei stand Augenweide auf und warf den Tisch um.

Sie machte sich nicht die Mühe, ihn wieder hinzustellen, bevor sie die Werkstatt verließ.

Die Bastarde waren bereits mit ihren eigenen Vorbereitungen für die Reise beschäftigt. Dieses Mal hatte niemand gegen die Entscheidung gestimmt. Sie vergewisserte sich bei jedem ihrer Reiter, dass alles getan wurde, um ihre Abreisebereitschaft zu gewährleisten. Jeder Keiler sollte einen Reiter haben, und die älteren Schlammköpfe bekamen Reittiere, um beim Auskundschaften zu helfen. Es gab vier Wagen in der Stadt, aber nur genug Zugochsen für einen. Bei den übrigen mussten Maultiere angeschirrt werden. Einer der Wagen war für die Waisenkinder reserviert, der Rest für die in der Stadt noch vorhandenen Lebensmittel. Alles andere musste von den zu Fuß Gehenden getragen werden.

Versteckt in ihrem Privatgemach, studierte Weide wie besessen die einzige grobe Karte, die die Bastarde von Ul-wundulas besaßen. Glaucio war vor Stunden in ihre Gemächer gekommen und hatte bestätigt, dass die Dorfbewohner das Gebiet der Söhne favorisierten. Wenn sie Glück hatten, konnte die Reise dorthin innerhalb von vierzehn Tagen abgeschlossen werden.

Die Nahrung würde reichen. Die Flüsse und Bäche waren wohl durch die häufigen Regenfälle angeschwollen, aber sie würden das Gebiet der Schädelsäer durchqueren – das trockenste Gebiet im gesamten Brachland. Keiler, Reiter, Kinder, Dorfbewohner – alles in allem mussten fast zweihundert Zungen täglich benetzt werden. Glücklicherweise war mit Blindschleiche einer der begabtesten Wasserschnüffler der Geteilten Lande auf die Rotte eingeschworen, obwohl das bedeutete, dass er die meiste Zeit von der Hauptgruppe entfernt sein würde. Bei ihrer Planung stützte Weide sich immer wieder auf Stummklotz als Rückläufer und knirschte mit den Zähnen, wenn ihr müdes Gehirn sich daran erinnerte, dass er tot war. Niemand kannte die Geteilten Lande so gut wie erfahrene Nomaden, und Klotz hatte genau wie Schleich Jahre als unabhängiger Reiter verbracht, bevor er sich den Bastarden anschloss. Scheiß auf Kürbis, dass er ihnen in genau dem Moment seinen Schweinearsch zudrehte, als er am nützlichsten gewesen wäre.

Die größte Schwierigkeit wartete kurz vor Ende der Reise auf sie. Die Südküste von Ul-wundulas war überwiegend von Bergen umgeben, und die Wiege der Mischlinge lag hinter den Raureifgipfeln, einem begrenzten, aber hoch aufragenden Gebirgszug, der nach den sichtbaren Schneekappen auf den Gipfeln benannt war. In der simplen Ausdrucksweise der Halb-Orks waren sie einfach nur die Kappen. Selbst Blindschleiche war nicht mit den sichersten Pässen vertraut. Die unproblematischsten wären immer noch für die Wagen unpassierbar und für die Weichlinge zermürbend gewesen. Weide hatte einen Vogel zu Vater geschickt, aber wenn der Eierkopf einen Groll hegte und keine Reiter hatte, die nach ihrer Ankunft Ausschau hielten, konnten die Kappen ein tödliches Hindernis sein.

Weide stellte fest, dass sie die Karte kaum sehen konnte.

Sie stand auf und ging hinaus auf ihren Balkon. Die Nacht war über das Dorf hereingebrochen, während sie über dem Gekritzel von Bergen und Flüssen gebrütet hatte. Teilsieg war bereits ein Friedhof, seine Bewohner verbrachten ihre letzte Nacht in ihren Häusern. Sie würden für einige Zeit kein Dach mehr über dem Kopf haben. Es war eine verdammt angenehme Nacht, mit einer Brise, die die Hitze vertrieb, ohne die Luft zu sehr abzukühlen. Der Mond war kaum mehr als eine hauchdünne Sichel und überließ den Sternen die Herrschaft über den Himmel. Verdammt, es herrschte gerade so viel Ruhe und Schönheit, dass Weide den Befehl zum Aufbruch rückgängig machen wollte.

Sie stand lange Zeit da und beobachtete, wie die Schlammköpfe die Palisade entlanggingen. Honigwein kam und überwachte den Wachwechsel auf seinem Weg zum Tor. Übeltäter kam aus dem Schlafsaal und machte sich auf den Weg zu den Ställen, wahrscheinlich, um zum vierten Mal sein Sattelzeug zu überprüfen. Iltis schlich sich die Straße hinunter, aber die Witwe des Gerbers musste ihn abgewiesen haben, denn er kehrte viel zu früh mit finsterem Blick zurück. Erst als die massige Gestalt von Vollkorn auf der Palisade auftauchte, um einen weiteren Wachwechsel vorzunehmen, wurde Weide klar, dass sie die halbe Nacht dort gestanden hatte. Die Aussicht auf Schlaf wurde durch die Aufgabe, die am kommenden Morgen anstand, zu einem nagenden Grauen.

Eine weitere Gestalt verließ das Quartier der Rotte.

Faulpelz.

Der Schlafsaal der Winzer lag neben ihrem Privatgemach, war aber weiter nach außen gerückt, sodass sie über und hinter der linken Schulter des Nomaden stand. Er stand eine Weile einfach nur da, obwohl etwas in der Haltung seiner Schultern auf Unbehagen hindeutete. Die kleinen Schritte, mit denen er im Kreis ging, die tiefen, müden Atemzüge, alles Anzeichen für einen, der von Schlaflosigkeit geplagt wurde. Weide wartete und beobachtete und fragte sich, ob er zurück ins Haus gehen würde, ohne sie zu bemerken.

Als er sich langsam vom Gebäude entfernte und dabei eine Schulter zaghaft dehnte, fiel sein Blick auf sie. Er blieb stehen. Augenweide neigte den Kopf in Richtung des Schlafzimmers und ging wieder hinein, ohne seine Reaktion abzuwarten.

Unten öffnete sich die Tür, gefolgt von Faulpelz' gemessenen Stiefeltritten auf der Treppe. Er kam langsam in den Raum. Weide zündete die Lampe an. Er war bis auf einen Verband, der von seiner rechten Schulter bis unter den linken Arm reichte, nackt. Die blauen Flecken von Waisenmädchens Stoßzahn lugten unter dem Leinen hervor und zeichneten sich auf seinem Kiefer ab.

»Halten die Schmerzen dich wach?«, fragte sie.

»Ein wenig«, gab Faulpelz zu. »Hauptsächlich bin ich es leid, in einem Feldbett zu liegen.«

Augenweide nickte verständnisvoll. Sie holte eine Flasche hervor und schenkte ihm ein gesundes Maß Wein ein. Es gab keinen Grund mehr, den Wein aufzusparen.

Faulpelz stürzte sich fast auf den angebotenen Becher. »Oh! Du bist eine Retterin.«

Er stürzte den Inhalt in zwei langen Schlucken hinunter und stöhnte dankbar auf, als Weide seinen Becher sofort wieder auffüllte. »Nichts für dich?«

Sie schüttelte den Kopf. »Ein langer Ritt liegt vor uns.«

»Aber nicht für mich«, stellte Faulpelz laut fest, grinste und nippte an seinem Wein. »Hast du mich deshalb nach oben eingeladen? Um mir zu sagen, dass ich nicht mehr mit der Rotte reiten werde?«

Weide warf einen skeptischen Blick auf seine Verbände. »Kannst du das?«

»Wenn ich genug davon habe«, antwortete Faulpelz, hielt den Wein hoch und schwenkte ihn, »kann ich alles.«

»Tja, das war so ziemlich der letzte. Also ...«

»Das ist bedauerlich.«

Faulpelz durchquerte den Raum, ging an Augenweide vorbei und näherte sich dem Bett, wo er sich ohne das geringste Zögern auf eine Ecke am Fußende setzte.

»Was machen deine Verletzungen?«, fragte Weide.

Der Staubfresser atmete seufzend aus und streckte seine Hand nach oben, um seine bandagierte Schulter und Brust sanft zu berühren. »Mein Jochbein ist gebrochen. Das tut weh. Der Stoßzahn hat mich nur ein wenig unterhalb davon aufgeschlitzt. Nichts, was ein paar Stiche und ein einäugiger Halbling nicht flicken könnten.« Faulpelz' Wange wölbte sich, als er mit seiner Zunge das Innere seines Mundes erkundete. »Hab einen verdammten Zahn verloren. Wahrscheinlich das Schlimmste, denn der kommt nicht wieder. Zum Glück war er nicht vorne. Frauen stehen nicht auf ein Lächeln mit klaffenden Zahnlücken.«

»Du wirst eine Narbe davontragen«, sagte Weide. »Auch auf der Brust. Die Blaublüter aus Hispartha werden ihre Röcke darüber schwingen.«

»Das kann ich nur hoffen.«

Der Becher von Faulpelz war wieder leer. Weide reichte die Flasche weiter.

»Bist du sicher, dass du nicht mittrinken willst?«, fragte er. »Bis du deine Meinung änderst, bin ich wahrscheinlich schon fertig.«

»Ich bin mir sicher.«

Achselzuckend stellte Faulpelz den Becher zwischen seine Füße und trank direkt aus der Flasche. Nachdem er geschluckt hatte, biss er die Zähne zusammen und sah zu ihr hoch. »Wenn du schon nicht trinkst, dann setz dich wenigstens.«

Weide blieb, wo sie war. »Was wirst du jetzt tun? Zurück in die Städte gehen? Deine Hurerei anfangen, Hure?«

»Du wirfst mich also *doch* raus. Ich bekomme nicht einmal die Chance, euch morgen auszubremsen. Lass mich Palla vor einen der Wagen schirren. Er wird besser mit dem Joch zurechtkommen als einer deiner Barbaren. Du weißt, dass ich ein Gespann fahren kann.«

Verdammt, nein. Sei nicht vernünftig.

Da sie seine Argumente nicht ganz von der Hand weisen konnte, aber auch nicht zustimmen wollte, lachte Weide und ließ ihren Kopf hängen. »Palla. Deshalb kommst du morgen nicht mit.«

»Was? Wegen meines Keilers?«

»Benannt nach dem großen Troubadour aus Galizien«, wiederholte sie und ahmte spöttisch seine Stimme nach. »Verdammt, ich wusste vor dir nicht einmal, was ein Staubfresser ist, aber du musst der König von allen sein. Rottenreiter reden nicht so. Die haben keine Ahnung von so etwas.«

»Gut! Ich werde ihn in Fotzenfurz umbenennen, dann passe ich zu euch.« Der Wein und sein eigener Witz brachten Faulpelz zum Kichern. Es war ein kindliches Geräusch, wenn auch ein charmantes. Außerdem war es ansteckend.

»Du wirst nie dazugehören«, sagte Weide zu ihm, und ihre eigene Stimme bebte vor Lachen. »Narben. Fehlende Zähne. Schreckliche Namen. Das ist kein Leben für dich.« Sie holte tief Luft und wurde ernst. »Faulpelz, du könntest morgen nützlich sein, sogar für Monate ... alle Höllen wissen, dass wir einen weiteren guten Reiter gebrauchen können, aber bald – wenn wir überleben – müsste ich dir einen Platz in der Rotte anbieten. Den kannst du nicht annehmen – nicht, wenn du eine Hure sein willst …«

»Ein *cortejo.*«

»Und wenn du die Bruderschaft ablehnst, wirst du gehen müssen. Es ist besser, du gehst jetzt und lebst lange genug, um nach Hispartha zurückzukehren.«

Faulpelz starrte einen Moment lang auf den Boden. Als er aufsah, war das Lachen aus seinem Gesicht verschwunden und wurde durch eine Ernsthaftigkeit ersetzt, die Weide noch nie bei ihm gesehen hatte und die ihr nicht gefiel.

»Was, wenn ich nicht ablehne?«, fragte er. »Was, wenn ich bleibe, mir meinen Platz verdiene und ein Wahrer werde?«

Weide machte einen Schritt vorwärts und halbierte den Abstand zwischen ihnen. »Nein. Du solltest bis zu den Eiern in Adeligen und bis zum Hals in deren Münzen stecken. Also, wie viel?«

Faulpelz sah verwirrt aus.

Weide ging zu der Truhe an der Wand und zog einen Beutel mit Münzen heraus, der nur einen Bruchteil von Vollkorns Gewinn ausmachte, aber dennoch schwer in ihrer Hand lag. Mit einer Bewegung ihres Handgelenks warf sie den Beutel Faulpelz zu. Er war überrascht, schaffte es aber, ihn zu fangen, wobei er bei der plötzlichen Bewegung leicht zusammenzuckte.

»Ich will dich bezahlen. Ich will, dass du mich zufriedenstellst. Und dann will ich, dass du gehst.«

Faulpelz ließ den Beutel von seinen Fingern baumeln, zielte sorgfältig und ließ ihn in den Becher zwischen seinen Füßen fallen. Die Größe verhinderte, dass er im Gefäß versank. Stattdessen thronte er obenauf, wie eine Opfergabe auf einem Sockel.

Faulpelz warf die leere Flasche beiseite und sah ihr in die Augen. »Komm her.«

Ein weiterer Schritt brachte Weide den Rest des Weges, bis sie zwischen seinen Knien stand.

Faulpelz packte sie, schnell und hart, ein Arm schlang sich um ihr Gesäß und zog ihren Körper an seinen. Ihre Schenkel und ihre Hüften drückten gegen seinen Oberkörper. Der Druck musste ihm Schmerzen bereiten, aber er ließ es sich nicht anmerken und löste mit der freien Hand in drei geschickten Zugbewegungen die Schnürung ihrer Reithose. Augenweide warf ihre Tunika ab, und Faulpelz' Mund stürzte sich auf das freigelegte Fleisch ihres Bauches. Weide umklammerte die kurzen, zusammengedrehten Locken seines Haares und hielt seine forschenden Lippen gefangen, wobei sie sich an den Schauern erfreute, die ihr seinetwegen über den Rücken liefen. Sein Arm ließ sie gerade lange genug los, um mit beiden Händen ihre Reithose nach unten zu ziehen. Sie trug noch ihre Stiefel, sodass sie nur bis zu den Knien entkleidet war, aber sie war zu erregt, um sie mit Fußtritten abzustreifen. Faulpelz' Hände griffen nach ihrem Hinterteil, starke Finger kneteten das Fleisch und hoben die Backen an. Sie wanderten zu ihren Hüftknochen und zogen sie ein Stück weiter nach vorne, als sein Kopf tiefer wanderte. Sein Gesicht drückte sich hinein, der Winkel war ungünstig, aber seine Zunge fand ihren Weg. Weide stöhnte auf, als er sie bearbeitete. Das Gewirr um ihre Waden verhinderte, dass sie ihre Beine weiter spreizen konnte, was Faulpelz' Zugang einschränkte, aber das spielte kaum eine Rolle. Ein ganzes Jahr aufgestauter Frustration brach bebend aus ihr heraus, geführt von der Zunge des Nomaden.

Faulpelz zog sich zurück, als sie fertig war. Augenweides Knie wurden ein wenig schwach und sie ließ sich rittlings auf eins seiner Beine sinken, wobei sie sich etwas an seinem harten Oberschenkelmuskel rieb, um noch die letzten kribbelnden Impulse herauszukitzeln. Sie legte eine Hand auf seine Brust und drückte ihn zurück, bis er sich mit den Ellbogen auf dem Bett abstützte. Sie kicherte ein wenig, als sich herausstellte, dass ihre Fähigkeit, die Hose zu öffnen, weniger effizient war als seine, aber bald hatte sie ihn befreit. Sein Schwanz war geschwollen, aber noch nicht steif.

Weide sah mit übertriebenem Vorwurf zu ihm auf. »Sollte eine Hure nicht in der Lage sein, den Pimmel immer geladen zu haben?«

Faulpelz verteidigte sich mit drei selbstbewussten Worten. »Schmerz. Wein. Einschüchterung.«

Augenweide lachte, stand auf und machte kleine Schrittbewegungen, bis sie aus ihren Stiefeln und Hosen heraus war. Sie beugte sich über Faulpelz, ließ ihre Brüste baumeln, bis sie ihn gerade berührten, und ließ sie über seine Brust und seinen Bauch gleiten. Sein Lümmel zuckte, als er zwischen sie geriet, und er zuckte erneut, als sie ihn in den Mund nahm. Damit waren alle Hindernisse beseitigt.

Sie ließ ihn los und kroch seinen Körper hinauf. Beide hielten den Atem an, als sich ihre Hüften senkten und er in sie hineinglitt.

»Wehe, du schießt so schnell wie ich«, warnte sie im Flüsterton.

Er grinste zu ihr hoch. »Keine Chance.«

Augenweide ritt ihn, stellte ihn auf die Probe. Faulpelz ertrug die langen, langsamen Stöße nicht nur, er verstärkte sie noch, indem er sie mit seinen Händen führte und streichelte, bis er sie schließlich ganz auf sich hinunterzog. Er hielt sie im Nacken und auf dem Rücken fest und stieß mit unnachahmlicher Geschwindigkeit in sie hinein, bis sie sich wieder löste. Weide rollte sich auf dem Bett weg und landete auf dem Rücken, während Faulpelz immer noch fest in ihr verankert war. Er packte sie hinter den Knien und stieß zu, bis ihre Oberschenkel gegen ihre Brüste drückten und ihre Hüften sich von dem zerwühlten Bettzeug hoben. Er schob ihre beiden ineinander verschlungenen Körper mühelos hin und her, bis er auf seinen Fußballen hockte. Er begann erneut zu stoßen, seine Beine zogen ihn heraus, nur um sich dann wieder zu entspannen und ihn wieder hineinzustoßen, die Tiefe seines Eindringens war erschütternd und köstlich. Ein intensiver, glückseliger Druck baute sich auf. Weide gab sich ihm hin, doch dann machte sich ein vertrautes Verlangen in ihren Lenden breit. Sie griff nach ihm und unternahm einen unbeholfenen Versuch, Faulpelz' Anstrengungen zu bremsen, ihre Hände tasteten über die eisernen Muskeln seines Unterleibs, aber er machte weiter.

Durch ihr Keuchen und Stöhnen hindurch gelang ihr ein fast panisches Flehen. »Ich glaube, ich werde ...«

In diesem Moment zog Faulpelz sich zurück. Weide spürte, wie seine beiden mittleren Finger hineinglitten. Faulpelz wölbte seine Hand und begann mit einer schnellen, melkenden

Bewegung. Mit offenem Mund, aber unfähig, ihre Glückseligkeit in Worte zu fassen, spürte Weide, wie sich ein Sturzbach löste, und hörte, wie der Strom in die Handfläche des Nomaden schwappte. Sie wurde blind, schloss die Augen vor lauter Ekstase und spürte, wie sich ihre Beine verkrampften.

Als sie wieder zu sich kam, hörte sie ihr eigenes Keuchen, das von leisem Stöhnen unterbrochen wurde. Es war schwierig, sich auf die Decke ihres Schlafzimmers zu konzentrieren.

»W-was zur …« Sie konnte kaum Worte bilden. »Was … zur Hölle war das?«

Faulpelz' zufriedene, nur leicht atemlose Stimme antwortete von irgendwo rechts.

»Hast du noch nie gespritzt?«

Weide konnte nicht aufhören zu grinsen. »Ooooooh, Maaaannnnn.«

»Nun … sagen wir, dass *das* der Grund ist, warum ich eine sehr reiche Hure sein werde.«

Sie lachten beide lange, und als Weide sich erholt hatte, vereinigten sie sich wieder. Die Kerzen brannten herunter und sie schlief ein, zu gesättigt, um sich über den kommenden Morgen Gedanken zu machen.

Sie regte sich, als Faulpelz' Hand ihr Gesicht berührte, und wurde ärgerlich, als sie dort verweilte. Sie riss ihre Augen auf, als die Hand ihren Mund umklammerte. Ein massiger Schatten beugte sich über sie, eine schmale, kalte Klinge lag an ihrer Kehle.

»Ich hoffe, du hast noch etwas Temperament für mich übrig.« Knolles hasserfüllte Stimme drang an ihr Ohr.

25

Weides Gedanken rasten. Sie zwang sich, nicht um sich zu schlagen, nicht zu kämpfen und jeden Instinkt zu unterdrücken.

Knolle hatte ihren Kopf tief in das Bett gedrückt. Seine Hand roch nach Keiler, Sattelleder und Ruß. Sowohl sein Griff als auch das Messer waren fest. Er war ruhig, bereit zu töten, aber nicht begierig darauf. Mord war bisher nur in seinem Kopf, die Hand war aber noch nicht bereit, es sei denn, sie würde ihn zwingen.

»Keinen Laut«, kam die Drohung, »wehr dich, und wir schlitzen dein Spielzeug von der Kehle bis zum Lümmel auf.«

Knolle hielt ihr die Hand auf den Mund und drehte ihren Kopf, um ihren Blick zu lenken. Im Sternenlicht des Balkons sah Weide Faulpelz, nackt, von einem riesigen Mischling an die Wand gedrückt, eine Klinge an seiner Kehle. Seine Augen funkelten wütend und waren ängstlich geweitet.

Die Orkflecken waren in Teilsieg!

Wie? Das spielte keine Rolle. Die Frage war, wie man überlebte.

Knolle hob das Kinn und forderte das andere Dreiblut auf, leicht auf den Boden zu stampfen. Fünf weitere massige Gestalten drängten in den Raum. Sie waren für einen nächtlichen Überfall gerüstet und trugen nur kurze Hosen, damit die glänzenden Metallnieten ihrer Brigantinen sie nicht verrieten. Zu diesem Zweck waren sie auch nur mit Messern bewaffnet. Weide hatte sie nicht die Treppe hinaufkommen gehört, also mussten sie barfuß sein. Ihr Fleisch war mit Ruß beschmiert, der ihre ohnehin schon aschfarbene Haut noch dunkler werden ließ. Verdammt, sie waren über die Mauern geklettert und hatten sich an den Wachen vorbeigeschlichen. Man hätte Alarm geschlagen, wenn sie irgendwelche Kehlen aufgeschlitzt oder Lücken in der Wache hinterlassen hätten.

Draußen schlief Teilsieg weiter und ahnte nichts von der bösartigen Absicht, die sich gerade in Weides Träume geschlichen hatte.

Der Drang zu kämpfen verstärkte sich, als vier der Neuankömmlinge sich an den Ecken des Bettes platzierten und der fünfte half, Faulpelz zu sichern. Ein neuer Drang stieg auf. Panik. Diese niederzuzwingen war schwieriger, aber um Faulpelz' und ihres eigenen Lebens willen schaffte Weide es, ruhig zu bleiben, während ihre Hand- und Fußgelenke gefesselt wurden.

Jetzt konnte sie nur noch ihre Augen bewegen.

Ihre Glieder waren gefesselt, jedes einzelne wurde von einer unnachgiebigen Kraft festgehalten. Verdammte Dreiblüter!

Also, zwei an der Wand, eins an jeder Gliedmaße, und Knolle. Sieben Feinde in ihrer kleinen Kammer.

Scheiße.

Langsam löste sich die fleischige Handfläche von ihren Lippen und schwebte dicht darüber. Knolle hockte auf dem Bett rechts von Weide, zwischen ihr und dem Balkon, sein kahler Kopf und seine brutalen Schultern zeichneten sich im fahlen Licht ab.

Weide riskierte eine zischende Warnung. »Reite weg, Knolle. Nimm deine Jungs und reite weg.«

Ein Lachen antwortete, leise und feucht. »Oh, nein. Ich habe deine Drohung geschluckt. Ich bin jetzt hier, um dafür zu sorgen, dass du meine schluckst.«

Knolle bewegte sich und fummelte mit seiner anderen Hand herum. Sie konnte nicht sehen, was er tat, aber sie konnte es leicht erraten.

»Ich werde das ganze verdammte Ding schlucken«, schwor Weide. »Aber es wird nicht mit deinem Körper verbunden sein.«

»Ich dachte, du hättest es kapiert.«

Knolle fasste ihr grob unters Kinn und riss ihren Kopf wieder herum. Der Fleck mit dem Messer begann, Faulpelz' Brust aufzuschlitzen, während der andere ihn festhielt und mit der Hand seine Schmerzensschreie erstickte. Sie hielten inne, nachdem der Schnitt eine Handlänge betrug. Die Wunde war tief.

»Benimm dich«, befahl Knolle und quetschte ihr Gesicht. Er ließ sie los und richtete sich auf. Ein Knie auf dem Bett, schwang er seinen erigierten Schwanz hin und her, die Faust in ihren Haaren vergraben. »Ich spüre Zähne und er stirbt.«

»Seltsame Drohung«, antwortete Weide, ruhig wie Stein. »Du wirst deinen Schwanz verlieren. Mir nimmst du nichts weiter als einen streunenden Staubfresser. Du bist wohl entschlossen, als Eunuch zu enden. Also los. Gib mir die Chance.« Sie ließ ihre Stimme von einem Lachen begleiten und öffnete weit ihren Mund.

Knolle zögerte, aber seine Antwort war immer noch amüsiert. »Du reizt mich sehr, auf die Wette einzugehen, Mädchen. Aber das muss ich nicht. Dreht sie um.«

Weide wartete auf eine Gelegenheit, sich zu befreien, auf ein Nachlassen des Griffs ihrer Entführer. Sie kam nicht. Sie kreuzten zuerst ihre Füße und zwangen ihre Wirbelsäule und ihr Becken, sich bis zum Äußersten zu verdrehen. Erst dann manipulierten sie ihre Arme, wobei die Mischlinge, die ihre Handgelenke festhielten, tauschten. Mit dem Gesicht nach unten spürte Weide, wie das Bett sank, als Knolle sich zwischen ihre Beine platzierte. Er tätschelte ihre Pobacken, spreizte sie auseinander, sein Daumen streifte ihren Anus.

»Maul und Arsch«, spottete Weide und legte den Kopf schief. »Ich wusste schon immer, dass du ein Hinterlader bist.« Sie sah das Dreiblut an, das ihren rechten Arm hielt. »Gern geschehen, Fleck. Er wird dich heute Nacht nicht belästigen.«

Der Mischling schlug zu, ein abwärts gerichteter Handrücken auf die Wange. Er war schnell, seine Hand löste sich nur für einen Augenblick von ihrem Handgelenk.

Das war alles, was sie brauchte.

Sie verdrehte ihren Arm und riss sich von seinem einhändigen Griff los, als sein Schlag in ihrem Schädel knisternde Lichter erzeugte.

»Halt sie fest, verdammt!«, knurrte Knolle und ließ sein Gewicht auf ihren Rücken sinken.

Weides freie Hand zappelte, wurde aber sofort wieder eingefangen.

Knolles heißer Atem strömte in ihr Ohr und klang zufrieden. »Ich habe dich gewarnt. Macht ihn fertig.«

Das Geräusch der sich öffnenden Tür in der unteren Etage ließ den Raum erstarren.

»Häuptling!« Eine vertraute Stimme rief die Treppe hinauf, kurz bevor eilige Schritte folgten. »Es brennt im ...«

Knolle stürzte vom Bett und ging zur Tür.

»HONIGWEIN! WARN DIE ROTTE!«

Aber Weides Schrei brachte ihn nur dazu, in den Raum zu stürmen.

Das gezogene Schwert in Honigweins Hand ließ das Schlafgemach wie ein Hornissennest, das ausgeräuchert wurde, durcheinanderschwirren. Knolle war am dichtesten dran, seine große Gestalt stürzte sich auf den kleineren Bastard, sodass dieser zum Schlag ausholte. Der Schlag war übereilt, verwirrt und halb blind. Knolle sprang zurück, um dem Schnitt auszuweichen, aber die Flecken am Fußende des Betts reagierten instinktiv auf die Gefahr, die ihrem Anführer drohte, und eilten ihm zu Hilfe.

Weides Beine waren frei.

Sie zog die Knie an, schob die Beine unter sich, stützte sich mit den Füßen auf dem Bett ab und sprang nach hinten. Die abgelenkten Flecken, die ihre Handgelenke festhielten, wurden aus dem Gleichgewicht gebracht, wobei der eine zu ihrer Rechten sie komplett losließ. Der andere stolperte, hielt sie aber fest, sodass sie sich in seinem Griff verdrehte und sich die Schulter verrenkte. Sie stürzte zwischen Bett und Balkonöffnung zu Boden. Ein Fuß krachte in ihre Rippen und erstickte ihre Lunge mit Leere und Schmerz. Das Dreiblut, das immer noch ihren Arm festhielt, trat sie erneut. Beim dritten Tritt stieß sie sich mit dem freien Arm vom Boden ab und umklammerte das entgegenkommende Bein mit ihren beiden Beinen. Sie drehte sich mit jeder Sehne, zerrte das Dreiblut zu Boden und trampelte auf seine Nüsse.

Endlich war sie frei.

Mit einem Ruck brach sie dem heulenden Dreiblut das Knie des eingeklemmten Beins, riss ihm den Dolch aus dem Gürtel, rollte sich in die Hocke und schleuderte ihn quer durch den Raum in den Bauch von Faulpelz' Fänger, der sein Schwert gezogen hatte. Er brach zusammen und ließ Faulpelz so weit los, dass er allein mit dem anderen zurechtkam.

Das Dreiblut, das Augenweide nicht mehr festhielt, stürzte über das Bett, packte sie und trieb sie beide auf den Balkon hinaus. Weides Kopf knallte gegen das Geländer. Diesmal gab es kein Licht, nur eine Schwärze, die sie zu verschlingen drohte. Die dicken Finger des Flecks lagen um ihre Kehle. Mit gestoßenem Schädel und eingedrückter Luftröhre spürte Weide, wie sich ihre Welt verdunkelte und zu dem Gesicht der Bestie zusammenschrumpfte, die sie tötete. Es war der Unhold, der sie geschlagen und zweimal losgelassen hatte. Er war wütend, gefühllos und wollte sie mit seinen bloßen Händen töten.

Bloße. Hände.

Sie wurde schwächer, tastete umher, suchte. Fand. Es blieb

ihr nichts anderes übrig, als diese Wichser weiter mit ihren eigenen Messern zu töten. Seine wütende Miene wirkte verwirrt und entsetzt, als die Dolchklinge hinter seinem Ohr eintauchte. Die würgenden Hände erschlafften und Weide stieß den Körper weg.

Keuchend sah sie durch ein Gewirr von Beinen in den Raum.

Die beiden Flecken, die sich auf Honigwein gestürzt hatten, hatten ihn durch die Tür zurückgedrängt, wobei der schmale Türrahmen verhinderte, dass er umzingelt wurde. Er konnte aber auch nicht zurück in den Raum gelangen, da sein Schwert in der Enge ein Hindernis war. Der eine wehrte ihn dreimal ab, während der andere die Tür zudrückte. Faulpelz wehrte sich, wurde aber schnell überwältigt, da er verletzt war. Das Dreiblut drosch ihm die Stirn ins Gesicht und ließ ihn mit ein paar unbarmherzigen Schlägen zu Boden gehen. Derjenige, der von Weides geworfenem Dolch in den Bauch getroffen worden war, rappelte sich auf und umklammerte seinen undichten Bauch.

Sie versuchte zu schreien, versuchte, den Wahnsinn zu beenden, bevor noch mehr starben, doch ein Hustenanfall hielt sie davon ab. Das Geräusch lenkte Knolles Aufmerksamkeit auf sie.

Er drehte sich langsam um, ragte vor ihr auf und machte einen Schritt.

Noch einen.

Zwischen ihnen, auf dem Boden neben der Wand, lag Weides Schwertgürtel. Knolle folgte ihrem müden Blick und grinste. Ein Schritt vorwärts, und er war bei ihr. Ein Schritt nach links, und er erreichte ihre Waffen. Weide hörte, wie Honigwein ihren Namen schrie, das Geräusch klingenden Stahls, als er versuchte, die Tür zu durchbrechen.

»Lass es gut sein«, sagte Weide mit rauer Stimme. »Du hast einen Toten, einen Sterbenden und einen, der nie wieder reiten wird. Nach dieser Scheiße sind wir quitt.«

»Glaubst du, diese Jungs sind alles, was ich mitgebracht habe? Der Rest meiner Rotte wird bald in deinen Mauern sein, Schlampe. Willst du wirklich die Rechnung begleichen, bevor du weißt, wie viele deiner eigenen Leute tot sind?«

Weide wurde eiskalt. Von draußen konnte sie die Geräusche des Dorfes hören, das auf das Feuer reagierte. Die Rufe kamen vom Nordende. Am weitesten vom Tor entfernt. Ihre Bestürzung musste sich in ihrem Gesicht widerspiegeln, denn Knolles Grinsen wurde breiter.

Weides Blick wurde härter. »Hör auf, zwischen mir und dem Schwert zu tanzen, und triff eine verdammte Entscheidung!«

Mit gefletschten Zähnen griff Knolle nach den Waffen.

Weide machte einen Hechtsprung und war zuversichtlich, dass sie schneller sein würde, aber der Fleck mit dem gebrochenen Knie schnappte sich eins ihrer Beine. Er konnte sie nicht halten, aber die Verzögerung reichte. Knolle riss den Schwertgürtel vom Boden hoch und den Talwar aus seiner Scheide. Weide lag bäuchlings zu seinen Füßen, die Hand noch immer nach einer Beute ausgestreckt, die längst weg war.

Knolle grinste schadenfroh. »Ich wette, du würdest jetzt lieber meinen Schwanz nehmen, als zu sterben. Lieber, als deine Jungs sterben zu sehen.«

Sie konnte nichts tun. Sie war nur mit einem Messer bewaffnet, gefangen in einem Raum mit vier kräftigen Dreiblütern, während draußen ihre ahnungslosen Leute belagert wurden.

Ich mache sie dumm. Du machst sie zu Leichen.

Cissys Worte.

Langsam nickte Weide.

Sie ging auf alle viere und drehte sich auf der Stelle. Sie spürte, wie Knolles Blicke über ihren unbekleideten Rücken krochen.

»Wirf das Messer weg.«

Weide ließ es über den Boden gleiten. Mit einem Blick über die Schulter beobachtete sie, wie Knolle den Talwar an einen seiner Mischlinge übergab.

Sie hasste sich selbst und hoffte, dass Faulpelz ihr verzeihen würde, in dieser Welt oder in der Hölle, und traf eine Entscheidung.

»Honigwein! Rückzug!«

Sie sprang nach vorne auf den Balkon und kletterte über das Geländer. Der schnelle Fall versetzte ihr einen Schlag in den Magen, aber sie landete sicher und rollte sich ab. Oben eilte Knolle auf den Balkon und lud Weides Armbrust.

Sie sprang unter den Überhang und stieß beinahe mit Honigwein zusammen, als er aus der Tür stolperte. Ein kurzer Blick zeigte zwei Flecken, die hinter ihm die Treppe herunterrannten.

Weide und Honigwein stürzten zu der Rottenkaserne, schlugen die Tür hinter sich zu und ließen den Verriegelungsbalken einrasten.

Im Innern waren alle Kojen leer, jeder war zur Brandbekämpfung hinausgegangen.

»Meine Armbrust hängt am Haken«, zischte Honigwein. Weide holte die Waffe und einen vollen Köcher, bevor sie zu Vollkorns Truhe eilte. Sie riss ein Hemd heraus und warf es sich über, wobei ihr das große Kleidungsstück fast bis zu den Knien reichte. Übeltäter hatte seinen Schwertgürtel zurückgelassen, also nahm Weide ihn an sich, in der Hoffnung, sie würde die Gelegenheit bekommen, den neuen Reiter auszuschimpfen. Als sie feststellte, dass es illusorisch war, Stiefel finden zu wollen, kehrte sie zur Tür zurück, wo Honigwein Wache stand und durch das Guckloch spähte.

»Sie sind uns nicht gefolgt«, sagte er. Er drückte seinen Stumpf gegen seine Seite. Weide fluchte, als sie das Blut sah. »Hat mich auf dem Weg nach draußen erwischt«, war Honigweins einzige Antwort, ohne in seiner Wachsamkeit nachzulassen. »Was willst du tun?«

»Die Rotte zusammenholen. Jedes Dreiblut innerhalb der Mauern töten, das nicht Vollkorn ist.«

»Oder Incus.«

»Richtig.«

»Klingt gut.«

»Ich muss wissen, was mit der Wunde ist, Honigwein.«

»Ich habe keine Hand verloren, also habe ich schon Schlimmeres erlebt.«

»Honigwein ...«

»Was glaubst du, warum sie uns nicht gefolgt sind?«

Weide ging zur nächstgelegenen Koje, riss einen Streifen aus einer Decke und begann, Honigweins Seite zu verbinden.

Sie beantwortete seine Frage, während sie arbeitete. »Ich bin weder vergewaltigt noch tot, also wurde das Feuer zu früh gelegt. Knolle hatte einen Plan, aber er ist nachlässig geworden. Er orientiert sich neu.«

»Er will seine Jungs nicht zu sehr ausdünnen«, stimmte Honigwein ihr zu und stöhnte, als der Verband enger wurde.

Oder Knolle ließ seine Wut an dem Mischling aus, den sie zurückgelassen hatte. Weide verdrängte den Gedanken.

»Du glaubst nicht, dass den Flecken Zweifel gekommen sind«, sagte Honigwein in einem abfälligen Ton, »und sie die Chance nutzen, um zu entkommen?«

Eine Antwort war unnötig.

Knolle würde diesen Überfall niemals aufgeben. Die Orkflecken hatten sich gerade auf etwas eingelassen, was es in den Geteilten Landen noch nie gegeben hatte. Sie hatten soeben einen Krieg gegen eine andere Mischlingsrotte angezettelt. Es gab kein Zurück mehr, trotz Weides Angebot der Vergebung.

Heute Nacht würde sich eine weitere Halb-Ork-Rotte den Spitzbuben anschließen und sich ins Verderben stürzen. Weide musste sicherstellen, dass es nicht die Wahren Bastarde waren.

»Wo wurde das Feuer gelegt?«, fragte sie.

»In einem der mit Brettern vernagelten Häuser«, antwortete Honigwein. »Zwischen den Schweineställen und der Maurerhalle.«

Nordwestliche Seite des Dorfs. Auf der anderen Seite der Stadt, gegenüber dem Brunnen.

»Das bedeutet, dass wir mindestens einen weiteren Fleck innerhalb unserer Mauern haben. Hatte Schlangenschlupf die letzte Torwache?«

Honigwein nickte.

Der Bruder, der die Torwache führte, durfte unter keinen Umständen das Tor verlassen. Feuer waren immer als Ablenkungsmanöver verdächtig, und so wurden die wachhabenden Schlammköpfe dazu angehalten, zum Tor zu eilen, während einer von vier Schlammköpfen die Mauern im doppelten Tempo patrouillierte. Damit verfügte Schlange über eine Truppe von zwölf Schlammköpfen. Knolle würde sich schwertun, sie zu besiegen. Er bräuchte auch andere Waffen als nur Dolche, es sei denn, sein Stolz als Dreiblut machte ihn arrogant genug, es ohne Schwerter und Armbrüste zu versuchen. Er kannte Teilsieg nicht, wusste nicht, wo sie ihre Waffen lagerten ...

»Scheiße!«

»Was?«

»Sie wussten, wo ich schlief. Keine Chance, dass sie ganz Teilsieg nach mir abgesucht haben, ohne entdeckt zu werden.«

»Sie sind direkt zu dir gekommen«, erkannte Honigwein. »Wie?«

Weide schüttelte den Kopf. »Sie kennen wahrscheinlich unsere Wachschichten. Sie wissen, wie wir auf ein Feuer reagieren. Sie kommen nicht durch das Tor herein ...«

»Von wo aus dann?«

»Wie alle anderen auch, über die Mauern. Das ist der einzige andere Weg. Wir müssen weiter.«

»Geh voran.«

Weide schlüpfte aus der Tür und bewegte sich zügig an der Wand des Schlafsaals entlang, weg von ihren Privatgemächern, wobei sie darauf achtete, außer Sichtweite des Balkons zu bleiben. Sie liefen auf die Nordseite des Schlafsaals, schlängelten sich hinter den Nachbargebäuden entlang und nutzten sie als Deckung, bevor sie über die Hauptstraße huschten.

Sie passierten Dorfbewohner, die zum Brunnen eilten und von dort kamen. Weide ignorierte sie. Als sie das Haus erreichten, stand es in Flammen. Iltis und Vollkorn standen direkt davor und bekämpften das Feuer mit Eimern, die über die Kette weitergereicht wurden. Übeltäter kam von hinten mit zwei schwappenden Eimern angerannt, aber er wurde langsamer, als er Augenweide sah.

»Ich glaube nicht, dass wir es löschen können, Häuptling«, sagte er.

»Lasst sie fallen!«, forderte Weide. »Das ist egal. WAHRE BASTARDE!«

Ihr Gebrüll übertönte das tosende Inferno.

Iltis und Vollkorn sahen hoch, gaben ihre Bemühungen auf und rannten herbei, beide schwitzten und blinzelten von den Flammen. Dennoch bemerkten sie ihr Aussehen.

»Was, zur Hölle?«, wollte Iltis wissen.

»Waffen und Reittiere«, befahl Weide. »Die Orkflecken sind hier, um uns zu vernichten.«

Vollkorn knurrte und rannte zu den Schweineställen.

Iltis war verblüfft. »Die Flecken? Was soll das? Warum?«

»Keine Zeit!«, blaffte Weide. »Auf deinen verdammten Keiler!«

Iltis schüttelte die Verwirrung ab, nickte und lief Vollkorn hinterher. Weide packte Übeltäter am Arm.

»Wo ist Schleich?«

»Er rannte Eimer holen. Ich dachte, er wäre direkt hinter mir.«

»Los«, sagte Weide, nahm den Schwertgürtel mit einer Hand von ihrer Hüfte und warf ihn dem neuen Reiter zu. »Und nimm dieses Mal dein verdammtes Schnittwerkzeug mit!«

Weide sah Honigwein an. »Ich kenne Schleich. Er hat etwas gerochen. Die Flecken sind kurz davor, einen Zug zu machen.«

»Ich sattle besser meinen Keiler.«

»Nein. Ich brauche dich oben auf der Mauer. Sag den Wachen, sie sollen nach Kletterern Ausschau halten. Geh zum Tor, wenn du kannst, und sag Schlange, was passiert ist.«

Weide war besorgt über das Loch in Honigweins Seite. Der Verband war bereits durchnässt. Sie wollte ihn dort haben, wo er am sichersten war. Er machte sich auf den Weg zur nächstgelegenen Palisadentreppe, nicht weit vom Haus entfernt, während sie zu den Ställen lief.

Vollkorn hatte Matschepatsch bereits gesattelt und arbeitete an Schoßbesen. Iltis war in Sekundenschnelle mit seinem Keiler fertig. Übeltäter war nur etwas langsamer. Er war nervös, behielt aber einen kühlen Kopf.

»Wir müssen uns beeilen«, sagte Weide zu ihrer Rotte und übernahm das Aufzäumen ihres Keilers. »Es sind bereits mindestens sieben Flecken drinnen, einschließlich ihres Masters. Zwei von ihnen sind verwundet und halten sich wahrscheinlich immer noch in meinem Schlafzimmer auf. Vielleicht halten sie auch Faulpelz dort fest.« Dies entlockte Iltis einen kurzen Blick und Vollkorn vielsagendes Schweigen. »Wahrscheinlich ist er tot, aber haltet die Augen offen. Die anderen Flecken werden kommen. Möglicherweise wissen sie, wie wir vorgehen. Knolle könnte es auf den Keller des Kerzenmachers abgesehen haben.«

»Auf unser Waffenlager?«, fragte Iltis und schwang sich in den Sattel. »Häuptling, da ist nichts drin. Wir haben alles rausgeholt und für morgen aufgeladen.«

Weide hatte es vergessen. Die Stadt sollte sich im Morgengrauen leeren. Die Vorräte, Lebensmittel und Waffen, soweit sie vorhanden waren, befanden sich bereits auf den Wagen, die in der Nähe des Tores standen. Das war ein Glücksfall, gegen den Weide nichts einzuwenden hatte.

»Wir gehen zum Kerzenmacher. Wenn Knolle nicht weiß, dass wir die Waffen rausgeholt haben, können wir ihn dort vielleicht mit den Hosen um die Knöchel erwischen. Los, reiten wir.«

Als sie aus der Koppel ritten, schloss Iltis zu ihr auf.

»Häuptling. Was die Flecken da machen, ist nicht richtig.«

»Ich weiß, Iltis. Wir werden sie bezahlen lassen.«

»Nein, hör zu. Herumschleichen, Brände legen, Waffen klauen. Klingt das für dich wie ein Haufen Dreiblüter? Sie respektieren Stärke. Ihre eigene. Das ist einfach nicht ... irgendwas stimmt da nicht.«

Weide verlangsamte ihren Keiler etwas. Iltis hatte recht. Dreiblüter waren mehr Orks als Menschen. Sie waren wilder, blutrünstiger, das war in den ganzen Geteilten Landen bekannt. Ohne Beryl wäre Vollkorn wahrscheinlich kaum anders, und er war immer noch furchterregend, wenn er provoziert wurde. Die Orkflecken hatten keine Angst vor den Wahren Bastarden. Knolle hatte keine Angst vor *ihr*. Als er sich in ihr Schlafgemach geschlichen hatte, war es ihm ein Bedürfnis gewesen, sie zu bestrafen, sie zu überrumpeln und ihr das Gefühl zu geben, hilflos zu sein. Sie war keine Bedrohung, nur etwas, das gezähmt werden musste. Was den Rest der Rotte betraf, so waren sie in den Augen der Orkflecken minderwertig, bloße Halb-Orks, kaum besser als Weichlinge. Sie würden einem direkten Kampf nicht aus dem Weg gehen und es auch nicht für nötig halten, ihre Feinde zu trennen, bevor sie zuschlugen.

Der Brand in dem Haus wütete direkt vor ihnen auf der rechten Seite.

»Es ist keine Ablenkung«, stellte Weide fest. »Es ist ein verdammtes Leuchtfeuer.«

Eine der Wachen begann zu schreien. Gespür. Er war oben auf der Palisade, gleich hinter dem Brand, und der dazwischenliegende Rauch und die flackernde Hitze ließen ihn als Schemen erscheinen. Ein weiterer Schlammkopf wurde durch den Schrei alarmiert ebenso wie Honigwein, und beide stürmten aus entgegengesetzten Richtungen den Mauerweg entlang. Noch immer schreiend, warf Gespür seinen Speer über die Mauer. Im nächsten Moment taumelte er und fiel auf den Weg, getroffen von etwas, das Weide nicht gesehen hatte.

Sie gab Schoßbesen die Fersen, zog ihn nach rechts und führte die Reiter in Richtung der Mauer.

Oben erreichte Honigwein Gespür, sah über die Palisade, hob schnell seinen Talwar und begann, zwischen den Pfählen herumzuhacken. Der andere Wachposten, Graviel, kam an. Er holte mit seinem Arm aus, um seinen Speer zu werfen, und brach zusammen. Diesmal sah Weide, wie der Armbrustbolzen den armen Schlammkopf in die Kehle traf.

Als sie, Übeltäter, Iltis und Vollkorn am Rande des brennenden Gebäudes vorbeiritten, ertönte ein knarrendes Ächzen aus der Wand, laut genug, um über das Heulen der Flammen hinweg gehört zu werden. Sie wollten gerade absteigen und zur Treppe eilen, als Honigwein mit großen Augen nach unten sah und ihnen warnend seinen Stumpf entgegenstreckte.

Die Mauer schwankte unter ihm, die Balken bogen sich. Ein breiter Teil der Umzäunung begann, sich zu spreizen, das Holz ächzte protestierend. Die Planken lösten sich unter seinen Füßen, und Honigwein stürzte rücklings auf die schrägen, knarrenden Holme.

Iltis schrie seinen Namen.

Benommen und verzweifelt versuchte Honigwein, auf die Beine zu kommen, aber die Balken in seinem Rücken brachen entzwei und schleuderten Splitter, so groß wie Schweinehauer. Schoßbesen kreischte und bäumte sich auf. Weide warf einen Arm über ihr Gesicht, um sich vor den umherfliegenden Splittern zu schützen, aber sie weigerte sich, den Blick abzuwenden, und schrie in wortlosem, ohnmächtigem Schmerz auf, als Honigwein über die einstürzende Mauer kippte und rückwärts in die Nacht fiel.

Die zerstörten Mauerreste wurden weggeschleift und hinterließen einen abgebrochenen Zahn im Mund von Teilsiegs Verteidigung. Durch die zerklüftete Lücke, die im Licht des brennenden Hauses sichtbar wurde, kamen die Orkflecken. Zu Fuß und in Zweierreihen umklammerte ein Dutzend Dreiblüter noch immer die dicken Seile, mit denen sie die Umzäunung in einer furchterregenden Demonstration roher Kraft aufgerissen hatten. Vier weitere stürmten zwischen den Seilen hindurch und trugen eine behelfsmäßige Brücke.

»Macht sie nieder!«, schrie Weide.

Die Bastarde ließen die Bolzen fliegen, aber nur einer der Flecken fiel. Die übrigen drei setzten die Brücke auf der anderen Seite des Grabens auf, schoben sie nach vorne und lehnten sie gegen den Stapel der umgestürzten Balken, sodass eine Rampe entstand. Sobald sie aufgestellt war, zerstreuten sich die Träger.

Keiler stürmten aus der Dunkelheit heran.

Zwei rannten nebeneinander über die Rampe, drei weitere Paare direkt dahinter. Obwohl sie gesattelt waren, trugen sie keine Reiter.

Übeltäter schoss auf eins der Leitschweine, konnte es aber nicht zu Fall bringen. Die erfahrenen Bastarde sparten ihre Bolzen auf, da sie wussten, dass sie eine Kolonne von Barbaren in vollem Galopp nicht aufhalten konnten. Den Reitern blieb keine andere Wahl, als sich zu zerstreuen und die acht Schweine durch die Lücke rennen zu lassen. Mit dem Geruch ihrer Herren in den Rüsseln zogen die reiterlosen Keiler an ihnen vorbei und rannten in das Herz der Stadt – eine Lieferung von Reittieren und Waffen für die Angreifer, die sich bereits dort befanden.

»Wir haben gleich berittene Flecken, die uns in den Arsch reiten!«, rief Weide aus.

»Wir werden auch bald welche zwischen den Zähnen haben!«, verkündete Vollkorn.

Durch die Lücke in der Mauer pfiffen bereits Armbrustbolzen und hinderten die Bastarde daran, die Verteidigung zu übernehmen, sodass die Flecken Zeit hatten, sich zu sammeln und zum Angriff überzugehen.

»Wir sind nicht genug, um dieses Loch lange zu halten«, sagte Iltis.

Zum zweiten verhassten Mal gab Weide den Befehl zum Rückzug.

Sie riss Schoß herum und führte die Flucht ihrer Jungs an, weg von der Bresche.

»Reitet zum Tor!«

Wenn sie Schlangenschlupf und die Schlammkopf-Garnison erreichen und gemeinsam Widerstand leisten konnten, gäbe es vielleicht eine Chance.

Sie galoppierten durch das Stadtzentrum und trafen auf Knolle und vier Reiter, die sich ihnen entgegenstellten und angriffen. Beide Seiten feuerten Armbrustbolzen. Weides Schuss holte ein Dreiblut von seinem Reittier, ein Bolzen steckte in seiner Brust. Zu ihrer Rechten grunzte Iltis, blieb aber sitzen. Übeltäters Keiler quiekte, als er getroffen wurde. Der Barbar versuchte, dem Schmerz zu entfliehen, taumelte davon und hinterließ eine Lücke in der Linie der Bastarde.

Es blieb keine Zeit für eine weitere Salve. Sie zogen die Schwerter.

In Ermangelung ihres Talwars fischte Augenweide einen Speer aus der Sattelklammer. Vollkorn zog im letzten Moment an allen vorbei und machte Matschepatsches Masse zur Speerspitze der Bastarde. Doch die Reittiere der Flecken waren alles andere als leichte Beute, und sie weigerten sich, nachzugeben.

Die Barbaren stießen einen Chor wütender Schreie aus.

Vollkorn schlug mit seinem Talwar nach Knolles Kopf, doch der Häuptling wehrte den Schlag mit seiner eigenen Klinge ab. Der Mischling links von Vollkorn wollte Vergeltung üben, doch bevor er mit seinem Schwert einen Schlag führen konnte, riss Matschepatsch seinen Kopf herum und rammte dem anderen Barbaren einen Stoßzahn in die Seite, der ihn wegschleuderte. Als Augenweide die Lücke sah, wich sie aus und stieß mit ihrem Speer zu. Die Flecken hatten wohl keine Zeit gehabt, ihre Brigantinen anzuziehen. Der Speer bohrte sich tief in den ungeschützten Körper des Reiters, direkt unter der Rippe. Knurrend vor Schmerz, zerteilte das Dreiblut den Schaft in zwei Teile.

Und dann galoppierte Schoßbesen durch das blutige Gedränge. Vollkorn war vor ihnen und riss Patsch herum, obwohl das Tor kaum mehr als einen Armbrustschuss entfernt war.

»Wir sind nicht vollständig!«, erklärte er.

Augenweide drehte sich im Sattel um. Iltis war zu Fuß mit einem Bolzen im Oberschenkel unterwegs, seine Sau lag am Boden und strampelte, die Eingeweide waren aus einem Spalt herausgequollen. Etwas weiter entfernt saß Übeltäter noch immer im Sattel, aber er war über dem Hals seines Barbaren zusammengesunken. Das verletzte Tier war in die Nähe eines Hauses getrottet und dort stehen geblieben. Die Orkflecken waren vorbeigeritten, wandten sich aber jetzt um zum nächsten Angriff. Hinter ihnen tauchte der Rest ihrer Rotte auf, eine Masse blutgieriger Bastarde, die auf schnaubenden Keilern ritten.

»Vergiss sie!«, schrie Weide, als sie sah, wie Iltis zu seiner gefallenen Sau stolperte. »Sie ist erledigt!«

Als sich Iltis umdrehte, sah er Übeltäters Keiler und eilte, so schnell es sein Hinken zuließ, zu ihm. Er sprang von hinten auf, hielt den jüngeren Bruder im Sattel und übernahm die Kontrolle über sein Reittier. Weide und Vollkorn schossen auf die Orkflecken, um Iltis mehr Zeit zu verschaffen.

Die Antwortbolzen kamen in einem Schwarm.

Weides Arm wurde von einer Stachelspitze gestreift, ein weiterer Bolzen bohrte sich in ihren Sattel, und Matschepatsch kreischte und scheute, als er im Gesicht getroffen wurde, obwohl sein dicker Schädel den Schaft ablenkte. Übeltäters Reittier schrie erneut auf, ein Bolzen ragte aus seiner Flanke. Gleichzeitig wurde Iltis in den Rücken getroffen und nach vorne geschleudert. Aber er hielt Übeltäter und sich selbst aufrecht und trieb den Keiler trotz seines Schmerzes zu größerer Geschwindigkeit an. Als er Weide und Vollkorn erreichte, steckte ein Armbrustbolzen in seinem Schulterblatt. Sie ritten alle in gestrecktem Galopp zum Tor, wo die Garnison stand und sie anfeuerte. Bolzen flogen über das Tor, als Schlangenschlupf und das halbe Dutzend Schlammköpfe mit Armbrüsten ihre Abzüge durchzogen. Sie feuerten zwei Salven auf die Flecken ab, bevor Weide und ihre Reiter das Tor erreichten.

»Sie zerstreuen sich!«, rief Schlangenschlupf nach unten.

Weide drehte sich um und sah, wie sich die Kolonne der Orkflecken in der Mitte teilte und hinter den umliegenden Gebäuden in Deckung ging.

Knolle hatte zwar keine Angst vor einem Kampf, aber er war kein Narr. Das Tor zu stürmen, wo die Feinde auf höherem Boden mit Speeren bewaffnet waren, bedeutete, den Tod seiner Rotte zu riskieren.

»Wie viele?«, fragte Weide Schlange.

»Ich habe fast zwanzig gezählt, Häuptling.«

»Zweiundzwanzig«, ergänzte Dacia. »Mindestens.«

Nur zwei Flecken lagen reglos in der Gasse, einen davon hatte Weide selbst zur Strecke gebracht. Die verdammten Dreiblüter waren fast so schwer zu töten wie Dickhäuter. Das Gleiche galt natürlich auch für sie selbst. In Iltis steckten zwei Bolzen, aber er half trotzdem ein paar Schlammköpfen, Übeltäter vorsichtig von seinem Keiler zu heben. Der junge Mischling hatte einen Schlag gegen den Kopf erhalten, aber er atmete und stöhnte.

»Bringt ihn auf die Mauer«, befahl Weide, »aber gebt mir sein verdammtes Schwert. Du gehst auch, Iltis.«

Der axtgesichtige Mischling schüttelte den Kopf und klopfte auf seinen Sattel. »Ich halte mich lieber an mein Glaubensbekenntnis.«

Weide widersprach nicht. Nicht einmal ein Häuptling stand über dem Schwur.

»Schlangenschlupf, steig auf.«

Schlange kam von der Palisade herunter und band seinen Keiler von dem Anbindepfosten neben dem Tor los.

Einige Bolzen pfiffen heran von abgesessenen Flecken, die sich um die Ecken beugten, um zu schießen. Ein Schlammkopf auf der Palisade schrie auf und fiel auf die Planken.

»Runter!«, rief Weide.

Die Garnison warf sich auf den Bauch. Ihre günstige Stellung war nützlich, machte sie aber auch zu einem leichten Ziel.

Vollkorn spannte seine Armbrust und stieg ab. »Gebt mir Deckung.«

Er eilte zum nächsten Versorgungswagen, ging in die Hocke und griff nach der Deichsel. Incus folgte ihm und eilte zu einem anderen. Weide ordnete eine Salve an, um die Flecken in Schach zu halten und den Reitern etwas Schutz zu bieten, während ihre Dreiblüter die beladenen Wagen durch die Öffnung des Tores zogen.

Die Einschläge trommelten auf die Holzrahmen.

Weide sah ihre Reiter an. »Wir werden gleich ...«

»Häuptling!«

Oben auf der Palisade war Touro halb aufgerichtet und deutete auf etwas.

Die Bastarde lugten hinter den Wagen hervor.

Weide wurde es mulmig.

Knolle und die Orkflecken führten die Waisen mit vorgehaltenen Armbrüsten hinaus ins Freie.

»Feige Wichser!«, rief Vollkorn aus.

Weide musste ihn am Arm packen, um ihn davon abzuhalten, Matschepatsch aus der Deckung zu treiben.

»Wo bist du, Fotze?!«, brüllte Knolle. Zeig dich!«

Der Blick, den Weide ihrer Rotte zuwarf, sagte alles, was gesagt werden musste.

Mit leeren Händen und ausgebreiteten Armen ritt Weide hinter dem Wagen hervor.

»Runter von dem Keiler!«, befahl Knolle.

Weide tat, wie ihr gesagt wurde. »Lasst die Kinder frei.«

»Sobald ich dich habe.«

»Ihr habt mich«, sagte Weide und ging mit festem Schritt weiter. »Lass sie gehen.«

Hinter Knolle hielten seine Jungs Distel fest. Ihr Mund war blutig, aber sie wehrte sich immer noch, schrie und flehte. Von Feger und den drei Säuglingen gab es keine Spur, nur die Kinder, die gehen konnten, waren zu sehen.

Das versetzte Augenweide in eine bisher unbekannte Angst. Ihr Blick zuckte zu Distel, und die Frau schüttelte nur den Kopf.

Weide blieb auf halbem Weg zwischen dem Tor und den Flecken stehen.

»Ich bin hier. Lass sie zu meiner Rotte hinübergehen.«

Knolle ignorierte sie und übertönte sie mit seiner Stimme: »Hört gut zu, ihr Bastarde! Ich könnte jeden Einzelnen von euch töten. Ich *werde* jeden von euch verdammt noch mal töten, wenn ihr mich dazu zwingt! Aber ich will nur diese Schlampe hier haben. Die Ferkel und ihre Aufpasser gehören euch, solange ihr euch nicht von der Stelle rührt. Vergesst dieses Flittchen, wählt einen richtigen Anführer, werdet wieder würdig, Rotte genannt zu werden. Wenn ihr etwas anderes tut, werden die Geier im Morgengrauen jeden in diesem Dorf als Frühstück vorfinden.«

Die Flecken schoben die weinenden Kinder nach vorne, aber die meisten hatten zu viel Angst, um sich zu bewegen.

»Nun geht schon«, sagte Weide zu ihnen. »Klettert auf den Berg. Geht zu Vollkorn.«

Sie drehte sich um und gestikulierte. Er konnte sie nicht hören, aber sie kannte ihn gut. Vollkorn stand bereits im Freien, ein sicherer Hafen für die Findelkinder.

Das brachte einige der Älteren dazu, sich in Bewegung zu setzen und ihre zaudernden Kameraden an die Hand zu nehmen. Als die Kinder an Augenweide vorbei waren, ließen die Flecken Distel frei. Sie eilte den Waisenkindern hinterher und lief ein wenig in Schlangenlinien. Sie flüsterte Weide ein Wort zu. *Beryl?* Als sie und die Findelkinder alle hinter dem Wagen waren, legte Weide den Rest des Weges zurück.

Die Orkflecken umzingelten sie mit ihren Schweinen. Knolle rief den Bastarden eine letzte Warnung zu, sie sollten an Ort und Stelle bleiben, während seine Jungs Weide wegbrachten.

Die Häuser waren dunkel und still, aber sie konnte die ängstlichen Augen der Dorfbewohner spüren, die die Prozession aus einem Versteck heraus beobachteten.

Knolle ritt neben ihr her und sah auf sie herunter.

»Du wirst dein Wort nicht halten«, sagte Weide und hielt den Blick nach vorn gerichtet.

Die Antwort des Dreibluts klang triumphierend. »Doch, das werde ich. Ich werde dich vor die Mauern bringen und dich blutig ficken. Dann werde ich dich meinen Jungs überlassen. Alles, was sie tun, wird in Sichtweite deiner Rotte sein. Die Taten, die sie begehen, werden deine betörten Brüder nicht ertragen können. Sie werden kommen, um dich zu holen, daran zweifle ich nicht. Und dann werden sie es sein, die das Abkommen brechen.«

Sie näherten sich dem verlassenen Nordende. Die Zerstörung des brennenden Hauses hatte sich auf die Maurerhalle ausgeweitet, der Riss in der Wand war von den lodernden Flammen verdeckt.

Weide hielt inne, drehte sich um und sah hoch zu Knolle.

»Deine Jungs werden sich vielleicht mit mir vergnügen, aber du nicht. Du wirst gleich sterben.«

Knolle lachte. »Soll ich von meinem Keiler absitzen? Wäre es dann einfacher für dich, mich zu töten?«

»Ich habe nicht das Verlangen, dich selbst zu töten, Knolle. Ich bin Master einer Rotte. Ich kann einfach einen Befehl geben und du stirbst.«

Knolles Grinsen wurde zu einer Grimasse. »Du bist kein ...«

»Schleich!«

Ein Armbrustbolzen kam zischend von oben heran und senkte sich bis zur Befiederung zwischen Knolles Hals und Schulter, in perfektem Winkel, um sein Herz zu treffen.

Der Anführer der Orkflecken kippte aus dem Sattel.

Niemand, nicht einmal Augenweide, sah, woher der Schuss kam. Sie hatte darauf vertraut, dass der bleiche Killer in der Nähe herumschlich und auf eine Gelegenheit wartete.

Sie werden mich nicht sehen. Und du auch nicht.

Fluchend richteten die Orkflecken ihre Armbrüste auf die umliegenden Dächer, schwenkten sie herum und suchten, aber Blindschleiche war bereits von seinem Ausguck verschwunden, den er benutzt hatte, um ihren Anführer zu töten.

Augenweide befreite den Talwar von Knolles Leiche und versuchte, auf seinen scheuenden Keiler aufzusitzen. Einige Barbaren würden einen unbekannten Reiter ertragen. Andere würden versuchen, jeden zu töten, der es auch nur wagte.

Knolles Keiler war ein Killer.

Das Tier warf sich herum, um Rache zu üben. Weide entfernte sich eilig und stürmte auf die Flecken hinter ihr los. Einer hatte seine Armbrust auf sie gerichtet und wollte gerade schießen. Ein Bolzen pfiff in sein Auge.

Diesmal zeigte Blindschleiche sich und bot den Flecken ein weiteres Ziel. Er stand auf dem Dach des Hauses und versperrte ihnen den Weg nach rechts. Er blieb gerade lange genug, bis sie abdrückten. Als die Bolzen die Ziegel zerschmetterten, war er schon verschwunden.

Nur ein Fleck war auf Augenweide fixiert. Knurrend zog das Dreiblut seine Klinge, aber sein Zorn wurde durch ein Geräusch erstickt, das er nicht erkannte.

Weide schon.

Es war das Lachen von Hunden.

26

Das Rudel trottete um die brennenden Häuser herum. Sein gemächliches Tempo entsprang nicht der Vorsicht, sondern dem Vergnügen. Sie waren drinnen. Und brachten ihre Freude zum Ausdruck.

Die Orkflecken drehten sich bei dem seltsamen Gekicher um und schauten verwirrt, als die Hyänen sich versammelten. Einige der Bestien materialisierten sich jenseits der Flammen, geboren in der Dunkelheit, enthüllt im gleißenden Licht. Ihre gedrungenen Schnauzen grinsten am vorderen Ende der dicken Hälse und gewölbten Rücken.

Das Lachen hatte Weide wie angewurzelt stehen bleiben lassen. Entsetzen brachte sie wieder in Bewegung.

Sie sprang durch eine Lücke zwischen den stampfenden Keilern der Flecken und entkam so dem Kreis.

Hinter ihr johlte die Meute, und die Dreiblüter fluchten, mehr verärgert als alarmiert. Die Bogensehnen surrten. Die Flüche gingen in wortlose Schreie über, auf die rasch das Quieken der zerfleischten Schweine und die ungläubigen Schreie ihrer Reiter folgten.

Weide rannte weiter. Sie sah nicht zurück.

Jeden Moment rechnete sie damit, von einem geifernden Schlund zu Boden gerissen zu werden, aber sie hielt ihre Beine in Bewegung. Als sie das untere Ende des Dorfes erreichte, noch am Leben, erhob sie ihre Stimme zu den Häusern.

»Raus! Raus! Zum Tor! Das Tor!«

Eine Tür öffnete sich einen Spaltbreit, dahinter zeichnete sich ein verängstigtes Gesicht ab.

»Ihr müsst fliehen!«, schrie Weide. »Der Tod ist hier! Raus! Nehmt eure Familien mit, lasst alles stehen und liegen! Zum Tor!«

Ein Mann kam aus einem Haus am Ende des Weges und schob seine Frau und sein Kind vor sich her. Diese drei verängstigten Gestalten brachten die anderen dazu, wie eine Flut aus ihren Verstecken zu strömen.

»Los!«, ermutigte Weide sie und winkte die Bewohner voran. »Die Rotte ist am Tor! Los!«

Blindschleiche tauchte aus einer Gasse auf und kam an ihre Seite. Seine Armbrust war geladen und er zielte in die Richtung, aus der Augenweide gekommen war. Ein Keiler tauchte auf, verängstigt und blutig, die Augen weiß verdreht. Er hatte keinen Reiter. Als er Weide und Schleich sah, drehte er sich um und trottete zwischen zwei Gebäuden hindurch, aus Angst vor allem, was er sah.

»Lass uns zum Tor gehen«, sagte Augenweide.

Gemeinsam schlossen sie zu den Dorfbewohnern auf und hielten am Ende der Gruppe Ausschau nach der Meute.

Die Bastarde sahen sie kommen. Schlangenschlupf ritt vorwärts, doch die Erleichterung auf seinem Gesicht verschwand schnell, als er von den Hunden erfuhr.

»Öffnet das Tor!«, befahl Weide. »Wir müssen unsere Leute von hier wegbringen.«

»Schaffen sie niemals zu Fuß«, sagte Schleich.

Weide rannte zu einem der Wagen und begann, die Vorräte hinauszuwerfen, wobei wertvolle Lebensmittel im Schmutz landeten. Sie winkte eine Frau und ihre Tochter herbei, hob das kleine Mädchen hoch und setzte es auf die Ladefläche.

Die Wahren Bastarde, eingeschworene Brüder und Schlammköpfe, folgten ihrem Beispiel. Das Essen und die Waffen wurden weggeworfen und durch die Jungen und Alten ersetzt. Während sie den Leuten halfen, auf die Ladeflächen zu klettern, eilte Distel herbei und packte Weides Arm mit solcher Kraft, dass ihre Nägel blutige Kratzer hinterließen.

»Wir können nicht gehen«, sagte sie mit zitternder Stimme. »Vollkorn ist noch nicht wieder da.«

Weide zerrte an Distels kratzenden Händen und sah sich um. Sie erblickte Matschepatsch, aber Vollkorn war nirgends zu sehen. »Wo ist er?«

»Wir haben die Babys versteckt«, rief die Frau, die den Tränen nahe war. »Ihr könnt nicht gehen. Wir haben sie versteckt! Wir haben es geschafft, sie zu verstecken, bevor die Dreiblüter die Tür eingetreten haben. Xhreka war die Einzige, die klein genug war ...«

»Klein genug wofür?«, presste Weide hervor.

»Die Regentonne! Im hinteren Garten. Es war keine Zeit. Sie war halb voll. Sie stürmten herein, fast bevor wir den Deckel aufsetzen konnten. Feger versuchte, sie aufzuhalten. Sie haben sie getroffen! Weide ... sie war so still, aber ihre Augen waren noch offen. Oh, verdammt!«

»Distel ...«

»Ich habe es Vollkorn gesagt! Er ging. Um sie zu holen. Wir können nicht weg!«

»Wir werden sie holen, Distel, aber du musst in den Wagen steigen.«

Distel schüttelte den Kopf und protestierte stöhnend.

»Distel, sieh mich an! Wir. Werden. Sie. Holen.«

Die Frau beruhigte sich so weit, dass ihre Stimme wieder zurückkehrte: »Bitte.«

Weide nahm ihr Gesicht zwischen die Hände, beruhigte das hektische Nicken und half ihr auf den Wagen.

Schlangenschlupf kam an Weides Seite. »Der Wagnermeister ist ohne sein Gespann geflohen, also wird ein Wagen zurückbleiben müssen. Und die meisten Keiler sind noch in den Ställen. Wir haben nicht genug Reittiere für die Schlammköpfe. Wie sollen wir sie schützen?«

»Es gibt keinen Schutz vor diesen Viechern!«, zischte Weide. »Alles, was wir tun können, ist rennen.«

Sie bellte den Schlammköpfen Befehle zu, und sie begannen mit dem Anspannen der Tiere. Während sie arbeiteten, sammelte Weide die Rotte ein, bis auf Übeltäter, der immer noch bewusstlos war.

»Geht zum Batayat-Hügel«, sagte sie ihnen. »Er ist nah genug, dass ihr es schaffen könntet.«

Iltis war blass vom Blutverlust. »Und was hast du vor?«

»Vollkorn und die Babys finden. Honigwein und Faulpelz auch.«

»Du gehst nicht allein«, erklärte Schlangenschlupf.

»Wird sie nicht«, sagte Blindschleiche. »Mein Keiler ist im Pferch. Ich werde ihn nicht zurücklassen.«

Der starre Blick des bleichen Mischlings ließ keinen Raum für Diskussionen.

Weide ließ einen scharfen Blick über das schweifen, was von ihrer Rotte noch übrig war. »Batayat-Hügel. Wir werden euch dort treffen. Lebt im Sattel.«

Die Antwort kam leise wie aus einem Munde. »Und sterbt auf dem Keiler.«

»Abmarsch.«

Das Tor wurde aufgestoßen, und die Wahren Bastarde führten die Bewohner von Teilsieg hinaus in die Nacht.

Weide und Blindschleiche tauschten ein kurzes Nicken.

»Zuerst zum Waisenhaus«, sagte sie.

»Das heben wir uns bis zum Schluss auf«, sagte Schleich. »Die Babys sind entweder sicher bei Vollkorn oder tot. Wenn wir Honigwein und Faulpelz finden und die Keiler zurückholen wollen, sollten wir nicht mit Säuglingen belastet sein. Sie werden uns umbringen. Wenn wir sterben, sterben sie auch.«

Weide hatte Blindschleiche wahrscheinlich noch nie so viele Worte am Stück sagen hören, und in jedem einzelnen steckte die kalte, erbarmungslose Argumentation, die nur er zustande brachte.

Aber er hatte nicht unrecht.

»Mein Privatquartier also.«

»Am besten nutzen wir die Mauer.«

In der Nähe des Tores gab es keine Treppe. Honigwein hatte das so konstruiert, um es einem Feind schwerer zu machen, von innen anzugreifen. Weide und Schleich gingen zu den Leitern und kletterten auf die Palisade. Sie folgten dem Weg nach Osten, bis die Mauer nach Norden abbog. Es war nicht der schnellste Weg zu Weides Quartier, aber er war sicherer vor den Hunden. Blindschleiche ging voran, die Armbrust an seine Schulter gepresst. Sie ging mit gezogenem Talwar ein paar Schritte dahinter.

Unter ihnen kämpften die verbliebenen Orkflecken in ganz Teilsieg verstreut ums Überleben. Weide und Schleich sahen, wie ein Reiter auf das Tor zustürmte, aber die wogenden Gestalten dreier Hyänen rannten seinen Keiler über den Haufen. Ein Stück weiter schlichen zwei weitere Flecken zu Fuß von Schatten zu Schatten zwischen den Gebäuden. Beide bluteten aus Bisswunden, und nur einer trug noch eine geladene Armbrust.

Schleich schoss zuerst auf diesen und erlegte das Dreiblut, bevor es bemerkte, dass sie über ihnen waren.

Der andere rannte, duckte sich um ein Haus herum, aber das Kichern eines Hundes ertönte, und der Fleck schrie auf. Beide Geräusche wurden kurz unterbrochen und durch das nasse Knirschen kräftiger Kiefer ersetzt, die Fleisch zerrissen. Weide zischte Schleich an und sie rannten schnell weiter.

Bald erreichten sie die Rückseite des Hauses der Olivenbauern, ein großes Gebäude, das nur einen Steinwurf von der Mauer entfernt war. Das Haus des Vorarbeiters, das Weide für sich beansprucht hatte, befand sich gleich dahinter und ragte mit seinem zweiten Stockwerk über den unteren Bereich der Arbeiterquartiere hinaus. Es gab nirgendwo Lebenszeichen, nur der Körper eines Flecks lag mit dem Gesicht nach unten auf seinen eigenen Eingeweiden. Weide gab Schleich ein Zeichen, ihr Deckung zu geben, ließ sich über den Rand des Stegs hinunter, blieb einen Moment lang hängen und ließ sich dann hinunterfallen. Sie blieb unterhalb der Palisade und lauschte. Es waren keine Geräusche zu hören, aber das war alles andere als beruhigend. Sie sprintete zum hinteren Teil des Schlafsaals, lehnte sich mit dem Rücken gegen die Lehmziegel und sah zu Schleich. Er signalisierte ihr, dass sie in Sicherheit war.

Ohne Schwertgürtel war sie gezwungen, den Talwar zwischen den Zähnen zu halten, um den Aufstieg zu schaffen, und die schwere Klinge belastete ihren Kiefer. Glücklicherweise war das Gebäude gedrungen und das Dach flach, sodass sie mit einem Sprung den Rand erreichte. Von dort aus zog sie sich hoch.

Blindschleiche folgte ihr, und schon bald hockten sie beide über dem Schlafsaal und bewegten sich geduckt auf das andere Ende zu, wo der hintere Teil von Weides Privatquartier in Griffweite war. Ein weiterer Sprung und ein Klimmzug brachten sie auf die schrägen Dachziegel. Sie schlichen zur Spitze und auf der anderen Seite hinunter. Der vorgeschobene Balkon war unten.

Weide ließ sich geräuschlos auf ihre nackten Füße fallen. Ihre Eingeweide zogen sich zusammen.

Faulpelz saß zusammengesunken an der Wand, das Kinn auf

der Brust, der Kopf glitzerte. Die Orkflecken hatten ihn skalpiert. Als Weide um das Bett herumkam, das Bett, das sie vor Kurzem noch geteilt hatten, trat sie in eine klebrige Lache. Es gab keine Möglichkeit, dem Blut auszuweichen. Es bedeckte die Dielen.

Weide versuchte zu fluchen, brachte aber nur einen erstickten Laut heraus.

Faulpelz' Haare waren nicht das Einzige, was die Flecken von seinem Körper abgeschnitten hatten. Aber die Kastration war nicht das Schlimmste.

Er atmete noch.

Weide kniete sich neben ihn. Sie streckte ihre Hände in seine Richtung, aber sie hingen unsicher in der Luft. Sie bewegten sich zu seinem Gesicht, zogen sich zurück, griffen dann nach seiner Hand und zogen sich abermals zurück. Schuldgefühle verbaten ihr, ihn zu berühren. Doch er schien zu wissen, dass sie da war, denn seine Augen öffneten sich, die Lider flatterten im Delirium. Seine Hand fuhr nach oben, griff nach ihrem Handgelenk und durchbrach die Barriere. Seine Stimme war schwach, fast so schwach wie sein Griff.

»Niemals ... herkommen sollen ...«

Weide wusste nicht, ob er sie oder sich selbst meinte. Sie wusste nicht, auf welchen Teil seines Weges sich sein Bedauern richtete. Ul-wundulas. Teilsieg. Ihr Bett. Er hätte alles davon meinen können. Oder alle. Er hätte sich von ihnen allen fernhalten sollen.

Faulpelz' Finger glitten von ihrem Arm, sein blutiger Kopf fiel haltlos nach hinten gegen die Wand. Er war kaum noch bei Bewusstsein, sein Mund bewegte sich ganz schwach, und er röchelte leise vor sich hin.

Blindschleiches Stimme driftete über ihre Schulter. »Ich kann es schnell machen.«

Weide schloss die Augen. Als sie aufstand, wurde ihr übel. Ohne hinzusehen, streckte sie die Hand in Blindschleiches Richtung. Er drückte ihr seine Armbrust in die Hand und ging zurück auf den Balkon.

Sie zielte aus der Hüfte, direkt auf das Herz von Faulpelz.

Ihr Finger spannte sich um den Abzug.

Blindschleiche stieß ein scharfes Zischen aus.

Sie drehte sich um, trat zu ihm an die Balkonöffnung, folgte seinem Fingerzeig und sah eine Bewegung am anderen Ende der Stadt, in der Nähe des Waisenhauses. Vollkorn und Xhreka, die beide eingewickelte Bündel trugen.

Schnell trat Weide aus den Schatten des Schlafgemachs und winkte einmal, als Vollkorn den Kopf drehte. Er begann, den Halbling in ihre Richtung zu führen.

»Gib ihnen Deckung«, sagte Weide und reichte Blindschleiche seine Waffe.

Weide holte ihren Schwertgürtel. Die Katare waren noch in ihren Scheiden. Sie nahm ihren Talwar vom Boden und schob ihn zurück in die leere Scheide. Sie wischte sich die Füße an der Bettdecke ab, suchte ihre Reithose, ihre Brigantine und ihre Stiefel und war angezogen, als Vollkorn und Xhreka ins Zimmer kamen. Die Halblingsfrau war bis zur Brust durchnässt, aber das Baby in ihren Armen war in eine trockene Decke gewickelt ebenso wie die beiden, die Vollkorn trug.

»Feger?«, fragte Weide und kannte die Antwort, bevor Vollkorn den Kopf schüttelte.

Er starrte Faulpelz mit grimmiger Miene an.

Weide nahm Xhreka das Baby ab. »Kannst du irgendetwas für ihn tun?«

Die Halblingsfrau kniff ihr Auge zusammen, und sie untersuchte den Staubfresser, wobei sie fluchte, als sie zwischen seine Beine sah.

»Wir könnten ein heißes Eisen darauf pressen. Das könnte ihn töten, aber er ist sowieso tot, wenn wir es nicht tun. Das ist das Einzige, was ich weiß.«

Vollkorn wurde blass. »Verdammt.«

»Erledigt es, bis Schleich und ich mit den Keilern zurückkommen«, sagte Weide. Sie sah Vollkorn an. »Verbarrikadiert die Tür unten.«

Der Säugling in ihren Armen schlief, wenn auch unruhig, erschöpft von den Strapazen der Nacht. Sie legte ihn aufs Bett.

»Ich habe die Rotte zum Batayat geschickt«, sagte sie zu Vollkorn. »Wenn wir nicht zurückkehren, solltet ihr versuchen, dorthin zu gelangen.«

Vollkorn legte sein Babypaar neben das andere und spannte seine Armbrust. Er hielt sie ihr hin. »Nimm wenigstens das.«

Weide winkte ab. »Du wirst sie brauchen. Ich finde schon eine.«

»Wir müssen gehen«, sagte Blindschleiche.

Sie nahmen den Weg zurück, den sie gekommen waren. Den Weg über die Dächer. Als sie das Ende des Schlafsaals erreichten und wieder auf die Palisade wollten, sahen sie etwas, das sie innehalten ließ.

Ein einsamer Hund pirschte sich die nächste Treppe hinauf. Er erreichte den Wehrgang und trottete in Richtung des Tores. Schleichs Armbrust folgte ihm, bis er außer Sichtweite war.

Sie wechselten einen Blick, sprachen aber nicht und gingen weiter.

Das Feuer glühte im nördlichen Teil der Stadt.

Unten kamen die Schweineställe in Sicht. Die Kadaver von Orkfleckenreitern und Keilern lagen verstreut auf dem Boden vor der Umzäunung, alle umgerissen bei dem Versuch, den Mauern durch das von ihnen geschaffene Loch zu entkommen. Abgesehen von den frisch getöteten Tieren gab es keine Anzeichen für die Hunde, aber die Wildschweine im Absonderungshof waren in Panik. Im Hauptgehege waren die Türen zum Stall geschlossen und unversehrt. Weide und Schleich rannten über den Laufgang und sprangen auf das Dach des Stalls. Sie lauschten und hörten, wie sich darunter etwas bewegte und wie die Tiere unruhig grunzten.

Blindschleiche lächelte beinahe vor Erleichterung und kletterte hinunter.

Weide fasste ihn an der Schulter. »Sie sind vielleicht wie das Kleine Waisenmädchen.«

Schleich überlegte einen Moment lang, ohne die Augen zu schließen.

»Bleib hier.«

Das war kein Befehl. Das war ein Reiter, der sein Leben für seinen Häuptling riskierte.

Ohne weiter zu zögern, ging er an den Rand des Stalldachs und ließ sich hinunter. Weide hörte, wie er die Türen öffnete. Es vergingen einige angespannte Momente, bevor ein Zischen von unten zu hören war. Weide machte sich auf den Weg nach unten und fand Blindschleiche in einer der Boxen, wo er seinen Barbaren sattelte.

»Er ist er selbst«, sagte der blasse Mischling mit ruhiger Gewissheit.

Es waren noch fünf weitere Keiler dort, darunter die von Honigwein und Faulpelz. Schnell zäumten Weide und Schleich alle Barbaren auf und befestigten Führungsseile an denen, die sie nicht reiten würden. Als Reittier wählte Weide den ehemaligen Keiler von Stummklotz, Drei Hauer, der so genannt wurde, weil er zwar beide Sauenhebel, aber nur einen unteren Stoßzahn besaß.

Sie ritten los, jeder führte ein Paar Barbaren. Sie hielten nur an, damit Weide gefallenen Orkflecken eine Armbrust und einen leeren Köcher abnehmen konnte. Als sie die Bresche erreichten, führten sie die Keiler über die Trümmer und über die Rampe der Orkflecken. Auf der anderen Seite stieg Augenweide ab. Der größte Teil des zerstörten Holzes war in den Graben gestürzt, eine erstickende Masse aus zersplitterten Pfählen.

Sie gab Schleich ein Zeichen, stehen zu bleiben, und rutschte die staubige Böschung hinunter. Ein Körper lag in dem Haufen gefangen. Obwohl er zerschmettert und blutig war, wusste Weide, dass es sich nicht um Honigwein handelte. Der Leichnam hatte zwei Hände. Sie bahnte sich ihren Weg und musste ein wenig klettern, um den Kopf des Mischlings zu erreichen. Stumpfe, nicht blinzelnde Augen starrten durch sie hindurch.

Es war Gespür.

Eine Stimme ertönte von unten und stieg durch den Haufen zu ihr hoch.

Weide eilte hinunter, bückte sich und versuchte, zwischen den wild durcheinanderliegenden Streben hindurchzusehen. Endlich entdeckte sie ihn, eingeklemmt unter einem großen Teil dessen, was einmal der Wehrgang gewesen war.

»Honigwein. Halte durch.«

Sie pfiff nach Blindschleiche, und gemeinsam gelang es ihnen, sich durch das Holz zu arbeiten und ihren gefangenen Bruder zu befreien. Honigwein war wach, aber schwach, und er sah gezeichneter und leichenblasser aus als Schleich. Der

Sturz hatte ihm mehrere Schnittwunden im Gesicht zugefügt, aber nichts Ernstes. Es war die Stichwunde, die nicht versorgt werden konnte, während er im Graben lag, die ihm die Kraft geraubt hatte. Er murmelte etwas, als sie ihn herausholten. Erst als sie ihn auf ebenen Boden gebracht hatten, konnte Weide sich hinunterbeugen und etwas erkennen.

»Das ... Rudel. Hyänen ... drinnen.«

»Das wissen wir, Honigwein. Wir werden alle von hier verschwinden.« Sie sah zu Blindschleiche hinüber. »Er kann nicht reiten. Setzen wir ihn vor dich. Du wirst ihn im Sattel halten und zum Batayat bringen müssen.«

Innerhalb der Mauern hörten sie das Gegacker von Hunden.

»Allein zu gehen, ist töricht«, sagte Schleich zu ihr, aber er stand auf und hob Honigwein hoch.

»Vollkorn und ich schaffen das schon«, antwortete sie und half ihnen beim Aufsteigen. »Und jetzt verschwindet von hier.«

Sie drückte Honigweins Arm, kurz bevor Blindschleiche seinen Keiler in Trab versetzte.

Augenweide stieg auf und ritt durch die Bresche zurück.

Mit gespitzten Ohren ritt sie in Richtung Süden und hielt sich, wenn möglich, in den Gassen. Es waren keine Hunde zu sehen, und Weide befürchtete, dass sie wusste, warum. Noch bevor ihr Quartier in Sicht war, hörte sie das Geschrei von Kleinkindern. Sie führte die Keiler zur Nordseite der Böttcherei und spähte um das Gebäude herum auf die andere Seite der Straße.

Acht Hyänen waren unter dem Balkon ihres Privatgemachs versammelt, keckerten und hüpften, wobei die schreienden Säuglinge ihre Bewegungen nur noch aufgeregter machten. Eine hüpfte immer wieder auf ihre Hinterläufe und kratzte kichernd an der Tür.

Es war unwahrscheinlich, dass die Hunde hineinkamen, aber wie sollte Weide ihre Leute herausholen?

Sie stieg ab, löste die Führleine von ihrem Sattel und machte die beiden anderen Keiler schnell fest, locker genug, dass sie sich bei Gefahr dem Seil entziehen konnten. Sie musste sie nur lange genug an Ort und Stelle halten, damit sie Vollkorn wissen lassen konnte, wo sie versteckt waren. Sie saß wieder auf Drei Hauer auf, spannte ihre Armbrust, lud einen Bolzen und trieb den Keiler in den Galopp. Sobald sie die Ecke des Gebäudes umrundeten, schoss sie und traf einen Hund in die Flanke. Die Meute erschrak und wich vor dem herannahenden Keiler zurück. Weide lud nach und schoss noch einmal, aber das Tier war schon wieder auf den Beinen, als Drei Hauer mitten zwischen die Hunde stürzte. Das Schwein durchbohrte einen und zertrampelte einen anderen. Weide hielt ihren Talwar in der Hand und schlug auf beiden Seiten nach unten, während sie durch die Hunde stürmten.

»Schweine hinter dem Böttcher!«, rief sie und spornte Drei Hauer an.

Von hinten erklang Gejaule.

Sie wagte einen kurzen Blick und sah, dass alle acht Tiere sie verfolgten.

Sie grinste. »Kommt schon, ihr gackernden Miststücke!«

Sie lud ihre Armbrust, drehte sich im Sattel um und schoss einen Bolzen in den Leithund, der zu Boden geschleudert wurde.

Weide wusste, dass sie nicht hoffen sollte, dass der Dämon tot war, aber sie musste sich deren Aufmerksamkeit sicher sein.

Sie zog kräftig an Drei Hauers linkem Sauenhebel und dirigierte ihn in eine Gasse zwischen den Reihen der kleinen Häuser von Teilsieg. Das Rudel folgte ihr, wobei die angrenzenden Gebäude verhinderten, dass sie ausschwärmen und ihrem Keiler in die Flanke fallen konnten. Teilsieg war nie übermäßig groß gewesen, und das Ende der Gasse näherte sich viel zu schnell. Die Mauer war kurz dahinter. Weide stürmte ins Freie und zog erneut nach links, wobei sie sich auf der Innenseite der östlichen Mauer hielt. Sie führte das Rudel zurück an den nördlichen Rand der Stadt, um Vollkorn so viel Zeit und Abstand wie möglich zu geben.

Aber die Meute holte auf.

Eine Bewegung über ihr lenkte ihren Blick auf die Palisade.

Ein weiterer Hund, er rannte den Wehrgang entlang und hielt Schritt.

Verdammt! Sie waren nicht alle zum Quartier gelaufen. Wie viele waren noch da draußen und warteten darauf, Vollkorn und den anderen aufzulauern?

Weide fing an zu schreien, aus Leibeskräften zu brüllen, die Hunde zu verfluchen, um jeden blutgierigen Hund zu ködern, der auf sie lauern könnte.

Die Bestie auf der Mauer stürzte sich auf sie. Weide schwang ihre Armbrust herum und schoss. Der Bolzen traf den Hund in die Brust, und die Wucht des Schusses stoppte seinen tödlichen Sprung.

Ein beachtliches Gewicht traf sie an der Seite und warf sie aus dem Sattel. Sie landete unsanft und kämpfte gegen drahtiges Fell und geifernde, schnappende Kiefer. Sie rollte sich weg, schüttelte das Tier ab, stand auf und rannte davon. Drei Hauer war gut ausgebildet und war nicht davongerannt, als seine Reiterin stürzte. Er wartete vor ihr und bekämpfte seinen Instinkt zu fliehen mit Trippelschritten und schrillem Quieken. Die Meute war Weide auf den Fersen, als sie sich wieder in den Sattel schwang.

Drei Hauer brauchte keine Ermutigung. Mit trommelnden Hufen war er sofort unterwegs und schleuderte Staub in die offenen Mäuler der Hyänen.

Weide zog ihre Armbrust an der Schlinge herum und stellte beim Nachladen fest, dass eine der Stangen verbogen war. Fluchend riss sie die Waffe los und warf sie auf die Hunde.

Die Schweineställe kamen in Sicht, trübe vom Rauch. Das Feuer hatte sich weiter ausgebreitet und die verlassenen Häuser in ein Inferno verwandelt.

Feuer.

Weide fühlte eine wilde Freude. Sie wusste, wohin sie das Rudel führen musste. Die Ruine der Brennerei. Sie würde die Biester auf den Haufen hetzen und sie alle verbrennen. Sich selbst auch, wenn es sein musste.

Als sie auf die Bresche zustürmten, stellte sich ihnen eine hünenhafte Gestalt in den Weg, die von hinten von den Flammen angestrahlt wurde.

Ruine.

Er könnte auch brennen.

Weide ritt direkt auf ihn zu, schrie und holte ihr Lasso heraus.

Die Hände des Orks öffneten und schlossen sich, um dem Angriff zu begegnen. Im letzten Moment zwang Weide Drei Hauer in einen scharfen Linksschwenk. Sie schleuderte das Seil und erwischte Ruin um den Hals. Er wurde von den Füßen gerissen und schlug auf dem Boden auf, während Weide den Keiler zu größerer Geschwindigkeit anspornte.

»Stark genug, um einen Barbaren aufzuhalten, du Dickhäuterfotze?!«

Weide umklammerte den Sattel mit ihren Beinen, streckte den Arm nach hinten und zerrte den großen Ork die Hauptstraße hinunter zum Tor. Ruin versuchte, wieder auf die Füße zu kommen, aber Weide ließ das Seil locker, bevor sie erneut daran riss und ihm jeglichen Halt unmöglich machte. Die Spannung zerrte an ihrer Schulter, das Seil schnitt sich in ihre Hand, doch Weide ertrug den Schmerz und sorgte dafür, dass ihr Gefangener auf dem Rücken blieb. Drei Hauer trug sie im Galopp durchs Tor. Weide drängte ihn vom Weg ab, in das unwegsame Gelände, und warf Ruin Beleidigungen an den Kopf, als er gegen die Felsen prallte. Der Keiler würde das Gewicht des Orks bei diesem Tempo nicht lange mitschleppen können, aber es war nicht weit.

Die Meute verfolgte sie, aber ihr Knurren spornte Drei Hauer nur noch mehr an, die Entfernung in Rekordzeit zu überwinden. Der Buckel der Brennerei wuchs aus der dunklen Ebene und hieß sie willkommen.

Hufe trafen auf die Kante der Trümmer und donnerten das abschüssige Geröll hinauf. Weide sprang aus dem Sattel, bevor die Trümmer ihre Geschwindigkeit zu sehr ausbremsten, und gab Drei Hauer ein Zeichen, weiterzulaufen. Sobald ihre Stiefel den Schotter berührten, stand Ruin schon auf den Beinen. Weide ließ das Lasso los und floh den Hügel hinauf.

»Komm schon, du Arschloch! NA LOS!«

Sie hörte sein rachsüchtiges Knurren, das Klatschen der nackten Füße auf dem harten Stein, während er sie verfolgte. Als er den Gipfel erreichte, machte Weide einen Satz über die Schlacke hinweg. Ruin holte auf. Noch einen Moment und er würde sie einholen. Sie wirbelte gerade noch rechtzeitig herum, um seiner zugreifenden Hand zu entkommen. Sie duckte sich, zog ihren Talwar und schlug mit derselben Bewegung zu. Die Klinge traf ihn quer über den Oberschenkel, ihre gebogene Schneide schabte wie auf Stein. Weide blieb geduckt und provozierte einen Schlag nach unten. Sie rollte sich weg, als Ruin den Köder schluckte. Die Hand des furchterregenden Orks hämmerte auf den Stein.

Nichts.

Die Meute kam an, schlich über die Trümmer und verteilte sich.

Weide lehnte ihren Rücken gegen einen Haufen zerborstener Steine. Sie hatte das Warten satt. Also drehte sie ihr Schwert um, nahm es in beide Hände und stieß es hinein. Ein Talwar war keine Spitzhacke; die Spitze stumpfte ab, als sie auf die Felsen traf, und versank kaum eine Fingerlänge im Geröll. Trotzdem war es genug.

Weide lächelte, als der durchbohrte Stein zischte.

Ruin stürzte heran und sie sprang zur Seite. Eine smaragdgrüne Stichflamme schoss hervor, aber die Reflexe des Orks waren so unnatürlich wie der Rest von ihm. Er blieb stehen und schreckte vor der Hitze zurück. Die Hyänen wimmerten und tänzelten zurück, während ihr Master mit einer hasserfüllten Fratze die auflodernde Flamme beobachtete. Weide stieß ihr Schwert erneut in den Boden und suchte den Tod. Der Boden rumpelte, als die unheilvolle Substanz unter ihr von der Störung aufgewühlt wurde.

Die winselnden Hunde flohen.

Ruin blieb unerschrocken und beobachtete Weide, während er um das Feuer herumschlich. Dampfende Risse kündigten die Ankunft weiterer Stichflammen an. Eine Flammenzunge leckte eine Armeslänge links von Ruin nach oben. Das Feuer berührte ihn nicht, aber seine Hitze war dennoch sengend. Er zuckte zusammen, fletschte die Zähne und knurrte vor Schmerzen.

»Siehst du?«, spottete Weide. »Dieses Zeug kann alles töten.«

Jetzt musste sie ihn nur noch davon abhalten, der Weisheit seiner verfluchten Köter zu folgen.

»Bleib, wo du bist, verdammt!«, schrie Augenweide und stürzte sich auf ihn.

Sie machte einen Satz und versetzte ihm einen Schnitt quer über die Augen. Ruin fing die Klinge ab und zerbrach sie mit einer Handbewegung. Der Ork ließ das Fragment los und versuchte, Weide zu packen. Sie wich den ausholenden Armen aus, rollte sich ab, kam neben ihm wieder zum Stehen und hämmerte mit ihrer Faust auf seine Niere, wobei sie sich beinahe das Handgelenk brach. Er wirbelte herum und schlug mit dem Handrücken zu. Weide wich aus und spürte, wie das Gewicht seiner Hand nur einen Fingerbreit vor ihrem Gesicht vorbeifegte. Sie tauchte unter seinem Arm weg und drosch auf seinen Lümmel ein, wobei sie sich an den Knochenpiercings die Knöchel aufschnitt. Zwei schnelle, brutale Schläge, und sie rollte sich wieder weg. Das Al-Unan-Feuer schlug aus der Stelle im Boden, an der sie gerade noch gestanden hatte. Ruin, der sein Gesicht mit den Unterarmen abschirmte, taumelte. Weide setzte nach und trat dem Ork mit voller Wucht in die Kniekehlen. Sie rammte mit der Schulter in ihn hinein und versuchte, ihn ins Feuer zu stoßen, aber das Monster stolperte nur. Sie stieß ihm ein Knie in die Wirbelsäule, schlang ihren Arm um seine Kehle, umschloss ihr Handgelenk mit der anderen Hand und zog ihn zurück, wobei sie sein Kinn als Hebel einsetzte, um ihn aus dem Gleichgewicht zu bringen. Ruin schlug um sich, schleuderte sie herum, aber Weide blieb, wo sie war, und ließ sich nicht aus der Ruhe bringen.

Ringsherum schossen jadefarbene Geysire aus der Oberfläche des Hügels. Ihre leuchtende Wut verschlang die Schatten, schmolz das Gestein, verdünnte die Luft. Weide sah dem Ende mit Freude entgegen. Ruins Ende. Dem Ende der Gefahr für ihr Volk. Von der Last, Häuptling zu sein. Das alles würde in der Umarmung einer grünen Hölle untergehen.

Ruin zerrte an ihren Armen. Sie weigerte sich, ihn loszulassen, leckte sein Gesicht und flüsterte ihm mit grimmiger Freude orkisches Zeug ins Ohr.

»Du schmeckst schwach.«

Der Ork ging in die Hocke und sprang in die Höhe. Weides Herz setzte einen Schlag lang aus, während er sie in die kühle Luft über den Flammen trug. Pfeifender Wind. Wirbelnder Boden. Sie ließen den Haufen nicht ganz hinter sich. Ruin landete in den zerklüfteten Rändern des Feuers, und Weide verlor bei dem Aufprall den Halt. Ihr Gesicht krachte gegen seinen Hinterkopf. Schwarze Punkte explodierten vor ihren Augen, als sie von seinem Rücken abprallte und den Rest des Abhangs hinunterstürzte. Sie zwang sich, ihre Augen trotz des dumpfen Schmerzes einer gebrochenen Nase zu öffnen, und stellte erleichtert fest, dass die Flammen sie nicht berührt hatten.

Ruin hatte nicht so viel Glück gehabt.

Er taumelte aus den Trümmern, schlug auf die grünen Flammen ein, die auf seiner massigen Gestalt tanzten, und seine Bewegungen wurden immer hektischer, je mehr das magische Feuer auf seine Hände übergriff. Als das Feuer nicht verlöschen wollte, sank er auf die Knie, grub sich in den Boden und versuchte, die Flammen in der Erde zu ersticken, doch es war sinnlos. Das Al-Unan-Feuer wollte nicht erlöschen.

Ruins Gesicht verzog sich vor Verwirrung und Schmerz. Er schrie nicht auf, geriet nicht in Panik. Er sah aus dem rauchenden Staub auf, sein Blick fand Weide, und seine Augen brannten brutaler und grausamer als die Flammen, die sein Fleisch verzehrten. Der Ork stand auf, seine Hände ließen von der verbrannten Erde ab, die immer noch in Flammen stand, und er machte einen Schritt auf Weide zu.

Verdammt, ihr Plan war jetzt zu seinem geworden. Er wollte sie mitnehmen.

Weide wollte aufstehen, um zu fliehen, aber sie erstarrte, bevor sie auf die Füße kam, weil die geifernden Hunde ihr den Fluchtweg versperrten.

Ruins Lippen verzogen sich zu etwas, das womöglich ein Lächeln sein sollte, vielleicht auch nur eine Grimasse war. Noch ein paar Schritte, und er würde über sie herfallen. Weide musste eine Entscheidung treffen. Der brennende Ork oder die Hunde.

Sie spuckte in den Dreck und rannte auf Ruin zu.

Und die Welt brüllte, bevor sie ihn erreichte.

Geblendet von plötzlichem Schmerz, erinnerte sich Weide nicht an den Sturz. Sie wälzte sich im Staub, während sich ein grässlicher Druck hinter ihren Augen aufbaute. Sie begann zu schreien, ein Geräusch, das Berge einstürzen lassen konnte.

Aber es war nicht ihre Stimme. Sie hatte ihre Lungen völlig ausgeleert, doch der Schrei blieb, wurde immer lauter. Sie versuchte, sich zu erheben, aber das Brüllen um sie herum hatte

Gewicht, hielt sie unten. Sie rollte sich zusammen und presste die Hände über ihre Ohren. Die Attacke hörte nicht auf. Der grauenhafte Schrei bohrte sich in ihre Knochen und schüttelte ihre kranken Eingeweide, bis sie fürchtete, sie aus ihrem Mund zu spucken und sie in einer flüssigen Masse auszuscheißen. Sie kochte in einem Kessel donnernder Wut und wünschte sich, zu sterben, damit der Tumult ein Ende hätte.

Dann war es so schnell zu Ende, wie es begonnen hatte.

Zitternd, die Ohren von einem endlosen, schrillen Klingeln erfüllt, öffnete Weide die von Tränen getrübten Augen.

Sie sah weder den Ork noch das Rudel, sondern nur eine kleine Gestalt, die sich aus der verdunkelten Ebene näherte und sich eine Hand vors Gesicht hielt.

Zirko?

Weide konnte ihre eigene Stimme nicht hören, war sich nicht sicher, ob sie den Namen laut ausgesprochen hatte. Sie rappelte sich auf, und als sie sich aufrichtete, bestrafte ihr verwirrter Kopf die Anstrengung, indem er ihr das Bewusstsein entzog.

27

Sonne. Hell und stechend.

Bewegung. Rumpelnd und widerwärtig.

Geräusche ... Geräusche?

Weide versuchte zu sprechen. Unangenehme Vibrationen schwirrten ihr durch den Kopf. Mehr nicht. Eine Hand berührte ihre Stirn, schwielig und vertraut. Weitere Vibrationen, tief und weit entfernt. Sie kämpfte darum, sich zu konzentrieren, und folgte dem Arm, der mit der Hand verbunden war.

Vollkorn.

Er drehte sich um, beugte sich vor, um zu berühren, um zu trösten, und saß auf einer Holzbank, während das grelle Sonnenlicht versuchte, seine Masse zu verschlingen. Die Hand wurde weggenommen, Vollkorn drehte sich um und wurde zu einem breiten Rücken. Neben ihm auf der Bank saß Xhreka.

Ein plötzlicher Stoß schickte Speere in Weides Schädel und zwang sie, die Augen wieder zu schließen. Als sie sie wieder öffnete, fand sie Faulpelz neben sich liegen. Sein Kopf war in einen fleckigen Verband gewickelt und schwankte mit der Bewegung des Wagens. Abgesehen von dem Fieberschweiß, der seine Haut überzog, und den sporadischen Zuckungen seiner Stirn, sah er tot aus.

Etwas klopfte immer wieder sanft und unregelmäßig gegen Weides Kopf. Sie verdrehte ihren Hals und entdeckte ein Mischlingsbaby mit verkniffenem Gesicht und aufgerissenem Mund, das sich von seiner Decke freigestrampelt hatte. Obwohl es aussah, als würde es laut genug schreien, um Tote aufzuwecken, hörte Weide nur ein leises Echo. Zwei weitere, ruhigere Kinder lagen neben dem ersten auf der Ladefläche des Wagens unterhalb des Kutschbocks.

Weides Hand fand die Kante des Seitenbretts und sie zog sich hoch, wobei sie bei jedem Zentimeter zusammenzuckte. Sie schaffte es, sich aufzusetzen, doch das war zu viel. Sie ließ den Kopf zwischen den Knien baumeln und kämpfte gegen das Bedürfnis an, sich zu übergeben. Doch sie scheiterte.

Sie hob ihr Kinn über das Seitenbrett und entlud den Inhalt ihres aufgewühlten Magens.

Der Wagen hielt an.

Vollkorns Gesicht erschien. Nachdem der Würgereiz nachgelassen hatte, wischte er ihre Lippen mit einem Tuch ab. Sein Mund bewegte sich und die tiefen Vibrationen kehrten zurück.

Ich kann dich verdammt noch mal nicht hören.

Weide spürte, wie sich ihr Kiefer bewegte und an dem Seitenbrett schabte, also musste sie gesprochen haben.

Scheiße.

Vollkorn antwortete mit einem unverständlichen Grummeln, begleitet von starken Händen, die ihr Gesicht umfassten. Er fragte sie etwas, die Sorge stand ihm in sein staubgepudertes Gesicht geschrieben. Da Weide nicht wusste, was er sagte, schüttelte sie den Kopf, eine Geste, die eine umfassende Antwort darstellte. Nein, sie konnte nicht hören. Nein, es ging ihr nicht gut. Nein, sie hatte nicht vor, sich wieder zu übergeben.

Nach einer widerstrebenden Pause zog Vollkorn sich zurück.

Der Wagen schwankte und gab nach, als Vollkorn wieder auf den Kutschbock kletterte und ihn erneut in Bewegung setzte. Weide hing eine ganze Weile über der Kante.

Faulpelz wurde unruhig, während die Räder über Ul-wundulas rollten und rumpelten. Eine Decke bedeckte ihn unterhalb der Taille, aber seine fiebrigen Bewegungen drohten, sie beiseitezuwerfen. Aus Angst, Knolles Gemetzel zu sehen, sorgte Weide dafür, dass die Decke an ihrem Platz blieb.

Als der Batayat-Hügel in Sicht kam, hatte sich ihr Magen beruhigt.

Der Batayat war eine große Formation verwitterten Gesteins, die sich kilometerweit erstreckte und von umgestürzten Felsbrocken und zähen Sträuchern gesäumt wurde. Der Ort war voll von Sinkhöhlen und kleinen Hohlräumen, was ihn zu einem der mühsamsten Orte für Patrouillen auf dem Gelände der Bastarde machte. Oft wurde er zum Unterschlupf für plündernde Orks, die sich vor der Rotte verschanzten.

Weide konnte nur hoffen, dass zwischen den Felsen keine Dickhäuter mehr lauerten.

Sie entdeckten die Spuren der anderen Wagen. Da sie die unbarmherzigen Steigungen nicht überwinden konnten, standen sie abgekoppelt und verlassen im Schatten der Formation. Vollkorn nahm seine Armbrust und ging auf sie zu. Weide versuchte, ihm zu folgen, aber als sie sich über das Seitenbrett hinunterlassen wollte, gaben ihre Beine nach.

Vollkorn eilte zurück, zweifellos auf Xhrekas Ruf hin, und half Weide, sich aufzusetzen, indem er sie gegen eines der Räder stützte. Er sagte etwas, das wie eine Ermahnung klingen mochte, bevor er sich wieder auf den Weg machte, um den Ort auszukundschaften. Die Sonne war schon tief in den Schoß des westlichen Himmels gekrochen, als er mit Hilfe zurückkehrte.

Schlangenschlupf und Touro legten Weides Arme um ihre Schultern und halfen ihr, aufzustehen und zu gehen, auch wenn ihre Zehen mehr als einmal schleiften. Die Felsen machten jede Anstrengung aus eigener Kraft zunichte und zwangen die Mischlinge, ihre Hände hinter Weides Knien einzuhaken und sie hinaufzutragen. Vollkorn trug Faulpelz auf seinen Schultern. Xhreka hatte ein Baby in ihren Armen. Die anderen beiden Säuglinge wurden von Distel und Lopo getragen. Dacia führte die abgeschirrten Keiler, denn der Boden war zu tückisch, als dass sie als Lasttiere hätten dienen können. Die zerlumpte Gruppe musste während des Aufstiegs mehrmals anhalten, und es war bereits dunkel, als sie das provisorische Lager erreichten.

Es war nichts als eine ebene Fläche auf dem weitläufigen Gipfel, abgeschirmt durch von der Zeit gemeißelte Säulen aus segmentiertem Gestein. Die Dorfbewohner von Teilsieg kauerten zwischen den Felsbrocken vor schwachen Feuern. Weide und Faulpelz wurden zu einem Fleck harten Bodens gebracht und neben Honigwein und Iltis abgesetzt. Augenweide versuchte zu protestieren und hätte vielleicht ein paar Worte sagen können, aber ihr Körper vereitelte alle Versuche aufzustehen. Sie konnte nur in der Reihe der Verletzten liegen und zusehen, wie die Überbleibsel ihrer Rotte versuchten, sich ohne ihre Hilfe selbst wieder zusammenzuflicken. Da sie keine Kraft hatte, um mehr zu tun, als dumpf vor sich hinzustarren, schaute sie zu, wie Vollkorn mit Schlangenschlupf und Übeltäter sprach, der sich zwar von seiner Kopfwunde erholt hatte, aber immer noch unsicher ging. Später erschien Blindschleiche, der offensichtlich einen Bericht über die Umgebung abgab. Er warf Weide einen kurzen Blick zu, als Vollkorn etwas sagte und auf sein eigenes Ohr deutete.

Der Häuptling ist taub. Sag es weiter. Ein weiterer Arschfick in einer langen Reihe von Strapazen, die sich hinter dem vorgebeugten Hinterteil der Rotte aufstellten.

Iltis wurde nicht lange nach Weides Ankunft wach und setzte sich auf, als er sie sah. Jemand hatte die Bolzen aus seinem Bein und seiner Schulter entfernt. Er sprach und runzelte die Stirn, als sie nicht reagierte. Sie alle hatten von Stummklotz gelernt, bestimmte Handzeichen zu erkennen, aber keins davon signalisierte, dass man nicht hören konnte. Es war nicht kompliziert, sich mitzuteilen, aber Weide konnte sich nicht dazu durchringen, es zu tun. Sie nutzte das Gebrechen, um Iltis' eindringliche Bitten zu ignorieren, bis Touro herüberkam und es ihm erklärte. Iltis' Stirn legte sich in noch tiefere Falten, als der Schlammkopf wegging. Weide spürte noch eine ganze Weile lang seine Blicke auf sich.

Honigwein lag zwischen ihnen und sah noch schlimmer

aus als Faulpelz, wenn das überhaupt möglich war. Er wachte einmal auf und seine Hand suchte schwach nach der ihren. Weide umklammerte seine Finger.

Bleib bei mir.

Ein Schatten fiel auf sie. Incus. Sie setzte sich auf den Boden neben Augenweide. Mehr nicht. Sie saß einfach da und teilte die lautlose Welt.

Es gab nichts zu essen, aber alle Verletzten bekamen einen Schluck Wasser. Weide lehnte ihr Wasser ab und bedeutete Touro, ihre Ration Honigwein zu geben. Er tat dies, doch kaum war er weg, stapfte Vollkorn herbei. Er ging in die Hocke, seine Miene war beinahe wütend, und er hielt ihr ruppig einen Trinkschlauch vors Gesicht. Er sagte ein einziges Wort. Selbst im schwachen Licht des Feuers war das von seinen Lippen geformte Wort deutlich zu erkennen.

Trink.

Weide nahm einen halben Schluck und gab den Schlauch zurück.

Sie blieb so lange wie möglich wach, hielt Honigweins Hand und legte die andere auf Faulpelz' Brust, da sie befürchtete, dass keiner von beiden den Sonnenaufgang erleben würde. So hielt sie ihre Augen offen und hoffte, dass ihre festen Berührungen sie durch die Nacht bringen würden.

Blödsinn.

Sie waren ihre Anker. Sie fürchtete sich davor, zu schlafen, die Dunkelheit hereinzulassen, wo bereits Stille herrschte. Indem sie ihre Augen mit den Sternen füllte, ihre Hände mit der Berührung der Haut, hielt sie sich die Entfremdung aller Sinne vom Leib. Doch obwohl ihre Schmerzen nachließen und ihr Unwohlsein verschwand, blieb die Erschöpfung und nagte an den dünnen Ranken ihrer Entschlossenheit. Sie kämpfte, aber in einem unbekannten Moment wurde sie besiegt.

Sonne. Blass und lauwarm.

Bewegung. Nur die ihres hungrigen Magens.

Geräusche. Husten. Weinen. Stimmen. Alle waren verzerrt, als würden sie sich durch nasses Heu winden, aber sie waren da.

Als sie sich aufsetzte, den Kopf neigte und den Kiefer bewegte, stellte Weide fest, dass ihr linkes Ohr größtenteils frei war, während das rechte immer noch dumpf war. Sie sah nach Honigwein und Faulpelz.

Noch am Leben. Beide noch am Leben.

Iltis war abwesend.

Incus war es nicht.

»Du kannst hören?«

»Das kann ich«, antwortete Weide und hätte vor Erleichterung beinahe geweint.

Das Dreiblut nickte zufrieden, richtete sich auf und reichte Weide die Hand. Weide ergriff sie.

Sie stand zu schnell auf und verlor beinahe das Gleichgewicht, weigerte sich aber, sich von einem sich drehenden Schädel beherrschen zu lassen. Incus' starker Arm half ihr bei den ersten Schritten. Danach wagte Weide es allein, mit zusammengekniffenen Augenlidern und ein paar tiefen Atemzügen. Den Rest erledigte der Instinkt. Im Lager herrschte Stille. Einen Moment lang dachte Weide, ihr Gehör sei wieder verschwunden. Dann sah sie die Blicke. Dorfbewohner und Schlammköpfe, die meisten von ihnen unruhig und träge, stellten ihr Gemurmel ein und sahen sie mit einer ganzen Palette von Gefühlen an. Erstaunen. Erleichterung. Verärgerung. Hass. Sie sah alles, obwohl die Gesichter sich zu neigen und zu schwanken schienen.

»Ruf die Rotte zusammen!«, befahl sie Touro und sprach lauter als beabsichtigt. Ein Baby begann zu schreien, aufgeschreckt durch den Ausbruch. Weide lenkte ihren unklaren Blick auf das Geräusch. Das Waisenhaus war jetzt nur noch eine zerlumpte Schar inmitten eines Lagers einer zerlumpten Horde. Distel trieb die Kinder zu einer engeren Traube aus gequälten Augen in schmutzigen Gesichtern zusammen. Aber nicht alle der kurzen Gestalten waren Kinder.

Weide stakste hinüber, schwankte ein wenig und wirkte auf die Kinder zweifellos wie eine betrunkene Hexe. Sie sah auf Xhreka hinunter.

»Du kommst mit mir.«

Der Halbling löste sich ohne ein Wort von den Waisen.

Weide drehte sich um, um sie wegzuführen, und fand Iltis in der Mitte des Lagers, auf einer primitiven Krücke balancierend.

»Häuptling?«

»Wo sind die anderen?«

Iltis atmete erleichtert auf. »Jagen.«

»Wenn alle zurück sind, treffen wir uns.«

»Sicher, Häuptling.«

Weide ließ Iltis dort stehen und ging weiter, Xhreka hinterher. Sie nahm den flachsten Pfad, weg von den angrenzenden Steinfingern, und suchte einen Ort abseits neugieriger Augen und Ohren. Überall gab es Felsen und stachelige Sträucher. Weide ging weiter, bis ein Felsvorsprung den Weg versperrte und das Gestein zu ihren Füßen bis zu seinem Fuß steil abfiel. Da sie sich nicht sicher war, ob sie hinuntergehen konnte, ohne zu stürzen, suchte sie sich einen geeigneten Felsbrocken am Rand und setzte sich.

Xhreka stand ein paar Schritte von ihr entfernt und betrachtete sie mit diesem einen leuchtenden Auge.

»Du warst es«, sagte Weide. »Der höllische Lärm, der das Kleine Waisenmädchen zum Platzen brachte. Du. Und noch einmal bei dem Ork.«

Der Halbling schwieg.

»Ich habe das Bedürfnis, dir zu danken«, fuhr Weide fort, »aber auch das starke Verlangen, dich hochzuheben und von diesem verdammten Felsen zu werfen. Ich habe dich aufgenommen, weil ich wusste, dass du nützlich sein würdest. Aber du hast verborgen, wie nützlich du wirklich bist. Was verheimlichst du noch?«

Xhreka verschränkte die Arme.

»Du versteckst dich vor Zirko, so viel weiß ich«, sagte Weide. Ein Hauch von Zweifel verdunkelte das einsame Auge. »Ich bin keine verdammte Närrin, Xhreka. Ich weiß, was du bist und warum Strava dich zurückhaben will.«

»Du weißt gar nichts über mich, Mischlingsmädchen.«

Weide stand auf. »Va. Gara. Attukhan.«

Die Augen des Halblings wurden groß.

»Ich spreche die Sprache der Unyaren nicht«, gab Weide zu, »aber ich weiß verdammt gut, was das bedeutet. Ich höre es, seit der Mischling, den ich liebe, weg ist. Ich habe es sehr oft gehört, als ich das letzte Mal in Strava war. Die Unyaren, bei denen ich wohnte, waren alt und dachten, ich schliefe, aber

Scheintote können nicht flüstern. Sie können sich selbst nicht hören. Ich habe es dir zu verdanken, dass ich jetzt weiß, wie sich das anfühlt. Ich weiß nicht, woher, aber die Unyaren wissen, dass ich mit ihrem Helden Va Gara Attukhan geschlafen habe. Vielleicht denken sie, dass ich den wiedergeborenen Belico aus meiner Fotze ausstoßen werde. Das spielt keine Rolle. Was eine Rolle spielt? Ich habe nicht nur den Arm von Attukhan gefickt, ich weiß auch, woher er den verdammten Namen hat. Du trägst eine uralte heilige Reliquie, wie er. Leugne es nicht, denn ich weiß, wie sich diese Macht anfühlt, und ich kann mir verdammt gut vorstellen, dass du sie benutzt hast, um zweimal zu vernichten, was meine Rotte geplagt hat.«

»Ich habe nicht ...«

»Das hast du.«

»Ich habe den verdammten Ork nicht vernichtet!« Der Halbling ließ die Arme weiter verschränkt und machte einen Schritt nach vorne. »Hätte ich das getan, wärst du jetzt nicht mehr am Leben. Also danke mir dreimal. Oder spar dir die Dankbarkeit und hör einfach auf, mir Fragen zu stellen.«

»Das geht nicht. Du bist die einzige Waffe, die ich habe, um gegen die Zerstörung meiner Rotte zu kämpfen.«

»Deine Rotte ist bereits zerstört, Mädchen.«

Jetzt machte Weide einen Schritt vor. »Nicht, bevor nicht alle Bastarde tot sind.«

»Nun, ich bin kein Bastard. Ich bin euch nichts schuldig, keinem von euch.«

»Zeig es ihr, Xhreka«, forderte eine tiefe Stimme.

Sie waren so sehr damit beschäftigt gewesen, sich gegenseitig anzustarren, dass weder Weide noch Xhreka die Annäherung von Vollkorn bemerkt hatten. Er stand ein paar Schritte hinter der Halblingsfrau und ging den Rest des Weges, als sie sich umdrehte.

»Bitte«, fuhr er fort und kniete sich so hin, dass er ihr direkt in die Augen sehen konnte.

Xhreka sah ihn eine ganze Weile an, ihre braune Hand wanderte nach oben und berührte seine bärtige Wange. Sie holte tief Luft und wandte sich Augenweide zu. Langsam nahm der Halbling die Augenklappe ab. Weide war überrascht, darunter ein geschlossenes Augenlid zu sehen, ein wenig geschwollen, aber ansonsten unversehrt. Unter der dünnen Haut war eine Bewegung zu erkennen, als würde jemand träumen und sein Auge unter dem Lid rollen. Das Auge öffnete sich und Weide schrak zurück.

Eine Zunge, rosa und feucht, glitt hervor, langsam und suchend. Sie krümmte sich nach oben und fuhr an Xhrekas oberem Augenlid entlang, zwischen den Wimpern hindurch, als gäbe es dort Weintropfen, die abgeleckt werden mussten. Xhreka legte ihre Handfläche über das schreckliche Anhängsel, verzog das Gesicht und wandte sich ab. Mit gesenktem Kopf setzte sie die Augenklappe wieder auf.

»Du bist scharfsinnig, Mädchen«, sagte Xhreka. »Es ist, wie du sagst. Ich habe etwas, das Zirko will, etwas, das ich vor langer Zeit als fromme Pilgerin gefunden habe. Viele von uns verlassen Strava, suchen und kratzen ein Leben lang und finden nie etwas.« Der Halbling gab ein bitteres Bellen von sich, sah schließlich hoch und deutete auf die Augenklappe. Die Bewegung war voller Hass auf das, was sich dahinter verbarg. »Aber ich habe das hier gefunden. Ein Gefäß zu sein, erfordert Opfer. Ich liebte das Reden, das Essen, den Geschmack des Salzes eines Mannes, wollte mir nicht selbst die Zunge herausreißen, also gab ich ein Auge auf. Der Glaube macht dich zu solchen Dingen fähig. Die Wahrheit lässt dich wünschen, du hättest nie geglaubt.«

»Die Wahrheit?«, fragte Augenweide, immer beunruhigter und unsicherer ob des Grundes.

Xhreka lachte ein hoffnungsloses Lachen. »Es ist nicht irgendein Armknochen eines Kriegers, den ich habe, Mädchen. Wenn die Unyaren mich so feiern würden wie deinen harten Schwanz, dann würde Du Khaloi Belico durch ganz Strava hallen.«

Weide kannte nur eins dieser Wörter, aber dieses ließ ihr einen Schauer über den Rücken laufen. »Belico?«

»Belicos Stimme«, verkündete Xhreka in einem spöttischen, beinahe übermütigen Tonfall. »Zirko behauptet, für den Meistersklaven zu sprechen, aber ich besitze seinen eigentlichen Honiglecker. Das Wort eines Gottes in meinem Kopf, und das meine ich nicht poetisch.«

Weide sah Vollkorn an, der immer noch auf seinen Fersen hockte. »Du wusstest davon?«

»Nicht alles«, antwortete er. »Ich wusste, dass sie nicht nach Strava zurückkehren würde. Das hat sie mir in der Grube gesagt. Ich hätte sie aber nicht für einen wie Schakal gehalten. Nicht, bis sie dich gerettet und diese Säule von einem Ork vertrieben hat.«

»Vertrieben?« Weide gefiel der Gesichtsausdruck des Dreibluts nicht. »Er ist doch sicher tot.«

»Ich sagte dir doch schon: Er ist es nicht«, sagte Xhreka.

»Das Al-Unan-Feuer ...«

Der Halbling unterbrach sie. »Der Atem eines Gottes bläst alle Kerzen aus.«

»Du hättest ihn verdammt noch mal verbrennen lassen sollen!«, schnauzte Weide. »Es gab keinen Grund, mich zu retten.«

»Ich habe es nicht für dich getan«, sagte Xhreka. Sie deutete mit dem Daumen auf Vollkorn. »Ich habe es für ihn getan. Sonst wäre er reingestürmt und hätte versucht, den Helden zu spielen. Und sich zusammen mit dir rösten lassen, der Ochse.«

Vollkorn entschuldigte sich nicht. »Ich wollte dich gerade holen, aber Xhreka hat mich zurückgehalten und diese ... nun ja, Stimme losgelassen, denke ich. Sie hat es mir später erzählt.«

Weide grub tief nach etwas Dankbarkeit. Sie war da, verschüttet unter einem Haufen Bestürzung darüber, dass Ruin noch lebte. Sie brachte ein anerkennendes Nicken zustande.

»Warum fürchtest du Strava?«, fragte sie Xhreka. »Sie verehren Schakal nahezu. Wenn das wirklich ein Stück Belico in deinem Schädel ist, würden sie dich dann nicht zur Hohepriesterin machen oder so einen Scheiß?«

Xhreka grinste. »Wahrscheinlich. Aber es geht nicht darum, was die Unyaren tun würden, sondern darum, was Zirko tun würde. Und Belico. Die Götter unterscheiden sich nicht so sehr von uns. Sie mögen es nicht, versklavt zu werden. Wie du gehört hast, ist Belico verdammt wütend. Strava würde es nicht lange aushalten, wenn er seinen Unmut kundtun könnte. Vielleicht könnte Zirko ihn bändigen, aber das will ich gar nicht erst herausfinden. Wie auch immer es ausgeht, ich würde nicht überleben, da bin ich mir verdammt sicher. Es ist besser zu leben, sage ich. Besser, ich lasse mein Volk und die Unyaren leben, glücklich in ihrem Glauben.«

Weide wollte nicht tiefer in die Angelegenheiten von Göttern und Priestern eintauchen. Religion war verdammt gefährlich, und die Rotte brauchte so etwas nicht. Sie verstand jetzt genug, um zu wissen, warum Xhreka Geheimnisse hatte. Sie brauchte eigentlich nur noch die Antwort auf eine Frage: »Könntest du den Ork töten? Bei einer weiteren Chance?«

»Es wird keine weitere Chance geben«, antwortete Xhreka. »Ich habe jetzt euretwegen zweimal riskiert, dass Zirko mich findet. Glaubt ja nicht, dass ihn ein paar Kilometer davon abhalten, den Gott zu hören. Beim ersten Mal wollte ich schon fliehen, als dieses verdammte Schwein blutrünstig wurde. Ich hatte den Verdacht, Unyaren-Reiter am Horizont zu sehen. Keine Chance, dass sie jetzt nicht unterwegs sind. Ich werde ihnen kein weiteres Echo geben, dem sie folgen können. Ich sage euch eins: Der Dickhäuter war stark. Nur wenige auf dieser Welt haben die Kraft, auf den Beinen zu bleiben und zu fliehen, wenn Belico sie anschreit. Ich habe den Meistersklaven zurückgehalten, so gut ich konnte, um deinetwillen, aber selbst, wenn ich es nicht getan hätte ...«

»Wetten, dass der Ork trotzdem überlebt hätte?«, fragte Vollkorn beunruhigt.

Xhreka zuckte nur mit den Schultern. »Das spielt keine Rolle. Denn Belico hält sich ab jetzt bedeckt. Zumindest, bis ich ein paar Kilometer zwischen mich und hier bringen kann.« Sie sah Vollkorn eindringlich an. »Du hast geschworen, dass du mich niemals ausliefern würdest, Idris.«

»Das habe ich.«

Seine Antwort war an Weide gerichtet:

»Ich habe kein Interesse daran, dich an Zirko auszuliefern«, versicherte sie Xhreka. »Vollkorn wird sein Wort halten, solange es die Rotte nicht gefährdet. Du hast meinen Dank für die Risiken, die du eingegangen bist.«

»Das heißt, du wirst mich nicht von diesem Hügel werfen?«, fragte Xhreka, klang dabei aber unbeteiligt.

»Nicht, wenn Belico etwas dazu zu sagen hat«, antwortete

Weide. »Bleib bei uns, solange du willst. Aber sei dir dessen bewusst: Wenn du gehst, gehst du allein.«

»Sehr gut.«

Weide bedeutete Vollkorn, sich zu erheben. »Ich muss mit der Rotte sprechen.«

Die Wahren Bastarde versammelten sich um ihre Verwundeten herum. Weide befahl den Schlammköpfen, der Versammlung beizuwohnen, was gegen den Kodex und die Tradition verstieß, aber sie hatten es mehr als verdient zu hören, was gesagt wurde. Honigwein war wach, aber sein Atem ging flach und rasselnd. Weide setzte sich neben ihn, die Rotte war um ihn herum angeordnet, die eingeschworenen Brüder knieten oder hockten, die Schlammköpfe standen dahinter.

»Und was jetzt?«, fragte Übeltäter und brach das Schweigen.

Zumindest auf diese Frage hatte Weide eine Antwort: »Die nächstgelegene Siedlung ist die Dreiblutbastion. Die Orkflecken gibt es nicht mehr. Knolle brachte seine gesamte Rotte mit, um uns auszulöschen, und wurde von der Viper gebissen, die er in unsere Betten gelegt hat. Scheiß auf ihn und scheiß auf seine Rotte in allen Höllen. Was ihnen gehörte, gehört jetzt uns.«

Schlangenschlupf kratzte sich an seinem vernarbten Arm. »Haben die denn keine Garnison?«

»Wohl kaum«, sagte Iltis. »Die Flecken nahmen nur Dreiblüter auf. Davon gibt es nicht viele, sodass es fast unmöglich ist, eine ganze Reihe von Anwärtern zu haben.«

Schlangenschlupf blieb skeptisch. »Wer bewacht also ihre Festung?«

»Sklaven.«

Aller Köpfe drehten sich zu Schleich, und seine leise Stimme sorgte dafür, dass der Rotte noch unbehaglicher zumute wurde als ohnehin schon.

»Das sind nur Nomadengerüchte«, erklärte Iltis, aber er wirkte nicht überzeugt.

Die Halb-Ork-Rotten rekrutierten sich aus der Sklaverei. Da männliche Mischlinge unfruchtbar waren, handelte es sich nicht um ein ererbtes, sondern um ein angenommenes Vermächtnis. Die Gründer waren Sklaven, die von Hispartha angekettet und gegeißelt worden waren. Obwohl die Geteilten Lande Grausamkeit in jedem Fleckchen windverwehten Staubs enthielten, war die Haltung von Sklaven daher verboten. Schleich hatte recht, man sagte, die Orkflecken würden sich über das Verbot hinwegsetzen. Aber Iltis hatte nicht unrecht, denn dieses Wissen kam nur von den Lippen unabhängiger Reiter, die die Flecken niemals willkommen hießen und offen verachteten.

»Wenn das stimmt«, sagte Weide zu ihrer Rotte, »dann ist die Dreiblutbastion leichter einzunehmen. Da ihre Herren tot sind, sollten alle Sklaven dankbar sein. Warum Blut vergießen, wenn man die Freiheit haben kann? Aber wir müssen gehen. Unser Volk braucht sichere Mauern und volle Vorratskammern. Die Dreiblutbastion wird beides haben.«

Die Versammlung begann sich aufzulösen, die eingeschworenen Brüder standen auf, aber eine zitternde Hand erhob sich vom Boden.

»Nein«, röchelte Honigwein. Weide saß in der Nähe seines Kopfes und hörte es kaum, aber seine Ablehnung kam bei ihr an.

Iltis ging wieder in die Hocke und nahm Honigweins Hand in beide Hände. »Was hast du gesagt, Bruder?«

»Ich ... stimme mit Nein.«

Die Tradition setzte sich durch. Ohne ein Kommando zu benötigen, gingen die Schlammköpfe weg, während die Bastarde wieder zusammenkamen.

»Was ist dein Einwand, Honigwein?«, fragte Weide, deren Hand immer noch über seine Stirn strich.

»Dreiblutbastion. Nicht sicher. Der Ork ... das Rudel, sie werden folgen. Wir müssen dorthin, wo sie nicht hinkommen.«

»Wohin?«, fragte Schlangenschlupf, der sich gegenüber von Iltis hinkniete und eine Hand auf Honigweins Arm legte.

»Hunds...fälle.«

Die Brüder wechselten Blicke, einige fragten sich, ob ihr verwundeter Kamerad noch bei Trost war.

Weide aber wusste, dass er bei klarem Verstand war. Es war nicht das erste Mal, dass er diese Idee vorbrachte. »Die Sprossen heißen uns vielleicht nicht willkommen, Honigwein. Sie könnten uns genauso gut töten.«

»Grasmücke *ist* bereits unter ihnen«, sagte Iltis.

»Auf ihre Einladung hin«, erinnerte ihn Weide.

Honigweins Kehle rasselte bei jedem Atemzug. »Sie werden dich akzeptieren. Wenn nicht ... dann stirbst du. Nicht anders als sonst irgendwo. Keine Festung kann die Rotte vor dem Fleischgewordenen Ruin schützen. Die Sprossen können es, wenn sie wollen.«

»Rosthäute haben mächtige und wirksame Methoden, Häuptling«, drängte Iltis. »Sie können unseren Jungen wieder auf die Beine bringen.«

Honigwein zog schwach an Iltis' Händen. »Wird nicht helfen.«

»Keilerscheiße«, verkündete Iltis. »Sie haben dich schon einmal zusammengeflickt, sie werden es wieder tun.«

»Ich habe Minuten ... keine Meter.«

Iltis verzog das Gesicht, Schlange stieß ein gequältes Ächzen aus.

Weide beugte sich vor und flüsterte: »Du bleibst verdammt noch mal bei uns. Hörst du mich? Wir brauchen dich.«

Honigweins Lippen bewegten sich, die Zunge schnalzte, jedes Wort war ein Kampf: *»Mi'hawa. Thiospa. Aschúte. Onáphit.«*

»Du weißt, dass mein Elfisch scheiße ist. Deshalb musst du bleiben.« Sein Geist schwand, die Augen flatterten und wollten sich nach innen drehen. »Verdammt, Honigwein!«

»Du wirst ... lernen«, zischte er. Er schluckte, holte tief Luft und schaffte es, seine Stimme zu erheben: »Und jetzt ... setzt mich auf ... meinen Keiler.«

Iltis warf einen Blick auf Weide, schüttelte hastig den Kopf und verzog das Gesicht.

Schlangenschlupf klatschte wütend auf seinen verbrannten Arm. »Nein, Bruder! Du hast mir hier durchgeholfen. Weißt du noch? Es ist an der Zeit, dir da durchzuhelfen. Mach deine verdammten Augen auf!«

Aber er wurde immer schwächer.

Blindschleiche war der Erste, der sich bewegte.

Er beugte sich hinter Honigweins Schultern und hob ihn langsam hoch. Weide biss die Zähne zusammen und nahm die Aufgabe an, indem sie den Kopf ihres gefallenen Reiters stabilisierte. Vollkorn nahm seine Füße, während Iltis und Schlange den Rücken ihres Bruders schulterten. Übeltäter rannte dorthin, wo die Barbaren angebunden waren, schnitt das Seil von Honigweins Reittier durch und brachte es herüber. Dann hielt er es ruhig.

Die Wahren Bastarde hievten Honigwein auf den Rücken des Tieres, umringten ihn und hielten ihn aufrecht, während er seinen Schwur erfüllte.

28

Zwei Schlammköpfe führten Isabet zur Tür und ließen sie anklopfen, obwohl es der Eingang zu ihrem eigenen Privatgemach war. Es kam keine Antwort. Sie suchte den Riegel, fand ihn offen und drückte. Im unteren Raum brannte ein Feuer. Zirko stand davor und schürte die Flammen. Er drehte sich um, lächelte und hob den Schürhaken. Er glühte weiß. Kürbis hielt Faulpelz fest auf dem Abstimmungstisch der Grauen Bastarde, der die Form eines Sarges hatte und mit eingebetteten Äxten bestückt war. Faulpelz schrie auf, sein Schwanz erigierte, als Zirko sich mit dem Schürhaken näherte.

Isabet ging vorbei und floh vor dem Zischen, indem sie die Treppe hinaufging.

Die Tür zu ihrem Schlafgemach rührte sich nicht, sodass sie noch einmal klopfen musste. Dann schwang sie auf und gab den Blick auf Krämer frei. Der sehnige alte Mann winkte sie mit säuerlicher Miene hinein. Er drehte sich um und begann, zwischen den muffigen Stapeln des Lagerhauses hindurchzugehen, wobei ihm der Wirrwarr seiner struppigen Locken über seinen knochigen Hintern fiel. Isabet hatte Mühe, mit ihm Schritt zu halten. Krämer bog um eine Ecke und war verschwunden. Sie eilte an den Fässern und Kisten vorbei, an den Seilrollen und Haken voller Zaumzeug. Sie bog um die Ecke, aber der alte Quartiermeister war verschwunden.

Isabet wusste, was sie zu tun hatte, und holte einen Sattel aus dem Regal. Der Sattelgurt und das Leder des linken Steigbügels mussten ausgetauscht werden, und Krämer würde erst dann zufrieden sein, wenn sie den gesamten Sattel gereinigt und poliert hatte. Isabet warf sich die erste Aufgabe des Tages auf die Schulter und machte sich auf den Weg in den hinteren Teil des Lagers, wo das Licht am besten war. Sie hörte begeistertes Grunzen und glückliches Stöhnen, als sie sich der Werkbank näherte und Distel darüber gebeugt vorfand, die schweren Brüste baumelnd. Isabet war froh, dass sie nicht mehr so hager war. Während die Frau stöhnte und auf der Werkbank nach vorne wippte, stieß Knolle von hinten in sie hinein. Er schwitzte stark, Tropfen bildeten sich auf seiner kahlen Kopfhaut, liefen ihm über die Nase und fielen auf Distels Rücken.

Isabet versuchte, ihnen zu sagen, dass sie woanders hingehen sollten, damit sie ihre Arbeit beenden konnte, aber die Worte blieben aus.

Aus Distels Brüsten tropfte Milch, die an der Bank hinunterlief und die Dielen verdunkelte. Als sie das bemerkte, erhob sie sich, griff nach hinten und klopfte ärgerlich auf Knolles Bauch, bis er seine heftigen Anstrengungen einstellte. Distel stand auf und schritt davon, die Hüften und Schenkel bebten ein wenig, als sie an Isabet vorbeiging.

Knolle gab ihr ein Zeichen näher zu kommen.

Kopfschüttelnd wandte sich Isabet zum Gehen, aber das Dreiblut schoss heran und erwischte ihren Arm. Sie ließ den Sattel fallen. Knolle drückte sie gegen das robuste Regal, das mit verrosteten Brigantinen beladen war. Seine linke Hand lag auf einer Seite ihres Gesichts und zwang sie, ihn anzuschauen.

»Bist du sicher, dass du das willst?«, fragte er mit einer Stimme, die nicht seine eigene war. Sie klang dumpf, träge und grausam.

Isabet nickte trotzig.

Knolle spielte mit ihren Brüsten, hakte eine Hand in den Schritt ihrer Hose und riss sie auf.

»Komm in meine Rotte, Mädchen, und das wird dein Leben sein.«

Diese Stimme, dieses trockene, tiefe Knarren.

»Ich lasse dich Patrouillen reiten. Gegen die Dickhäuter kämpfen. Alles, was du willst. Aber mein Wort ist Gesetz. Und das wirst du nie ändern. Welchen Auftrag, welchen Dienst ich auch immer befehle, du *wirst* ihn erfüllen.«

Die Stimme wurde verzweifelt, keuchte. Es gelüstete sie danach zu drohen, zu bestrafen, aber das Fleisch wollte nicht mitmachen. Knolle knirschte mit den Zähnen, knurrte, Speichel flog zwischen seinen knirschenden Zähnen hervor. Er warf einen Blick zwischen seinen Beinen nach unten, und Weide folgte seinem Blick.

Der Schwanz war geschwollen und doch schlaff und hing als unförmiger, verfärbter Klumpen herab. Knolles Hand fuhr hinunter, umklammerte das schreckliche Ding und versuchte, mit in Leinen gewickelten Fingern etwas Leben hineinzubringen.

Nichts.

Die Hand löste sich, gab Isabet eine Ohrfeige, zwang sie, direkt in die vor Wut lodernden, fiebrigen Augen zu sehen. Der Kopf um diesen Blick herum war in das gleiche fleckige Leinen gehüllt wie die Hände, und aus den Lücken traten strähnige, farblose Haare hervor. Der saure, erstickende Gestank von altem Schweiß und frischem Eiter füllte Isabets Nasenlöcher.

Der Lehmmaster griff ihr schmerzhaft an den Kiefer, schüttelte seine Hand und ließ ihren Kopf gegen die Holzbalken knallen.

»Das ändert nichts«, sagte er mit dieser verdammten Stimme. »Fötzchen wie du haben keinen Platz bei den Bastarden. Fötzchen wie du werden immer nur für zwei Dinge gut sein. Zum Ficken. Und als ...«

»Augenweide!«

Vollkorns Stimme riss sie aus ihrem unruhigen Schlummer, seine Hand legte sich auf ihre Schulter.

Weide setzte sich von dem Sattel, der ihr als Kopfkissen diente, auf. Ihr Hintern und ihre Beine lagen auf der nackten Erde.

»Zeit zu gehen«, sagte Vollkorn.

»Alles klar«, antwortete Weide und schüttelte die unheimlichen, streichelnden Finger des Traums ab.

Die wache Welt bot wenig Trost. Honigwein war immer noch tot, begraben unter einem eilig aufgeschichteten Steinhaufen auf dem Batayat. Weides Leute waren immer noch verängstigt und hungrig unterwegs auf einem Gewaltmarsch in verbotenes Gebiet, und sie hatte ihr Gehör auf dem rechten Ohr immer noch nicht ganz wiedererlangt. Wahrscheinlich fiel es Vollkorn deshalb so schwer, sie aus der verdammt kurzen Ruhepause zu wecken. Und sie war auch verdammt müde, ausgelaugt von Niederlage und Schmerz.

Sie rieb sich den Kopf und erschrak für einen Moment über die seltsame Glätte an den Seiten, bevor sie sich erinnerte. Sie hatte Xhreka gebeten, ihr Haar wie das von Honigwein zu rasieren, im Stile der Sprossen. Der Halbling hatte eine geschickte Hand und sagte nichts, was ihr das Gefühl gegeben hätte, dass sie sich mit dieser Bitte lächerlich machte. Sie löste jeden einzelnen von Weides langen Zöpfen, schnitt eine Unterarmlänge ab und rasierte die Kopfhaut über ihren Ohren ordentlich ab. Zu dem Zeitpunkt war es ein angemessener Tribut an ihren gefallenen Reiter, ihren Freund, gewesen, aber jetzt diente es nur noch als physische, schmerzhafte Erinnerung an das, was verloren war.

Es war zwei Tage her, dass sie den Batayat-Hügel verlassen hatten, von den Felsen herabgestiegen waren, die beiden Wagen geholt hatten und nach Norden aufgebrochen waren. Nyhapsáni und Palla – Honigweins und Faulpelz' Barbaren – dienten als Zugtiere für den Rottenwagen, wobei Iltis das Gespann lenkte, obwohl er behauptete, er sei fit genug, um zu reiten. Weide wollte seine Verletzungen nicht strapazieren. Seine Brigantine hatte den Bolzen, der ihn am Schulterblatt getroffen hatte, gut abgefangen, aber der Bolzen, der seinen Oberschenkel durchbohrt hatte, hatte tief gesessen. Die Wunde war jetzt geschlossen und bandagiert, aber die Zeit im Sattel würde sie wieder aufreißen. Am Ende entschied ein strenger Befehl die Angelegenheit. Die Ladefläche des Wagens war für Faulpelz und die Waisen reserviert. Der Rest von Teilsieg war zu Fuß unterwegs und reihte sich hinter dem Wagen des Wagnermeisters auf, der von Maultieren gezogen wurde und auf dem die jüngsten Kinder der Stadt saßen. Die Bastarde waren alle beritten und bildeten mithilfe von Touro und Petro einen Schutzwall um die träge Prozession. Weide hatte Schoßbesen zurückerobert, sodass sie nicht auf dem Keiler ihres toten Bruders reiten musste.

Ihr Vorankommen gestaltete sich quälend langsam. Das Brachland war weder für die Wagen noch für die Wanderer angenehm. Die Hitze war groß, der Boden voller Vertiefungen, von trockenen Schluchten durchzogen und mit felsigem Geröll übersät.

Weide hatte eine Pause angeordnet, nachdem sie den Fluss Lucia durchquert hatten, und erlaubte den Menschen, sich am Nordufer auszuruhen. Diejenigen, die dazu in der Lage waren, versuchten zu fischen und fingen genug, um die Kinder und ein paar andere zu ernähren. Von hier bis Hundsfälle würde das Wasser knapp werden, wenn sie auf direktem Weg weiterzogen. Sie könnten nach Westen abbiegen, entlang der Lucia bleiben, bis sie auf die Alhundra traf, und dann nach Norden weiterziehen. Wasser wäre dann kein Problem mehr, aber eine solche Route würde ihre Reise um mehr als eine Woche verlängern, und die Leute würden das Tempo nicht erhöhen. Jeder Tag, den sie ungeschützt in den Geteilten Landen verbrachten, war ein Tag, an dem der Ork und sein Rudel ihnen auf den Fersen sein konnten.

Und das war nur eine, vermutlich aber die wahrscheinlichste Bedrohung.

Ein Überfalltrupp der Dickhäuter, Zentauren-Marodeure, eine Bande von Deserteuren aus der Hispartha-Kavallerie – ja, sogar königstreue Cavaleros –, jeder von ihnen könnte das Ende jedes Lebens in der zerlumpten Karawane bedeuten.

Sollten sie also an den Flüssen bleiben, um nicht zu verdursten, aber das Risiko, überfallen zu werden, erhöhen, oder sollten sie sich schneller in Richtung des Umbragebirges bewegen und das Risiko des unbarmherzigen Brachlands eingehen? Die Entscheidung war, wie immer in Ul-wundulas, schwer zu treffen.

Die harte Wahrheit war, dass die letzten zwei Jahre den Dorfbewohnern die meisten der Schwachen und Alten genommen hatten. Übrig geblieben waren die Harten, die Schnellen, die Jungen, diejenigen, die die Monate des Hungers besser überstanden hatten als ihre Nachbarn. Diese Art von Menschen konnte ein paar Dutzend Meilen trockenen, sonnenverbrannten Marsches überleben. Niemand würde einen Angriff der erbarmungslosen Mörder überleben.

Doch als Vollkorn sie weckte, hatte sich Weide noch nicht für einen Kurs entschieden.

»Ist Schleich zurück?«, fragte sie und erhielt als Antwort ein Kopfschütteln.

»Noch nicht.«

Weide hatte ihn als Kundschafter in den Norden geschickt, während die Gruppe die Nacht über ruhte und die Bastarde in langen Schichten Wache hielten.

Die Morgendämmerung war gekommen, nicht aber ihr Späher. Schleich konnte die Karawane leicht verfolgen, egal welchen Weg sie nahm, aber Weide entschied sich, seine Rückkehr abzukürzen.

»Lasst uns mit den Leuten Richtung Norden ziehen«, sagte sie zu Vollkorn. »So langsam sie auch sind, wenn Schleich sagt, dass wir am Ufer bleiben sollen, können wir ohne viel Boden zu verlieren nach Westen vorstoßen und auf den Fluss treffen, sobald er eine Biegung macht. Aber ab hier ist das Wasser rationiert. Sorgt dafür, dass jeder das versteht.«

Sie hatten nur wenige Behälter, sodass auch nur wenig vom Fluss weggetragen werden konnte.

Die Leute von Teilsieg standen in losen Trauben um das provisorische Lager herum, die meisten schienen eher Angst und Unentschlossenheit als Vertrauen oder Loyalität zu empfinden. Unter ihnen war ein Mann, der seine Frau und seine Tochter, die ihm bis zur Hüfte reichte, festhielt und Weides Aufmerksamkeit fesselte.

Sie kannte nicht einmal ihre Namen. Es war ihr Leben, das sie beschäftigte.

»Los geht's.«

Ohne die Wagen und die schwerfälligen Menschen konnte die Rotte das Gebirge in weniger als drei Tagen erreichen, aber sie wurden von den Menschen verlangsamt, mussten ihre Barbaren zurückhalten und das schwerfällige Tempo einhalten. Das zerrte an der Geduld von Barbaren und Reitern. Weide musste Übeltäter immer wieder anschreien, wenn er zu weit vorausritt. Einmal musste sie Schoß antreiben, um den jungen Reiter einzuholen und auszuschimpfen, weil er ein Loch in dem Schutzschirm hinterlassen hatte.

Blindschleiche kehrte am späten Vormittag zurück. Sein Bericht war ernst. Kein Wasser im Umkreis von mehreren Kilometern, mit Sicherheit keines, das die Karawane in den nächsten ein, zwei Tagen erreichen würde.

Es war keine Überraschung, aber Weide hatte auf eine Wende ihres Schicksals gehofft.

»Wir ziehen weiter«, beschloss sie. »Wenn der morgige Tag dasselbe Ergebnis bringt, ändern wir den Kurs und nehmen den langen Weg.«

Nächtliches Reiten war für die Rotte üblich, da Keiler und Halb-Orks in der Dunkelheit hervorragend sehen können. Weichlinge hatten jedoch keinen solchen Vorteil. Der Sonnenuntergang beendete den Marsch und leitete eine weitere lange Nacht ein, diesmal in einer staubigen Ebene ohne Schutz und ohne die beruhigende Gewissheit der Flussnähe. Die Menschen begannen zu zweifeln. Weide konnte sie hören, wie sie in kleinen Gruppen murmelten, und die gedämpften Stimmen verstummten, wenn sich ein Bastard näherte. Sie ignorierte es und vertraute darauf, dass solche Ängste in der Dunkelheit geboren und am Morgen wieder verschwunden waren.

Während ihrer Wache ritt Weide gleichmäßig um die dicht gedrängten Schatten herum, weit genug entfernt, damit die Hufschläge nicht störten. Schlangenschlupf und Touro teilten sich die Wache und ritten in versetzten Runden. Alles war ruhig, aber Touro schien abgelenkt, nervös, und seine Blicke richteten sich auf die schlafenden Gestalten im Lager.

»Was ist los?«, fragte Weide und hielt bei der vierten Runde an, um den Schlammkopf auszuquetschen.

»Nichts, Häuptling«, antwortete er und sah schuldbewusst und erschrocken aus. »Wahrscheinlich ... ist es nichts, meine ich. Ich weiß nicht ... äh, ich weiß nicht, ob ich das sagen soll.«

»Das solltest du.«

Touro schluckte. »Du solltest vielleicht in die Nähe von Petros Schlafplatz reiten. Sieh nach, ob ... es etwas ist.«

Obwohl Weide die Art des Schlammkopfs nicht gefiel, befolgte sie den Vorschlag. Petro hatte seinen Schlafsack am äußeren Rand des Lagers hingelegt. Als Weide näher ritt, stellte sie fest, dass er nicht allein war. Die Bewegungen unter der Decke hörten auf, als sie sich näherte, aber die Tat ließ sich nicht verbergen. Weide hielt kurz inne, wendete ihren Keiler und ließ Petro in Ruhe. Wer war sie, dass sie ihren Jungs die wenigen Annehmlichkeiten verweigerte, die ihnen blieben? Egal, wen der Schlammkopf im Bett hatte, er oder sie würde wahrscheinlich dasselbe brauchen. Am nächsten Morgen würden sie den Schlafmangel vielleicht bedauern, aber verdammt, es gab wenig Essen, wenig Wasser, wenig Hoffnung. Dann sollten sie wenigstens das haben.

Weide wandte sich wieder an Touro und schenkte ihm ein beruhigendes Lächeln. »Kein Grund zur Sorge.«

Der Schlammkopf sah erleichtert aus. »Gut. Ich wollte nur ... ich weiß nicht. Hauptsache, du weißt es.«

Weide reckte das Kinn und zeigte damit in die Dunkelheit. »Bleib so wachsam in dieser Richtung und alles wird gut.«

»Ja, Häuptling.«

Als Vollkorn sie ablöste, band Weide Schoßbesen bei den anderen Keilern an und stapfte zu ihrem Fleckchen Erde. Doch dieses harte Stück Ruhe war ihr nicht gegönnt, denn Xhreka wartete.

»Der arme Kastrat ist aufgewacht«, stellte der Halbling fest. »Ich habe ihm etwas Wasser gegeben. Er hat nach dir gefragt.« Müde ging Weide zum Wagen der Rotte, aber nicht nur die Müdigkeit verlangsamte ihre Schritte.

Faulpelz saß gestützt in seinem behelfsmäßigen Bett, seine mondbeschienene Haut hob sich deutlich von den alles verschluckenden Schatten ab. Nur seine Augen bewegten sich, als sie sich neben das Seitenbrett stellte, und verdrehten sich, um sie anzusehen, wässrig vor Schmerz. Die tagelange fiebrige Benommenheit ließ ihn abgemagert aussehen, mit eingefallenen Wangen und Augenhöhlen. Seine aufgesprungenen Lippen waren noch hell von dem Wasser, das Xhreka ihm gegeben hatte.

»Du ... bist entkommen?«, fragte er mit brüchiger Stimme.

Weide kämpfte dagegen an zusammenzuzucken, suchte nach den richtigen Worten und wusste, dass es keine gab. »Ich hatte keine Wahl. Wäre ich geblieben und hätte versucht, dich zu erreichen ...«

»Nein.« Faulpelz' bandagierter Kopf schüttelte sich und

schaukelte gegen die Kante der Wagenbank. »Nein, bist du ... unversehrt?«

Der Sinn seiner Frage traf sie wie mit eisernen Knöcheln in die Eingeweide. Zum Teufel, das war seine Sorge? Fast hätte sie gelogen, fast hätte sie ihm gesagt, dass jeder von Knolles Jungs sich über sie hergemacht hatte. Das wäre eine Absolution gewesen, eine falsche Gleichstellung ihrer beider Ausmaß an Elend. Aber das würde nur ihre Schuld lindern und nichts für diesen armen Mischling tun.

»Ich bin unverletzt«, sagte sie.

Erleichterung legte sich über Faulpelz' Gesicht und ersetzte für einen Moment die Qualen, ein Balsam, der aus unnötiger Galanterie geboren wurde. Zivilisierte Länder pflegten seltsame Ideale. Diese würden in den Geteilten Landen niemals überleben, aber Weide hoffte, dass dieser einzelne Träger solch seltsamer Vorstellungen nicht mit ihnen unterging.

»Der morgige Tag wird schwierig sein, Faulpelz. Jetzt, wo du wach bist, wird das Rütteln des Wagens nicht leicht zu ertragen sein. Aber du sollst wissen, dass wir ins Elfenland ziehen. Sie haben gute Heiler ...«

Eine merkwürdige Serie pumpender Atemzüge kam aus dem leidenden Staubfresser. Es dauerte einen Moment, bis Weide merkte, dass er lachte und versuchte, es in kleinen Atemzügen zu kontrollieren, um seine Schmerzen nicht zu verstärken.

»Spitzohren können meine Nüsse nachwachsen lassen? Wahrlich, sie sind ein magisches Volk. Glaubst du, sie lassen mich zwischen meinem Sack Nüsse und meinem Haar wählen? Denn das wäre eine schwere Entscheidung. Ich hatte wunderbares Haar.« Das Lachen ging weiter, bis die Heiterkeitsausbrüche zu beschämten Ausbrüchen von Schluchzen wurden. »Vielleicht solltest du mich hierlassen. Gib mir ein Messer. Ich werde beenden ... beenden, was diese grausamen Dreiblüter begonnen haben.«

Weide stand einen Moment lang wie erstarrt da und sah dem Staubfresser beim Weinen zu.

Scheiß drauf.

Sie griff über das Seitenbrett und legte eine Hand auf sein Gesicht. Die Berührung ließ ihn beschämt hochsehen. Sie verfluchte ihre Hilflosigkeit, kletterte vorsichtig auf den Wagen, ließ sich neben Faulpelz nieder und zog seinen Kopf in ihre Arme. An diesem Morgen war sie aus einem schrecklichen Albtraum erwachte. Faulpelz erwachte gerade *in* einem solchen. Sie hielt ihn fest, während er sich dem Schmerz und dem Verlust hingab. Sie konnte beides nicht einmal ansatzweise nachempfinden, aber sie wusste etwas von der Angst, die er hatte. Angst vor dem, was in einem Leben kommen würde, das zwar gewählt, aber noch lange nicht geplant war.

Die Leben unter den Rotten hatte seinen Preis, einen Preis von Blut und Körper, und selten gab es eine Möglichkeit, die Zahlung zu verweigern. Sie wurde einem entrissen, von gierigen Händen geschnappt, von gefräßigen Zähnen knirschend zermalmt, unersättlich. Ul-wundulas würde mehr von Faulpelz verlangen, würde mehr von ihr verlangen in den kommenden Tagen. Sie würden gezwungen sein, weitere Opfer zu bringen, um zu überleben. In diesem Wissen lag eine kleine, aber mächtige Kraft. Weide war deshalb eine Reiterin, sie war deshalb eine Anführerin, war deshalb am Leben. Die Geteilten Lande formten dich, und oft waren ihre formenden Hände grausam. Aber jede Form, die ihre Berührung überlebte, war besser geeignet, die nächste Liebkosung und die nächste zermalmende Faust zu ertragen. Es spielte keine Rolle, dass dir nicht gefiel, was du geworden warst. Es zählte nur, dass du lebtest. Faulpelz würde nicht mehr ansehnlich sein. Er würde nicht länger ein gefeierter Liebhaber sein. Er war in die Geteilten Lande gekommen, und jetzt hatten sie ihn gefangen. Aber er war nicht bereit für solch harte Wahrheiten. Im Moment sollte er um das trauern, was ihm genommen worden war.

Weide wusste, wie wichtig auch das war.

Der Morgen zog heiß herauf und spiegelte das Temperament der Dorfbewohner wider. Eine hartnäckige Gruppe von mehreren Dutzend Menschen hielt sich um den Wagen des Wagnermeisters auf, als der Befehl zum Aufbruch kam. Glaucio war unter ihnen.

»Ich bin mir nicht sicher, ob wir so weitermachen wollen«, sagte der kahlköpfige Mann und seine Stimme wurde härter, obwohl die Härte sich nicht völlig auf seinem Gesicht widerspiegelte.

»Ich *bin* mir sicher«, antwortete Weide und wandte sich der andersdenkenden Gruppe zu. Sie spürte, wie der Rest der Karawane sie beobachtete, und hörte, wie sich Vollkorns schwere Schritte näherten und hinter ihr zum Stillstand kamen. »Nur noch ein paar Tage, dann sind wir sicher.«

Glaucio begann, unter seiner stählernen Maske zu zögern, aber der Wagnermeister ergriff das Wort. Er war ein älterer, krummbeiniger Kerl aus Anville, hatte wenig von der Welt und viel von Ul-wundulas gesehen, ein Landei durch und durch.

»Elfen dulden keine Unbefugten! Diese rosthäutigen Wilden werden uns niederreiten, aufspießen und den Geiern überlassen, wenn wir einen Fuß auf ihr Land setzen.«

»Wir haben die Erlaubnis, Guarin«, log Weide. »Die Sprossen werden dich beschützen.«

Glaucio fand seine Stimme wieder. »Das wäre im Kastell auch so. Dort wäre es besser für uns, unter den Cavaleros.«

Dies löste in der Gruppe zustimmendes Brummen aus.

Weide sah zu Glaucio. »Was ist aus der Angst vor der Wehrpflicht geworden? Wolltet ihr nicht verhindern, dass eure Frauen zu Kasernenhuren gemacht werden?« Der kleine Mann konnte seinen Blick nur auf den Schmutz richten. Weide deutete nach Nordwesten und sprach zu der Gruppe. »Das Kastell liegt in dieser Richtung. Knapp vierzehn Tage zu Fuß. Ein langer Marsch. Und kein sicherer Weg. Und jetzt lasst uns nicht mehr davon reden. Wir verschwenden nur Tageslicht.«

Guarin spie ihre Worte zurück. »Nicht sicher? Wo waren wir denn sicher? Nicht in Teilsieg! Wir sind jetzt nicht sicher. Und das werden wir auch nie sein, solange wir bei dir sind!«

Die Leute hinter ihm fühlten sich durch seine Kühnheit ermutigt. Weide konnte sehen, wie die Köpfe nickten, als aus der Zustimmung mehr als nur ein Brummen wurde.

»Du hast recht«, sagte sie. »Es ist nirgendwo sicher. Aber ihr, eure Kinder, seid mit der Rotte besser dran als ohne.«

»Das ist nicht wahr!«

Weide drehte sich um, als sie die Stimme einer Frau hörte. Sie gehörte nicht zur Gruppe des Wagnermeisters, sondern stand in der Nähe des Rottenwagens. Es war die Witwe des Gerbers.

Iltis saß bereits auf dem Kutschbock. Er starrte etwas verwirrt auf seine Geliebte hinunter. »Estefania ... was machst du da?«

Die Frau überspielte ihre Angst mit verzweifelter Heftigkeit. »Die Rotte hat uns das angetan!«

»Fania!«, bellte Iltis. Er sah nicht wütend, sondern eher panisch aus.

Verdammt. Weide begriff zu spät, was Iltis ihr anvertraut haben musste.

Er beugte sich vom Kutschbock herunter und versuchte, sie wegzuziehen, aber die Frau riss sich los und entzog sich seinem Zugriff. Estefanias Gesicht war ausgezehrt, fast skelettartig, die verrückten Augen und blitzenden Zähne wirkten übergroß, als sie mit dem Finger auf Augenweide zeigte.

»Die Teufelshunde kommen nur, wenn *sie* in der Nähe ist! Deshalb setzt sie unser Leben auf die Spitzohren! Sie glaubt, dass sie einen Zauber haben, der sie retten wird!«

Fluchend erhob sich Iltis vom Kutschbock und versuchte abzusteigen, um die Tirade seines Bettwärmers zu beenden, wurde aber durch sein verwundetes Bein daran gehindert.

»Sitz still, Iltis«, sagte Weide und hob ruhig eine Hand. Der axtgesichtige Mischling verstummte, aber er setzte sich nicht.

Weide wandte den Blick von der Witwe ab und musterte die Andersdenkenden, während sie sprach.

»Es gibt keine Gefahr, der eine Rotte ausgesetzt ist, die nicht von ihren Mitgliedern geteilt wird. So ist das in den Geteilten Landen. Ihr wisst das. Verrätermonde, Ork-Überfälle, Hungersnöte, Dürren. Wir überleben sie nicht ohne euch, ihr sterbt ohne uns. Diese Hunde sind nicht anders. Das ist ein verdammt furchtbarer Feind, dem wir entkommen wollen, und Hundsfälle ist unsere einzige Chance. Ich kann euch nicht dazu bringen, das zu glauben. Ich kann auch nicht zulassen, dass ihr euer Leben wegwerft. Die Rotte geht nach Norden. Ihr kommt alle mit uns, und nun Schluss damit.«

Aber Guarin war noch nicht fertig. »Ich habe den Bastarden nie einen Eid geschworen. Ich muss mich nicht an einen verdammten Kodex halten. Ich kann gehen, wohin ich will.«

Weide stand kurz davor, die Geduld zu verlieren, und holte tief Luft. »Dann geh deines Weges. Ich hoffe, du schaffst es.«

»Wir haben also deine Erlaubnis?«, fragte Estefania, und ein triumphierendes, furchtsames Lächeln spielte auf ihrem Gesicht. Sie ging ein paar Schritte auf einen berittenen Schlammkopf zu, der ganz in der Nähe auf seinem Keiler saß. Absichtlich nah.

Petro.

Weide schalt sich selbst eine verdammte Närrin. Und sie verfluchte die Witwe, weil sie eine hinterhältige Fotze war. Touro hatte sie gewarnt, ihr gesagt, sie solle nachsehen. Hätte sie nur die Decke zurückgeworfen, um zu sehen, wer darunter lag, hätte sie das verhindern können.

»Petro«, warnte Weide, »nicht.«

Der Schlammkopf wurde bleich, die Lippen vor Angst zusammengepresst, aber Estefania schwang sich hinter ihn, die Hände glitten um ihn herum und umklammerten seine Mitte. Diese besitzergreifende Berührung ließ Petro erstarren.

»Er hat keinen Schwur geleistet«, sagte die Frau schadenfroh über seine Schulter hinweg. »Nichts im Rottenkodex hindert einen Anwärter daran, zu gehen.«

»Solange er weiß, dass er besser nicht zurückkommt«, knurrte Vollkorn.

»Warum sollte er?«, spie Estefania zurück. »Es gibt andere Rotten, die nicht so verflucht sind. Sie sollten euch alle den Rücken kehren.«

»Verdammt noch mal, Frau«, hauchte Iltis.

Estefania schaute ihn endlich an, und Weide war überrascht, echtes Bedauern zu sehen. »Ich hätte dich gebeten, mitzukommen, Iltis, wenn ich daran geglaubt hätte, dass du jemals gehen würdest.« Sie richtete sich im Sattel auf und sah zu den neugierigen Dorfbewohnern. »Ihr solltet alle mit uns kommen. Hier gibt es nichts für euch.«

Weide ignorierte die Reaktionen der Weichlinge. Ihre Blicke waren auf die anderen Schlammköpfe gerichtet. Die meisten erwiderten ihren Blick, einige sahen zu Petro, andere schienen versucht zu sein, alle hatten Angst.

»Entscheidet euch«, sagte sie zu ihnen. »An denen, die gehen, wird keine Rache genommen. Aber ihr sollt wissen, dass ihr nur euer Leben mitnehmen dürft. Alles andere gehört der Rotte. Jeder, der versucht, auf Keilerrücken fortzureiten, wird niedergeschossen.«

Die Geräusche von Armbrüsten, die gespannt wurden, klickten in ihrem Rücken, als die Wahren Bastarde luden. Mit leeren Händen ging Augenweide langsam auf Petro zu. Der nun zitternde Schlammkopf beobachtete sie, Schweiß glänzte auf seiner Oberlippe.

»Das würde sie nicht tun«, zischte Estefania ihm ins Ohr.

Ohne sie anzusehen, blieb Weide neben dem Keiler stehen und richtete sich im Flüsterton an Petro. »Steig ab und verschwinde. Deine Wahl ist getroffen.« Sie sah, wie sich seine Hand in der Mähne des Schweins festklammerte. »Ich hoffe, du versuchst es. Der Bolzen, der dich tötet, wird meiner sein.«

Petro sah krank aus, schwang ein Bein über den Kopf des Keilers und sprang herunter. Er löste die Armbrust von seinem Rücken, schnallte seinen Schwertgürtel ab und ließ die Waffen auf den Boden fallen.

Weide griff nach oben, packte die Witwe des Gerbers am Arm und zerrte sie vom Rücken des Barbaren. Die Frau fluchte und wehrte sich, aber Weide beugte sich dicht an ihr Ohr.

»Mach weiter so und ich gebe dich an Iltis weiter. Er hat zwei Gebiete verloren. Zwei Frauen. Er hat einen Scheißdreck als Glück, dieser Mischling. Ich denke, er ist bereit für eine Abrechnung.«

Estefania erstarrte. Weide stieß sie grob gegen Petro. Der Schlammkopf zuckte zurück, als hätte man ihn mit einem Skorpion beworfen.

Weide zeigte nach Nordwesten. »Ab.«

Sie entfernten sich, zunächst rückwärts, da sie Bolzen in ihrem Rücken fürchteten. Nach ein paar Schritten drehten sie sich um und eilten davon.

»Alle, die mit ihnen gehen wollen, gehen jetzt«, rief Weide und behielt das Paar im Auge, das sich zurückzog und den Streit begonnen hatte. Sie hörte, wie sich die Dorfbewohner in Bewegung setzten.

»Dieses Gespann gehört mir«, sagte Guarin und kletterte auf

seinen Wagen. »Ich nehme es mit. Erschießt mich dafür und seid verdammt.«

Weide ließ ihn ziehen. Guarin trieb seine Maultiere nach Westen, viele andere folgten in ihrem Staub. Ganze Familien zogen mit. Zwei weitere Schlammköpfe, Uidal und Bastião, hatten ihre Waffen fallen lassen und sich der Menge angeschlossen.

Weide beobachtete die Rücken, zählte. Von den einhundertzweiundzwanzig Menschen, die unter dem Schutz der Rotte standen, hatten nur einundvierzig beschlossen, dass sie bei der Rotte sicherer waren. Glaucio fand den Mumm, um ihr im Vorbeigehen in die Augen zu sehen.

»Ich hoffe, ihr schafft es«, sagte Weide zu ihm.

Und meinte es auch so.

29

Das Umbragebirge war in den Geteilten Landen immer eine stumme Warnung gewesen. Es war eine ferne Bedrohung, eine geballte und bereite Faust.

»Ich muss immer an das alte Märchen von der Frau mit den Schlangenhaaren denken«, sagte Vollkorn, als die braunen Gipfel aus dem diffusen Licht des Horizonts auftauchten.

Weide, Schlangenschlupf und Übeltäter brummten alle oder nickten zustimmend.

»Wovon, zum Teufel, sprichst du?«, fragte Iltis.

Auch Blindschleiche hob das, was eigentlich eine Augenbraue hätte sein sollen, doch auf dem haarlosen Mischling befand sich nichts als eine leinenfarbene Hautwulst. Die Kapuze, die eins seiner Markenzeichen war, war gegen die pralle Sonne hochgezogen und schützte sein helles Fleisch.

Vollkorn ritt an der Spitze auf Matschepatsch und sah von einem fragenden Bruder zum anderen. »Ihr zwei kennt diese Geschichte nicht? Aus dem alten Al-Unan, nicht wahr, Weide?«

Sie antwortete mit einem Achselzucken.

Unerschrocken erklärte Vollkorn es Schleich und Iltis. »Sie

war eine Dämonengöttin auf einer Insel und sah schlimmer aus als Matschepatsch ...«

»Siehst du«, warf Schlangenschlupf ein, »eine *Legende*.«

»Hör nicht hin«, sagte Vollkorn zu seinem Keiler und streichelte ihn beruhigend, bevor er zu seiner Geschichte zurückkehrte. »Sie hatte Stoßzähne, ein Ziegenfell und Schuppen. Und Schlangen anstelle von Haaren. Wenn man sie zu lange ansah, wurde man zu Salz. Auf diese Weise tötete sie einen Haufen Krieger, wenn sie ihr zu nahe kamen. Daran muss ich immer denken, wenn ich die Umbras sehe. Schau sie zu lange an, komm ihnen zu nahe ...«

»Würdest du das für uns tun?«, stichelte Iltis. »Weil wir seit Monaten nichts Richtiges mehr gegessen haben, und der Haufen Pökelfleisch, den du abgeben würdest, wäre ein verdammtes Festmahl.«

Das löste leises Gelächter aus, das erste, das seit Langem zu hören war.

Die eingeschworenen Brüder waren vorausgeritten, als sich der Rest der Karawane der Grenze der Sprossen näherte, und hatten den Wagen in der Obhut der Schlammköpfe gelassen. Iltis hatte darauf bestanden, mitzukommen, und Weide hatte es ihm erlaubt, da sie das Bedürfnis verspürte, dass alle Bastarde zusammen ritten. Sie gingen ein Risiko ein, indem sie hierherkamen. Wenn sie für ihr Vergehen sterben sollten, dann lieber als Rotte. Die Schlammköpfe hatten den Befehl, bis zum nächsten Morgen zu warten. Wenn die Bastarde bis dahin nicht zurück waren, sollten sie es riskieren, die Waisen und die übrigen Familien bis in Sichtweite des Kastells zu bringen.

»Wie hieß dieses Ungeheuer noch gleich?«, fragte Weide und grinste ein wenig bei der Erinnerung an die nächtlichen Geschichten im Waisenhaus.

»Die *Gargós*«, antwortete Übeltäter liebevoll.

Schlangenschlupf nickte. »Das ist richtig. Und es *war* Al-Unan, die Insel Kisthedon. Honigwein hat mir den Teil erzählt. Er wusste immer jedes verdammte Detail. Er war nicht einmal mit uns im Waisenhaus aufgewachsen, aber er kannte die Geschichte, und mehr davon, als ich je gehört hatte. Ich schwöre, er muss einiges davon erfunden haben, nur um schlauer zu wirken.«

Die Erwähnung ihres gefallenen Bruders ließ eine Welle der Trauer durch die Rotte gehen, aber in der Stille gab es lächelnde Gesichter voller Zuneigung.

»Also«, schnaufte Vollkorn, »sollen wir sehen, wie nah wir herankommen, bevor wir sterben?«

Daraufhin spornte Weide Schoßbesen an.

Die südliche Grenze des Sprossenlands war nur durch einen dünnen Nebenfluss des Guadal-kabir markiert. Das Wasser schlängelte sich durch Ul-wundulas, verschwand oft unter der Erde und schwoll schließlich zu der mächtigen Weite an, die viele Meilen westlich von Kalbarca vorbeifloss.

Als die Barbaren der Bastarde durch das Flüsschen trabten, das kaum mehr als ein Rinnsal war, wurde Weide urplötzlich das Ausmaß dessen klar, was es bedeutete, einem so flüchtigen Hindernis zu trotzen. Sie rechnete beinahe damit, in dem Moment niedergestreckt zu werden, in dem Schoß' Hufe das andere Ufer berührten. Gemeinsam hielten die Bastarde ihre Keiler an und warteten. Von diesem Moment an waren sie Eindringlinge.

Der warme Wind spielte in ihren Haaren und in den Mähnen der Keiler. Blindschleiches Kapuze zerdrückte und füllte sich abwechselnd, und Vollkorns Bart wurde zu einem Wimpel am Ende seines Kinns.

Keiner von ihnen hatte jemals einen Fuß hierhergesetzt.

»Reitet langsam«, sagte Weide. »Armbrüste über die Schulter geschlungen.«

Nach diesen Worten führte sie die Wahren Bastarde über eine flache, sonnenverbrannte Ebene, die dem Großteil Ul-wundulas so ähnlich war und doch eine schwer fassbare Unbekanntheit in sich trug. Die verstreuten Felsbrocken, die Strauchheide-Flecken, alles hatten sie schon auf unzähligen Patrouillen in identischer Umgebung gesehen und durchquert, aber Weide fühlte sich wie eine Fremde.

Alle Mischlinge hielten Ausschau nach Spähern der Rosthäute, fanden aber nichts. Es hieß, wenn man jemals einen Sprossenkrieger sah, dann war es das Werk der Hitzekrankheit. Es war schwer vorstellbar, dass in der fast flachen Weite irgendetwas sich unbemerkt anschleichen konnte, außer vielleicht eine graubraune Schlange. Dieser Eindruck änderte sich, als sie die Ausläufer des Gebirges erreichten.

Als das Gestrüpp dichter wurde, begannen richtige Bäume in das Gebiet einzudringen. Kork- und Steineichen säumten das ansteigende Land. Langsam und vorsichtig schob sich die Rotte tiefer in die Umarmung der bewaldeten Hügel. Schatten und Hang wechselten sich ab, um die Sonne zu vertreiben.

Jetzt, wo er im Schatten stand, setzte Blindschleiche seine Kapuze ab, und die toten Augen wurden mit der Wachsamkeit des Jägers lebendig. Das Neigen seines Kopfes zeigte, dass er etwas vernommen hatte.

Eine krachende Bewegung links von ihnen lenkte die Aufmerksamkeit der Rotte auf den Gebüschsaum. Drei Rehe stoben heraus und davon. Mehr als eine Hand wanderte zum Riemen der Armbrust, aber Weide zischte, streckte ihre Arme aus und hielt ihre Brüder davon ab, ihre Waffen zu zücken. So verlockend das Fleisch auch war, sie konnten nicht den Zorn der Sprossen riskieren, indem sie deren Wild wilderten.

»Ruhig atmen«, erinnerte Weide ihre Brüder. Sie fing Vollkorns Blick auf und sah, wie sich ein Hauch von Zweifel bildete. Sie deutete mit einem Ruck ihres Kinns auf Übeltäter und wies Vollkorn damit an, ihn im Auge zu behalten, um das Dreiblut von seinen Befürchtungen abzulenken. Der jüngere Reiter hatte trübe Augen und zuckte, er war eindeutig verängstigt. Vollkorn griff nach Übeltäters Handgelenk und hielt die Hand auf, die zum Talwar wandern wollte. Mit einem verlegenen Seufzer legte Übeltäter die Hand wieder in die Mähne seines Schweins und nickte zuversichtlich.

Die Hügel vor ihnen wurden durch hohe Felsen ersetzt und die Pappelhaine wichen Felswänden. Sie waren im Begriff, die bewaldeten Ausläufer des Vorgebirges zu verlassen und in eine Schlucht zu reiten. Weide hob drei Finger, reduzierte sie schnell auf zwei und deutete nach vorne. Die Rotte ritt nicht länger nebeneinander, sondern bildete eine Dreierkolonne, die aus zwei Reihen bestand. Weide, Vollkorn und Iltis führten die Gruppe an, gefolgt von Übeltäter, Schleich und Schlangenschlupf.

»Das gefällt mir nicht«, murmelte Iltis leise in seiner Kehle und sah an den natürlichen Wänden hinauf, die immer höher wurden und immer mehr vom Himmel verschlangen.

Sie ritten in den Hohlweg.

Ein leises Trillern hallte durch die Schlucht. Es war nicht der Klang eines Vogels oder eines Tieres, sondern ein hohles Wogen, das in eindringlichen Rhythmen an- und abschwoll.

»Was, zum Teufel, ist das?«, beschwerte sich Schlangenschlupf.

»Verständigung«, antwortete Blindschleiche.

Iltis warf einen Blick zurück. »Verständigung?«

»Es sind die Sprossen«, stimmte Weide zu. Sie hatte das seltsame Geräusch noch nie gehört, aber Schleich hatte recht, die Elfen erzeugten es irgendwie und benutzten es, um sich miteinander zu verständigen. Die Schlucht war ein natürlicher Kanal, der das zitternde Brummen in einer lebendigen Strömung weiterleitete.

Es folgte ein Gebrüll als Antwort, und die Felswände wurden von den Vibrationen durchdrungen.

Gerade als es so aussah, als würden die Geräusche verstummen, wurden sie wieder lebendig, stiegen aus einem ersterbenden Echo auf und erfüllten die Schlucht erneut mit einem mahlenden Dröhnen. Die Keiler schreckten vor dem Lärm zurück, ihr aufgebrachtes Quieken wurde übertönt. Weide musste Schoß kräftig die Fersen geben, um den Keiler in Bewegung zu setzen. Ihre Rotte hatte die gleichen Schwierigkeiten.

Vollkorn beugte sich vor und schrie ihr fast ins Ohr, um gehört zu werden. »Glaubst du, sie wollen uns abschrecken?«

Weide konnte nur den Kopf schütteln. Sie wusste es nicht und es war ihr egal. Sie waren so weit gekommen. Vorwärts war die einzige Möglichkeit. Wenn die Sprossen wollten, dass sie verschwanden, mussten sie es ihr mit klaren Worten oder einer unverblümten Drohung sagen.

Entschlossen führte sie die Bastarde weiter.

Die Schlucht verbreiterte sich etwas und beherbergte ein großes Becken, das von einem Wasserfall gespeist wurde, der sich über den westlichen Felsen ergoss. Rechts des Wasserfalls verengte sich die Schlucht noch einmal. Eine Bewegung lenkte die Aufmerksamkeit der Rotte auf den Grat.

Dort, zwischen den Wasserfällen und der Schluchtmündung, stand ein einsamer Elf, dessen Arme in wahnsinnig anmutigen Mustern herumwirbelten und in jeder Hand einen Gegenstand drehten, der sich zu schnell bewegte, um gesehen zu werden, und die sägenden Geräusche erzeugte.

Weide gab der Rotte ein Zeichen, in der Nähe des Teichrands anzuhalten. Sie breitete die Arme weit aus und hob die Hände. Ihre Brüder taten das Gleiche. Das fieberhafte Gestikulieren des Elfen ging unvermindert weiter. Das Geräusch der Werkzeuge in seinen Händen wurde immer lauter. Weide konnte spüren, wie es sich in ihre Brust bohrte und ihr Herz zum Flattern brachte. Die Keiler bockten jetzt, fast wie von Sinnen. Die Schlucht begann sich zu drehen, und das verdammte Geräusch brachte Weide aus dem Gleichgewicht. Sie taumelte und sah, wie einer ihrer Reiter versuchte, seine Armbrust zu laden, konnte aber nicht sagen, wer. Es war auch egal. Sie brüllte einen Befehl, er solle aufhören, aber ihre Stimme war in der widerhallenden Schlucht nutzlos.

Weide machte einen Satz direkt aus dem Sattel und tat nicht viel mehr, als auf Übeltäter zu fallen.

Verdammt noch mal. Übeltäter.

Sie schlang ihre Arme um ihn und zerrte sie beide zu Boden. So schwindlig, wie ihnen war, wären sie dort ohnehin gelandet. Iltis war bereits mit schielenden, zusammengekniffenen Augen zusammengebrochen. Ein weiterer Reiter stürzte zu Boden. Schleich? Schlange? Weide konnte keine Einzelheiten erkennen, ihre Sicht war von einem Meer aus Tränen getrübt. Unter ihr begann Übeltäter zu krampfen. Seine Glieder zogen sich zusammen, die Muskeln versteiften sich um die Knochen. Er war starr und schüttelte sich heftig. Weide versuchte ihn festzuhalten, hatte aber kaum noch Kraft. Ihre Glieder fühlten sich ekelhaft schwer an. In der Nähe war auch Iltis betroffen, und zwischen seinen zusammengebissenen Zähnen quoll schaumige Spucke hervor.

Scheißegal. Sie lagen im Sterben. Die Sprossen hatten sie umgebracht. Sie hatte sich geirrt, hatte sie hierhergeführt. Sie suchten Zuflucht vor der Zauberei und sollten nun von der gleichen üblen, unerklärlichen Scheiße umgebracht werden.

Sie versuchte, Himmel und Erde auseinanderzuhalten, und stieß sich ab, um sich hinzusetzen, da wurde sie von einem wild bockenden Keiler getroffen und wieder nach unten geschleudert. Barbaren trampeln nicht gerne auf ihren Reitern herum, aber sie hatten Schmerzen und waren verwirrt. Weide rollte sich zusammen, um ihre Flucht zu überleben, erhielt einen Tritt gegen die Hüfte und wurde überrannt, jedoch nicht schlimm genug, um großen Schaden zu erleiden. Als die Keiler verschwunden waren, rollte sie sich herum und stellte sich auf wackelige Beine.

Einer der anderen war ebenfalls auf den Beinen.

Vollkorn, der Größe nach zu urteilen. Er schwankte, ein hoch aufragender Baum, an dem ein Sturm rüttelte und der darum kämpfte, aufrecht zu bleiben. Er hob etwas an seine Schulter und zielte auf den Kamm. Er würde eine Chance haben, ihre einzige Chance. Aber war es eine Chance, ihr Leben zu retten oder es zu beenden?

Weide stolperte vorwärts und fiel, bevor sie Vollkorn erreichte. Sein Bein war in Reichweite und sie schnappte nach seinem Knöchel. Zog. Der Grobian hätte sich nicht so leicht zu Fall bringen lassen dürfen, aber der überraschende Angriff hatte ihn aus dem Gleichgewicht gebracht. Das Dreiblut fiel durch diesen einen kleinen Ruck um und gab auf.

Der Lärm erreichte eine mörderische Lautstärke. Alle Sinne waren versklavt. Weide war in ein Chaos gehüllt. Sie hörte Schmerz, spürte Geräusche, schmeckte Licht. Ihre verletzten Wahrnehmungen zogen sie beinahe in die Tiefe. Die Leere war da und ihr Geruch wollte sie verschlingen. Aber Weide schwebte an der Oberfläche entlang, denn sie wusste, dass ein Zurückweichen den Angriff auslösen würde. Sie schwebte und wartete. Das Geräusch verblasste, verschwand. Der Geschmack kehrte in ihren Mund zurück, willkommen geheißen mit dem beißenden Aroma von Galle. Feuchter Schotter lag unter ihrer Wange, unter ihren Fingernägeln. Das Geräusch plätschernden Wassers setzte sich durch. Als sie die Augen öffnete, sah Weide die Oberfläche des Teichs, die durch den Wasserfall und ihre eigene verzerrte Sicht schwankte.

Als sie ihren Blick gen Himmel richtete, entdeckte sie den

Elfen auf dem Grat. Er stand eine ganze Weile reglos da und beobachtete sie. Schließlich trat er an die Schaumkrone des Wasserfalls und sprang über die Kante des Felsens. Die Höhe hätte gereicht, um ihn zu verletzen, ja sogar zu töten, aber er zögerte nicht mit dem Sprung. Das Wasser schoss in die Höhe, als der Elf landete, und seine Knie gaben beim Aufprall leicht nach. Er schritt durch den Teich, das Wasser reichte ihm an der tiefsten Stelle bis zur Mitte der Oberschenkel. Weide beobachtete ihn mit einem zu einem Schlitz zusammengekniffenen Auge.

Er trug nichts als enge Hosen und einen Umhang, beides aus Hirschleder. Seine Haut war von der Sonne gefärbt und nussbraun wie die aller Sprossen. Seine breiten Schultern krönten einen kräftigen, unbehaarten Oberkörper, der sich zu einer schmalen Taille verjüngte. Auf dem Kopf trug er langes schwarzes Haar in der traditionellen Haartracht, das an den Seiten der Kopfhaut rasiert war und leicht spitz zulaufende Ohren enthüllte. Schwarze Farbe bedeckte sein halbes Gesicht, von der Nase aufwärts. Die Instrumente in seinen Händen erwiesen sich als ein Paar lackierte Keulen, flach am Griff und scharf abgewinkelt am breiteren Kopf, an dem eine glatte Kugel aus poliertem Stein befestigt war. In die Luft um die Steine mischte sich ein blasses Licht, das, während Weide es beobachtete, zu Sphären verschmolz, die in der Mitte leuchteten, um dann wieder zu verschwinden.

Weide schloss ihr Auge vollständig, als der Elf aus dem Teich trat und sich ihr näherte. Er stand eine Zeit lang tropfend da. Sie hörte seine Schritte zwar nicht, als er sich wieder bewegte, spürte aber, wie sein Schatten kurzzeitig die Sonne verdeckte. Vorsichtig spähend sah sie keine Spur von ihm, spürte aber, dass er über sie hinweggestiegen war. Weide warf einen Blick auf Vollkorn. Er atmete noch. Dem Elfen wäre das nicht entgangen, aber es erklangen keine Geräusche von seinen Keulen, die auf hilflose Schädel einschlugen.

Die Bastarde waren am Leben, und die Sprosse wollte es so.

Weide dankte jedem Gott, von dem sie je gehört hatte und an den sie nicht glaubte. Ihr Bauchgefühl hatte recht gehabt, Honigwein hatte recht gehabt. Es gab eine Chance.

Langsam und verwirrt drehte sie ihren Kopf.

Der Elf stand mit dem Rücken zu ihr. Er war durch die gestürzte Gruppe von Halb-Orks hindurchgegangen und stand nun einfach da. Einen Moment lang herrschte Stille, bevor er die Keule mit dem linken Handgelenk und in einer einzigen Bewegung geschickt drehte und einen zitternden, luftigen Ton erzeugte, der durch den Abgrund schallte.

Ein Signal.

Weide war nah genug dran, um eine Reihe von feinen Löchern zu sehen, die entlang der Waffe eingekerbt waren. Sie hätte lachen können, wenn ihr nicht ein Brechreiz gedroht hätte. Eine verdammte Rosthaut und ein Paar Flötenkeulen, der Untergang der Wahren Bastarde. Der Lehmmaster lachte unter dem Gewicht aller Höllen. Aber scheiß bis in alle Ewigkeit auf ihn, denn sie hatte recht gehabt. Jetzt war es an der Zeit, es zu beweisen.

Weide drückte sich nach oben, wobei sich jede Sehne gegen den Versuch sträubte.

Der Elf drehte sich um.

Scharfe, schräg stehende Augen über markanten Wangenknochen betrachteten sie. Er rührte sich nicht, als sie auf die Knie ging und die zitternden, gespreizten Hände hochhielt. Sie wollte einen Fuß nach vorne setzen, etwas haben, von dem sie abspringen konnte, falls sie sich irrte, aber sie widerstand dem Impuls.

In der Hoffnung, dass Honigwein auf sie herunterlächelte, sprach sie: »*K… Kao'lem.*«

Freund.

Die Sprosse fletschte die Zähne und knurrte leise.

»*Kao'lem*«, wiederholte Weide. »*Mi… mi'hawa thiospa ascút … onáphit.*«

Mein Stamm wünscht sich Sicherheit.

Das Knurren verwandelte sich in ein höhnisches Grinsen. Entweder hatte sie etwas Falsches gesagt oder ihre Bitte war verachtenswert.

Die Sprosse zischte etwas. Weide verstand das meiste zwar nicht, aber sie hörte »Blut« und »Frau«. Die Worte spielten kaum eine Rolle. Der Tonfall des Elfs triefte vor Abscheu.

»Drei von meinen Leuten sind jetzt hier«, fuhr Weide auf Elfisch fort. »Alte und ein Kind. Wir brauchen Hilfe.«

Eine Bewegung an der Mündung des Grabens hinter dem Elfen erregte Weides Aufmerksamkeit. Eine Gruppe von Reitern. Vier weitere Sprossenkrieger auf Hirschen näherten sich mit gesenkten Lanzen dem Teich. Ihre Reittiere bewegten sich geräuschlos, und ihre Geweihe schimmerten in demselben unheimlichen, blassen Licht, das Weide in den Steinen der Keulen des Spähers gesehen hatte.

Einer der Reiter starrte auf Weide herab, sein Gesicht war eine leere Maske hinter weißer Kriegsbemalung, die mit senkrechten schwarzen Linien durchzogen war. Nur die Linien unter seinen Augen waren rot. Sein schwarzes Haar war von Silber durchzogen. »Diese hier steht noch.«

Weide kramte die Bedeutung jedes Wortes aus ihrem schmerzenden Gedächtnis hervor. Sie verstand auch, dass sie nicht an sie gerichtet waren, trotz der Blickrichtung des Sprechers.

»Sie ist die *lya'záta*«, antwortete der erste Krieger. Da war wieder eins dieser hasserfüllten Worte.

Der Reiter sah ihn nun an. »Und hast du Angst vor ihr, N'keesos?«

»Nein.«

»Zeige diesen Mut.«

Der Sprossenkrieger ließ seine Keulen fallen, und ein leiser, klagend klingender Laut ertönte aus jeder Keule, als sie fielen. Weide verkrampfte sich, als der Elf zwei zielstrebige Schritte auf sie zu machte. Sie wollte von ihren Knien aufstehen, diesen Wilden zeigen, dass auch sie sie nicht fürchtete, die Verachtung aus diesem selbstsicheren Spähfalken herauswringen, der ihre Brüder besiegt hatte. All das wollte sie tun. Und sie spürte, dass sie all das von ihr wollten. Die Sprosse blieb vor ihr stehen, Augen und Lippen voller Abscheu nach unten verzogen. Schnell hob sich seine linke Hand. Weide dachte, er wolle sie schlagen, und war auf den Hieb vorbereitet, aber der Elf legte seine Handfläche nur kraftvoll auf ihre Stirn, ließ sie dort einen Moment lang liegen, bevor er sie wegstieß, wodurch sie leicht nach hinten kippte.

Der Krieger namens N'keesos warf dem älteren Reiter, der ihn herausgefordert hatte, einen trotzigen Blick zu und erhielt ein grimmiges Nicken. Er entfernte sich von Weide und ging zum

Rand des Teichs. Sie musste ihren Kopf drehen, um ihn zu beobachten, da sie ihn nicht aus den Augen lassen wollte. N'keesos griff unter seinen Mantel, löste seinen Schwanz, richtete ihn auf die Hand, mit der er sie berührt hatte, und pisste über seine Handfläche. Als sein Strahl aufhörte, schüttelte er seine Hand und ging in die Hocke, um sie im Wasser abzuspülen.

Wut füllte Weides Schädel mit Feuer. Das dachten sie also von ihr, diese hochmütigen Stammesangehörigen? Ihre Empörung drehte ihr den Magen um und ließ ihre Vorsicht schwinden.

Augenweide stand auf.

Der Reiter an der Spitze funkelte sie an. »Du wirst hierbleiben.«

Ohne eine Antwort oder ein Zeichen des Verstehens abzuwarten, wendete er seinen Hirsch und führte seine Mitreiter in die Schlucht. Innerhalb weniger Augenblicke waren sie verschwunden. N'keesos holte seine Keulen und näherte sich der Wand der Schlucht. Mit einem einzigen, unfassbaren Satz erreichte er die Spitze der Klippe. Wieder auf seinem Sitzplatz angekommen, ging er in die Hocke und beobachtete sie.

Weide warf einen blinzelnden, kläglichen Blick in seine Richtung, bevor sie aufstand und ihre gefallenen Brüder untersuchte. Sie waren alle bewusstlos, ausgestreckt, wo sie gelandet waren. Es war eine beunruhigende Zurschaustellung von Verwundbarkeit, die sich Weide niemals hätte vorstellen können. Sie glaubte nicht, dass sie Blindschleiche jemals zuvor mit geschlossenen Augen gesehen hatte. Bei den seltenen Gelegenheiten, bei denen sie die Schlafbaracke betreten hatte, war er immer aufgestanden, als hätte er sie kommen hören und wollte nicht schlafend gesehen werden. Sie bahnte sich einen Weg durch das Durcheinander und tat ihr Bestes, um es den Mischlingen bequem zu machen, indem sie ihre Gliedmaßen löste und einige auf den Rücken rollte. Vollkorn war halb in den Teich gefallen, und ihn aus dem Wasser zu ziehen, erwies sich als die schwierigste Aufgabe. Weide war zwar nicht bewusstlos gewesen, aber sie spürte noch immer die Auswirkungen dieser verdammten Keulen in ihren geschwächten Gliedern.

Nachdem sie ihre Jungs versorgt hatte, untersuchte sie die aufgewühlten Hufspuren der Barbaren und stellte fest, dass sie in die Schlucht geflohen waren, durch die die Rotte in die Kluft gelangt war. Sie ging zur Mündung, in der Hoffnung, einen Blick auf ihre Reittiere zu erhaschen, aber ein sägender Ton von oben warnte sie davor, weiterzusuchen.

Sie sollte also warten.

Weide ging am Teich vorbei zum Wasserfall und trank, wobei sie das kalte, plätschernde Wasser mit den Händen auffing. Da sie sonst nichts zu tun hatte, kehrte sie zu den anderen zurück und setzte sich zu ihnen, wobei sie darauf achtete, dass sie alle weiteratmeten.

Kurz nach Mittag schien die Sonne bereits nicht mehr in die Schlucht. Ein dünner Schattenschleier legte sich über jeden Felsen und jedes Gebüsch. Die Oberfläche des Teichs wurde dunkel und wenig einladend. Und immer noch wartete Weide, beobachtet von oben durch den Spähfalken der Sprossen.

Endlich bewegte sich etwas in der Schlucht, in der die Elfen verschwunden waren. Etwas Schweres näherte sich über die Felsen, schob sich durch das Gestrüpp.

Ein riesiger Keiler tauchte auf, größer als Matschepatsch, einer, den Weide gut kannte:

Riesenpocke.

Der Anblick dieses schwerfälligen Keilers rief immer noch Gefühle der Abscheu hervor. Er hatte einst dem Lehmmaster gedient und seinen Wagen gezogen, aber es war nicht der abscheuliche ehemalige Anführer der Grauen Bastarde, den der Keiler jetzt trug.

Es war Beryl.

Die Halb-Ork-Matrone hatte sich kaum verändert. Wie alle anderen war sie dünner geworden, und sie trug Hirschfelle statt Leinen und grob gesponnenen Stoff. Ihr Gesicht war bestürzt über den Anblick der liegenden Bastarde, während sie Riesenpocke vorwärtstrieb. Weide stand auf, um sie zu begrüßen, wurde aber erwartungsgemäß ignoriert. Beryl stieg ab und ging neben Vollkorn auf die Knie, wobei jede Bewegung von der Sorge um ihren Sohn begleitet wurde.

»Er lebt«, sagte Weide zu ihr.

Jetzt war es Beryl, die dem Sprossenkrieger einen vernichtenden Blick zuwarf.

»Hast du deine Tapferkeit unter Beweis gestellt?«, rief sie nach oben, wobei ihr Elfisch besser war als das von Weide.

Der Elf blieb völlig ruhig.

»Verdammte Eingeschworene der Tapferkeit«, murmelte Beryl und benutzte wieder das raue Hisparthanisch. Schließlich sah sie Augenweide an. »Warum bist du hier, Isabet?«

Die Enttäuschung in diesen Worten, die unverhohlene Herablassung wurmte Weide, und sie biss die Zähne zusammen. »Ich muss Grasmücke sehen. Du kannst alles hören, wenn ich es ihm sage. Es sei denn, er ist tot.«

Letzteres war eine nagende Befürchtung, aber Weide benutzte es als einen Stachel kleinlicher Rache.

Behutsam hob Beryl Vollkorns Kopf an und bettete ihn in ihren Schoß, strich ihm über die Stirn. »Er ist nicht tot.«

»Warum bist du dann gekommen und nicht er?«

»Das Reiten ist jetzt schwierig für ihn.«

Sie wechselten keine Worte mehr und noch weniger Blicke. Es hatte nie viel Zuneigung zwischen ihnen gegeben. Das wenige, das es gegeben hatte, verschwand an dem Tag, an dem Beryl entdeckte, dass Schakal und ihr Sohn Weide heimlich bei der Ausbildung zum Reiter halfen. Sie hatte sogar versucht, Vollkorn zu verbieten, weiterzumachen, als wäre er immer noch ein Kind unter ihrem Dach und nicht ein eingeschworener Bruder mit eigenem Rottennamen, Keiler und Bastard-Tätowierungen. Schlimmer noch, es funktionierte. Vollkorn hatte sich nach der Ermahnung seiner Mutter fast eine Woche lang zurückgezogen. Schakal und Weide machten unbeirrt ohne ihn weiter und sagten nichts, als das Dreiblut schmollend zurückkehrte, um erneut zu helfen. Beryl verzieh ihm diesen Trotz, verzieh Schakal, der immer wie ein zweiter Sohn für sie gewesen war, aber ihre Nachsicht erstreckte sich nie auf Augenweide.

Schließlich begannen die Wahren Bastarde, sich zu rühren. Blindschleiche war der Erste, der vollständig erwachte, Vollkorn der Letzte. Die Mischlinge waren so verwirrt, dass keiner die Kraft hatte, sich über den Anblick von Vollkorn, der auf den Beinen seiner Mutter lag, lustig zu machen. Als das große Dreiblut seine Augen öffnete und das Gesicht über sich sah, streckte er einen riesigen Arm nach oben und zog es nach unten, bis es sein eigenes berührte.

Weide war seit Beryls Ankunft stehen geblieben. Blindschleiche erhob sich und gesellte sich zu ihr, wobei er sich bemühte, gleichmäßige Schritte zu machen.

»Die Keiler?«, fragte er.

Es war Beryl, die antwortete. »Die Sprossen werden sie zusammentreiben.«

Iltis stöhnte, immer noch auf seinem Arsch, und kniff sich in den Nasenrücken. »Warum haben die verdammten Fotzen angegriffen, wenn sie uns Einlass gewähren wollten?«

Beryl spottete. »Das ist ihre Art, euch zu zeigen, dass ihr hier keine Bedrohung darstellt.«

»Gib mir mein Schwein zurück und eine Chance, meine Armbrust zu laden, und wir werden sehen«, sagte Iltis.

»Halt die Klappe«, befahl Weide. »Sie zeigen uns damit, dass sie stark sind. Das müssen sie auch sein, denn wir sind es nicht, sonst wären wir nicht gekommen. Beryl, wir haben noch andere, die an der Grenze warten. Einer ist schwer verwundet. Alle sind hungrig.«

»Die Reiter sind bereits unterwegs«, antwortete Beryl und erlaubte Vollkorn nur widerwillig, sich aufzusetzen. »Sie wussten schon, dass du kommst, bevor du ihr Gebiet betreten hast.«

»Werden die Schlammköpfe und die Kleinen auch so empfangen?«, fragte Vollkorn und rieb sich den Hinterkopf.

Beryl sah Weide an. »Kommt darauf an, wie dumm deine Schlammköpfe sind.«

Weide ignorierte das und wandte sich an die Rotte. »Findet euer Gleichgewicht, Jungs. Zeit zu gehen.«

Vollkorn half Beryl, wieder auf Riesenpocke aufzusitzen, und sie folgten alle dem Keiler, weg vom Teich.

Die Schlucht verengte sich noch einmal, gabelte sich aber bald, und von der ersten Gabelung zweigte ein anderer gewundener Weg ab, der im weiteren Verlauf bergauf zu führen schien. Zur Erleichterung aller mit wackeligen Beinen nahm Beryl den ebeneren Weg. Spärlich bewaldete Täler und sonnenbeschienene Bergsättel säumten den Verlauf der Schlucht, aber die Felswände wichen nie weit zurück. Die Halb-Orks wurden auf Bewegungen aufmerksam, als sie durch einen besonders breiten Abschnitt der Schlucht gingen.

Auf beiden Seiten bewegten sich Elfen innerhalb der Felsen in etwas, das wie Höhlenöffnungen aussah, nur dass die Öffnungen vollkommen dreieckig und in Reihen angeordnet waren. Die höchsten von ihnen näherten sich der Spitze der Felsen in schwindelerregender Höhe. Die untersten befanden sich immer noch doppelt mannshoch über dem Boden, und es waren keine Seile oder Leitern zu sehen. Weide hätte sich vielleicht gefragt, wie die Elfen diese Grotten erreichten, wäre sie nicht Zeugin der übernatürlichen Sprünge des Sprossenkriegers geworden. Doch gerade als sie zu diesem Schluss kam, sah sie zwischen den bewaldeten Rändern der Schlucht gedrungene Hütten mit Holzrahmen und Dächern aus Erdreich. Viele dieser Behausungen wurden von Gärten umrahmt oder waren an kleine, aber blühende Haine geschmiegt. Dunkelhaarige Sprossen, meist Frauen und Kinder, aber auch einige Männer, arbeiteten in den Anpflanzungen, trugen Körbe mit geernteten Früchten oder schnitten frische Reihen in den Boden. Weide wusste einen Scheißdreck über Landwirtschaft, aber sie kannte Ul-wundulas. Die reiche, dunkle Erde, die die Elfen bewirtschafteten, hätte hier nicht existieren dürfen, schon gar nicht so hoch oben in den Umbras.

Keiner der Elfen sah auch nur auf, als die Halb-Orks vorbeikamen.

Sie gingen weiter und passierten eine zweite bewohnte Schlucht, die mit der ersten so gut wie identisch war, bevor Beryl sie einen nächsten Ausläufer hinunterführte. Diese Schlucht wurde schnell zu einem steilen Abstieg und war so schmal, dass Riesenpocke nicht hätte umkehren können, wenn es nötig gewesen wäre. Der Pfad war ein Graben mit tückischen Steinen, auf denen man sich die Knöchel brechen konnte. Während des Abstiegs wurde der Graben immer feuchter und wuchs zu einem schwachen Rinnsal an, als eine Bergquelle unter dem Felsen hervortrat. Bald wurde die Trittsicherheit auf den losen Steinen durch ihre glatte Oberfläche noch mehr herausgefordert. Der absteigende Pfad verbreiterte sich in der Nähe des Grunds und öffnete sich zu einer weiteren Kluft, die von schweren grauen Felswänden umgeben war. Die Quelle suchte sich die tiefste Stelle, sammelte sich in der Kluft, machte die Luft feucht und speiste eine dichte Ansammlung von Ulmen und Pappeln, Schlehen und Myrten.

Beryl führte sie in den Schatten der Bäume und ließ Pocke durch das Gestrüpp laufen, obwohl der Weg gut ausgetreten und erkennbar war. Die Tiefe der Schlucht und die dichten Bäume ließen nur wenig Sonne durch und verliehen der Talenge ein düsteres Aussehen. Am nördlichen Ende der Schlucht stand eine einsame Hütte, abseits des sumpfigen Bodens des Gebirgsteichs und vor dem Hintergrund der quer gestreiften Felsen.

Ein Halb-Ork-Kind lungerte vor der Hütte herum und eilte auf kompakten, stampfenden Beinchen herbei, als es den Keiler und seine Reiterin entdeckte, kam aber unsicher zum Stehen, als es die Rotte bemerkte, die sich dahinter befand. Beryl stieg ab und ging zu ihm, wobei sie es mit einer Hand dicht an ihre Seite zog.

Schlauberger war gewachsen, seit Weide ihn das letzte Mal gesehen hatte. Mischlingskinder neigten dazu, groß zu sein, vor allem Dreiblüter. Er war noch keine vier Jahre alt und reichte Beryl bereits bis zur Taille. Halb hinter ihrem Bein spähte er mit leicht gesenktem Kinn zu den Bastarden. Sein ganzer linker Arm war in eine Art dunklen, glitzernden Verband gewickelt. Am Hals des Jungen hoben sich unter den Laschen einer hirschledernen Tunika ein paar blasse Pusteln von der aschgrauen Haut ab.

Vollkorn machte einen Schritt nach vorne und kniete sich hin. »Da ist ja mein kleiner Bär. Erinnerst du dich an mich?«

Es dauerte einen Moment, aber dann dämmerte die Erkenntnis auf Schlaubergers Gesicht, kurz vor einem Lächeln. Vollkorn schlug seine riesigen Hände zusammen und streckte sie aus, die Geste rief das Kind aus seiner Deckung hervor. Schlauberger stürzte sich in Vollkorns Arme, und seine nicht eingewickelte Hand griff sofort nach dem Bart des lachenden Grobians. Vollkorn tat geräuschvoll so, als würde er auf dem Jungen herumkauen, bevor er eine Reihe von schweineähnlichen Grunzlauten von sich gab. Schlauberger, der von dem buschigen Schnurrbart und den vibrierenden Tierlauten gekitzelt wurde, brach aus vollem Hals in Gelächter aus, das alle Zuseher ansteckte.

Das Lachen erstarb, als Grasmücke aus der Hütte humpelte.

Der Rücken des griesgrämigen alten Dreibluts war immer noch gerade, allein Vollkorn überragte ihn an Größe. Seine permanent blinzelnden Augen waren immer noch scharf, seine Haarmähne immer noch dicht und weiß. Aber sein linkes Bein war auf fast die dreifache Größe seines rechten Beins angeschwollen, und die Hirschlederhose war auf dieser Seite abgeschnitten. Die hässliche Gliedmaße war in die gleiche glänzende Kompresse eingewickelt wie Schlaubergers Arm.

Weide konnte nicht für die anderen sprechen, aber es war nicht Grasmückes Erscheinung, die die kurzlebige Freude auf ihrem Gesicht auslöschte. Es war die Nachricht, die sie überbrachte, die Worte, die sie zu diesem Mischling sprechen musste, der geholfen hatte, die Geteilten Lande zu gewinnen und die Rotten zu gründen; diesem Mischling, der ein flüchtiger Mentor und ein lebenslanger Held gewesen war.

»Häuptling«, sagte Grasmücke mit seinem tiefen, hallenden Brummen und senkte respektvoll das Kinn.

Weides Entschlossenheit zerbröckelte beinahe, als sie diesen Titel von demjenigen hörte, der ihn in einer anderen Zeit hätte tragen können, wenn der Wahnsinn des Lehmmasters ihn nicht um diese Chance gebracht hätte. Sie konnte nicht umhin, sich zu fragen, ob die Nachricht, die sie jetzt überbringen musste, mit dem alten Dreiblut an der Spitze der Rotte hätte vermieden werden können.

»Teilsieg ist gefallen, alter Haudegen.«

30

Kurz vor Einbruch der Dunkelheit wurden die Schlammköpfe und die Dorfbewohner in Begleitung eines einzigen Sprossenspähers nach unten geführt. Die Wagen waren natürlich nicht dabei. Genauso wenig wie Faulpelz.

»Die Sprossen haben ihn mitgenommen«, erklärte Xhreka. »Ich hielt es für das Beste, sie gewähren zu lassen.«

Weide nickte anerkennend und erlaubte dem müden Halbling, Trost zu finden, so gut es ging. In dem sumpfigen kleinen Tal gab es nur eine einzige Hütte, sodass alle außer den Waisen im Freien schlafen mussten. Beryl wollte nicht, dass die Findelkinder die Nacht im Freien verbrachten, und zwängte ihre Schützlinge in die Enge des rechteckigen Domizils. Die Teilsieg-Kinder hatten nicht so viel Glück, aber sie hatten ihre Eltern, Wasser, Nahrung und die Sicherheit der Schluchtwände. Nach den vergangenen Tagen war dies ein willkommenes Paradies für alle.

Die Bastarde waren damit beschäftigt, einen Pferch für die Keiler zu bauen, Feuer zu machen und den Weichlingen zu helfen, einen Schlafplatz zu finden.

Augenweide stand einen Steinwurf von der Hütte entfernt und ebenso weit weg von der Stelle, an der Grasmücke mit der Sprosse sprach. Es war nicht derselbe Elf, der die Bastarde ausgeschaltet hatte. Dieser trug mehr Waffen: einen Bogen in der Hand, einen Köcher, ein Messer an der Seite und ein Paar auf dem Rücken gekreuzte Beile. Das Gespräch war kurz und der Elf wandte sich bald ab, um sich auf den Weg zu machen und den langen Aufstieg aus der Senke zu bewältigen.

Grasmücke humpelte zurück zu Weide.

»Sie kümmern sich um den Nomaden«, berichtete er, »und werden für ihn tun, was sie können.«

Weide konnte nicht anders, als skeptisch zu sein. »Werden sie das?«

»Das werden sie«, brummte Grasmücke. »Komm, setzen wir uns. Ich muss von diesem verdammten Bein runter.«

Weide rief nach Vollkorn.

Grasmücke führte sie um die Rückseite der Hütte herum, wo ein Baumstumpf zum Holzhacken stand, und ließ sich darauf nieder. Er seufzte verärgert und hielt sein schlimmes Bein ausgestreckt. Weide betrachtete die dunklen Verbände genauer. Sie waren aus Fischhäuten gemacht. Wahrscheinlich wäre das nicht das Merkwürdigste, was sie in Hundsfälle sehen würde.

»Hast du große Schmerzen?«, erkundigte sie sich.

Grasmücke winkte ab. »Pfff! Deshalb bin ich doch hier, oder? Setz dich, Häuptling. Du siehst aus, als würdest du gleich zusammenbrechen.«

Er lag gar nicht so falsch. Weide fand einen großen Baumstamm in dem Haufen, stellte ihn auf und ruhte ihren Hintern aus, obwohl sie ihre Beine einsetzen musste, um das Gleichgewicht zu halten. Vollkorn blieb an ihrer Seite stehen.

Grasmücke kicherte düster. »Ich würde dir ja Wein anbieten, aber die Elfen machen keinen. Zumindest keinen, den sie geteilt haben. Wenn du mir vor einem Jahr gesagt hättest, dass ich so lange ohne einen Tropfen auskommen würde, hätte ich es nicht geglaubt. Natürlich ... es gibt vieles, was du mir gesagt hast, das verdammt schwer zu glauben ist.«

In der Stimme des alten Dreibluts lag Sympathie, aber auch Verurteilung.

»Kaum vorstellbar, dass die Orkflecken sich so gegen uns wenden«, fuhr er fort, wobei der Zorn alles andere zu überdecken begann. »Dafür sollte man sie in alle Ewigkeit ficken.«

»Sie haben dafür bezahlt«, sagte Vollkorn.

»Das haben wir auch«, fügte Weide leise hinzu.

Grasmücke runzelte die Stirn. »Ich bin mir immer noch nicht sicher, ob ich genau verstehe, weshalb sie das getan haben.«

»Knolle hat versucht, Vollkorn abzuwerben. Er weigerte sich, mich als Master über eine Rotte anzuerkennen. Ich erinnerte ihn eindringlich daran, dass er mir nichts wegnehmen durfte. Er hegte einen Groll.«

Grasmücke starrte lange auf die Gespenster in der Nähe des Schmutzes, bevor er hochsah und schwer atmete. »Was nun?«

»Das musst du mir sagen, alter Haudegen. Ich habe es riskiert, hierherzukommen. Jetzt, wo wir hier sind und leben, was können wir erwarten?«

Grasmücke hob nachdenklich die Augenbrauen. »Ich habe der Rotte vor meiner Abreise gesagt, dass wir weniger über die Sitten der Sprossen wissen, als wir dachten. Da ich schon so lange bei ihnen lebe, kann ich dir mit Sicherheit sagen, dass ich recht hatte. Ich kann euch auch sagen, dass ich jetzt noch weniger verstehe als an dem Tag, an dem wir angekommen sind. Ich dachte, es würde Zeit brauchen, aber je länger wir bleiben, desto mehr werden wir uns selbst überlassen.«

»Sie vernachlässigen dich?«

»Ja und nein. Wenn es eine Aufgabe zu erledigen gibt, tun sie es.« Grasmücke zeigte mit einem Daumen auf die Hütte. »Die haben sie gebaut. Haben uns geholfen, einen Garten anzulegen. Sie brachten Kleidung, Körbe, Töpfe. Nach ein paar Monaten wurde Beryl krank. Sie kamen mit einem Tee und Umschlägen. Daher weiß ich, dass sie sich um deinen verletzten Nomaden kümmern werden. Es würde mich nicht wundern, wenn sie am Morgen auftauchten und anfingen, Hütten für den Rest von euch zu bauen. Wenn es etwas zu tun gibt, werden sie es tun. Darüber hinaus könnten die meisten von ihnen genauso gut Geister sein. Wir hören sie manchmal dort oben, ihr Lachen und Singen hallt durch die Pässe. Aber ich habe sie noch nie in fröhlicher Runde *gesehen*. Und wurde nie eingeladen, mitzumachen. Wir sind hier unten, sie sind da oben. Für mich ist klar, dass sie es so wollen.«

Weide schnaufte mit einer Resignation, die längst nicht mehr bitter war. Halb-Orks. Immer die Ausgestoßenen.

Sie warf einen Blick auf Grasmückes Bein. »Sieht so aus, als hätten sie zumindest ihr Versprechen gehalten, die Seuche von Schlauberger auf dich zu übertragen.«

»Das ist eine ganz andere Sache, mein Mädchen.«

»Erzähl es uns.«

Es war klar, dass er das nicht wollte, aber er sammelte seine Gedanken mit einem weiteren tiefen Atemzug und gehorchte, wobei er die Worte vorsichtig wählte.

»Ich dachte mir schon, dass es scheiße ist, was auch immer sie tun müssen. Hätte nicht gedacht, dass es so verdammt lange dauern würde. Das verdammte Ding ist lebendig. Es ... wehrt sich. Ich fürchtete, es würde den Jungen nie verlassen. Als es das tat ... war der Schmerz ...« Grasmücke schüttelte seinen eisgrauen Kopf. »Kein Wunder, dass er verrückt geworden ist.«

Weide und Vollkorn wechselten einen Blick. Sie brauchten nicht zu fragen, wen er meinte.

»Als ich Tage später aufwachte, dachte ich: ›Wenigstens ist der Junge davon befreit.‹ Natürlich war er das nicht. Nicht ganz. Und so ist es auch geblieben. Sie versuchen es immer wieder, die Sprossen. Ab und zu holen sie uns ab und bringen uns in eine Hütte, die sie gebaut haben. Der Ausdruck in Schlaubergers Gesicht, wenn er sie jetzt sieht ...«

Grasmückes Stimme war belegt.

»Es ist für uns alle eine Qual, auch für die Elfen. Die Gesänge, die sie vortragen, die heftigen Bewegungen, die man wohl als Tanzen bezeichnen würde, bis man sie gesehen hat, das alles bereitet ihnen Schmerzen. Aber für diesen kleinen Jungen muss es sein ... verdammt, er hat meinen Respekt! Er ist der zäheste Mischling, den ich je gekannt habe, und er ist noch nicht einmal vier.«

Die Tränen liefen über das zerklüftete Gesicht des alten Dreibluts, das sich nicht schämte, ihnen freien Lauf zu lassen.

»Ich habe mir Zeit gelassen, diesen verdrehten, gebrechlichen Zauberer zu töten, der diesen bösen Scheiß in den Minen verbrochen hat. Ich schnitt ihm die Eier ab, fickte seinen Arsch mit einem Messer, jede wilde Grausamkeit, die ich in dem Moment erfinden konnte. Aber das war nicht genug. Wäre er jetzt noch am Leben und genau hier vor uns, könnte ich keine Qualen heraufbeschwören, die geeignet wären, ihn für das bezahlen zu lassen, was er hervorgerufen hat und was Schlauberger jetzt geerbt hat.«

Vollkorn wandte sich ab, schritt weiter von der Hütte weg. Vielleicht wollte er Grasmücke die Demütigung ersparen, Zeuge seines Kummers zu werden. Oder er wollte seinen eigenen nicht preisgeben.

»Es gibt noch einen weiteren Zauberer, der getötet werden muss, bevor diese Rechnung beglichen ist«, bemerkte Weide.

Grasmücke wischte sich über sein Gesicht. »Gibt es etwas Neues von Schakal?«

Weide schüttelte den Kopf.

Grasmücke wurde ganz still.

»Was ist los?«, drängte Weide.

Die Antwort des alten Mischlings war ernst. »Wir werden uns am Ende womöglich wünschen, dass er noch lebt. Schlitzohr, meine ich.«

Daraufhin drehte Vollkorn sich wieder um. »Wovon zur Hölle sprichst du?«

»Von dem hier«, antwortete Grasmücke und deutete auf sein kaputtes Bein. »Die Elfen können es nicht richtig greifen. Als würde man versuchen, einen wilden Barbaren zu reiten, der rasiert und eingefettet wurde. Diese Seuche weigert sich, an Ort und Stelle zu bleiben. Vor ein paar Monaten war ich blind. Das Bein war gesund, aber meine Augen waren von den Pusteln verschlossen. Die Kehle auch. An Beryls Stimme konnte ich erkennen, dass ich ein Graus für die Augen war.« Grasmücke stieß ein raues Lachen aus. »Ich dachte mir schon, dass ich meine Frau nach langen Jahren zurückbekomme, nur um so hässlich und krank zu sein, dass sie meinen Anblick kaum ertragen kann.«

»Selbstmitleid steht dir nicht gut, Grasmücke«, sagte Weide.

Vollkorn schnaubte. »Und Mutter hat mehr Charakterstärke als das.«

»Du hast recht. Ihr beide. Also werde ich mich an unerschütterliche Wahrheiten halten. Die Seuche treibt gerne ihr Unwesen. Wer weiß, was das nächste Mal passiert, wenn sie uns holen kommt. Wofür sie sich entscheiden wird. Ich bin nicht mehr jung. Das ist kein Selbstmitleid, sondern eine nüchterne Tatsache. Und Schlauberger? Er ist zu jung. Verdammt. Keiner von uns beiden kann das noch lange durchhalten. Die Spitzohren geben uns die Pausen, um uns bei Verstand zu halten, und wahrscheinlich, um selbst bei Verstand zu bleiben. Aber es ist ein zermürbender Krieg, den die Seuche gewinnt.«

»Die Sprossen werden Erfolg haben«, versicherte Weide, die bei diesen leeren Worten beinahe eine Grimasse zog.

Grasmücke antwortete mit einem müden Ausatmen. »Ich kannte mal einen Nomaden, der einen Knoten knüpfen konnte, den nur er lösen konnte, so verzwickt war das Ding. Dieser Schlitzohr? Er machte denselben verdammten Trick. Rache ist ein Ding, mein Mädchen. Aber wenn wir diese Waffe aus dem Jungen herausbekommen wollen, sollten wir uns bei unseren ausgerupften Schamhaaren wünschen, dass Jaco den Turbanträger lebend zurückbringt.«

Weide stand auf und ließ den behelfsmäßigen Hocker umkippen. Sie ging zu derselben Stelle wie Vollkorn, wobei ihre Stiefel den Teppich aus Holzspänen verstreuten. Mit dem Rücken zur Hütte hielt sie inne und starrte in die Bäume zu den Klippen, die einen Bogenschuss von den Stämmen entfernt und nichts als eine schwarze Wand im schwindenden Licht waren.

»Es ist mehr als ein Jahr her, alter Haudegen. Es ist an der

Zeit, dass wir uns mit dem Gedanken anfreunden, dass er nicht zurückkommen wird.«

Es war Vollkorn, der antwortete. »Du gibst ihn auf?«

Weide drehte sich um. »Ich gebe alle Pläne auf, die das Warten auf ihn erfordern. Es hätte so viel passieren können, seit er weg ist ... Es ist verdammt sinnlos, darüber nachzudenken.«

Grasmückes Gesicht versteinerte, während seine Augen sich mit Zuneigung füllten. »Ich werde etwas sagen, aber es mag grausam klingen.«

»Nur zu.«

»Welche Wahl hast du? Die Bastarde haben nicht mehr viel. Unsere Heimat ist zerstört, unser Land verlassen, unser Volk größtenteils geflohen. Was von der Rotte übrig geblieben ist, hat sich gerade dem ältesten Furz in ihren Reihen im Exil angeschlossen. Wir wissen nicht, wie lange uns die Sprossen erlauben werden, hierzubleiben. Der Grund, warum sie uns mitnahmen, war die verdammte Seuche. Sie wissen, dass sie das Einzige ist, was die Dickhäuter fürchten. Aber wenn sie es nicht schaffen, sie unter Kontrolle zu bringen, befürchte ich, dass sie die Geduld verlieren und wir nicht länger willkommen sein werden.«

»Sie benutzen uns, wir benutzen sie«, stimmte Weide zu.

»Und so nützlich sind wir auch wieder nicht«, meinte Grasmücke.

»Du sagst also, dass wir keine andere Wahl haben, als zu warten, dass uns aber die Zeit zum Warten davonläuft? Das ist ein echt beschissener Ratschlag, alter Haudegen.«

»Es sind echt beschissene Umstände, Häuptling.«

Die aromatischen Gerüche von Beryls Kochkünsten schwebten auf den Flügeln des Holzrauchs hinter die Hütte und vertrieben den düsteren Meinungsaustausch.

»Sie wird jede Pflanze, die wir haben, ausreißen, um die Kleinen zu füttern«, gluckste Grasmücke.

»Und mich mit allen möglichen Flüchen belegen, weil ich sie in Gefahr bringe.«

Grasmücke machte sich nicht die Mühe, zu widersprechen. Vollkorn legte ihm eine Hand auf die Schulter.

»All das kann bis zum Morgen warten«, sagte Grasmücke schließlich. »Es wäre mehr als töricht, jetzt, nach den Strapazen der letzten Tage, irgendwelche Entscheidungen zu treffen. Ihr beide solltet euch etwas ausruhen.«

Weide zuckte angesichts seiner Rührseligkeit zusammen. »Und im Sonnenlicht wird das alles besser sein?«

»Oder es wird noch viel schlimmer sein«, knurrte das alte Dreiblut, »aber dann hast du wenigstens geschlafen.«

Sie ließen Grasmücke auf seinem Stumpf zurück und gingen zurück zur Vorderseite der Hütte. Weide überlegte, ob sie nach den Waisen sehen sollte, aber Beryl würde sie gut im Griff haben. Außerdem waren die vernichtenden Blicke der Matrone mehr, als sie im Moment ertragen konnte.

Sie schickte Vollkorn los und machte einen kurzen Rundgang durch die Lager, die ihre Jungs errichtet hatten. Trockener, ebener Boden war Mangelware, und so hatten sich die traditionellen Trennungen durchgesetzt. Die Teilsieg-Flüchtlinge scharten sich um ihre Feuer, die Schlammköpfe um ein anderes und die eingeschworenen Brüder um ihr eigenes, das dem Ausgangspunkt am nächsten lag. Die Seilkoppel für die Keiler war ganz in der Nähe, und die Barbaren schnupperten an dem, was von den Feigen übrig geblieben war, die man ihnen gegeben hatte.

Die Bastarde naschten von denselben Früchten, nur etwas weniger genüsslich als die Tiere. Blindschleiche stand, die anderen saßen auf ihren Sätteln oder lehnten mit dem Rücken an einem Baum. Als sie in ihre Mitte trat, bot ihr Schlangenschlupf wortlos eine ganze Feige an. Sie nahm sie, ließ sich neben ihm nieder und zog ihr Messer. Es gab auch etwas Gerstenbrot und getrockneten Fisch.

Die Wahren Bastarde kauten und niemand sagte ein Wort.

Weide hatte nicht bemerkt, wie erschöpft sie war, aber das Sitzen zerstörte diese Ignoranz, ließ ihre Ausdauer in Stücke brechen. Sie legte sich zurück.

Kein Privatquartier. Sie war nur von ihren Brüdern ummauert.

Kein Bett. Der harte Boden war ihre Matratze, und ein Sattel polsterte ihren Kopf.

Keine fiebrigen Visionen durch verdorbene Tränke. Nur der natürliche, unerklärliche Wurf der Würfel, der Träume oder Albträume oder nichts brachte.

Weide seufzte und ließ sich vom Nachtgesang des Canyons einlullen.

Schlaf.

Eine Belohnung.

Gelächter und Sonnenlicht weckten sie auf.

Die Kinder spielten, jagten sich gegenseitig und wichen um Bäume herum aus, wobei sich die Regeln mit jedem fröhlichen Kichern zu ändern schienen. Es sah so aus, als wären alle Waisenkinder und die meisten Teilsieg-Kinder dabei. Das Spiel hatte sich bis zwischen die schlafenden Bastarde ausgeweitet.

Weide hatte keine Wache befohlen. Die Elfen würden sie entweder beschützen oder nicht. Zumindest für eine Nacht gab die Rotte die Vorsicht auf und überließ ihr Schicksal dem Wind. Das Ergebnis war ein tiefer Schlaf auf hartem Boden und das Vergessen aufgrund anhaltender Erschöpfung. Erst eine Schar johlender Kinder, die über ihre schnarchenden Köpfe und ausgestreckten Beine hüpften, konnte sie wecken.

Vollkorn schüttelte die Erstarrung fast augenblicklich ab, stieß ein übertriebenes Brüllen aus, sprang auf und jagte den freudig überraschten Kindern hinterher, wobei sich das Spiel augenblicklich in eine Flucht vor dem gebückten Monster mit ausgestreckten Armen verwandelte.

»Knallkopf«, hauchte Weide grinsend und stützte sich auf ihre Ellbogen, um zu beobachten, wie Vollkorn seiner quiekenden Beute hinterherstampfte.

Ihr gegenüber setzte sich Iltis mit einem müden, aber amüsierten Blinzeln auf. »Muss schön sein.«

»Was?«, fragte Schlangenschlupf, immer noch auf dem Rücken liegend.

»Schon vergessen zu haben«, antwortete Iltis.

»In ihren wachen Stunden vielleicht«, sagte Blindschleiche und stand geschmeidig auf. »Aber viele weinten in der Nacht.«

Iltis verzog sein Axtgesicht. »Danke, Schleich. Das muntert mich auf.«

Übeltäter lachte, beugte sich vor, furzte in seine Hand und machte eine wegwerfende Geste zu Iltis. »Füg das deiner Aufmunterung hinzu.«

Iltis schüttelte nur langsam und resigniert den Kopf, während Schlangenschlupf sich mit einem angewiderten Geräusch von dem beleidigenden Geruch wegrollte.

Vollkorn kehrte mit einem breiten Lächeln zurück. »Das wird ihnen eine Lehre sein.«

»Das jetzt jeden Morgen zu machen?«, wollte Weide wissen. »Ja. Gut gemacht.«

Vollkorn entschuldigte sich nicht. »Ich kann mir Schlimmeres vorstellen, um geweckt zu werden.«

»Ich kann mir etwas Besseres vorstellen«, sagte Iltis und bewegte eine ausgestreckte Hand über seinem Schritt auf und ab.

Weide stand auf, streckte sich und holte ihre Waffen aus ihrem Sattel.

Eine Bewegung im Gebüsch erregte ihre Aufmerksamkeit. Schlauberger war halb versteckt im Gestrüpp, ängstlich und neugierig.

»Suchst du die anderen?«, fragte Übeltäter, und seine Stimme klang hoch und albern und liebenswert. »Sie sind in diese Richtung gegangen.«

Schlauberger wollte in die entgegengesetzte Richtung flüchten, aber Vollkorn schnappte ihn sich, bevor er die Chance dazu hatte.

»Lass uns die anderen suchen«, sagte das Dreiblut und stürmte mit seinem nun strahlenden Passagier los.

Weide ging in Richtung der Hütte.

Blindschleiche lief neben ihr her.

»Hast du etwas auf dem Herzen?«, fragte sie.

»Unsere Abgrenzung hier«, antwortete Schleich. »Sind wir Gefangene?«

Weide blieb stehen, drehte sich um und sah den bleichen Killer an. »Es gibt zwei Dinge, die ich heute Morgen haben möchte, Schleich. Geduld und eine Pinkelpause. Bitte vereitle beides nicht.«

Blindschleiche senkte sein Kinn und folgte ihr nicht, als sie weiterging.

Grasmücke saß vor der Hütte und flickte einen kleinen Stapel Schuhe für die Waisen.

»Jauchegrube?«, erkundigte sich Weide.

Das alte Dreiblut deutete nach links. »In der Nähe des östlichen Randes. Bei so vielen neuen Leuten werden wir eine größere brauchen.«

Weide nickte. »Ich setze die Schlammköpfe darauf an.«

Sie ging in die angegebene Richtung, bahnte sich ihren Weg durch die Bäume und um das schlimmste Schlehdorngestrüpp herum. Der Gebirgsbach bestand aus lauter Pfützen, die hin und wieder durch ein Rinnsal verbunden waren und bis in den Talkessel hinabreichten. Sie hätte sich denken können, dass die Jauchegrube am weitesten vom Frischwasserfluss entfernt war, aber obwohl das Tal klein war, hätte sie noch eine ganze Weile im dichten Bewuchs umherirren können, bis sie den Ort gefunden hätte. Bald jedoch diente der Geruch als Wegweiser. Ein verzurrtes Gerüst war errichtet worden, damit man es sich bequem machen konnte.

Weide war lachhaft dankbar für den rauen Luxus, der ihr das Hocken ersparte.

Auf dem Rückweg schlug sie einen anderen Weg ein, der mehr in der Mitte des Tals verlief, um sich ein besseres Bild von der Landschaft zu machen. Sie hörte immer noch das Echo des Kinderspiels, den Gesang der Vögel und das Summen der Insekten.

Eine schattenhafte Masse fiel ihr durch die Ulmen auf. Als sie näher kam, fand sie die Überreste einer weiteren Elfenhütte. Das irdene Dach war eingefallen, eine der Steinwände eingestürzt, die anderen zerbröckelt. Trotz ihres baufälligen Zustands war sie offensichtlich größer als die, die Grasmücke, Beryl und Schlauberger bewohnten. Eine Gestalt huschte aus dem Schatten des eingestürzten Eingangs und ließ Weide aufschrecken. Ihre Hand griff instinktiv nach ihrem Talwar, erstarrte aber in der leeren Luft.

»Buh!«, rief das kleine Mädchen mit einem Gesicht voller grimmiger Freude. Es war die Tochter des Hufschmieds.

»Ollal«, hauchte Weide und wollte belustigt klingen, erreichte aber nur verärgert. »Was machst du da?«

Das war eine dumme Frage. Weide wusste, was das Kind tat, auch wenn sie sich nicht so gut auf das Fangspiel verstand wie Vollkorn.

Ollal erkannte schnell, dass diese Beute nicht für Spaß zu haben war, und machte sich auf die Suche nach jemandem, der keinen Speerstock im Hintern hatte.

Weide ließ die verfallene Hütte hinter sich und folgte dem Geräusch gurgelnden Wassers. Der Boden senkte sich, und das Laub wich Gestrüpp. Als sie aus dem Dickicht trat, entdeckte sie ein schattiges Becken, in das der Bach von Nordwesten her mündete, um auf der ihr gegenüberliegenden Seite in einer Reihe von kleinen Wasserfällen über einen Felsenhang zu stürzen. Etwa auf halber Höhe des Hangs saß Beryl auf einem stabilen Felsen und beugte sich zu dem größten Wasserfall vor, um Leinen zu schrubben.

Ein Korb mit Kleidern, die darauf warteten, gereinigt zu werden, stand auf einem benachbarten Stein. Die durchnässten Teile, die bereits dem Fleiß der Matrone zum Opfer gefallen waren, lagen rundherum verteilt. Augenweide blieb kurz stehen und überlegte, ob sie sich unbemerkt zurückziehen konnte.

»Wirf mir noch eins rüber, wenn du willst«, rief Beryl, ohne in ihre Richtung zu schauen.

Scheiße. Also keine Chance.

Weide ging um den Rand des Beckens herum, bis sie sich oberhalb des Korbes befand, und machte sich auf den Weg den Abhang hinunter. Auf dem Steinhaufen hockend, hob sie eine Tunika auf und warf sie zu Beryl hinüber. Ein durchnässtes Kleidungsstück wurde zurückgeworfen.

»Leg das irgendwo aus, wo du Platz findest.«

Weide kletterte wieder ein Stück nach oben und ließ die Hose auf einen Felsbuckel klatschen. »Ich gehe besser zurück zur Rotte.«

»Kannst du nicht etwas Zeit erübrigen, um mir zu helfen?«, fragte Beryl, ohne aufzusehen, und schrubbte weiter. »Ist das eine zu niedere Aufgabe für einen Rottenmaster? Oder willst du mir nur aus dem Weg gehen?«

»Ja. Zu beidem.«

Beryl schüttelte den Kopf, während sie das Wasser aus der Tunika wrang.

Weide machte einen weiteren Schritt nach oben. Beryls Stimme hielt sie auf.

»Du denkst, ich bin böse auf dich.«

Das war keine Frage.

»Du denkst, ich sei böse«, wiederholte Beryl, »weil du zu wissen glaubst, was ich denke. Du wusstest es nicht, als du unter meiner Obhut lebtest, Isa. Und du weißt es auch jetzt nicht. Distel hat mir alles erzählt, was passiert ist. Wenn ich diese Frau nicht so gut kennen würde, ihr nicht so vertrauen würde, würde ich sagen, sie ist verrückt. Hunde, die nicht sterben. Mischlingsrotten, die sich gegenseitig umbringen. Aber sie ist nicht verrückt. Und ich vertraue ihr. Nach allem, was ich in diesem Leben gesehen habe: Weißt du, was am schwierigsten an ihrer Geschichte zu glauben ist? Dass bei all dem kein einziges dieser Kinder gestorben ist.«

Beryl wrang die Tunika ein letztes Mal und drehte sich um, um hochzusehen.

»Sie sind *alle* am Leben. Jedes Einzelne, das ich zurückgelassen habe, und noch mehr. Du musst mich für eine abscheuliche Fotze halten, wenn du glaubst, dass ich dir deswegen böse sein würde.«

Weide wurde von der Dankbarkeit in Beryls Stimme erschüttert und wich ihr aus wie einem Schwertstreich. »Das war ich nicht allein. Die Jungs haben sie vor der Gefahr bewahrt. Die Bastarde und die Schlammköpfe.«

Beryl widmete sich wieder ihrer Arbeit. »Nun, sie werden sich für immer die Schuld für diejenigen geben, die sie nicht gerettet haben. Salik ... Schlangenschlupf, er hat sich bei mir wegen Feger entschuldigt. Der Ausdruck auf seinem Gesicht ... schlimmer als die Nachricht. Fast.«

Weide stieß einen kurzen Pfiff aus, und als Beryl hochsah, hielt sie eine offene Hand nach der Tunika ausgestreckt. Beryl warf sie. Weide legte sie aus, kehrte zum Korb zurück und warf ihr das letzte schmutzige Kleidungsstück zu. Erst jetzt wurde ihr bewusst, wie klein diese Kleidungsstücke waren.

»Die gehören alle den Waisenkindern«, sagte sie laut und grinste bei dem Gedanken an eine wilde Horde nackter Kinder, die durch das Gebüsch rannten.

»Am südlichen Ende des Tals gibt es einen Teich, der vom Bach gespeist wird«, erklärte Beryl ihr. »Distel und die Halblingsfrau haben die Kleinen zum Schwimmen hingebracht. Sie hatten ein Bad dringend nötig.«

»Ich habe gerade das Mädchen des Hufschmieds gesehen«, sagte Weide.

»Sie wird sie finden«, antwortete Beryl unbekümmert. »Und ihre Eltern können ihre verdammten Kleider waschen. Ich habe hier genug.«

»Da war auch noch eine andere Hütte. Einsturzgefährdet. Sah aber nicht so alt aus.«

»Die war früher für die Elfenmädchen. Diejenigen, die Schakal und Grasmücke von dem Schlammmann befreit hatten. Sie lebten bereits hier unten, als wir ankamen. Keine von ihnen gehörte zum Stamm der Sprossen, also wurden sie getrennt gehalten, bis ...«

Weide runzelte die Stirn, da ihr die Wandlung in Beryls Stimme nicht gefiel. »Bis was?«

»Bis sie es leid waren, Ignacio zu foltern und ihn schließlich töteten.«

Weide dachte nicht oft an den pockennarbigen Hauptmann der Cavaleros. Er hatte einst die bürgerliche Kavallerie im Kastell befehligt und als Verbündeter der Grauen Bastarde gegolten. Am Ende war er kaum mehr als der Hund des Lehmmasters gewesen. Ein Hund, der seinen eigenen Plan verfolgte, gefangene Elfenfrauen zum Schlammmann zu bringen. Seine letzte Lieferung war tatsächlich befreit worden, aber erst, nachdem sie weiß der Henker was alles durchgemacht hatten, während sie der Gnade des Schlammfressers ausgeliefert waren. Ignacio war es auch, der Beryl und Schlauberger gefangen hielt, während Schlitzohr die Seuche vom Lehmmaster auf Vollkorn zu übertragen versuchte, und ihre Sicherheit bedrohte, um die drei zur Kooperation zu zwingen. Der Plan des Zauberers war durchkreuzt worden, aber wie immer hatte Schlitzohr mit dem kleinen Schlauberger eine Ausweichlösung. Ignacio war vor Schreck geflohen, als die Seuche kam, um den Jungen zu holen, aber Schakal hatte die Sprossen auf seine Spur gebracht.

»Niemand von uns glaubte, dass er weit kommen würde«, sagte Weide.

Beryl räusperte sich. »Und das ist er nicht. Die Sprossen übergaben ihn den Mädchen als eine Art rituelle Vergeltung. Ich war mir sicher, dass er sie alle ermorden und versuchen würde zu fliehen. Aber er war bereits eingeschüchtert, gebrochen. Ich weiß nicht, was die Sprossen mit ihm gemacht hatten, bevor sie ihn hierherbrachten, aber die Frauen, die er einst gefangen genommen hatte, hatten mehr von einer Pferdefliege zu befürchten. Zuerst behandelten sie ihn wie einen Sklaven, dann wie ein verachtenswertes Haustier. Am Ende war er nur noch eine winselnde, wimmernde Hülle, einfältig und mehr geschlagen als gefüttert. Wir erlaubten Schlauberger nie, sich der Hütte zu nähern, aus Angst vor dem, was er sehen könnte. Und dann, eines Tages, waren sie verschwunden. Grasmücke meint, sie hätten sich dem Stamm angeschlossen, aber ich habe nie eine von ihnen in den Schluchten oben gesehen. Wohin sie auch gingen, sie ließen Ignacios Leiche zurück, verwahrlost und verdreckt, direkt vor der Tür. Ich ließ Grasmücke einen Armbrustbolzen in ihn hineinjagen, bevor ich seinen Arsch in ein flaches Loch warf. Ich hoffe, dass du eines Tages dasselbe mit denen tust, die Cissy getötet haben.«

Weide konnte die Bosheit im Angesicht des frischen Schmerzes sehen. Distel, Feger und Cissy waren jahrelang Beryls vertraute Hände gewesen, mehr wie Töchter, als Weide es je gewesen war. Jetzt waren zwei von ihnen tot. Es war ein bitteres Gebräu, das sie schlucken musste.

Sie ließen die Kleidung trocknen und gingen gemeinsam zum Teich, wo sie feststellten, dass die Kinder nicht allein im Wasser spielten. Vollkorn, Übeltäter und Touro standen alle hüfthoch im Teich, jeder mit einem Findelkind auf den Schultern. Die zappelnden Kinder versuchten, sich gegenseitig aus dem Gleichgewicht zu bringen, und ihre hinterhältigen Reittiere führten ihren eigenen Krieg, um das Gleichgewicht ihrer Gegner zu stören. Schnell bildete sich eine Allianz gegen Vollkorn, aber das Dreiblut hätte genauso gut ein Schlossturm sein können, so groß war die Chance der anderen, ihn umzuwerfen. An den Rändern des Teichs hatten sich jubelnde Zuschauer versammelt. Die meisten der Schlammköpfe und ehemaligen Teilsieg-Dorfbewohner feuerten ihre Favoriten an, und Weide konnte hören, wie Wetten abgeschlossen wurden, obwohl es nichts zu verwetten gab. Die anderen Kinder schwammen am Rande des Handgemenges umher, einige in ihre eigenen Spiele vertieft, andere versuchten, den Ausgang des Kampfes mit unaufhörlichen Spritzern zu beeinflussen.

Distel und Xhreka saßen am Ufer, jede hielt ein Findelkind. Einer der Teilsieg-Männer hielt das dritte. Schlauberger saß dicht neben seiner ehemaligen Amme und beobachtete den Wettkampf mit großer Aufmerksamkeit.

»Er darf seine Verbände nicht nass machen«, sagte Beryl, obwohl es mehr ein geäußertes Bedauern als eine Erklärung war.

Weide nickte verständnisvoll. Die Seuche war nicht ansteckend, es sei denn, sie wurde von ihrem Träger entfesselt, aber dieses Wissen war Kindern nur schwer zu vermitteln und reichte oft nicht aus, um die Angst in den Erwachsenen zu mindern. Schlauberger war schon von den anderen Waisen gemieden worden, bevor er Teilsieg überhaupt verlassen hatte, als die Pusteln immer schwerer zu verbergen waren. Diese Ausgrenzung könnte sich wieder verfestigt haben. Weide hoffte, dass die jüngsten Schrecken, die die Findelkinder erlitten hatten, sie gegen unbegründete Ängste gestählt hatten, die durch unansehnliche Blasen an einem Spielkameraden hervorgerufen wurden. Zumindest bei diesem Spiel erlaubten die beiden Frauen ihm nicht mitzumachen.

Es gab nur ein weiteres Kind, das nicht schwamm.

Ollal hatte tatsächlich den Weg zum Teich gefunden, aber ihre Mutter hatte Schwierigkeiten, sie zum Baden zu bewegen. Die angeschlagene Frau hatte es geschafft, dem kleinen Mädchen den Kittel auszuziehen, schien aber kurz darauf auf Widerstand gestoßen zu sein.

Weide trat ihre Stiefel von den Füßen, während sie ihre Brigantine ablegte.

»Verdammt noch mal, Isa«, schimpfte Beryl. »Kannst du einer Herausforderung nicht widerstehen?«

»Ich denke nicht«, antwortete Weide und ließ ihre Hose fallen. »Außerdem brauche auch ich ein verdammtes Bad.« Sie eilte zu dem Kampf zwischen Mutter und Tochter hinüber, bückte sich und zog das kleine Mädchen hoch. Ollal saß auf Weides

Schultern, bevor sie reagieren konnte, und ihre Mutter stieß einen überraschten, amüsierten Laut aus.

»Na schön, du«, sagte Weide zu ihrer Reiterin und watete in den Teich, »dieses Spiel heißt ›Bockender Zentaur‹, und ich war in deinem Alter wirklich gut. Alles, was du tun musst, ist, diese Jungs umzuhauen.«

Das Spiel hieß eigentlich »Pferdedödel ficken«, und Weide hatte es auf trockenem, hartem Boden gespielt, aber Ollal brauchte beides nicht zu wissen.

»Was, wenn sie mich runterschlagen?«, kam die unsichere Antwort.

»Dann wirst du nass. Wenn du also nicht baden willst, musst du darum kämpfen, schmutzig zu bleiben.«

Übeltäter war der Erste, der sie kommen sah, und seine Augen weiteten sich leicht vor Ungläubigkeit.

»Äh ... der Häuptling schließt sich dem Kampf an.«

Bevor die anderen das richtig begreifen konnten, war Weide schon bei ihnen. Die Mischlingsjungen auf den Bastarden ließen sich nicht von ihrem Zögern abhalten und trieben ihre Reittiere auf die frischen Gegnerinnen zu. Weide spürte, wie Ollal vor ihrem Kampfeifer zurückschreckte.

»Schubs zurück!«, ermutigte sie sie und suchte mit dem Fuß unter Wasser nach Touros Fuß. Als sie ihn fand, hakte sie sich an seinem Knöchel ein und gab ihm einen Ruck mit dem Bein. Der Schlammkopf jaulte auf, als er fiel und seinen Reiter mit einem lauten Platschen nach hinten schleuderte.

»Der Häuptling kämpft unfair!«, rief Übeltäter anerkennend aus.

Vollkorn wich langsam zurück. »Wenn du *wüsstest* ...«

Ollal kicherte jetzt, Hände und Arme schnellten nach vorne zu Übeltäters Jungen.

»Ich werde nicht klein beigeben, nur weil du mein Häuptling bist«, sagte Übeltäter mit überheblichem Grinsen.

»Gut«, antwortete Weide. »Dann weiß ich, dass meine Stimme kein Fehler war.«

Übeltäter war sicher auf den Beinen, sein Reiter aggressiver. Ollals ungeschickte Stöße wurden leicht abgewehrt. Übeltäter wusste, dass sein Junge im Vorteil war, und drängte sich vor.

Er besaß sogar die Frechheit, unter Wasser nach Weides Oberschenkel zu greifen und zu versuchen, ihr das Bein wegzuziehen. Sie entkam seinem Griff, wich einen Schritt zurück und watete sofort wieder vorwärts.

»Übeltäter.« Sie zog ihr Hemd am Saum herunter und drückte das durchnässte Leinen fest an sich. »Denkst du immer noch, es wäre wie bei deiner Mutter?«

Seine Augen richteten sich nach unten, fasziniert von dem durchschimmernden Fleisch. Ein Schritt und ein harter Stoß brachten den verwirrten Mischling zu Fall. Er und sein Reiter kamen prustend wieder hoch, beide lachten.

Weide wandte sich an Vollkorn. »Nur du und ich jetzt.«

»Titten funktionieren bei mir nicht, kleine Schwester.«

»Ich habe dich in diesem Spiel geschlagen, bevor ich sie hatte.«

Der Halb-Ork-Junge trommelte auf Vollkorns Kopf. »Lass sie uns angreifen!«

Das Dreiblut grinste und stürmte vorwärts, wobei er mit einem großen, ausladenden Arm eine Flutwelle vor sich herschob.

Weide tänzelte zurück und schleuderte das Wasser mit einem Kopfschütteln aus ihrem Gesicht. Sie ging seitlich wie eine Krabbe nach rechts und zwang Vollkorn, sich zu drehen, wodurch sein Schwung unterbrochen wurde. Sie klatschte auf das Wasser und warf nun selbst Spritzer, wobei das Geräusch ihre Stimme überdeckte. Schnell erzählte sie Ollal den Plan.

Gemeinsam wateten sie auf ihre Gegner zu. Der Junge auf Vollkorns Schultern war größer als Ollal, was noch dadurch verstärkt wurde, dass er auf dem drohend aufragenden Dreiblut saß. Das Mädchen würde sich schwertun, ihn zu erreichen, geschweige denn, ihn hinunterzuschlagen. Was sie erreichen konnte, war Vollkorns Bart.

Ollal packte den tropfenden Wischmopp, sobald sie sich in Griffweite befanden, genau wie Weide es angeordnet hatte. Vollkorn stöhnte überrascht auf und versuchte sich loszureißen, aber die geballten Fäuste des Mädchens gaben nicht nach. Der Mischlingsjunge, der die Notlage seines Reittiers nicht bemerkte, drängte sich fieberhaft an Ollal heran und hätte sie ein Dutzend Mal aus dem Sattel geworfen, hätte sie nicht Halt an dem Bart gehabt. Weide konnte das Gelächter am Ufer sogar über das aufgewühlte Wasser und Vollkorns Gebrüll des Unbehagens hinweg hören. Er versuchte Weide umzudrehen, aber sie wich zurück. Er versuchte, sie von den Füßen zu stoßen, aber sie huschte seinen Schlägen aus, lenkte seine Hände ab.

»Verdammter anhänglicher Fruchtaffe!«, beschwerte sich Vollkorn.

Weide lächelte breit. »Gib deinem Reiter einen Stoß, Großer Bastard, und sie lässt los.«

Vollkorn hielt noch einen Moment durch, bevor er ein »Ach, was soll's« ausstieß, die Schultern zurückwarf und seinen Reiter fallen ließ. Der Junge stieß ein schockiertes Quietschen aus und stürzte mit einem satten Platschen ins Wasser.

Ollals Hände ließen sofort seinen Bart los und stießen in die Luft, was den Jubel der Menge noch verstärkte.

Als das Gelächter und die Pfiffe verstummten, grinste Vollkorn Augenweide an.

»Ich stehe noch, also will ich einen weiteren Kampf«, sagte er.

»Was denkst du, Ollal?«, fragte Weide.

»Ja!«

»Sieht so aus, als bekämst du deine Chance.«

»Lass mich einfach einen neuen Reiter holen.«

Mit einem breiten Lächeln drehte sich Vollkorn um und stürmte zum Ufer. Als Xhreka ihn kommen sah, blieb sie erschrocken stehen.

»Oh nein! Denk nicht mal dran!«

Aber Vollkorn packte nicht den Halbling. Er hob Schlauberger hoch, setzte ihn auf den Sattel seiner muskelbepackten Schultern und ging zurück in die Mitte des Teichs.

»Idris, verdammt!«, schrie Beryl. »Er muss diese Verbände trocken halten!«

»Keine Sorge«, antwortete Vollkorn mit wachsender Zuversicht. »Er wird nicht nass werden.«

Als er sich näherte, nahm das Dreiblut das durchnässte Tuch von seinem Kopf und band es sich um das untere Gesicht, um seinen Bart zu verbergen. Weide brauchte sein Zwinkern nicht zu sehen, um seinen Plan zu durchschauen. Schlauberger durfte nicht nass werden. Und Ollal brauchte immer noch ein Bad. Mit hochgezogenen Augenbrauen willigte Weide ein, Mitverschwörerin zu sein. Sie verringerten den Abstand und taten so, als kämpften sie um ihre Reiter. Sie durften sich nicht zu lange Zeit lassen, sonst würden allein die Spritzer Schlaubergers Verbände durchnässen, und dann würde Beryl sie bei lebendigem Leib häuten. Ollal war ein paar Jahre älter, aber kein Menschenmädchen hatte auch nur annähernd eine Chance gegen ein Dreiblutkleinkind. Ohne die Hilfe ihres Reittiers wurde sie schnell nach hinten geschubst, obwohl Weide dafür sorgte, dass sie nicht zu hart fiel.

Ollal kam lächelnd hoch.

»Gut gekämpft!«, sagte Weide zu ihr und streckte ihr eine Hand hin, um sie an der Oberfläche zu halten.

Schlauberger saß strahlend auf Vollkorn und genoss das Lob vom Ufer her und von den paddelnden Kindern um sie herum.

»Nächstes Mal werden wir ihn kriegen«, sagte Weide.

»Jetzt sofort!«, rief Ollal aus.

Vollkorn war bereits unterwegs, um Schlauberger dorthin zu bringen, wo Beryl und Distel warteten, die beide das Dreiblut mit intensiven Blicken bedachten. Seine Mutter wollte ihn verprügeln. Distel wollte ihn ficken.

Weide sah das Mädchen an und zuckte mit den Achseln. »Sieht aus, als müsste das warten.«

Ollals Enttäuschung währte nur einen Herzschlag lang. Eines der Findelkinder schwamm herbei und spritzte ihr Wasser ins Gesicht, und schon waren die beiden in einem Getümmel aus Kreischen und aufgewühltem Wasser verschwunden.

Lächelnd nutzte Weide den Moment der Ruhe, um sich das Gesicht zu schrubben.

»Häuptling?«

Es war Übeltäters Stimme, und sie klang sehr unsicher. Als sie hochsah, entdeckte sie ihn ein paar Schritte entfernt, näher am Ufer, und er deutete auf etwas.

Ein Sprosse stand am Rande des Sees, einen großen Damhirsch über die Schultern gelegt, den Bogen in der Hand, mit dem er ihn wahrscheinlich erlegt hatte. Nach und nach wurden alle auf ihn aufmerksam, und das Getöse wurde leiser. Diejenigen am Ufer, die dem Elfen am nächsten standen, wichen ein wenig zurück, aber er nahm keine Notiz davon. Er blieb ruhig stehen, wartete und sah Augenweide direkt an.

Da ihr nichts anderes übrig blieb, watete sie ans Ufer und kletterte aus dem Wasser, um sich dem Elfen zu nähern. Es schien derselbe Späher zu sein, der ihre Leute ins Tal geführt hatte. Er musterte sie ruhig, ohne ihr Gesicht aus den Augen zu lassen.

Weide war sich nicht sicher, was die Sprossen von Nacktheit hielten, aber sie fühlte sich nicht gerade wie ein Häuptling, als sie mit nichts als einem triefenden Hemd vor diesem herrischen Spitzohr stand. Das heißt, bis Vollkorn und Übeltäter auftauchten und sie, nur mit Tattoos bekleidet, flankierten. Na ja ... Vollkorn hatte sein Halstuch wieder auf dem Kopf.

Der Elf ließ sich von den schwingenden Lümmeln und der hervorlugenden Muschi nicht beeindrucken.

»Für euch«, sagte er in seiner Sprache.

Weide nahm an, dass er den Damhirsch meinte, obwohl er keinen Hinweis darauf gab.

»Wir danken euch«, antwortete sie in stockendem Elfisch.

Es herrschte eine lange Stille. Niemand bewegte sich.

Weide riskierte einen Schritt nach vorn und griff nach dem Damhirsch. Die Sprosse beugte sich vor, um die Übergabe zu erleichtern. Vollkorn sprang zu Hilfe und Weide erlaubte ihm, das erlegte Tier zu schultern.

Dann sah der Elf sie wieder mit diesem steinernen Blick an.

»Der Kastrierte wird überleben. Noch ein paar Tage, dann bringen wir ihn zu dir.«

Weide ließ die Erleichterung auf ihrem Gesicht erkennen und hoffte, dass er daraus ein weiteres Zeichen ihrer Dankbarkeit las.

Die Sprosse zeigte auf sie. »Morgen werden wir dich holen kommen. Allein.« Er machte auf dem Absatz kehrt und ging davon.

Weide machte Anstalten, ihm zu folgen. »Warte ...«

Sobald sie sich bewegte, wirbelte der Elf mit ausgestrecktem Arm herum. Sein Bogen war gespannt, ein Pfeil zielte unbeweglich auf Weides Auge. Sie hörte Vollkorn fluchen und das Geräusch des Hirsches, der zu Boden fiel. Weide hob die Hände, um ihre Brüder aufzuhalten und dem Elfen zu zeigen, dass sie nicht die Absicht hatte, ihn zu bedrohen.

»Eine Frage«, sagte sie langsam. »Wohin werde ich gehen?«

Sie starrte auf die Pfeilspitze, den Schaft entlang zur Hand und schließlich bis zum Auge. Nichts davon regte sich.

»Um zu sehen, ob du bleiben darfst«, sagte der Elf.

Weide nickte und trat einen Schritt zurück, doch der Elf blieb so angespannt wie seine Bogensehne.

»Sag dem Weißen, er soll von den Bäumen herunterkommen. Ich höre ihn dort. Rieche seine hässliche Waffe.«

Weide runzelte die Stirn und versuchte, die Worte zu entziffern. »Schleich?«

Eine Bewegung zu ihrer Linken ließ Blindschleiche aus dem Gebüsch auftauchen, die geladene Armbrust in den Händen. Verdammt, sie hatte ihn nicht in der Nähe des Teiches gesehen, hatte nicht gewusst, dass er dort war.

Mit einer flüssigen Bewegung senkte der Elf seinen Bogen und ließ die Sehne locker. Er drehte sich noch einmal um und ging fort.

Hinter ihm stieß Übeltäter einen Atemzug aus. »Verdammte Scheiße.«

Weide sah, dass Vollkorn besorgt die Stirn gerunzelt hatte. Sie nickte ihm zu.

Blindschleiche glitt hinüber und gesellte sich zu ihnen, die toten Augen immer noch auf die Stelle gerichtet, wo der Elf mit den Bäumen verschmolz.

»Tja«, sagte Weide zu ihm, »ich habe gepinkelt. Und du hast deine Antwort.«

»Und deine Geduld?«, zischte der kadaverartige Mischling.

Weide schenkte ihm ein aufrichtiges Lächeln. »Wir haben Fleisch, wir wandern nicht durch das Brachland, und ich werde frühestens morgen sterben. Im Moment, Schleich, ist meine Geduld so unerschöpflich wie sie nur sein kann.«

Vollkorn und Übeltäter lachten, als sie Schleich auf den Arm klopfte und zurück in den Teich stapfte.

»Dacia! Du und Incus, ab ins Wasser und schnappt euch ein Mädchen! Es wird Zeit, dass die Frauen einen Kampf austragen!«

31

Weide rief die Wahren Bastarde vor dem ersten Tageslicht zusammen.

»Ich gehe hinauf, um mit den Sprossen zu sprechen«, begann sie schlicht. »Wir sind gekommen, um Schutz zu suchen. Den scheinen wir zu haben. Aber ob das so bleibt ... nun, das wird sich zeigen. Auf jeden Fall brauchen wir ein paar Antworten.«

Es wurde zustimmend genickt.

»Honigwein hat immer gesagt, mein Elfisch sei so schlecht, dass es einen Krieg auslösen würde«, fuhr sie fort und erntete ein paar Lacher. »Es ist also gut möglich, dass ich beleidigend werde. Wenn das passiert und ich nicht zurückkomme, dann reitet nicht mit steifen Lümmeln aus dieser Grube, um Vergeltung zu üben. Habt ihr mich verstanden? *Tut es nicht.* Ich reite allein hinauf, und was auch immer passiert, geht auf meine Kappe. Ihr werdet nicht darauf bestehen, mit mir zu kommen, ihr werdet nicht versuchen, mich zu beschatten. Blindschleiche, verstehst du, worauf ich hinauswill? Wenn das nicht funktioniert, wählt ihr einen neuen Anführer. Mein Vorschlag wäre Vollkorn. Oder irgendjemand, nur nicht Iltis.« Das sorgte für weiteres Gelächter. »Ganz gleich, wer es ist, er muss einen besseren Weg finden und erfolgreich sein, wo ich versagt habe. Verstanden?«

Nur Grasmücke und Übeltäter nickten.

Weide starrte wütend. »Ich muss hören, dass man mir gehorchen wird.«

Es gab mürrische Laute der Zustimmung, aber zwei blieben still.

»Schleich?«

»Du gehst allein«, stimmte er nach einer kurzen Pause zu. »Keine Rache.«

Weide sah den letzten wortkargen Verweigerer scharf an.

Vollkorn machte ein finsteres Gesicht. »Gehört und gehorcht, Häuptling.«

»Wann, glaubst du, werden sie hier sein?«, fragte Schlangenschlupf.

Weide sah zum Anfang des steilen Pfades.

»Genau jetzt.«

Zwei Sprossen kamen zu Fuß in die Schlucht herunter, ohne Licht, um ihre Schritte zu lenken. Genau wie der Späher, der am Vortag den Damhirsch – und die Vorladung – überbracht hatte, doch alle trugen die gleiche Bewaffnung. Sie ging ihnen unbewaffnet entgegen, nur mit den Kataren, in der Hoffnung, dass sie die fremden Klingen als weniger bedrohlich empfinden würden als die vertraute Armbrust und den Talwar. Die Elfen machten keine Anstalten, sie ihr abzunehmen, sondern bedeuteten ihr lediglich, voranzugehen.

Die wohlgenährte Ruhe hatte Augenweide gutgetan, sodass die Wanderung auf dem Pfad eine willkommene Anstrengung war. Unterwegs brach die Morgendämmerung an, der Himmel war wolkenlos, der Tag wurde immer heißer. Adler jagten in der blauen Weite und kreisten über den gefalteten Schluchten der Umbras, die sich vor Augenweide ausbreiteten, als sie und die Sprossen höher kamen.

Oben auf dem Pfad angekommen, wanderten sie den ganzen Vormittag im kühlen Schatten der umliegenden Felsen. Weide stapfte zwischen ihren Begleitern entlang. Sie war fremd in diesen Bergen, aber ihrer Erinnerung nach hätten sie die bewohnten Schluchten mit ihren dreieckigen Höhlenwänden schon längst durchqueren müssen. Doch die Felswände blieben kahl, und es gab weder Anzeichen für Ackerbau noch für Menschen. Es hieß, die Schluchten von Hundsfälle seien ein Rätsel, auf das nur die Sprossen eine Antwort wüssten. Als Weide jetzt durch die Tiefen dieser Schlucht wanderte, glaubte sie, dass dies kein Ammenmärchen war. Die Pfade, die die Elfen nahmen, waren wild und schwer zu finden und verzweigten sich oft.

Sie stiegen jetzt hinauf, ihr Weg war nichts weiter als eine sonnenverbrannte Staubspur, die von steilen Wänden aus losem Gestein unterbrochen wurde. Vor ihnen teilte eine breite Steilwand den Himmel in zwei Hälften. Die Elfen waren gezwungen, hintereinanderzugehen, und nahmen Weide in die Mitte, während sie den Anstieg bewältigten.

»Ich hoffe, ihr habt eure faltigen Rosthautältesten da oben

untergebracht«, murmelte Weide auf Hisparthanisch, während sie den steilen Hang hinaufschritt.

Ihr Führer ließ sich nicht beirren und ging weiter. Weide war nur noch einen Steinwurf vom Gipfel entfernt, als die flinke Sprosse den Aufstieg beendete und aus dem Blickfeld verschwand.

»Muss wohl dringend mal kacken.«

Weide machte den Scherz auf Hisparthanisch, aber sie drehte sich trotzdem um und grinste den Elfen hinter sich an.

Doch sie fand den Weg leer.

Weides Nacken kribbelte. »Oh, verdammt ...«

Sie sprang zur Seite, als ein Pfeil die Stelle traf, an der sie gestanden hatte. Die Felsen, die den Weg säumten, boten nur wenig Deckung. Selbst bäuchlings blieb Weide der Kammlinie ausgesetzt, und der nächste Pfeil sandte einen brennenden Striemen über ihren linken Oberarm, als er das Fleisch streifte. Hier konnte sie nicht bleiben. Die Steilwand war weniger als zwei Dutzend Schritte entfernt. Alles bergauf. Wenn sie auf dem Pfad den Rückzug antrat, blieb sie noch viel länger in Reichweite und verwundbar. Dann eben bergauf. Ihre Angreifer würden es schwer haben, sie zu treffen, wenn sie sich direkt unterhalb ihres felsigen Ausgucks befand und dort geschützt war. Wenn sie sie töten wollten, würde sie sie dafür arbeiten lassen.

Weide schoss vorwärts und sprang nach zwei hüpfenden Schritten zurück auf den Weg. Pfeile klapperten und schepperten um sie herum, zischten an ihren Ohren vorbei. Sie spürte, wie die Splitter der brechenden Schäfte durch ihre Hose stachen. Sie rannte durch einen tödlichen Sturm, wohl wissend, dass jeder Schritt einen Pfeil in ihr Herz lockte, aber die Wut ließ ihre Beine weiterrennen.

Sie warf sich gegen die Klippe und prallte mit Hüfte und Schulter auf die Felswand. Zähneknirschend fand sie ihr Gleichgewicht wieder und rannte weiter, dicht an der Klippe. Stimmen kamen von oben, Rufe zwischen den Bogenschützen, die sich gegenseitig Anweisungen gaben, wo sie entlanglief. Sie waren in Bewegung, aber sie war es auch. Die Klippe war zu ihrer Linken, ein wachsender Abgrund zu ihrer Rechten. Und vor ihr lag ein verdammtes Rätsel.

Ein Elf ließ sich von oben herabfallen und landete beinahe auf ihr. Er richtete sich mit gespanntem Bogen auf, der Pfeil zielte auf sie. Weide wurde nicht langsamer. Der Elf schoss, ohne zu zögern, aber Weide war nah genug, um den Pfeil beiseitezuschlagen, bevor er die Sehne verließ. Mit der anderen Hand zog sie einen Katar, schlug ihn quer über die untere Biegung des Bogens und spaltete ihn in zwei Teile. Der Sprossenkrieger sprang zurück und holte eine Axt hervor. Weide setzte zum Angriff an und rammte ihm ein Knie in die Hüfte, sodass er zusammenklappte und sein Hinterkopf ihrem hämmernden Ellbogen ausgesetzt war. Sie hörte kaum, wie der andere Elf hinter ihr landete. Doch »kaum« reichte gerade noch aus. Als sie sich drehte, sah sie, dass dieser Krieger weiter entfernt war als sein Kamerad und auf sie zielte. Weide duckte sich, riss dem gefallenen Elfen die Axt aus der Hand und schleuderte sie auf den Neuankömmling. Er lenkte die wirbelnde Axt mit einem beeindruckenden Bogenschuss ab. Aber Weide hatte sich sofort auf ihn gestürzt, als die Axt ihre Hand verließ, und so den Abstand verkürzt, während er einen weiteren Pfeil zog und anlegte. Diese Spitzohren waren verdammt flink, und der Pfeil schnellte von der Sehne, bevor Weide in Reichweite war. Sie drehte sich im Laufen und spürte, wie die Pfeilspitze den Muskel zwischen ihrem Hals und ihrer Schulter im Vorbeiflug streifte. Sie stöhnte unter dem beißenden Schmerz und sprang mit beiden Füßen voran auf die Sprosse zu. Ihre Stiefel trafen die Brust des Elfs und beide krachten unsanft auf ihre Schulterblätter. Weide zog schnell die Knie an, stieß ihre Beine nach vorne, wölbte den Rücken und sprang auf die Beine.

Der Elf machte den gleichen Satz und sie standen sich wieder gegenüber.

Der Katar war bereit und Weide schlug mit schnellen, schlangenartigen Hieben nach dem Gesicht der Sprosse, um sie aus dem Gleichgewicht zu bringen. Der Elf tänzelte zurück, und ein Messer mit Geweihgriff erschien in seiner Hand. Weide schlug weiter zu und die Klingen schabten gegeneinander, als er ihre Stöße abwehrte.

Messerkämpfe waren heikle, gefährliche Angelegenheiten, die die Geduld belohnten. Aber Weide hatte keine Zeit. Die Pfeilschwärme von der Anhöhe waren zu zahlreich, als dass sie von nur zwei Elfen stammen konnten. Es würden noch mehr kommen, es sei denn, sie holten Hilfe. So oder so, jeder Moment, den Weide damit verbrachte, sich mit ihm herumzuärgern, machte es wahrscheinlicher, dass er Unterstützung bekam.

Eine Möglichkeit, einen Messerkampf zu beenden, bestand darin, nicht zu kämpfen.

Weide setzte zu einem großen, ausladenden Schnitt auf den Bauch des Elfen an. Er sprang zurück, wie sie gehofft hatte. Augenweide nutzte die neu gewonnene Distanz, drehte sich um und rannte los, wobei sie ihre Ohren offenhielt. Wenn sie Füße hörte, die sie verfolgten, war die List fehlgeschlagen.

Es gab ein scharfes Klappern – ein Messer mit Geweihgriff fiel auf die Steine. Lächelnd drehte sie sich abrupt um und sprang auf die Steilwand zu. Als der Elf sie fliehen sah, wollte er sie erlegen und ließ sein Messer fallen, um schnell den Bogen zu spannen, der in seiner anderen Hand lag. Er war schnell, wurde aber von ihrer plötzlichen Richtungsänderung überrascht. Weide setzte einen Fuß gegen den Felsen und stieß sich ab, wobei sie sich kurz vor der Landung drehte. Die Sprosse wirbelte herum und versuchte, den Bogen rechtzeitig zu spannen. Beinahe gelang es ihm sogar. Der Pfeil sauste unter Weides Arm hindurch, die Befiederung zischte über ihre Rippen. Sie schlug nach unten und ließ die Faustklinge durch den Unterarm der Sprosse gleiten. Er schrie nicht auf, wie es die meisten tun würden, sondern stieß nur ein kurzes Ächzen aus. Als Weide landete, nutzte sie ihren Schwung, um ihn zu Boden zu zerren, und linderte den Schmerz, indem sie ihn mit einem Stiefelabsatz bewusstlos trat.

Auf dem Pfad zeichnete sich die dunkle Schattenlinie der Klippe als Silhouette ab. Weide ließ den Katar aus ihrem Griff fallen, rollte sich ab und griff nach dem Bogen des Elfen. Ein Pfeil schlug dort in die Erde ein, wo sie gerade noch gewesen war. Als sie auf dem Rücken lag und nach oben sah, entdeckte sie einen Sprossenspäher auf dem Kamm, der bereits einen weiteren Pfeil aus seinem Köcher zog. Weide rollte sich zurück, befreite einen Pfeil von ihrem besiegten Feind, spannte ihn, hielt den Bogen quer über ihren Bauch, hob ihn an und ließ die Sehne schnellen.

Die Sprosse schrie auf, der Schaft schlug in ihre Achselhöhle. Der Elf fiel zurück und verschwand hinter der Kante des Bergrückens. Es war kein unmittelbar tödlicher Schuss, aber er würde wahrscheinlich verbluten. Jetzt war nichts mehr zu machen.

Weide stahl den Köcher des gefallenen Elfen, hob den Katar auf, steckte ihn in die Scheide und ging weiter.

Ein Hinterhalt. Ein beschissener Hinterhalt! Die Sprossen hatten ihr Land, ihre Nahrung geopfert, nur damit sie versuchen konnten, sie zu ermorden? Ein Anflug von Angst um die Rotte durchfuhr Augenweide, aber die Vernunft ließ nicht zu, dass er sich festsetzte. Wenn die Sprossen sie alle tot sehen wollten, hätten sie sie bei ihrer Ankunft abschlachten können. Hier ging es um sie. Um sie allein. Die widerwärtige Kreatur, die es wagte, mit ihrem Blut zu leben, das sich mit dem der Orks vermischte.

Sie eilte weiter, kam an eine Stelle, an der die Steilwand von einem engen Hohlweg durchbrochen wurde, und ging hinein. Unsichtbare Vögel zwitscherten in den wenigen Bäumen des Gebirges. Ansonsten war alles still. Weide schritt mit einem Pfeil im Anschlag voran, wachsam und angespannt. Die Schlucht weitete sich und wurde zu einer Wiege, die von den schützenden Ausläufern der fernen Gipfel beschützt und bewacht wurde. Sie schritt über kultiviertes Land. Kleine, unberührte Reihen von Kakibäumen säumten ihren Weg. Dahinter lag eine graubraune Mauer aus Weizen, die sich träge im Wind wiegte. Jeden Moment erwartete sie einen weiteren Angriff und dreißig Sprossenkrieger mit gespannten Bögen aus dem Weizen auftauchen zu sehen.

Der Mann, auf den sie traf, war der Krieger von den Wasserfällen.

N'keesos.

Er stand zwischen den Bäumen, die lackierten Keulen tief an seinen Seiten ausgebreitet, und versperrte Weide den Weg. Die Steine in den Keulen leuchteten zornig im blassblauen Licht.

Augenweide hob ihren Bogen und zog die Sehne an ihr Ohr. »Ich will nicht ...«

Einer der Knüppel schwang ruckartig nach oben und erzeugte ein sägendes Geräusch, das an den Ästen rüttelte, während es zwischen ihnen hindurchkreischte. Weide wurde von der nachhallenden Welle getroffen und beinahe von den Füßen gehoben. Der Bogen wurde ihrem Griff entrissen. Sie knirschte mit den Zähnen, grub ihre betäubten Zehen in die Erde und rutschte eine Handbreit zurück, blieb aber stehen. Die Keulen wirbelten jetzt herum und erzeugten einen stetigen Ansturm von Geräuschen. Sie kamen immer wieder, aber Augenweide auch.

Sie wühlte sich durch die Stimme der Keulen, selbst als sie sich in ihre Knochen, in ihre Eingeweide bohrte. Durch den Druck des Elfenlieds drohte ihr schwarz vor Augen zu werden, aber sie machte noch einen Schritt. Und noch einen.

Die Keulen entluden weiterhin ihren magischen Lärm, aber ihre Kraft konnte sie nicht länger aufhalten. Weide durchbrach die Welle, und die Entladung der Spannung ließ sie vorwärtsstürmen. N'keesos hielt die Keulen an und sprang zurück, weg von Weides Angriff, wobei seine Beine ihn mit großer Geschwindigkeit unnatürlich weit trugen. Sein Rückzug ließ neue Wut in Augenweide aufkeimen.

Brüllend machte sie einen Satz und prallte mitten in der Luft auf den Elfen.

Luft peitschte auf sie ein und sie rangen miteinander. Der Boden versetzte ihnen den ersten entscheidenden Schlag und riss sie auseinander. Weide schlug auf und schlitterte wie ein rollender, ächzender Dreschflegel durch ein Getreidefeld. Als sie zum Stillstand kam, schaffte sie es auf ein Knie, bevor der Elf durch die Halme stürmte. Er hatte bei dem Sturz eine Keule verloren, die andere sauste am Ende seines Arms herunter und schrie schrill auf, während sie auf Weides Schädel zuflog. Sie rollte sich vorwärts, verschränkte ihre Beine um die des Kriegers, verdrehte ihn am Bauch und schleuderte ihn zu Boden. Sie sprang auf ihre Füße und griff nach den Kataren. Ein Schlag in die Rippen ließ sie zur Seite fliegen, bevor sie die Klingen ziehen konnte. Weizen zerkratzte ihr Gesicht, als sie durch das Feld flog und den Rand durchbrach. N'keesos hatte sich erhoben und schlug so schnell zu, dass der Schmerz der Keule sich erst bemerkbar machte, als sie schlitternd auf dem Boden zum Stillstand kam. Sie sah, wie er aus dem Weizen in die Höhe sprang und sich in einem Bogen auf sie herabstürzte.

Weide hüpfte zurück, als er landete, und ihre nackten Füße hinterließen Abdrücke im Erdreich. Sie wich dem schwingenden Knüppel aus, erwischte das Handgelenk, wollte dem Elfen ein Knie in die Eingeweide rammen, wurde aber selbst zu Boden geworfen.

Das Arschloch war schnell. Stark. Das lag nicht nur an den Keulen.

Weide drehte sich und schaffte es, in der Hocke zu landen. Sie nutzte diese Position, um sich auf N'keesos zu stürzen und ihn von den Füßen zu reißen. Sie landete auf ihm und rammte ihren Kopf unter seinen Kiefer. Sie kroch auf seine Brust und drückte ihm mit einem Knie die Kehle zu, während sie mit dem anderen Fuß seinen Waffenarm niederdrückte. Sein anderer Arm schwang nach oben, um sie zu treffen, aber sie fing ihn mit beiden Armen ab und verdrehte den Ellbogen, bis er zu brechen drohte. Der Elf gab trotz des Schmerzes keinen Laut von sich, aber sein entschlossenes Gesicht verzog sich. Jetzt hatte sie ihn, diesen starken Krieger, der ihre Rotte zu Boden geschickt hatte; dieses arrogante Spitzohr, das auf seine Hand gepinkelt hatte, nachdem es sie berührt hatte. Weide grinste.

»Besudle ich dich, Sprosse?«, spottete sie in ihrer eigenen Sprache. »Entehre ich dich? Lasse ich ... dich am Leben?«

N'keesos' Gesicht war geschwollen von dem Druck auf seine Kehle, doch er keuchte eine Antwort heraus. Er sagte etwas auf Elfisch.

Ein weiteres Kriegerpaar erschien, der eine schritt kühn aus dem Weizen, der andere landete von einem unsichtbaren Vorsprung in den Felsen. Beide trugen die gleichen leuchtenden Waffen wie der Elf, der ihr ausgeliefert war. Schräg stehende Augen starrten sie wachsam an. Strenge Gesichter musterten sie, in Stein gemeißelte Verachtung.

Sie hasste sie genauso sehr. Und mehr.

In Hundsfälle gab es keine Hilfe. Nur das Urteil dieses herrschsüchtigen Stammes. Sie öffnete den Mund, um zu sprechen, um zu fluchen, um den Sprossen zu sagen, dass die Bastarde diese verdammten Schluchten verlassen würden, aber die Worte wurden vom Zorn erstickt. Es gab ein knirschendes Geräusch, gefolgt von einem erstickten Schmerzensschrei. Weide ließ N'keesos' zerschmetterten Arm aus ihrem Griff gleiten und stand auf.

Sie nahm die Katare in ihre Hände.

Die Neuankömmlinge stürmten von entgegengesetzten Seiten heran.

Weide ging auf den los, der in der Nähe des Weizenfeldes stand, und war sich nur schwach bewusst, dass sie von einer schneidenden Vibration im Rücken getroffen wurde. Sie zuckte mit den Schultern, die Beine verschlangen die Entfernung. Der Krieger stand jetzt vor ihr und schwang beide Keulen. Weide fing sie mit ihren Klingen ab. Die Energie der Keulen kreischte und zirpte, als sie sich trafen. Mit einem Schwung ihrer Arme drehte Weide die Keulen zur Seite, wirbelte herum und versetzte der Sprosse einen Tritt ins Gesicht.

Da sie wusste, dass der andere auf sie zukommen würde, wirbelte sie herum und führte einen Hieb mit der Keule aus. Die Sprosse lehnte sich nach hinten, rutschte unter dem Schlag auf den Knien hindurch und schlug mit einer Keule seitlich auf Weides Knie. Das Bein knickte ein und zwang sie zu Boden, auf gleiche Höhe mit ihrem Angreifer. Sie griff ihn an und rammte ihm den Armschutz eines Katars gegen den Hals. Kurzzeitig lag sie auf ihm und drückte auf seine Luftröhre, aber seine Keulen schlugen von beiden Seiten in ihre Rippen. Sie taumelte vor Schmerz, was dem Elfen Raum gab, seine Beine hochzuziehen und sie wegzutreten, wobei seine übernatürliche Kraft sie herumschleuderte.

In der Luft drehte sie sich mit den Füßen und landete aufrecht am Rande des Kakipflaumenhains. Die Elfen standen alle wieder, auch N'keesos, dessen gebrochener Arm an seiner Seite baumelte.

Angesichts ihrer Hartnäckigkeit wurde Weides Speichel zu ätzender Säure. Sie wartete nicht auf sie, sondern sprang mitten zwischen sie und griff den Geschwächten zuerst an. Sogar verkrüppelt war er noch schnell, parierte ihre Hiebe mit seiner verbliebenen Keule und wehrte sie perfekt ab. Seine kräftigen Brüder kamen ihm mit dem Gesang ihrer Keulen zu Hilfe.

Drei Feinde. Fünf Waffen, von denen jede bei jedem Schwung unausgewogene Schallwellen ausstieß, die sich mit knochenbrecherischer Kraft entluden, wenn die Schläge richtig trafen. Weide befand sich in einem Sturm, der von allen Seiten angriff, doch sie heulte ihre eigene Wut hinaus. Ein Katar traf einen Elfen mit einem Rückhandschlag quer über die Hüfte, ihre zweite Klinge durchtrennte die kreischende Waffe eines anderen zur Hälfte. Ein Knüppel prallte auf ihre Wange und riss ihren Kopf zur Seite, ein anderer schlug ihr in den Magen. Beide Schläge hätten das Ende für sie bedeuten müssen, aber Weide fand nur Wut, wo normalerweise Schmerz herrschte.

Ein Schnitt über die Brust ließ eine Sprosse taumeln. Die anderen beiden verteilten sich, um etwas Abstand zu gewinnen. Das Trio begann, seine Waffen zu schleudern und die Muster zu weben. Weide, die zwischen den Kriegern gefangen war, wurde schnell von dem Gebrüll eingehüllt.

»Ihr wollt mich töten?!«, schrie sie in den quälenden Sturm. »Worauf wartet ihr noch? BRINGT MICH VERDAMMT NOCH MAL UM!«

Trotzig brüllend, entriss Weide sich dem unsichtbaren Kokon und stürzte sich auf die Sprosse, die noch immer im Besitz beider Keulen war. Der Krieger wich ihrem ersten Hieb aus und schleuderte als Antwort eine Keule in Richtung ihres Gesichts. Weide duckte sich, erreichte die Flanke des Elfen und riss ihm mit einem Sensenhieb die Beine unter dem Körper weg. Verletzt mit einem tiefen Schnitt, zappelte er am Boden.

Die letzte unversehrte Sprosse fiel vom Himmel und schlug mit der zusätzlichen Wucht ihres Sprungs mit der Keule zu. Weide kreuzte ihre Klingen und fing den in den Kopf eingebetteten Stein ab, um den Schlag zu stoppen. Sie sah, wie Bruchlinien auf der glühenden Oberfläche der Kugel erschienen. N'keesos stürmte von der Seite heran. Knurrend ließ Weide einen ihrer Katare fallen und griff nach dem Stein der Keule. Der Elf versuchte, seine Waffe loszureißen, aber Weide hielt dagegen. Und drückte zu. Mit einem letzten Protest zerbarst der Stein in Weides Hand, als N'keesos eintraf. Ein gleißender Blitz. Ein explosiver letzter Ton, als das Lied der Keule einen Todesschrei ausstieß. Ein rasender Ruck der Schwerelosigkeit, als Weide von den Füßen geschleudert wurde.

Sie blieb einen Moment lang benommen liegen, ihre Ohren

klingelten. Als sie aufstand, unterdrückte sie die Flecken in ihren Augen mit heftigem Blinzeln, bis sie wieder sehen konnte. Sie und die Elfen waren alle mehr als einen Bogenschuss weit geschleudert worden.

Weide war die Einzige, die noch stand.

Zwei der Sprossen lagen reglos auf dem Boden und N'keesos versuchte aufzustehen. Weides Zorn wich zähneknirschendem Respekt. Es blieb keine Zeit, um zu sehen, ob er Erfolg haben würde. Die Stimmen der Windgespräche der Sprossen sägten durch die Luft. Am anderen Ende des Tals tauchten berittene Krieger auf. Sogar auf die Entfernung konnte Weide die roten Tränen auf der Kriegsbemalung des Anführers sehen. Sie rannte den Weg zurück, den sie gekommen war, und schnappte sich unterwegs ihren heruntergefallenen Katar. Die Hirsche der Sprossen bewegten sich lautlos, aber sie brauchte ihre Ohren nicht, um zu wissen, dass sie sie verfolgten. Eine geschleuderte Lanze bohrte sich neben ihren Füßen in den Boden, gerade als sie die Kluft erreichte und aus der Schlucht floh.

Als sie wieder den Pfad an dem Abgrund erreichte, hörte sie Rufe von rechts, die sie nach links drängten. Die Jäger kamen näher. Ihre Rufe hallten von hinten und vom Kamm. Es waren bestimmt Späher zu Fuß, die sie von den Höhen aus verfolgten und die Hirschreiter leiteten. Wenn Krieger vor ihr waren, wäre sie zum Kampf gezwungen. Fürs Erste würde sie fliehen.

Eine nach unten führende Abzweigung verlief vom Abgrund weg. Weide zögerte. Schreie und Pfeile von oben fällten die Entscheidung für sie. Hastig folgte sie dem Pfad nach unten, um der Steilwand und der Reichweite der Bogenschützen zu entkommen. Ihr neuer Weg verlief gerade und steil. Weide riskierte einen Sturz, ein gebrochenes Genick, während sie hinunterraste. Schließlich begann sich der Pfad zu schlängeln und fiel immer weiter in die Umarmung der Canyons ab. Farne und Felsen fügten sich ein, versuchten, ihre Flucht zu behindern, aber sie setzte ihre rasante Flucht fort. Der Staub zu ihren Füßen wurde dunkler, während die Schatten immer tiefer wurden. Der Pfad wurde zu Schlamm und dann zum Rinnsal eines schmalen Bachbetts. Weides Stiefel klatschten in den seichten Fluss. Und immer noch konnte sie die jagenden Sprossen hören.

Schließlich gelangte sie in eine kleine Senke. Das Licht nieselte herein, zaghaft und schwach. Die Sonne fürchtete sich zwar vor dem Eindringen, aber ihre Wärme tat es nicht. Vor Weide befand sich ein Höhleneingang in der Felswand. Der Bach mündete dort hinein, ein mageres Getränk für die klaffende Schwärze. Der Eingang dampfte.

Ansonsten war die Senke eine Sackgasse.

Ohne eine Wahl zu haben, eilte Weide in den feuchten Schlund, dessen Kehle sich in die Dunkelheit zurückzog. Ohne eine Lichtquelle folgte Weide dem Rinnsal tiefer hinein. Schon bald verlor sich die Sonne in der Ferne. Weide befand sich auf einem kaum wahrnehmbaren Gefälle. Sie hielt inne, während die scharfen Augen ihrer gemischten Blutlinien der Schwärze spärliche Details entlockten, genug, um sich mit einer Hand an der rauen, feuchten Wand entlangzuhangeln. Das Echo der schwülen Luft verriet ihr, dass die Höhle immer noch so groß war wie die Öffnung, vielleicht war sie gar gewachsen. Sie konnte die gefangene Leere über ihr spüren. Der Klang wanderte, merkte, dass er gefangen war, gab auf und starb.

Es gab auch einen Geruch. Schwach. Er verweilte am Rande ihrer Nasenlöcher und kitzelte sie bei jedem Einatmen. Es war ein unangenehmer, feiner Geruch. Nicht der Gestank verdorbenen Fleisches und auch nicht die widerliche Anstößigkeit frischer Exkremente. Es war der glitschige Gestank von Bettwäsche im Schlafgemach eines alten Menschen. Als Weides Schritte sie endlich wieder ans Licht brachten, war es kein Schlafgemach, das sie betreten hatte, sondern eine riesige Höhle.

Der Boden war ein unebenes Durcheinander aus verstreuten Steinen und erodierten Felsen. Weide stand auf einem niedrigen Punkt, einer rauen, natürlichen Rinne, eingekeilt zwischen dem flachen Abhang, der sie hierhergebracht hatte, und einem steileren Anstieg aus flachen Felsblöcken, der in der entfernten Höhlenwand endete. Eine dreieckige Öffnung, ähnlich denen in den Sprossenschluchten, war in die Felswand geschnitten. Die mit viel Geschick und Sorgfalt geformten, perfekten Kanten waren behauen und hoben sich von dem schattenumhüllten Stein ab. Diese geschnitzte Schwelle war von einem so subtilen, blassen Licht durchdrungen, dass Weide einen Moment brauchte, um zu erkennen, dass sie deshalb sehen konnte. Im Inneren des Dreiecks jedoch herrschte völlige Schwärze.

Die Wand mit der leuchtenden Öffnung war nicht die einzige wahrnehmbare Begrenzung der Höhle. Ein Stück des Daches war knapp oberhalb der Spitze des Dreiecks zu erkennen. Links und rechts spürte sie Wände, vielleicht einen Steinwurf weit ins Schwarze hinein.

Da es keinen anderen erkennbaren Weg gab, beschloss Augenweide, hinaufzuklettern und das leuchtende Portal zu untersuchen. Nur wenige der Felsvorsprünge lagen höher als ihre Taille. Der Aufstieg würde kaum mehr als eine Kletterpartie sein. Sie suchte nach einem Weg, auf dem sie den breiten Vorsprung direkt unter dem Boden der Öffnung am leichtesten erreichen konnte.

Sie machte einen einzigen Schritt und blieb stehen.

In dem Dreieck erschien ein Gesicht, das langsam aus dem undurchdringlichen Schwarz hervortrat, als würde es die Oberfläche von Tinte durchbrechen. Es war das Gesicht einer Frau mit den kantigen Zügen einer Sprosse, doch ihre Haut war blass und schimmerte in demselben Licht wie der Stein, in den es eingefasst war. Das Gesicht glitt weiter nach vorne und enthüllte einen Kopfschmuck aus eisblauen und silbergrünen Federn.

Das Gesicht neigte sich und betrachtete Augenweide von oben, eiskalt und erbarmungslos.

Weide öffnete den Mund und wollte etwas sagen, aber die Worte versiegten auf ihrer Zunge, als das Gesicht weiter aus dem Schatten trat und auf dem gewundenen Körper einer gewaltigen Schlange saß.

32

Starre Augen beobachteten Augenweide, während das Ding sich nach unten bewegte und sein bleicher Bauch hörbar über den Rand der Öffnung glitt. Schaukelnd und schlitternd kam es herunter. Die Entfernung hatte Weide zum Narren gehalten, und nun erkannte sie die wahre Größe dieses Grauens. Das Gesicht war so groß wie ein Wagenrad, die geschlitzten, goldenen Augen so groß wie Weides Faust. Die weißen Schuppen glitzerten, während der Schlangenkörper die Felsvorsprünge hinunterfloss.

Weide schnappte sich die Katare und machte einen Schritt zurück, während ihr die Angst eiskalt den Rücken hinunterlief.

Wenn du wegrennst, stirbst du.

Das Elfengesicht, das das Gefieder wie eine Kapuze trug, war eine unbarmherzige, ernste Maske, die nicht einmal den aggressiven Hunger eines Raubtiers zeigte. Sein Blick häutete Augenweide, machte sie nackt und kalt, löschte jedes Feuer der Entschlossenheit und verstreute ihren Mut im Wind der Hoffnungslosigkeit. Das Gesicht schwebte näher heran, war nun auf Augenhöhe, während der Körper immer noch die Stufen hinunterglitt. Weide hätte spucken und es zwischen die Augen treffen können. Es war so furchtbar nah, dass die Ähnlichkeit mit einer Elfe zum Hohn wurde und nur noch das Monster übrig blieb. Es schwebte um sie herum und schien ihre Unbedeutsamkeit sowohl zu ignorieren als auch zu begutachten. Während sich Hals und Kopf zur Seite drehten und dabei immer weiter aufrichteten, schlich der Körper weiter nach unten, wobei die schweren Windungen den Höhlenboden erreichten, auf dem Augenweide stand.

Verdammt, es hatte sie umzingelt.

Der Kopf der Schlange peitschte nach unten, der Körper zog sich mit heftiger Spannung zusammen. Sie war jetzt nahe genug, um sie zu küssen. Entnervt und schwitzend, bemüht, nicht zu zittern, blieb Weide standhaft. Die Nasenlöcher der dünnen Nase zogen sich zusammen, rochen. Die Augenschlitze verengten sich, das düstere Gold um sie herum füllte sich mit Boshaftigkeit.

Scheiße.

Der Kiefer klappte herunter und enthüllte durchscheinende Zähne. Zwei gebogene Reißzähne ragten aus dem geschwollenen Fleisch am Dach des Mundes, lang wie Talwarklingen. Eine echte Schlange hätte gezischt, aber diese Abscheulichkeit blieb so still wie die Träume einer Leiche.

Weide durchbrach das Schweigen.

»Weißt du ... für eine Fotze siehst du einem Schwanz verdammt ähnlich.«

Sie wich zur Seite aus und spürte den Windstoß, als das Monster zuschlug. Weide stieß einen Katar in das schuppige Fleisch und wollte sich über eine Windung hinwegstürzen, um aus dem lebenden Gehege zu fliehen. Aber der Körper schoss weg, als die Schlange sich bewegte, und schleuderte Weide zur Seite, gerade als ihre Füße den Boden verließen. Sie stürzte, schlug mit der Schulter auf dem Steinboden auf, und der linke Katar entglitt ihrem Griff. Der Kopf kam in einem flachen Angriff wieder auf sie zu, über ihren eigenen Schlangenkörper hinweg.

Verdammt schnell!

Weide wich aus und schaffte es gerade noch, den Reißzähnen zu entgehen. Sie streckte ihre freie Hand aus, schnappte nach den Federn, bekam sie zu fassen und wurde sofort weggeschleudert, als die Schlange zurückwich. Die Kanten der flachen Felsbrocken empfingen sie mit Schmerzen, als sie aufschlug. Sie stand auf. Sie befand sich auf halbem Weg zwischen dem Boden und der Öffnung. Die Schlange hatte sich aufgerichtet, hielt ihren Körper senkrecht über einem dichten Sockel aus Windungen, beobachtete sie und wartete darauf, dass sie sich bewegte, damit sie sich auf sie stürzen und ihr Leben beenden konnte.

Weide gab sich ein Versprechen. Den obszönen Kopf abzuschneiden und mitzuerleben, wie der sich windende Leichnam in seinem Todeskampf Blut in der Höhle verspritzte.

Der Schlangendämon deutete ein weiteres unhörbares Zischen an, als Augenweide die Faustklinge hob. Die Bestie stürzte sich auf sie, ein Blitz mit Schuppen. Weide sprang ihr entgegen und stieß sich mit der ganzen Kraft ihrer Beine ab. Sie prallten so schnell aufeinander, dass keine der beiden die Chance hatte, zuzuschlagen. Der Kopf der Frau rammte gegen Weides Rumpf und kehrte den Schwung um. Der Felsvorsprung prallte gegen ihren Rücken. Stein knackte. Die Schlange erhob sich, aber Weide klammerte sich mit ihrer unbewaffneten Hand an dem Gefieder fest und ritt in die Luft. Während sie am Kopf der Schlange baumelte, hackte sie auf den Hals ein. Milchiges Blut quoll hervor, aber der Hieb war alles andere als tief, abgemildert durch das Um-sich-Schlagen der Schlange. Die Kreatur senkte den Kopf wieder zu Boden und versuchte, Weide abzuschütteln. Diese prallte gegen die Felsen, schabte an ihnen entlang und weigerte sich, loszulassen, aber die Federn in ihrer Hand rissen ab. Die Schlange schlängelte sich um sie herum und versuchte erneut, sie zu umschlingen. Weide durchschnitt die weißen Schuppen und zwang die Kreatur, aus ihrer Reichweite zu fliehen und die Stufen zu erklimmen. Augenweide sprang die Vorsprünge hinauf und setzte ihr nach. Die Kreatur rollte sich oben fest zusammen, den Kopf gegen den geballten Körper zurückgezogen.

Sie schlug zu, als Weide sich ihr näherte, aber diese stach mit dem Katar auf das vorspringende Maul ein. Wieder griff die Schlange an, wieder holte Weide aus, um die Reißzähne abzuwehren, aber es war nur eine Finte der Schlange, die auf halbem Weg zu ihrem Ziel zurückwich. Sie hatte gewollt, dass Weide ausholte und die Deckung öffnete, und nun biss sie gnadenlos zu. Weide schaffte es gerade noch, ihren Arm nach vorn zu reißen und ihr Gesicht zu schützen.

Die Reißzähne schossen vorbei und verfehlten ihr Fleisch. Weide stöhnte unter dem Aufprall, als sich das Maul festklammerte und versuchte, ihren Arm loszureißen, aber die Kiefer hielten sie fest und klemmten ihre Waffe ein. In ihrer Verzweiflung griff Weide mit der bloßen Hand nach den Augen des Miststücks, doch das Monster öffnete sein Maul, ließ Weide los, stieß sie nach vorne und warf sie um. Unter dem Gewicht der Kreatur eingequetscht, stürzte sie die Felsvorsprünge hinunter, geblendet von Schmerz und schuppigem Fleisch. Die Schlange zog sich spiralenförmig in die Länge und wickelte sie ein. Weide fand sich aufrecht wieder, vollständig umschlungen, die Arme eingeklemmt, die Knochen und Lungen zusammengepresst, während sich die Windungen zusammenzogen. Das Gesicht der Frau schwebte über ihr, wieder schlaff und gleichgültig, und bewegte sich leicht zur Seite, während sie den Griff verstärkte.

Die Ränder von Weides Sichtfeld verschwammen und wurden von einem gleißenden Lichtschein überlagert, der durch den Entzug der Atemluft entstand. Dennoch sah sie, wie sich das Maul öffnete, wie der Hals reglos wurde und sich zum Töten sammelte.

»N'AI!«

Die Einschnürung lockerte sich und Weide zog in einem quälenden, ekstatischen Rausch die Luft ein. Das Gesicht sah sie nicht mehr an, sondern über sie hinweg. Weide drehte sich in ihrer Umarmung so weit, dass sie den Hals heben und auf das schauen konnte, was jetzt die Aufmerksamkeit des Monsters auf sich zog.

Eine Elfe tauchte aus der Dunkelheit auf und kam mit flehend erhobenen Händen den Hang herunter.

Sperling.

»N'ai! N'ai! Nagan'ai, Akis'naqam!«

Mit flehenden, auf die Schlange gerichteten Augen sprach sie auf Elfisch – zu schnell und leidenschaftlich, um es zu verstehen. Sie senkte ihre Hände, zog ihre Kleider aus und enthüllte einen hochschwangeren Körper. Entblößt kniete sie vor der Schlange nieder, flehte sie weiter an und deutete mit roher Emotion auf ihren geschwollenen Bauch. Weides Verstand kehrte zurück und sie konnte einige von Sperlings Worten verstehen.

»*Nagan'ai*. Hilf ihr! Sie ist nicht *asily'a kaga arkhu*. Du weißt das! Ich flehe dich an – *Nagan'ai*, wie du es bereits getan hast.«

Das Gesicht schien fasziniert von der Bittstellerin. Es hörte nicht zu, sondern wog ab.

Sperling verstummte, die Hände gefaltet und erhoben. Ihr Gesicht war durchdrungen von Demut und Respekt, aber da war auch ein Funke Herausforderung, ein Mut, der nichts mit einem Schlachtfeld zu tun hatte und deshalb umso stärker war. Weide hatte ihn in ihrem Leben nur ein paar Mal gesehen, meistens in den Gesichtern von Beryl und Distel.

Die Schlange drehte sich wieder zu Augenweide um, schien zu überlegen ...

... und entrollte sich.

Weides Atem kehrte zurück, als der sich zurückziehende Körper der Schlange sie langsam auf der Stelle drehte und zu Boden sinken ließ. Das Monster glitt die Felsen hinauf und kroch zurück in die dreieckige Höhle.

Geschwächt und wund, blieb Weide auf den Steinen sitzen und sah zu, wie das letzte Stück Schlangenschwanz in der Dunkelheit verschwand. Sie erschauderte.

Sperling stand in der Nähe und zog sich an. Ihre Kleidung war von der Reise befleckt. Und von Unyaren entworfen.

»Du warst es also doch, bei Strava«, erklärte Weide.

Es kam keine Antwort. Die Elfe starrte nur.

»Scheiße.« Weide versuchte es auf Elfisch. »Ich habe dich gesehen. Ich dachte, du wärst ein ... unechter Anblick.«

Sperling machte ein paar Schritte und beugte sich über sie, legte eine Hand unter ihr Kinn. Sie öffnete ihren eigenen Mund, so wie eine Mutter es tut, wenn sie möchte, dass ihr Kind sie nachahmt. Weide hatte Angst, dass das Schlangenwesen sie irgendwie vergiftet hatte, und gehorchte.

Sperling spuckte ihr geradewegs in den Mund.

Geschockt und empört versuchte Weide sich zu wehren, war aber zu schwach, um mehr zu tun, als zu wackeln. Sperling zwang sie, ihren Mund zu schließen, und bedeutete ihr theatralisch, zu schlucken.

Stirnrunzelnd tat Weide, wie ihr geheißen.

Sperling ließ sie los, trat ein paar Schritte zurück und ging in die Hocke.

Weide machte ein Geräusch und spuckte zur Seite. »Was zur Hölle?«

»Du bist die Sprache der Grobiane los«, antwortete Sperling.

Weide hatte keine Ahnung, was das bedeutete, aber zumindest reagierte die Elfe.

»Was um alles in der Welt war das für ein Ding?«

»Akis'naqam ist eine Beschützerin meines Volks. Die Letzte, die uns geblieben ist.«

»Ich würde sagen, ihr habt genug Krieger, die dieser Aufgabe gewachsen sind«, spottete Weide.

»Selbst die Tapfersten von ihnen können nicht über den Ork-Dreck triumphieren.«

Weide lachte bitter auf. »Ork-Dreck. Beruhigend zu wissen, dass dein Volk mich genauso verabscheut wie die Dickhäuter.«

»Du verstehst das falsch.«

»Nicht so sehr, wie du glaubst, Spitzohr! Dein verdammter Stamm hat mich hierhergetrieben. Dieser N'keesos hatte etwas Stolz und wollte mich selbst töten. Aber ich bin keine Närrin! Als er versagte, drängten mich die anderen in diese verdammte

Höhle. Rosthäute sind nicht dafür bekannt, ihr Ziel zu verfehlen oder ihre Beute entkommen zu lassen.«

Sperlings Gesicht zeigte Bedauern. »Letztes Geisterlied hat sich verschworen, euch hierherzubringen, ja. Seine tapferen Krieger kamen vor euren wahren Führern an. Das war nicht der Wille der Sitzenden Jugend.«

Weide vergrub ihr Gesicht in ihren Händen. »Oh, *jetzt* verstehe ich alles.«

»Du machst dich lustig.«

Weide konnte nur ein zweites humorloses Lachen in ihre Handflächen ausstoßen.

»Warum bist du nach Hundsfälle gekommen?«, fragte Sperling.

»Meine Rotte brauchte Hilfe«, sagte Weide und hob den Kopf. »Wir wurden aus unserem Land vertrieben von einem ...«, sie fürchtete, beim Nennen des Namens zu versagen, aber es fiel ihr unerwartet leicht: *»Asily'a kaga arkhu.«*

Verblüfft und überrumpelt stutzte sie. Als sie versuchte, sich die Worte ins Gedächtnis zu rufen, erinnerte sie sich nicht nur, sondern sprach sie auch mühelos aus. Jetzt fiel es ihr auf – die ganze Zeit über hatte sie mit Sperling auf Elfisch gesprochen und hatte weder Schwierigkeiten selbst zu sprechen noch sie zu verstehen.

Weide öffnete leicht den Mund und hob eine Hand an die Lippen: *Du bist die Sprache der Grobiane los.*

»Was, zum Teufel, hast du mit mir gemacht?«, flüsterte Weide auf Hisparthanisch, um sicherzugehen, dass sie es noch konnte.

»Es wird so lange anhalten, wie ich in der Nähe bin«, antwortete Sperling in der Sprache der Sprossen. »Es gibt viel zu sagen, das schwer zu verstehen sein wird. Dein grobes Elfisch war ein Hindernis.«

»Verdammte Zauberei«, schimpfte Weide.

»Deshalb bist du hierhergekommen.«

»Um zu lernen, wie man sie bekämpft! Wie man diesen riesigen Dickhäuter tötet, der nahezu unbesiegbare Teufelsbiester befehligt. Aber jetzt erkenne ich, dass es richtig gewesen wäre, nicht herzukommen.«

»Wurde keine Hilfe geleistet?« Die Frage klang vorwurfsvoll.

»Wenn uns in eine Schlucht zu verbannen und uns zu verbieten, sie zu verlassen, die Vorstellung der Sprossen von *hilfreich* ist! Was den Versuch angeht, mich zu töten, würde ich sagen, das ist ein langer Ritt in die andere Richtung.«

Sperling sah sie finster an. »Letztes Geisterlied und seine Krieger haben sich unserem Rat widersetzt. Das war unklug. Die Angst hat sie zu Torheit verleitet.«

»Letztes Geisterlied. Ist das der Reiter mit den roten Streifen unter den Augen? Er hat sich nicht gerade in die Hosen geschissen, als er mich sah.«

»Der Weg unserer Krieger verlangt, dass sie sich ihren Ängsten stellen, anstatt ihnen zu erlauben, sich zu entfalten.«

Weide dachte wieder an die Art und Weise, wie N'keesos – dessen Name in ihrem Kopf jetzt *Blutkrähe* bedeutete – sie an den Wasserfällen berührt hatte.

»Warum haben sie Angst vor mir?«

»Fleischgewordener Ruin.«

»Er wird uns nicht hierher folgen«, betonte Weide, obwohl sie mit mehr Überzeugung sprach, als sie wirklich besaß. »Und wenn er es tut, haben deine Leute die Kraft, ihn zu bekämpfen. Wir haben sie nicht! Es gab keine andere Wahl.«

»Es ist nicht er, den sie fürchten. Du bist es.«

Weide machte eine beschwichtigende Geste mit ihrer Hand. »Wir müssen diesen Mist schneller schaufeln, Elfenmädchen. Ich sitze hier nur herum, weil ich gerade überlebt habe, von einer gefiederten Schlange mit dem Gesicht einer alten Hure zerquetscht zu werden, und meine Beine fühlen sich an wie zwei schlaffe Lümmel. Und ich weiß nicht, was mich erwartet, wenn ich diese Höhle verlasse, also gebe ich mich damit zufrieden, ein oder zwei Augenblicke zu faulenzen. Aber ich muss zurück zu meiner Rotte, bevor sie etwas Dummes anstellt, also musst du anfangen zu erklären.«

Sperling nickte, nur einmal. »Wahrscheinlich interessiert dich der lange, todbringende Konflikt zwischen meinem Volk und den Orks nicht. Wir selbst haben das meiste von dieser Vergangenheit verloren. Es genügt zu sagen, dass die alten Elfen für unbestimmte Zeit in einem großen Waldgebiet lebten. Die Magie, die uns geblieben ist, stammt aus dieser Zeit und ist größtenteils ein Relikt, von dem wir nicht mehr wissen, wie wir es einsetzen können. Wenn die Geschichten, die wir als Kinder hörten, wahr sind, haben unsere Vorfahren Wunder vollbracht und in großem Wohlstand gelebt. Die Orks haben das zerstört.«

Es entstand eine Pause, und als die Elfe das nächste Mal sprach, klangen ihre Worte wie aufgesagt.

»Von irgendwo aus den dampfenden Dschungeln von Dhar'gest kamen sie, gezeugt im Zorn, ohne Wunsch oder Grund, mehr zu sein als das, was sie waren. Bringer von Gemetzel und Säer von Leid. Sie bauten nichts, fertigten nichts, machten keine Musik. Die Tiere fürchteten und mieden sie.«

»Klingt für mich wie Dickhäuter«, sagte Weide.

»Das ist die älteste Aufzeichnung, die wir von ihnen haben. Sie kamen in das riesige Einzugsgebiet unserer Vorfahren und brachten den Krieg. Doch die Magie der Elfen war stark, und ihre Waffen waren es auch. Sie wehrten die Eindringlinge ab und hätten die Erde mit der Zeit vielleicht von ihnen befreien können, aber die Orks hatten unwissentlich den Untergang des Talkessels in die Gebärmütter der Frauen gepflanzt, die sie vergewaltigten. Wie die Menschen jetzt, überlebten einige dieser Opfer die Vergewaltigung und brachten ihre Mischlingskinder zur Welt. Sie konnten nicht wissen, dass diese Nachkommen zum Verhängnis ihrer Welt werden würden. Dieses üppige Waldgebiet ist jetzt das Sintflutmeer, denn zum ersten Mal seit ihrer Erschaffung haben die Orks einen Weg gefunden, stärker zu werden.«

Stärker. Augenweide fühlte großes Unbehagen, als sie dieses Wort hörte. *Uq'huul*. Der Stärkste. Die Orks nannten ihre Zauberer *uq'huul*.

»Sie wussten nichts von Magie, bis sie ihr Blut mit unserem vermischten«, fuhr Sperling fort. »Sie wären unwissend geblieben, denn sie kümmerten sich nicht um die Halbblüter, die sie zeugten, aber diese Halbblüter besaßen alle die gleiche gewalttätige, blutgierige Natur wie ihre Väter. Sie reiften unter den Elfen heran, doch von der Liebe konnten sie nichts lernen. Mithilfe der Magie in ihren Adern bewährten sie sich bei den Orks, wurden ihre schärfsten Anführer und tödlichsten Kämpfer. Keiner von ihnen blieb denen treu, die sie großgezogen hatten. Sie waren Fleischgewordener Ruin.«

Weide beugte sich vor. »Willst du mir sagen, dass dieser Ork, der meiner Rotte das Leben zur Hölle gemacht hat und für den die Stimme eines Gottes nötig war, um ihn zu vertreiben, ein verdammter Halbelf ist?«

Sperling nickte.

»Dann ... bin ich es nicht.«

»Du trägst das Blut meines Volkes in dir. So viel ist sicher.«

»Aber du hast diesem Schlangenmiststück gesagt ...«

»Akis'naqam. Bitte, Respekt.«

»Du hast ihr gesagt, dass ich keiner von diesen Ruin-Scheißern bin. Ich sehe ganz sicher nicht so aus wie der Rohling, der uns jagt. Und ... ich habe nicht seine Kraft.«

Sie hatte bis zuletzt gezögert und sich an ihren Kampf mit N'keesos erinnert. Der Sprung, den sie gemacht hatte, um ihn zu erreichen, und die Unfähigkeit der singenden Keulen, sie aufzuhalten.

»Du bist anders«, sagte Sperling. »Deine Mutter hat große Risiken und Prüfungen auf sich genommen, um zu ändern, was aus dir wurde.«

»Woher weißt du das?«, fragte Weide.

Sperlings Hände wanderten zu ihrem Bauch. »Ich teile viel mit ihr.«

Es war in den ganzen Geteilten Landen bekannt, dass Elfen es nicht ertrugen, den Samen eines Orks in sich zu tragen, und dass ihre Frauen sich selbst töteten, wenn sie Opfer einer Vergewaltigung wurden. Nachdem sie sie aus der Alten Jungfer herausgeholt hatten, hatten Weide, Schakal und Vollkorn ein wachsames Auge auf Sperling geworfen, für den Fall, dass sie einen Selbstmordversuch unternahm, obwohl Weide dafür plädiert hatte, sie es einfach tun zu lassen und fertig. Im Moment war sie sehr dankbar, dass Schakal diesen Streit gewonnen hatte. Wie es dazu kam, dass Sperling wieder den Sprössling eines Orks in sich trug, war etwas, das selbst Weides geradlinige Natur nicht zu fragen wagte. Sie entschied sich für eine andere quälende Frage.

»Warum hast du mich gerettet?«

»Ich glaube, dass du nicht mit dem Fluch des Fleischgewordenen Ruins behaftet bist. Zum Glück hat Akis'naqam zugestimmt. Sie war es, die dich verschont hat. Ich habe nur darum gebeten.«

»Ich nehme an, die, die mich hierher gezwungen haben, hielten das nicht für wahrscheinlich.«

»Nein. Schon bevor das Waldbecken überflutet worden war, erkannten unsere Vorfahren die Gefahr, die von unseren Mischlingen ausging, und unternahmen Schritte, um ihre Existenz zu verhindern. Sie schlossen Pakte mit uralten und mächtigen Wesen, um ihr Übel zu bekämpfen.«

Weide versuchte, nicht auf die Öffnung zum Versteck der Schlangenkreatur zu schauen. »Als würde man Mischlingskinder an Monster verfüttern.«

»Mein Volk findet die Tötung von Kindern abscheulich. Es ist die Pflicht der beraubten Mutter, sich zu opfern, bevor das Kind kommt.«

»Einer verdammten Schlangenfrau?«

»Akis'naqam ist die Einzige, die uns geblieben ist. Nur sie hat die langen Jahre seit der Flut überlebt. Die Saat der Orks ist stark, und es ist unmöglich, sie wieder loszuwerden, wenn sie erst einmal gekeimt ist. Das gilt für Menschen und Elfen, aber für uns ist der Tod der Mutter nicht genug. Wir haben vor langer Zeit gelernt, dass die verunreinigte Mischung aus Elfen- und Orkblut furchtbar widerstandsfähig ist, eine formlose Gräueltat, die über den Tod hinaus überlebt.«

Weides Eingeweide krampften sich zusammen. »Warte. Du meinst ...?« Sie kannte nur das hisparthanische Wort. »Schlamm.«

»Mein Volk nennt es den Dreck. Akis'naqam ist eins der wenigen Wesen, die die Macht haben, ihn zu zerstören.«

»Aber ich habe mit diesem Scheiß in mir gelebt! Er war dabei, mich verdammt noch mal umzubringen, statt mir irgendeinen magischen Hokuspokus zu gewähren.«

»Die Macht des Fleischgewordenen Ruins kommt aus dem Dreck. Doch sie ist nicht von ihm getrennt, so wie sie es bei dir war. Ihre Körper sind bei ihrer Geburt davon durchdrungen, er ist genauso ein Teil von ihnen wie ihr Blut, ihre Muskeln und ihre Knochen. Ihr Fleisch wird dadurch gehärtet, ihre Glieder dadurch gestärkt. Ein Ruin und der Dreck sind eins, wie alle elfischen Halbblüter seit der Geburt des ersten.«

»Aber ich nicht«, sagte Weide.

»Nein. Deine Mutter hat sich in die arkanen Lehren der Vergangenheit vertieft und verloren geglaubte Überlieferungen ausgegraben, um einen Weg zu finden, dich vom Dreck zu befreien, bevor du die Welt betrittst.«

»Also ... ich wurde nicht damit geboren. Er hat sich durch den Schlammmann in mich eingeschlichen.«

»Ja. Der Dreck, der sich im Sumpf der Alten Jungfer eingenistet hat, war der Überrest des Fleischgewordenen Ruins, der dort während des Überfalls getötet wurde. Mein Volk kämpfte dort und tötete die Halbblüter, zu einem hohen Preis. Aber wir konnten Akis'naqam nicht in einem offenen Krieg gefährden und den Dreck daher nicht vollständig vernichten. Die Ruinen wurden getötet und ihre Körper verrotteten zu dem, was ihr *Schlamm* nennt, der in einem Menschenjungen einen Wirt fand und ihn als Gefäß benutzte.«

»Corigari.« Weide spie den wahren Namen des Schlammmanns aus. Die Erinnerung brachte Bitterkeit in ihre nächsten Worte. »Und du warst diejenige, die ihn auf mich gehetzt hat.«

Sperling zeigte sich von der Anschuldigung unbeeindruckt. »Um mich selbst und das Leben in mir zu retten. Und um ihn zu vernichten. Dieser Dämon ging eifrig in sein Verderben. Es war eine Falle, Augenweide, aber nicht für dich. Ich wusste, was du bist. Etwas, das nie zuvor existiert hatte. Ein Halbblut, frei vom Fluch des Drecks.«

Weide grunzte. »Aber Letztes Geisterlied und seine Jungs glauben das nicht, also haben sie mich hier heruntergejagt, damit ich der Königin aller Schlangen zum Fraß vorgeworfen werde. Aber du kommst hierher, bittest sie um Gnade, und alles ist verdammt noch mal gut?« Weide konnte sich ein Lachen nicht verkneifen und schüttelte den Kopf. »Was, zur Hölle, Sperling? Als ich dich das letzte Mal gesehen habe, warst du ein breitäugiges, hirnverbranntes, ausgestoßenes Elfenmädchen, das sich an Schakals Sattelhorn klammerte. Und jetzt beschwörst du Schlangendämonen in meinem Namen?«

»Das ist amüsant?«

Das Gesicht wieder in die Hände gestützt, gluckste Weide geräuschlos. »Oh, verdammt. Ja!« Sperling lächelte, als Weide hochsah. Es war ein dünnes, unsicheres Lächeln, aber es war da. »Was?«

Die Elfe wandte den Blick ab, das Hochziehen der Mundwinkel wurde schwächer, verschwand aber nicht ganz. Mehr Schweigen.

»Warum haben dir die Krieger erlaubt, hierherzukommen?«, drängte Weide. »Warum sollte eine Gruppe bewaffneter Männer einer schwangeren Frau erlauben, sich einzumischen?«

Das Lächeln verblasste. Der Blick, mit dem Augenweide bedacht wurde, enthielt kahle Traurigkeit. »Weil ich verehrt werde. Und gefürchtet.«

Weide wollte schon wieder lachen, aber diesmal hielt sie sich zurück. »Bist du der verdammte Sprossenhäuptling?«

»Nein.«

»Was dann?«

»Wie du sagtest: eine Ausgestoßene.« Die Hände der Elfenfrau wanderten nach oben und umfassten die Wölbung ihres Bauches.

Weide verdammte alle Vorsicht und stellte die Frage. »Sperling? Was ist mit deinem ersten Kind passiert?«

Zum Glück nahm die Elfe keinen Anstoß daran. Sie sah Augenweide nur lange an, als wolle sie beurteilen, ob man ihr trauen konnte. Schließlich antwortete sie. »Das Leben in mir ist dasselbe, das ich bei mir trug, als ich eure Festung verließ. Ich habe Mittel und Wege gesucht und gefunden, seine Ankunft hinauszuzögern und es sicher zu verwahren, bis ich bereit bin.«

»Wege? Du meinst Zirko. Deshalb warst du bei Strava. Er hat dir geholfen.«

Sperling ließ ihr Schweigen antworten.

»Du willst, dass dein Baby so wird wie ich, nicht wie ein Ruin.«

»Das ist meine Hoffnung. Ich kehrte nach Hundsfälle zurück, um mich vor Akis'naqam zu stellen und mich richten zu lassen. Ich bin ihr dankbar, dass sie mich verschont hat, so wie sie dich verschont hat.«

»Also ... du bist nur durch einen verdammten Zufall hier unten, um mir zu helfen?«

Ein kleines, trauriges Lächeln umspielte Sperlings Mund.

»Wenn du es so sehen willst. Aber mein Volk sieht in einem solchen Zusammentreffen viel mehr. Und das tue ich auch.«

Weide atmete schwer aus. »Ich will nicht undankbar klingen.«

»Ich nehme es dir nicht übel.«

Eine Weile herrschte Stille.

»Du hast gesagt, sie hat mich schon einmal verschont. Akis'naqam.«

»Als deine Mutter kurz vor ihrer Niederkunft hierherkam. Sie hatte alles getan, was sie konnte, um dich davor zu bewahren, zum Fleischgewordenen Ruin zu werden, und stellte sich vor Akis'naqam zum Gericht. Ihr wurde das Leben geschenkt, und somit auch dir das deine. Dennoch beschloss der Rat, dass deine Mutter nicht bei ihrem Volk bleiben konnte. Sie wurde gezwungen zu gehen, bevor sie gebären konnte.«

»Scheiße«, zischte Weide, »wird das mit dir auch passieren?«

Sperling stand auf, und in ihrer Bewegung lag Trauer. »Es ist an der Zeit, diese Frage zu beantworten. Für uns beide.«

33

Sperling führte sie zurück ins Sonnenlicht. Ein paar Schritte vom Höhleneingang entfernt, hielt sie lange genug inne, um eine Warnung zu flüstern.

»Sag nichts. *Tu* nichts.«

Draußen in dem Hohlweg warteten eine Schar berittener Sprossen und ein Dutzend Krieger zu Fuß. Sie hielten am Eingang Wache, wobei sich Hirsche und Elfen unruhig bewegten, während Sperling und Weide auf ihr Bollwerk aus Kriegslanzen und Bögen zugingen.

Letztes Geisterlied war unter ihnen, sein Gesicht unter der Kriegsbemalung grimmig.

»Du lebst.«

Eine einfache Feststellung, weder erleichtert noch beunruhigt. Weide bemerkte jetzt die kleinsten Nuancen in seinem

Elfisch, die verrieten, dass er sich sowohl auf sie als auch auf Sperling bezog.

»Akis'naqam hat es so entschieden«, antwortete Sperling. »Ich gehe jetzt, um der Sitzenden Jugend diese Nachricht zu überbringen. Willst du ihre Wünsche erneut entehren, Letzes Geisterlied, indem du mich daran hinderst? Willst du dich selbst weiter entehren?«

Der Blick des Kriegers blieb streng, aber er senkte seine Lanze. »Nein.«

Als Sperling sich in Bewegung setzte, lenkten die Reiter ihre Hirsche beiseite, um ihr den Durchgang zu ermöglichen. Dabei senkten sie ihre Blicke und Waffen. Sie schienen sich für ihre eigene Vorsicht zu schämen. *Respektiert und gefürchtet.* Sperling hatte sich in der Haltung ihres Volkes ihr gegenüber nicht geirrt, so viel war klar.

Augenweide ging hinterher, hielt aber inne, als sie auf gleicher Höhe mit N'keesos war, der inmitten seiner Bande stand, den gebrochenen Arm in einer Schlinge. Sie leckte die Länge ihrer Finger ab und drückte sie gegen seine Stirn. Seine Augen wurden groß und zornig, aber er tat nichts.

»Du hättest es selbst tun sollen, Blutkrähe«, sagte sie ihm mit der Freimütigkeit, die ihr jetzt fließendes Elfisch ihr ermöglichte. Sie nahm ihre Hand weg und zeigte auf die Stelle, die sie berührt hatte. »Hol jemanden, der für dich darauf pisst. Mach es sauber.«

Sperling warf mit einem kleinen, vorwurfsvollen Stirnrunzeln einen Blick zurück. Die anderen Sprossen sahen Augenweide an. Sie behielt ein Lächeln auf ihrem Gesicht und ging weiter. Gemeinsam ließen sie und Sperling die Krieger und die Höhle hinter sich, obwohl Weide sicher war, dass sie beschattet werden würden.

Sie kletterten aus der Senke und durchquerten die Schluchten. Der Weg war lang. Die Dämmerung färbte den Himmel. Als sie eine weite, ebene Schlucht erreichten, war die Luft erfüllt von den konkurrierenden Gesängen der Nachtkäfer.

Flackernder Feuerschein erregte Weides Aufmerksamkeit, als sie die Schlucht durchquerten. In den Felsen zu beiden Seiten bewegten sich Schatten in den dreieckigen Höhlen, einige kamen an den Rand der Öffnungen, um auf sie hinunterzusehen. Sperling schlug einen Weg ein, der zu der Schluchtwand führte, in die die Höhlen eingeschnitten waren, und ein massiver steinerner Bienenstock ragte über die Baumgrenze hinaus. Als Weide nach oben sah, hatte sie die Vision, dass jede Öffnung eine frauenköpfige Schlange gebären würde, und konnte nicht verhindern, dass ihr ein Schauer über den Rücken lief.

Eine viel größere Höhle mit der gleichen Form befand sich auf Bodenhöhe. Dorthin gingen Weide und Sperling. Zwanzig Krieger standen mit Speeren und Fellschilden Wache, aber Sperling gab sich zu erkennen und betrat den kühlen Schutz des Felsens, ohne angehalten zu werden. Das Sternenlicht leuchtete sowohl vor als auch hinter ihnen, doch besonders hell am Ende des spitzen Durchgangs. Weide erwartete, dass er in ein anderes Tal führen würde, doch der Gang führte zu einer Kammer, einer hohlen Pyramide. Die schrägen Wände waren glatt und das fahle Licht drang durch die Spitze herein, strahlte von oben herab und füllte den Raum aus.

Fünfzehn Sprossenkinder saßen in einem Halbkreis, jedes auf einer gemusterten Decke. Es waren sowohl Mädchen als auch Jungen, die jüngsten vielleicht sechs Jahre alt, die ältesten an der Schwelle zum Erwachsensein. Hinter jedem stand ein erwachsener Elf, immer das andere Geschlecht. Wie bei den Kindern variierte auch ihr Alter. Einige sahen aus wie Krieger, andere waren weißhaarige Alte.

Es war eins der Kinder, das zuerst sprach, ein älteres Mädchen. Ihre Stimme, obwohl jugendlich, hatte keine Mühe, den Saal zu füllen.

»Du trittst wieder vor uns, Bedauernswerter Sperling. Viele hier dachten, sie wären endlich frei von dir. Doch selbst die Wachsamsten können sehen, dass die Selbstlose Verschlingerin dich verschont hat. Akis'naqam ist weise, aber sie ist nicht die Herrin der Nahtlosen Erinnerung. Gehe nicht davon aus, dass deine weitere Existenz im Leben dir hier einen Platz gewährt.«

Es hätte lächerlich wirken müssen, von einem Kind mit einer solchen Autorität angesprochen zu werden, aber das Verhalten des Mädchens war sicher, ruhig und doch unbestreitbar. Die Art eines starken Anführers.

Sperling verbeugte sich mit ernster Ehrerbietung. »Nichts wird vorausgesetzt.«

»Die *lya'záta* erscheint ebenfalls«, sagte ein anderes Mädchen, halb so alt wie das erste.

Da war wieder dieses Wort, nur verstand Weide seine Bedeutung jetzt deutlich.

Die Abweichung.

Von dem Mädchen kam nichts weiter. Es war die unverblümte Beobachtung eines Kindes. Weides Kopfhaut begann zu jucken, als ihre Irritation wuchs.

»Sie wurde durch die Verschlagenheit von Letztes Geisterlied zur Beurteilung gebracht«, sagte Sperling. »Obwohl er versuchte, ihren Tod zu erzwingen, wurde er die Hand, die ihr Leben mit dem meinen verband.«

Einer der Jungen hob die Hand von seinem Knie, und die Frau, die hinter ihm stand, beugte sich hinunter, um eine geflüsterte Frage zu hören. Sie antwortete gleichermaßen leise, bevor sie sich aufrichtete.

»Sie ist jetzt die größere Abweichung«, erklärte der Junge. »Im Mutterleib vom Dreck befreit, in den letzten Tagen von ihm besessen und nun ein zweites Mal von Akis'naqam verschont. Ich sage, das sollte nicht ignoriert werden.«

»Es *kann nicht* ignoriert werden«, fügte das erste Mädchen hinzu, »aber stimmen wir mit Bedauernswerter Sperling darin überein, dass es ein gutes Zeichen ist, oder stellen wir uns auf die Seite unserer Vorfahren und bezeichnen es als eine inakzeptable Bedrohung?«

Der älteste Junge schlug mit der offenen Handfläche auf sein Bein. »Es ist eine Bedrohung. Wir täten gut daran, die Verirrung zur Verschlingerin zurückzuwerfen und niemandem zu erlauben, sich einzumischen.«

»Das brauchst du nicht«, warf Sperling ein. »Wenn ihr Augenweide tot sehen wollt, braucht ihr Akis'naqam nicht. Die Verschlingerin hat ihren Schwur erfüllt und ihre Wahl getroffen. Dies ist kein Fleischgewordener Ruin, der hier vor euch steht. Sie ist, wie die Menschen sagen, ein Halb-Ork. Sie nennen das offensichtliche Blut, die Quelle der anderen Hälfte bedeutet ihnen wenig. Sie brandmarken die Bedrohung mit ihren Worten.

Dennoch möchte ich den Rat bitten, sie anders zu sehen und ihr einen anderen Namen zu geben. Seht, dass die Hälfte des Blutes, über das geurteilt wird, das unsere ist. Nennt die Frau, die ihr womöglich hinrichten würdet, Halb-Elfe, bevor ihr eure Entscheidung trefft. Akis'naqam ist wieder in den Schlummer gefallen. Sie wird sich nicht für eine Bedrohung erheben, die mit Lanze oder Pfeil beendet werden kann. Es ist die Sitzende Jugend der Nahtlosen Erinnerung, die diesen Tod befehlen und bezeugen muss.«

Ein jüngerer Junge, blind, wie seine farblosen Augen vermuten ließen, meldete sich zu Wort. »Wir brauchen nicht nach ihrem Blut zu rufen. Wir müssen sie auch nicht bei uns aufnehmen. Es ist am klügsten, sie aus unserem Land zu verbannen.«

Sperling konterte schnell. »Verbannung ist dasselbe wie der Tod. Augenweide ist kein Fleischgewordener Ruin, und doch jagt man sie. Ohne unseren Schutz haben sie und ihr Stamm keine Chance zu überleben.«

Der Rat schwieg eine Zeit lang.

»Wir werden darüber nachdenken«, sagte das erste Mädchen und gab den Kriegern ein Zeichen.

Weide und Sperling wurden aus der Kammer geführt. Draußen wurden sie an eine Stelle gebracht, die etwas vom Höhleneingang entfernt lag und an der sie warten sollten. Als sie dort in der Nacht standen, umgeben von bewaffneten Sprossen, wagte Augenweide eine Frage.

»Was war das?«

Sperling betrachtete die Nacht mit beunruhigender Gelassenheit. »Mein Volk wird von den vielversprechendsten unserer Kinder regiert. Wir glauben, dass das Schicksal des Stammes in den Händen derjenigen liegen sollte, die seine Zukunft erben werden. Die Erwachsenen, die hinter ihnen stehen, fungieren als Mentoren, können aber nur dann Ratschläge erteilen, wenn sie von dem Kind, das sie unterstützen, direkt gefragt werden. Egal, welchen Rat die Ältesten geben, die Entscheidungen liegen bei der Sitzenden Jugend.«

»Großartig«, flüsterte Weide. »Sag den Männern hier, sie sollen loslegen und ihre Speere gut spitzen.« Schweigen. »Was wirst du tun, wenn sie dir nicht erlauben, zu bleiben?«

Zum ersten Mal wurde Sperlings Ruhe durch Überraschung gestört. Es war eine Kleinigkeit, mehr Neugier als Schock, aber die Elfe war verblüfft. »Die Sitzende Jugend debattiert über die Weisheit deiner Hinrichtung und du sorgst dich um mein Schicksal?«

Weide antwortete nicht. Was sollte sie sagen? Dass sie nicht die Absicht hatte, kampflos in den Tod zu gehen? Es sei denn ... Man hatte ihr versprochen, dass ihre Rotte und ihre Leute in diesen Schluchten sicher unterkommen konnten. War das überhaupt wahr? Sie wusste es nicht. Die Vorstellung, zum Tode verurteilt zu werden, war nur ein Gedanke. Sie hatte gewusst, dass der Schlamm sie tötete, dass er sie töten *würde*. Aber das war eine ferne Zukunft gewesen, die trotz der Anzeichen ihrer schwindenden Kräfte nie wirklich näher rückte. Der Tod selbst blieb in weiter Ferne am Horizont, verblasst durch das ständige Durchbeißen und Durchschlagen. Wie hatte Vollkorn es genannt? Den täglichen Kampf. Er hatte darüber nachgedacht. Weide hatte das nie getan. Überleben war ein Instinkt. Es war so ähnlich wie Hunger oder Atmen. Das geschah ohne nachzudenken, ohne Erlaubnis. Manchmal war es eine Herausforderung. Weide war am Rande des Verhungerns und des Versagens ihrer Lungen gewesen, aber sie betrachtete sie nicht als drohende Äxte, die unweigerlich fallen würden. Ihr Fall konnte aufgehalten, ihre Klingen abgestumpft werden. Alles, wirklich alles, konnte Schmerzen verursachen. Ul-wundulas war ein Land des Schmerzes. Es hatte Augenweide jeden Tag wehgetan, an den sie sich erinnern konnte. Aber es konnte sie nur einmal töten.

Und das hatte es noch nicht.

Ihre Gedanken wurden durch die Ankunft von Letztes Geisterlied zerstreut. Er stieg von seinem Hirsch, stellte sich den Wachen vor und wurde in die Höhle eingelassen.

»Ist euer Kinderrat auch dabei, ihn zu verurteilen?«, fragte Weide.

»Sie werden sich anhören, was er zu sagen hat«, antwortete Sperling. Und das war alles.

Den Rest der Wartezeit verbrachten sie in Schweigen. Letztes Geisterlied tauchte wieder auf und blieb vor dem Höhleneingang stehen. Er sah Sperling lange an, sein Gesicht verriet keine Regung, doch seine – und ihre – Stille war schwer von Bedauern. Der ältere Krieger wandte seinen Blick ab und ging mit gestrafften Schultern davon. Sperling sah ihm nach, und Weide war von der unbestreitbaren Veränderung der Elfe beeindruckt. Sie war nicht mehr die verschlossene, verängstigte Waise, die sie aus der Alten Jungfer mitgenommen hatte. Damals war sie verloren gewesen, die Strapazen des Sumpfes hatten sie für die Welt taub gemacht. Diese Sperling, obwohl zurückhaltend, hatte das Gefühl der Hoffnungslosigkeit abgelegt. Sie war konzentriert, sogar lebendig, so wie eine Wildblume auf der ausgedörrten Ebene lebendig ist. Sie war verwurzelt und gedieh in aller Ruhe. Diese Sperling war leicht zu respektieren. Und es war leicht, ihr zu vertrauen.

Nachdem Letztes Geisterlied fortgegangen war, verging eine lange Zeitspanne. Schließlich riefen die Wachen Sperling und Weide zurück zu der Sitzenden Jugend.

Dasselbe Mädchen wie vorher sprach für den Rat.

»Bedauernswerter Sperling, wir akzeptieren, dass du Wiederkehrer bist. Du hast viel gelitten auf der Suche nach alten Geheimnissen. Die Zeit und Mächte jenseits unseres Verstandes haben gezeigt, dass das Streben nicht enden wird. Wir wären unklug, dich zu verstoßen, wie es in der Vergangenheit geschehen ist.«

»Eure Freundlichkeit und Voraussicht stimmt mich demütig«, antwortete Sperling, und Weide hörte ein winziges Zittern in ihrer Stimme. »Aber bei allem Respekt, ich kann nicht bleiben. Meine Aufgabe ist unvollständig.«

»Dann werden wir dich nicht aufhalten. Wisse, dass Letztes Geisterlied ein Weg zur Wiederherstellung seiner Ehre angeboten wurde. Er lehnte ab und musste verbannt werden. Er verzichtete auf seine eingeschworenen Tapferen, um ihnen Strafe zu ersparen. Nur sein Sohn wird ihm in die Verbannung folgen.«

Sperling senkte als Zeichen der Akzeptanz den Kopf. »Das erfüllt mein Herz mit Kummer.«

»Es bringt Trauer über die Nahtlose Erinnerung. Der Verlust von Letztes Geisterlied und Blutkrähe wiegt schwer.«

Der älteste Junge ergriff nun das Wort und wandte seine Aufmerksamkeit Weide zu. »Was die Abwei... die Halb-Elfe betrifft, so könnt ihr und dein Stamm weiterhin hier leben.«

Weide brauchte einen Moment, um zu begreifen, was gesagt worden war. »Meine Leute können bleiben?«

Das älteste Mädchen senkte sein Kinn. »Ja.«

»Was ist mit dem Fleischgewordenen Ruin?«

»Sollte er es wagen, hierherzukommen, wird die Selbstlose Verschlingerin ihn vernichten.«

»Ihr habt meinen Dank«, erwiderte Weide und ihre Worte wurden von einer Flut der Erleichterung getragen. Sie wurden so schnell aus der Kammer geführt, wie sie gekommen waren.

»Komm«, sagte Sperling. »Ich werde dich zu deinen Leuten zurückbringen.«

Als sie weitergingen, konnte sich Augenweide ein Grinsen nicht verkneifen. »Du solltest wissen, dass ich bei Leuten, die mir mehr als zweimal das Fell gerettet haben, kratzbürstig werde.«

Sperling gab keine Antwort.

»Das ist meine bescheuerte Art, meine Dankbarkeit auszudrücken.« Immer noch nichts. »Sperling? Sie sagten, du kannst bleiben. Warum willst du gehen?«

»Ich kann nicht bleiben. Ich bin gekommen, um mich Akis'naqam zu stellen, wie es sich gehört, aber für die Rettung meines Kindes muss ich gehen.«

»Seid ihr hier nicht sicherer?«

Sperling antwortete erst, als sie den oberen Teil des Weges erreichten, der hinunter in das sumpfige Tal führte, das die neue Zuflucht der Bastarde war. Hier drehte sie sich um. Sie waren jetzt allein, weit weg von den Feuern, Hütten und Höhlen der Sprossen. Das Glühen des Nachthimmels fing sich in den Augen der Elfe.

»Du dankst mir dafür, dass ich dein Leben gerettet habe. In vielerlei Hinsicht habe ich es beendet. Ich glaube nicht, dass der Fleischgewordene Ruin so töricht sein wird, hierherzukommen. Er wird es nicht riskieren, Akis'naqam gegenüberzutreten. Hier bist du vor ihm sicher. Und so kannst du niemals gehen.«

»Er ist ein harter Brocken«, stimmte Weide zu. »Aber wir werden uns nicht ewig vor ihm verstecken. Wenn die Bastarde bereit sind, werden wir in die Geteilten Lande zurückkehren.«

»Mag sein. Aber wenn du willst, dass sie eine Chance haben, wirst du nicht mit ihnen reiten.«

Weides Kiefer mahlten. »Das ist wieder so ein Fall, Sperling: Wenn du etwas zu sagen hast, dann sag es.«

»Es wird dir Schmerzen bereiten.«

»Ich komme schon klar.«

»Der Fleischgewordene Ruin fühlt sich zu dir hingezogen. Nicht zu deinem Land oder deinem Stamm. Zu dir. Ich glaube, du weißt das, auch wenn du dich nicht traust, es laut auszusprechen.«

Weide wurde kalt, sie biss die Zähne aufeinander. »Weißt du ... warum?«

»Ja.« Sperlings Stimme war sanft, zerknirscht. »Du und der Fleischgewordene Ruin seid *ta'thami'atha.*«

Die Bedeutung erblühte in Weides Geist. Sie begann zu zittern, das fahle Licht des dunklen Himmels gefror auf ihrem Fleisch. Sie lachte und kämpfte gegen die aufkommenden, schmerzhaften Schauer an.

»Er hat mich nicht angefasst«, zischte sie mit zusammengebissenen Zähnen. »Er hat mich getreten. Mich gewürgt. Mich fast zu Tode geprügelt. Aber er hat mich nicht angefasst. Ein beschissener Dickhäuter, der kein vergewaltigender Hurensohn ist.« Sie lachte wieder und genoss die mühelose Art, wie die Sprossenwörter für »beschissen« und »Hurensohn« ihr in den Sinn kamen und auf ihrer Zunge tanzten. »Wer hätte das gedacht, ihr Rosthäute seid genauso eklig wie wir Halb-Orks.«

Die Elfe sah traurig zu ihr hinunter. »Du spottest schon wieder.«

»Das tue ich! Es ist ein verdammter Scherz. Das muss es sein!«

»Nein. Nein, ich fürchte nicht.«

»Dann sag es.«

»Warum muss ich? Du weißt es doch. Du verstehst.«

»Weil ich nicht kann!«

Sperling sammelte ihren Atem. »*Ta'thami'atha* ...«

Die widerspenstige Klinge der Bedeutung dieses Wortes stach erneut auf Weide ein: gebärmutterverbunden.

»So nennt mein Volk Geschwister, die als Zwillinge geboren wurden. Die Geheimnisse, die deine Mutter aufdeckte, verhinderten, dass du verflucht wurdest, aber sie verhinderten nicht die Erschaffung des Dings, das sie fürchtete. Das, was alle Elfen fürchten.«

Augenweide verschluckte sich an einem Schrei, als Sperling fertig war.

»Der Fleischgewordene Ruin ist dein Bruder.«

34

Halb-Orks waren nie Zwillinge. Niemals. Orksamen teilten sich nicht den Mutterleib.

Der Gedanke brannte einen Kreis in Weides Gehirn, als sie den brutalen Pfad in das sumpfige Tal hinabstieg. Sperling folgte dicht hinter ihr und schwieg. Unten in der Senke ließ die Enge der Bäume nur wenig vom Mond erkennen. Sie waren noch nicht einmal ein paar Schritte vom Ausgangspunkt des Pfades entfernt, als eine vertraute Stimme aus der Dunkelheit sie anhielt.

»Ich bin es, Iltis«, antwortete Weide.

Iltis trat hinter einem dichten Weißdornbusch hervor, die Armbrust auf Hüfthöhe.

»Häuptling? Allen Höllen sei Dank. Wir wollten im Morgengrauen nach dir suchen.«

»Was habe ich dazu gesagt?«

»Es nicht zu tun«, gestand Iltis, »aber ...«

Weide ging an ihm vorbei, ohne langsamer zu werden.

»Was ist da oben passiert?«, fragte Iltis.

»Eine Menge«, antwortete Weide.

»Soll ich die Jungs holen?«

»Nein, lass sie schlafen. Halte Wache.«

»Wer ist das da bei dir?«

Weide ließ sich nicht beirren. »Wie bitte, Iltis? Du erkennst Frauen, die du ficken wolltest, nicht mehr, wenn sie schwanger sind?«

»Will sie ficken?«, rief Iltis ihnen hoffnungsvoll hinterher.

Weide führte Sperling durch die Dunkelheit in Richtung der Hütte. Riesenpocke grunzte und rührte sich in seinem Pferch, als sie vorbeigingen, sie störten die Träume des Tieres. Weide gab Sperling ein Zeichen, zu warten, und schlich sich hinein. Vorsichtig huschte sie um die schlafenden Waisen herum und ging zu dem Bett, das sich Grasmücke und Beryl teilten, während Schlauberger zwischen den beiden lag. Beryls Augen waren offen, bevor Weide ihre Seite erreichte, und leuchteten schwach im spärlichen Licht.

»Draußen«, flüsterte Weide und ging, ohne auf eine Antwort zu warten.

Beryl kam einige Augenblicke nach Augenweide aus der Hütte. Als sie Sperling sah, verzog sich ihr Gesicht vor Verwunderung, bevor es sich wieder entspannte, weil sie Sperling erkannte.

»Das ist ...«

»Ja. Beachte sie vorerst nicht. Erzähl mir von meiner Geburt.«

Grasmücke erschien in der Tür, eine Sprossendecke um seinen nackten Oberkörper drapiert. Beryl wurde still, starrköpfig.

»Warum? Das wolltest du doch noch nie wissen.«

»Erzähl es mir einfach.«

»Weide?«, grollte Grasmückes tiefe, gedämpfte Stimme. Er humpelte von der Hütte weg. »Was soll das?« Seine zerfurchten Gesichtszüge musterten die drei Frauen.

»Avram«, wandte sich Beryl an ihn, ohne den Blick von Weide zu nehmen. »Hol Idris.«

Das alte Dreiblut machte einen Schritt.

»Bleib hier, Grasmücke«, sagte Weide. »Wenn ich Vollkorn hierhaben wollte, hätte ich ihn mitgebracht. Ich habe hier eine Sprossenfrau, die keiner von uns seit fast zwei Jahren gesehen hat, die mir sagt, dass der Dickhäuter, der die Bastarde angreift, mein verdammter Zwilling ist. Ich habe weder Grund noch Lust, mich jetzt zu gedulden. Also sag mir, was ich verdammt noch mal wissen will.«

Beryl machte zwei Schritte und gab ihr eine Ohrfeige. Es war ein harter Schlag, der Weides Kopf zur Seite schleuderte. Sie schmeckte Salz, als ihre Zähne in die Innenseite ihres Mundes schnitten. Mit einem Knurren wirbelte sie zurück, bereit, die ältere Frau zu schlagen, wurde aber von Beryls Gesicht aufgehalten, das stählern vor Wut war.

»Hier bist du nicht der Häuptling, Isabet. Nicht in diesem Moment! In diesem Moment gibt es weder Augenweide noch Vollkorn noch Grasmücke, denn ich sage, es gibt keine Rotte. *Ich* sage es! Hier handelt es sich um Familie, und wenn es um Familie geht, gebe ich die Befehle. Ich habe nicht erwartet, jemals darüber reden zu müssen, aber wenn es schon sein muss, dann werde ich es verdammt noch mal so machen, wie ich es will.« Ihr flammender Blick wanderte zu Grasmücke. »Geh und hol unseren Sohn.«

Eine derartige Wortwahl hatte Weide noch nie von Beryl gehört. Auch Grasmücke war kurz verblüfft, aber er erholte sich schnell und humpelte davon, ohne Augenweide auch nur einen Blick zuzuwerfen. Beryl ging hinter die Hütte. Weide folgte ihr ohne Eile, und Sperling heftete sich wie ein Schatten an ihre Fersen.

Beryl stand mit dem Rücken zum Holzstapel. Sie sprach nicht und rührte sich nicht, bis Grasmücke mit Vollkorn im Schlepptau heranpolterte. Das jüngere Dreiblut wirkte beinahe panisch, aber sein bärtiges Gesicht entspannte sich, als er sah, dass es sowohl seinem Häuptling als auch seiner Mutter gut ging. Grasmücke ging auf Beryl zu, berührte sie kurz an der Schulter und setzte sich auf den Baumstumpf, auf dem sie Holz spalteten. Vollkorn trat ganz langsam an Weides Seite, wobei seine Blicke unsicher an Sperling klebten.

Im Gegensatz zu Weide wusste er, dass er besser keine Fragen stellen sollte.

Beryl begann langsam, in die Nacht hineinzusprechen. »Sie war ruhig, deine Mutter. Ich habe noch nie eine Frau in den Wehen so ruhig gesehen. Sie sprach kein Wort Hisparthanisch, aber es muss nicht viel gesagt werden, wenn ein Baby kommt.« Sie drehte sich um, und ihr Blick wich allen außer Weide aus. »Ich weiß nicht, was du hören willst, Isa. Nach fast dreißig Jahren weiß ich nicht mehr viele Details. Es war die einfachste Geburt, die ich je betreut habe ... bis sie es nicht mehr war. Du kamst heraus und ich war überrascht, dass sie dich halten wollte. Ich hatte Angst, sie könnte dir etwas antun, bis ich ihr Lächeln sah.«

Weide biss auf den Schnitt in ihrem Mund und der Schmerz verstärkte sich. Sie hatte nicht erwartet, dass es so schwierig sein würde, dies zu hören.

Beryl bemerkte den inneren Widerstreit und fuhr fort. »Du warst in ihren Armen in Sicherheit. Ich sah genau hin, weil ich ihr immer noch nicht traute. Und das war auch gut so, denn ich konnte dich schnell packen, als ihr Anfall begann. Ich dachte, sie würde den Mutterleibssack ausstoßen, das ist oft ein Todesurteil. Ich habe nachgeholfen, weil ich wusste, dass die Blutung das Ende für sie bedeuten würde. Aber der Sack in meinen Händen war schwer. Und er bewegte sich. Deine Mutter war tot, bevor ich das Ding aufgeschnitten hatte. Sie hat nie gesehen, dass sie einen Ork zur Welt gebracht hat.«

Vollkorn gab unwillkürlich ein Geräusch von sich und würgte es hinunter. Weide spürte, wie er sie ansah, als seine Mutter weitersprach.

»Verdammt, es war das erste Dickhäuterkind, das ich je gesehen habe, aber es *war* nicht zu übersehen. Ihr beide saht euch überhaupt nicht ähnlich. Das kommt bei Menschen manchmal vor, sogar bei Zwillingen, aber das hier war anders. Du warst nicht viel anders als jeder andere Mischling, aber ... *er* war größer, dunkler, sogar als ein Dreiblut.«

Er. Weide wurde übel. Es war wahr.

»Eine Elfenfrau brachte ein Halbblut und ein Vollblut zur Welt.« Beryl schüttelte den Kopf. »Von so etwas hatte ich noch nie gehört, aber ich wusste eigentlich auch nichts über Spitzohren.«

»Sie waren beide Halb-Elfen«, sagte Sperling, deren Akzent beim Sprechen von Hisparthanisch sehr stark war. »Er wurde vom Dreck korrumpiert. Sie nicht.«

Beryl warf ihr diesen Blick zu, der einen Nagel einschlagen konnte. »Davon weiß ich auch nichts. Nur das, was ich gesehen habe.«

»Wie kann er noch leben?«, fragte Augenweide und versuchte, nicht zu zittern.

Beryl blinzelte verblüfft und wütend. »Hast du jemals ein Baby getötet, Isabet? Irgendeines? Antworte mir!«

»Nein.«

»Ich auch nicht. Dafür habe ich genug gesehen, die von selbst gestorben sind.« Sie nahm einen langen, flatternden Atemzug. »Ich habe die Sprossenfrau selbst begraben und den Jungen versteckt. Eine alte, gebrechliche Frau namens Branca lebte damals noch; ihr gehörte das Waisenhaus vor mir. Ihr Gehör war fast erloschen, und nur wenig konnte sie wecken, also war das nicht weiter schwer. Aber Grasmücke ritt heran, und so musste ich warten, bis er wieder auf Patrouille ging, bevor ich gehen konnte.«

»Gehen?«, fragte Vollkorn, dem die Verwirrung die Zunge lockerte.

Weide gab die Antwort. »Du hast ihn nach Dhar'gest gebracht.«

Dieser Gedanke war nahezu unfassbar. Nur wenige gingen nach Süden zum Schlauch, überquerten das Sintflutmeer und begaben sich in die dunklen Länder der Orks. Nur wenige? Zur Hölle, niemand! Aber eine Frau mit einem Baby? Das widersprach jeder Vernunft und stellte alles infrage, was Weide zu verstehen glaubte.

Beryl hob trotzig ihr Kinn, als vermutete sie immer noch, bestraft zu werden. »Ich nahm mir einen Keiler. Ich ritt nach Westen und Süden, bis ich das Gebiet der Hauer erreichte. Sie halfen mir, über den Schlauch zu kommen. Sie hielten das, was ich tat, für ... ich weiß nicht, heilig? Ich rettete ein Ork-Kind. Sie hätten ihn beinahe aufgenommen, aber die Abstimmung sprach sich dagegen aus. Ich schätze, selbst die Hauer der Vorväter sind nicht verrückt genug, einen Dickhäuter aufzuziehen. Dhar'gest war der einzige Ort, an dem er eine Überlebenschance hatte. Bei seiner eigenen Art.«

»Wie?«, fragte Weide und hörte die Ehrfurcht in ihrer eigenen Stimme. »Wie hast du es zurückgeschafft?«

Beryls Lippen öffneten sich für eine Antwort, aber eine Leere legte sich über ihr Gesicht und ließ sie zögern. Mit leuchtenden und Tränen gefüllten Augen ging sie zu Grasmücke, legte eine Hand auf ihn und wandte sich ab, um die Tränen zu verbergen. Die Hand des griesgrämigen Mischlings bedeckte die ihre.

»Ich habe sie geholt«, sagte er mit brüchiger Stimme. Er sah gequält aus, als er zu sprechen begann. »Sie war schon seit Tagen verschwunden, als ich zurückkam. Es dauerte zwei weitere, bis der Lehmmaster mir erlaubte, auf die Suche zu gehen. Sonst hätte ich sie vielleicht erwischt. Ich folgte ihrer Spur, aber als ich das Land der Hauer erreichte, hatten sie ihr bereits die Überquerung ermöglicht. Ich ließ mir den Kopf rasieren, überließ Grenzlord ihrer Obhut und schwamm durch den Schlauch. Ich überdeckte meine Bastard-Tätowierungen mit Schlamm, als ich an Land ging. Ich war noch nie so froh gewesen, ein Dreiblut zu sein. Trotzdem musste ich mich von jedem Dickhäuter fernhalten, den ich sah. Es ging langsam voran, ich weiß nicht, wie lange, aber schließlich fand ich sie ... unter ihnen.«

Grasmückes Augen wurden leer, er starrte auf den Boden, überwältigt von der Erinnerung. Er blinzelte und drängte die Tränen zurück. »Weitere Tage, in denen ich nur zusah, auf meine Chance wartete, sterben wollte, töten wollte, jedes Mal, wenn einer von ihnen ... ihr wehtat. Ich verbrauchte alles Glück, das mir in diesem Leben zugestanden hätte, als ich mich dort hineinschlich ... Aber ich habe sie rausgeholt.«

Er weinte jetzt ungehindert, still und ohne Scham.

Beryl drehte sich ruhig um, legte ihre Hände auf Grasmückes Schultern und nahm die Geschichte wieder auf.

»Wir schafften es nach Hause«, sagte sie. »Der Lehmmaster war wütend, wollte mich wegen des Diebstahls aus dem Amt jagen, aber er lenkte ein, als ich ihm sagte, was die Bastarde gewinnen würden, wenn er ein halbes Jahr wartete.« Ihr Blick wanderte zu Vollkorn, liebevoll und ängstlich. Er erwiderte ihren Blick und verstand endlich, warum er dort stand.

Beryl zuckte leicht, fast entschuldigend, mit den Schultern. »Es ist das Beste, alles auf einmal zu erzählen, wenn es schon sein muss.«

»Ich wollte nie fragen, Mutter«, sagte Vollkorn und gab damit ein altes, inneres Versprechen preis.

»Ich weiß.« Beryls Blick wanderte zu Augenweide und verhärtete sich. »Zufrieden, Häuptling?«

Weide war wie betäubt, aber sie gab eine Antwort: »Bist du es? Der Kleine, den du gerettet hast, ist jetzt ein Teufel. Er ist der Grund, warum wir uns in diesem Loch verstecken.«

Diesmal unterdrückte Vollkorn sein überraschtes Grunzen

nicht. »Der riesige Ork, der dich fast getötet hätte? *Das* ist dein Bruder?«

»Nein«, schnauzte Weide ihn an. »Nenn ihn nicht so. Ich habe Brüder. Und er ist keiner von ihnen.«

Beryl und Grasmücke hielten sich in den Armen und starrten sich an. Die älteren Halb-Orks hatten die Augen weit aufgerissen, waren erschöpft. Grasmücke sah bedauernd aus, aber Beryl war wütend. Sie trat hinter ihm hervor und schritt auf Sperling zu.

»Woher wusstest du davon, Spitzohr?«

Sperling ließ sich von der Aggression nicht beirren. Sie musterte Beryl, und ihre Geduld schien in dem Maße zu wachsen, in dem die ihres Gegenübers schwand. Schließlich atmete die Elfenfrau durch.

»Die Mutter, der du geholfen hast ... Ihr Weg ist nun der meine. Ich bin ihn gegangen, seit ich das Moor verlassen habe, auch wenn ich Zeit brauchte, um seine Geheimnisse zu verstehen. Was sie zu tun beabsichtigte, muss ich tun. Was ihr teilweise gelang, muss ich ganz tun.«

Vollkorn war sichtlich beunruhigt. »Was, zum Teufel, soll das bedeuten?«

»Augenweides Mutter gelang es, sie vom Dreck zu befreien, aber er ließ sich nicht völlig abwehren. Ein Fleischgewordener Ruin wurde dennoch erschaffen.« Sperling sah Weide an. »Dass er dich nicht schon im Mutterleib verschlungen hat, ist ein Beweis für die Kraft der Magie, die deine Mutter beschworen hat. Ich glaube, das ist der Grund, warum Akis'naqam sie trotz der ständigen Präsenz des Drecks verschont hat. Sie zu vernichten, hieße, dich zu vernichten, etwas, das nie zuvor existiert hat.«

»Wie soll mir das helfen, gegen ihn zu bestehen?«

Sperling wurde zögerlich. »Ich verstehe nicht.«

»Der Dreck hat mich nicht im Mutterleib getötet. Er hat mich nicht in eine verrückte Marionette wie den Schlammmann verwandelt. Der Ruin hat beim ersten Mal gezögert, mich zu töten. Diese Magie hat mich am Leben erhalten. Ich nehme an, sie kann auch benutzt werden, um ihn zu töten.«

»Das wird ... schwierig.«

»Das ist es immer.«

»Dies ist kein einfacher Ork.«

»Dessen bin ich mir verdammt bewusst.«

»Und doch verkennst du deine eigene Natur. Du bist *lya'záta*. Mein Volk hat nicht unrecht, wenn es dich eine Anomalie nennt, aber es hat unrecht, wenn es dich verachtet. Der Dreck kann dich nicht verderben, denn er war nie dazu bestimmt, Teil von dir zu sein. Dein ganzes Sein ist ein Sieg gegen sein Böses. Du bist rein.«

»Scheiß auf die Reinheit! Es muss noch mehr geben. Irgendein Elfen-Hokuspokus mit Gesängen, Spucke und Blut und was weiß ich alles, der mir eine Möglichkeit gibt, ihn zu bekämpfen.«

Sperling warf ihr einen mitleidigen Blick zu. »Nein.«

Weide hob einen Arm und deutete nach oben. »Was war, als ich gegen N'keesos und die anderen kämpfte? Da war ... etwas. Einen Moment lang hatte ich dieselbe Kraft, dieselbe Geschwindigkeit.«

»Du trägst Elfenblut in dir«, sagte Sperling. »Die Waffen unserer Vorfahren sind schwer zu handhaben und erfordern viel Übung, doch sie sind ein Geschenk an diejenigen, die sie tragen. Na'hak Ee'eyo Lya und seine tapferen Krieger bekämpften dich wie einen Fleischgewordenen Ruin, indem sie die *Kurheul* einsetzten. Es ist möglich, dass der Gesang ihrer Keulen dir sowohl Kraft als auch Schmerz zuteilwerden ließ, aber ...«

»Aber?«

»Mein Volk wird weder jemals zustimmen, euch in solchen Waffen zu unterrichten, noch würde es sie hergeben. Ohne sie habt ihr keine Chance, den Fleischgewordenen Ruin zu verletzen. Ohne Akis'naqam habt ihr keine Chance, den Dreck in ihm zu töten. Doch hier können euch beide beschützen, solange ihr bleibt. Solltest du gehen, wird er dich weiter jagen. Er fühlt sich zu dir hingezogen, obwohl ich bezweifle, dass er weiß, warum. Seine Verwirrung und Neugier werden ihn nicht für immer zurückhalten.«

»Das tun sie jetzt schon nicht mehr«, polterte Vollkorn. »Weide, ich habe ihn bei Teilsieg gesehen. Du hättest nicht ...«

»Ich hätte ihn zu Asche verbrennen können, Vollkorn! Den

Dreck auch! Ja, ich wäre tot, aber die Rotte wäre von ihm befreit. Estefania hatte recht. Zum Teufel! Iltis, der es ihr gesagt hatte, hatte recht: Die Hunde, Ruin, sie wollten nur mich.«

»Keilerscheiße«, sagte Vollkorn. »Hast du Späne vergessen? Die Reiter von der Stoßzahnflut? Die Flecken? Dieser verdammte Dickhäuter tut, was Dickhäuter tun. Er tötet Bastarde. Dass ihr dieselbe Mutter habt, heißt nicht, dass du das verursacht hast. Soweit ich sehen kann, hat es ihn nur davon abgehalten, dich zu töten, wofür wir dankbar sein sollten.«

Grasmücke stand auf und machte einen hinkenden Schritt. »Er hat recht. Ich hasse es, dir deine eigenen Worte ins Gesicht zu schleudern, Isabet, aber Selbstmitleid steht dir nicht gut. Ich bin schon länger in dieser Schlucht, als ich dachte. Könnte sein, dass es dir genauso ergeht.« Das alte Dreiblut warf Sperling einen Blick zu. »Ich bin allerdings nicht der Meinung, dass dieser Ruin nicht getötet werden kann. Hispartha hat diese Seuche, die ich in mir trage, nur zu einem Zweck geschaffen: um Dickhäuter zu töten. Und auch ihre Zauberer. Und sie leistet ganze Arbeit. Niemand weiß das besser als ich. Wir müssen uns vielleicht etwas in Geduld üben, aber sobald die Sprossen mir helfen, dieses Zeug zu beherrschen, werden wir gemeinsam ausreiten und ... Häuptling, ich schwöre dir, ich werde diesem Ork zeigen, was für ein Verderben die Seuche aus Fleisch macht. Seinem.«

Weide gestattete Grasmücke den Bluff und erinnerte ihn nicht daran, dass er zugegeben hatte, den Elfen nicht zuzutrauen, Schlauberger vollständig von der Zauberkrankheit zu befreien. Vielleicht hatte er in diesem Moment neue Hoffnung geschöpft. Sie würde sie ihm nicht rauben.

»Wir sind hierhergekommen, um uns neu aufzustellen, Weide«, sagte Vollkorn, der ihre Schweigsamkeit besser zu deuten wusste als jeder andere. »Gib dem Ganzen etwas Zeit. Hundsfälle ist nicht das Ende der Bastarde.«

»Ich weiß.« Aber es *könnte* ihr Ende sein.

»Ihr braucht etwas zu essen und Schlaf«, sagte Beryl und legte ihr leicht die Hand auf den Ellbogen. Weide hatte schon oft gesehen, wie Beryl Vollkorn und Schakal auf diese Weise berührt hatte, sie selbst hatte diese Berührung aber noch nicht oft erhalten. Sie begegnete dem Blick der älteren Frau und hielt ihn fest.

»Es … tut mir leid«, sagte Weide zu ihr.

Beryl drückte sanft ihren Arm und ließ ihn los.

»Auch ich muss mich ausruhen«, sagte Sperling. »Wenn ihr erlaubt, werde ich die Nacht hier verbringen. Meine Anwesenheit bei meinem Volk bereitet ihm Unbehagen.«

»Selbstverständlich«, antwortete Weide. »Findest du einen Platz?«

»Ja.«

Weide streckte die Hand aus und hielt die Elfe auf, als sie sich umdrehte. »Danke.«

Sperling löste sich vorsichtig aus ihrem Griff und ging um die Hütte herum.

»Kannst du das jetzt bitte mal erklären?«, fragte Vollkorn. »Ich hätte nie gedacht, dieses Gesicht jemals wiederzusehen.«

»Sie …«, Weide rang um eine Antwort, »… tut alles, was sie kann, um zu überleben. Du hattest recht, alter Haudegen. Wir wissen einen Scheiß über dieses Volk.«

»Wir wissen, dass sie uns mehr als einmal die Haut gerettet haben.«

»Ja, aber nicht alle sind mit dieser ihrer Wohltätigkeit einverstanden. Einer von ihnen ließ seine Krieger versuchen, mich zu töten. Und das hätten sie auch getan, wenn Sperling nicht gewesen wäre. Die Sprossenhäuptlinge waren nicht erfreut darüber, aber nur der Anführer wurde bestraft, dieser Na'hak Ee'eyo Lya. Letztes Geisterlied. Seine Jungs sind immer noch da und hegen womöglich einen Groll. Das müssen unsere Jungs in den kommenden Tagen herausbekommen. Wir müssen wachsam bleiben.«

»Na'hak?«, sagte Grasmücke und sah beunruhigt aus. »Älter? Die Kriegsbemalung sieht aus, als würde er Blut weinen?«

Weide nickte. »Du kennst ihn?«

»Ich *kenne* keinen von ihnen. Aber ich habe ihn schon einmal gesehen. Das haben wir alle, obwohl Schleich und ich die Einzigen waren, die mit ihm geritten sind. Er führte die Sprossen an, die die Ork *ul'usuun* angriffen.«

»Der Tag, an dem die Brennerei fiel?«, fragte Vollkorn. »Zur Hölle. Das heißt, er hat unsere Hintern gerettet.«

Grasmücke grunzte zustimmend. »Mehr noch, es war Sperling, die ihn dazu überredet hat, es zu tun. Ich habe beobachtet, wie sie mit ihm geredet hat, und konnte sehen, dass sie vertraut miteinander umgingen.«

»Ihr Vater vielleicht?«, schlug Vollkorn vor.

»Schwer zu sagen, diese Rosthäute sehen alle glei…«

»*Avram*«, fiel Beryl ihm warnend ins Wort.

Grasmücke schrumpfte ein wenig in sich zusammen. »Worauf ich hinauswill, ist, dass Na'hak in den Krieg geritten ist, um uns in Sperlings Namen zu helfen. Jetzt ist sie noch unsere Verbündete, aber er nicht mehr? Das ist mehr als seltsam.«

»Weißt du, was noch seltsamer ist?«, fragte Vollkorn, fuhr sich mit der Hand über den Kiefer und zupfte an seinem Bart. »In Hispartha gibt es diese Aufführungen, bei denen der Lehmmaster ein Held ist.« Die vernichtenden Blicke, die er erntete, verwirrten den großen Mischling. »Was? Das ist wahr! Faulpelz hat es mir erzählt.«

Augenweide, Grasmücke und Beryl stöhnten alle auf und sprachen gleichzeitig. »Halt die Klappe, Vollkorn.«

35

Die Sprossen hielten Wort.

Faulpelz kam zwei Tage später in der Schlucht an, aus eigener Kraft und ohne Begleitung. Er sah dünner aus, ein wenig blass und gezeichnet, aber es ging ihm viel besser als beim letzten Mal, als Weide ihn gesehen hatte.

»Sie haben mich bis zum Abstieg gebracht«, erzählte er der Rotte ein wenig atemlos, als er sich auf einen Felsen vor Grasmückes Hütte setzte. »Sie haben nur nach unten gedeutet. Ich vermute, sie wussten, dass ich nirgendwo anders hinkonnte.«

Sein Kopf war mit der gleichen rußfarbenen Fischhaut bedeckt, die auch Schlauberger und Grasmücke trugen, aber bei ihnen war sie eine Hülle, bei Faulpelz hatte man ein einziges Stück über die Oberfläche seiner zerstörten Kopfhaut gelegt, dicht anliegend wie sein eigenes Fleisch.

Der Nomade grinste, als er sah, dass ihre Blicke immer wieder dorthin schweiften. »Sie haben mir klargemacht, dass ich sie nicht entfernen soll. In der Hoffnung, dass mir Haare wie ihnen sprießen.«

Iltis räusperte sich. »Haben sie etwas wegen ... ähm ... deinen ...«

»Das haben sie«, sagte Faulpelz gut gelaunt. »Gaben mir ein Paar Ochsenhoden. Mithilfe ihrer Magie. Ich fülle jetzt Schweinetröge mit meinen Ergüssen.«

»Verdammt, ja!«, sagte Übeltäter und nickte anerkennend.

Schlangenschlupf schlug ihm auf den Hinterkopf. »Er scherzt nur, du Trottel.«

Die Bastarde machten eine Weile derbe Scherze auf Kosten ihres jüngsten Reiters, bevor Iltis eifrig Faulpelz ansah. »Was hast du da oben gesehen? Irgendwelche rosthäutigen Mädchen mit Federn im Haar und schwingenden Hüften?«

»Sind mir nicht unter die Augen gekommen«, entgegnete Faulpelz. »Ich war meist in Fieberträumen verloren. Und das bittere Zeug, das sie mir in die Kehle schütteten, ließ sie ziemlich lebendig werden, aber da war nichts so Angenehmes wie schwingende Hüften. Danach beschränkte sich mein Blick auf das Dach einer Hütte. Es gab ... Talismane? Fetische? Hängende Ornamente aus poliertem Stein.«

Grasmücke brummte verstehend. »Das ist eine Medizinhütte. So eine, wo sie mich und den Jungen hinbringen.«

»Gut zu wissen, dass ich nicht in einem Hühnerstall war«, sagte Faulpelz und erntete Gelächter. »Sie haben mich gestern rausgelassen, um zu sehen, ob ich laufen kann. Ein grauhaariger Mann half mir, und es war immer ein Krieger in der Nähe. Als sie sahen, dass ich es konnte ... nun, hier bin ich.«

»Wir sind froh, dass du wieder da bist«, sagte Weide zu ihm. »Ruh dich aus und iss etwas.«

»Es gibt sonst kaum etwas anderes zu tun«, sagte Übeltäter lachend zu dem Nomaden.

Er hatte recht. Und genau das war das Problem.

Die Schlammköpfe hatten die Jauchegrube innerhalb kürzester Zeit erweitert und waren nun damit beschäftigt, die verlassene Hütte wiederherzustellen. Das größere Domizil würde den Komfort der Verbannten erheblich verbessern. Die Bewohner von Teilsieg waren überrascht, als Weide ihnen mitteilte, dass ihnen die andere Hütte zur Verfügung stehen würde, sobald sie fertiggestellt war. Sie hatten zweifellos geglaubt, dass sie die Behausung für die Rotte beanspruchen würde. Aber sie wollte nicht, dass ihre Jungs es sich bequem machten. Dies würde nicht von Dauer sein. Eine Rotte war zum Reiten da. Ihr Platz war im Brachland, wo sie jeder Gefahr ins Auge spuckten, die von Ul-wundulas angezogen und heraufbeschworen wurde. Weide musste sie zurück zu ihrer eigentlichen Bestimmung bringen. Mit oder ohne sie.

»Wahre Bastarde, alle mal herhören.«

Faulpelz nahm dies als Zeichen und stand auf, um sich zu verabschieden. Weide legte ihm eine Hand auf die Schulter.

»Dein Platz ist hier. Wenn du ihn willst.«

Das Gesicht des Staubfressers wurde von Skepsis erfüllt. Die anderen sahen zu. Weide verfluchte sich selbst und bedauerte, ihm jetzt eine solche Entscheidung aufzuzwingen.

»Denk darüber nach«, fügte sie hinzu und kam beiden Seiten damit zu Hilfe. Der Nomade nickte und ging davon.

Sie schüttelte den Fehltritt ab und musterte ihre Mitstreiter.

»Offensichtlich kommen wir wieder zu Kräften. Heilen. Das ist gut und war auch bitter nötig, aber unsere Schlammköpfe müssen ausgebildet werden. Das ist immer noch unsere Pflicht.«

Schlangenschlupf kratzte über seinen Arm. »Das wird kniffflig, Häuptling. Wir haben hier unten keinen Platz, um Keiler rennen zu lassen, also sind Reitübungen unmöglich. Beim Bogenschießen werden Bolzen verschwendet, die wir nicht ersetzen können. Ohne eine richtige Schmiede wird die Arbeit mit dem Schwert unsere Talware irgendwann zu Brechstangen machen. Was können wir tun?«

»Alles andere«, sagte Weide an alle gerichtet. »*Alles andere.* Handsignale üben, bis sie sie auswendig können. Handgemenge. Messerkampf. Lauft Keilerformationen zu Fuß. Seid verdammt noch mal kreativ.«

Zustimmendes Nicken.

»Ob wir noch einen Tag oder ein Jahr bleiben, wir verlassen Hundsfälle als Rotte. Ich will es nicht anders. Grasmücke,

Schleich, lasst uns alle wie Nomaden denken und handeln. Wir können nicht zulassen, dass unsere Ausrüstung und unser Geschirr oder unsere Armbrüste den Bach runtergehen. Seid gewissenhaft bei der Instandhaltung. Beobachtet auch die Keiler genau. Sie werden faul oder angriffslustig, wenn man sie nicht laufen lässt, also findet Wege, mit ihnen zu arbeiten. Los.«

Die Jungs sprangen sofort auf.

Weide ging los, um Sperling zu finden.

Die Elfe hatte sich seit ihrer Ankunft im Tal rargemacht. Sie schlief getrennt, aß getrennt, und ihr Aufenthaltsort war oft unbekannt. Gestern hatte sie überhaupt niemand zu Gesicht bekommen. Der Rest der Rotte dachte sich nichts dabei. Diejenigen, die sie von der Brennerei her kannten, erinnerten sich an ihre schweigsame Art.

Weide fand sie auf einem hohen Haufen zertrümmerter Steine an der Westwand der Schlucht sitzend, wo keine Bäume wuchsen. Das Morgenlicht fiel schräg herab und tauchte die Felsen in Wärme und das Gesicht der Elfe in Gelassenheit.

»Tja, du hast dich finden lassen«, rief Weide nach oben. »Ich denke ständig, du bist weg.«

Sie war verblüfft, als Sperling sie zum Schweigen brachte. Es war ein langsames, sanftes Geräusch, wie man es zur Beruhigung machte. Aber es war trotzdem ein verdammtes »Psst«.

Weide öffnete den Mund, um zu rebellieren, zögerte, klappte ihn zu und öffnete ihn wieder. Ohne den Blick vom Himmel abzuwenden, klopfte Sperling einladend auf die Felsen neben ihr. Weide fühlte sich seltsam töricht und sah sich nach neugierigen Zuschauern um, bevor sie auf den Haufen kletterte. Die flache Sitzgelegenheit war schmal, und es gab keine Möglichkeit, sich zu setzen, ohne sich mit den Rippen an die Elfe zu drücken. Weide ließ sich nieder, obwohl ihr die Nähe unangenehm war, und wartete, indem sie die Knie anzog und die Arme darum verschränkte. Die Wärme hingegen war wirklich angenehm und ließ ein Frösteln verschwinden, das Weide bisher nicht einmal bewusst wahrgenommen hatte. Sie wurde schläfrig.

»Verzeih mir meine Zurückhaltung«, sagte Sperling, als Weide gerade zu dösen begann. »In Wahrheit hatte ich nicht erwartet, dass mein Volk mir erlauben würde, hier zu verweilen. Ich bin zurückgekehrt. Zu Hause zu sein ... ist berauschend. Ul-wundulas hatte den Gedanken an Sicherheit so gut wie verbannt.«

Weide hob ihren Mund aus der Ellenbeuge, um zu sprechen. »Warum verbannst du dich dann?«

»Ich muss. Die Rettung meines Kindes verlangt, dass ich nicht lange zögere.«

»Woher ... woher weißt du, dass es für dich anders sein wird? Anders als für ... meine Mutter?«

Sperling sah sie jetzt an. »Weil mancher Kummer zu groß ist, um wiederholt zu werden.«

Weide öffnete den Mund, um dem zu widersprechen, und wurde wieder zum Schweigen gebracht.

Das Licht im Canyon wurde schwächer, als Weide die Schlammköpfe zum Teich führte, damit sie sich wuschen. Alle bewegten sich ein wenig steif und waren wund und schmutzig von den wiederholten Stürzen aus dem Sattel. Es war eine mühsame Übung, sich auf den Rücken eines reglosen Keilers zu setzen und sich gezielt hinunterzuwerfen. Es war alles andere als realitätsnah, kaum mehr als der Versuch, die Erinnerung in den Körper zu zwingen und zu hoffen, dass ein Leben verschont würde, wenn der Keiler tatsächlich rannte, der Feind tatsächlich schrie und der Tod tatsächlich hinter einem her war. Und das alles nur, weil sie diesen Anwärtern befahl, hundert Stürze zu machen. Außerdem verhinderte es, dass die Keiler das Gewicht von Sattel und Reiter vergaßen.

Weide versuchte, die Barbaren davon abzuhalten, verwöhnt zu werden. Verdammt, sie versuchte zu verhindern, dass ihre ganze Rotte verweichlicht wurde, aber es war schwer, selbst die verlassenste Schlucht von Hundsfälle nicht als Paradies zu betrachten, nach der langsam verschlingenden Hölle von Teilsieg. Augenweide saß sauber geschrubbt nach einem Arbeitstag am felsigen Ufer des Teiches und wusste, dass eine Mahlzeit mit der sinkenden Sonne näher rückte. Dennoch konnte sie sich der verführerischen Zufriedenheit, die Sperling ergriffen hatte, nicht völlig hingeben.

Die meisten der Schlammköpfe lungerten am gegenüberliegenden Ufer herum, und einige schliefen bereits. Der Abstand, den die Bastarde ihrer Anführerin zum Baden gelassen hatten, entsprang einer unbeholfenen Mischung aus Respekt vor ihrer Position und dem starken Bedürfnis, keinen steifen Lümmel zu bekommen. Weide hatte ihr Hemd und ihre Hose schon vor einer Weile angezogen, aber die Trennung blieb bestehen und wartete darauf, von ihr durchbrochen zu werden. Sie setzte sich, da sie keine Lust hatte, aufzustehen und die Distanz zu überwinden.

Dacia tat es für sie.

Zuerst dachte Augenweide, die Frau würde nur die Gesellschaft der Schlammköpfe verlassen, aber sie ging um das Ufer herum und näherte sich ohne Zögern. Nicht mehr als einen Schritt entfernt, holte sie ein Rasiermesser hervor.

Weides Hand schnellte zu einem der Katare in ihrem Gürtel, der neben ihr auf den Felsen lag.

»Frieden, Frau! Verdammt«, sagte Dacia, blieb stehen und hielt die Hände hoch. Sie war mehr beunruhigt als alarmiert. »Wer dich töten will, braucht dafür mehr als eine Schwanzlänge scharfen Stahls.«

Augenweide entspannte sich und legte ihre Hand zurück in ihren Schoß. »Ich schätze, ich bin mir, was meine Schwachstellen angeht, nicht ganz so sicher.«

»Na ja, ich habe nur die Absicht, Haare zu schneiden, nicht Kehlen«, sagte Dacia, immer noch empört. »Dein Kopf wird langsam stachlig. Wenn du die Elfenfrisur behalten willst, muss sie gepflegt werden.«

Augenweide rieb sich mit einer Hand über die Seite ihrer borstigen Kopfhaut. »Ich weiß nicht. Ich weiß nicht, warum ich es überhaupt getan habe. Jetzt kommt es mir wie eine Dummheit vor.«

»Du wolltest deinen Reiter ehren. Das ist keine Dummheit. Etwas von ihm in der Nähe behalten. Es hätte ihm gefallen.«

Weide presste die Lippen aufeinander. Honigwein hätte es geliebt.

»Soll ich mich darum kümmern oder nicht?«, stachelte Dacia sie an.

»Ja«, sagte Weide zu ihr. »Bitte.«

Mit zustimmend gekräuselten Lippen kam Dacia und hockte sich neben sie.

Augenweide betrachtete das kleine Rasiermesser in ihrer Hand, als Dacia es anhob. »Eine Schwanzlänge aus Stahl?«

»Du hast offensichtlich noch nie einen Weichling gefickt«, brummte Dacia und legte Weides Kopf schief. Die Klinge kratzte glatt und gerade über ihren Schädel.

»Du hast das schon mal gemacht«, sagte Weide.

»Ich habe mehr Schafe geschoren, als du dir vorstellen kannst«, antwortete Dacia. »Ich habe sie auch kastriert. Ein oder zwei Mal das Gesicht eines Mannes rasiert.«

»Einen von ihnen kastriert?«

Das Rasiermesser schabte. Die Frau antwortete nicht. Als sie mit einer Seite fertig war, stand sie auf, machte einen Schritt und ging wieder in die Hocke, um mit der anderen Seite zu beginnen.

»Ihm hätte dieser Ort auch gefallen«, sagte Dacia, und ihr Atem strich mit der Klinge über die Haut. »Im Elfenland zu sein.«

Weide konzentrierte sich darauf, ruhig zu bleiben. »Wer? Du meinst Honigwein?«

»Es fällt mir schwer, mir ihn anders als Fadrique vorzustellen, aber ja.«

»Er hat dir seinen Geburtsnamen verraten?« Weide war überrascht.

Dacia gab ein Geräusch von sich, als wäre das unwichtig. »Der einzige Name, den er hatte, als ich ihn kannte.«

Weide drehte den Kopf ein wenig zu schnell vom Rasiermesser weg. Die Klinge ritzte in ihre Kopfhaut und Dacia fluchte.

»Zum Teufel mit dir! Halt still! Willst du auch so vernarbt werden wie ich?«

»Du kanntest Honigwein?«, wollte Weide mit starrem Blick wissen.

»Das ist ein halbes Leben her«, sagte Dacia. Sie leckte sich den Daumen und betupfte Weides Kopf, wobei sie auf den winzigen Schmerzpunkt drückte. »Ich mache es fertig, wenn es aufhört zu bluten.«

Mit anklagendem Blick ließ sich Dacia neben Augenweide nieder.

»Wir arbeiteten auf dem Land desselben Herrn in Hispartha«,

erklärte sie. »Ich war ihm ein Dutzend Jahre voraus oder mehr. Ich machte die Finger der besser aussehenden Feldarbeiter in meiner Möse schon klebrig, da war er noch nicht mal alt genug, um eine Bahn Weizen zu mähen. Kein Grund für ihn, sich an mich zu erinnern. Außerdem hatte ich die hier noch nicht.« Dacia fuchtelte mit ihrer Hand vor ihrem vernarbten Gesicht herum. »Mein Haar wurde bereits grau, als ich ihn in Teilsieg wiedersah. Er war erwachsen geworden, fülliger, hatte eine Hand verloren, aber er war es ... dieser kleine Mischlingsjunge, der in die Elfen verliebt war. Fadrique. Ich konnte es nicht glauben, aber ich nahm es als ein Zeichen.«

»Ein Zeichen?«

»Dass ich das Richtige tat, indem ich die Bastarde suchte.«

Weide lächelte ein wenig. »Weil er gegangen ist, um das Gleiche zu tun.«

»Scheiße nein. Der Junge war abgehauen, um sich den verdammten Elfen anzuschließen. Hier! In Hundsfälle!«

Weide sah sie zweifelnd an.

»Ganz sicher!«, verkündete Dacia und hob eine Hand wie zu einem Schwur. »Einer unserer Erntehelfer war eine Rosthaut. Ein netter Kerl. Unermüdlich. Er liebte es, Geschichten zu erzählen, Elfenlegenden und so weiter. Er erzählte sie jedem, der zuhören wollte. Wie sein Volk einst gelebt hatte, wie die Orks kamen und ihr Land zerstörten, wie nur wenige Elfen die alten Traditionen bewahrten und die stolzesten, stärksten und weisesten aller Spitzohren waren. Er war voller Liebe zu diesen Wilden und sagte, dass die Elfen vergessen hätten, wie man lebt, dass die Zivilisation sie zu Verrätern an ihren Traditionen gemacht habe. Und so weiter und so fort!«

Dacia gab ein Geräusch von sich, das sowohl Belustigung als auch Abscheu ausdrückte. Sie hob einen Stein auf und schnippte ihn in den Teich.

»Nach ein paar Jahren wollte niemand mehr zuhören. Außer dem kleinen Fadrique. Er verschlang alles und verlangte nach mehr. Sie arbeiteten den ganzen Tag Seite an Seite, wobei die Zunge des alten Elfen nie aufhörte zu schnalzen und die Ohren des Mischlingsjungen nicht müde wurden, zuzuhören. Aus Legenden wurden Lektionen, und bald waren alle Worte, die zwischen ihnen fielen, in Elfensprache. Der Verstand des Jungen war scharf wie die Peitsche eines Landvogts und doppelt so schnell.«

»Das war er«, sagte Weide.

»Du wirst doch nicht weinen, wenn ich weitererzähle, oder?«, fragte Dacia und sah besorgt aus. Und das nicht um Weides willen.

»Fick dich.«

Dacia nickte zufrieden und atmete erleichtert auf. »Also, gerade als Fadrique anfing, Haare am Sack zu bekommen, ist er auf und davon. Der verdammte Kopf war zu diesem Schopf rasiert und all das. Er wollte unbedingt die Elfen finden, die sich an die alten Bräuche hielten, unten in Ul-wundulas, sagte er. Er versuchte, den alten Elfen dazu zu bringen, mit ihm zu gehen, aber es stellte sich heraus, dass dieser nur große Reden schwang. Zu sehr von Hispartha gezähmt, nehme ich an. Oder er war einfach nur ein Feigling, der sich selbst gerne reden hörte. Ich weiß es nicht, er lebte nur noch ein Jahr oder so, nachdem sein Schüler abgehauen war. Wir dachten auch, Fadrique sei tot. Die Geteilten Lande hatten den Ruf, harte Männer zu töten, ganz zu schweigen von einem Mischlingsjungen mit verklärtem Blick, der sich den Sprossen anschließen wollte. Ich habe noch nie von einer dümmeren Idee gehört. Aber er fand trotzdem seinen Platz, denn er saß rittlings auf einem Keiler, war der Bruder einer Rotte und fühlte sich in den Geteilten Landen so wohl wie jeder andere. Und immer noch mit diesen verdammten Sprossenfedern! Um ehrlich zu sein, sah es jetzt gar nicht mehr so dumm aus. Es sah ... ich weiß nicht, *richtig aus.*«

»Verdient«, sagte Weide leise.

»Das war's. Verdient.«

Weide wusste nur wenig über Honigweins Leben vor der Rotte. Sie bezweifelte, dass sogar Schlangenschlupf alles wusste, obwohl sie sich als Schlammköpfe und auch danach sehr nahegestanden hatten. Honigwein hatte nie darüber gesprochen, woher er kam. Seine Gedanken waren immer fest nach vorne gerichtet.

»Hast du es ihm jemals gesagt?«, fragte Weide. »Dass du ihn gekannt hast?«

»Nein. Ich muss zugeben, es bereitete mir eine kleine Freude, ein Geheimnis zu haben. Etwas zu haben, das der scharfsinnige Bastard nicht herausgefunden hat. Aber jetzt ... Ich wünschte, ich hätte etwas gesagt. Ich hätte zu gern sein Gesicht gesehen, wenn ich ihm sagte, dass ich wie er wegen einer dummen Idee gegangen bin.«

»Um die Häuptlingsfrau zu finden?« Weide warf auch einen Stein ins Wasser. »Das war noch dümmer als dumm.«

»Verdammt.« Dacia stieß ein barsches Lachen aus. »Ich war mir nicht einmal sicher, ob es wahr ist. Geschichten von den Geteilten Landen sind in Hispartha weitverbreitet. Es ist schwer, die Spreu vom Weizen zu trennen. Aber als ich das hörte, konnte ich irgendwie nicht länger bleiben. Das Leben in diesem verdammten Land war nie einfach. Und oft steckte man bis zur Nase im Elend. Ich habe mir nie große Sorgen um Orks oder Zentauren gemacht, aber ... wir hatten unsere eigenen Monster. In gewisser Weise schlimmer, denn niemand will sie bekämpfen. Wenn man es tut, bezahlt man dafür. Und zwar nicht mit dem Tod, sondern täglich, immer und immer wieder. Sie bestrafen dich mit dem Leben auf dem Landsitz eines Lords. Fadrique hörte diese alten Elfengeschichten und er konnte nicht mehr bleiben. Ich hielt ihn für verrückt. Und dann habe ich gar nicht mehr an ihn gedacht. Aber eines Nachts hörte ich von der Mischlingsfrau, die Herrin über eine Rotte wurde. Am nächsten Morgen verließ mein Verstand diesen Hof. Am Tag danach meine Füße. Ich konnte einfach nicht bleiben. Nicht mehr.«

»Ein Glück für dich, dass die Geschichte wahr ist, denke ich.«

»Ein Glück, dass ich auf dem Weg nach Süden Incus getroffen habe!«, rief Dacia aus. »Ohne sie hätte ich es nie durch die Schmelzlinge geschafft. Sie ist auch vor ihren Meistern geflohen. Und zwar aus demselben Grund wie ich. Als wir die Geteilten Lande erreichten, erfuhren wir von einigen unabhängigen Reitern, dass du keine Fabel bist. Sie sagten uns, wir sollten uns in das Bordell begeben, das dem Kastell am nächsten liegt, und dass eines Tages Reiter aus deiner Rotte vorbeikommen würden. Also warteten wir. Incus hatte etwas Geld von ihren Gewinnen, und Rhecia vermietete uns ein Zimmer.«

Weide versuchte, nicht zu fragen, aber die Neugierde zwang sie trotzdem dazu. »Und Ahlamra?«

»Ahlamra war schon da«, antwortete Dacia und versuchte, sorglos zu klingen, aber in ihrer Stimme und in ihren Schultern war eine gewisse Anspannung zu spüren. »Wie du dachte ich, sie sei eine Hure. Aber nein. Nur noch jemand, die angezogen wurde von ...«

Sie brach ab, fummelte am Rasiermesser herum.

»Mir«, beendete Weide.

»Ich denke schon«, sagte Dacia, wobei ihr Kiefer verärgert knirschte, während sie weiter auf das Rasiermesser starrte. »Ich kannte sie nicht gut genug, um sagen zu können, was sie in dir sah. Es muss wertvoll gewesen sein, damit sie so einen weiten Weg auf sich nahm. Aber du hast nichts in ihr gesehen, also was macht das schon?«

Weide ließ dies das letzte Wort sein. Sie hatte auf den Wert von Ahlamra gewettet. Die Zeit würde zeigen, ob sie die richtige Wette eingegangen war. Die Zeit, aber möglicherweise nicht Weide selbst. Wenn sie dieses Tal nie verließ, würde sie dem nächsten Häuptling erzählen müssen, was sie getan hatte. Bis dahin würde sie schweigen.

Nach einem Moment schob Dacia ihre Unzufriedenheit beiseite und blinzelte auf Weides Kopf. »Kein Blut mehr. Lass uns diesen Job zu Ende bringen und sehen, ob wir vermeiden können, ihn noch mehr zu vermasseln.«

Weide gehorchte, beugte ihren Hals und blieb regungslos, während das Rasiermesser seine letzten Züge machte.

»So«, verkündete Dacia. »Jetzt siehst du wie ein richtiger Elf aus.«

»Danke«, sagte Weide und betastete die glatte Haut.

Dacia stand auf und überlegte etwas.

»Wie kam es zu diesem Namen?«, fragte sie. »Honigwein?«

Weide sah hoch. »Ich werde dir den Grund für seinen Rottennamen verraten, wenn du deinen eigenen bekommst.«

»Ich werde dich daran erinnern.«

»Daran zweifle ich nicht.«

Die Schlucht summte von dem inzwischen vertrauten sägenden Geräusch einer Sprossenkriegskeule. Weide riss ihren Kopf hoch. Das Geräusch wurde immer intensiver, die scharfen Wellen des Gesangs überlagerten sich mit antwortenden Keulen.

»Was zur Hölle?«, sagte Dacia.

Sperling erschien durch das Gebüsch.

Weide sprang auf und warf der Elfe einen fragenden Blick zu.

»Eindringling«, sagte sie. »In Hundsfälle.«

Scheiße.

Weide brüllte über den Teich. »Waffen!«

Die meisten Rottenbrüder und Schlammköpfe waren bereits von dem Lärm geweckt auf den Beinen. Dacia rannte los, um Incus wachzurütteln.

»Schlammköpfe!«, rief Weide. »Ruft unsere Leute zusammen. Bringt alle in die Haupthütte. Bleibt zusammen. Los! Bastarde, mit mir!«

Sie rannte in Richtung des Keilergeheges.

»Was ist los, Häuptling?«, fragte Iltis und hob seinen Sattel hoch. Die Alarme gingen weiter, immer lauter und eindringlicher. »Die Rosthäute klingen verängstigt.«

Weide schnappte sich ihren eigenen Zaum und warf ihn über Schoßbesens Rücken. Sperling tauchte auf der anderen Seite des Keilers auf. Ihr sonst so gelassenes Gesicht war vor Entsetzen wie eingefroren. Sie hatte gesagt, Ruin würde es nicht riskieren, hierherzukommen. Ihr Irrtum hatte sie fassungslos gemacht.

Weide zog den Gurt fest an. »Ist er es?«

»Niemand kann bis hierhin vordringen«, antwortete Sperling.

»Geh wieder zur Hütte.«

»Nein. Du wirst mich brauchen, um die Warnlieder zu entziffern.«

Weide gab nach und zuckte mit den Schultern. Die Bastarde waren aufgestiegen und warteten auf Anweisungen.

»Haben wir noch einen anderen Weg in diese Schlucht gefunden?«, fragte Weide.

»Nein«, antwortete Schlangenschlupf. Er deutete auf den nahen Pfad. »Alles, was kein Vogel ist und rein will, muss da runter.«

»Was ist mit den Hunden?«, drängte sie. »Können wir unser Leben darauf verwetten, dass sie keinen anderen Weg nutzen können?« Es entstand eine Pause. »Verdammt. Schleich, mach dich auf den Weg. Überprüf jeden verdammten Winkel.«

Er ritt durch das Dickicht davon.

»Der Rest von uns bleibt hier«, befahl Weide. »Spickt alles mit Federn, was den Weg entlangkommt.« Sie schwang sich in den Sattel und lud ihre Armbrust.

Sie suchten sich einen Platz abseits des Hohlwegs, der ihnen eine gute Sicht bot. Sie würden vielleicht zwei Salven abfeuern können, bevor sie zum Sturmangriff gezwungen waren. Die Sprossenalarme ertönten weiterhin, aber sie schienen sich zu bewegen, die Muster schwankten. Sperling stand neben Weides Knie und konzentrierte sich auf die widerhallenden Töne.

»Die Krieger sind auf der Suche«, erzählte sie nach einer Weile. »Der Eindringling entzieht sich ihnen.«

Die Bastarde hielten Wache und ihre Armbrüste im Anschlag. Weide überlegte, ob sie einen Läufer zu Grasmückes Hütte schicken sollte, und verfluchte sich dafür, dass sie den Schlammköpfen nicht gesagt hatte, dass sie Bericht erstatten sollten. Sie drehte sich um, um Übeltäter zu sagen, dass er gehen sollte, aber ihr Befehl wurde von einem donnernden Brüllen verschluckt. Es erfüllte die Schlucht, bewegte die Luft. Es war anders als der Gesang der Sprossenwaffen, aber nicht weniger vertraut.

Es war Belicos zornige Stimme.

Weide fing den Blick von Vollkorn auf.

»Xhreka«, sagte er und riss Matschepatsch herum.

»Bleibt hier!«, sagte Weide zu den anderen. »Haltet nach Hunden Ausschau!« Sie gab Schoß die Fersen und folgte Vollkorn.

Die Schlucht heulte von innen heraus, als wäre ein Sturm vom Himmel gefallen und zwischen den Bäumen gelandet. Als ihre Keiler durch das Gestrüpp und um aufgequollene Baumstämme herum auf die Quelle zustürmten, war Weide erleichtert, dass sie nicht zur Hütte, sondern in das sumpfige Zentrum der Schlucht geführt wurden. Dichtes Gestrüpp, Schlamm und Dornen versperrten ihnen den Weg, bis sie sich gezwungen sahen, abzusteigen, ihre Keiler zurückzulassen und zu Fuß weiterzugehen. Vollkorn kämpfte sich durch das Unterholz, wich Ästen aus, sprang über Felsbrocken und nutzte seine Masse, um sich einen Weg zu bahnen, wenn Wendigkeit versagte. Weide blieb ihm dicht auf den Fersen.

Das Geräusch verstummte so schnell, wie es gekommen war. Sie blieben einen Moment stehen, sahen sich an und keuchten. Xhreka hatte den Ork schon einmal zurückgeschlagen. Sie konnten nur hoffen, dass sie es wieder getan hatte. Die Alternative zur Beendigung von Belicos Wut wollten sie gar nicht erst in Betracht ziehen. Sie gingen weiter. So tief drinnen war die Schlucht in Finsternis gehüllt. Ohne die Stimme, der sie folgen konnten, befürchtete Weide, dass sie nichts weiter taten, als blindlings und verzweifelt zu suchen. Aber Vollkorn schien die Gewohnheiten des Halblings zu kennen, denn er führte sie zu einer Lichtung, die von den seichten Rinnsalen eines unterbrochenen Baches durchzogen war. Dort lag ein Korb, aus dem sich Schnecken bereits in aller Seelenruhe verzogen. Von dort aus war die Spur leicht zu verfolgen. Die Bäume waren krumm und schief, einige entwurzelt, und die aufgeweichte Grasnarbe war übersät mit abgefallenen Ästen. Das Ergebnis des Atems eines Gottes.

Sie fanden sie nicht weit von der schlimmsten Verwüstung entfernt in einer überschwemmten Senke. Der Halbling kniete hüfttief im stehenden Wasser, das Kinn auf die Brust gestützt. Vollkorn rutschte eine steinige, moosbewachsene Böschung hinunter, erreichte den Grund der Senke, stapfte durch den Teich und erreichte Xhrekas Seite. Weide blieb am Ufer stehen und suchte mit der Armbrust im Anschlag die Umgebung mit Blicken ab.

»Sie ist am Leben!«, verkündete Vollkorn.

Weide platschte in den Teich, immer noch wachsam. Der Halbling war kaum bei Verstand, murmelte etwas und schwankte wie betrunken. Vollkorn hatte seine große Hand um ihren Nacken gelegt und stützte sie.

»Xhreka! Wo ist er hin?«

Sie zeigte auf etwas. Ihre Hand schwankte und wanderte, umfasste das halbe umliegende Dickicht, bevor sie wieder zur Ruhe kam. Als sie sich umsahen, erkannten sie einen groben Korridor aus abgeknicktem Gestrüpp und abgebrochenen Ästen, der vom anderen Ende des Teiches wegführte.

»Bring sie hier weg«, sagte Weide und ging zu der Stelle, auf die Xhreka den Ork offensichtlich geschleudert hatte.

»Du kämpfst nicht allein gegen dieses Ding.«

»Welche Wahl gibt es denn? Vielleicht kann ich ihn hinhalten, bis die Sprossen eintreffen. Abmarsch!«

Unglücklich stand Vollkorn auf und nahm den Halbling auf seine Arme.

Weide betrat den Tunnel aus zerrupftem Laubwerk. Wenn Ruin verletzt war, konnte sie ihn vielleicht erledigen. Mal sehen, ob er einen Bolzen durch das Auge abwehren konnte. Sie kam am Ende an und fand eine leere Vertiefung aus Schwarzdorn. Er war hier gestürzt, aber schon weg, auf der Flucht.

»Scheiße!«

Sie wirbelte herum und kehrte zum Teich zurück.

Auf der anderen Seite des Weges stieg Vollkorn die Böschung hinauf und verließ die Senke. Eine dunkle Gestalt kam über den Gipfel, bewegte sich schnell und bereitete sich darauf vor, sich dem Dreiblut zu nähern, wenn dieses die Anhöhe erklomm. Er konnte die Gestalt nicht sehen.

»VOLLKORN!«

Er drehte sich auf ihren Ruf hin um, sah ihre Geste und änderte seinen Kurs sofort, wobei er mehr rutschte als lief, Xhreka schützend an seine Brust gedrückt. Der Schatten verfolgte ihn.

Weide presste ihre Armbrust gegen die Schulter und ließ den Bolzen los. Die angreifende Gestalt wurde am Oberschenkel getroffen, taumelte und stürzte die Böschung hinunter. Vollkorn hatte den Fuß der Böschung erreicht, drehte sich um und betrachtete die gefallene Gestalt, die zu klein war, um Ruin zu sein.

»Das ist kein Ork!«, rief er über den Teich. »Ein verdammter Turbantr...«

Die Gestalt sprang auf und stürzte sich auf das Dreiblut. Vollkorn griff nach seinem Schwert, wurde aber von dem benommenen Halbling behindert. Fluchend sprintete Weide mit stampfenden Stiefeln durch den Teich zu Hilfe. Vollkorns Talwar war schon halb aus der Scheide gezogen, als sein schwarz gekleideter Gegner einen Arm nach vorne schleuderte und ein azurblaues Pulver auf seinen Kopf warf.

Weide hatte das blaue Zeug schon mal gesehen. Schlitzohr hatte es ihr in der Brennerei ins Gesicht geworfen, als sie ihn töten wollte. Es hatte nichts bewirkt, außer dass ihre Augen kurz brannten.

Vollkorn fiel wie von einem Hammer auf die Stirn geschlagen um.

Sein Angreifer trug das Gewand des Ostens, ein Kopftuch verdeckte das Gesicht. Eine kräftige Gestalt bewegte sich fließend unter den dunklen, lockeren Gewändern und beugte sich vor, um Xhreka zu packen, die zusammengesunken neben Vollkorn saß.

Aber Weide stürzte sich auf ihn, schrie wütend auf, riss ihren Talwar heraus und schwang ihn mit derselben Bewegung in seine Richtung. Ihr Gegner duckte sich, rollte sich ab und sprang seitlich von ihr hoch. Ihr Schwertarm wurde ergriffen und verdreht. Sie ging mit dem Druck mit, ließ sich schnell in die Hocke hinunter und entwand sich dem Griff. Dann richtete sie sich auf, nahm mit der Schulter voraus Anlauf, stieß die vermummte Gestalt zurück und schlug erneut zu. Stahl klirrte auf Stahl, ihr Talwar wurde von einer schnell gezogenen, gebogenen Klinge pariert, die breiter und schwerer war als ihre. Weide hatte ähnliche Schwerter an den Hüften der Zahrazen gesehen.

Xhreka hatte gesagt, Zirko würde sie holen kommen. Es schien, als hätte der hinterhältige Priester seinen Preis für die Warnung der Turbanträger vor dem Verrätermond genannt und sie zu seinen Laufburschen gemacht.

Weide versetzte dem Mann peitschende Hiebe, damit er in der Defensive blieb. Er wich den Hieben geschickt aus und führte die größere Klinge mit der Geschwindigkeit eines echten Schwertkämpfers. Nur, dass er nicht nur ein Schwertkämpfer war. Weide erinnerte sich an das Pulver, den Armbrustbolzen, der ihn nicht einmal behinderte, und war auf der Hut vor weiteren Zaubern.

Während sie am Rand des Teichs entlang kämpften, waren in der Ferne Rufe zu hören, die immer näher kamen. Vollkorns Name und »Häuptling«-Rufe wurden hörbar. Die Rotte war auf der Suche nach ihnen.

»Hier unten!«, rief Weide und versetzte dem Zahrazen einen

weiteren Hieb. Er schwankte unter dem Stahl, sprang wieder vor und erwischte ihre Parierstange mit seinem Krummsäbel. Innerhalb eines Herzschlags war er zum Angriff übergegangen. Ein Hieb zielte auf ihren Kopf, erwies sich aber als Finte – die Klinge drehte sich weg, um nach ihrem Bein zu hacken. Weide wich seitlich aus, um ein abgetrenntes Glied zu vermeiden, und wurde in den Teich gezwungen. Das Wasser reichte kaum bis zu ihren Knien, aber es genügte, um sie zu verlangsamen. Die Hand des Zahrazen fuhr in sein Gewand, kam ruckartig wieder zum Vorschein und warf etwas Kleines, das neben Weides Bein plumpste und versank. Das Wasser brach aus wie ein Vulkan. Weide wurde von der Wucht mitgerissen und nach hinten geschleudert. Ihre Wirbelsäule klatschte auf das Wasser. Sie tauchte kurz unter, kam spuckend wieder hoch, das Schwert immer noch in der Hand.

Der Zahrazen rannte zurück in Richtung Xhreka. Oben auf dem Rand der Senke erschienen drei vertraute Gestalten, die Armbrüste in der Hand hielten.

Weide zeigte mit ihrem Talwar auf den rennenden Mann. »Bringt ihn zur Strecke!«

Übeltäter war der Erste, der seinen Bolzen abfeuerte, aber er war zu hastig und sein Bolzen ging daneben. Iltis stand auf der Kante gegenüber dem Zahrazen und ließ den Bolzen von der Sehne. Ohne seinen Schritt zu unterbrechen, schnitt der Turbanträger mit seinem Säbel den Bolzen aus der Luft. Er war noch vier Schritte von dem Halbling entfernt, als ihn der Bolzen von Schlangenschlupf in den Rücken traf, direkt oberhalb der Hüfte. Die Wucht wirbelte ihn herum und brachte ihn zu Fall. Er fiel in Reichweite von Xhreka, und Weide war nicht weiter überrascht, als er wieder aufstehen wollte. Sie pflügte durch den Teich, die Knie schnitten durchs Wasser. Die Bastarde über ihr luden ihre Armbrüste nach.

Vollkorn kam gerade zu sich, als der Zahrazen auf die Knie ging. Das Dreiblut knurrte, sprang vom Boden hoch und griff den Mann mit dem Speer an. Er nagelte ihn fest und ließ Schläge mit Faust und Ellbogen auf ihn niederprasseln, aber er war immer noch betäubt von dem Pulver und die Schläge waren unbeholfen.

Iltis rief ihm zu, er solle verschwinden. Übeltäter kletterte eilends hinunter, um zu helfen.

»Bleib zurück!«, befahl Weide, da sie wusste, dass der junge Reiter nicht die Fähigkeiten besaß, um es mit diesem Gegner aufzunehmen. Sie war nur wenige Schritte entfernt, als der Zahrazen die Hand packte, die ihn am Boden hielt, und sie zur Seite riss, wodurch Vollkorn das Gleichgewicht verlor. Das Dreiblut fiel nach vorne, und sein letzter Hieb traf nur Schlamm, während sein Gefangener unter ihm wegrollte.

Übeltäter stürmte ohne Rücksicht auf Weides Protestschreie vor und schwang seinen Talwar. Der Zahrazen erwischte sein Handgelenk, rammte ihm ein Knie in die Eingeweide, packte seinen Armbrustriemen und schleuderte ihn zu Boden, wobei der Gurt riss. Er warf die Armbrust nach Iltis. Sie schleuderte gegen die Waffe des Mischlings, mit der dieser auf ihn zielte. Ächzend stolperte Iltis zurück, sein Bolzen löste sich und schoss in die Luft. Vollkorn hatte sich aufgerappelt und packte den Mann von hinten, gerade als Weide sie erreichte. Er trat aus und stieß sie zurück ins Wasser. Als sie sich wieder aufzurichten versuchte, sah sie, dass Vollkorns massive Arme um den kleineren Kämpfer geschlungen waren, aber sein Griff lockerte sich. Mit einem kehligen Geräusch der Anstrengung wirbelte Vollkorn seinen Fänger herum und schleuderte ihn über Weides Kopf hinweg. Er landete in der Mitte des Teichs.

Und auf den Beinen.

Er wollte losrennen, und Weide machte ihren Talwar bereit.

»Mädchen.« Xhrekas Stimme erscholl von hinten. »Geh weg.«

Weide wusste, was kommen würde, und wich zur Seite aus.

Belico heulte seinen Unmut heraus und verwandelte die Welt in einen kreischenden Sturm. Weide erhob sich aus dem Schlamm, blinzelte gegen den Ansturm der Trümmer und sah die Halblingsfrau mit den Füßen auf dem Boden und vorgestrecktem Kopf dastehen. Die Lider ihres fehlenden Auges klafften auf und enthüllten einen schreienden Mund. Der Teich kräuselte sich durch die Kraft, die aus diesem Mund strömte, und wurde zu einem feinen Nebel. Der Zahrazen, der von Wasser, Wind und dem brutalen Gewirr durchgeschüttelt wurde, stemmte sich dagegen, wobei sein nasses Gewand wogte und zerriss. Sein linker Arm hob sich und schützte sein Gesicht vor der Wucht des Mahlstroms.

Weide fluchte, als er einen Schritt nach vorn machte.

Sie stand auf und hatte keine Ahnung, wie sie sich durchsetzen sollten, wenn Xhreka versagte. Die Halblingsfrau wurde schwächer und war bereits auf die Knie gesunken. Der Zahrazen setzte seine langsamen, aber unaufhaltsamen Schritte fort. Der Lärm wurde schwächer, sodass Weides eigene Stimme zu hören war.

»Macht euch bereit!« Sie zog ihre Armbrust nach vorn und lud nach.

Xhreka brach zusammen. Belico verstummte.

Die Armbrüste zielten, aber als der Zahrazen seinen Arm senkte, wurden keine Bolzen ausgelöst. Das Kopftuch war zurückgeschlagen und das Gesicht, das sich darunter offenbarte, ließ Weides Finger auf dem Abzug erstarren.

In der verblüfften Stille war Vollkorn derjenige, der es aussprach.

»Schakal?«

36

Schakal. Er war wieder da.

Und mit ihm kam das Chaos. Chaos innen und außen.

Die Bastarde schrien.

»Schak? Was zur Hölle tust du da, Bruder?!«

Vollkorn verlangte Antworten. Die große Gestalt schwankte zwischen dem Drang, zu seinem Freund zu eilen und dem, bei Xhreka zu bleiben, um sie zu schützen.

»Häuptling! Was machen wir jetzt!?«

Schlangenschlupf rief:

»Scheiße, das ist er nicht!« »Seid ihr alle blind? Schlitzohr hat ihn umgedreht. Vollkorn, nimm deine verdammte Armbrust hoch!«, ereiferte sich Iltis.

Bewegung hinter und über ihnen. Weitere Rufe. Diesmal auf

Elfisch. Die Sprossen waren gekommen, brachten mehr Forderungen, mehr gespannte Bogensehnen. Weide hörte alles, spürte die Bewegung, den verwirrten Zorn, die drohende Gewalt. Das Chaos draußen.

Innerlich war sie langsamer, quälend langsam. Die Armbrust war immer noch an ihre Schulter gepresst, ihre Augen visierten immer noch über den Bolzen hinweg das Gesicht an, das nicht hier sein sollte.

Auch er ignorierte den Aufruhr, den er heraufbeschworen hatte, und sah nur sie an. Tropfendes Wasser war alles, was sich an ihm bewegte.

Und Weide sah es. Er war nicht verzaubert, keine Marionette eines Zauberers. Er war Schakal. Dieselbe Gerissenheit, dieselbe Kühnheit, dieselben törichten Entscheidungen. Es stand alles in diesem leuchtenden, unerschütterlichen Blick geschrieben, dem Blick, der Bedauern darüber zeigte, entlarvt worden zu sein, dem Blick, der sie um Vergebung bat.

Für was, Schakal? Welches Vergehen soll man dir vergeben? Sie wollte schreien, ihre Stimme in den wachsenden Aufruhr einbringen. Aber das war nicht nötig. Es war alles in ihrem Gesicht zu lesen.

Augenweide senkte ihre Armbrust.

»Wahre Bastarde! Nehmt sie runter!«

Als sie sich umdrehte, um sich zu vergewissern, dass man ihr gehorchte, entdeckte sie ein Dutzend Sprossen am Rand der Senke, zwei davon mit Gesangsknüppeln. Iltis und Schlangenschlupf gaben ihr Ziel auf. In der Nähe rappelte sich Übeltäter auf, der gerade erst wieder zu Atem gekommen war. Vollkorns Armbrust war bereits auf den Boden gerichtet.

Im Teich hielt Schakal seinen Krummsäbel weiter in der Hand.

»Hast du dein Gehör nicht wiedergefunden?«, fragte Weide. »Ich habe den Mitgliedern meiner Rotte gerade gesagt, sie sollen die Waffen herunternehmen.«

Schakal öffnete seine Hand und überließ seine Klinge dem Wasser.

Die Hälfte der Sprossen begann den Abstieg. Sie näherten sich ihm von allen Seiten, während der Rest sie mit Bögen absicherte.

»Er ist einer der Meinen«, sagte Weide auf Elfisch. »Das war ein Missverständnis.«

Sie beachteten sie nicht. Schakal wurde umzingelt und aus dem Wasser getrieben. Er ging ruhig, obwohl Weide an der Haltung seiner Schultern erkannte, dass er verärgert war. Sie sah ihm nach und gab sich nach wenigen Augenblicken wieder dem Komfort seiner gewohnten Abwesenheit hin. Die Bastarde blieben allein in der Senke zurück und warfen sich gegenseitig entgeisterte Blicke zu.

Iltis und Schlangenschlupf trotteten herunter und scharten sich um Weide und Übeltäter. Vollkorn kniete wieder neben Xhreka, sein Blick entrückt und von Tränen verschleiert.

»Alles klar, Häuptling?«, fragte Iltis.

Sie machte ein finsteres Gesicht, um seine Besorgnis abzuwimmeln. »Geh und hol Schakals Schwert.«

Niemand sonst sprach, während Iltis im Dreck herumwühlte und vor sich hin murrte.

Alle sahen hoch, als sie Schritte hörten, und waren überrascht, Blindschleiche am oberen Rand der Talsenke zu sehen. Er ließ es selten zu, dass man ihn kommen hörte, aber das war nicht alles, was anders war. Er war blasser, wenn das überhaupt möglich war. Er gesellte sich gerade zu der Gruppe, als Iltis mit dem Krummsäbel zurückwatete.

»Du wirst nie erraten, wen wir gesehen haben«, rief der axtgesichtige Mischling.

»Schakal«, antwortete Schleich.

»Du hast ihn auch gesehen?«, fragte Schlangenschlupf.

»Nein. Er riecht noch genauso. Ich habe seinen Geruch wahrgenommen, kurz bevor ...« Blindschleiche hielt kurz inne und machte einen nachdenklichen Eindruck. Eine weitere Seltenheit.

Iltis schnippte mit den Fingern. »Er hat dich erwischt. Oh, Scheiße! Er hat dich ausgeschaltet!«

Aus Schleichs vorsichtiger Stille ging klar hervor, dass Iltis recht hatte. Dennoch war es verdammt schwer zu begreifen, für Schleich mehr als für jeden anderen von ihnen. Vielleicht war es nicht derselbe Schakal.

Weide ertappte sich dabei, wie sie an den anderen vorbei zu

Vollkorn sah, der mit seinem Daumen über Xhrekas Stirn strich. Der Halbling lebte, atmete regelmäßig, war aber bewusstlos.

»Bringen wir sie zurück zur Hütte«, sagte sie.

Auf dem Rückweg bedeutete Weide Schlangenschlupf, sich von den anderen zu entfernen.

»Warum habt ihr nach uns gesucht?«

»Sperling. Sie hat immer wieder ... diese Geräusche gelesen. Sie sagte uns, dass der Eindringling bereits hier sei und dass nur Sprossen den Weg hinunterkamen, also sind wir losgerannt, um zu helfen.« Sie gingen einen Moment lang nebeneinander her, beide schweigend und nachdenklich. Schlangenschlupf brach das Schweigen, kaum mehr als ein Flüstern. »Verdammt, Häuptling. Wie hat er das gemacht? Er hat sich nach Hundsfälle geschlichen. Schleich ausgeschaltet. Ich habe damals bei den Schlammköpfen Dinge über ihn gehört. Honigwein erzählte uns Geschichten. Ich habe ihn natürlich in der Brennerei gesehen, wie euch alle. Aber verdammt. War er schon immer so?«

»Nein.« Weide rieb sich das zerzauste Haar. »Doch. Irgendwie schon. Ich weiß es nicht.«

Sie legten Xhreka in Beryls Bett. Schlauberger kletterte neben ihr hoch und hielt ihre Hand. Die anderen Waisen kamen immer wieder herein, die Neugier und die Besorgnis der Kinder vermischten sich zu einer Flut, die Beryl immer wieder aus dem Zimmer jagen musste. Weide zog Grasmücke zur Seite, erzählte ihm die Neuigkeiten und winkte die Fragen ab, bevor er sie stellen konnte.

»Ich weiß es nicht, alter Haudegen. Er war es, das ist alles, was ich im Moment weiß.«

Sie ging weg von ihm, von allen, ging hinunter zum Badeteich und warf Steine hinein, bis der Boden um ihre Stiefel herum nur noch aus Matsch bestand.

Schwänze der Hölle, war sie erleichtert!

Er lebte, er war zurück, und das zu einer Zeit, in der die Rotte ihn dringend brauchte. Ein erfahrener Reiter, ein geschickter Kämpfer, ganz zu schweigen von den Kräften, die Zirko ihm verliehen hatte. Er besaß die Art von Stärke, die sie gegen Ruin brauchten. Vorausgesetzt, die Sprossen verbrannten ihn nicht bei lebendigem Leibe, weil er in ihre Heimat eingedrungen war, was auch immer für einen Blödsinn er dort angestellt hatte!

Weide stakste zu dem größten Felsen am Ufer, hievte ihn hoch über ihren Kopf und schleuderte ihn mit voller Wucht ins Wasser, wobei sie sich an dem gewaltigen Platschen erfreute. Sie stand da und schaute zu, bis auch die letzte Welle von der ruhigen Oberfläche des Teiches verscheucht wurde.

Sperling stand jetzt neben ihr.

»Es war nicht Ruin«, sagte Weide. Umsonst, wie sich herausstellte.

»Ich weiß.«

»Es war Schakal.« Weide war sich nicht sicher, ob Sperling das auch wusste, aber sie sagte es trotzdem. »Er ist hier, um Xhreka zurück nach Strava zu bringen. Das ist verdammt sicher. Weil der verdammte Zirko es ihm befohlen hat!«

»Er hat einen Handel abgeschlossen.«

Weide schnaubte. So einfach war das, nicht wahr? Die Konsequenzen waren es jedoch nicht.

»Was wird mit ihm geschehen? Denn wenn deine Leute ihre große Schlange nicht verlieren wollen, sollten sie es sich zweimal überlegen, ob sie ihn in ihre Höhle werfen. Schakal hat eine Art von ... wem sag ich das, du weißt doch, wie er ist.«

»Mutig. Impulsiv. Unermüdlich.«

»Er ist ein verdammter Idiot.«

»Akis'naqams Ziel ist es, den Dreck zu verzehren. Alles andere ist unbedeutend für sie.«

»Was dann?«

»Er wird von der Sitzenden Jugend verurteilt werden. Als seine Anführerin wirst du wahrscheinlich auch vorgeladen werden.«

»Ich habe keine Ahnung, was ich ihnen über ihn erzählen soll.«

»Die Wahrheit wäre das Beste.«

Augenweide bekam einen sauren Geschmack im Mund. »Es gibt über ein Jahr lang eine Wahrheit über ihn, die ich nicht kenne.«

»Dann ist das die Wahrheit, die du sagen musst. Die Sitzende Jugend wird meine Anwesenheit in dieser Angelegenheit nicht zulassen. Du musst in der Lage sein zu sprechen und zu verstehen. Öffne deinen Mund.«

Weide zog eine Grimasse. »Nicht das schon wieder.«

»Nein. Es ist etwas mehr erforderlich.«

Das gefiel Weide noch weniger und sie teilte ihre Lippen. Sperling streckte die Hand aus und drückte ihren Daumen auf einen von Weides unteren Reißzähnen, bis das Fleisch durchbohrt war. Weide ließ das Blut auf ihre Zunge fließen und schluckte es hinunter, sobald Sperling ihre Hand entfernte.

Augenweide hustete und stöhnte. »Ich hasse Magie!«

Sperling hatte recht, was die Vorladung anging. Die Sprossen kamen bald herunter und verlangten, dass Weide sie zusammen mit Xhreka begleitete. Die Halblingsfrau war wach, aber noch sehr schwach.

»Sag ihnen, dass sie nicht gesund genug ist«, knurrte Vollkorn vom Bett her.

»Wir haben keine andere Wahl, Vollkorn«, sagte Weide ihm so sanft wie möglich.

Xhreka setzte sich auf und zuckte ein wenig zusammen. Sie schlug Vollkorns helfende Hände weg. »Mir geht's gut. Hör auf, so ein Getue um mich zu machen.« Ihr eines Auge drehte sich in Richtung der anderen Seite des Bettes, um Beryl anzuschauen. »Obwohl du es ehrlich meinst.«

Weide machte ihr Platz, als sie die Hütte verließ, weniger stabil, als sie behauptete, aber sie verbarg es gut. Der Weg nach oben würde nicht leicht für sie sein. Vollkorn musste das Gleiche gedacht haben, denn er hatte die Absicht, mitzugehen. Doch die Sprossen hatten andere Pläne.

»Nur ihr«, sagte einer von ihnen und zeigte auf Weide und Xhreka.

Vollkorns Elfischkenntnisse waren bestenfalls dürftig, aber er verstand, was gemeint war, und sträubte sich. »Versuch, mich aufzuhalten.«

In dieser Stimmung hätte das Dreiblut wahrscheinlich die ganze Eskorte zertrampelt, aber Weide schritt ein und legte ihm eine Hand auf die Brust.

»Was soll das? Versuchst du, ich zu sein und einen Krieg zu beginnen?«

»Ich komme mit«, beharrte er und klang dabei so wie damals, als sie Kinder waren.

»Vollkorn. Ich werde nicht zulassen, dass ihr etwas zustößt. Verstehst du mich?«

Vollkorns Kiefer arbeitete unter seinem Bart und sein Blick huschte unsicher von ihr zu dem Halbling und wieder zurück. Sein Atem war schnell und flach.

Weide stieß einen kurzen Pfiff durch ihre Zähne aus, um seine Aufmerksamkeit zu erregen. »Sie wird in Sicherheit sein.«

Er nickte. »Wenn du das sagst, Häuptling.«

Sie gab ihm einen leichten Klaps auf die Wange. »Nein, Weide sagt das.«

Vollkorn atmete erleichtert und verlegen aus und trat einen Schritt zurück.

Xhreka trug zur Beruhigung bei. »Wir sehen uns in Kürze, Idris.«

Sie gingen mit den Elfen. Sobald sie außer Hörweite waren, stellte sich der Halbling neben Augenweide.

»Meinst du, wir haben ihn angelogen?«

»Oh, verdammt, ja.«

Der Aufstieg war schwierig, aber Xhreka wollte sich nicht tragen lassen, und so ging es nur langsam voran. Schließlich erreichten sie die Höhle der Sitzenden Jugend.

Schakal stand in der Mitte, unbewacht und ungefesselt. Er schien nicht verletzt zu sein, aber das bedeutete wenig. Die Sprossen könnten ihn gefoltert haben, seit er das Tal verlassen hatte, und die wiederherstellenden Gaben von Attukhan hätten die Beweise vernichtet. Doch Weide glaubte nicht, dass das ihre Art war. Zumindest noch nicht.

Ihre Führer gaben Weide und Xhreka ein Zeichen, sich zu ihm zu gesellen, bevor sie sich entlang der Wände verteilten, die den Eingang flankierten. Als Weide neben Schakal auftauchte und sich zwischen ihn und Xhreka stellte, spürte sie, wie er zu ihr hinübersah, behielt aber ihren Blick auf den Rat vor ihnen gerichtet.

Das älteste Mädchen ergriff als Erste das Wort und wandte sich an Weide.

»Wir möchten wissen, was ihr über denjenigen wisst, der in unser Land eingedrungen ist.«

»Sein Name ist Schakal«, antwortete Augenweide, befolgte Sperlings Rat, ehrlich zu antworten, und dankte ihr innerlich für das Beherrschen der Elfensprache. »Er ist ein Mitglied meines Stammes, aber er war wegen einer Aufgabe, die ich ihm gestellt habe, unterwegs.«

»Und?« Dies kam von einem jüngeren Mädchen.

»Und er hätte nicht hierherkommen sollen.«

Der blinde Junge legte den Kopf schief. »Warum hat er das getan?«

»Hast du ihn gefragt?«

»Das haben wir«, antwortete derselbe Junge. »Aber wir wollen hören, was du glaubst.«

Weide holte tief Luft und stieß sie langsam wieder aus. »Er ist Zirko, dem Hohepriester von Belico, verpflichtet.« Sie neigte den Kopf zur Seite in Xhrekas Richtung. »Zirko will sie, also hat er mit den Fingern geschnippt, und mein umherstreifender Bruder hier kam schwanzwedelnd angelaufen.«

»Ich kam angerannt, als man mir sagte, meine Rotte sei in Gefahr!«

Schakals Worte waren leidenschaftlich, an den Rat gerichtet, aber für Weide bestimmt. Es hätte sie nicht überraschen dürfen, dass er nun Elfisch verstand und sprach. Mehr Veränderungen, mehr Geheimnisse.

»Zirko sagte, dass sich unter meinen Brüdern etwas verbirgt«, fuhr er fort, »etwas, von dem sie vielleicht nicht wissen, dass es da ist. Es muss entfernt werden, bevor es sie zerstört. Als ich unsere Ländereien erreichte, dachte ich, es sei bereits geschehen.«

Weide verspürte einen Moment des Mitgefühls. Aber er war flüchtig, verjagt von dem größeren Schmerz, dem lebendigen Wissen, was wirklich geschehen war.

»Xhreka hat unsere Heimat nicht zerstört«, sagte sie zu der Sitzenden Jugend. »Sie hat uns geholfen, den Angriff derer zu überleben, die das getan haben.«

Das Gesicht des ältesten Elfenmädchens wurde ernst. »Der Fleischgewordene Ruin.«

»Er, ja«, antwortete Augenweide, bevor sie Schakal ansah, »und die Orkflecken.« Sie sah weg, bevor er ihren Blick erwiderte.

»Die Orkflecken?«, fragte der kleinste Junge im Rat.

»Ein weiterer Halb-Ork-Stamm«, antwortete Weide.

Ein älterer Junge deutete auf Schakal. »Was war die Aufgabe, die dieser für dich übernommen hat?«

»Mir den Kopf eines tyrkanischen Zauberers zu bringen, der unserem Stamm Unrecht getan hat.«

»Du wusstest nicht, dass er hierherkommen würde, um in unser Land einzudringen?«

»Nein.«

Das erste Mädchen hob eine Hand und der Elfenmann hinter ihr beugte sich vor. Es gab einen leisen Austausch. Danach richtete sich der Mann wieder auf, und das Mädchen wandte seine Aufmerksamkeit wieder Weide zu.

»Warum will der Heldenvater von Strava diesen Halbling?«

»Das musst du sie fragen.«

»Ich habe den Gott, den er erschaffen hat, in meinem Kopf«, verkündete Xhreka, ohne zu warten. Sie sprach Hisparthanisch, obwohl es offensichtlich war, dass sie die Sprossen verstand.

Mehr als die Hälfte der Sitzenden Jugend suchte nach dieser Aussage Rat, einige brauchten eine Übersetzung. Während sie wartete, konnte Weide nicht länger widerstehen. Sie sah Schakal an.

Er drehte sich sofort um. Er war wütend auf sie, weil sie ihn Zirkos Hund genannt hatte, verwirrt von den Antworten über Teilsiegs Sturz, aber das waren nur die frischesten Gefühle, ein paar Blätter, die gerade in einen Brunnen gefallen waren. Das tiefe Wasser darunter war Unsicherheit, Bedauern, Sehnsucht und dieselbe widersprüchliche Erleichterung, die Weide dazu veranlasst hatte, Steine in einen Teich zu werfen. Als er ihren Blick erwiderte, wurden die Blätter verscheucht und sie sah, wie sich eine vorsichtige Freude um seine Lippen legte. Weide juckte es in den Fingern, ihn zu schlagen, sie wollte ihn ficken. Erst das eine, dann das andere. Oder das eine während des anderen. Wieder und wieder. Beides würde in dieser feierlichen Kammer voller Kinder wahrscheinlich nicht gut ankommen.

Ihrer beider Aufmerksamkeit wurde von einer anderen jugendlichen Stimme zurück zum Rat gezogen.

»Wir sind nicht mit allen Geheimnissen vertraut, an die die Anhänger von Belico glauben.«

Xhrekas Mund verzog sich. »Wenn ich auf all das eingehe, werdet ihr alt genug sein, um hinter euren Nachfolgern zu stehen, bevor ich fertig bin. Sagen wir einfach, dass ich keine Lust habe, nach Strava zurückzukehren, und belassen es dabei.«

»Der Halb-Ork-Mann behauptet, du bist gefährlich«, sagte ein Mädchen.

»Nicht, wenn man mich in Ruhe lässt.«

Ein Junge sah Augenweide an. »Wusstest du, was der Halbling besaß?«

»Wie du verstehe ich das meiste davon nicht. Aber ja, ich wusste, dass sie Macht hat.«

Das älteste Mädchen sah nicht erfreut aus. »Wir können weder Akis'naqams Urteil noch die Weisheit und Fürsprache unserer Wiederkehrer-Schwester in eurem Namen leugnen. Aber ihr habt auch diesen Götterling zu uns gebracht, ohne unser Wissen oder unsere Erlaubnis. Ihr habt *bereitwillig* eine mächtige, zerstörerische Kraft in unser Land gebracht. Wie er selbst zugibt, trägt dein eigensinniger Reiter ähnliche, gefährliche Segnungen in sich. Sein Eindringen ist auf eure Anwesenheit zurückzuführen, oder besser gesagt auf die Anwesenheit des Halblings, der unter eurem Schutz steht. Es steht uns nicht zu, uns in die Angelegenheiten fremder Götter einzumischen, aber es war auch nicht unser Wunsch, einen Konflikt zwischen Belicos Jüngern auszutragen.« Das Mädchen sah Schakal an. »Du wirst sofort aus unserem Land gebracht. Sag dem Heldenvater, dass er sich den Zorn der Nahtlosen Erinnerung zugezogen hat. Dass er einen Diener schickt, der sich über unsere Grenzen schleicht, entehrt den jahrzehntelangen Frieden zwischen uns. Sollte er jemals wieder einen schicken, werden wir nach Strava reiten und Krieg führen.«

Sprossenkrieger umringten Schakal und begannen, ihn aus der Kammer zu führen.

»Ich muss mit ihm sprechen«, sagte Weide zum Rat, erhielt aber keine Antwort. Die Wachen zögerten nicht und waren bald mit ihrem Schützling verschwunden. Die bestimmten Worte des Mädchens erfüllten erneut die Kammer.

»Und du, Häuptling der Wahren Bastarde, hast uns gezwungen, darüber nachzudenken, ob es klug ist, deinem Volk zu erlauben, hier zu leben.«

Augenweide spannte sich an, als die Sitzende Jugend ihr Urteil durch das älteste Mädchen verkündete.

»Ihr werdet unser Land verlassen und nie mehr zurückkehren.«

»Ihr könnt doch nicht alle von uns meinen?«

»Alle«, sagte das Mädchen.

Augenweide ließ ihre Blicke über die Gesichter vor ihr schweifen, wobei sie darauf achtete, die Erwachsenen nicht anzusehen. »Meine Brüder und ich werden gehen. Von denen, die noch da sind, geht keine Gefahr mehr für euch aus. Es sind nur Kinder, Familien, Bauern, Krämer und Handwerker. Sie stellen keine Gefahr dar, ich schwöre es.«

»Als du zu uns kamst, dachten wir, du wärst die Gefahr, Abweichung. Jetzt sehen wir, dass in denen, die du hergebracht hast, noch mehr Gefahren schlummern. Dieser Halbling gehörte nicht zu euren Reitern. Wer sonst aus eurem Volk wird sich als fähig erweisen, unserem Stamm Unheil zu bringen? Es wäre unklug, einen von ihnen innerhalb unserer Grenzen zu belassen.«

Weide fiel auf die Knie, und die Verzweiflung ließ ihre Worte nur so hervorsprudeln. »Bitte. Tut das nicht. Ich werde meine Reiter und die Halblingsfrau nehmen und verschwinden. Lasst nur den Rest in Sicherheit bleiben. Bitte!«

Die Gesichter ihrer Richter waren jugendlich, weich und glatt, aber ihre Augen waren kalt und scharf wie Feuerstein.

37

Ollal klammerte sich an ihre Mutter, als Augenweide sprach, ein ängstliches Gesicht inmitten von etwa drei Dutzend weiteren. Einige versuchten, es hinter Empörung zu verbergen, andere hinter Ungläubigkeit, aber alle hatten Angst, als sie die Nachricht hörten.

Sie durften nicht länger bleiben. Die Sprossen forderten ihren Auszug.

Außerhalb des Schutzes der Schluchten geiferte Ul-wundulas, begierig darauf, dass sie sich wieder auf seinen Altar stellten und ihre Kehlen entblößten. Die Schlammköpfe trugen die überzeugendsten Masken, aber Weide durchschaute die mahlenden Kiefer und verschränkten Arme. Hundsfälle war ein seltsames und erdrückendes Zuhause, aber es gab Essen und Wasser, und die Nächte waren frei vom Gelächter der Dämonen. Es gab keine andere Wahl. Sie mussten gehen. Diese beiden schwachen Feststellungen kamen aus Weides Mund, ihre Stimme war wie die schmutzigen, ausgestreckten Hände eines Bettlers.

Sie hatte ihre Leute vor der größeren Hütte versammelt, an deren Wiederherstellung die Schlammköpfe so hart gearbeitet hatten. Jetzt schickte sie die gleichen fleißigen jungen Mischlinge los, um den Bastarden zu helfen, die bereits informiert waren und Vorbereitungen trafen. Die Überlebenden von Teilsieg blieben zurück, und die Gesichter der Eltern erstarrten, als die Fragen ihrer Kinder an ihre Ohren drangen, die für alles andere als schlechte Nachrichten taub waren. Weide zwang sich, Distel anzuschauen. Die Angst hatte auch sie befallen, aber die Frau nahm schnell alles in die Hand und formte ihre schlaffe Nutzlosigkeit zu Entschlossenheit um, um der sechzehn Findelkinder willen, die sich um ihre Röcke herum scharten.

»Wohin werden wir gehen?«

Ollals Vater, der ehemalige Hufschmied, ergriff das Wort.

»Zur Wiege der Mischlinge«, antwortete Weide. »Die Söhne der Verdammnis werden euch aufnehmen.«

Sie ging weg, bevor noch andere ihre Stimmen wiederfanden. Es war keine Zeit für leeren Trost. Als sie die Schlucht in Richtung der anderen Hütte durchquerte, straffte Weide die Schultern.

Das Schlimmste stand ihr noch bevor.

Beryl und Grasmücke unterhielten sich hitzig, als Weide eintrat und ihre Anwesenheit die erhobenen Stimmen zum Schweigen brachte. Schlauberger saß zwischen ihnen auf dem

Herd und fummelte mit seinen bandagierten Händen an einer Adlerfeder herum.

»Du musst sie zum Umdenken bringen!«, erklärte Beryl und wechselte das Ziel.

Weide sagte nichts. Es war ein Kampf, den sie schon mit der Sitzenden Jugend ausgefochten hatte.

Beryl stürmte um den Tisch herum. »Dann werde ich nach oben gehen. Diese Elfen zur Vernunft bringen!«

»Beryl«, versuchte Grasmücke sie aufzuhalten, aber sie stürmte zur Tür.

Weide versperrte ihr ohne jegliche Aggression in ihrer Haltung den Weg.

»Geh aus dem Weg, Isabet.«

Sie tat es nicht, sondern starrte auf die Stelle, wo das nächste Tischbein den Boden berührte. Wenn sie hochsah, würde Beryl die Angst sehen.

»Die Sprossen werden sich nicht umstimmen lassen«, verkündete Weide. »Weder von dir noch von mir. Ihre Entscheidung steht fest.«

»Aber die Waisenkinder«, Beryls Zorn war von einem Flehen durchzogen. »Sie sollten bleiben! Warum werden sie für dein Versagen verantwortlich gemacht?«

Wieder schwieg Weide. Sie musste es ihnen sagen, konnte es aber nicht.

Frustriert drehte sich Beryl herum, ging einen Moment auf und ab und setzte zu einem neuen Angriff an.

»Du und Schakal, ihr habt euch euer ganzes Leben lang gegenseitig hinuntergezogen! Wie kommt es, dass ihr beide so viel Freude an der Verwüstung habt? Er war nicht einen Herzschlag lang hier! Und jetzt das?« Beryl zeigte auf Grasmücke und Schlauberger, auf sich selbst. »*Wir* sind wegen euch beiden hier. Ich hatte mich daran gewöhnt. An die Einsamkeit. Dann seid ihr gekommen, und Schlauberger hatte andere zum Spielen, und jetzt werden diese Kinder ins Brachland hinausgeworfen! Sie sollten bei ihm bleiben dürfen, bei mir. Verdammt, geh zurück und rede mit den Sprossen. Distel und die Findelkinder sind keine Gefahr für sie. Bring sie zur Vernunft!«

»Wenn ich wieder da raufgehe ... wird das nichts bringen.«

»Warum bist du dann hier, Isa?«, wollte Beryl wissen. »Geh einfach. Du hast sie alle einmal am Leben erhalten. Vielleicht hast du das Glück, dieses Wunder noch einmal zu vollbringen.« Sie stieß angewidert den Atem aus, schüttelte abweisend den Kopf und wandte sich ab.

»Beryl«, sagte Weide und konnte den Moment nicht länger hinauszögern. »Die Sprossen werden niemandem außer den Trägern der Seuche erlauben, hierzubleiben.«

Beryl erstarrte.

Grasmücke erbleichte.

Langsam drehte sich Beryl um. »Wie bitte?«

»Schlauberger und Grasmücke sind die einzigen, denen die Elfen erlauben zu bleiben.«

»Mit mir.« Beryl deutete fest auf den Boden der Hütte. »Sie werden ihnen erlauben, *bei mir* zu bleiben.«

Die Antwort von Weide war ein Flüstern. »Nein.«

»Ich war schon hier!« Beryls Stimme verriet Panik. »Das war die erste Abmachung. Ich und sie! Ich war hier, ich werde hier sein. Ihr werdet gehen, alle werden gehen, aber wir werden bleiben. Ich und Schlauberger und Avram, wie es vorher war!«

Weide konnte nur den Kopf schütteln.

Beryl stieß mit verzerrtem Gesicht einen schmerzerfüllten Schrei aus, die Hände zuckten und griffen ins Leere. Schlauberger sah von seiner Feder auf, das erste Mal, dass er die anderen im Raum wahrnahm. In seinem Gesicht standen Überraschung und Unverständnis, der Anblick von Beryls Leid war erschreckend und lähmend. Auch Weide fand ihren Körper gefesselt. Sie hatte Beryl noch nie weinen sehen, nicht in ihrem ganzen Leben.

Grasmücke ging zu ihr und versuchte, ihren Kummer mit seinen vernarbten Händen zu bändigen. Seine Berührung regte sie nur noch mehr auf, und sie riss sich los. Sie konnte der Schluchzer nicht Herr werden, obwohl sie versuchte, sie zu unterdrücken, um Augenweide vernichtende Blicke zuzuwerfen. Doch ihr Gesicht verzog sich immer wieder.

»Das können sie nicht tun! Du kannst das nicht tun!« Ihre Proteste kamen über verzerrte Lippen und tropften auf kummerschwerem Speichel zu Boden.

Grasmücke trat wieder auf sie zu. »Beryl, wir werden gehen.

Wir werden alle gehen. Sie können uns hier nicht festhalten. Wir werden zusammenbleiben.« Er schaffte es, sie in seine Arme zu ziehen. »Alles wird gut werden. Ich schwöre es. Alles wird gut werden. Wir werden zusammen gehen.«

Sie stieß einen erstickten Laut aus und beruhigte sich, aber es war nicht die Erleichterung, die die plötzliche, schreckliche Stille hervorrief. Sie sah auf Schlauberger hinunter. Als ihr Blick wieder auf Grasmücke fiel, bebte ihr Kiefer erneut.

»Nein.«

Grasmücke schnitt eine Grimasse, holte tief Luft, um zu antworten, wurde aber von Beryls Hand zum Schweigen gebracht, die sanft über sein dichtes weißes Haar und über seine Wange strich. Ihr Daumen ruhte auf dem sonnenverbrannten Winkel seines Auges.

»Nein«, wiederholte sie. »Du musst bleiben. Für ihn. Hol das Böse des Lehmmasters aus ihm heraus. Alles davon.«

»Wir können einen anderen Weg finden«, wandte Grasmücke ein.

Beryl schüttelte den Kopf. »Das ist der richtige Weg.« Sie streckte sich und küsste ihn. Als sich ihre Lippen voneinander lösten, ließ Grasmücke sie aus seiner Umarmung schlüpfen und senkte den Kopf. Beryl kniete sich hin, zog das immer noch verwirrte Kind an sich und bedeckte seinen Kopf, seine Wangen und seinen Hals mit Küssen und Tränen.

»Ich liebe meinen kleinen Jungen«, flüsterte sie.

Der Anblick ihres Abschieds war ein Eindringen. Weide wollte wegschauen. Aber er war auch eine Strafe, also akzeptierte sie diese und hielt ihren Blick fest auf sie gerichtet.

»Willst du dich waschen, Mama?«, fragte Schlauberger mit leicht gedämpfter Stimme in ihren Armen.

»Ja«, sagte Beryl zu ihm.

»Kann ich helfen?«

Sie brach fast wieder zusammen. »Du wirst hierbleiben und mit Wubba spielen.«

Grasmücke befolgte die versteckte Anweisung und setzte sich an die Feuerstelle, wobei er sein geschwollenes Bein vergaß.

Beryl war kurz davor, die Fassung vollends zu verlieren. Sie ließ Schlauberger los und floh aus der Hütte. Weide wich zur

Seite, um sie vorbeizulassen. Grasmücke konzentrierte sich tapfer auf Schlauberger, raubte ihm seine Feder und schwang sie um das Gesicht des Jungen, um ihn zu kitzeln und ihm ein Kichern zu entlocken.

Weide wandte sich zum Gehen und wurde von Grasmückes rauer Stimme aufgehalten, die durch die Emotionen noch mehr aufgewühlt war. »Sie soll Riesenpocke mitnehmen. Wir brauchen hier jetzt keinen Keiler.«

Weide nickte, obwohl er sie nicht ansah. »Es tut mir leid, alter Haudegen.«

Grasmücke unterbrach das Spiel nicht und wog geschickt seine eigene Traurigkeit gegen die Freude über das Kind ab, für das er nun allein verantwortlich war. »Geh einfach, Isa.«

Draußen traf Weide wieder auf die Bastarde. Sperling war unter ihnen. Sie würde mit der Rotte aufbrechen, bei ihnen bleiben, bis sie das Sprossenland verlassen hatten, und dann ihren eigenen Weg gehen. Weide hatte sich gegen ihre Abreise ausgesprochen und sie ermutigt, in der Sicherheit der Schluchten zu bleiben, solange sie dazu in der Lage war. Die Elfe hatte das entschieden zurückgewiesen.

Weide führte ihre Leute auf ihrem Keiler aus dem feuchten Tal. Ihre Sprosseneskorte erwartete sie am Ausgangspunkt des Weges; nicht weniger als dreißig Hirschreiter, ausgestattet mit Kriegslanzen und vollen Köchern. Die Sprossen führten sie hinauf und durch die Schluchten. Der Tag zog sich im gleichen Maß wie die Berge zurück. Vor Einbruch der Dunkelheit verließen sie das Umbragebirge und fanden ihren Wagen jenseits der Ausläufer, beladen mit Vorräten und bewacht von einem halben Dutzend Sprossenspähern.

»Sagt der Sitzenden Jugend, dass wir ihnen dafür danken«, sagte Weide zu dem führenden Hirschreiter, aber ihre Höflichkeit blieb unbeantwortet.

Sie ruhten sich einen Moment aus, während Riesenpocke und Palla vor den Wagen gespannt wurden und Beryl und Faulpelz auf den Sitz kletterten, um das Gespann zu fahren. Xhreka saß zwischen ihnen. Die Waren verhinderten, dass jemand auf der Ladefläche mitfahren konnte, aber die Anwesenheit von Nahrung war für Wanderer und Reiter ein willkommener Anblick. Die Sprossen begleiteten sie über die letzte lange Strecke der Ebene zum Rand ihres Gebiets. Es war schon dunkel, als sie den Fluss an der Grenze überquerten. Die Elfen warteten, bis auch der letzte Schritt getan war, bevor sie ihre Hirsche wieder in Richtung der Berge lenkten, die in der Ferne als sternenverdunkelnde Schwaden in den Nachthimmel ragten.

Der Anführer der Reiter blieb noch kurz zurück.

»Kehrt nicht zurück«, sagte er auf Hisparthanisch, seine Worte galten allen. Dann war auch er verschwunden.

Weide gab den Befehl, das Lager aufzuschlagen. Die Dorfbewohner waren müde, aber es gab Wasser, und die Grenze bot allein schon durch ihre Anwesenheit einen gewissen Schutz. Nur wenige wagten sich so nahe an das Land der Sprossen heran. Doch die Rotte und ihre Leute waren nicht die einzigen, die sich in der Dunkelheit herumtrieben.

Weide machte mithilfe einer Fackel eine Bestandsaufnahme des Wageninhalts, als Blindschleiche in den Lichtschein trat.

»Was ist los?«, fragte sie und schielte in einen Sack mit getrocknetem Fleisch.

»Schakal.«

»Was ist mit ihm?«

»Er ist hier.«

Sie ließ den Sack fallen. »Versucht er es schon wieder wegen Xhreka?«

Schleich machte die Andeutung eines Kopfschüttelns. »Nein. Diesmal wollte er, dass ich ihn sehe.«

Weide sprang vom Wagen herunter. »Führ mich hin.«

Sie verließen in westlicher Richtung das sich langsam bildende Lager und liefen auf die karge Ebene hinaus. Die Erde glänzte silbern im Mondschein. Und da war er, eine Keilerlänge weniger als einen Armbrustschuss entfernt.

»Bleib hier«, sagte Weide zu Blindschleiche.

Schakal stieg ab, als sie sich ihm näherte, immer noch wie ein Wüstenbewohner gekleidet. Gemeiner Alter Mann, der schwarze Keiler, den Grasmücke ihm bei seiner Abreise geschenkt hatte, schnupperte, als Schakal sich von ihm entfernte.

Sie blieben im Abstand von einer Armlänge stehen. Es herrschte eine lange Stille.

»Ich dachte, sie hätte Teilsieg zerstört, Weide«, sagte Schakal schließlich.

»Ich hatte das Problem gelöst.«

Sie hatte die Worte zwischen zusammengebissenen Zähnen hervorgezischt, kaum hörbar für ihre eigenen Ohren.

Schakal beugte sich vor. »Wie bitte?«

»Ich hatte das Problem gelöst«, sagte sie lauter. »Sie waren in Sicherheit. Sie wären alle in Sicherheit geblieben. Ich hatte es gelöst!«

Sie zog einen Katar und holte mit ihrem Arm aus, begierig und bereit, die Klinge in Schakals Brust zu schlagen.

Er rührte sich nicht.

Sie auch nicht. »Verdammt, wenn ich dir nur wehtun könnte, Schak. Wenn ich nur wüsste, dass du dich nicht heilen würdest.«

»Ich kenne deine Blicke, Weide. Du willst mich töten. Denkst du, das tut nicht weh?«

»Ist das deine Art, um Verzeihung zu bitten?« Sie spürte, wie sich ihre Stimme zu erheben drohte, bekam sie aber unter Kontrolle. »Warum bist du nicht zu mir gekommen?«

»Ich wusste nicht, dass du lebst, bis ich dich sah.«

Das war eine Lüge und sie konnte sie riechen. »Keilerscheiße.«

»Ist es nicht.«

»Nun, dann ist es eine verdammte Halbwahrheit! Schleich auszuschalten, dein Gesicht zu verstecken und gegen deine eigene verdammte Rotte zu kämpfen? Du wusstest verdammt gut, was du tatest. Wir sollten nicht wissen, dass du zurück bist, so viel ist klar. Was ich wissen will, ist, warum.«

Schakal sah sie an. »Darauf gibt es keine einfache Antwort.«

»Warum?!«

»Weil ich ihn noch nicht umgebracht habe!«

Weide brauchte nicht zu fragen, wen er meinte. Sie senkte den Katar.

Schakal holte tief Luft. »Ich wollte einfach wieder gehen, sobald Zirko hatte, was er wollte.«

»Ich hatte recht«, höhnte Weide kehlig. »Er hat dich den ganzen Weg hierher gerufen, nur um sein Jagdhund zu sein.«

»Ich dachte, es ginge um den Verrätermond«, sagte Schakal. »Aber als ich Strava erreichte ...«

»Halt. Im Moment muss ich wissen, ob deine Loyalität den Watschlern oder dieser Rotte gilt.«

»Ich bin ein Bastard. Das weißt du doch.«

»Ich weiß im Moment einen Scheißdreck!« Sie zielte mit ihrer Waffe entschlossen auf sein Gesicht. »Du bist schon lange weg, Schakal. Es gibt einen Haufen Fragen und Unwissenheit zwischen uns, die bewältigt werden müssen. Eine davon werden wir jetzt verdammt noch mal klären. Wenn ich dich ins Lager lasse, damit du mit der Rotte sprechen kannst, der du angeblich treu ergeben bist, wirst du dann Frieden mit Xhreka halten? Denn ich kann dir versprechen, dass die Wahren Bastarde sie beschützen werden. Ganz zu schweigen von Vollkorn.«

»Weide ... Vollkorn wird immer das beschützen, was er für klein und verletzlich hält. So wie damals, als wir Kinder waren. Erinnerst du dich an die Ratten? Er hat sich nicht verändert. Krämer musste dafür sorgen, dass Vollkorn jedes Mal von der Brennerei abwesend war, wenn eine Sau einen neuen Wurf hatte, weil er sich immer um das kleinste Ferkel kümmerte. Dieser Halbling ist in seinen Augen nichts anderes. Ein weiteres harmloses Haustier, das er in Sicherheit bringen muss. Aber sie ist nicht harmlos. Oder doch?«

»Nein«, gab Weide zu. »Aber bisher hat sie nur unseren Feinden geschadet, und wir brauchen alle Verbündeten, die wir bekommen können. Es ist etwas hinter uns her, Schakal, von dem du nichts weißt. Dagegen wirkt der Schlammmann wie eine Gartenschnecke.«

»Ein *uq'huul.*«

»Zirko hat es dir erzählt. Dann weißt du etwas davon. Aber nicht mal annähernd alles.«

»Erzähl es mir.«

»Später. Im Moment muss ich darauf vertrauen, dass du nichts ohne meinen Befehl tust, scheiß auf Zirko.«

»Du kannst mir vertrauen.«

Augenweide blinzelte ihn an und wollte ihn beim Wort nehmen. »Lass uns mit den Jungs reden.«

Sie wollte sich umdrehen, aber er bewegte sich nicht. Sein Mund war leicht verzogen.

»Was?«

»Dein Haar. Das ist eine Sprossenfrisur.«

»Nicht, um *sie* zu ehren. Für Honigwein. Er ist tot. Und Stummklotz auch.«

Schakal machte ein langes Gesicht. Er nickte in grimmiger Akzeptanz. »Ich bin eurer Spur von Teilsieg aus gefolgt. Hab das Grab am Batayat gefunden. Schob genug Steine beiseite, um zu sehen, wer es war. Wusste nichts von Klotz. Gute Bastarde, alle beide.«

Weide ignorierte sein Mitgefühl. »Wir sollten zurückgehen.«

»Weide. Noch eine Sache. Ich habe das nicht gemacht, weil Zirko es wollte. Ich habe zugestimmt, weil er sagte, meine Rotte sei in Gefahr. Diese Xhreka mag Teilsieg nicht zerstört haben, aber das heißt nicht, dass Zirko falschliegt.«

Weides Kiefer mahlten. »Schak, im Moment haben du und ich diese Rotte in größere Gefahr gebracht als jeder andere. Denk darüber nach. Ich verbürge mich für den Halbling.«

»So wie ich es für Schlitzohr getan habe? Wir sind schon früher von mächtigen Verbündeten getäuscht worden.«

»Das war dein Fehler«, sagte Weide und wandte sich dem Lager zu. »Niemals meiner.«

Blindschleiche wartete immer noch dort, wo sie ihn zurückgelassen hatte, eine bleiche Statue im Mondlicht. Da die Sonne untergegangen war, brauchte er seine Kutte nicht, und seine weiße Haut schien zu leuchten. Seine Augen waren auf Schakal gerichtet, der ein paar Schritte weiter hinten sein Reittier führte.

»Tut mir leid wegen dem letzten Mal, Schleich«, sagte Schakal, als er näher kam.

»Das wird kein zweites Mal passieren.«

Die drei gingen in das Herz des Lagers. Die Dorfbewohner nahmen kaum Notiz von Schakals Anwesenheit, zu sehr waren sie damit beschäftigt, Feuer zu machen und die Funken der Sorge zu vertreiben. Die Schlammköpfe starrten den zurückgekehrten Bastard an, bis Weide Lopo befahl, sich um Gemeiner Alter Mann zu kümmern, und die anderen zur Wache schickte. Als der Keiler weggeführt wurde, kam Iltis grinsend auf sie zu, klopfte Schakal auf die Schulter und reichte ihm seinen Krummsäbel zurück.

»Ich hoffe, du nimmst es mir nicht übel, dass ich die Jungs dazu gedrängt habe, auf dich zu schießen. Aber du hast dich wie ein Irrsinniger benommen, Bruder.«

»Schon gut«, versicherte ihm Schakal und nahm das Schwert.

Schlangenschlupf und Übeltäter nickten zur Begrüßung nur. Für sie war Schakal kaum mehr als ein Name und ein Ruf. Als Schlammköpfe hatten sie seinen früheren Keiler Heimelig besser gekannt als den Reiter.

Vollkorn stand neben Xhreka, in der Nähe der Waisen, die um ein kleines Kochfeuer versammelt waren und von Beryl und Distel betreut wurden. Die Dreiergruppe starrte Schakal einen langen Moment an, bevor sie zu ihm ging.

»Du hast mich verzaubert«, sagte Vollkorn anklagend.

»Du hast mir ins Gesicht geschlagen«, erwiderte Schakal.

Vollkorn musterte ihn. »Na ja, du bist immer noch hübsch.«

Schakal erwiderte den Blick. »Hattest du schon immer einen Bart?«

Sie mussten lachen. Dann kam die grobe, klopfende Rangelei, die in eine echte Umarmung überging.

Weides Brust zog sich vor Neid zusammen. Sie wünschte, es wäre so einfach für sie, zu den alten Zuneigungen und den neueren Leidenschaften zurückzukehren. Vielleicht wäre es möglich gewesen, wenn sie nicht Häuptling gewesen wäre. Aber ...

Faulpelz stellte sich neben sie und reckte sein Kinn den wiedervereinten Freunden entgegen.

»Wer ist das?«

»Schakal«, antwortete Augenweide und sah hinüber. »Einer von uns. Er war eine ganze Weile weg.«

»Sind er und Vollkorn Hinterlader?«

Das zwang Weide zu einem Lachen. »Vielleicht kannst du sie endlich davon überzeugen.«

Als Schakal Beryl sah, machte er einen Schritt auf sie zu, aber Vollkorn legte eine große Hand um seinen Arm und hielt ihn auf.

»Jetzt ist nicht der richtige Zeitpunkt, Bruder«, grollte er. »Wir müssen ihr etwas Abstand lassen.«

Schakal ging nicht weiter auf die Sache ein.

So wie er und Vollkorn jetzt zusammenstanden, war es für

Weides Herz, als wäre niemand jemals weg gewesen. Doch nun sah sie Schakal in einem besseren Licht und begann, die Veränderungen an ihm zu bemerken. Nicht nur sein fremdes Gewand und sein Schwert, sondern auch die Unterschiede in seinem Gesicht, in der Art, wie er sich bewegte. Sie waren klein, als hätte die Welt mit jedem Tag abseits der Geteilten Lande ein wenig an ihm geschnitzt und ihn zu einem Wesen geformt, das in jedes Land passen würde. Der perfekte Wanderer. Sie hatte keine Ahnung, wohin er gegangen war, aber in seine Gestalt war die Geschichte von unzähligen fernen Böden, unzähligen Kilometern und vielen überstandenen Gefahren eingeritzt. Er behauptete, ein Bastard zu sein, aber sie fürchtete, er sei zu weit geritten, um zurückzukehren.

Zeit, das herauszufinden.

Weide machte einen halben Schritt nach vorne. »Wahre Bastarde, sammelt euch! Wir haben ein paar Schlangen zu töten.« Sie deutete auf eine Felsgruppe, die nicht weit vom Lager entfernt war. Die Jungs begannen, dorthin zu schlendern.

»Hast du das ernst gemeint, was du gesagt hast?«, fragte Faulpelz, als sie sich umdrehte, um ihnen zu folgen. »Dass du einen Platz in der Rotte hast?«

»Das habe ich«, antwortete Weide, unsicher, ob sie log. »Bringen wir dich wieder in den Sattel. Dann können wir darüber reden, dich zur Wahl zu stellen.«

Faulpelz grinste zufrieden und winkte, was sowohl ein Zeichen der Dankbarkeit war als auch ein Eingeständnis, dass er nicht mitgehen durfte.

Als sie zu ihnen stieß, hatten die Jungs bereits Fackeln ins umliegende Erdreich gesteckt, um ihr Gespräch zu beleuchten.

Weide begann damit, Schakal seinen Ausflug nach Hundsfälle erklären zu lassen. Vollkorn war nicht erfreut über die Vorstellung, dass Xhrekas Anwesenheit die Rotte in Gefahr bringen könnte, aber er machte lediglich ein finsteres Gesicht und hielt den Mund, während Schakal zu Ende sprach. Der Unmut des Dreibluts griff auf den Rest der Rotte über, als sie hörten, dass Schakal Schlitzohr noch nicht getötet hatte. Schlangenschlupf und Übeltäter waren zwar während des Verrats des Zauberers keine eingeschworenen Mitglieder gewesen, aber sie waren aus der Brennerei geflohen, als diese niederbrannte, und hatten den Niedergang des Lehmmasters überlebt.

Iltis rieb sich die spitze Nase. »Also ... wenn Schlitzohr noch am Leben ist, was, zum Teufel, hast du dann gemacht?«

»Ihn gejagt«, antwortete Schakal. »Um die halbe Welt schien es manchmal zu gehen. Seine Spur war beinahe kalt, als ich ging, aber ich rechnete damit, dass er den Geteilten Landen ganz entkommen wollte. Das bedeutete entweder Hispartha oder die Ostküste. Ich ging das Risiko ein, dass er nicht nach Norden gehen würde, da ich davon ausging, dass er nach dem Scheitern seiner Pläne nicht mehr viele Verbündete in Hispartha haben würde. In Urci hatte ich Glück. Der Hafenmeister erinnerte sich, ihn gesehen zu haben, und sagte, er habe ein Schiff zu den Hüllenlosen Inseln genommen.«

»Sind die Frauen dort wirklich immer nackt?«, fragte Iltis und seine Laune hellte sich auf.

»Die Männer auch, habe ich gehört«, antwortete Schakal milde. »Aber ich kann es nicht sagen. Ich bezweifelte, dass Schlitzohr sein Ziel bekannt gegeben hätte, es sei denn, es war eine falsche Fährte. Ich segelte direkt nach Kyrneolis und von dort nach Traedria, wo meine Rechnung aufging. Ein paar Mal hätte ich ihn fast erwischt, aber er kannte die Städte viel besser als ich und hatte Freunde in den Gildenfamilien. Er entkam mir und floh nach Majeth. Von dort aus ging die Jagd nach Osten weiter. Als ich Ul-Kadim erreichte, war ich nicht länger der Jäger. Schlitzohr verschwand an den Höfen von Tyrkanien und ich musste mich vor den Dolchen des Schwarzen Schoßes verstecken.«

Übeltäter legte die Stirn in Falten. »Schwarzer Schoß?«

»Ein Geheimzirkel von Zauberern, dem Schlitzohr sowohl dient als auch befiehlt«, sagte Schakal.

Übeltäter blieb verwirrt. »Zirkel?«

»Sie sind wie Schlitzohrs Rotte«, erklärte Schlangenschlupf dem jüngeren Reiter.

»Ah.«

Schakal verschränkte die Arme. »Sie beschäftigen auch Mörder, Prinzen, Kaufleute, Piraten, Prostituierte, jeden, den sie kaufen oder manipulieren können. Ganz zu schweigen von den Dämonen, die sie in ihre Dienste nehmen.«

»Und das alles haben sie dir auf den Hals gehetzt?«, fragte Vollkorn.

»Das haben sie«, antwortete Schakal schlicht.

Iltis stieß einen leisen Pfiff aus. »Also ... mit all dem und dem, was wir dich in Hundsfälle haben tun sehen, bist du jetzt auch ein Zauberer?«

Schakal setzte sein beruhigendes Grinsen auf. »Nein. Ich musste ein paar Tricks der Zauberer lernen, wenn ich eine Chance haben wollte, zu überleben.« Die Blicke, die er erntete, ließen das Grinsen breiter werden, aber an den Rändern zuckte es nun vor Besorgnis. »Brüder, ich bin's. Derselbe Schakal wie immer.«

Zuckungen, Kratzen und Räuspern ließen erkennen, dass er der Einzige war, der diesen Worten Glauben schenkte.

Schlangenschlupfs Fingernägel harkten abwesend über seinen vernarbten Arm. »Wenn du Xhreka jetzt nicht mitnehmen kannst und Schlitzohr nicht getötet hast, heißt das, dass du wieder gehen wirst?«

Schakal zögerte.

»Es ist nicht seine Entscheidung«, sagte Weide und zog alle Blicke auf sich. »Und die Antwort lautet Nein. Schlitzohr kann warten. Schakal, wir brauchen dich hier in den Geteilten Landen. Ohne ein Zuhause haben wir keinen Ort, zu dem ein Vogel aus Strava fliegen könnte. Der Verrätermond könnte aufgehen, und wir wären unvorbereitet. Aber du wirst es wissen, nicht wahr? Es wird dich zurück nach Strava ziehen.«

»Ja«, sagte Schakal.

»Dann ist das die einzige Warnung, die wir bekommen werden. Du bleibst bis dahin.«

»Ja, Häuptling.«

Weide holte tief Luft. »Jungs, wir müssen auf unsere Leute aufpassen. Sie müssen die Wiege erreichen. Alles andere ist unwichtig. Macht euch an die Arbeit. Morgen früh geht es nur noch darum, unsere Leute sicher nach Süden zu bringen. Ich möchte, dass ihr an nichts anderes denkt, bis ihr Salzwasser riecht. Wir werden die Gebiete der Schädelsäer und der Flut durchqueren. Wenn sie sich bereit erklären, uns aufzunehmen, umso besser, aber wir verlassen uns nicht darauf. Gruft ist nicht sehr großzügig und Keilerlippe hat wahrscheinlich kein Mitleid mit uns. Wir werden den ganzen Weg bis zur Küste laufen müssen. Bastarde, ihr habt sie nach Batayat gebracht, ihr habt sie nach Hundsfälle gebracht. Ihr müsst noch ein einziges Mal die besten verdammten Reiter in den Geteilten Landen sein.«

»Verdammt richtig«, sagte Iltis.

»Darf ich eine Alternative anbieten?«

Die gesamte Rotte wurde von Schakals sanft geäußerter Frage überrumpelt. Fasziniert nickte Augenweide.

»Wir reiten nach Osten«, sagte er. »Begeben uns nach Urci und nehmen von dort ein Schiff, um zur Wiege der Mischlinge zu segeln. Macht euch die Küste zunutze, um die Küste zu erreichen. Urci ist auf dem Landweg näher und über leichteres Gelände zu erreichen. Wir müssen nur das Gebiet der Flecken durchqueren. Selbst wenn wir zu Fuß gehen, dauert es weniger als eine Woche.«

Urci war kaum mehr als ein Fischerdorf, das fast genau mittig an Ul-wundulas' Ostküste lag. Wie der größte Teil der Küste gehörte es der Krone, aber wie alle ihrer Ländereien hier war es mehr oder weniger vernachlässigt.

»Woher weißt du, dass es dort ein Schiff geben wird, das uns mitnimmt?«, fragte Weide.

»Weil derjenige, der mich hergebracht hat, dort vor Anker liegt und auf meine Rückkehr wartet.«

Er wusste, dass das Eingeständnis ihr Schmerzen bereiten würde. Er hatte recht, aber es half, dass es ihm wehtat, es auszusprechen.

»Was meint ihr, Brüder?«, fragte Weide. »Wird irgendwer von euch Mischlingen seekrank?«

»Woher soll ich das wissen«, brummte Schlangenschlupf.

Übeltäter rieb sich die rasierte Hälfte seines Kopfes. »Können Keiler auf ein Schiff?«

»Nicht auf alle«, antwortete Schakal lächelnd. »Aber dieses Schiff hat genug Platz an Deck und im Laderaum für uns, unsere Barbaren und unsere Leute.«

»Hört euch diesen Mischling an«, murmelte Iltis und stupste Schlangenschlupf an. »Käpt'n Schakal, der Hinterlader.«

Weide kaute darauf herum. Ein Schiff war sicherer, obwohl

ihr das nie in den Sinn gekommen war. Warum sollte es auch? Die Rotte ritt. Sie waren keine verdammten Seeleute. Dennoch, wenn Schakal sie auf die Wellen bringen konnte, dann konnten ihre Leute viel schneller bei den Söhnen der Verdammnis abgeliefert werden. Eine leichte Entscheidung.

Sie sah Schakal an. »Bist du sicher, dass der Kapitän deines Schiffs bereit ist, alle unsere Leute mitzunehmen?«

»Er ist ein guter Mann«, antwortete Schakal. »Du wirst sehen.«

Weide überlegte einen weiteren Moment und nickte zustimmend. »Dann werden wir wohl segeln. Schleich, du musst jetzt hinausreiten und einen Weg für morgen auskundschaften. Sei am Morgen zurück.«

Der bleiche Mischling glitt davon.

»Der Rest von uns wird Wache stehen. Geht.«

Die Rotte begann sich aufzulösen, aber zwei blieben zurück.

Vollkorn neigte seinen mit einem Kopftuch bedeckten Kopf in Richtung Schakal. »Du musst es ihm sagen, Weide.«

»Muss ich nicht.«

»Dann werde ich es ihm sagen.«

»Nein, wirst du nicht.«

»Nein, wird er nicht«, stimmte Schakal zu. »Und nein, du musst nicht. Aber ich wünschte, du würdest es tun.«

Er hatte die Kopfbedeckung seines Wüstengewandes heruntergelassen und sein ganzes besorgtes Gesicht entblößt. Er wartete, fixierte sie mit diesen verdammten Augen, ermutigend, ohne zu fordern. Fast hätte sie nachgegeben.

»Das kann warten, bis die Sonne aufgeht«, sagte Weide und wandte sich ab.

Sie überprüfte das Lager, vergewisserte sich, dass die Waisen nicht verängstigt waren, dass es die Teilsieg-Leute so bequem wie möglich hatten und dass die Schlammköpfe gefestigt waren. Erst als sie diese Aufgaben erledigt hatte, bemerkte sie, dass Sperling verschwunden war. Weide machte sich nicht die Mühe, zu fragen, ob jemand gesehen hatte, wie sie sich davonschlich. Alles, was sie tun konnte, war, eine Richtung zu wählen, in die Nacht zu starren und der Elfe im Stillen alles Glück zu wünschen, das sie brauchen würde. Und mehr.

Weide teilte sich in der Mitte des Wachwechsels ein, zusammen mit Übeltäter und Gosse, und beorderte sie an die Flanken des Lagers, näher zum Fluss, während sie die Mitte übernahm. Sie patrouillierte in einem Halbkreis zwischen ihnen, weit genug entfernt, um zu verhindern, dass die Hufschläge von Schoßbesen die Schläfer störten, aber nahe genug, um das Licht der Feuer zu sehen. Am Scheitelpunkt jeder Runde hielt sie ihr Reittier an und suchte das nächtliche Ödland nach Anzeichen einer Bedrohung ab.

Was sie am meisten fürchtete, war das Ende ihrer Wache.

Die inneren Qualen des Lehmmasters hatten die Grauen Bastarde zerstört. Sein Durst nach Rache an Hispartha hatte Schlitzohr in ihre Mitte gebracht, ihn dazu getrieben, einen Pakt mit den Orks zu schließen, und schließlich seine Rotte von innen heraus zerrissen. Sie würde nicht denselben Fehler begehen. Sie würde die Bastarde nicht in den Todesgriff nehmen und sie zu Fall bringen, wenn ihre eigenen Dämonen sie angriffen. Sie hasste den Lehmmaster, aber – die Hölle möge ihn ficken – sie verstand ihn jetzt auch. Die Angst, Schwäche zu zeigen, das Vertrauen der Rotte zu verlieren, zu denken, dass ihre geäußerten Meinungen ihre Führungsrolle untergruben. Die gleichen Impulse hatten auch den Lehmmaster belastet. Weide wünschte nur, es wäre so einfach, zu wissen, was er getan hätte, um dann den entgegengesetzten Weg einzuschlagen, aber die Fehler des verdorbenen Mischlings waren nicht so einfach auszusieben.

Genauso wenig wie ihre eigenen.

Vielleicht gab es einen anderen Weg. Sie wünschte es sich, zermarterte sich das Hirn, um ihn zu finden, aber am Ende ihrer Wache war sie zu keinem Ergebnis gekommen. Sie schickte Gosse und Übeltäter in ihre Schlafsäcke und sagte ihnen, sie würde ihre Ablösung wecken.

Sie weckte Xhreka.

Sie wechselten kein Wort, nicht einmal im Flüsterton, aber Verständnis herrschte zwischen ihren schattenhaften Gesichtern, sobald der Halbling die Augen öffnete. Sie hatten alles Nötige gesagt, nachdem sie die Sitzende Jugend verlassen hatten. Gemeinsam schlichen sie sich aus dem Lager und machten sich auf den Weg zu Schoßbesen, der hinter denselben Felsbrocken wartete, an denen sich die Rotte getroffen hatte. Sie waren gerade aufgesessen, da kam Schakal um die Felsen herum.

Weide schüttelte den Kopf und stieß ein tonloses Lachen aus. »Es gab eine Zeit, da hätte mich nur Blindschleiche beim Schleichen erwischt.«

»Das war einmal«, sagte Schakal. »Deshalb hast du ihn als Kundschafter fortgeschickt.« Sein Blick wanderte zu Xhreka. Sie blieb ruhig, während er sprach. »Ihr müsst nicht fliehen. Ihr habt nichts von mir zu befürchten.«

»Ich fürchte dich ganz und gar nicht, Jochbein«, sagte Xhreka. »Ich traue dir allerdings auch ganz und gar nicht.«

»Dann vertrau mir.« Vollkorn tauchte hinter Schakal auf.

Xhreka holte müde Luft. »Idris ...«

»Ich kenne diesen Mischling, Xhreka«, sagte das Dreiblut. »Ich kannte ihn, lange bevor er der Arm von *Leck 'ne Möse* war. Und ich habe sein Wort. Du bist in Sicherheit. Niemand hier wird dich nach Strava zurückbringen.«

»Ich weiß. Denn ich werde nicht hier sein.« Der Halbling hob eine Hand, um Vollkorns nächsten Protest zu unterbinden. »Ich werde gehen, Idris.«

»Das kannst du nicht tun, Weide«, warf Schakal ein.

»Ich muss.«

»Deine Leute brauchen dich hier.«

»Sie brauchen mich weit weg von hier. Ihnen zuliebe gehe ich fort.«

»Das bedeutet nicht, dass ihr beide allein gehen müsst«, sagte Vollkorn und mahlte mit den Kiefern. »Lasst mich nur Matsch satteln.«

»Und was ist mit unseren Leuten, Vollkorn?«, fragte Weide. »Willst du mir weismachen, du würdest sie im Brachland allein lassen? Du würdest Distel und die Waisen zurücklassen? Beryl?«

Das bärtige Gesicht des Dreibluts wurde lang.

Schakal kam ihm zu Hilfe. »Dann werde ich gehen. Vollkorn und Xhreka bleiben bei der Rotte. Weide, ich gehe mit dir.«

»Du weißt doch gar nicht, was hier los ist, Schak.«

»Dann sag es mir«, forderte er, und seine Stimme wurde etwas hitziger.

»Verdammte Scheiße, dieser Ork ... Er jagt mich. Er will *mich*.

Jeder, der in meiner Nähe ist, ist in Gefahr. Kapierst du das, verdammt? Ich nehme Xhreka nicht mit, um sie vor dir zu beschützen, Schakal. Sie kommt mit, um mich vor *ihm zu schützen.*«

Schakal trat einen Schritt näher. »Ich werde dich beschützen.«

»Den Teufel wirst du tun«, sagte Augenweide.

»Ich verstehe, dass du mir nicht vertraust. Ich verstehe sogar, warum.« Beides Lügen, aber Weide ließ sie unwidersprochen stehen. »Aber nach dem, was ich über diesen *uq'huul* gehört habe, habe ich die besten Chancen, dich zu beschützen.«

Es war keine Prahlerei. Schakal machte die Behauptung ohne Leidenschaft, eine ruhige Wahrheit. Verdammt, sie wollte es ihm erlauben. Der Gedanke war ein Trost. Eine wilde, hasserfüllte Freude machte sich bei dem Gedanken in Augenweide breit, Schakal an ihrer Seite zu haben, wenn sie dem Ruin gegenüberstand. Wenn es in den Geteilten Landen einen Mischling gab, der sich gegen diesen schrecklichen Dickhäuter behaupten konnte, dann war er es. Weide wollte das Angebot annehmen, fast so sehr, wie sie es ihm ins Gesicht zurückspucken wollte. Während ihre Instinkte in den Krieg zogen, sprach Schakal weiter.

»Lass mich mit dir kommen. Ich kann helfen.«

Seine Stimme blieb ruhig, aber in seinem Blick lag der Hauch eines Flehens.

Weides widersprüchliche Gefühle schlachteten sich gegenseitig ab. Sie hatte genug von der Versuchung, die jedem seiner Worte anhaftete, biss die Zähne zusammen und stieß den Atem rau und verärgert aus.

»Begreifst du nicht? Ich brauche dich nicht.« Sie deutete über ihn hinweg auf das Lager. »Sie brauchen dich! Wenn du glaubst, dass du der beste Schutz bist, den ich haben könnte, dann kannst du verdammt noch mal auch der beste Schutz für sie sein. Wenn du ein Unrecht wiedergutmachen willst, dann fang dort an! Denn genau dort brauche ich dich, Schakal. Das wolltest du doch, oder? Du wolltest eine Rotte führen. Da hast du es. Sieh zu, dass du sie am Leben erhältst. Ich verspreche dir, es wird verdammt viel schwieriger, als du es dir je vorgestellt hast.«

»Ich bin nicht der Häuptling der Wahren Bastarde. Du bist es.«

»Und als Häuptling befehle ich dir, dies zu tun. Bleib bei unserer Rotte, beweise, dass du immer noch einer von uns bist, mach deinen Fehler wieder gut. Unser Volk war in Sicherheit. Du hast es ihrer beraubt, als du zurückkamst. Mach es wieder gut! Führt sie zum Gebiet der Söhne. Sprich mit Vater. Und zögere nicht, anzunehmen, was er euch anbietet.«

Schakal kniff die Augen zusammen. »Was wird er mir anbieten?«

»Dasselbe, was ich dir anvertraue. Eine Rotte.«

Schakal holte tief Luft, und zum ersten Mal zeigte sich in seiner ruhigen Miene der alte, widerborstige Trotz. Er kämpfte dagegen an, die Augen glühten, der Kiefer wölbte sich. Weide hatte ihn schon oft mit seiner Natur kämpfen sehen. Sie hatte selten verloren. Sie wappnete sich gegen den Kampf, der sich anbahnte.

»Ich werde bleiben«, sagte er und schluckte die Rebellion hinunter. »Ich werde unser Volk bis zur Wiege begleiten. Und wenn das geschehen ist, werde ich kommen und dich suchen. Scheiß auf Vater und seine Angebote.«

Xhreka schnalzte mit der Zunge, drehte sich um und sah Weide an. »Er ist nicht Blindschleiche. Aber allmählich wird es mir deutlich.«

Weide musste lächeln. »Mir auch.«

Schoßbesen schnaubte und schüttelte den Kopf, als Vollkorn sich näherte.

»Halt die Klappe, Keiler«, sagte der große Mischling. Er beugte sich vor, um Weide und Xhreka nacheinander zu umarmen. »Wir sehen uns bald wieder.«

Als er wegging, war Schakal da. Er streckte die Hand aus und Weide ließ zu, dass er ihren Nacken umfasste. Ihre Stirnen trafen sich.

»Bleib am Leben«, flüsterte er.

»Reden ist eine Verschwendung deiner verdammten Lippen.«

Und er küsste sie.

Es war seltsam nach so langer Zeit, nach so viel Elend. Seltsam und verjüngend. Sie brach den Kuss ab, lange bevor sie es wollte, stieß ihn weg.

Weide wendete ihr Reittier und überließ alles, was sie liebte, der Umarmung der Schatten.

38

Das Kaninchen brutzelte am Spieß. Weide machte eine letzte Drehung und begann, es vom Feuer wegzuheben.

»Noch nicht.«

Es war das vierte Mal, dass Xhreka Weides Ungeduld durchkreuzte.

»Es wird trocken sein«, beschwerte sie sich und setzte den Spieß wieder ein.

»Da spricht der Hunger.«

»Da hast du verdammt recht«, murmelte Weide.

Sie hatte das Kaninchen unterwegs im Morgengrauen geschossen, während sie noch im Sattel saß. Ihre Armbrust war mit einer Breitkopfspitze geladen, was eine Sauerei aus dem Fleisch machte, aber das war besser als nichts. Außerdem hatte sie keine stumpfen oder spitzen Bolzen in ihrem Köcher. Sie hatte beschlossen, nicht sofort anzuhalten; sie mussten noch etwas Abstand gewinnen. Also hielt sie den Hintern ihres Schweins in Richtung der aufgehenden Sonne gerichtet, bis diese weit über dem Horizont stand. Jetzt hockte sie am Feuer und wollte, dass das Kaninchen schneller briet.

»Das ist genug«, erklärte Weide und nahm den Spieß wieder hoch. »Wir essen jetzt.«

Sie begann, das Wild mit ihrem Messer zu portionieren.

»Wenn du dir einen Moment Zeit genommen hättest, um etwas anständiges Fleisch zu genießen, bevor wir losgeritten sind, würde es dich vielleicht nicht so sehr jucken, deine Zähne in dieses *halbgare* Kaninchen zu schlagen«, sagte der Halbling.

»Ich wollte meinem Volk keine Vorräte wegnehmen, Xhreka.«

»Das Fleisch meinte ich nicht, Mischlingsmädchen.«

Augenweide sah über das Feuer hinweg in ein einzelnes Auge, das sie anfunkelte.

»Verdammt«, brummte sie mit vollem Mund. »Ich habe diesen Kuss nur erlaubt, damit er die ganze Nacht die Schmerzen dicker Eier ertragen muss.«

»Wenn du das sagst.«

»Ach, leck mich doch am Arsch!« Augenweide sprang auf die Beine und zeigte mit einem Kaninchenschlegel auf den lästigen Halbling. »Wenn ich gewusst hätte, dass du so eine hüfthohe Fotze bist, hätte ich das Kaninchen liegen lassen, bis es verkohlt wäre.«

Xhreka sah mit gerunzelter Stirn hoch. »Sind nicht alle Fotzen etwa hüfthoch?«

»Du bist jetzt also ein Witzbold?«

»Wäre es dir lieber, ich wäre wütend, so wie du?«

»Wütend ist, wie ich die Tage begrüße, Watschler.«

»Wahrhaftig? Mir scheint, du empfängst sie hungrig.« Xhreka nahm einen langsamen, gezielten Bissen. »Vielleicht sollte ich das schneller aufessen. Bevor du es mir mit deinen Zähnen aus den Händen reißt. Wie eine Schlampe.«

Weide spürte, wie sich ein Lächeln breitmachte. »Na warte, du kleine ...«

Xhreka legte eine Hand hinter ihr Ohr und beugte sich ein wenig vor. »Kleine ... was? Du hast ›Watschler‹ benutzt. Ist das alles, was du draufhast?«

»Ja«, sagte Weide und schüttelte niedergeschlagen den Kopf. »Mein Köcher mit Halblingsbeleidigungen ist leer.«

Xhreka widmete sich wieder ihrem Essen. »Schade. ›Kleiner schwarzer Scheißer‹ ist mein Favorit.«

Weide hockte sich wieder hin.

Der Morgenwind war mild, aber sie rasteten auf der kahlen Ebene, sodass das Feuer von jedem Windstoß drangsaliert wurde, rauchte und stotterte. Lange Zeit wurde das dumpfe Fauchen der Flammen nur von den Geräuschen unterbrochen, wenn Fett von Knochen und Fingern gesaugt wurde.

»Warum bist du mit mir gekommen, Xhreka?«, murmelte Weide, wieder mit vollem Mund. »Ich bin dir dankbar, aber ... du könntest deinen eigenen Weg gehen. Du musst dich dem nicht mit mir stellen.«

Die kleine Frau warf einen abgenagten Knochen ins Feuer. Sie stocherte etwas Knorpel zwischen ihren Zähnen heraus, bevor sie antwortete. »Ich habe Jahre damit verbracht, mich vor meinesgleichen zu verstecken. Ich kenne die Qualen, von einem zielstrebigen Mann gejagt zu werden, der große Macht ausübt.

Dagegen kann ich nicht viel tun. Zumindest nicht, ohne einen Berg der Zerstörung über diejenigen hereinbrechen zu lassen, die es nicht verdient haben. Du musst nicht dasselbe erleiden, wenn es sich vermeiden lässt, wenn *ich* helfen kann. Wenn wir beide die Chance haben, Belico endlich von seinen Ketten zu befreien und etwas von diesem Zorn zu entfesseln, werde ich sie nutzen. Auch wenn er nicht gegen Zirko gerichtet ist.«

Weide holte tief Luft.

»Und mehr werde ich nicht dazu sagen«, stellte Xhreka fest und richtete ihren Blick nachdrücklich auf ihr Fleisch.

Weide hob eine Hand zum Zeichen, dass sie das akzeptierte. »Kannst du ihn vernichten? Ruin?«

»Hast du schon einmal versucht, eine heiße Kohle in den Mund zu nehmen? Nein, natürlich nicht, denn es wäre schwachsinnig, das zu tun. Aber stell dir vor, du hättest es getan. Wie lange könntest du das aushalten? Jetzt stell dir vor, statt deines Mundes wäre es deine Augenhöhle, und statt einer heißen Kohle wäre es ein Erdbeben. In deinem Schädel.« Der Blick des Halblings bohrte sich in Weides. »Ich habe kein Problem damit, diesen Ork für dich zu töten. Du warst gut zu mir. Aber ich brauche alles, was ich aufbringen kann, um das zu tun. Ich werde dir nichts versprechen.«

»Verstanden.«

»Jetzt habe ich eine Frage an dich, Rottenhäuptling. Warum bist du hier? Warum nimmst du nicht das Schiff mit diesem glutäugigen Mischling, der gerade eine Nacht kaum vernünftig laufen konnte, weil er dich begehrt? Kein Ork kann dir über das Sintflutmeer nach Osten folgen. Da draußen gibt es viel mehr Welt als Ul-wundulas, und dein Schakal hat schon einen guten Teil davon gesehen. Ihr beide hättet all das hier verlassen und nie zurückblicken können.«

»Nein, das konnten wir nicht.«

»Nein. Das kannst *du* nicht.«

»Wir haben beide den gleichen Eid geschworen, Xhreka.«

»Mädchen, wenn man mich fragt, würde ich sagen, dass du dich an diesen Eid hältst, weil du nichts anderes kennst. Dasselbe kann man von deinem Mann nicht behaupten.«

Der Halbling wiederholte nur Weides eigene Befürchtungen,

aber innere Sorgen und geäußerte Weisheit waren eine andere Art von Schmerz. »Dann ist es wohl gut, dass ich dich nicht gefragt habe.«

Xhreka lächelte ein wenig. »Ich denke schon.«

»Außerdem seid ihr die gleiche Sorte von Narren.« Weide wies nach Westen. »Strava ist weniger als vier Tagesritte von hier entfernt. Und doch bist du hier und forderst Zirko heraus, dich zu suchen. Soweit ich weiß, können Schiffe noch das Gewicht eines Halblings tragen.«

Xhreka wurde ganz still, nur ein Finger tippte einmal auf ihre Augenklappe. »Hast du eine Ahnung, wie weit weg ich war, als ich das hier fand? Du kennst den Namen dieses Landes nicht einmal, du in den Geteilten Landen geborener Welpe. Es war der Meistersklave, der uns hierher zurückgebracht hat, nachdem ich ihn aus Jahrhunderten des dunklen Verfalls befreit hatte. Und glaub mir, er bekommt einen Wutanfall, wenn ich versuche, fortzugehen. *Wenn* ich versuche, fortzugehen. Wenn ich könnte, würde ich in diesem Moment lieber die Kälte von Calmaris oder die dämonischen Kriegsherren der Libelleninseln ertragen, als mich in den schlimmsten Löchern Ul-wundulas' zu verstecken. Aber Belico wird es nicht zulassen. Also sprich nicht über etwas, das dich als Unwissende entlarvt.«

Diesmal bedachte Weide sie mit einem Augenzwinkern. »Wer ist jetzt wütend?«

»Bei Belicos Schwanz!« Xhreka stieß verblüfft den Atemzug aus. »Idris sagte mir, du magst es, mit gleicher Münze zurückzuzahlen.«

»Schuldig«, gab Weide zu. »Ich bin mit ihm und Schak aufgewachsen, da blieb mir nichts anderes übrig.«

»Ich habe genug Geschichten gehört, um zu wissen, dass das stimmt.«

»Scheint, als hätte er keine Geheimnisse. Schade, dass es bei dir anders ist.«

Das ernüchterte Xhreka. »Nun, ich spreche nicht darüber. Aber wenn ich es getan hätte ... Es wäre Verschwendung gewesen. Ich hörte ihn lieber reden, als den Dreck meines Lebens zu fressen.«

»Du liebst ihn.« Das war keine Frage.

Es entstand eine Pause, aber der Halbling wollte keine Zeit gewinnen, sondern dachte über ihre Worte nach.

»Ja«, sagte sie schließlich. »Aber nicht auf die Art, wie es bei dir und deinem Mann ist. Und es ist auch nicht das Verlangen, dass dieser blasse Mischling mich einfach tun lässt, was ich will. Mit Idris ...«

»Was?«, lockte Weide neugierig.

»Ich habe noch nie jemanden gesehen, der so gut ausgerüstet ist, um in diesem Land zu überleben. Er ist so groß wie ein Dickhäuter und beinahe so stark. Ich habe ihn kämpfen sehen. Sah ihn töten. Ich habe ihn gewaschen, als er mit dem Blut bedeckt war, das er öfters vergossen hat, als man zählen kann. Er ist mehr Ork als Mensch; Wildheit ist sein Geburtsrecht. Aber er hat nie darin geschwelgt, hat sich nie am Tod berauscht oder nach mehr verlangt. Er redete von dir oder von Schakal. Meistens von euch beiden. Erzählte mir Geschichten aus eurer Jugend. Wie ihr Matschepatsch als kleinstes Ferkel aufgezogen habt. Er erzählte mir von seiner Mutter. Er erschlug Riesen mit bloßen Händen in einer Grube, während Hunderte von Männern seinen Ruhm bejubelten. Und danach? Er erzählte mir von der Freude, mit einem einfältigen Stallburschen oder einem Waisenmischling mit Pestbeulen zu spielen. Ich habe in diesem Leben schon viele Männer gesehen, aber so etwas noch nie. Ich habe nicht einmal einen Namen dafür. Und jedes Mal, wenn ich die Wunden in seinem Gesicht säuberte, hatte ich Angst, dass genau das auch weggewischt werden würde. Ich liebe ihn, weil es nie weggewischt wurde. Weil er es nie zugelassen hat. Ich liebe ihn, weil er mir Hoffnung gibt, dass das Brachland uns nicht alle in Bestien verwandelt, die knirschend und kratzend ums Überleben kämpfen.«

»Ich nehme an, du hasst mich dafür, dass ich ihn in diese Grube gesteckt habe.«

Xhreka tat das mit einem Brummen ab. »Vielleicht hätte ich das. Aber das ist die andere Sache bei Idris. Es ist fast unmöglich, nicht zu lieben, was er tut. Auch wenn Matschepatsch das ein wenig auf die Probe stellt.«

Weide lächelte zustimmend und erlaubte dem Wind und dem Feuer, eine Weile zu streiten.

»Willst du den wahren Grund wissen, warum ich Schakal nicht an einen schattigen Ort geschleppt und bis auf die Haut ausgezogen habe?«

Xhrekas Gesicht erhellte sich vor Interesse.

»Weil ich gerade jetzt meinen eigenen Schritt riechen kann.«

Weide stand auf und brachte etwas Abstand zwischen ihre Nasenlöcher und die Beleidigung zwischen ihren Beinen, und Xhreka brach in Gelächter aus.

»Das hat man davon, wenn man einen Eid schwört, im Sattel zu leben«, lachte der Halbling.

Weide fiel in ihr Gelächter ein und schüttelte wehmütig den Kopf.

Schoßbesen war ein paar Schritte von ihnen entfernt angebunden, betrachtete das fröhliche Spektakel und schnaubte verärgert.

Bald war nur noch die Stimme des Windes zu hören, nachdem er das Feuer niedergedrückt hatte.

Xhreka betrachtete das Brachland, das sich in alle Richtungen erstreckte. Sie schnupperte. »Bist du sicher, dass du hier sein willst?«

Weide nickte und drehte sich langsam auf der Stelle. »Ich will ihn kommen sehen.«

»Und dann?«

»Dann endet es. Egal was passiert, es endet.«

Und so warteten sie, wachsam, der Tag zog sich hin und wurde ermüdend. Die Nacht brach herein, und Weide hielt immer noch Wache, während Mond und Sterne ihr genug Sicht boten. Die Wolken zogen langsam über den Himmel. Xhreka döste. Weide weigerte sich. Doch es war nicht Ruin, der schließlich am sich mit der nahenden Dämmerung färbenden Horizont auftauchte. Auch nicht seine Hunde. Augenweide weckte Xhreka mit einem kurzen, scharfen Pfiff.

Die Halblingsfrau erhob sich und kniff ihr einzelnes Auge zusammen. »Ist das ...?«

»Ja«, antwortete Weide und hob ihre geladene Armbrust.

Es war ein Hirsch, und sie kannten den Elfen auf seinem Rücken.

N'keesos.

Der junge Krieger trug seinen gebrochenen Arm immer noch in einer Schlinge, sodass er ohne Waffe in der Hand reiten musste. Trotzdem visierte Weide ihn an.

»Das ist nah genug!«

Sie wusste nicht, ob er Hisparthanisch sprach, und es war ihr auch egal. Ein Bolzen im Nacken seines Reittiers würde ihr Übersetzer sein, wenn er nicht gehorchte.

N'keesos brachte den Hirsch zum Stehen, wendete das Tier halb und wies den Weg zurück, den er gekommen war. Sein bemaltes Gesicht war vom gespenstischen Schein des Hirschgeweihs gezeichnet.

»*Kakío Wa'supá.*«

Weide besaß nicht mehr die mystische Gabe der Sprossensprache, aber sie erkannte den Namen der Elfe, die ihr dazu verholfen hatte.

Bedauernswerter Sperling.

N'keesos sprach erneut.

»Hast du das verstanden?«, fragte Weide Xhreka, ohne ihren Blick oder ihre Armbrust von dem Hirsch abzuwenden.

»Ich nicht, aber Belico. Er sagt mir, dass die Rosthaut will, dass wir ihr folgen. Dass sein Vater Sperling hat.«

»Scheiße.«

»Das muss nicht unser Problem sein«, beschwichtigte der Halbling.

»Sie hat mir geholfen. Mehr als einmal. Also, doch, das ist es.«

Nachdem sie und Xhreka aufgesessen waren, ritt N'keesos davon. Sie folgten ihm in Richtung Südwesten. Der Ritt war nicht lang. Sperling war zu Fuß unterwegs gewesen. Sie hatte es nicht weit geschafft. Und sie hatte sich nirgendwo verstecken können.

Vor ihnen wurde die Ebene nur von Talmulden aus gebleichtem Staub und einsamen, hartnäckigen Gestrüppbeständen unterbrochen. Sperling stand in der gespenstischen, ausgedörrten Weite und schrie Letztes Geisterlied an. Er hatte sich mit seinem Hirsch vor ihr aufgebaut, schweigend und erbarmungslos. Sperling bemerkte Weides Annäherung und versuchte, zu ihr zu gelangen, aber Letztes Geisterlied streckte seine Kriegslanze aus, um ihr den Weg zu versperren. Ihre Schreie konnte er jedoch nicht unterdrücken.

»Geh hier weg!«, flehte Sperling. »Du musst gehen!«

Da sie in der Nähe der Elfe war, blühte die Sprossensprache wieder in Weides Kopf auf.

»Lass sie gehen«, sagte sie zu Letztes Geisterlied und brachte Schoß zum Stehen. Der ältere Elf war einen Speerwurf weit entfernt, sein Sohn die Hälfte dieser Distanz weiter rechts. »Behalte N'keesos im Auge«, flüsterte Weide Xhreka zu, die vor ihr im Sattel saß.

»Dieser Keiler zwischen unseren Beinen wird es nicht mögen, wenn Belico so nah schreit«, murmelte der Halbling zurück. »Und diese schwangere Elfe auch nicht.«

Scheiße.

Weide richtete ihre Armbrust auf N'keesos, ihre Worte aber weiterhin an seinen Vater. »Ich werde dieses Spiel nicht mit dir spielen, Elf. Lass Sperling frei. Lass sie zu mir laufen. Oder ich werde diesen Bolzen durch das Auge deines Sohnes jagen.«

Keiner der beiden Krieger reagierte auf die Drohung. Ihre Gesichter waren wie versteinert. Die Antwort von Letztes Geisterlied war eisig.

»Du kannst mir keine weiteren Schmerzen zufügen. Du kannst der Blutkrähe nicht mehr Leid zufügen, als sie bereits erlitten hat.«

»Ein gebrochener Arm ist nicht der Tod«, entgegnete Weide.

»Der Tod ist besser als die Schande«, erklärte Letztes Geisterlied. »Der Tod ist besser als Verbannung und Schande.«

»Du hast diesen Weg gewählt«, sagte Sperling.

»Weil du dich fürchtest, ihn zu betreten!« Der Ausbruch des älteren Elfen ließ seinen Hirsch scheuen, aber er beherrschte das Tier mühelos und richtete seinen Blick wieder auf Augenweide. »Diese Abweichung darf meine Familie nicht weiter verfluchen.«

Sperling flehte weiter. »Reite weg, Augenweide!«

»Das kann ich nicht tun.« Weide gab Xhreka ein Zeichen abzusteigen und half dem Halbling aus dem Sattel, bevor sie selbst vom Rücken des Keilers absaß. Zweifellos würde Schoß beim Klang von Belico wegrennen, aber zumindest würde er nicht verletzt werden. Oder ihnen schaden. Damit war ein Hindernis aus dem Weg geräumt. Jetzt musste Weide nur noch Sperling in Sicherheit bringen. Na'hak und N'keesos hatten Hundsfälle verlassen, bevor Schakal eintraf, sodass sie nichts von Xhrekas Macht wussten. Sie waren nur misstrauisch gegenüber Augenweide, also lenkte sie ihre Aufmerksamkeit auf sich, indem sie mit gesenkter Armbrust vorwärtsging.

»Du hast der Sitzenden Jugend gesagt, dass unsere Leben miteinander verwoben sind«, sagte sie zu Sperling. »Du kannst das nicht glauben und mich bitten, dich im Stich zu lassen. Und ich lasse nicht zu, dass eine Frau und ihr ungeborenes Kind getötet werden.«

»Das ist kein Kind«, sagte Letztes Geisterlied. »Du verstehst gar nichts.« Er nahm seine Lanze aus Sperlings Weg und sah auf sie hinunter. »Tu, was du tun musst.«

Weide hatte den Abstand zwischen Schoßbesen und dem Hirsch halbiert. Sie war jetzt nahe genug, um die Risse in der Kriegsbemalung von Letztes Geisterlied zu sehen. Sperling kam ihr den Rest des Weges entgegen.

»Du musst gehen«, zischte sie. »Jetzt!«

»Wir gehen zusammen weg.«

»Nein. Das geht nicht. Reitet fort! Sie werden mir nichts tun. Du darfst nicht bleiben! Bitte!«

Sperlings Gesicht war verzweifelt, fast schon panisch.

Letztes Geisterlied übertönte ihre Worte mit seiner befehlenden Stimme. »Beende es!«

Sperling drehte sich zu ihm hin. »Das werde ich nicht!«

»Du hast eine weitere Chance erhalten und weigerst dich immer noch, unsere Schande zu bereinigen!«

Die Wut im Gesicht des alternden Kriegers veranlasste Weide, sich vor Sperling zu stellen. »Die Schande liegt bei dir, Elf. Du sagst, ich verstehe nichts, aber ich höre dich von Familie sprechen. Du denkst, ich sehe nicht, dass ein Vater seine Tochter verleugnet. Die Schande liegt bei dir.«

Letztes Geisterlieds Augen weiteten sich und seine Kinnlade fiel herunter.

»Tochter?«, sagte er und sein Blick wanderte zu Sperling. »Du hast die Wahrheit verborgen.«

Der Vorwurf war scharf, beleidigt.

Weide spürte, wie Sperling ihren Arm ergriff. »Reite fort.«

»Sie ist genauso wenig meine Tochter wie du«, sagte Letztes Geisterlied.

Der Griff der Elfe wurde fester. »Hör nicht hin.«

»Dem Bedauernswerten Sperling fehlt der Mut, also werde ich es dir sagen.«

»Sei still, Na'hak!«

Letztes Geisterlied hörte nicht auf Sperling. »Die Frau, die du zu retten gedenkst, ist ...«

»Hör nicht auf ihn, Augenweide!«

Sperling ließ sie los, schnappte sich eine Handvoll Erde vom Boden, spuckte in ihre Handfläche und warf die Erde in den Wind.

»*...-m'hun nahi N'kees'elo da wiyela.*«

Die Worte von Letztes Geisterlied hatten keine Bedeutung mehr. Des Verstehens beraubt, warf Weide einen Blick auf Sperling, aber die Elfe wollte ihr nicht in die Augen sehen, also wandte sie sich an Xhreka.

»Was, zum Teufel, hat er gesagt?«

Der Halbling stand verwirrt da.

»Xhreka!«

»Er ... er sagte ...«

Sie wurde von Letztes Geisterlied unterbrochen, der mit tiefer Stimme Hisparthanisch sprach. »Ich sage. Sperling« – er zeigte mit seiner Lanze auf Blutkrähe – »N'keesos' Mutter. Und« – die Lanze bewegte sich zu Augenweide – »deine.«

Als seine stockenden Worte verklangen, war die Nacht still.

Weide hätte die Stille mit ihrem Lachen vertrieben, aber Sperlings Gesicht würgte den Spott in ihrer Kehle ab.

Jegliche Verzweiflung war verschwunden. Die Lippen der Elfe waren fest aufeinandergepresst, ein Bollwerk gegen einen Schmerzensschrei. Ihre Augen waren hell, feucht, wütend, die Augenbrauen zusammengezogen. Sie zitterte. Ein paar gezischte Worte wurden Letztes Geisterlied entgegengeschleudert. Die Sprossensprache war wieder ein Rätsel, aber der Zorn war offensichtlich. Es war ein Fluch. Und ein Eingeständnis.

Weide spürte, wie der Wahnsinn, den die Welt in den letzten Monaten zu pflanzen versucht hatte, zu sprießen begann, als Sperlings Antlitz die Behauptung bestätigte. Abgesehen von der

Beschwerlichkeit der Schwangerschaft sah sie nicht älter aus als Augenweide. Verdammt, die wenigen Male, die sie lächelte, wirkte sie jünger.

Weide packte Sperling an den Schultern und zwang die Elfe, sie anzusehen. »Sie ist gestorben. Meine Mutter ist tot. Sie ist gestorben! Beryl hat sie verdammt noch mal begraben!«

Tränen kullerten über Sperlings Wangen, so langsam wie ihre Gelassenheit dahinschmolz.

»Und dieser Körper bleibt unter der Erde«, sagte sie mit schmerzverzerrtem Mund. »Der, der vor dir steht, gehörte einer armen Tochter meines Stammes, die in Hundsfälle von einer Krankheit dahingerafft wurde.«

Weides Griff wurde fester, er war das Einzige, was sie davor bewahrte, zu fallen, als die Welt aus den Fugen geriet. »Ich ... ich verstehe nicht.«

Sperling erlag fast dem Kummer, die stummen Tränen drohten sie zu zerbrechen. Sie vergrub sie in einem Loch aus tiefem Bedauern, bedeckte sie mit einem Berg aus Niederlagen. Langsam streckte sie die Hand nach oben und strich mit einem zitternden Daumen sanft über Weides Lippen. Als sie sprach, floss die Sprache der Sprossen von ihrer Zunge, und sie klang in Weides Ohren, als wäre sie damit geboren worden.

»Ich bin Wiederkehrer. Ein seltenes Ereignis in meinem Volk, selbst in unserer Blütezeit, aber ein Geheimnis, das mein Stamm noch in Ehren hält.«

Weide hatte gehört, wie der Rat Sperling so nannte, hatte aber nicht erkannt, dass es sich um einen Ehrentitel handelte. Geehrt. Und gefürchtet.

»Wie?«

»Das kann ich nicht sagen. Am Anfang konnte ich die Visionen, die ich im Kopf hatte, nicht von den Schrecken der Welt vor meinen Augen unterscheiden. Es gab das Leben und die Erinnerung an das Leben, Strömungen im selben Strom, beide kalt und unentrinnbar. Ich lebte eine erzwungene Reflexion, meine neuen Schritte folgten dem Weg der alten. Ich verließ das Land meines Stammes wie zuvor, aber meine Reise wurde behindert, denn ich wurde von Cavaleros entführt, verkauft und von dem Mann Corigari in einem zerbrochenen Turm gefangen gehalten. Und dort überlebte ich erneut die Übergriffe der Orks.«

Weide fühlte sich unwohl bei dem Gedanken, dass ein solches Leid zweimal durchlebt worden war. Und ihr wurde schlecht bei den Erkenntnissen, die aus der Erzählung der Elfe hervorgingen. Als sie das Mädchen das erste Mal gesehen hatte, war sie schmutzig gewesen und hatte bewusstlos im Sumpf gelegen. Schakal und Schlitzohr hatten sie aus der Hütte des Schlammmanns gerettet, alle drei waren kurz davor gewesen, als Futter für einen Roch zu enden, als Weide und Vollkorn sie schließlich einholten. Sie mussten alle vor dem Schlammmann fliehen. Sperling wachte während der Verfolgung auf, als Schlitzohr versuchte, sie von seinem Reittier auf Weides Reittier zu übergeben.

»Du hast es gewusst«, sagte sie und kämpfte darum, der Elfe in die Augen zu sehen. »Du hast es vom ersten Tag an gewusst.«

»Ich habe nichts gewusst«, antwortete Sperling, wobei das Leugnen wie eine Bitte um Vergebung klang. »Nichts von der Sprache, nichts von mir selbst. Nichts von dir. Es war eine Geburt und ich war ein Baby.«

»Wann dann?« Weide schrie die Frage beinahe heraus, war unsicher, warum sie wichtig war, wollte es aber wissen.

»Erst, als Schakal mich aus der Festung trug und Grasmücke mich befreite, begann ich die Wahrheit über meine Existenz zu erkennen. Doch selbst dann hielt ich mich für verrückt.«

»Aber die Sprossen taten das nicht«, erklärte Weide. »Sie haben gehorcht, als du sie gebeten hast, den Grauen Bastarden zu Hilfe zu reiten. Und dann wieder bei der Sitzenden Jugend.«

»Der Weg von Wiederkehrern ist ein Weg der Wiedergutmachung. Das Nahtlose Gedächtnis hat lange geglaubt, dass wir wieder leben, um das schwere Unrecht aus der Zeit vor dem Grab wiedergutzumachen. Die Familie der toten Frau wusste, dass ich nicht sie war, obwohl ich ihr Gesicht und ihre Grabtuchdecke trug. Doch die Ehre gebietet es nicht ihnen, den Wiederkehrern zu helfen, sondern der Familie aus dem vorherigen Leben.« Sperling richtete ihre geröteten Augen auf Letztes Geisterlied. »Mein Mann. Und unser Sohn.«

Weide bemerkte, dass Blutkrähe das Gesicht abgewandt hatte.

»Beide haben es nur langsam akzeptiert«, sagte Sperling. »Und so wanderte ich allein von Hundsfälle weg, unwissend und fast ohne Verstand, geleitet von nichts als der Hand des Schicksals.«

»Wir haben dich gesucht«, sagte Letztes Geisterlied.

Blutkrähe riss den Kopf hoch. »*Ich* habe gesucht.«

Sein Vater warf ihm einen Blick zu, der ihn seinen Blick wieder auf den Boden richten ließ. Als Weide den kleinlauten Krieger nun ansah, erinnerte sie sich an Rundungens Bericht über einen einsamen Sprossen-Hirschreiter auf dem Gebiet der Grauen Bastarde, kurz nachdem Sperling zur Brennerei gekommen war.

»Ich bin auf dein Drängen hin in den Krieg geritten«, sagte Letztes Geisterlied zu Sperling. »Ich habe meine tapferen Krieger gegen die Orks geschickt, um deine Abweichung und ihren Stamm zu retten. Du behauptest, ich hätte meine Pflicht vernachlässigt, während du die deine weiterhin verweigerst. Du hast dich versteckt, bist geflohen und hast Intrigen geschmiedet, um den Weg zu vermeiden, den du gehen musst.«

»Sag mir, meine verlorene Liebe«, antwortete Sperling. »Kannst du mir die Gründe für deine Erschaffung nennen? Hast du vor deiner Geburt Pläne geschmiedet? Das Bewusstsein des Lebens kam beim zweiten Mal genauso wie beim ersten Mal zu mir – über einen langen Zeitraum. Ich habe mir das nicht ausgesucht. Ich weiß nicht, wie es geschehen ist. Und ich weiß nicht, warum.«

Letztes Geisterlied zeigte wütend auf Augenweide. »Um den Fehler, den sie darstellt, zu beheben! Die Orks haben dich mit ihrem Dreck beschmutzt und du hast uns Schande bereitet, indem du vor Akis'naqam geflohen bist.«

»Weil ich einen besseren Weg suchte!«, erklärte Sperling. »Ich reiste und litt, allein, um einen Weg zu finden, einen Fleischgewordenen Ruin zu verhindern und zu leben. Ich dachte, es sei mir gelungen. Die Selbstlose Verschlingerin verschonte mich, als ich mich schließlich vor sie stellte. Die Sitzende Jugend entschied, ich könne bleiben, wenn meine Blutsverwandten mich akzeptierten. Du hast dich geweigert, Ehemann! Du hast mich verstoßen, und ich sollte in der Obhut eines Halb-Ork-Stammes sterben.«

»Ein Fehler«, sagte Letztes Geisterlied. »Deiner. Du bist Wiederkehrer, um ihn zu korrigieren. Hör auf, wegzulaufen, meine eigensinnige Frau. Beende es.«

Die verächtlichen Augen des älteren Kriegers wanderten zu Sperlings Bauch.

Sperling umschlang ihre Mitte mit schützenden Armen. »Das werde ich nicht.«

»Worum geht es?« fragte Weide.

»Um ... dich«, antwortete Sperling. »Ein Echo von dir. Wie alles in diesem zweiten Leben steht es in Verbindung mit dem ersten. Als ich in diesem Körper erwachte, kehrte ein Teil von dir zu mir zurück. Von euch beiden.«

»Beiden?«, fragte Letztes Geisterlied, und sein Hirsch bewegte sich als Reaktion auf seine Erregung. »Warum sagst du so etwas?«

Xhrekas angespannte Stimme antwortete. »Das wirst du gleich herausfinden.«

Weide folgte dem Blick des Halblings in Richtung Westen. »Scheiße.«

Eine Schar geduckt hüpfender Schatten huschte über die Ebene. Von ihrem Herrn war nichts zu sehen, aber er würde nicht mehr weit entfernt sein.

Die Hunde lachten.

Und Sperling schrie auf und taumelte, während sie ihren Bauch umklammerte.

Weide fing sie auf, als sie zusammenbrach. »Was ist ...«

»Geh. *Fort.*« sagte Sperling mit schmerzverzerrtem Gesicht zu ihr. Sie stieß Weide mit genug Kraft weg, dass diese nach hinten in den Staub plumpste.

»Wir haben nur noch wenige Augenblicke, Mischlingsmädchen!«, warnte Xhreka.

Weide rappelte sich auf und schrie Letztes Geisterlied an. »Du musst Sperling von hier wegbringen!«

Wenn der Elf es hörte, ließ er es sich nicht anmerken. Er stieß einen Kriegsschrei aus, gab seinem Hirsch die Fersen und stürmte auf die entgegenkommende Meute zu.

Weide wandte sich an seinen Sohn. »N'keesos!«

Der Blick des jüngeren Kriegers wanderte von Letztes Geisterlied zu Sperling, hin- und hergerissen zwischen dem Vater, der in den Schlund des Rudels ritt, und der Mutter, die sich qualvoll im Dreck wand. Verwirrt und beunruhigt war er gefangen in seiner Unentschlossenheit.

»Scheiße!« Weide knirschte mit den Zähnen. »Xhreka, halt dich bereit!«

»Mit diesem Spitzohr im ...«

Die Halblingsfrau hatte den Kopf gedreht, um zu sprechen. Sie sah den Hund nicht kommen.

Weide schon. Zu spät.

Zu spät, um ihre Armbrust hochzureißen. Zu spät, um irgendetwas anderes zu tun, als zu erkennen, dass die anderen nur eine Ablenkung waren, um die Aufmerksamkeit von dieser einsamen Bestie abzulenken, die geschickt worden war, um sich von der Flanke her auf die gefährlichste Beute zu stürzen.

Die Hyäne schleuderte Xhreka zu Boden, packte ihren Arm mit dem Maul und rannte davon. Der Halbling wurde mitgeschleift und hüpfte über den harten Boden, schlaff wie eine Kinderpuppe. Weide schnappte sich ihre Armbrust und zielte. Bevor sie den Abzug drücken konnte, erfasste eine Schallwelle den Hund und warf ihn um. Xhreka überschlug sich, war frei. Der Hund rollte wieder auf die Beine, aber N'keesos ritt auf seinem Hirsch zwischen die Bestie und ihre Beute, die Keule in der gesunden Hand, und lenkte sein Reittier nur mit den Beinen. Er schwang seine Waffe in abwärts gerichteten Bögen und verjagte den kreischenden Teufel.

Weide rannte an Xhrekas Seite. Sie musste mit dem Kopf gegen einen Stein gestoßen sein, denn sie war bewusstlos und ihr Haar klebte vor Blut. Aber sie atmete noch.

»Mein Vater«, sagte N'keesos.

Weide sah hoch. Sie nickte. »Geh.«

Während er auf seinem Hirsch davonraste, um Letztes Geisterlied beizustehen, suchte Weide den Horizont nach weiteren herumlungernden Hunden ab. Und da entdeckte sie sie.

Die Sonne ging über der Ebene auf. In ihrem Schein ritten Silhouetten, die Weide allein am Trommeln ihrer Hufschläge hätte erkennen können.

Ihre Wahren Bastarde.

39

Sie wusste nicht, wie sie hier sein konnten. Das sollten sie gar nicht sein. Aber sie wusste, warum. Sie waren ihretwegen gekommen. Ihr Herz hätte höherschlagen sollen, doch sie hatte nur Angst um ihre Leben. Die Bastarde konnten sie nicht retten. Nicht vor dem hier. Und sie war sich nicht sicher, ob sie die Bastarde retten konnte.

Als sie sich umdrehte, sah sie Letztes Geisterlied inmitten der Meute kämpfen. Sein Hirsch sprang durch das Gedränge, sein Geweih glühte, als er seinen großen Kopf senkte, um die Hunde zur Seite zu fegen. Die Kriegslanze des Elfen stand nie still, und die Teufel in seiner Reichweite jaulten auf, als die scharfe Klinge ihre Felle durchbohrte. Keiner von ihnen wurde getötet.

N'keesos war jetzt bei ihnen, seine Keule zerstreute das Rudel mit ihrem lautstarken Angriff. Die Magie dieser Waffe hatte die Bastarde niedergestreckt, und Weide spürte Hoffnung aufkeimen, als die Hyänen von ihrer Macht hin und her geschleudert wurden. Aber es waren zu viele. N'keesos war gezwungen, fast zwanzig in Schach zu halten, und konnte den Gesang nicht lange genug auf ein einziges Tier richten. Doch die Hunde konnten auch die Sprossen nicht überwältigen. Als ob die Meute die Aussichtslosigkeit spürte, die Elfen zu Fall zu bringen, brach sie auseinander.

Und ging auf Weide los.

Siebzehn Hunde rannten in gestrecktem Galopp, schwärmten aus und wirbelten Staub auf. Weide visierte einen am äußersten Rand an, verfolgte ihn und schoss. Der Bolzen traf seinen Hals und ließ das Tier umstürzen. Augenweide fluchte, als es zuckte, sich wälzte und wieder auf die Beine kam, um sich wieder seinen teuflischen Brüdern anzuschließen. Sie spannte die Sehne, legte einen Bolzen ein, hob an, löste ihn. Ein weiterer Hund fiel. Doch auch er blieb nicht liegen. Sie wollte sie nur hinhalten, mehr konnte sie nicht tun. Eine Chance für einen weiteren Schuss und dann würden sie über sie herfallen.

Spannen. Einlegen. Anheben. Lösen.

Zu ihrem letzten Bolzen gesellten sich drei weitere. Vier Hunde stürzten. Das Donnern von Hufen erschütterte den Boden, als Gemeiner Alter Mann und Matschepatsch mit Schakal und Vollkorn auf ihren Rücken vorbeistürmten. Bei ihnen war Blindschleiche auf seinem namenlosen Barbaren. Ihre besten, ihre tödlichsten. Hinter ihnen kamen Iltis und Schlangenschlupf. Übeltäter. Und Incus, auf Riesenpocke reitend. Sie stürmten geradewegs in den Rachen der herannahenden Meute und schleuderten Speere; ihre Keiler durchbohrten und stießen mit ihren Stoßzähnen zur Seite. Eine Hyäne kreischte auf, als Vollkorn einen Speer mitten durch sie hindurchstieß und sie am Boden festnagelte. Schleich hatte seinen Talwar gezogen und verteilte Hiebe in alle Richtungen.

Weide stand auf und warf einen Blick auf Sperling, während sie nachlud. Die Ausbuchtung des Elfenbauchs ragte über der gewölbten Wirbelsäule in die Höhe, und die Schmerzensschreie wurden immer lauter.

»Sperling! Ich muss wissen, was los ist!«

Die einzige Reaktion war ein gequälter Schrei.

Weide jagte einen weiteren Bolzen in einen Hund. Keiner von ihnen blieb lange unten. Na'hak und N'keesos nahmen den Kampf wieder auf. Gemeinsam schlugen die Reiter der Keiler und Hirsche das Rudel in die Flucht. Es war kein Sieg. Nur der Hund, den Vollkorn aufgespießt hatte, konnte sich nicht erheben, obwohl er um sich trat und heulte. Aus den Körpern der Bestien ragten Bolzen und Speere, doch das hielt sie nicht auf.

Die Bastarde wussten, dass sie besser nicht verweilen sollten, und ritten zurück zu der Stelle, an der Weide über der gefallenen Xhreka stand.

Vollkorn sprang von Matschepatsch ab, noch bevor der schwerfällige Keiler ganz zum Stehen gekommen war, und kniete neben dem Halbling nieder. Der Rest blieb auf den Rücken der Keiler und bildete einen schützenden Ring. Weide sah Bisswunden an Iltis' Keiler und Matschepatsch, aber ansonsten war die Rotte gut beisammen.

»Schön, dass du meine verdammten Befehle ignoriert hast, Schak«, sagte Weide.

»Ich nicht«, antwortete er und behielt die Meute im Auge.

»Ich habe ihnen gesagt, was du willst. Diese hartgesottenen Bastarde haben mich überstimmt.«

»Unser Platz ist hier bei dir, Häuptling«, sagte Schlangenschlupf.

»Wo zur Hölle sind unsere Leute?«, fragte sie.

»Sicher in der Dreiblutbastion«, antwortete Schlangenschlupf.

»Dreiblutbastion?«

Iltis brummte bestätigend. »Lange Geschichte.«

»Ich nehme an, es gibt auch eine Geschichte darüber, warum du einen verdammten Schlammkopf mitgebracht hast?«, rief Weide aus und deutete auf Incus.

Iltis schnalzte mit der Zunge. »Nein. Niemand von uns wollte ihr sagen, dass sie nicht mitkommen darf.«

»Du hast gesagt, wenn ich mich noch einmal zurückhalte, bin ich raus«, sagte Incus mit ihrer tonlosen Stimme.

»So habe ich das nicht gemeint!«

Der zottelige Kopf des Dreibluts neigte sich leicht. »Ich muss mich verhört haben.«

Übeltäter lachte. »Oh, Scheiße! Das hat sie von mir gelernt!« Er zuckte zusammen, als Sperlings Wehklagen einen neuen Höhepunkt erreichte. »Was ist denn da los, Häuptling?«

»Wonach sieht es denn aus, Schwachkopf?«, fragte Schlangenschlupf.

Weide wusste, wie es aussah. Aber sie wusste immer noch nicht, was es war. »Wir müssen sie von hier wegbringen.«

»Keine Zeit«, sagte Blindschleiche.

Weide sah durch den Ring von Barbaren. Das Rudel gruppierte sich neu.

»Diese Bestien sind vom Dreck verdorben.« Das grimmige Gesicht von Letztes Geisterlied sah Augenweide vorwurfsvoll an. »Dieser Kampf kann nicht gewonnen werden.«

Schakal brummte. »Du sagtest, sie seien Teufel. Ich kenne ein paar Wege, Teufel zu töten.« Er glitt aus dem Sattel. »Ihr geht jetzt alle. Ich kümmere mich um das hier.«

»Zu Fuß?«, rief Iltis.

»Ich will nicht, dass mein Keiler verletzt wird«, antwortete Schakal, ohne sich umzudrehen.

»Er sieht aus, als wolle er ... lustwandeln«, stellte Schlangenschlupf ungläubig fest.

Iltis stieß einen kehligen Laut aus. »Verdammter Schakal.«

Weide hielt ihn nicht auf – diese Kreaturen mussten getötet werden –, und sie stieg auch nicht auf ihren Keiler. Sie würde nicht davonlaufen, und ihre Brüder auch nicht. Das hatten sie deutlich gemacht.

Vollkorn hatte Xhrekas Kopf in seine riesigen Hände gelegt.

»Wie geht es ihr?«, fragte Weide.

Als Antwort erhielt sie nur ein Kopfschütteln.

Sperling litt weiter. Weide wollte ihr gerne helfen, wusste aber, dass sie zurückgewiesen werden würde.

»Weiß einer von euch etwas über die Geburt von ... Babys?«

»Ferkel«, bot Schlangenschlupf an.

»Das können wir alle«, sagte Übeltäter zu ihm. »*Schwachkopf*.«

»Das kann nicht viel anders sein«, erwiderte Schlange.

»Das ist es.« Blindschleiche glitt aus dem Sattel. Ohne eine Miene zu verziehen, beobachtete die Rotte, wie der bleiche Killer vor Sperling niederkniete. »Ich mach das hier schon.«

»Darüber will ich gar nicht nachdenken«, murmelte Iltis.

Draußen auf der Ebene stand Schakal, das Schwert in der Scheide, die Armbrust umgehängt. Der dunkle Stoff seines Wüstengewandes wallte im Wind. Das Rudel umringte ihn, jaulend, aber unwillig, ihn anzugreifen. Sie tapsten umher, schnüffelten und fletschten abwechselnd die Zähne.

»Was, zum Teufel, machen die da?«, fragte Übeltäter mit gedämpfter Stimme. »Haben sie Angst?«

»Nein«, sagte Weide, und ihre Eingeweide froren ein.

Sie warteten.

Dahinter raste die beängstigende Masse des Ruins heran.

»Bastarde, bleibt hier!«, rief Weide. »Beschützt Xhreka! Und Sperling!« Sie wartete nicht, sie saß nicht auf. Sie rannte mit derselben Geschwindigkeit wie Ruin. Sie erreichten die gegenüberliegenden Ränder des umzingelnden Rudels im selben Moment. Die Hunde ließen ihn passieren. Sie nicht. Sie sprangen und bissen und versperrten ihr den Weg, als Ruin angriff und Schakal ihm entgegenstürzte, wobei er sein Schwert aus der Scheide zog. Weide juckte es in den Fingern, den Stahl zu ziehen und sich an Schakals Seite durchzukämpfen, doch die Botschaft, die aus dem leisen, warnenden Knurren der Hyänen sprach, war eindeutig.

Misch dich nicht ein.

Wenn sie durchbräche, würden ihre Brüder folgen. Und sterben. Sie konnte nur zusehen. Und auf den dreistesten Bastard vertrauen, der je in den Geteilten Landen geritten war.

Schakal wich einem Schlag aus, der ihn enthauptet hätte, tänzelte zurück, wich einer weiteren von Ruins furchterregenden Fäusten aus und schnitt dem Ork mit seiner tyrkanischen Klinge in die Rippen. Er hätte genauso gut einen Schnitt in eine Festungsmauer setzen können. Ruin schnappte nach ihm, aber Schakal drehte sich weg und schlug auf den angreifenden Arm ein. Dieses Mal biss seine Klinge zu. Weide spürte ein Kribbeln des Triumphs, als dunkles Blut aus dem Schnitt spritzte.

Verdammt, er kann verletzt werden.

Aber Ruin ließ nicht erkennen, dass er Schmerzen hatte. Er schlug mit dem tropfenden Arm zu und hätte zweifellos einen Baum fällen können, aber wieder entging Schakal dem Hieb. Ruin war größer, stärker, schneller, seine Reichweite größer, seine Wildheit unübertroffen, und doch blieb sein Feind unberührt. Schakal bewegte sich mit einer Leichtigkeit, die Weide noch nie an ihm gesehen hatte. Er war schon immer ein geschickter Kämpfer gewesen, aber jetzt war er noch schärfer und präziser. Und doch waren auch die alten Bastard-Tricks wieder da.

Er führte eine Reihe wirbelnder Hiebe auf das Gesicht des *uq'huul* aus, und als Ruin sich mit seinen Unterarmen abschirmte, trat Schakal ihm brutal zwischen die Beine. Es war ein Lockvogelangriff. Ruins massive Arme griffen nach ihm. Schakal sprang zurück und zwang den Rohling, sich zu überstrecken. Schakal wirbelte herum und legte das Gewicht seines ganzen Körpers in einen Kreuzhieb, der den Schädel des Dickhäuters seitlich traf. Die Klinge prallte vom Knochen ab und traf Ruins Kopf immer wieder. Dieser stolperte und musste sich mit einer Hand am Boden abstützen, um nicht zu fallen. Schakal ließ sich diese Gelegenheit nicht entgehen. Er stürzte sich auf seinen taumelnden Gegner, sprang, setzte einen Stiefel auf die breite

Schulter des Unholds und nutzte sie, um sich in die Luft zu katapultieren. Schakal schwebte in der Luft und drehte sich, während er den Griff seines Schwertes umkehrte. Im Fallen stieß er mit der ganzen Kraft seiner Arme und der Wucht seines Sturzes die gebogene Klinge bis zur Hälfte in das Fleisch von Ruins Schulter neben seinem Hals. Ruin wurde auf die Knie gezwungen, würgte und spuckte Blut. Schakal hielt das Schwert fest, versuchte, die Klinge zu drehen, tiefer zu stoßen, aber Ruin warf einen Arm zurück, griff zu und zwang ihn, wegzuspringen.

Eine derartige Wunde hätte jeden Ork getötet. Und doch stand Ruin.

Weide war an seine schreckliche Vitalität gewöhnt und nicht weiter überrascht. Nicht einmal, als er nach oben griff und begann, das Schwert aus seinem Körper zu ziehen. Schakal war nicht so abgestumpft. Er hatte den Sieg gespürt. Als er ihn wieder entgleiten sah, blieb er einen Moment wie angewurzelt stehen.

»Schak, mach schon!«

Ruin riss das Schwert heraus, wirbelte herum und schleuderte es. Die Klinge flog gerade wie ein Speer, versank in Schakals Brust und holte ihn von den Füßen. Er landete auf dem Rücken im Staub. Seine Beine strampelten einen Moment lang kraftlos, ein verkniffenes Stöhnen entkam seinen Lippen. Nach einem weiteren Schaudern lag er reglos.

Die eisigen Hände des Schocks schlangen sich um Weides Wirbelsäule. Ein Schrei erstarrte in ihrer Luftröhre, doch Schakals Name klang noch immer durch die Luft, getragen von Vollkorns brechender Stimme. Tränen kochten in Weides Augen, bevor sie fallen konnten. Wut erfüllte ihre Muskeln, doch ihre Glieder weigerten sich, sich zu bewegen.

Ruin stieß ein verärgertes Grunzen aus und ruckte mit dem Kopf. Gackernd stürzte sich das Rudel auf ihren gefallenen Geliebten, bedeckte ihn mit seinen abscheulichen Körpern und begann zu fressen.

Alles, was Weide hielt, zerriss.

Sie zog die Katare und stürzte sich auf den wütenden Hundehaufen. Die Meute ging auf sie los. Einer sprang, und sie schlug ihm ein Auge aus und rammte ihm die gesamte Klinge des Dolches in den Kopf. Mächtige Kiefer schlossen sich um ihre Wade, Reißzähne durchbohrten das Leder ihres Stiefels und stießen in ihr Fleisch. Sie knirschte mit den Zähnen gegen den Schmerz an, als die Bestie, die sich festgebissen hatte, ihr Bein zurückzog, bis sie das Gleichgewicht verlor und stürzte. Ihre Sicht schrumpfte auf eine Wand aus abscheulichen Schnauzen, lauernden Zähnen, runden Ohren und schwarzen Augen zusammen. Sie ging in die Hocke, schlug mit ihren Klingen zu, konnte aber nicht hoffen, sie alle in Schach zu halten. Plötzlich legte sich etwas eng um ihr Handgelenk, und sie wurde mit einem Ruck nach hinten aus der stinkenden Masse gezogen. Sie fraß kurzzeitig Staub, dann hörte das Ziehen auf. Ein Lasso lag um ihr Handgelenk und lockerte sich jetzt. Am anderen Ende war Iltis, der aus dem Sattel sprang.

»Häuptling, wir müssen weg!«, rief er und zog sie auf die Beine.

Weide stieß ihn weg. »Lass mich los! Schakal!«

»Du kannst ihm nicht helfen. Er ist verdammt noch mal tot! Häuptling!«

Sie sträubte sich gegen seine fortgesetzte Umklammerung.

»Häuptling, verdammt, hör zu! Willst du, dass Schakal der Letzte ist? Oder der Erste?«

Iltis schaffte es, sie umzudrehen. Nur einen Steinwurf entfernt wütete Vollkorn. Übeltäter und Schlangenschlupf hielten seine Arme und versuchten, ihn davon abzuhalten, sich auf Ruin zu stürzen. Sie hätten ihn nicht halten können, wenn Incus ihn nicht von hinten gepackt hätte. Trotzdem kroch Vollkorn vorwärts und brüllte laut genug, um die Sonne auszublasen.

»Wir müssen reiten! Jetzt!«, beharrte Iltis.

Niemand hielt die Sprossen auf. Na'hak und N'keesos trieben ihre Hirsche vorwärts und ließen ihre Kriegsschreie los. Der ältere Krieger führte, die Klinge seiner Lanze glühte nun in demselben blassen Licht, das im Stein der erhobenen Keule des Sohnes gefangen war. Letztes Geisterlied warf und die Lanze schrie im Flug. Ruin zuckte zusammen, als sich die Waffe tief in seine Brust bohrte. Die Lanze begann zu summen, der Griff vibrierte. Knurrend griff Ruin danach, um sie aus seinem Fleisch zu entfernen, aber die Lanze zersprang in einem Sturm aus geisterhaftem Licht und ließ ihn taumeln. Letztes Geisterlied löste sich von ihm, während N'keesos durch die hängenden azurblauen Dämpfe stürmte, die er zurückgelassen hatte, die Liedkeule über seinem Kopf wirbelnd. Sein Hirsch senkte den Kopf, als er sich dem verletzten Monster näherte.

Ruin erwischte das Geweih. Als er den Kopf des Tieres herumdrehte, war ein unangenehmes Knacken zu hören. Ruin hielt das zuckende Tier fest, drehte sich im Kreis, warf N'keesos herunter und schleuderte den Kadaver des Hirsches gegen Na'haks Tier. Der ältere Elf verschwand unter den gefallenen, strampelnden Körpern der Hirsche. N'keesos war hart auf seinem verletzten Arm gelandet, kämpfte aber immer noch darum, sich zu erheben, und stieß zwischen zusammengebissenen Zähnen Schmerzenslaute aus.

Ruin näherte sich ihm langsam und mit der Absicht, ihn zu töten.

Iltis zerrte an Weides Arm. »Häuptling!«

Er hatte recht.

Sie riss sich los.

Genug.

Sie warf die Katare zu Boden.

Niemand würde mehr für sie sterben.

Sie rannte.

Stürmte direkt auf Ruin zu und schnappte sich die heruntergefallene Keule von Blutkrähe.

Weide tauchte ab und rammte mit der Schulter den einen verhassten Bruder von dem anderen weg. Ruin drehte sich gerade um, als sie mit ihm zusammenstieß und ihn mit ihrem ganzen Körper traf. Sie stieß ihm die Keule in den Bauch, spürte die Schallwelle. Ihre Kraft wuchs rasant. Sie schlug ihm auf den Kiefer, weiter und weiter. Ihre Kraft nahm mit jedem Schlag zu, den sie erhielt oder abgab. Sie hörte sich selbst ächzen, knurren, jeder Atemzug war eine Trotzreaktion auf die Macht ihres Gegners, eine Kriegstrommel für ihre eigene. Sie stieß vorwärts, grub sich in einen Berg.

Ruin schlug zurück, erbarmungslos wie eine Steinlawine. Seine Fäuste waren beinahe so groß wie ihr Kopf, den sie zerschmettern wollten. Weide duckte sich und holte mit der Keule aus. Der monströse *uq'huul* fing die Schläge mit seinen Armen ab, schlug ihr die Keule aus der Hand. Ein Schlag traf sie ins Gesicht, der nächste in die Eingeweide, sodass sie über seiner massiven Faust zusammenklappte. Blutiger Speichel floss von ihren Lippen und spritzte über seinen Arm. Sie würgte gegen einen Rachen voller Galle an, wich aus, wenn sie konnte, hielt aus, wenn nicht, aber der Instinkt, sich vor Schaden zu bewahren, wurde durch das Bedürfnis, Schaden anzurichten, verbrannt. Jedes Mal, wenn er nach ihr schlug, wich sie zurück, wie eine Stahlklinge, die vor einem Berg aus massivem Eisen stand. Weide duckte sich unter einem ausholenden Arm durch, schnappte sich die Gliedmaße, riss daran, ließ Ruin nach vorne stolpern und rammte ihm ihren Stiefel seitlich gegen das Knie. Die Knochen hätten brechen müssen, aber das Bein des Unholds knickte nur ein. Er holte mit dem Ellbogen aus und erwischte ihre Rippen, als sie auf seinen Rücken krabbelte. Er stand auf, versuchte sie abzuwerfen, aber sie klammerte sich mit ihren Händen und Zähnen an die Knochen in seinem Fleisch. Sie legte einen Arm um seine Kehle, grub die Finger ihrer anderen Hand in die von Schakal verursachte Schwertwunde. Und doch schrie Ruin nicht auf.

Er riss ihren Arm von seiner Kehle, schwang sie damit über seinen Kopf und ließ ihren Körper zu Boden krachen. Harte Erde hämmerte gegen Weides Rücken. Der Schmerz war nichts im Vergleich zur Wut. Sie wurde hochgehoben, am Arm hochgezerrt und baumelte vor Ruins rachsüchtigem Blick. Sie schlug ihm mit der freien Hand auf den Wangenknochen. Er fing den zweiten Schlag ab und schlug ihr die Stirn ins Gesicht.

Weide konnte durch die nasse Pein nichts sehen. Warme, klebrige Flüssigkeit tropfte von ihrem Kinn. Blut und Spucke und das Zeug, das aus ihrem Magen pulsierte.

»HÄUPTLING!«

Sie konnte ihre Brüder – ihre echten Brüder – kommen hören. Sie hob eine zitternde Hand, streckte sie hinter sich aus und befahl ihnen, stehen zu bleiben. Sie würden nicht gehorchen. Sie würden sterben, trotz all ihrer Bemühungen.

Bastarde.

Ein Jaulen ertönte aus dem Hunderudel und erregte Ruins Aufmerksamkeit. Weide drehte sich um und sah es durch tränenverhangene Augen. Die Bestien waren gestürzt und wanden sich übereinander. Eine dunkle Substanz kroch über ihre schlaffen Körper. Weide hielt sie für Schlamm, bis sie sich wieder konzentrierte. Es handelte sich nicht um eine flüssige Masse, sondern um einen Schwarm. Die Morgensonne reflektierte grün und lila auf den schwarzen Panzern Tausender Käfer. Sie strömten in die Mäuler der Hunde, schlüpften in ihre Ohren, und wo sie hinkamen, entstand ein öliger Rauch. Ein Hund nach dem anderen verendete und zuckte ein letztes Mal, bevor er schlaff wurde, während die letzten Insekten in ihren rasch aufblähenden Leichen verschwanden. Leichen, die beiseitegeschoben wurden, als Schakal unter dem Hügel hervorkroch.

Seine Kleidung war zerrissen, sein Fleisch zerfetzt, beides blutverschmiert. Tiefe Bisswunden klafften quer über seinen Körper und legten Knochen frei, eine davon machte aus seiner Kehle den blanken Horror. Das Wüstentuch war ihm vom Kopf gerissen worden, und sein ungebundenes Haar war schwer von Blut. Er rappelte sich auf, das Schwert steckte immer noch in seinem Körper, und ließ die glitzernden Scherben eines Kristallgefäßes aus seinen Fingern fallen.

»Ich sagte euch doch ... dass ich weiß, wie ... man Teufel tötet«, sagte er mit entstellter Stimme. Er deutete auf Ruin. »Und du ... du bist nicht der Einzige, der ... das tun kann.«

Schakal schnitt eine Grimasse, griff nach dem Schwert und zog es aus seiner Brust.

Ruins Kinnlade fiel herunter.

Weide schenkte ihm ein triumphierendes Grinsen. »*Va Gara Attukhan,* du Arschloch.«

Sie zog die Knie an, trat aus und rammte ihre Füße gegen Ruins Brust, der sie daraufhin losließ. Bei ihrer Landung auf dem Boden rollte sie sich ab und kam wieder auf die Beine.

»Aus dem Weg, Mischlingsmädchen!«, rief eine bekannte Stimme.

Augenweide sprang auf, als der Zorn eines Gottes Ruin umwarf.

Belicos Schrei traf seinen Körper mit voller Wucht, sein Fleisch kräuselte sich, die Knochenpiercings platzten auf.

»Stirb«, zischte Weide. »Stirb, verdammt noch mal, stirb!«

Aber Ruin kam auf die Füße. Er machte einen Schritt und riss seinen Mund zu einem Geheul auf, das von dem Tumult verschlungen wurde. Er setzte einen Fuß vor den anderen. Unaufhaltsam, zornig, schritt er auf Schakal zu.

Weide wurde von Incus aufgeschreckt, die mit den Kataren in der Hand an ihr vorbeilief.

»Nicht!«, schrie Weide, packte den gewaltigen Arm des Dreibluts und zwang sie, sich umzudrehen und ihr auf die Lippen zu sehen. »Incus. Belicos Stimme ist mehr als nur Klang. Sie ist die Wut selbst. Du wirst gegen den Schmerz nicht immun sein.«

»Tut mir nicht so weh«, kam die Antwort. Incus hielt die Katare hoch. »Die leihe ich mir.«

Incus stürmte vorwärts und wurde sichtlich langsamer, als sie sich in das Getöse stürzte. Sie schnitt Ruin den Weg ab und rammte ihm erst einen Katar in die Brust, dann den anderen. Er taumelte nach hinten. Das Dreiblut setzte nach und schlug mit ihren Klingenhänden zu. Ruins Fleisch löste sich unter den mächtigen Messern auf, sein Oberkörper war blutüberströmt. Er hielt eine Handfläche in den Weg von Incus' nächstem Schlag, ließ zu, dass die Klinge durch seine Hand stach, und riss die Waffe aus ihrem Griff. Er drängte vorwärts und warf sie zu Boden. Incus drehte sich weg, um nicht festgenagelt zu werden, hakte ein Bein hinter Ruins Knie ein und rollte sie beide auf die Seite. Sie kamen im Ringkampf hoch. Trotz der Größe des Dreibluts wirkte sie gegen den hünenhaften *uq'huul* normal. Und doch konnte er sie nicht abschütteln. Incus hatte ihn um die Mitte gepackt, ihre Füße fest auf dem Boden. Ruin ballte seine Hände zur Faust, hob die Arme zum Schlag. Belico äußerte seinen Unmut. Ruin stolperte, als das ohrenbetäubende Tosen zunahm.

Weide warf einen Blick zurück. Xhreka stand und schüttete das unbändige Temperament des Gottes aus. Der Halbling verlor an Kraft und wurde von Vollkorn gestützt. Incus stand mit dem Rücken zu ihnen, sodass sie die Hauptlast des kakofonischen Angriffs zu tragen hatte. Mit verkrampften Armen hob das Dreiblut Ruin hoch und drehte sich um, um sich mit seinem Körper zu schützen. Obwohl ihr Blut aus der Nase lief, stieß Incus ein Bein zurück, um sich gegen den Sturm abzustützen, und blieb standhaft. Ruins Bewegungen waren träge in der höllischen

Strömung. Er griff nach unten in die Haare des Dreibluts und zwang ihren Kopf zurück. Ihre Arme begannen sich zu lockern. Entweder würde ihr Griff brechen oder ihr Genick.

Incus weigerte sich, loszulassen.

Es war Xhreka, die zusammenbrach und Belico wurde zum Schweigen gebracht.

Ruin ließ seine zusammengelegten Fäuste auf Incus' Rücken niedergehen. Sie wurde zu Boden geschlagen und rührte sich nicht mehr. Er stieg über sie hinweg und ging weiter auf Schakal zu, der unsicher zwischen der toten Meute stand und kaum in der Lage war, sein Schwert erhoben zu halten.

Weide drehte sich um, um nach ihrem Keiler zu rufen, aber ein entsetzliches Quieken unterbrach sie. Matschepatsch stampfte auf und schüttelte seinen großen Kopf. Er fing an, sich zu drehen, und seine Bewegungen wurden immer aggressiver, je mehr das Quieken zu Kreischen wurde. Vollkorn ließ Xhreka liegen, beeilte sich, sich vor das Gesicht des Barbaren zu stellen, und griff nach seinen Sauenhebeln. Doch Matsch ließ sich nicht beruhigen. Übeltäter, Schlangenschlupf und die anderen Keiler waren gezwungen, vor der stampfenden, wirbelnden Gestalt des großen Keilers zu fliehen. Schleich und Sperling liefen Gefahr, von Matschepatschs Wutanfall erfasst zu werden, aber der bleiche Mischling konnte oder wollte die am Boden liegende, sich windende Elfe nicht bewegen. Schleich stand mit dem Rücken zu Augenweide und beugte sich zwischen Sperlings Knien vor. Er kümmerte sich weiterhin mit unheimlicher Ruhe um seinen Schützling und ignorierte das wachsende Unheil. Was auch immer kommen mochte, es kam jetzt.

Vollkorn schrie Matschepatsch an, hatte ihn endlich im Griff und rang mit dem Berserker. »Matsch! Beruhige dich! Was ist los mit ...?«

»Häuptling!« Die Warnung von Übeltäter war schrill. Sein Fingerzeig war hektisch.

Weide drehte sich gerade noch rechtzeitig, um Iltis' Keiler angreifen zu sehen. Sie hatte keine Zeit, auszuweichen. Der Barbar traf sie voll mit dem Kopf und sie wirbelte Hals über Kopf davon, bevor sie auf dem Boden aufschlug. Dann hörte sie Schakal schreien.

Weide hob ihren Kopf und sah, wie er versuchte, zu ihr zu gelangen, aber seine Beine trugen ihn nicht. Er brach zusammen, als Ruin ihn erreichte und über ihm aufragte.

Weide wollte sich erheben, doch der *uq'huul* schlug mit dem Arm nach ihr, und sie wurde unter den trampelnden Hufen in den Staub zurückgeschleudert. Ruin streckte die Hand nach unten und hob Schakal am Hals hoch. Seine Beine baumelten über dem Dreck. Iltis' Keiler hatte sich umgedreht und galoppierte erneut auf sie los. Weide wartete bis zum letzten Moment und rollte sich aus dem Weg.

Schakal zappelte in Ruins würgendem Griff.

Die Stimme des Unmenschen war ein hasserfüllter, knirschender Klang. »Wo?«

Sein Blick fiel auf Schakals linken Unterarm, und er nahm ihn in die freie Hand, führte ihn an seine Nase und schnupperte. »Da!«

Ein Stöhnen drang aus Schakals gefangener Kehle, als der *uq'huul* seinen Arm zur Seite streckte und zu ziehen begann.

Entsetzt über das, was Ruin vorhatte, kam Weide auf die Beine und wurde von dem mit einem Zauber belegten Keiler erneut zu Boden geschleudert. Übeltäter und Schlangenschlupf versuchten, Lassos um Iltis' Barbaren zu werfen. Iltis selbst lag am Boden, tot oder bewusstlos durch den plötzlichen, verrückten Verrat seines Reittiers.

Schakals Qualen rasselten durch die Luft. Weide musste zu ihm gelangen. Sie kam auf die Knie, aber ein plötzliches Gefühl der Beunruhigung erfasste sie. Sie wurde erneut getroffen, aber nicht von dem Keiler.

Es war Schlamm. Die lebendige Schwärze warf sie zurück. Sie spürte, wie die Tinte an ihrem Fleisch klebte, ihre lähmende Berührung war ihr vertraut und machte ihr Angst. Sie kroch zu ihrem Gesicht. Sie taumelte rückwärts, blind, und versuchte, das Zeug wegzureißen, aber es klammerte sich an ihre Hände, saugte sie ein, um sie damit zu erdrücken. Es strömte in ihre Nasenlöcher, sickerte zwischen ihre zusammengepressten Lippen. Sie verschluckte sich an seiner Abscheulichkeit, würgte, als es sich in ihrer Kehle festsetzte, begann zu ertrinken, als es ihre Lungen überflutete. Die Dunkelheit glitt von ihren Augen weg, als der letzte Rest des abscheulichen Teers in ihre Nase kroch. Es gab keine Luft, doch sie atmete so sanft wie ein eingewickeltes Baby.

Visionen drängten sich gegen ihre zusammengekniffenen Augenlider.

Beryl, jünger, mit blutigen Händen.

Schwärze senkte sich über ihr verzweifeltes, feuchtes Gesicht, und Weide wusste mit furchtbarer Ohnmacht, dass es der unentrinnbare Sog des Todes war. Sie schrie dagegen an, ein Flehen der Wut. Und doch holte er sie ein.

Trommeln.

Sie hörte das wütende Schlagen der Trommeln, das gutturale, brutale Heulen der Ork-Sprache. Ein alter Dickhäuter verletzte sie unter einer höllischen Sonne, stieß scharfe gebogene Knochen durch ihr Fleisch. Die Qualen drohten, ihren Verstand im Wahnsinn zu ertränken. Doch sie schrie nicht. Schmerz war nichts. Er war so leer wie die umgebende Sandwüste.

Weide schob die Qualen beiseite und ließ zu, dass die überflutende Kraft ihren Platz einnahm.

Ihre Hände kannten Stärke und hungerten danach, zu zermalmen. Sie brach Knochen, Schädel. Sie befreite sich.

Da waren der Hunger und die Jäger. Sie unterdrückte beides mit Blut. Die Wüste gab unter ihren Schritten nach Süden nach, und ihre Füße berührten das Grasland. Da kam die Meute. Sie waren weniger dumm als die Orks und jagten sie nicht. Sie scharten sich um sie, und sie schlief umhüllt von ihrem Atem unter jeder Mondphase. Ihre Stärke, die sie teilten, wurde die ihre. Das Rudel wurde älter, die Jungen wuchsen zu Müttern heran. Die Orks suchten weiter, starben weiter. Weiter südlich, in dem dampfenden Dschungel. Ein Ort des monströsen Lebens und des schnellen Todes. Nicht für sie, nicht für das Rudel. Sie überlebten. Sie herrschten.

Bis zu dem Ruf. Der Anziehungskraft.

Zurück ins Grasland. Die Wüste. Die Meute folgte. Und gemeinsam sahen sie das große Wasser, längst vergessen aus der Zeit der Schmerzen und Trommeln.

Sie überquerten es.

Und Weide erkannte Ul-wundulas.

Das Brachland, üppig nach der kargen Wüste. Sie kannte die Flüsse. Der Ruf, die Anziehungskraft, zwangen sie weiterzugehen. Orks streiften auch hier umher. Kreuzten ihren Weg, und sie tötete kleinere ihrer Artgenossen, die rittlings auf gezähmten Wildschweinen saßen, und plünderte die Nahrung, die sie mit sich führten. Weide kannte die Tätowierungen der Reiter.

Die Stoßzahnflut.

Sie hetzte die Meute auf die Orks und schlachtete sie ab, wie sie die anderen abgeschlachtet hatten. Die Meute schleppte die Orks fort und labte sich an ihrem Fleisch. Die Quelle des Rufs kam näher und Weide sah Späne, fühlte den Ekel bei seinem Anblick aufblühen. Er hatte sich der Quelle genähert, einem Ort, der ihm verboten war. Verärgert schickte sie die Meute los ...

Weide schoss aus dem Dreck empor und sog die Luft ein. Die Visionen waren zerfledderte Banner, die vor der Welt vor ihren Augen wehten. Erinnerungsfäden kitzelten ihre Wirbelsäule, mehr gefühlt als gesehen oder gehört. Die Enthüllungen drohten sie zu begraben.

Benommen und verstört sah sie Ruin, der Schakal immer noch quälte.

Nein.

Weide schälte sich aus dem Staub und stand auf.

»Nein.«

Das Gleichgewicht verließ sie nach zwei Schritten, und sie stürzte auf ihr Gesicht. Sie begann, auf dem Bauch zu kriechen.

»Nein.«

Weide stützte sich auf die Hände und bahnte sich auf allen vieren ihren Weg wie ein Tier, das immer schneller wurde.

»Halt.«

Ihre Stiefelspitzen fanden Halt.

»Es reicht!«

Sie kam auf die Beine.

»HALT!«

Sie sprach auf Orkisch, eine Sprache, die er kannte, aber selten benutzte.

Ruins Wut war ungestillt.

Weide packte ihn am Arm.

»Bitte.«

Er ignorierte sie und zerrte weiter. Weide hörte das klopfende Geräusch, als Schakals Schulter die Gelenkpfanne verließ. Sie versuchte vergeblich, Ruins Griff zu brechen.

»Ich wusste es nicht!«

Schakal strampelte, während er hing. Die Haut an seiner Schulter spannte sich und begann zu reißen. Sein Schwert lag unter seinen zuckenden Füßen. Weide schnappte es sich und sah in Ruins wildes Gesicht.

»Zwing mich nicht«, flehte sie.

Er würde sich nicht von seiner Rache abbringen lassen.

Weide hob den Krummsäbel über ihren Kopf, stieß einen gequälten Schrei aus und schlug ihn auf das Fleisch, von dem sie wusste, dass es sich trennen würde.

Der Arm von Attukhan zersplitterte mit der Wucht eines Donnerschlages.

40

»HÄUPTLING …«

Das Wort erreichte Weides Ohren wie durch einen Schwarm brausender Bienen.

»Häuptling.«

Zusammenzuckend setzte sie sich auf, wobei ihr eine feste Hand half.

»Häuptling, der Hölle sei Dank!« Übeltäter kniete neben ihr, den Mund halb offen. »Wir wissen nicht, was wir tun sollen. Die Wilden lassen uns nicht an ihn heran.«

Weide sah sich um, und die Bewegung ihrer Augäpfel löste in ihrem Schädel schmerzende Bahnen aus. Sie war bewegt worden. Nein, geworfen. Sie und Ruin und Schakal. In die Luft geschleudert, verstreut. Aber Schak war jetzt neben ihr, Vollkorn kniete ihr gegenüber. Das Gesicht des Dreibluts war eine verständnislose Maske. Er sah sie nicht an, nur den Stumpf, den sie aus Schakals Arm gemacht hatte, abgetrennt kurz über dem Ellbogen. Die Wunde war verbunden. Das eingewickelte, befleckte Bündel in der Nähe konnte nur der Rest der Gliedmaße sein.

»Er ist nicht tot«, versicherte Übeltäter ihr.

Weides Augen sagten ihr, das sei eine Lüge. Eine Hand auf Schakals Brust bewies, dass Übeltäter die Wahrheit sagte. Schak atmete noch. Kaum noch, aber er war am Leben.

Und nicht nur er.

Incus lag auf Weides anderer Seite, ihr großer Mähnenkopf bewegte sich. Xhreka auch, obwohl sie immer noch bewusstlos war. Iltis saß in der Nähe, wirkte benommen und betupfte sich mit einem Tuch die gespaltene Stirn. Auf der anderen Seite wachte Schlangenschlupf über die Keiler der Bastarde, die alle angebunden und gefügig waren.

Weide gegenüber kniete N'keesos hinter Sperling und stützte sie trotz seines gebrochenen Arms und seiner offensichtlichen Schmerzen. Na'hak stand abseits. Der ältere Elf war angeschlagen und verletzt. Er hielt ein Beil in der Hand und den Blick auf Ruin gerichtet, der nur einen Speerwurf entfernt war.

Die große Gestalt des *uq'huul* kauerte mit gesenktem Kopf in der Mitte seines toten Rudels. Nur eine Hyäne war noch am Leben, sie schlich um ihre aufgedunsenen Brüder herum und winselte, der Griff eines abgebrochenen Speers ragte aus ihrer Seite. Das Tier war nicht das einzige wilde Wesen, das über Ruin wachte. Auf ihren Keilern sitzend, bildeten die Hauer der Vorväter einen Schutzwall um ihn herum, fast zwei Dutzend Mischlinge, geschmückt mit Knochenfetischen und wenig anderem.

Kul'huun befand sich in ihrer Mitte und sprach mit Blindschleiche.

»Sie kamen gleich, nachdem du ... äh ...« Übeltäter räusperte sich. »Direkt nachdem das Ding von dir Besitz ergriffen hatte, das aus der Möse der Elfe kam und Schakal in zwei Teile zerhackte.«

Weide legte dem jungen Mischling eine Hand auf die Schulter und stützte sich auf ihn, um aufzustehen.

»Ich verstehe nicht, Häuptling«, sagte er und stand neben ihr auf.

Weide antwortete nicht, sondern sah Sperling an. *Sie* verstand es.

Der Ausdruck auf Sperlings gezeichnetem Gesicht verriet es, eine Mischung aus neuer Schuld, altem Kummer und, trotz ihres erschöpften Aussehens, großer Erleichterung. Diesen Blick hatte Weide schon oft bei Beryl gesehen, vor allem, wenn sie Vollkorn und Schakal ansah, aber ein oder zwei Mal hatte sie ihn auch auf sich selbst gerichtet gesehen.

»Gib mir einen Moment«, sagte Weide zu Übeltäter und ging zu Blindschleiche und den Hauern.

»Ich kann nicht zulassen, dass du ihn tötest«, verkündete Kul'huun, sobald sie sich ihm näherte.

Weide rieb sich die Augen. »Wenn wir das hätten tun können, wäre er jetzt tot.«

Kul'huun musterte sie einen Moment. »Du weißt, was er ist.«

»Besser als du. Aber komm, du kannst es meinen Jungs erzählen. Sie könnten ... Schwierigkeiten haben, mir zu vertrauen.«

Die Wachsamkeit in Schleichs unerbittlichem Blick bewies, dass dies keine unberechtigte Sorge war.

Kul'huun stieg ab und ließ seine Rotte stehen, um sich mit den Bastarden um ihre Verletzten zu versammeln. Incus hatte sich jetzt aufgerichtet. Weide bedeutete Schlangenschlupf, die Keiler zu verlassen. Nur Schakal und Xhreka waren noch nicht aufgewacht, obwohl Vollkorn fast genauso unempfänglich war. Weide hoffte, dass die Wahrheit ihn zur Vernunft bringen würde. Was die anderen beiden betraf ...

»Ich begann mit der Jagd auf den *uq'huul*, sobald ich Strava verlassen hatte«, begann Kul'huun, der Orkisch zugunsten von Hisparthanisch aufgab. »Er blieb viele Tage lang unauffindbar. Als ich ihn fand, war ich sehr vorsichtig. Ich verfolgte ihn aus der Ferne, beobachtete ihn, wenn sich ein Aussichtspunkt bot. Seine Bewegungen waren merkwürdig. Er bewegte sich nach Süden und Westen, zielstrebig. Doch nach einiger Zeit wurde er unruhig und kehrte den Weg zurück, den er gekommen war. Immer wieder.«

»Wohin zurück?«, fragte Übeltäter.

»In unser Gebiet«, antwortete Schlangenschlupf.

Kul'huun nickte nur. »Er wollte nicht bleiben, aber er konnte nicht gehen. Ein Tier im Käfig, dem nichts im Wege steht.«

»Nichts, was man sehen könnte«, flüsterte Sperling, obwohl

ihre elfischen Worte für die meisten nicht zu verstehen waren.

Kul'huun warf ihr nur einen Blick zu, bevor er fortfuhr. »Ich begriff, dass er sich meiner bewusst war, doch er tat nichts. Er hatte keine Angst vor mir. Er schenkte mir keine Beachtung, wie ein Bär dem Fuchs keine Beachtung schenkt. Die Orks halten sich für stärker als wir Halbblüter, und sie schrecken nie vor dem Töten zurück. Er hat seine Hunde nicht auf mich gehetzt.« Der Häuptling der Hauer sah Augenweide an. »Damit waren es zwei, die dieser *uq'huul* hatte leben lassen. Ich verstand diese Kreatur nicht, also ritt ich zurück zu meinem Gebiet und befahl meinen Brüdern, einen Ork lebend zu fangen. Wir jagten, fanden eine *ulyud* und töteten alle bis auf einen. Diesen Ork befragte ich über den *uq'huul*, der die Bestien befehligt. Ich hatte noch nie einen Ork gesehen, der Furcht zeigte. Bis zu diesem Tag. Er versuchte, seine Angst mit Bosheit zu überspielen, aber ich sah, was er verbarg. Wir zogen dem Ork die Geschichte aus der Nase, zusammen mit seinen Eingeweiden.«

Weide beobachtete ihre Brüder, während Kul'huun sprach. Ihr Blick kehrte immer wieder zu Vollkorn zurück, aber er zeigte keine Anzeichen dafür, dass er überhaupt zuhörte.

»Sie handelte von einem Kind, das freiwillig von einer Mischlingshexe nach Dhar'gest gebracht worden war, die kurz nachdem man sie in die Sklavenlager gebracht hatte, verschwand. Hätte man gewusst, was sie zurückgelassen hatte, sagte der Ork, hätte man das Kind in der Wüste sterben lassen. Ahnungslos gaben sie das Kind in die Obhut ihrer Zauberer, denn er war einer von ihnen. Ein weiterer *uq'huul*. Er wurde von ihnen aufgezogen, überstand die Prüfungen unter ihrer Anleitung und lernte, die Magie in seinen Adern zu nutzen. Seine Macht übertraf die aller seiner Meister. Sie sahen in ihm den Champion, der sie in einem *Duulv M'har* zur endgültigen Eroberung Ul-wundulas führen würde. Aber als er fast erwachsen war, widersetzte er sich den *uq'huuls* und schlachtete sie ab.«

»Moment.« Iltis zuckte beim Klang seiner eigenen Stimme zusammen, und er drückte das Kopftuch wieder auf seinen Kopf. »Verdammt noch mal, alle? Wie viele gab es?«

Kul'huun blinzelte nicht. »Jetzt keinen mehr. Der Junge mit

den blutigen Händen sorgte dafür, dass er der Letzte war. Nach den Morden floh er vor den Orks und machte die tiefsten Bereiche des inneren Dschungels zu seinem Herrschaftsgebiet, in dem er nur Tiere duldete, die er nach seinem Willen bändigen konnte. Ganze *ul'usuuns* wurden gegen ihn ausgesandt, Hunderte von Orks, angeführt von starken *t'huruuks*, die ihr Ansehen bei den Horden erhöhen wollten, indem sie den Verräter *uq'huul* töteten. Keiner hatte Erfolg oder überlebte. Jetzt lassen sie ihn in Ruhe und meiden sein Land. U'ruul Targha Bhal nennen sie ihn.«

Übeltäter runzelte konzentriert die Stirn. »Der ... leere Bauch des Todes?«

»Das sind die hisparthanischen Worte, aber nicht die Bedeutung«, erwiderte Kul'huun. »Er ist etwas, das die Orks nicht verstehen, ein Wesen, das keinen Appetit auf Gemetzel hat, aber die Fähigkeit zu endloser Zerstörung besitzt. Sie versuchen, ihn zu beleidigen, weil sie nicht zugeben können, dass es auch ein Name ist, der aus Furcht vergeben wurde.«

Schlangenschlupf brummte. »Sie nennen ihn einen Feigling, aber sie wagen es nicht mehr, ihn herauszufordern.«

Kul'huun nickte nur kurz.

Iltis sah ihn mit zusammengekniffenen Augen an. »Und ihr Hauer seid hier, um ihn wie einen Gott anzubeten, der die Dickhäuter tötet?«

»Wir sind gekommen, um zu berichten, was wir erfahren haben«, erwiderte Kul'huun, dessen Geduld etwas nachließ. »Und fanden eure Festung zerstört vor. Es gab Hinweise auf den *uq'huul* und sein Rudel, aber auch auf die Orkflecken.«

»Die dreiblütigen Wichser haben versucht, uns auszulöschen«, sagte Iltis. »Euer neuer Held und seine verdammten Köter auch.«

»Nein. Er hat versucht, uns zu helfen. Mir ... zu helfen.«

Alle Augen richteten sich auf Augenweide. Sogar Vollkorn sah auf, und obwohl der Zorn alles andere als tröstlich war, gab sein Gesicht ihr den Willen, die harten Wahrheiten auszusprechen.

»Ruin ... U'ruul ...« Sie brach frustriert ab. Verdammt. Alles, was sie jetzt verstand, und sie wusste immer noch nicht, wie er sich nannte. Alles, was sie hatte, waren Namen, die man ihm aufgedrängt hatte. Hasserfüllte, verurteilende Namen. »Es zog ihn hierher, zu mir. Er wusste nicht, warum, wollte sich wehren und konnte es nicht. Aber er rettete mich vor den Cavaleros.«

Du schmeckst schwach.

»Er war ... neugierig. Er dachte, ich sei vielleicht ein anderer *uq'huul*, der ihn in eine Falle lockte. Aber ich war krank, lag im Sterben. Keine Bedrohung. Er versuchte, nach Dhar'gest zurückzukehren.« Weide nahm einen tiefen Atemzug. »Hätte ich nicht überlebt, hätte er es getan. Indem ich Strava erreichte und den Schlamm loswurde, habe ich überlebt. Also ... konnte er nicht gehen. Und es zog ihn zurück. Mehr noch, er war gezwungen, mich zu beschützen. Also kam er wieder, als die Flecken angriffen.«

»Keilerscheiße.« Vollkorns Knurren hatte nichts von Kul'huuns Geduld. »Diese Hunde haben dich angegriffen.«

»Es sind immer noch Tiere, Vollkorn. Und ich habe sie angegriffen.«

»Weil sie versucht haben, mich, Xhreka und drei Mädels zwischen die Zähne zu kriegen!«

Weide schüttelte den Kopf. »Nur dich. Nur das Dreiblut. Wie die Flecken.«

»Sie sind nicht auf mich losgegangen«, sagte Incus.

»Du warst bereits aus Teilsieg geflohen,« sagte Weide zu ihr. »Du warst nicht in meiner Nähe.«

Vollkorn machte ein langes Gesicht, dann versteinerte sein Ausdruck wieder. »Ich weiß, was ich gesehen habe! Er hat dich am Brennereihaufen nicht beschützt, Weide. Dieses Monster wollte dich töten.«

Weide erinnerte sich jetzt an mehr als nur diese Nacht. Sie konnte sehen, wie Ruin vor sie hintrat, erlebte die Wut, die er in ihr auslöste. Sie hatte ihn mit einem Seil gefesselt in die Todesfalle des Brennofens geschleppt. Sie erinnerte sich, dass Ruin versucht hatte, nach ihr zu schlagen. Nur hatte er versucht, sie zu packen. Er hätte sich jederzeit aus dem Staub machen und sie verbrennen lassen können, aber er tat es nicht, nicht ohne sie mit sich hinauszutragen. Und *er* war verbrannt.

»Ich habe versucht, ihn zu töten«, sagte Weide. »Seit den Orks hat ihm nichts mehr Schmerzen bereiten können. Das Al-

Unan-Feuer, das … hat die Dinge verändert. Ich war nun eine Bedrohung, nicht länger eine verwirrende Kuriosität. Ich war die Quelle dessen, was ihn daran hinderte, nach Hause zu gehen, und ich hatte die Macht, ihm zu schaden. Also kam er, um sich zu befreien. Heute wollte er mich tot sehen. Vorher wollte er mir nichts Böses.«

»Nichts Böses?« Vollkorn war so wütend, dass seine Stimme versagte. »Stummklotz ist tot, Weide. Und das waren nicht die Flecken. Das war *er*! Er hat mit seinem Hokuspokus einen Keiler übernommen und einen von uns getötet, lange vor der Nacht, in der du ihn verbrannt hast.«

Die Rotte starrte Weide an und erwartete eine Antwort. Es war schwierig, eine zu geben.

»Das war nicht sein Werk. Es war meins.«

Ihre Brüder bewegten sich unruhig.

»Der Dreck, der den *uq'huuls* ihre Kräfte verleiht, ist ein hasserfüllter Scheiß«, sagte Weide zu ihnen. »Böse. Deshalb haben sie alle, von Anfang an, den Orks gedient. Sie sind getrieben zu zerstören. Nicht so Ruin. Er besitzt dieselbe Magie, aber sie korrumpiert ihn nicht. Irgendwie beherrscht er sie, und er kann sie sogar teilen. Der Dreck steckt in den Hunden, genau wie in ihm, und sie haben ihn an Kleines Waisenmädchen weitergegeben, als sie sie beinahe getötet hätten. Ohne Ruins Einfluss würden die Hunde durch den Schmutz in den Wahnsinn getrieben werden. Er hatte keine Kontrolle über Waisenmädchen, und so ist sie durchgedreht.«

»Ich verstehe nicht, warum das deine Schuld ist«, sagte Schlangenschlupf.

»Die Hunde griffen Späne meinetwegen an. Ich sagte ihm, wenn er jemals nach Teilsieg zurückkehrt, würde ich ihn töten. Ruin spürte das durch unser … ich weiß nicht, verdammtes Band. Wie ich war er sich dessen nicht bewusst. Er wusste nicht, warum, aber er empfand Wut und Hass auf Späne. Also hat er das Rudel auf ihn gehetzt. Späne wurde getötet und sein Schwein meinetwegen infiziert. Stummklotz ist meinetwegen tot.«

Schlangenschlupf war anderer Meinung und verzog den Mund. »Das kannst du dir nicht anlasten, Häuptling.«

Iltis betrachtete die Reihe der Barbaren. »Das heißt also, dass Clusiana und Matschepatsch verrückt werden?«

»Nein. Er hat sie von der Verderbnis befreit.«

»Woher weißt du das?«, fragte Iltis.

»Woher weiß ich überhaupt irgendwas davon«, antwortete Weide. Sie sah Sperling an.

Übeltäter schnippte mit den Fingern und war stolz auf seine Intuition. »Das Schlammbaby!«

»Ich verstehe nicht«, sagte Kul'huun.

»Der Häuptling und dieser große, furchterregende Mistkerl sind Zwillinge«, antwortete Übeltäter. »Sieht man das nicht?«

Weide beobachtete Sperling und wollte ihre eigenen Antworten.

Vollkorn zwang sie zu warten.

»Warum, Isa?«, fragte er, seine große Hand ruhte immer noch auf Schakal, und ihm galt seine große Sorge.

Weide zeigte auf die Stelle, wo Ruin noch immer zwischen den aufgequollenen Überresten seines Rudels kniete. »Sieh ihn dir an, Vollkorn. Was würdest du wohl tun, wenn du er wärst und diese Hunde die Rotte wären? Deine Brüder. Schakal hat das getan. Für mich. *Ich* habe das getan. Die Wut, die du fühlst, die wir fühlen, wegen Stummklotz, Honigwein und Feger und all den anderen, haben wir auf ihn übertragen. Sag mir, dass du keinen ihrer Mörder in Stücke gerissen hättest.«

Vollkorn mahlte mit dem Kiefer und versuchte, seine Wut zu unterdrücken, aber das Feuer in seinem Blick wurde kälter.

»Ich konnte ihn nicht aufhalten«, sagte Weide. »Ich konnte ihm nur zeigen, dass wir nicht mehr versuchen, ihn zu verletzen.«

»Ich denke, das hat funktioniert«, sagte Übeltäter und atmete lang und tief aus, während er Ruin anstarrte. Er sah Weide etwas besorgt an. »Richtig?«

Sie hatte keine Antwort parat.

Sperling aber.

»Er wird es verstehen«, sagte sie auf Hisparthanisch mit ihrem Akzent. »Ich werde ihm helfen. Das ist jetzt mein Weg.«

»Es ist besser, ihn einfach nach Dhar'gest zurückkehren zu lassen«, sagte Weide.

Sperling schüttelte den Kopf. »Es hat ihn aus einem bestimmten Grund hierher gedrängt. So wie ich aus einem bestimmten Grund Wiederkehrer bin.« Sie sah Letztes Geisterlied an. Endlich begegnete er ihrem Blick, und es dauerte einen langen Moment, bevor Sperling fortfuhr. »Ich fürchtete, es sei so, wie Na'hak sagte, dass es meine Aufgabe war, die Erde von meinen Kindern zu befreien. Deine Geburt war mein Tod. Ich konnte nicht zulassen, dass meine Wiedergeburt der deine war. Ich hatte Angst vor dem, was geschehen würde, wenn wir drei aufeinandertreffen, denn es konnte nur so enden, wie es begonnen hatte, nämlich mit uns allen zusammen. Darin hatte ich recht. Unser Zusammentreffen brachte hervor, was ich in mir trug. Ich bin dankbar, dass es sich nicht als Instrument für euren Tod erwiesen hat.«

»Was war es dann?«, fragte Übeltäter. »Weil ich mir fast in die Hose gemacht habe, als es rauskam. Ich schwöre, sogar Schleich hat geblinzelt. Nur ein einziges Mal, aber er tat es!«

Wenn Blindschleiche geblinzelt hatte, jetzt tat er es nicht mehr.

Sperling gab Weide ihre Antwort. »Er war es. Dein *Ta'thami'atha*. Du wurdest geboren, als der Tod mich holte, das Band, das uns verband, wurde durchtrennt, aber er war noch in mir. Als ich in diesem Körper erwachte, kehrte auch ein Teil von ihm zurück. Ich wusste es nicht, aber jetzt sehe ich es. Obwohl es ein Schatten von ihm war, kam er zu dir, so wie er sich zu dir hingezogen fühlte. Er kam aus Dhar'gest, um dich zu finden, so wie ich aus dem Tod kam.«

»Aber warum?«

Sperling wurde sichtlich traurig. »Ich habe so viel vor dir verborgen, dass ich fürchte, du wirst mir nicht vertrauen, wenn ich sage ... ich weiß es nicht.«

»Er sollte uns den Champion der Orks bringen«, sagte Kul'huun, und seine Augen leuchteten wie Flammen der Gewissheit. »Er hat sie gemieden. Er hat gegen sie gekämpft. Jetzt wird er uns helfen, sie zu vernichten.«

Niemand schloss sich dieser Überzeugung an.

»Ich glaube«, sagte Übeltäter und rieb sich den Kopf, »ein *so* harter Kerl macht, was er will, egal was wir sagen.«

Schlangenschlupf verdrehte die Augen. »Wenn er tun könnte, was er wollte, wäre er nicht hier, du Trottel.«

»Oh, stimmt ja.«

Iltis sah zu Weide. »Wie sieht unser nächster Schritt aus, Häuptling?«

»Du bleibst hier sitzen, bis dein Kopf nicht mehr verwirrt ist. Wir reiten los, sobald Übeltäter und Schlangenschlupf eine Bahre für Schak und Xhreka angefertigt haben.« Die genannten Mischlinge machten sich umgehend an die Arbeit. »Ich will nicht, dass du wieder vom Keiler fällst, Iltis, also bleib hier. Du auch, Incus. Ruht euch aus, bis ich etwas anderes sage.«

»Ich wäre nicht abgeworfen worden, wenn dieser Hexenscheißer nicht meine Sau verhext hätte«, brummte Iltis. Er schnitt eine Grimasse und sah Vollkorn an. »Wie kommt es, dass du nicht verletzt bist?«

»Es gibt keine Magie auf dieser Welt, die Matsch zwingen kann, sich gegen mich zu wenden«, antwortete Vollkorn.

Weide ging zu ihm und legte ihm eine Hand auf die Schulter. »Es muss doch einen Segen geben, wenn man seinen Anblick ertragen muss.«

»Verdammt richtig«, grollte Vollkorn und legte eine Hand auf ihre. Die andere ließ Schakal nicht los.

Die Sonne stand schon hoch, als die Schlittenbahre fertig gebaut war. Schlangenschlupf und Übeltäter hatten weit laufen müssen, um das Holz zu finden. Als sie Weide riefen, um ihr mitzuteilen, dass die Bahre fertig war, hockte sie schon seit einiger Zeit zwischen den toten Hunden.

Ruins Augen hatten sich nicht gehoben.

Er weinte nicht, er hielt keins der gefallenen Tiere, noch berührte er sie in irgendeiner Weise. Er saß einfach nur auf schreckliche Weise da. Von den Käfern, die Schakal freigesetzt hatte, um die Hyänen zu töten, war keine Spur zu sehen, aber auch die Fliegen von Ul-wundulas, die sich sonst eifrig auf Leichen stürzten, ließen sich nicht blicken. Ruins eigene Wunden hatten bereits aufgehört zu bluten. Weide fragte sich, ob der Rest von ihm genauso schnell heilen würde, oder überhaupt.

Sie hatte es riskiert, sich in Reichweite niederzukauern. Er hatte ihre Anwesenheit nicht bemerkt. Die Hauer hatten ein wachsames Auge auf sie geworfen, ebenso ihre eigenen Reiter, aus unterschiedlichen Gründen. Keine der Rotten verstand es. Sie konnten sich nicht länger gegenseitig verletzen. Nicht mehr. Nicht länger.

Also kauerte Weide gegenüber von Ruin und nahm seinen Anblick in sich auf. Aus dieser Nähe war es schwierig, seine schiere Größe selbst in fast völliger Reglosigkeit ohne Furcht zu betrachten. Die brennende Sonne formte die vom wilden Überleben gezeichneten Muskelpakete zu einem urzeitlichen Albtraum. Der Anblick der grausamen, hakenförmigen Wunden und deformierten Knochen war schwer zu ertragen. Sie waren ihm von den Orks zugefügt worden, und Weide fragte sich, warum er sie nie entfernt hatte. Die Antwort ließ sie reumütig schnauben.

»Frauen sind nur für zwei Dinge gut«, murmelte sie. »Zum Ficken und als Augenweide.«

Ihre Worte waren auf Hisparthanisch gewesen, bedeutungslos für Ruin, doch der Klang ihrer Stimme lenkte seine Aufmerksamkeit auf sie. Sein Kinn hob sich von seiner Brust, seine Augen waren bernsteinfarben unter der schweren Stirn, die vor Kummer schlaff war.

Sie sprach erneut, diesmal sowohl auf Elfisch als auch auf Hisparthanisch, in der Hoffnung, dass die beiden Sprachen das Fehlen ihrer Worte auf Orkisch ausgleichen würden.

»Danke.« Und: »Es tut mir leid.«

Sie stand auf und bahnte sich ihren Weg durch die Hunde.

Sperling begegnete ihr kurz hinter der Absperrung, die die Hauer der Vorväter errichtet hatten. Sie war etwas wackelig auf den Beinen, aber genauso wie ihr monströser Sohn war die Elfe erschreckend widerstandsfähig.

»Wirst du bei ihm bleiben?«, fragte Weide und warf einen Blick auf Ruin.

»Ja«, sagte Sperling. »Ich werde ihn als Wiederkehrer ehren. Es ist die Pflicht seiner Blutsverwandten, ihm zu helfen, seinen Weg zu finden.«

»Wo willst du hin? Ich kann mir nicht vorstellen, dass Hundsfälle dich zurückkehren lassen wird. Nicht mit … ihm.«

»Vielleicht eines Tages. Vorerst bleiben wir bei Kul'huun und seinem Stamm. Sie haben versprochen, uns zu helfen. Ihr Wissen über die Orks ist tiefgründig. Ich hoffe, dass sie die Kluft zwischen der Welt, die mein Sohn kannte, und der, die er jetzt vor sich hat, überbrücken werden.«

Weide senkte ihre Stimme. »Seid vorsichtig. Kul'huun ist ein starker Krieger und ein guter Verbündeter, aber die Hauer wollen Ruin zu etwas machen, das er vielleicht nicht werden will.«

»Danke für diese Warnung. Ich werde sie im Hinterkopf behalten.«

Weiter draußen in der Ebene hielten Na'hak und N'keesos einen privaten, hitzigen Rat.

Weide hob ihr Kinn und lenkte Sperlings Blick auf die beiden. »Und sie? Bleiben sie bei dir?«

»Blutkrähe, ja. Er will seine Ehre wiederherstellen.«

»Aber nicht sein Vater.«

»Nein. Die Wunden im Herzen von Letztes Geisterlied sind zu tief.«

Weide überlegte einen Moment, bevor sie den Kopf schüttelte. »Es ist nicht sein Herz, Sperling. Es sind seine Augen. Er ist zu geblendet vom Hass, um die Wahrheit zu sehen.«

»Welche Wahrheit?«

»Dass du Erfolg hattest. Nicht teilweise, sondern vollständig. Du hast keinen Fleischgewordenen Ruin in diese Welt gebracht. Du hast alles erreicht, was du tun wolltest.«

Die Elfe sah sie mit traurigen, sorgenvollen Augen an, die in einem Gesicht von schöner Jugend gefangen waren. »Du bist weise geworden, Tochter.«

Das Wort verursachte nicht wenig Unbehagen, aber Weide sagte nichts. Sperling zu sagen, sie solle sie nicht so nennen, wäre ... grausam.

»Sperling, ich weiß, dass ich auch ... blutsverwandt bin. Aber ich kann nicht mit dir gehen. Ich habe ...«

Die Wärme einer Hand auf ihrem Gesicht stoppte ihre Worte. »Du hast deine Brüder. Ich habe meine Söhne. Und sie sind nicht das Gleiche.«

Sperlings andere Hand kam hoch und sie umfasste Weides Gesicht, hielt ihren Blick mit ihrem fest. Es lag Stolz und Zögern in diesem Blick, das eine vertiefte sich, während das andere verschwand. Sperling beugte sich vor und drückte ihr einen lang anhaltenden Kuss auf die Stirn. Ihre Lippen zitterten. Als sie sich zurückzog, verharrten ihre Hände noch einen Moment.

»Wenn du Beryl das nächste Mal siehst«, sagte Sperling, »richte ihr bitte Folgendes aus: Ich danke dir für deine Güte in der Vergangenheit. Ich danke dir für das Leben meiner Kinder. Dass du gelitten hast, um meinen Sohn zu retten. Und dass du überlebt hast, um meine Tochter aufzuziehen. Meine *Ka'siqana.*«

Die Bedeutung des letzten elfischen Worts kam Weide sofort in den Sinn.

Reinste Lerche.

Es dauerte einen weiteren, schmerzhaften Herzschlag, bis sie begriff, dass dies in einem anderen Leben ihr Name gewesen wäre.

41

Die Wahren Bastarde brauchten den Rest des Tages und die ganze Nacht, um das Gebiet der Orkflecken zu erreichen.

Während des ganzen Ritts fürchtete Augenweide, Schakal würde sterben, und hoffte, Xhreka würde aufwachen. Beides geschah nicht.

Bei Sonnenaufgang durchquerten sie den Fluss U'har durch die Guliat-Rinne. Weide kannte die Grenze schon lange, hatte aber noch nie einen Fuß auf das Ostufer gesetzt. Ihre Stiefel waren noch feucht von der Überquerung, als die anderen Reiter auftauchten.

Es waren elf von ihnen, alle auf Keilern. Sie kamen in unregelmäßigem Trab über die Ebene verteilt. Die Bastarde ritten ihnen entgegen. Als die Entfernung schrumpfte, ließ Weide ihren Blick über die wahllose Reihe schweifen und bemerkte die gewaltige Größe der Barbaren. Die Reiter auf diesen wuchtigen Schweinen waren viel zu klein, um Dreiblüter zu sein. Nur einer von ihnen beherrschte den Umgang mit einem Barbaren und schien etwas mehr Fleisch auf den Rippen zu haben. Sie begannen, einen Steinwurf von den Bastarden entfernt, ihre Reittiere zu zügeln, doch die meisten waren in Spuckweite, als ihre großen Reittiere zum Anhalten bereit waren. Weides Blicke huschten zwischen diesen hageren, unerfahrenen Reitern umher. Ihre Brüder hatten sie ausgiebig gewarnt, aber das Aussehen dieser Bastarde ließ Weide dennoch stutzen. Jeder Einzelne war kahl und schäbig. Keiner trug eine Brigantine. Die Hälfte hatte Talware am Gürtel, der Rest war mit allem Möglichen bewaffnet, von grobschlächtigen Speeren bis zu Holzfälleräxten. Weide zählte die umhängenden Riemen von nur vier Armbrüsten. Sie saßen steif im Sattel, die meisten waren nicht in der Lage, auf ihr Reittier aufzusitzen, ohne mit beiden Händen in die Mähne des Barbaren zu greifen. Über jedem ungesunden Starren zierte die faltige Narbe eines Brandzeichens ihre Stirn; drei gezackte, senkrechte Linien.

Die Sklaven der Ork-Flecken, von denen man gemunkelt hatte, in Fleisch und Blut.

Und unter ihnen ein vertrautes, wenn auch nahezu unkenntliches Gesicht.

Weide senkte ihr Kinn. »Kürbis.«

»Häuptling«, antwortete der Nomade. Sein Schnurrbart war dünn und strähnig und hatte den flachsfarbenen Ton verloren, der ihn einst so auffällig gemacht hatte. Das Gelb war aus den Haaren gewichen und hatte sich in den Augen eingenistet. Sein Brandzeichen auf der Stirn war rosa, wo die seiner Landsleute blass waren.

»Wir haben Verwundete«, sagte Weide.

»Kommt. Die Dreiblutbastion ist nicht weit.« Kürbis gab den Reitern ein Zeichen zum Aufbruch. »Caltrop, du übernimmst die Spitze.«

»Ja, Häuptling«, antwortete einer der dürren Mischlinge.

Der Rest wendete seine Keiler – die meisten mit offensichtlicher Mühe – und stellte sich in einer schlampigen Formation auf, die wahrscheinlich keinen Kilometer halten würde. Die Bastarde nahmen ihre schützende Position um die von Riesenpocke gezogene Bahre wieder ein.

Weide trieb Schoßbesen vorwärts und schlängelte sich an Kürbis' Seite. Er starrte weiterhin nach vorne.

»Danke, dass du meine Leute aufgenommen hast«, sagte sie und betrachtete sein Profil.

Kürbis war angespannt, fühlte sich unwohl. »Dafür gibt es keinen Grund. Du bist es, dem unsere Dankbarkeit gilt. Du hast uns von unseren Peinigern befreit, obwohl du dabei viel gelitten hast. Ich schätze mich glücklich, dass meine Rotte auf eure gestoßen ist. Unser Gebiet ist groß und wir sind nur wenige. Diese Jungs sind immer noch in Ausbildung, aber sie patrouillieren fleißig an den Übergängen.«

Weides Brüder hatten ihr von Kürbis und den anderen Sklaven erzählt, aber ihre Begegnung war nur kurz gewesen. Die Bastarde wollten sie unbedingt aufspüren und hatten nicht lange gezögert, nachdem sie die Zusicherung erhalten hatten, dass man sich um die Leute aus Teilsieg kümmern würde.

»Was ist passiert, Kürbis? Wie bist du zu einem Gefangenen geworden? Du bist erfahren genug, um zu wissen, dass unabhängige Reiter bei den Flecken nicht willkommen sind.«

Unter dem blassen Schnurrbart mahlte Kürbis' Kiefer. »Sie haben mich fast in Sichtweite von Teilsieg geschnappt.«

Weide stieß einen Seufzer aus. »Knolle hat uns von seinen Jungs beobachten lassen.«

Der Nomade antwortete nicht. Es war ohnehin keine Frage gewesen.

»Es tut mir leid, Kürbis.«

Er blieb stumm. Es war kein Wunder, dass er zum Anführer dieses zerlumpten Haufens geworden war. In Abwesenheit ihrer Herren hatten sie sich nach dem Stärksten umgesehen, und so ausgezehrt und gequält er auch war, im Vergleich zu den anderen war Kürbis immer noch ein Grobian. Der ehemalige Schädelsäer, der Gruft einst herausgefordert hatte, hatte endlich seine Rotte.

»Wie nennt ihr euch?«, fragte Weide.

»Wir sind die Dreifach Befreiten.«

»Passend.«

»Ja. Aber es ist nicht nur unsere Flucht vor den Orkflecken, die wir ehren.« Kürbis' distanzierter Blick hellte sich auf. »Zuerst wurden wir aus dem Mutterleib befreit. Dann von unseren Sklavenhaltern. Der Tod wird uns ein drittes Mal befreien, wenn wir unser Leben für die Verteidigung von Ul-wundulas geben.«

Kürbis sah weiterhin nach vorne, während er sprach, aber

selbst im Profil konnte Weide das wilde Glitzern in seinen Augen sehen und die Entschlossenheit eines Eiferers in seiner Verkündigung hören. Weide befürchtete, dass die Zeit in Ketten den Verstand des Nomaden mit Wahnsinn getrübt hatte.

Für den Rest der Reise ritt sie dicht neben ihm her.

Die Dreiblutbastion war keine beeindruckende Festung. Der Berg, auf dem sie erbaut war, war es jedoch. Er erhob sich als massiver Kalksteinbrocken aus den umliegenden Ebenen, eine isolierte Insel aus hochaufragendem Fels, die die Umgebung mit ihrer Masse dominierte.

Als sich die vereinten Rotten dem Gipfel näherten, bemerkte Weide dampfende Becken zwischen den Felsen, die Luft war schwer von Feuchtigkeit und dem Geruch heißer Quellen. Wie über die Sklaven gab es immer wieder Gerüchte, dass die Festung der Orkflecken auf einem ruhenden Vulkan lag, aber die meisten hielten das für nutzloses Geschwätz von Angebern.

Die Reiter näherten sich von Südwesten her, ritten aber zum Nordhang des Bergs, um den Aufstieg dort zu beginnen, wo ein Pfad durch das Dickicht der Kiefern führte. Der Marsch war lang und mühsam, und es war kurz vor Mittag, als sie den Gipfel erreichten. Die weiß getünchten Mauern der Dreiblutbastion waren nur halb so hoch wie die der Brennerei, als diese noch stand, und besaßen nichts von deren Kunstfertigkeit. Der Lehmmaster war ein hasserfüllter, verkommener Mistkerl gewesen, aber er hatte gewusst, wie man eine Festung baut. Wer auch immer der Gründer der Flecken gewesen war, er hatte sich für eine runde Barbakane, zwei viereckige Türme, eine Vorhangmauer und einen zentralen Bergfried entschieden, um das Dutzend Gebäude zu verteidigen, das den Rest der Anlage ausmachte.

Im Moment war Weide die Qualität der Mauern völlig egal.

Weitere kahlköpfige Mischlinge standen auf den Zinnen, und ein Schrei von Kürbis ließ das Fallgitter hochschnellen. Sie ritten durch das Tor und hielten in dem großen Hof an.

Eine vertraute Stimme rief von den Mauern her.

»Häuptling!«

Touro kam mit dem Speer in der Hand die steinernen Stufen herunter, nahm zwei auf einmal und eilte auf sie zu.

»Häuptling. Die Schlammköpfe werden erleichtert ...« Als er Schakal sah, blieb dem jungen Mischling der Mund offen stehen. »Verdammte ... Hölle. Ist er tot?«

»Das wird er sein, wenn du nur herumstehst und gaffst!«, rief Weide aus.

»Ich hole Beryl!« Mit immer noch herabhängender Kinnlade eilte Touro davon.

»Bringen wir ihn rein«, sagte Kürbis.

Beryl tauchte aus dem Bergfried auf, als Vollkorn Schakal von der Bahre hob. Für einen kurzen Moment war sie wie erstarrt. Im nächsten Moment winkte sie die Neuankömmlinge ins Innere.

»Idris!«

Vollkorn trug Schakal die Stufen hinauf und folgte seiner Mutter in den Bergfried. Weide ließ die Keiler bei den Rotten und folgte dem breiten Rücken des Dreibluts, das durch eine düstere zentrale Halle und einen breiten Korridor eilte. Vollkorn trug Schakal in eins der Zimmer am Ende des Korridors und legte ihn auf ein großes Bett.

»Wir brauchen kochendes Wasser!«, sagte Beryl in den Raum. »Wein oder Essig. Eine Nadel. Darmschnur. Ein scharfes Messer. Und alle Kräuter, die es hier gibt.«

Touro, der im Durchgang stand, eilte erneut davon.

»Ihr zwei«, sagte Beryl zu Weide und Vollkorn, ohne vom Auswickeln von Schakals Stumpf hochzusehen, »wir müssen das nähen. Aber zuerst müssen wir einen Hautlappen machen. Dazu müssen wir mehr schneiden. Wenn ihr das nicht aushalten könnt, dann sucht mir Hilfe, die das kann.«

»Nein«, sagte Weide. »Das werden wir nicht tun.«

Beryls Kopf ruckte hoch. »Weide! Er wird ster...«

»Nein!« Weide drehte sich zu Vollkorn. »Geh und kümmere dich um Xhreka. Sobald sie wach ist, brauche ich sie hier.«

Vollkorns Unsicherheit währte nur einen Moment. Er nickte und verließ eilig den Raum.

»Weide«, flehte Beryl, »wir haben keine Zeit!«

»Doch! Ich kenne Schakal. Er denkt nie zu lange über etwas nach. Jede Entscheidung trifft er einfach. Wenn er also sterben wollte, hätte er es schon getan. Du musst mir das auch einfach glauben. Ich bitte dich! Glaube es einfach ... Und hilf mir, ihn zu säubern.«

Die beiden zogen ihm die Stiefel und seine restliche Kleidung aus. Touro, Dacia und Klein Tel brachten alles, was Beryl verlangt hatte. Und noch mehr.

Die Bastarde traten ein und lungerten in den Ecken des Raums herum, bis Weide sie hinausschickte, und auch dann zogen sie sich nur bis in den Korridor zurück.

»Wir müssen uns um den Rest kümmern«, sagte Beryl, die alle Verletzungen von Schakal betrachtete.

Weide half, ihn zu waschen, die Bisswunden zu säubern und zu nähen, half beim Wechseln des Bettzeugs, während Incus ihn hochhob. Erst als es nichts mehr zu tun gab, außer zu warten, ließ sie sich in einen Stuhl sinken. Er war, wie alles in diesem Raum, groß. Die Flecken hatten alles mit Blick auf den Komfort von Dreiblütern gebaut. Als Incus mit Beryl wegging, war es ihr erspart geblieben, sich unter dem Türsturz zu ducken. Das Bett war ebenfalls breit, und der Platz neben Schakal führte Weide in Versuchung, sich hinzulegen. Sie blieb auf dem Stuhl sitzen, zu schäbig, zu schmutzig, zu müde.

Die letzten Tage holten sie in einem Ansturm von Müdigkeit ein.

Sie rührte sich ein paar Mal. Einmal, als Beryl das Zimmer betrat, um Kerzen anzuzünden und nach dem Fieber von Schakal zu sehen. Einmal, als Übeltäter aus Versehen gegen das Bein des Bettes trat und fluchte. Einmal, als Distel eine Decke über sie breitete. Die Erschöpfung und die dichten Felle, die den Sessel bedeckten, zogen sie jedes Mal zurück in den Schlummer.

Der Schlaf verflog mit der Schnelligkeit eines verängstigten Hasen, als sie erwachte und Kürbis mit einer geladenen Armbrust im Zimmer stand. Hinter ihm war die Tür geschlossen und verriegelt. Unter der Decke glitt Weides Hand zum Griff ihres Katars, der noch immer an ihrem Oberschenkel hing. Sie versuchte, ihn zu ziehen, ohne dass die Bewegung sie verriet.

»Du wirst das fremdartige Messer nicht brauchen«, sagte Kürbis, ohne sich von der Tür zu entfernen. Sie würde niemals die Entfernung zurücklegen, bevor er sie erschoss, und das wussten sie beide. »Lieber beende ich mein Leben mit einem guten

Armbrustschuss, wenn du mir die Wahl lässt.« Er hielt die Waffe einhändig am vorderen Ende und streckte sie ihr hin.

Verwirrt und entnervt konnte Weide nur den Kopf schütteln.

»Ich bin gekommen, um dir die Möglichkeit zu geben, mich zu töten«, sagte Kürbis. »Meine Rotte wird keine Vergeltung suchen, solange du ihnen erlaubst, einen neuen Häuptling aus den eigenen Reihen zu wählen. Du und die Bastarde könnt so lange hierbleiben, wie es nötig ist.«

»Kürbis ... was? Warum sollte ich dich töten?«

»Weil ich Knolle gesagt habe, wie er Teilsieg einnehmen kann.«

Das Geständnis war unverblümt, aber die Scham darüber überzog das Gesicht des Nomaden. Er hatte noch mehr zu beichten, also wartete Weide.

»Sie haben mich überfallen. Sie befragten mich zu eurer Verteidigung, den Wachpatrouillen, fragten, wo die Rotte untergebracht sei, wo ... ihr schlaft. Ich habe es ihnen gesagt.«

Kürbis' Stimme war zittrig.

»Sie haben dich gefoltert«, sagte Weide und versuchte, die Wut mit Mitleid zu übertünchen.

»Nein. Sie haben Todesbraut bedroht. Sie haben meine Sau bedroht! Sie sagten, sie würden sie zuerst blenden. Sie sagten, ich würde sie am Ende fressen. Wie konnte ich nur ...?« Seine Scham wuchs, als ihm die Tränen kamen. Er räusperte sich, sammelte sich. »Knolle hat mir geschworen, dass ich mich auf die Sau schwingen und weiterreiten kann, wenn ich ihm sage, was er hören will. Also tat ich es. Ich habe ihm alles gesagt. Er brach sein Wort, machte mich zum Gefangenen ... und fütterte mich mit meiner Sau. Ich bin der Grund, warum deine Rotte gelitten hat. Denn ich hatte zu viel Angst, meine Sau sterben zu sehen. Ich hatte zu viel Angst, selbst zu sterben, nehme ich an. Also ...« Er hielt den Stockbogen noch einmal hoch.

Weide nahm ihre Hand von dem Messer. Sie musterte Kürbis, sah sein Bedürfnis, diese Schuld loszuwerden. Auf dem einfachsten Weg. Sie atmete tief ein und stieß die Luft wieder aus.

»Du hast diese Scheiße nicht verursacht, Kürbis. Du hast nur dazu beigetragen. Das heißt nicht, dass das, was du getan hast, nicht der Weg eines Feiglings war. Das war es. Wenn du das Bedürfnis hast, deswegen zu sterben, leg den Bolzen unter dein Kinn und drück den Abzug. Du willst meine Vergebung? Verdiene sie dir.«

Die Armbrust senkte sich. »Sag mir wie.«

»Mir und den Meinen zu helfen ist ein verdammt guter Anfang. Weiterhin zu helfen, während der Scheiße, die kommt, wird auf die eine oder andere Weise einen Strich unter die Sache ziehen.«

»Die Dreifach Befreiten gehören dir.«

»Nein, Häuptling. Sie gehören dir. Aber ich brauche *deine* Loyalität.«

Kürbis biss die Zähne aufeinander. »Du hast sie.« Nach einem Moment füllte er die Stille mit einer Frage. »Hast du Knolle leiden lassen?«

Weide überlegte, ob sie lügen sollte, entschied sich dann aber dagegen. »Dolchstoß durch das Herz. Schnell.«

Kürbis' Zunge rollte in seinem fest verschlossenen Mund herum und beulte die Haut aus. »Schade. Aber schlimmer wäre gewesen, wenn er gar nicht gestorben wäre.«

Er erschrak, als es hinter ihm an die Tür donnerte und jemand versuchte, sie zu öffnen.

Vollkorns Stimme drang durch das Holz. »Weide! Ich habe Xhreka!«

Weide sprang auf die Beine und öffnete die Tür. Vollkorn kam herein und warf Kürbis einen verwirrten Blick zu, als dieser hinausschlüpfte. Xhreka und Beryl folgten dem Dreiblut. Der Anblick im Raum ließ den Halbling neben dem Türpfosten erstarren, doch die Halb-Ork-Matrone drängte sich vorbei und ging direkt zu Schakals Bett.

Weide legte Xhreka eine Hand auf die Schulter. »Hilf ihm.«

Xhreka riss ihren Blick lange genug von Schakal los, um Weide ungläubig anzusehen. »Ich habe es dir schon mal gesagt, Mädchen, ich bin keine Heilerin.«

Weide beugte sich hinunter und stieß mit einem Finger auf Xhrekas Augenklappe. »*Hilf* ihm.«

»Hast du den Verstand verloren ...?«

»Finden wir es heraus.«

Weide griff in ihre Satteltasche und holte das Bündel hervor.

Sie enthüllte den abgetrennten Arm und trug ihn in Xhrekas Nähe. Beryl stieß einen Fluch aus und Vollkorn wich einen Schritt zurück, als die Hand zu krampfen begann und sich zusammenballte. Ein feuchtes, widerhallendes Flüstern erfüllte den Raum. Xhreka legte eine Hand auf ihr fehlendes Auge und wich vor dem abgetrennten Glied zurück.

»Du weißt nicht, was du tust!«

»Ich weiß, dass du Belico da drin hast«, sagte Weide. Sie hob den zuckenden Arm. »Und ich habe Attukhan hier. Im Leben waren sie eng verbunden, nicht?«

»Mehr oder weniger«, murmelte Xhreka und wandte ihr Gesicht ab.

»Mehr als das, wette ich. Willst du mir sagen, dass dein Gott seinem Krieger nicht helfen will? Denn gerade klang er sehr eifrig.«

Der Halbling blieb reglos und still.

Vollkorns tiefe, angestrengte Stimme drang zu ihr durch. »Xhreka. Bitte.«

Die kleine Frau richtete sich auf und sah sie an, aber ihre Hand blieb starr.

»Du warst nie besonders erfreut darüber, dass er an Zirko verpfändet wurde«, sagte sie zu Weide und deutete auf Schakal. »Glaubst du nicht, dass der Meistersklave einen viel höheren Preis als der Heldenvater verlangen wird? Denn das wird er, Mädchen. Er wird!«

Weide hörte die Weisheit in diesen Worten. Und ignorierte sie. »Wie Belico bin ich bereit, alles für den Mann zu tun, der für mich geblutet hat.«

Sie ging zum Bett und legte den Arm bündig mit Schakals Stumpf ab. Sie trat zurück und machte Platz für Xhreka.

Die Halblingsfrau näherte sich mit langsamen Schritten und nahm ihre Augenklappe ab. »Was auch immer geschieht, geht auf deine Kappe, Mädchen.«

Das Flüstern kehrte zurück, zischend und lüstern. Als Xhreka das Bett erreichte, öffneten sich die Lider des fehlenden Auges. Die Zunge kam zum Vorschein und tastete durch die Luft. Sie streckte sich Schakal entgegen, und der Halbling gab einen Laut des Unbehagens von sich. Sie schien sich zu wehren, als ihr Kopf nach unten gezogen wurde. Die Zunge begann zu tropfen, Tränen der Sklaverei liefen über Xhrekas Gesicht und fielen auf Schakal. Auf der anderen Seite des Betts verzog Beryl das Gesicht. Xhrekas Nase streifte fast die Wunde, als die Zunge über die zerklüftete Stelle oberhalb von Schakals Ellbogen leckte. Das Fleisch zischte, als es sich verband, neu zusammensetzte. Als die obere Seite fertig war, hob Xhreka den Arm vom Bett, damit die leckende Zunge ihr Werk vollenden konnte. Ein dünner, umlaufender Streifen dunkel gefärbten Fleisches war alles, was übrig blieb. Die Zunge zog sich zurück, und Xhreka senkte das geflickte Glied, setzte ihre Augenklappe mit bedächtiger Würde wieder auf und ging zur Tür.

Vollkorn streckte ihr dankbar eine Hand entgegen.

»Lass mich in Ruhe!«, schnauzte Xhreka und verließ den Raum.

Vollkorn wollte ihr folgen, wurde aber von Beryl aufgehalten.

»Idris. Lass sie.«

Er atmete schwer aus, rieb sich mit einer Hand über Gesicht und Bart und tat, wie ihm geheißen.

Weide starrte auf Schakal hinunter. Sie hatte auf eine sofortige Veränderung gehofft, darauf, dass die Segnungen, die sie sich lange verkniffen hatte, eintreten würden, aber die Hundebisse blieben entzündet und einige nässten sogar. Schakal sah immer noch aus, als wäre er ein Fotzenhaar vom Sterben entfernt.

»Ruht euch etwas aus«, sagte Weide. »Ich mach das hier schon.«

Als sie weg waren, fiel ihr Blick auf einen mit frischem Wasser gefüllten Eimer, über dessen Rand ein Lappen drapiert war. Sie hatte irgendwann einmal darum gebeten, konnte sich aber nicht erinnern, wann. Seufzend zog Weide ihre Kleider aus. Sie schrubbte sich mit dem Lappen ab, um ihr Fleisch zu reinigen, aber ihre Gedanken wurden so trüb wie das Wasser im Eimer. Sie schloss die Tür und legte sich neben Schakal, legte ihre Hand auf seine Brust, um zu spüren, wie sie sich hob und senkte.

Der Schlaf kehrte nicht zurück.

Das Bedürfnis, die Kammer zu verlassen, trieb sie aus dem Bett und zurück in ihre Kleider.

Vollkorn saß auf einem Hocker im Korridor. Blindschleiche stand an die gegenüberliegende Wand gelehnt.

»Ich brauche verdammt noch mal frische Luft«, sagte sie zu ihnen.

Weide sah in beide Richtungen und stellte fest, dass sie sich nicht mehr daran erinnerte, aus welcher Richtung sie bei ihrer Ankunft gekommen war. Als Vollkorn ihr Zögern bemerkte, stand er auf.

»Ich zeige es dir.«

Weide sah zu Schleich. »Bleibst du für mich bei ihm?«

Blindschleiche nickte.

Weide folgte Vollkorn den Korridor entlang, durch die große Halle und hinaus in den Festungshof. Mitglieder der Dreifach Befreiten gingen auf der Festungsmauer entlang, und dorthin führte Vollkorn Weide. Die rasierten Mischlinge hielten sie nicht an, sondern warfen ihnen lediglich einen Blick zu, als sie den Laufgang erreichten, und patrouillierten weiter. Auf dem Berggipfel dämmerte es bereits, und Weide war von der Weite des Himmels beeindruckt. So hoch oben, wo sich das Sonnenlicht noch anschickte, den Himmel einzunehmen, war das Brachland kaum zu sehen. Die Sterne standen noch immer über einem Schlehenfeld, das sich in Blau auflöste.

Darunter war die Dreiblutbastion eine hässliche, unelegant wirkende Notwendigkeit.

Weide lehnte sich an den Rand einer Zinne und atmete tief ein.

Vollkorn ahmte sie nach und stieß ihren Ellbogen mit seinem an. »Du musst mir schwören, dass du dir nicht die Schuld gibst, wenn Schakal ... stirbt.«

»Warum nicht? Du wirst es tun.«

»Das werde ich nicht.« Er stieß sie erneut an, so fest, dass sie um ihr Gleichgewicht kämpfen musste. »Ich werde dir die Schuld geben.«

»Das habe ich gemeint, Dummkopf.«

Vollkorn nickte, schnupperte und betrachtete den Himmel. »Ich weiß. Aber wenn ich dir die Schuld gebe, wird dich das nicht umbringen, also musst du es schwören.«

Sie sah ihn an und log. »Ich schwöre.«

Er nickte zufrieden. »Gut.«

Vollkorn irrte sich, er verwechselte ihre Natur mit seiner eigenen. Schakals Tod würde Schuldgefühle und Schmerzen mit sich bringen, die nie vergehen würden, aber er würde sie nicht umbringen. Das Wissen machte Weide ein wenig krank und sie würde es Vollkorn gegenüber nie zugeben. Dennoch war es eine verdammt bittere Tatsache, dass sie sich weiter bemühen würde. Sie wusste das tief im Inneren und fragte sich, ob es sie herzlos machte. Mehr als das, sie fragte sich, ob der Tod das einzige Ende des Kampfes war. Sie versuchte, sich die Geteilten Lande ohne die Entbehrungen und das Blutvergießen vorzustellen, aber sie konnte es nicht.

Und das war die Antwort.

Vollkorn starrte sie an. »Was, zum Teufel, geht in deinem Kopf vor?«

Weide blinzelte. Irgendwie war der Morgen gekommen. »Scheiße.«

»Was?« Vollkorn rückte von der Zinne ab. »Worüber hast du nachgedacht?«

»Corigari«

»Cori...? Der verdammte Schlammmann?«

Weide nickte. »Kul'huun sagte, Ruin sei der letzte der *uq'huuls*. Dass er den Rest getötet hat.«

»Ich dachte, du sagtest, es ginge um den Schlammmann!«

»Das tut es. Er handelte mit elfischen Frauen, weil er glaubte, er könne sie bei einer Art Opferung verwenden, um die Alte Jungfer zu heilen. Er tötete auch Orks, weil er glaubte, beides sei nötig. Als er von mir erfuhr, einem Mischling mit Elfen- und Orkblut, holte er mich. Er dachte, ich sei die Lösung.«

Vollkorn beugte sich vor und zuckte verwirrt mit den Schultern.

»Aber er war nichts weiter als eine Marionette, Vollkorn! Der Schlamm trieb ihn an. Der Dreck. Er wollte mehr *uq'huuls* hervorbringen. Mehr Ruine! Sie konnten sich wohl nicht so gut verständigen, oder Corigaris Wahnsinn kam ihnen in die Quere oder ... verdammt, es muss Jahre gedauert haben, seinen zappelnden Verstand in die richtige Richtung zu treiben. Wie ein verdammter Keiler, der versucht, seinen Reiter dazu zu bringen, sich rückwärts in den Sattel zu setzen, und sich dann mit seitlich zufriedengibt.«

»Du kannst nicht wissen, dass …«

Weide brachte ihn zum Schweigen. »Die Orks verpflichteten viele ihrer Stärksten für den Einmarsch, und sie wurden alle im Sumpf getötet und zu Schlamm, der ein Gefäß fand und unbeholfen versuchte, die Reihen wieder aufzufüllen, denn die *uq'huuls*, die noch in Dhar'gest waren, wurden von U'ruul Targha Bhal getötet. Meinem verdammten Zwilling! Der Ork, den die Hauer befragten, sagte, außer ihm sei keiner mehr übrig.«

»Weide, wir können nicht darauf vertrauen, dass ein Ork, dem die Eingeweide rausgerissen werden, aufrichtig spricht. Verdammt, er sagte auch, meine Mutter sei eine Hexe gewesen, die verschwunden ist! Ganz zu schweigen davon, dass Kul'huun und seine Bande steife Schwänze bekommen, wenn es um etwas Orkisches geht. Ein Dickhäuter könnte ihnen sagen, dass alle Orks mit ihren Nüssen in den Arschlöchern kämpfen, und die Hauer würden am nächsten Tag ihre hängenden Samensäcke zwischen die Backen schieben.«

»Was ist mit Schlitzohr?«

»Also … ja, ich bin überzeugt, er wäre auch dazu bereit. Ich bin mir immer noch ziemlich sicher, dass der fette Wichser ein Hinterlader ist.«

Weide fuchtelte vor Vollkorns Gesicht herum. »Nein! Schlitzohr hatte eine Abmachung mit den Orks getroffen. Er versprach, die Pest würde nicht gegen sie eingesetzt werden. Und sie kamen, Vollkorn! Glaubst du wirklich, die Dickhäuter würden einen Pakt mit einem fetten, fremden Halbblut-Zauberer schließen, wenn ihre eigenen Zauberer sie noch anführten? Die *uq'huuls* hätten ihn getötet, bevor er sein hässliches Maul aufbekommen hätte.«

»Sagen wir, du hast recht. Ich sehe immer noch nicht, auf welchen Horizont dieser verrückte Keiler zusteuert, auf dem du reitest.«

»Das könnte unsere einzige Chance sein, Vollkorn.«

»Chance für was?«

»Ähm …«

Eine Stimme aus dem Hof unterbrach sie. »Häuptling.«

Blindschleiche.

Weide stockte der Atem. Sie trat an den Rand der Mauer und sah auf den blassen Mischling hinunter. »Schakal?«

»Wach.«

Weide eilte ins Zimmer und stellte fest, dass er nicht nur wach war, sondern auch aufrecht saß und die nackten Beine über dem Bettrand hingen. Beryl versuchte, ihn davon abzuhalten aufzustehen, war aber auf verlorenem Posten.

»Lass mich wenigstens eine Hose anziehen«, beschwerte er sich.

»Du hast nichts, was ich nicht schon gesehen habe, und zwar in größer«, sagte Beryl. »Du musst dich wieder hinlegen!«

»Weide, würdest du sie zurückpfeifen?«

Sie zwang sich, nicht zu ihm zu gehen, und verschränkte die Arme. »Du kannst auf sie hören oder wir lassen dich von Vollkorn wieder ins Bett bringen.« Kaum hatten die Worte ihren Mund verlassen, wurde sie von etwas Großem und Schwerem angerempelt. Vollkorn musste sich nicht zurückhalten, er stürmte direkt auf seinen Freund zu und umarmte ihn stürmisch.

Iltis' Axtgesicht spähte um den Türpfosten. »Hmmmm. Vollkorn umarmt Schakal. Unnnnnd Schakal ist nackt. Ich werde den Jungs sagen, dass alles normal ist, Häuptling.«

Er glitt aus dem Blickfeld.

»Ich habe mir verdammt große Sorgen gemacht, Bruder«, erklärte Vollkorn, ließ ihn los und richtete sich mit verlegener Miene auf.

»Ich auch«, sagte Weide und zog Schakals Blick auf sich.

»Wenn du dich schon nicht hinlegen willst, dann iss wenigstens etwas«, sagte Beryl und ging zur Tür. Sie zögerte und sah mit einem zweifelnd verzogenen Mundwinkel zurück.

»Was?«, fragte Vollkorn.

Beryl sah sie alle an. »Es ... macht mich nur immer etwas nervös, euch drei zusammen in einem Raum allein zu lassen.«

Die Tür schloss sich hinter ihr.

Schakal hatte seinen Blick nicht von Weide abgewandt. »Habe ich geträumt, dass du mir den Arm abschneidest?«

Sie konnte nur den Kopf schütteln.

»Tja, du hast ja gesagt, du willst mich verletzen.« Sein Grinsen zeigte, dass er nicht böse war. »Sag mir nur, dass der riesige Ork tot ist.«

Vollkorn blies die Wangen gewaltig auf. »Er lebt noch. *Und* ist Weides Zwillingsbruder.«

»Was zur Hölle?« Schakal war entgeistert.

»Ganz sicher«, sagte Vollkorn. »Dieser riesige Mistkerl? Ist ihr ehrlich blutsverwandter Bruder vom gleichen Orkpapa.«

»Du hattest es ihm noch nicht gesagt?«, fragte Weide.

Vollkorn zeigte mit einem großen, tadelnden Finger. »Er hat mich nicht gelassen!«

Schakals herunterhängende Kinnlade war auf Weide gerichtet. »Es ist wahr?«

»Es ist wahr«, antwortete sie und fügte hinzu, »und Sperling ist unsere Mutter.«

Das brachte Schakal zum Lachen, aber nachdem er ihr Gesicht einen Moment lang betrachtet hatte, verstummte er.

Sie hob die Augenbrauen und nickte langsam. »Wiederkehrer. Von den Toten. In den Körper eines anderen Elfenmädchens.« Sie ließ das sacken. »Hast du irgendwelche Geschichten aus der Ferne, die das übertreffen können?«

»Nein ...« sagte Schakal, dem immer noch der Mund offen stand.

Vollkorn lächelte breit, sein Blick war auf Schakals Arm gerichtet.

Schakal lehnte sich zurück, um sich dem prüfenden Blick zu entziehen. »Was?«

»Ich habe gerade nachgedacht«, sagte Vollkorn und kratzte sich am Bart. »Erinnerst du dich an die Eidechsen, die wir gefangen haben, als wir noch klein waren? Diejenigen, die ihren Schwanz abwerfen konnten, der dann kleiner und in einer anderen Farbe nachwuchs?«

»Ja«, brummte Schakal.

»Tja ... ich habe mich gefragt. Wenn du ein Teil verlieren würdest – nicht den Arm – sondern *irgendein* anderes Teil ... würde dieser Teil kleiner und in einer anderen Farbe nachwachsen?«

Vollkorn lachte über seinen eigenen Scherz und stieß Schakal so heftig an, dass er fast vom Bett kippte, was ihn zum Lachen brachte.

»Dummköpfe«, sagte Weide, aber da hatte ihre Fröhlichkeit sie längst angesteckt.

Vollkorn schnappte nach Luft. »Ich werde dir ein paar Reithosen besorgen, Schak, und Essen mitbringen, wenn ich zurückkomme. Ich ... könnte mich verirren. Ich kenne mich hier immer noch nicht aus ...«

»Das wäre glaubhafter gewesen, wenn er sich das Zwinkern verkniffen hätte«, sagte Schakal, als das Dreiblut weg war.

Weide schob den Riegel vor. Sie ging zurück zum Bett, und er streckte seine Arme aus, um sie zu empfangen. Ausatmend schmiegte sie sich an ihn und vergrub ihr Gesicht an seinem Hals. So blieben sie eine lange Zeit.

»Danke«, sagte er schließlich.

Sie richtete sich auf und sah ihn an. »Dank mir nicht. Ich weiß nicht, wo meine Fehler enden und meine guten Taten beginnen. Aber so ist es, wenn man Häuptling ist, das habe ich mittlerweile gelernt.« Weide sah ihn zum ersten Mal richtig an, frei von Schmutz und der Angst, dass er sterben würde. Sie zeichnete die Tätowierungen mit tyrkanischer Schrift und andere seltsame Zeichen auf seiner Brust nach. »Die sind neu.«

»Ein Uljuk-Mystiker hat sie gemacht. Er sagte, sie würden mir helfen, mich vor *Afriten* zu schützen.«

»*Afriten?*«

»Teufel aus Feuer und Staub.«

Weides Finger folgte dem Tintengekritzel hinunter zu seinem Bauch. »Haben sie funktioniert?«

»Na ja, der *Afrit*, den die Schwarze Gebärmutter geschickt hat, um mich zu töten, hat es nicht geschafft, also ...« Er zuckte jungenhaft mit den Schultern. »Vielleicht habe ich ja doch ein paar Geschichten, die mit deinen mithalten können.«

Weide schüttelte den Kopf. »Versuch den Schuss erst gar nicht. Ich werde dich trotzdem besiegen.«

»Du kennst die Geschichte noch nicht ...«

Sie legte einen Finger auf seine Lippen. »Zentauren haben mir das Leben gerettet.«

»Quatsch!«

»Nein. Sie haben mich gefüttert, meinen Keiler aufgespürt und mich gehen lassen.«

Schakal blinzelte heftig. »Hilfreiche Pferdedödel. Warum haben sie das getan?«

Jetzt zuckte Weide mit den Schultern. »Du kannst sie in Strava fragen, wenn Zirko dich zum nächsten Verrätermond ruft.« Sie schüttelte den Kopf und ärgerte sich über sich selbst. »Scheiße. Tut mir leid. Ich dachte, ich hätte das ganze Gift ausgemolken, aber wie es aussieht, schlägt die Schlange immer noch schnell zu.«

»Weide ... ich glaube nicht, dass ich bei Strava sein werde.« Schakal hob seinen linken Arm und hielt sie mit dem rechten weiterhin fest. »Es ist schwer zu erklären, aber Zirko ... Er war immer da, in meinem Hinterkopf. Nicht seine Stimme, aber ... sein Bewusstsein. Das ist weg. Ich spüre es nicht mehr. Dein Schnitt hat wohl mehr abgetrennt als meinen Arm.«

»Und Attukhans Gaben?«, fragte Weide und lehnte sich ein wenig zurück, um seine Verletzungen zu begutachten. Die Bisswunden sahen viel besser aus.

»Sie kehren zurück«, sagte er. »Allmählich.«

»Dann könnte auch Zirkos Einfluss zurückkehren.«

»Möglich«, räumte er ein und ließ den Arm fallen.

»Selbst wenn nicht ... Xhreka hat uns gewarnt, Schak. Belico würde nicht umsonst Hilfe leisten. Du bist jetzt vielleicht an weit mehr gebunden als an Zirko. Und ich glaube nicht, dass du mir dafür dankbar sein wirst.«

»Was hast du über Fehler und gute Taten gesagt? Wie wäre es, wenn wir erst einmal froh sind, dass ich noch lebe?«

Weide grinste. »Ist das alles?«

Schakal schreckte hoch, als ihre Hand an der Innenseite seines Oberschenkels entlangstrich, gerade weit genug, um seinen Mund zu ihrem zu bringen.

»Wir haben nicht viel Zeit«, flüsterte sie, als seine Lippen zu der Stelle hinter ihrem Ohr wanderten und das vertraute Kribbeln ein Lächeln auf ihr Gesicht zauberte.

Schakal brummte nur zustimmend und knabberte weiter genüsslich an ihrem Hals.

Sie griff ihm anspornend ins Haar.

Plötzlich ertönte ein lautes Hämmern an der Tür, wie Vollkorn es meisterlich tat, wenn er sie aufschrecken wollte.

»Aufwischen, ich komme rein!«

»Genau im richtigen Moment!«, brüllte Schakal verärgert zurück.

Weide drückte ihm einen liebevollen Schmatzer aufs Gesicht und öffnete die Tür, um Vollkorn einzulassen. Er trug ein Tablett in den Händen und Kleidungsstücke über der Schulter. Als er Schakal sah, schloss er die Augen und wandte sich ab.

»Überlastete Höllen! Wie kannst du einen steifen Schwanz haben? Du wurdest gerade von Hunden gefressen und verdammt noch mal zerstückelt!«

Lachend nahm Weide ihm das Tablett ab, sodass Vollkorn die Kleidung nach Schakal werfen konnte.

»Bedeck deinen Stolz, du brünstiger Köter!«

Auf dem Tablett befanden sich gebratenes Geflügel, zwei Käselaibe, mit Rosinen und Kirschen gebackenes Brot, eine Reihe von Würsten, ein Korb mit Walnüssen und Feigen. Es gab sogar einen Milchpudding. Und es gab Wein. Der erste Schluck entlockte Augenweide und Schakal ein Stöhnen und faszinierte Blicke.

Vollkorn füllte seinen eigenen Becher. »Eins muss man den Flecken lassen, sie haben eine gute Speisekammer. Kürbis sagt, ihre Vorräte sind bis zum Rand gefüllt.«

Jedes weitere Wort musste warten. Man lernte, schnell zu essen, wenn man mit Vollkorn aß. Die drei leerten das Tablett und den Weinkrug. Nach der Hälfte der Mahlzeit schmeckte Weide jedoch nichts mehr. Sie konnte sich nicht davon verführen lassen, von Schlemmerei und Ficken und starken Mauern. Sie konnte nicht zulassen, dass die Bastarde davon verführt wurden. Das war es, was sie sich vorstellten, wenn sie an eine Rotte dachten. Das war es, was sie aus besseren Tagen kannten. Hundsfälle war ein Zufluchtsort gewesen, aber fremd und ungezähmt. Komfort dort war so scheu gewesen wie ein handgefütterter Fuchs. Aber in dieser steinernen Festung, die mit hölzernen Möbeln ausgestattet war und in der sie sich mit lieb gewonnenen, halb vergessenen Speisen vollstopften, würde die Bequemlichkeit der Brüder schnell zurückkehren, zusammen mit alten, nutzlosen Gewohnheiten.

Weide betrachtete die Feige in ihrer Hand und warf sie zurück auf den Teller.

Vollkorn runzelte die Stirn. »Könntest du aufhören, finster vor dich hinzustarren, ohne zu blinzeln? Du siehst allmählich aus wie Schleich.«

»Ich bin damit aufgewacht«, sagte Schakal und kippte den letzten Schluck seines Weins hinunter. »Bitte lass mich das nicht noch einmal durchleben.«

Weide ließ sein Lächeln nicht zu ihr durchdringen.

Vollkorn beugte sich vor. »Weide. Was, zum Teufel, macht dir zu schaffen? Du hast es geschafft. Unsere Leute, die Findelkinder, sie sind hier. In Sicherheit. Die Jungs sind hier. Schakal ist zurück. Wir sind zusammen. Vollständig. Keiner versucht, uns zu töten. Alle, die es versuchten, wurden besiegt. Morgen mag alles anders sein, aber der Kampf von heute? Häuptling, er ist vorbei.«

Augenweide stand auf. »Nein. Ist er nicht. Wir sind nicht vollständig. Noch nicht. Einer von uns ist noch da draußen. Und ein weiterer Feind muss noch zur Strecke gebracht werden.«

»Weide«, sagte Schakal. »Grasmücke ist da, wo er ...«

»Nicht Grasmücke. Vollkorn, versammle die Rotte. Ich muss eine Abstimmung einberufen.«

Sie brachen vor Einbruch der Nacht auf. Die Ohren erfüllt von donnernden Hufen und knirschenden Zähnen stürmten die Wahren Bastarde in die aufgehende Sonne. Ihre durch nichts eingeschränkten Keiler forderten das Brachland heraus, sie zu bremsen. Gestrüpp und Geröll, Kämme und Gräben, nichts konnte ihre eifrigen, kräftigen Gestalten aufhalten. Ohne Wagen, die sie ziehen mussten, und ohne Menschen, die sie bewachen mussten, konnten die Barbaren frei rennen, und ihre Reiter sonnten sich in einer fast vergessenen Geschwindigkeit.

Weide gab sich dem Rhythmus des Galopps hin, der Wind in ihrem Gesicht war eine Erlösung von den Zweifeln. Sie waren nicht mehr auf der Flucht. Sie jagten einer Abrechnung hinterher.

42

Das Kastell stand bedrohlich unter dem sich zusammenbrauenden Regen.

Im Gegensatz zur Dreiblutbastion, wo der Berg die stärkere Verteidigung bot, beherrschte die letzte Hispartha-Zitadelle in den Geteilten Landen den Hügel, auf dem sie ruhte. Das Gewicht ihrer Befestigungen schien die felsige Anhöhe zu bezwingen; ein Mann in voller Rüstung stand auf dem Rücken eines staubigen, standhaften Bauern.

Weide beobachtete die Mauern, während sie sich mit ihrer Rotte über die Weite des Brachlands auf die große Festung zubewegte. Sie konnte die Kanonen nicht sehen, wusste aber, dass sie nicht sichtbar sein mussten, um jeden einzelnen der Mischlinge hinter ihr zu töten. Sie hatte befohlen, dass sie sich in einer einzigen Kolonne näherten, die Keiler im Schritttempo. Ihre Formation, ihr Tempo, ihre umgehängten Armbrüste, all das war ein offensichtliches Zeichen. Die Rotte war jetzt in Reichweite der Kanonen. Weide hatte ihre Brüder vor deren Brutalität gewarnt. Jeder Reiter wusste, dass sie sich zerstreuen mussten, wenn die Mauern Rauch und Donner spien. Incus wurde nach hinten beordert – nur Vollkorn blieb hinter ihr –, damit sie sehen konnte, wenn die Kolonne auseinanderbrach. Weide hatte das Manöver unterwegs geübt, und nach drei Tagen war sie zuversichtlich, dass jeder Reiter es ohne Schwierigkeiten ausführen konnte. Sie war jedoch weniger zuversichtlich, dass es sie retten würde, wenn der Befehl zum Abfeuern der Geschütze gegeben würde.

Also beobachtete sie die Mauern.

Und atmete aus, als sie den Anfang des Weges erreichten, der zum Torhaus führte. Die Rotte behielt ihre Kolonne auf den Serpentinen bei. Nach einem Viertel des Weges waren die dunklen, an den Zinnen hängenden Gestalten als Leichen zu erkennen. Weide, die als Erste um die Kurven des Weges kam, konnte die Blicke ihrer Reiter sehen, als sie die baumelnden Ornamente erblickten. Sie betrachteten sie mit grimmiger Entschlossenheit.

Drei weitere Wendungen bestätigten, was Weide bereits vermutet hatte. Die Leichen waren Halb-Orks. Die Hitze und die Vögel hatten ganze Arbeit geleistet, aber es war noch genug graues, tätowiertes Fleisch an den frischesten Leichen zu erkennen.

Oben empfing sie das Torhaus, eine Burg für sich. Die Tore waren geschlossen, das Fallgitter heruntergelassen, und durch die Schießscharten entlang der Zinnen über dem hohen Bogen konnte man die Helme der Bogenschützen sehen. Weide brachte Schoßbesen zum Stehen und drehte den Keiler halb um, sodass die Rotte ein geduldiges Gesicht sehen konnte. Sie reihten sich auf dem abschüssigen Weg auf, der ein Dutzend Schritte vom Tor entfernt nach links führte.

»Ha, ha! Na, wenn wir nicht mit einem Besuch gesegnet sind. Die Häuptlingsmöse und ihr Rudel Aschefarbener.«

Die Rotte sah zum Scharwachtturm hoch, der auf der linken Ecke des Torhauses aufragte. Dort lehnte Cavalero Maneto über den Zinnen des nach oben offenen Turms. Der Scharwachtturm lag niedriger als der Wehrgang, sodass sie das Lächeln des Mannes in der dunklen Masse seines Bartes sehen konnten; die schwarze Lücke seines fehlenden Zahns war ein hämisches Loch. Weide hatte ihre Brüder ermahnt, ihr Temperament zu zügeln, egal, was gesagt wurde. Keiner von ihnen regte sich, aber sie konnte die Spannung hinter ihrer Zurückhaltung spüren. Sie alle warteten darauf, dass Bermudos neuer Jagdhund sein Gekläffe beendete.

»Du scheinst vergessen zu haben, dass du ein gesuchter Mischling bist, hübsches Fötzchen.«

»Ich habe es nicht vergessen«, rief Weide mit erhobener Stimme. »Es ist mir einfach scheißegal. Außerdem bin ich hier unten nicht die Meistgesuchte.« Sie zeigte mit dem Daumen hinter sich auf Schakal. »Ich schätze, das Kopfgeld auf den hier ist doppelt so hoch wie auf mich.«

»Mindestens«, sagte Schak.

Maneto drehte sich und sah ihn an. »Sieht für mich genauso aus wie jedes andere Halbblut.«

»Wahrscheinlich ist dir mein Name vertrauter. Ich wette, Bermudo schreit ihn laut, wenn er seinen Lümmel melkt.«

»Du bist also Schakal.«

»Das bin ich.«

Maneto tat das mit einem kehligen, angestrengten Schnaufen ab und wandte sich wieder Weide zu. »Willst du den hier eintauschen, damit man dir gegenüber Milde walten lässt?«

Weide antwortete nicht. Die Frage war spöttisch gemeint gewesen. Maneto spuckte aus, und der Klumpen landete auf dem Rüssel von Übeltäters Keiler, der etwas weiter unten auf dem Weg stand.

»Woran könnte das wohl liegen? Ah! Ihr könnt die Dickhäuter nicht verjagen. Ihr seid hier, um Hisparthas tapfere Männer zu bitten, sich darum zu kümmern!«

Das war für die Wachen über dem Torhaus bestimmt und sorgte für schallendes Gelächter.

»Die tapferen Männer von Hispartha müssen nicht zu uns reisen, um zu kämpfen«, antwortete Weide. »Wir haben euch einen Kampf mitgebracht.«

Maneto stimmte in das Gelächter der Männer ein. »Kommst du für eine Belagerung, Mischlingskönigin? Ich zähle nur sieben, die an der göttlichen Spalte deines Arsches schnüffeln. Das wird nicht reichen.«

»Lass uns rein. Mal sehen, ob du recht hast.«

»Damit wir uns eine ganze Horde nach Scheiße stinkender Schweine hereinholen? Ganz zu schweigen von den Schweinen, auf denen sie reiten!« Wieder Gelächter. »Nein, Fräulein. Ich glaube, du bist da unten, wo du sein solltest. Schade, dass es so bewölkt ist. Ich sehe gerne Rußhäuten beim Schwitzen zu. Aber!« Maneto stieß einen übertriebenen Seufzer aus und ließ seinen zotteligen Kopf hängen. »Es wäre doch zu schade für den Hauptmann, wenn er nicht wüsste, dass sein hochgeschätztes Halbblut vor den Toren steht und darum bettelt, hereingelassen zu werden, nachdem er so viel Zeit damit verbracht hat, das Gebüsch nach ihm zu durchkämmen. Das sollten wir ändern, was?«

Weide holte tief Luft, als der Cavalero sich wieder außer Sichtweite duckte. Schoßbesen stampfte unter ihr auf und wurde unruhig. Weide stellte das Schwein an den Zügel und drehte sich im Sattel um.

»Ganz ruhig«, sagte sie zu der Rotte.

»Häuptling!«

Die warnende Geste von Schlangenschlupf ließ sie hochsehen. Sie zuckte zusammen, als eine große Gestalt von den Zinnen über dem Tor herabfiel. Das Geräusch einer Kette, die sich ruckartig spannte, ließ einige der Keiler aufquieken, und Weide wurde von etwas Klebrigem und Übelriechendem übergossen. Sie führte Schoß ein paar Schritte zurück. Ein Körper baumelte direkt über ihr, wobei der Fuß des einzelnen Beins gerade den oberen Rand des Torbogens streifte. Anders als die anderen war er nicht entkleidet. Und es war kein Halb-Ork.

Bermudo.

Nur die fehlende Gliedmaße und der Mantel des Hauptmanns verrieten, wer der Mann zu Lebzeiten gewesen war. Der Leichnam war aufgedunsen, schleimig und triefte vor Fäulnissäften.

Maneto schwang sich auf die Mauer und setzte sich in die Schießscharte über den grausigen Überresten. Seine Füße baumelten ein wenig in der Luft.

»Ich weiß, Eure Lordschaft«, sagte der Cavalero mit behäbigem Kopfschütteln. »Ich weiß, dass Ihr Euch nicht gerne hierherschleppen lasst. Aber seht! Das Halb-Ork-Flittchen hat Euch Euren größten Wunsch erfüllt. Nein, nicht ein neues Bein! Der herumschleichende Mischling, der Euch immer wieder gedemütigt hat.« Maneto tat so, als würde er der Leiche zuhören, und wippte mit dem Kopf. »Ihr habt recht, Sir, Ihr habt recht. Es war, ja, es *war* perfide von mir, der Rottenmeisterin nicht zu sagen, dass Ihr ein Abendessen für die Krähen ausrichtet. Ich stimme zu, wirklich, *ich* sollte ganz sicher, ja, ja, in der Tat, gescholten werden – ein schönes Wort, Sir – für einen solchen Fehltritt. Die Schande wird mich bis ins Grab verfolgen, Lordschaft, dass ich mich in Euren Diensten so entehrt habe.«

In Weides Mund war ein saurer Geschmack.

»Verdammter verrückter Hund«, knurrte Übeltäter von hinten. Sie brachte ihn mit einem Zischen zum Schweigen.

»Hund? Hund?« Maneto klang ernsthaft verletzt und tat so, als wäre Weide diejenige gewesen, die gesprochen hatte. »Loyal und achtsam, meinst du. Das ist meine Natur, nehme ich an. Ich bin immer bereit, das zu tun, was man mir nach einem angemessenen, strengen und wiederholten Training befiehlt. Darin, ja, ja, meine Dame! Ich bin ein Hund. Aber täusch dich nicht, wie jeder gute Hund sehne ich mich danach zu spielen. Immer begierig zu ficken. Immer begierig darauf ... *zu gewinnen*. Darin, das versichere ich dir, sind wir Tiere vom gleichen Schlag.«

Der Winkel war steil, aber auf den Zinnen, auf denen Maneto saß, war eine deutliche Bewegung zu erkennen. Von der zweiten, weiter hinten gelegenen Ebene konnte Weide außer den Zinnen wenig sehen, aber sie wusste mit kalter Gewissheit, dass sich auch dort oben Männer versammelten. Die konkaven Rundungen der Türme waren voller Schießscharten, dünne Augen, die den Tod in ihrer Schwärze verbargen.

Maneto stand auf und balancierte auf einer Zinne. Behände, für einen großen Mann mit krummen Beinen, begann er, über die Schießscharten zu steigen und die Zinnen zu benutzen, um am Wehrgang entlangzulaufen.

»Loyal. Das ist es, was ich bin. Nur ein loyaler Mann kann eine Festung halten, wenn sein Hauptmann stirbt. Es braucht einen loyalen Mann, der Briefe nach Hause schickt, um über sein Ableben zu informieren. Der Brief des tiefen Bedauerns, den ich nach Hispartha schickte und in dem ich erzählte, wie der gute Hauptmann schließlich seinen Verletzungen erlag, hätte deine Augen vor Rührung feucht werden lassen. Vielleicht auch deine Möse, wenn Poesie deine Mischlingsleidenschaft weckt, was? Natürlich habe ich – um die zarten Gefühle der Zerbrechlichen bei Hofe zu schonen – nicht erzählt, wie sich die Verletzungen des edlen Bermudo *verschlimmerten*, als ich ihn eine halbe Nacht lang getreten habe, während er auf dem Bauch durch das Schloss kroch.« Maneto hielt inne, balancierte auf einem Bein, die Arme kindisch ausgestreckt. »Ich bin mir nicht sicher, wo er hinwollte ... zu seinem Pferd vielleicht?«

Maneto stellte den Fuß ab und schniefte. Er kratzte sich unwillkürlich im Schritt und nahm den Flegel von seinem Gürtel. Mit dem Handgelenk ließ er die Waffe träge um seine Hüfte kreisen.

»Das ist der Teil, in dem du mir schmeichelst und Freude ausdrückst, dass ein besserer Mensch das Kommando hat. Ein *ge-*

wöhnlicher Mann! Kein Blaublüter mehr, nur noch Schurken und Bastarde. Das ist sowieso der pulsierende Schwanz der Geteilten Lande, was?!« Maneto ahmte das Melken seines Lümmels nach. »Daran werden die Dickhäuter noch ersticken! Das Maul des Hauptmanns war voll von Befehlen, also lud ich die Maden ein, ihren Platz einzunehmen. Dass er eine Haxe an die Dickhäuter verloren hat, hat ihn nichts gelehrt. Er war immer noch kampfeslustig. Aber er wollte ja nicht auf dem Wagen mitfahren, oder?« Der Flegel hörte auf zu kreisen. »Aber er schickte uns, sicher und gewiss. Cavaleros, ja, aber solche von niederer Geburt, die zu viel Blut und Geld schuldeten, um nach Norden zu fliehen. Wenn wir schon in diesem Scheißland sterben müssen, dann am besten hinter festen Mauern. Die Krone ist zufrieden damit, uns das zu erlauben. Solange meine hübschen Botschaften sie mit Geschichten über unsere tapferen Bemühungen zu ihrer Verteidigung versorgen.«

Das Possenspiel pausierte für einen Moment. Maneto ignorierte die Rotte und sah geradeaus über das Ödland. Als der Mann das nächste Mal sprach, klang er tatsächlich bedauernd, verraten.

»Ul-wundulas. Nichts als eine plumpe Kinderfalle. Etwas, woran sich die Dickhäuter die Zehen stoßen können, während die Blaublüter das Silber verstecken und die Türen verriegeln. Du weißt das so gut wie ich.«

Weide wusste es.

»Du gehörst nicht hierher«, stimmte sie zu. »Zeit, dass Hispartha das versteht.«

»Ist das so?«, fragte Maneto amüsiert.

Weide antwortete nicht. Sie drehte sich im Sattel und sah zu ihren Reitern. Am weitesten unten auf dem Weg standen Vollkorn und Matschepatsch. Incus stand vor ihm, das Gesicht im Schatten ihrer Haare verborgen. Schlangenschlupf warf seinen halben Umhang über die Schulter zurück und machte seinen vernarbten Arm frei. Schleich schlug seine Kapuze zurück. Übeltäter grinste. Iltis ebenfalls, die Augen funkelten. Direkt hinter ihr blinzelte Schakal.

Langsam stieg Weide von ihrem Keiler herunter und sah zu Maneto hoch. »Ja. Das ist es.«

»Setz dich lieber rittlings auf das Leder, Fräulein. Oder du wirst nicht wie in den Worten sterben, die ihr Bastarde so schätzt.«

Die Serpentinen würden jeden Rückzug erschweren. Die Salven der Bogenschützen würden Mischlinge und Keiler niedermähen. Vielleicht würden ein paar von ihnen die Ebene erreichen. Und dann würden die Kanonen ihnen den Garaus machen.

Jetzt war Weide an der Reihe zu lachen. »Denkst du, wir sind den ganzen Weg hierher geritten, nur um wegzureiten?«

»Du bist hierher geritten, um zu sterben. Kein Mischling setzt auch nur einen aschfarbenen Fuß in diese Mauern, das verspreche ich dir.«

Auf den Zinnen herrschte Bewegung, die Garnison war aufgewühlt, weil sich innerhalb der Mauern etwas ereignete. Weide konnte es nicht sehen und nicht hören, aber sie wusste genau, was es war.

»Dieses Versprechen hast du schon vor langer Zeit gebrochen, du Weichling«, sagte sie und wetteiferte nun um Manetos Aufmerksamkeit. »Du hattest letzte Nacht zwei da drinnen. Natürlich ist Schleich nicht lange geblieben. Er ist nur kurz hier gewesen, um diejenige zu finden, die seit Wochen unter euch lebt. Ich war froh zu hören, dass sie nicht entdeckt worden war, aber nicht überrascht. Sie sieht nicht wie ein Halbblut aus, denn das ist sie auch nicht. Ich dachte mir, dass es für sie leicht sein würde, hineinzugelangen, bei all den Vorräten, die aus dem Königreich kommen.«

Aus dem Hof ertönten nun Alarmrufe, die durch das massive Torhaus hindurch zu hören waren.

Es war erledigt.

Ahlamra hatte die Schlammköpfe und die Dreifach Befreiten durch ein Hintertor hineingelassen.

»Dein Versprechen wurde gerade hundertfach gebrochen!«, rief Weide Maneto zu. »Glaubst du, wir wüssten nichts vom Hurenschlitz? Sanchos Mädchen schleichen seit Jahren rein und raus. Das ist kein großes Geheimnis. Das einzige Problem ist, jemanden zu haben, der weiß, dass du kommst und ihn für dich öffnen kann.«

Maneto stieg von der Zinne herunter, rief Befehle und schickte Läufer los.

Es waren keine hundert Mischlinge drinnen. Es waren nicht einmal halb so viele. Und sie kamen nicht durch den Schlitz, sondern durch ein Ausfallstor in der Nordwand. Maneto lenkte zu viele Männer in die falsche Richtung. Weide würde ihm keine Zeit geben, seinen Fehler zu erkennen.

»Maneto!«, rief sie.

Die Wut in ihrer Stimme ließ das Gesicht des verrückten Cavaleros wieder zwischen den Zinnen auftauchen.

Weide grinste. »Ich habe dir gesagt, dass ich dich zu meiner Liste hinzufügen werde.«

Der Schock und der Zorn des Mannes verschwanden und wurden durch dieses giftige Lächeln ersetzt.

»Siehst du?«, kicherte er. »Biester vom gleichen Schlag.«

Seine Arme kamen hoch und hielten eine Armbrust. Er schoss.

Der Bolzen traf Weide an der Brust, durchschlug ihre Brigantine und zerschellte an ihrem Fleisch.

»Nein«, sagte sie. »Ich habe jetzt ein dickeres Fell.«

Sie erreichte die Zinnen mit einem einzigen Satz. Die zweite Ebene.

Sie landete zwischen den verblüfften Bogenschützen und riss den ersten Mann in Reichweite über die Mauer. Sein Schrei lenkte die Männer ab, die Maneto unten umringten; sein Körper, der auf dem Wall zerschmetterte, ließ sie auseinanderlaufen. Der Mann links von Weide war sich immer noch nicht sicher, wie sie neben ihm stehen konnte. Sie riss ihm die Armbrust aus den Händen, drehte sie um und schoss ihm den Bolzen durch den Bauch. Dem Bogenschützen hinter ihr schleuderte sie die leere Waffe ins Gesicht. Sein Kopf ruckte nach hinten, er stürzte auf die Flaggen und rührte sich nicht mehr. Weides Talwar war jetzt in ihrer Hand. Auf beiden Seiten standen Männer. Sie drehte sich nach links und schlug zu. Ihre Klinge traf den ersten Mann an der Kehle. Sein Blut spritzte über die Wand, und sie stieß ihn beiseite, um den nächsten Weichling anzugreifen. Diesem gelang es, seine Armbrust zu spannen und abzufeuern. Der Bolzen traf Weide in die Schulter, prallte ab. Der Unglaube im Gesicht des Mannes verschwand, als Weide ihn in zwei Hälften hackte. Auch er wurde zum Geschenk für die untere Ebene. Die Männer hinter ihm flohen, panische Füße brachten sie zu der Tür, die in der Seite des Torturms eingelassen war. Sie knallten sie zu. Weide drehte sich um und sah, dass die Männer hinter ihr dasselbe getan hatten.

Unten hatten sich die Bogenschützen auf dem unteren Wehrgang von dem Leichenregen erholt und begannen, Bolzen über die Mauer zu feuern, doch die Bastarde antworteten mit eigenen Salven. Weide hörte das Quieken von Keilern und die Schreie von Männern und Mischlingen. Sie setzte über die Zinne hinweg, sprang nach unten und begann zu töten. Dieses Mal ließ sie keinen entkommen. Aber Maneto war nicht unter den Getöteten.

Ein Blick über die Mauer zeigte, dass sich die Rotte neu formierte. Nachdem die Zinnen von den Verteidigern geräumt waren, blieben nur noch die Türme übrig, aus deren Schießscharten Bolzen flogen. Bolzen steckten in Schakals Schulter und Brust, aber er blieb auf seinem Keiler, schrie und zog die Aufmerksamkeit der Verteidiger auf sich. Schleich und Incus stürmten zum Tor und stiegen ab. Sie legte ihre Hände zusammen, und als er darauf sprang, verlieh sie seinem Sprung zusätzlichen Schub, sodass er Bermudos Fuß erwischte. Der glitschige Leichnam begann zu zerfallen, als Schleich daran hinaufkletterte. Der Körper löste sich gerade vom Kopf, als Schleich die Kette erreichte. Hand über Hand erklomm er schnell die Wand.

Weide nickte ihm zu und rannte zum rechten Turm.

Zeit, die Tore zu öffnen.

Die Tür zerbarst unter ihrem Stiefel und ließ acht Männer im Inneren des runden Wachraums aufschrecken. Weder sie noch Schleich zögerten. Sie stürzten sich auf die Schwachköpfe und schwangen ihre Talware. Weide schrie, und Helme und Brustpanzer zerfielen unter der Wölbung ihrer Klinge so leicht wie Stoff. Schleich schien nicht einmal zu atmen, während er durch den Raum wirbelte, Halsadern öffnete und Gliedmaßen abtrennte. Nur die Anstrengung des Gemetzels verlangsamte die beiden.

Die Tür auf der gegenüberliegenden Seite des Raumes stand

offen. Die Wendeltreppe dahinter führte sowohl nach oben als auch nach unten. Weide und Schleich rannten eine Biegung nach unten, durchbrachen eine weitere Tür und stürmten zurück in den Turm. Die Männer hier waren besser vorbereitet, und eine stoßende Hellebarde kam Augenweide entgegen. Sie spürte, wie ihr die Spitze in die Rippen stieß, aber sie stürmte weiter und stieß ihren Träger um. Sie ignorierte den zu Fall gebrachten Mann und schlug die Wachen an den Pfeilspalten nieder, bevor sie mit ihren Armbrüsten noch mehr Bolzen auf ihre Brüder abfeuern konnten. Schleich erledigte den Rest. In dem Gewölbe vor ihnen gab es keine Tür, nur zwei Stufen, die hinunter in den Windenraum führten. Ein Mann kniete hinter einem Schild, ein anderer zielte hinter ihm mit einer Armbrust. Weide stürmte die Stufen hinunter, wandte ihr Gesicht ab, als der Bolzen gegen ihre Brust prallte, und trat gegen den Schild, wodurch sein Träger gegen den Armbrustschützen geschleudert wurde. Er brach sich den Rücken an dem schwerfälligen Mechanismus hinter ihm, und ein Abwärtshieb von Weides Talwar setzte seinem auf dem Boden liegenden Begleiter ein Ende.

Männer aus der gegenüberliegenden Wachstube stürmten die hinteren Stufen hinunter. Schleich ließ einen Bolzen an Weide vorbeifliegen, um den ersten durch seinen offenen, heulenden Mund zu schießen. Sie stoppte den Angriff des zweiten mit einem Stich durch seine Körpermitte, hob ihn hoch und stieß ihn die Treppe wieder hinauf. Bolzen prasselten in den Rücken des Mannes, als seine Begleiter in Panik abdrückten. Weide ließ ihn zusammen mit ihrem Schwert fallen, während Schleich ihr folgte und einen weiteren Mann niederstreckte. Er ließ seine Armbrust am Ende ihres Riemens baumeln, füllte seine Hände mit Messern und warf eins davon Augenweide zu. Die verbleibenden fünf Männer zu töten, war eine schnelle und blutige Angelegenheit. Als der letzte Weichling gurgelnd verstummte, kehrten sie in den Windenraum zurück.

»Pass auf die Türen auf«, sagte Weide.

Schleich lud seine Armbrust, während sie die Winde entriegelte und begann, an den Griffen zu drehen. Die Ketten ächzten, als sich die Rückseite des Fallgatters langsam durch den Boden hob. Die große Trommel der Winde hatte an beiden Seiten Räder und war wahrscheinlich von vier Männern zu bedienen. Weide drehte sie mit solcher Geschwindigkeit, dass die Ketten kreischten. Sobald das Fallgitter hochgezogen war, verriegelte sie die Winde.

»Warte hier. Lass sie diesen Raum nicht zurückerobern.«

Schleich nickte.

Sie ging durch die erste Wachstube davon, rannte die Treppe hinunter, tötete die vier Männer, die heraufkamen, ohne ihre Schritte zu verlangsamen, und folgte einer weiteren Biegung. Obwohl sie nie einen Fuß in diese Türme gesetzt hatte, war sie durch ihre Besuche im Kastell mit dem Tunnel unter dem Torhaus sehr vertraut geworden. In seiner Decke befand sich ein großes Mörderloch. Sie rannte durch das Innere der Barbakane und fand den Raum, in dem sich die Luke befand. Maneto war wohl nicht davon ausgegangen, dass die Rotte jemals die Tore durchbrechen würde, denn in dem Raum waren keine Wachen. Schnell riss Weide die Luke auf und ließ sich in den Schacht hinab. Die Fallhöhe war mehr als dreimal so hoch wie sie selbst, aber mit einem Stück Ruin in ihren Adern bedeutete diese Distanz keine Gefahr, und sie landete unbeschadet. Der dunkle Tunnel war an beiden Enden mit Toren verschlossen. Weide eilte zu dem äußeren Tor, warf den Balken weg und riss es auf.

»Wahre Bastarde!«

Incus, die wieder auf Riesenpocke saß, erreichte den Schutz des Tunnels als Erste. Schlangenschlupf saß vor ihr im Sattel und hatte einen Bolzen im Arm. Iltis ritt heran, gefolgt von Übeltäter, beide waren unverletzt. Schoßbesen und Schleichs Keiler folgten den anderen Barbaren, angetrieben von Vollkorn und Matschepatsch. Schakal kam als Letzter.

»Du hast mehr Federn als eine Gans, Schak!«, spöttelte Iltis.

»Nächstes Mal kannst du stehen bleiben und sie ablenken«, erwiderte Schakal, knirschte mit den Zähnen und zog ächzend den ersten von sieben Armbrustbolzen aus seinem Körper.

Weide zeigte über ihre Köpfe hinweg. »Deckt das Loch. Fangt jeden ab, der sich darüber beugt. Jetzt, wo wir hier drin sind, werden sie es eilig haben, Steine auf uns zu werfen.«

Sie ging zu der Wand des Tunnels, an der Incus Schlangenschlupf abgesetzt hatte. Direkt über seiner rechten Hüfte steckte ein Bolzen; ein weiterer hatte seinen vernarbten Arm durchdrungen.

»Ich hatte das beschissenste Pech, Häuptling«, murmelte er, als sie sich vor ihn kniete.

Sie tätschelte sein Gesicht. »Du lebst, nicht wahr?«

»Bereit, auch ein paar Weichlinge umzubringen. Sie haben meinen Keiler getötet.«

Das Geräusch von Armbrüsten lenkte ihre Aufmerksamkeit auf Übeltäter, Vollkorn und Iltis, die durch das Mörderloch hindurch schossen.

Iltis brüllte hinter seinen Bolzen her nach oben. »Wir kommen euch holen, ihr Weichlinge. Hört ihr? WIR KOMMEN, VERDAMMT!«

Weide ging zu Incus und deutete auf Schlangenschlupf. »Du musst bei ihm bleiben. Ich weiß nicht, ob es einen sicheren Ort gibt, wenn wir durch diese Tore gehen, aber wenn du einen Ort siehst, geh hin. Er hört für dich und du bist flink.«

»Ja, Häuptling.«

Schakal brach die Spitze eines Bolzens ab, der sich durch das Fleisch seines Unterarms bohrte, und zog den Schaft heraus. »Der Innenhof des Kastells bietet Platz für mindestens drei Dutzend berittene Kavalleristen, die zum Angriff bereit sind, sobald wir die Tore durchbrechen.«

Das war keine Warnung, kein Bekenntnis des Zweifelns. Er rechnete einfach aus, wie viele sie jeweils zu töten hatten.

Iltis fletschte seine Zähne. »Weichlinge auf Wallachen.«

»Wie sollen wir da durchbrechen?«, fragte Übeltäter und musterte die riesigen Türen.

»Der Häuptling hat ziemlich sicher einen Plan,« sagte Vollkorn.

Er wies die Rotte an, die Barbaren auf die beiden Seiten des Tunnels zu ziehen.

Weide drehte sich um und sah ihre Bastarde an.

»Der einzige Weg vorwärts ist der Weg hindurch«, sagte sie zu ihnen. »Der einzige Weg zu überleben, ist zu töten. Lebe im Sattel.«

»STIRB AUF DEM KEILER!«

Augenweide stürmte auf die Tore los und rammte ihre Schulter gegen den Spalt dazwischen. Das eisenbeschlagene Holz knickte ein und der Balken auf der anderen Seite brach. Sie stemmte sich mit beiden Händen dagegen und warf die Tore weit auf. Die Rotte griff an und spaltete sich, um an ihr vorbeizulaufen. Weide sprang in den Sattel, während Schoßbesen in vollem Lauf vorbeistürmte.

Da waren keine Kavalleristen, die sich ihnen entgegenstellten. Die Männer und Pferde, die sie sahen, rannten in Panik umher. Rauch verdunkelte die Luft, am dichtesten hinter dem Dach der Kaserne. Das konnte nur bedeuten ...

»Die Ställe brennen!«, rief Übeltäter.

Weide lächelte. Ihre Schlammköpfe und die Dreifach Befreiten hatten weit mehr geschafft, als sie je für möglich gehalten hatte. Sie sollten so viel Chaos anrichten, wie sie konnten, um die Garnison zu zerstreuen. Sie hätte nie gedacht, dass sie versuchen würden, so tief in das Zentrum des Kastells vorzudringen.

Ihre Freude verflog, als sie Vollkorns Bestürzung bemerkte.

»Muro ...«

Er trieb Matschepatsch in den Galopp.

Die Bastarde stürmten hinter ihm her durch die Vorburg. Eine Gruppe bewaffneter Männer versuchte, sich ihnen mit erhobenen Hellebarden entgegenzustellen, aber eine Salve ließ die vorderste Reihe fallen und den Rest vor den anstürmenden Keilern fliehen. Vollkorn und Matschepatsch trampelten die meisten von ihnen nieder; die Rotte kümmerte sich um den Rest. Mehrere brennende Pferde schrien und galoppierten an ihnen vorbei. Der bedeckte Himmel vermischte sich mit dem Rauch und verwandelte die umliegende Vorburg in ein finsteres Loch. Als sie die Ställe erreichten, trafen sie auf Stallknechte und unbewaffnete Cavaleros, die Wasser schöpften und Eimer weiterreichten. Alle gaben ihre Bemühungen auf und huschten in das Gewirr von Gebäuden, die sich in der Vorburg drängten, sobald sie Vollkorns ansichtig wurden, der völlig außer sich war und Muros Namen rief.

Das panische Dreiblut sprang von Matschepatsch herunter und stürzte sich kopfüber in die wachsende Flammenwand.

»Vollkorn! Verdammt!«, brüllte Weide. Das hielt ihn nicht auf. Nichts konnte ihn aufhalten.

Schakal wollte absteigen, doch im Hof erhob sich Gebrüll, das von einem Block bewaffneter Männer stammte, die sich auf ihre Position zubewegten und ihre Speere aus der Schildmauer hervorstreckten.

»Das kann man nur mit einem Hauerschlag durchbrechen!«, sagte Iltis.

Weitere Rufe von oben kamen immer näher. Durch den Rauch konnte Weide einen Blick auf die Westmauer werfen. Das Feuer hatte den Cavaleros das Genick gebrochen, aber die Männer, die in den Tortürmen verblieben waren, kamen heraus, um die Vorburg zu verteidigen. Weide wollte hinter Vollkorn her, ihn aus den brennenden Ställen zerren, wenn es sein musste, aber wenn die Bogenschützen ihre Position umzingelten ...

»Iltis!«

»Ich weiß«, antwortete er. »Wir müssen den Weg freikehren.«

»Schak.«

»Ich verschaffe dir Zeit.«

Er gab Gemeiner Alter Mann die Sporen und griff die Speerträger an.

Weide wies Iltis den Weg zur westlichen Mauer. »Du nimmst diese Seite.«

»Und ich?«, fragte Übeltäter.

»Ich fürchte, dafür braucht es einen *Grauen* Bastard«, sagte Weide zu ihm.

Sie ging direkt auf die Mauern zu, Iltis ging in die entgegengesetzte Richtung. Bolzen prasselten auf sie nieder. Weide konnte sehen, wie die Männer aus dem Torhaus strömten; die kühnsten rannten vor ihren Kameraden über den Wall. Weide trieb Schoß durch die Vorburg, wobei sie die Lagerhäuser und Werkstätten als Schutz nutzte. Die Mauer lag vor ihnen. Weide zog ihr Reittier nach rechts und wich den Steinhäusern aus, bis sie die Stufen erreichten, die zum Wall hinaufführten. Der Barbar wurde kaum langsamer, als er hinaufstürmte. Schoßbesen war ein großer Keiler, aber die Mauern des Kastells waren breiter als die der Brennerei. Der Lehmmaster hatte die Grauen Bastarde darauf trainiert, ihre Keiler an Wällen entlanglaufen zu lassen, um diese von potenziellen Belagerern zu säubern. Es war nie nötig gewesen, das tatsächlich zu tun. Weide sah das Entsetzen in den Gesichtern der Bogenschützen, als Schoß den Weg entlangstürmte, und musste dem abscheulichen alten Häuptling Anerkennung zollen.

Der erste Mann bekam einen Bolzen in die Kehle. Weide ließ ihre Armbrust am Riemen baumeln und zog ihren Talwar, als ihr Keiler über das hervorstehende Ende einer Lafette sprang. Das Schwert war kaum nötig. Der Barbar schlug eine Schneise an der Mauer entlang. Männer sprangen von der Mauer, um seinen vom Blut geröteten Hauern und trampelnden Hufen zu entkommen, und einige waren vor Verzweiflung so töricht, dass sie über die nach außen gerichtete Seite sprangen. Auf der anderen Seite des Burghofs pflügte Iltis den westlichen Weg hinunter. Das Torhaus würde sie daran hindern, sich zu treffen, aber die Weichlinge, die es schafften, ins Innere zu fliehen, würden nur ungern wieder herauskommen.

Da war noch ein letzter, strauchelnder Bogenschütze vor ihr. Weide musste Schoß bremsen, damit sie nicht kopfüber in den Turm stürzten, also würde dieser glückliche Unglückliche überleben ... lange genug, um rückwärts mit hervorquellenden Eingeweiden aus der Tür zu stolpern. Blindschleiche tauchte hinter ihm auf, das Blut hob sich hell von seiner weißen Haut ab.

Weide blieb stehen. »Bist du unverletzt?«

Schleichs kahle Brauen senkten sich, als wäre die Frage verwirrend. »Ja.«

Weide riss Schoß herum und betrachtete den Hof. Schakal und Gemeiner Alter Mann hatten die Linie der Speerträger durchbrochen. Der Keiler drehte sich nach links und rechts und warf Männer um, während Schakals Schwert die Mitte der Infanterie ausdünnte. Ein berittener Mischling gegen dreihundert Mann, und doch brach er sie durch. Sie flohen. Genau in die Arme von Kürbis und seinen Dreifach Befreiten, die alle zu Fuß unterwegs waren und sich als Krieger beweisen wollten. Übeltäter saß mit seinem Keiler in der Nähe der brennenden Ställe und hielt nach Vollkorn Ausschau. Er war nicht aufgetaucht. Eine Bewegung auf dem Turm dahinter zog Weides Aufmerksamkeit auf sich. Die Umrisse von Männern, die mit etwas Schwerem arbeiteten und es bewegten. Der Wind wirbelte den

Rauch auf und gewährte ihr einen erschrockenen Blick auf das Geschütz, das nun auf die Vorburg gerichtet war, und auf die Mannschaft, die es nach unten richtete.

»VOLLKORN!!!«

Das Brüllen der Kanone übertönte ihr eigenes.

Das brennende Dach des Stalls explodierte und schleuderte brennende Trümmer umher. Weide hörte kaum den anderen Knall, bevor ein Stück des Turms über ihrem Kopf zerschmettert wurde. Schoß quiekte und wich erschrocken zurück, als Trümmer auf den Wall prallten. Weide rang mit dem Schwein und brachte es unter Kontrolle. Die Tür zum Turm war durch heruntergefallene Steine versperrt.

»Schleich?!«, rief Weide.

Der bleiche Mischling erschien in der Schwärze über der Blockade, unverletzt.

»Geh zu Iltis. Bring diese verdammten Dinger zum Schweigen!«

Schleich verschwand im Torhaus.

Bei einem Blick den Wall entlang sah Weide, wie der Wind den Atem einer Kanone auf dem nächstgelegenen Turm davontrug. Die Mündung der Kanone war in ihre Richtung gerichtet, und die Männer bemühten sich, schnell nachzuladen.

Knurrend trieb sie ihren Keiler an. Die Männer sahen sie kommen und begannen, sich gegenseitig anzuschreien. Die Hufe von Schoß trommelten auf dem Wall. Das Geschütz begann zu kippen. Weide hüpfte in die Hocke, die Fußballen in den Sattel gepresst. Sie sprang in vollem Galopp auf den Turm zu, überwand dessen Zinnen und schlug dem Mann, der eilig die Lunte senkte, im Flug den Kopf ab. Als sie landete, wirbelte sie herum und wandte sich den anderen vier zu. Da sie zwischen ihnen und der Treppe stand, fielen sie auf die Knie und flehten um ihr Leben. Weide machte einen Schritt, schlug den Schädel eines Mannes gegen die Kanone und schlitzte zwei weiteren mit einem Schlag die Kehle auf. Der letzte Mann machte sich aus dem Staub. Weide stieß ihm ihren triefenden Talwar in den Rücken.

Lautstarke Stimmen und das Stampfen von gepanzerten Männern ließen sie in die Vorburg hinuntersehen. Zwei Dutzend

Cavaleros drangen zu Fuß tiefer in den Hof vor. Sie hatten sich zu einem Block aus Schilden und Lanzen aufgestellt, um sich gegen einen berittenen Angriff zu verteidigen. Selbst Schakal würde Schwierigkeiten haben, ihre gepanzerte Formation zu durchbrechen, und die Dreifach Befreiten würden vernichtet werden.

Weide bemächtigte sich der Kanone. Das hölzerne Fahrgestell quietschte auf den Steinplatten, als sie die Waffe an den Rand des Turms zog. Sie kippte den Lauf nach unten, nahm die Lunte auf und berührte damit das kleine Loch an der Rückseite. Die Waffe ruckte, donnerte, spie Rauch, und Teile der schreienden Männer flogen umher. Der Block der Cavaleros bestand nur noch aus glücklichen Männern, die flohen, aus verkrüppelten Männern, die krochen, aus sterbenden Männern, die jammerten, und aus stillen, zerschmetterten Toten.

Bei diesem Anblick stieß Weide einen wütenden, wilden Schrei aus. Teils lachend, teils schreiend, spie sie ihn auf den rauchenden Haufen zerstückelter Weichlinge mit fast so viel Kraft wie die Kanonenkugel. Sie konnte erkennen, wie Blindschleiche und Iltis auf dem gegenüberliegenden Turm die Kanonenbesatzung töteten, die den Stall zerstört hatte. Damit blieben nur noch die Türme, die mit dem Bergfried verbunden waren.

Das imposante Bauwerk wartete auf der Rückseite der Zitadelle, wo der Hügel am höchsten war. Sie konnte niemanden auf den Türmen sehen, die Geschütze standen stumm und unbemannt da. Auf dem Dach des Bergfrieds jedoch befand sich eine einsame Gestalt. Weide ließ ihre Armbrust am Riemen hängen. Sie schnappte sich ihr Schwert, sprang an der Mauer hinunter und machte sich auf den Weg in Richtung des Bergfrieds. Die Tür des Turms stand offen. Niemand widersetzte sich ihr. Sie stieg die Treppe hinauf, umrundete den Turm und stieg auf das massive Dach des Bergfrieds.

Maneto wartete an der hintersten Zinne. Er wandte ihr den Rücken zu und betrachtete den wolkenverhangenen Himmel, der sich um ihn herum ausbreitete. In der Hand hielt er seinen Flegel, dessen schwerer, angeflanschter Stahlkopf auf den Steinen ruhte. Er sprach, ohne sich umzudrehen.

»Ihr Halbblüter habt ein beneidenswertes Talent zum Töten. Alle meine Leute sind in der Zeit, die man für einen guten Schiss braucht, geflohen oder tot.«

»Das hast du geschafft, Weichling«, sagte Weide und ging weiter vor. »Ihr alle.«

»Nein, Häuptling Möse. Das haben *wir* geschafft. Und gemeinsam werden wir das schaffen, was keiner von uns allein schaffen kann.«

Maneto drehte sich um. Seine andere Hand lag dicht vor seiner Brust und hielt einen ruhigen Botenvogel.

Weide blieb stehen.

»›Kastell ist den Bastarden in die Hände gefallen. Garnison durchs Schwert gefallen.‹« Maneto grinste und schnippte gegen das kleine Röhrchen, das am Fuß des Vogels befestigt war. »Nicht meine wortgewaltigste Rede, aber wie die Dichter sagen, ist die Kürze das Lebensblut der Wahrheit. Sie werden jetzt kommen. Ja, sie werden kommen. Nicht auf mein Bitten hin, nicht auf deins, nicht wegen der eindringenden Dickhäuter, nein. Sie werden wegen der Ehre kommen. Blaublüter hassen es, wenn ihre Untergebenen rebellieren. Alle stehen natürlich unter ihnen, aber niemand so sehr wie ihr brünstigen Rußhäute. Sie werden nur deshalb kommen, damit bei den Bauern nur die Nutzpflanzen des Lords keimen und keine dummen Ideen.« Maneto drehte sich halb um und streckte seinen Arm über die Brüstung aus. »Ich frage mich, wie viele von euch sie am Leben lassen werden, um sie in Käfigen in den Norden zu bringen?«

Weide erwiderte das Lächeln. »Schick ihn los.«

Der siegreiche Glanz in den Augen des Mannes erlosch. »Deshalb bist du gekommen. Gesegnete Magritta, du willst einen Krieg.«

»Schick ihn los.«

Manetos Hand öffnete sich.

Weide ließ ihr Schwert fallen, zog ihre Armbrust um den Körper, lud und drückte die Waffe an die Schulter. Die kleine Gestalt des Vogels schrumpfte vor der Wolkendecke. Weide drückte den Abzug. Und holte den Vogel vom Himmel. Sie wollte, dass Hispartha erfuhr, was sie hier getan hatte.

Nur jetzt noch nicht.

Maneto floh. Sie erhaschte einen Blick auf ihn, wie er durch einen der Türme verschwand. Weide verfolgte ihn.

Der Cavalero schaffte es bis in die große Halle. Weide fand ihn dort lang auf dem Boden ausgestreckt, während Dacia ihm mit seinem eigenen Flegel den Schädel einschlug. Der vernarbte Mischling drehte sich um, blutverschmiert und schwer atmend.

Sie hielt die Keule hoch. »Ich habe mein ganzes Leben damit verbracht, mit so etwas Getreide zu dreschen. Der Dummkopf hätte es besser wissen müssen, als mich damit anzugreifen.«

Weide schenkte Maneto keine weitere Beachtung. »Hast du Ahlamra gefunden?«

»Komm und sieh.«

Dacia behielt den Flegel und führte sie auf die Vorburg hinaus. Dutzende von Männern waren auf den Knien aufgereiht. Die meisten sahen aus wie Burgdiener, aber es gab auch einige Cavaleros und bewaffnete Männer. Sie wurden von Incus, Übeltäter und Schakal bewacht, die alle noch mit geladenen Armbrüsten bewaffnet waren. Auch Bekir und Lopo, die zu Fuß unterwegs waren, richteten Armbrüste auf die Weichlinge, die sich ergeben hatten. Schlangenschlupf saß mit seiner eigenen Waffe in der Nähe, Touro stand neben ihm. Gosse stand bei Ahlamra, die Schwerter in ihren Händen waren blutig.

Aber es war Vollkorns Anblick, der Weide wieder durchatmen ließ. Rußverschmiert kam er herüber und trug Muro, der sich an ihn klammerte. Der einfältige Junge drückte sich weinend an den Hals des Dreibluts.

»Er war es«, sagte Vollkorn, immer noch erschüttert. »Muro hat den Stall angezündet. Er hat gehört, wie dieser verrückte Cavalero sagte, dass die Bastarde auf die Tore zureiten ... und dass er uns alle töten würde. Er hat das Feuer gelegt, um uns zu retten.«

Weide legte eine Hand auf den Arm ihres Freunds, die andere auf den Kopf des Jungen.

Kürbis und seine Dreifach Befreiten marschierten um die Ecke des Kornspeichers, weniger an der Zahl als sie gewesen waren, aber aus ihnen war mehr geworden, als sie gewesen waren.

»Die Burg gehört dir, Häuptling«, sagte Kürbis.

Weide schluckte.

Die Wahren Bastarde hatten beschlossen, das Kastell anzugreifen. Aber es waren eine tyrkanische Prostituierte, ein paar tapfere Schlammköpfe, eine Schar ehemaliger Sklaven und die lang gehegte Erinnerung eines verleumdeten Kindes an das Dreiblut, das einst mit ihm gespielt hatte, die es ihnen ermöglicht hatten, es einzunehmen.

43

Es dauerte fast vierzehn Tage, bis die anderen Rottenmaster eintrafen. Von der Spitze des Torhauses aus beobachtete Weide, wie sie den Weg hinaufritten. Sie wurden von Zirko und einer großen Schar von Unyaren begleitet. Die Tore standen offen, das Fallgitter war hochgezogen. Weide ging hinunter in die Vorburg und empfing ihre Gäste.

Einer der Burgknechte kam, um Zirkos Maultier zu holen, wurde aber von einem Stammesangehörigen der Unyaren mit einem vernichtenden Blick verscheucht.

»Ihr müsst euch selbst um eure Reittiere kümmern«, sagte Weide zu den Mischlingshäuptlingen. »Die Weichlinge können nicht mit Keilern umgehen.«

Blumenkohlohr machte ein finsteres Gesicht, aber Kerbe fand es amüsant.

Der Anführer der Scherben schwang sich aus dem Sattel, rückte seine karmesinrote Schärpe zurecht und deutete in eine Richtung. »Die Ställe sind dort entlang, wenn ich mich recht entsinne.«

»Nicht mehr«, sagte Weide. »Wir benutzen den Paradeplatz. Ich habe die Schreiner beauftragt, einen Unterstand zu bauen, der für den Moment ausreicht.«

Kerbe betrachtete die Schlossdiener, die im Hof ihrer Arbeit nachgingen, und grinste. »Du hast sie schnell für dich eingenommen.«

»Das war nicht allzu schwierig. Ich bin nicht der vorherige Verwalter.« Manetos unberechenbares Temperament hatte bei den Bewohnern des Kastells mehr als nur ein paar Narben hinterlassen. »Aber sie trauen uns nicht. Sie tun nur, was sie können, in der Hoffnung, dass ihre Nützlichkeit sie am Leben erhält. Wir sind immer noch dabei herauszufinden, wem *wir* vertrauen können, also würde ich mich davor hüten, etwas zu essen oder zu trinken, was sie euch servieren.«

Weide ging zum Paradeplatz voran und wartete, während die Häuptlinge ihre Keiler in den dreiseitigen Unterstand brachten.

Schließlich wies sie mit einer Geste auf den Bergfried. »Jetzt, wo wir alle hier sind …«

»Alle hier?«, beschwerte sich Blumenkohlohr. »Wo sind Knolle und die Hauer?«

»Kul'huun ist bereits eingetroffen. Knolle ist tot.«

»Tot?« Keilerlippe war mehr neugierig als alarmiert. »Der Vogel, der mir sagte, ich solle mich eilends nach Strava begeben, kam von der Dreiblutbastion.«

»Genau wie meiner«, sagte Vater.

»Kommt«, war die einzige Antwort, die Weide gab, und sie machte sich auf den Weg zum Bergfried.

Sie hatte für das Treffen das Audienzzimmer des Hauptmanns gewählt. Bermudo hatte den Raum spärlich eingerichtet – er zog es immer vor, dass die Leute in seiner Gegenwart standen, hatte der Kastellan gesagt –, aber jetzt waren Stühle vor seinem Tisch aufgestellt. Kul'huun stand vor einem, Kürbis saß auf einem anderen. Gruft stutzte, als er ihn sah. Seine große, blasse Gestalt erstarrte, und seine Miene verdüsterte sich unter der Hutkrempe.

»Was hat der hier zu suchen?«

»Kürbis ist der Anführer der Dreifach Befreiten«, sagte Weide und lehnte sich gegen die vordere Tischkante.

Kerbe kicherte, als er sich mit gespreizten Beinen auf einen Stuhl fallen ließ. »Der verdammten was?«

»Der Dreifach Befreiten«, antwortete Kürbis. »Wir sind die Mischlinge, die einst von den Orkflecken gefangen gehalten wurden, jetzt eine Rotte. Wir besitzen ihre Festung und ihr Gebiet und beanspruchen beides für uns.«

»*Du* hast die Vögel aus der Dreiblutbastion geschickt«, stellte

Vater fest, und auf seinem zerfurchten Gesicht breitete sich ein finsterer Ausdruck aus.

Zirko setzte sich auf den für seine geringe Größe vorgesehenen Hocker. »Und einen für mich, um euch alle hierher zu begleiten.«

»Die Dreifach Befreiten schulden den Wahren Bastarden etwas für die Vernichtung der Orkflecken«, antwortete Kürbis. »Unsere Loyalität gilt ihrem Häuptling.«

Kerbe warf Kürbis einen Blick zu. »Du hättest auch einfach ›Ja‹ sagen können.«

Verärgert wandte sich Vater an Augenweide. »Du hast noch eine Rotte zerstört?«

»Knolle hat uns mitten in der Nacht angegriffen«, antwortete sie und weigerte sich, sich auf seinen Zorn einzulassen. »Er hat die Orkflecken mit seinem Stolz zerstört.«

»Wenn er Sklaven gehalten hat, hat er den Tod verdient«, erklärte Keilerlippe und musterte Kürbis, während er sich setzte.

Blumenkohlohr tat es ihm gleich, als Kul'huun ebenfalls einen Stuhl nahm. Widerwillig setzte Vater sich hin, die Gelenke knackten.

Nur ein Häuptling blieb stehen.

»Gruft«, sagte Weide. »Kürbis ist nicht länger irgendein Reiter, der eine Herausforderung ausgesprochen hat, um die Schädelsäer anzuführen. Akzeptiere das, damit wir zur Sache kommen können.«

»Na schön«, grollte Gruft. Er setzte sich immer noch nicht.

»Warum sind wir hier, Mädchen?«, brummte Vater.

»Wir sind hier, alter Mann, um zu tun, was du wolltest. Um Ul-wundulas stark zu machen.« Weide wandte sich an Kul'huun und sprach ihn auf Orkisch an. »Wie viele Orks haben deine Reiter seit dem letzten Frühjahr im Land der Hauer gesehen?«

»Wenige.«

»Du bist den ganzen Weg von der Wiege nach Strava geritten«, sagte Weide zu Vater. »Wie viele Dickhäuter?«

Der alte Mischling schüttelte seinen weißen Kopf. »Keine.«

»Blumenkohlohr, was ist mit der Bruderschaft?«

Der scheußliche Mischling formte ein gurgelndes Geräusch in seiner Kehle. »Was soll das? Du rufst uns mit den Vögeln eines toten Häuptlings, bringst uns in die Burg, die du törichterweise eingenommen hast, und jetzt spielst du den General! Nein! Wir haben keine gesehen. Nicht, dass es dich etwas angehen würde. Du, Weib, hast weitaus größere Sorgen, weil die Krone deine Eingeweide ins Feuer werfen will, während du dabei zusiehst!«

»Das tut sie, und ich verspreche, dass du direkt neben mir sein wirst.«

Blumenkohlohr schoss auf die Beine. »Droh mir nicht, du Fotze!«

»Drohen?« Weide blinzelte. »Deine kaputten Ohren haben es wohl nicht gehört. Ich sagte Versprechen. Und es ist nicht meins, es ist Hisparthas.«

Zirko räusperte sich. »Hispartha wird erfahren, welche Rotten das Kastell angegriffen haben. Ich bezweifle, dass außer den Bastarden und diesen ... Dreifach Befreiten jemand dafür zur Rechenschaft gezogen werden wird.«

»Sag das den verrotteten Nomaden, die wir von den Mauern heruntergeschnitten haben«, sagte Weide.

Kerbe schnaubte und wippte anerkennend mit dem Kopf.

»Clevere Sticheleien ändern nichts«, sagte Blumenkohlohr, immer noch stehend. »Hispartha wird euch holen kommen. Sie werden uns nicht alle töten. Sie brauchen die Mischlingsrotten.«

Weide ging hinter den Tisch und legte eine Hand auf die Rückenlehne des Stuhls des Hauptmanns.

»Die Mischlingsrotten«, sinnierte sie. »Bermudo sagte mir, die Mischlingsrotten seien nichts weiter als Wachhunde und dass sich unsere Zeit dem Ende nähert. Er hat sich geirrt. Unsere Zeit nähert sich nicht dem Ende. Sie ist vorbei. Vater weiß das.« Der alte Häuptling machte ein grimmiges Gesicht, als sich alle Augen auf ihn richteten. »Ich weiß es. Ich vermute, einige von euch wissen es auch. Hispartha sammelt sich, jetzt etwas schneller, weil die Halbblüter die Gerechtigkeit des Königs zu spüren bekommen müssen, aber täuscht euch nicht, sie waren schon immer im Anmarsch. Die Abtretung des Gebiets der Spitzbuben an die Zahrazen, die Verstärkung der Verteidigungsanlagen hier in der Burg, die Wiederbesiedlung von Kalbarca. Ihr habt es ignoriert. Ihr alle. Ihr könnt auch das hier ignorieren. Lehnt euch zurück und amüsiert euch über das blutige Schauspiel, das die Krone mit den rebellischen Bastarden veranstaltet. Blumenkohlohr glaubt, dass sie sich mit meinem Kopf begnügen werden. Und was dann? Kehren sie um und gehen nach Hause? Was denkst du, wird mit meinem Gebiet und der Dreiblutbastion passieren? Sie werden sich das Land zurückholen, und wenn du versuchst, sie aufzuhalten, wirst du neben mir am Richtrad sitzen.«

»Dann erlauben wir den Weichlingen, sich anzusiedeln«, erklärte Keilerlippe. »Wir lassen sie die Last des Kampfs gegen die Dickhäuter teilen. Sie werden sich daran erinnern, warum sie uns brauchen, wenn wir Hispartha zeigen, dass sich niemand so gegen die Orks wehren kann wie wir, wenn wir ihnen zeigen, dass wir nach unserem Glaubensbekenntnis leben.«

Vater seufzte. »Und das werden wir. Wir werden kämpfen, weil wir es müssen. Weil die Weichlinge uns in die schwersten Kämpfe schicken werden. Ich habe es schon früher gesehen. Sie werden jeden Tropfen Blut, den wir haben, zugunsten ihres eigenen auspressen. Wir werden, jeder Einzelne von uns, auf dem Keiler sterben, bevor es vorbei ist. Wir werden Hispartha nichts beweisen, außer dem, was sie bereits glauben. Dass wir hier sind, um unser Leben für sie wegzuwerfen.«

»Das ist ein glorreicheres Ende, als du wahrscheinlich haben wirst, Vater«, sagte Weide. »Du grübelst über einen Einmarsch nach, der vielleicht nie kommt.«

»Erklär das«, sagte Gruft.

Es war Kul'huun, der antwortete. »Die Orks haben nicht mehr die Kraft und die Führung, die sie einst hatten. Ihre Stärksten gibt es nicht mehr. Und etwas, das sie fürchten, lebt jetzt in Ulwundulas.«

Vater sah eher beunruhigt als ermutigt aus. »Was?«

»Eine Waffe, die von den Sprossen geschaffen wurde«, fügte Weide hinzu. Sie hatte nicht vor, in dieses Bad zu scheißen, indem sie erklärte, was Ruin war. »Im Moment befindet sie sich in der Obhut der Hauer, in der Nähe des Schlauchs. Sobald sich das in Dhar'gest herumspricht, werden die Dickhäuter nicht mehr so erpicht darauf sein, die Überquerung zu machen. Das heißt, wir haben eine Chance.«

Keilerlippe beugte sich vor, seine riesigen Zähne standen vor. »Eine Chance wofür?«

»Ul-wundulas zu erobern. Ein eigenes Land zu haben.«

Sie erwartete, dass Blumenkohlohr sich wieder aufregen würde, aber er starrte sie nur verständnislos an. Es war Gruft, der die Stille mit einer einzigen Äußerung füllte.

»Unmöglich.«

»Das glaube ich nicht«, sagte Weide. »Aber selbst wenn es das wäre, würde ich lieber bei dem Versuch sterben, als Hispartha zu erlauben, eine Rotte nach der anderen aus den Geteilten Landen zu tilgen.«

Blumenkohlohr fand seine Stimme wieder. »Du bist verrückt!«

»Vielleicht. Aber ich bin nicht blind.«

Der schwankende Mischling zeigte mit einem Finger auf sie. »Diese Schlampe versucht, mit uns allen zu machen, was sie mit den Bastarden gemacht hat. Sie will uns dazu verführen, ihr zu gehorchen. Sie versucht sich selbst zu retten und benutzt uns dazu.«

»Vielleicht tut sie das.« Kerbe zuckte träge mit den Schultern. »Aber ich sage euch eins. Wenn Kul'huun sagt, dass die Orks nicht kommen, ist das gut genug für mich. Das sollte auch für den Rest von euch gut genug sein. Und der Bastard hat recht. Wir haben Kalbarca ignoriert, die Jagd auf die Nomaden. Das alles. Ich verstehe nicht, wie wir ignorieren können, dass sie das Kastell einnimmt.«

»Das tun wir nicht«, erklärte Blumenkohlohr. »Uns wäre am besten gedient, wenn wir sie und ihre Rotte in die Hände der Krone auslieferten.«

Kerbe lachte. »Ihre Rotte? Du *bist* verdammt blind.«

Blumenkohlohr sah den amüsierten Häuptling der Scherben finster an. »Was soll das heißen?«

»Er meint, das Kastell ist so gut wie verlassen«, sagte Weide. »Die Bastarde sind nicht hier. Wenn Hispartha einen Kopf haben will, wird es sich mit meinem begnügen müssen. Und das wird nicht einfach sein.«

Kürbis stand auf. »Ihr sollt wissen, dass ich nicht tatenlos zusehen werde, wenn einer von euch versucht, Augenweide zu einem Verhandlungsgegenstand zu machen. Zieht Stahl gegen sie, und meiner wird gegen euch gezückt werden.«

»Ich schließe mich seiner Warnung an«, sagte Kul'huun zu den Häuptlingen. »Auch wenn es euch mehr schützt als sie.«

Unter den hitzigen Blicken und den ruhigen Stimmen des befreiten Sklaven und des halb bekleideten Wilden verflog Blumenkohlohrs Zorn. Er kehrte zu seinem Stuhl zurück. Neben ihm legte Keilerlippe seine Stirn in noch tiefere Falten, doch ob es Ärger über die Drohungen oder über Blumenkohlohrs Gepolter war, konnte Weide nicht sagen. Vater war ebenso ernst. Zirko saß in distanzierter Betrachtung, während Kerbes entspannte Haltung durch seine aktiven Augen Lügen gestraft wurde.

Gruft stand hinter den anderen, so still und steinern wie sein Name.

Weide holte tief Luft und schluckte ihre eigenen Emotionen hinunter. »Ich habe einen Reiter an die Flecken verloren, einen guten. Er sagte mir einmal, dass der Kern einer Rotte nur eine Sache sei. Mischlinge auf Keilern. Er hatte recht. Und ... das reicht nicht mehr. Anwärter zu Patrouillenreitern auszubilden, *ulyud* zu jagen, die Besten und Stärksten zu nehmen, ihnen eine Brigantine anzulegen und sie in unserer kleinen Herde willkommen zu heißen, das reicht nicht aus für das, was wir jetzt tun müssen. Und das ist, einen Krieg gegen Hispartha zu führen. Ihr glaubt, ich hätte ihn mit der Einnahme des Kastells begonnen? Nein. Das war nicht mal annähernd das erste Blut. Das haben sie schon vor langer Zeit getan. Und sie wollten uns so lange ausbluten lassen, bis wir zu schwach sind, um uns zu wehren. Wenn ihr das weiter ignoriert, sind eure Gebiete nur noch nicht ausgehobene Friedhöfe.«

»Genau das sind die Geteilten Lande«, sagte Gruft. »Die Schädelsäer haben das immer akzeptiert.«

»Ich nicht«, sagte Weide. »Ich akzeptiere nichts, nur weil es schon immer so war.«

»Und wie willst du das ändern?«, fragte Keilerlippe.

»Indem wir die Geteilten Lande um Ul-wundulas' Willen zerstören. Indem wir dieses verlassene Land einnehmen und es zu *unserem* Königreich machen.«

»Du willst eine Königin sein, was?«, fragte Kerbe grinsend.

»Ich will keine Krone auf meinem Kopf. Ich will nur die Last von Hispartha von unseren Schultern nehmen.«

Blumenkohlohrs saure Miene wurde gallig. »Wie kommst du darauf, dass du sie bekämpfen kannst?«

»Allein? Das kann ich nicht. Mit uns allen ...«

»Unmöglich.« Gruft wiederholte sich selbst.

»Dem muss ich beipflichten«, sagte Kerbe. »Auch wenn die Orks nicht kommen. Unsere geringere Zahl wird uns am Anfang gute Dienste leisten. Wir können Kämpfe vermeiden und ihre Vorräte plündern. Der Winter naht, und die Pässe durch das Umbragebirge und die Schmelzlinge werden schwierig sein. Aber sobald sie wieder offen sind ...« Er schnalzte mit der Zunge. »Wir haben nicht die Kraft für eine offene Schlacht.«

»Dann müssen wir bis zum Ende des Winters stärker sein«, entgegnete Weide.

»Worte!« rief Blumenkohlohr aus. »Du hast nichts als Worte von dir gegeben. *Stärker*. Wir haben die Orkflecken bereits verloren. Wir sind heute nicht stärker als beim letzten Verrätermond und wir werden auch in einem Mond nicht stärker sein, wenn wir überhaupt noch leben.«

»Wenn du nur an die Rotten denkst, hast du recht«, sagte Weide. »Wenn du die traedrischen Söldner ignorierst, hast du recht.«

Kerbe legte den Kopf schief, als hätte er sich verhört. »Welche traedrischen Söldner?«

»Diejenigen, die wir anheuern werden«, antwortete Weide.

Es herrschte Schweigen, während die Häuptlinge ihre Worte aufnahmen.

»Anheuern?«, brummte Keilerlippe. »Womit? Ul-wundulas war noch nie ein Land der Reichtümer.«

Weide kam um den Tisch herum. »Es wird jede Menge Münzen geben. In der Grube der Huldigung gibt es genug, damit selbst der gierigste Söldner den Hals voll bekommt.«

Blumenkohlohr höhnte. »Die Grube? Die Halsabschneider in den Hügeln werden dir niemals erlauben, etwas von diesem Glanz mitzunehmen.«

»Ich habe zwei Dreiblüter, die sehr überzeugend sein werden. Der Große Bastard wird von diesen Halsabschneidern verehrt, und nicht wenige werden schon von der Ambossbraut gehört haben. Sie werden das Geld für die Söldner beschaffen und es auch unter den Banditen verteilen. Diese Männer müssen nicht lange überredet werden, um in Hispartha auf Raubzug zu gehen und dem Königreich noch etwas zu geben, gegen das es Truppen entsenden kann. Vielleicht gibt es sogar ein paar, die genug Mut haben, um nach Süden zu kommen und bei der Einnahme von Kalbarca zu helfen, obwohl ich mich bei dieser Aufgabe hauptsächlich auf Zirkos Halblinge in den Tunneln unter der Stadt verlassen werde. Was die Rotten angeht, so werden eure Reihen durch die unabhängigen Reiter verstärkt. Blindschleiche ist bereits unterwegs und holt sie zusammen. Die Gerissensten werden den Cavaleros entkommen sein. Auch aus Hispartha werden noch mehr Mischlinge kommen, sobald ich einen Staubfresser und eine entlaufene Erntehelferin zurück in den Norden schicke. Sie wissen, was es heißt, ein Mischling in der Zivilisation zu sein, und jeder von ihnen hat nun einen Vorgeschmack auf das Leben in den Geteilten Landen bekommen. So verrückt es auch klingen mag, sie versichern mir, dass es andere wie sie gibt, die lieber hier unten in Freiheit sterben würden, als auf den Feldern eines Lords zu arbeiten oder sich mit Blaublütern im Karneval da oben zu vergnügen.

Kerbe hustete. »Du hast diesen Krieg bereits geplant.«

Weide nickte.

Blumenkohlohr deutete auf Kerbe. »Und du hast Hispartha gerade alles erzählt! Der hat früher für die Krone ausgekundschaftet.«

»Sollen sie es doch wissen!«, rief Weide aus. »Sollen sie uns fürchten! Jeder von euch könnte diese Information verraten. Blumenkohlohr, du wolltest mich gerade eben noch ausliefern. Und deshalb sind wir so schwach. Deshalb haben wir keine Chance. Die Bastarde haben keine. Die Dreifach Befreiten nicht. Auch nicht die Hauer der Vorväter. Sogar alle Bastardrotten zusammen haben keine Chance auf einen Sieg. Und das werden wir mit unseren Traditionen auch nie. Wir brauchen erfahrene, abgehärtete, blutige Keilerreiter, ja, aber wir brauchen auch Hilfe, Verbündete, und wir werden sie suchen müssen. Wenn wir uneins bleiben, sterben wir. Schnell oder langsam. Aber wenn wir zusammenhalten, können wir die Geteilten Lande vielleicht zu etwas Neuem formen. Etwas, das Hispartha, Dhar'gest und allen anderen widerstehen kann, die versuchen, uns unter ihre Knute zu zwingen. Wenn wir uns jetzt zusammentun, wird unsere Rotte, unsere *einzige* Rotte, wachsen. Und alle vergoldeten Armeen Hisparthas werden unter dem Donnern der Hufe zu Staub zerfallen.

Wir haben eine bessere Chance, wenn ihr alle für mich seid, aber selbst wenn ihr alle gegen mich seid, ändert das nichts. Ich kämpfe diesen Krieg! Die Wahren Bastarde kämpfen diesen Krieg! Ihr seid hier, um mir zu sagen, ob wir die einzige Rotte sind, die den Mut hat, aus Ul-wundulas mehr zu machen als ein Land der Ausgestoßenen.«

»Nein«, sagte Kürbis, ohne zu zögern. »Das seid ihr nicht. Die Dreimal Befreiten stehen euch zur Seite.«

Kul'huun stand auf und klopfte mit den Fingerknöcheln auf seine Brust. »Die Hauer der Vorväter werden in dieser Schlacht leben.«

Vater ließ sein hochbetagtes Haupt hängen und holte tief Luft. Als er hochsah, lächelte er.

»Diese Traedrianer werden einen Hafen brauchen. Die Wiege der Mischlinge wird für sie offen sein. Die Söhne der Verdammnis werden dienen, Häuptling.«

Kerbe saugte an seinen Zähnen. Er warf eine Hand hoch. »Verdammt, die Scherben kämpfen gegen jeden. Da kann man genauso gut gegen alle kämpfen.«

Keilerlippe sah seine Kollegen an und überlegte. »Nun gut. Die Stoßzahnflut wird ihre Stärke in die Waagschale werfen.«

»Das wird die Bruderschaft der Kessel auch tun«, sagte Blumenkohlohr. Die zweifelnden Blicke, die er erntete, veranlassten ihn, hinzuzufügen: »Wir sind keine verdammten Feiglinge.«

»Gruft?«, drängte Kerbe. »Schweigen ist keine Antwort.«

Gruft verschränkte seine dicken weißen Arme. Er schwieg einen Moment lang. Schließlich polterte er seine Entscheidung hervor. »Wenn wir alle sterben, werden die Schädelsäer bei unserer Beerdigung dabei sein.«

Die Mischlinge hatten sich entschieden. Der Halbling schwieg weiter.

Zirko war tief in Gedanken versunken. Seine Hände ruhten auf seinen Knien. Er sah niemanden an, ließ sich von dem zunehmenden Ingrimm der Halbblüter nicht beeindrucken. Weide erkannte die Last, das Gewicht, mit dem das Leben eines Volkes auf den Schultern seines Anführers lastete. Zirko holte tief Luft und nickte entschlossen, als würde er dem zustimmen, was die Stimme seines Geistes ihm gerade gesagt hatte. Der Halbling erhob sich von seinem Schemel.

»Nein.«

Die Anspannung im Saal stieg.

Zirko sah nur Augenweide an. »Nein. Ich kann mich nicht auf einen solchen Krieg einlassen. Strava war schon lange vor den Mischlingsrotten hier. Mit dem Wohlwollen und dem Schutz des Großen Belico wird es immer noch hier sein, wenn dieser Konflikt, den ihr schürt, endet. Wir haben den großen Ork-Einmarsch überlebt. Ich wage zu hoffen, dass wir auch dies überleben werden. Ich werde den Unyaren – die meinem Volk und meinem Gott so treu gedient haben – nicht befehlen, gegen einen Feind zu sterben, den sie nicht zu bekämpfen brauchen. Wir hegen keinen Groll gegen Hispartha, und ich werde ihren Zorn nicht herausfordern.« Der Priester musterte den Raum mit seinem klaren Blick. Er war im Vergleich zu der Körpergröße der anderen ein Zwerg, aber in seiner Autorität war er gleichwertig. »Ich werde mich nicht gegen euch stellen, Rottenmaster, solange ihr denen, die unter Belicos Schutz stehen, kein Leid zufügt. Das ist alles, was ich versprechen kann.«

Weide spürte, wie Zweifel den Raum zu vergiften begannen. Die Unyaren waren die größte Kampftruppe in Ul-wundulas. Sie zu verlieren, wäre ein schwerer Schlag, vor allem, wenn dadurch auch andere ins Wanken gerieten. Sie sah auf den kleinen Priester hinunter.

»Du wirst es tun.«

»Ich kann nicht.«

Seine ruhige Gelassenheit brachte Weide zum Lächeln. »Ich muss meine Kameraden an etwas erinnern, das Knolle an dem Tag sagte, als du uns die Zahrazen gezeigt hast, Heldenvater. So sehr es mich auch schmerzt, es auszusprechen, er hatte recht, als er dir die Schuld an der Vernichtung der Spitzbuben gab. Deinetwegen haben wir eine Rotte weniger, Zirko. Du hast die Warnung vor dem Verrätermond zurückgehalten, und sie haben sich nie von dem Schaden erholt, den die Zentauren angerichtet haben. Du hast sie bestraft, weil sie sich geweigert haben, für dich zu bluten. Du erwartest, dass die Mischlingsrotten helfen, Strava zu schützen, aber uns verweigerst du deine Hilfe.«

»Ich habe den Rotten in der Vergangenheit schon oft geholfen«, sagte Zirko. »Deiner gerade erst kürzlich, Augenweide der Wahren Bastarde.«

»Hättest du das getan?«, fragte sich Weide. »Hättest du den Bastarden geholfen, wenn der Arm von Attukhan nicht in einem unserer Reiter wohnte?«

»Es scheint, als hättest du dir die Antwort schon zurechtgelegt. Es nützt nichts, wenn ich meine gebe. Was Attukhans Gefäß betrifft, so würde ich sagen, er ist Beweis genug für meine Unterstützung.«

»Am Ende ist es immer noch zu deinem Vorteil, Zirko. Du tust nichts, was deinem Volk nicht zugutekommt.«

»Offenbar muss ich dich jetzt an eine Hilfe erinnern, die mir nicht zugutekam. An ein Übel, das beseitigt wurde, ohne dass eine Entschädigung verlangt wurde.«

»Du hast mir das Leben gerettet«, stimmte Weide zu. »Auf Drängen von jemand anders hast du mir geholfen. Sperling kam zu dir, Zirko. Sie brauchte Schutz, und den hast du ihr gewährt, aber glaub nicht, ich hätte nicht nachgedacht, warum. Du wusstest, was sie bei sich trug. Vielleicht nicht genau, aber du wusstest, dass eine große Macht in ihrem Leib steckte. Und du wolltest sie. Glaub nicht, dass ich – dass *sie* – nicht gesehen hat, was du vorhattest. Ich weiß nicht, wie du sie nutzen wolltest, aber du hattest einen Plan, Priester.«

»Wovon sprichst du?«, fragte Vater mit vorsichtiger Stimme.

Keine Antwort.

Zirko warf Weide einen mitleidigen Blick zu. »Ich werde dir nicht helfen, Hispartha zu bekämpfen.«

Weide machte einen Schritt, beugte sich über den Halbling. »Du wirst oder ich schwöre dir, Zirko, es werden nicht die Orks oder die Zentauren oder die Weichlinge sein, die Zerstörung nach Strava bringen.«

Der Halbling verlor seine Gelassenheit. Das Weiße seiner Augen flackerte in seinem dunklen Gesicht. Halb so groß wie sie, in einfachen Leinengewändern und Sandalen strahlte der Priester Bedrohung aus, während der Raum um ihn herum zu schrumpfen schien. Die Häuptlinge erhoben sich von ihren Stühlen. Selbst Gruft wich einen Schritt zurück.

»Ich spüre dieselbe Macht in dir, Augenweide, Häuptling der Wahren Bastarde. Hüte dich davor, übermütig zu werden. Du bringst dich in Gefahr, wenn du mein Volk bedrohst.«

»Ich bedrohe dich nicht«, antwortete Weide. »Sondern Xhreka.«

Der Raum und der Priester kehrten zur Alltäglichkeit zurück. Er versuchte, seine ruhige Maske wiederherzustellen, aber sie war an den Rändern seines verkniffenen Mundes, an den Winkeln seiner besorgten Augen rissig.

»Ich weiß nicht viel über Götter«, sagte Augenweide und zog sich etwas zurück. »Aber ich weiß, dass Belico wütend ist. Ich habe seinen Zorn gehört. Im Gegensatz zu seinen Verehrern in Strava habe ich seine wahre Stimme gehört. Ich frage mich, wie er wohl zu dir sprechen würde, dem Mann, der ihn als Meistersklaven hält. Xhreka scheint zu glauben, dass er dich vernichten würde. Und Strava.«

»Das kann sie nicht tun«, flüsterte Zirko. »Das darf sie nicht.«

»Dann hindere sie daran.« Weide spürte das Gift in ihren Worten. »Dann schick doch Schakal, damit er ihr die Zunge von Belico herausreißt.«

Zirkos Gesicht zeigte ein kaum wahrnehmbares Zucken.

»Das kannst du nicht, oder? Er ist frei von dir. Attukhan steht nicht mehr unter deinem Kommando.«

»Du warst das?«

»*Ich* habe das getan! Ich tue das alles, damit mein Volk überleben kann, genau wie das eure. Ich brauche eure Hilfe. Ich habe dich darum gebeten. Jetzt verlange ich sie! Nur ich weiß, wo Xhreka ist, Zirko. Sie will sich dir nicht stellen. Das würde die Unyaren und die Halblinge vernichten. Das will sie nicht. Ich will das auch nicht. Die Frage ist: Willst du es?«

Der Blick des Halblings senkte sich für einen Moment. Als er ihn wieder auf sie richtete, waren die hellen Augen wieder ruhig. »Nein.«

»Wirst du dich uns anschließen?«

Zirko atmete aus. »Ja.«

So hatte Weide es nicht gewollt. Indem sie heute einen Verbündeten erzwang, hatte sie sich für morgen einen Feind geschaffen. Aber es gab keine andere Wahl. Diese Schlacht würde nach dem Krieg ausgetragen werden müssen.

Die Häuptlinge von Ul-wundulas setzten sich zusammen, um einen Krieg zu planen.

Am nächsten Morgen kehrten sie alle auf ihre Gebiete und zu ihren Aufgaben zurück. Weide versuchte, ein paar Worte für Kul'huun zu finden, die er für Sperling mitnehmen konnte, brachte aber nur lahme Hoffnungsbeteuerungen für ihr Wohlergehen hervor. Die Elfe hatte recht. Die Bastarde waren ihre wahre Familie, und Kürbis überbrachte den Befehl zur Dreiblutbastion, dass sie in das Kastell zurückkehren sollten.

Auch Zirko trug eine Vorladung bei sich.

Vier Tage später trafen die Zahrazen ein.

Zweihundert Reiter warteten knapp außerhalb der Reichweite der Geschütze.

Weide ritt allein aus dem Kastell und hinunter auf die Ebene.

Tarif Abu Nusar kam ihr auf halbem Weg auf einem kräftigen, in eine Rüstung gehüllten Hengst entgegen. Auch der Mann war in einen Schuppenmantel gehüllt und trug einen Krummsäbel an der Hüfte. Anders als seine Männer trug er keinen Helm, sondern nur ein grünes Kopftuch.

»Häuptling Augenweide«, sagte er und begrüßte sie mit einer kurzen Kopfneigung.

»Tarif. Ich fürchte, ich habe keinen Tee.«

»Tee ist für Gäste. Nicht für Feinde.«

»Sind wir Feinde?«

»Ich habe die Wahrheit gesagt, als ich sagte, ich würde mich Euch widersetzen, wenn Ihr Euch Hispartha zum Feind macht.«

Weide sah zu den Reitern hinüber. »Ihr wollt das Kastell zurückerobern.«

»Im Moment bin ich hier, weil ich zu einem Gespräch eingeladen wurde. Also will ich erst einmal zuhören.«

»Ihr braucht das Kastell nicht zu erstürmen«, sagte Weide zu ihm. »Wie auch immer es ausgeht. Ich habe nicht die Mittel, um es zu verteidigen. Das ist der Grund, warum ich Euch hergebeten habe. Denn ich habe vor, das Kastell an die Zahrazen zu übergeben, Tarif.«

Tarif starrte sie an. »Mein Volk hat viele Kriege geführt, Häuptling. Wir tappen nicht so leicht in Fallen.«

»Keine Falle. Ich kann mich Euren Männern ausliefern. Ihr könnt ins Kastell reiten und Euch selbst umsehen. Es gibt niemanden, der auf der Lauer liegt. Ihr habt mein Wort.«

Tarif überlegte einen Moment. »Euer Wort wird ausreichen. Euer Angebot nicht. Ihr könnt nicht geben, was Euch nicht gehört.«

»Ihr habt gerade gesagt, Ihr hättet in Kriegen gekämpft. Ich nehme an, Ihr wisst, dass es mir gehört, weil ich es eingenommen habe. Das Kastell ist die stärkste Festung, die es in den Geteilten Landen gibt, und Ihr habt die Männer, um sie zu füllen. Achthundert Reiter, die aus dem Schutz dieser Mauern angreifen können, sind eine Kraft, die dieses Land seit vielen Jahren nicht mehr gesehen hat.«

»Warum tut Ihr das?«, fragte Tarif.

»Um Ul-wundulas stärker zu machen. Weil Hispartha es nicht tut.«

Tarif wischte sich eine Fliege aus dem Gesicht. »Sagt mir, Häuptling der Wahren Bastarde, warum Ihr von mir verlangt, dass ich mich selbst entehre, indem ich diejenigen verrate, die meinem Volk eine neue Heimat gegeben haben.«

»Weil sie Euch verraten haben, bevor Ihr überhaupt einen Fuß auf diesen Boden gesetzt habt«, erwiderte Weide. »Weil sie Euch nichts gegeben haben. Das Land, das Ihr jetzt habt, war leer. Es war einmal das Land der Spitzbuben, aber das Brachland tat, was das Brachland tut, und machte sie zu einer Erinnerung. Aber das Land gehörte ihnen genauso wenig wie den Zahrazen. Es ist nicht euer Zuhause. Ihr seid Pächter, Lehnsleute von Hispartha. Sie werden Euch auspressen, und wenn Euer ganzes Volk im Staub liegt, werden sie Euch vergessen.«

»Das sagst du.«

Weide biss die Zähne zusammen. Sie drang nicht durch.

»Tarif, als wir uns trafen, war Euer Stolz verletzt, weil ich

Euch für einen Tyrkanier hielt. Es ist eine Beleidigung, mit denen verwechselt zu werden, die dir dein Heimatland genommen haben. Was glaubt Ihr, was Ihr für Hispartha seid? Denkt ihr, sie kennen den Unterschied? Denkt Ihr, das interessiert sie? Die Halb-Orks, die hier seit Jahrzehnten leben, werden es Euch sagen. Nein. Ihr seid ein Schwachkopf und ein Sandfresser. Nur ein weiterer Mischling, der an sein Fleckchen Erde angekettet ist und von dem erwartet wird, dass er bellt und beißt, wenn man ihm etwas befiehlt. Bleibt einem grausamen Herrn nicht treu, nur weil er Euch noch nicht getreten hat.«

»Ihr sprecht von unserem Treffen. Ich erinnere mich, dass Ihr mir nicht vertraut habt, weil Ihr fürchtetet, mein Volk hätte einen anderen Meister. Den Halb-Ork-Zauberer. Ist er nicht immer noch Euer Feind, genauso wie Hispartha?«

»Doch.«

»Warum wollt Ihr dann den Zahrazen in Eurem bevorstehenden Krieg vertrauen?«

»Weil ich einmal einen guten, stolzen Krieger nicht von seinen Plänen abhalten konnte. Ich will Eure Hilfe in diesem Kampf, aber ich will Euch auch vor dem retten, was Schlitzohr vorhat.«

»Ihr solltet wissen, dass ich Eure Absichten respektiere. Meine Antwort bleibt dieselbe.« Tarif zog seinen Krummsäbel. »Ihr seid allein, also soll dies eine Sache unter uns beiden sein. Meine Männer werden das Ergebnis unseres Kampfes respektieren.«

»Tarif ...«

»Wenn Ihr mich tötet, werden sie Euch nichts tun und in unser Land zurückkehren. Die Burg wird weiterhin Euch gehören. Es wird die Aufgabe des *neuen Shaykh* sein, über den Weg der Zahrazen zu entscheiden, sollte Hispartha sie zur Rückkehr auffordern.«

»Verdammt, hört mir zu! Das ist ein Kampf, den Ihr nicht gewinnen könnt.«

Der Mann wendete achtlos sein Pferd und brachte etwas Abstand zwischen sie.

Weide knirschte mit den Zähnen, als Tarif ihr erneut gegenüberstand, einen Armbrustschuss entfernt. Er hob seine Klinge.

Weide hatte ihren Talwar noch immer nicht gezogen, da gab er seinem Hengst die Sporen.

»Scheiße!«

Sie riss ihr Schwert heraus.

Die Zahrazen begannen zu schreien und ihrem Anführer zuzujubeln. Nein, nicht zu jubeln. Sie warnten. Ihre Rufe veranlassten Tarif, sein Pferd zu zügeln. Seine Männer deuteten auf ihn und zogen ihre eigenen Klingen. Weide sah sich um. Ein weiterer Reiter kam von Osten her über die Ebene, ein Barbar im Galopp. Direkt auf die zweihundert Zahrazen zu. Allein.

Die Entfernung war groß, aber Weide brauchte keine Details, um zu wissen, wer es war.

»Schakal! Halt!«

Er sollte die Bastarde von der Dreiblutbastion herführen, musste aber auch als Späher fungiert haben. Die Zahrazen befanden sich zwischen ihr und Schakal, und ihre Formation drehte sich jetzt, um sich ihm zuzuwenden. Tarifs Pferd stürmte zu ihnen.

Weide trieb Schoßbesen vorwärts, aber sie hatte keine Chance, sie rechtzeitig zu erreichen.

Schlimmer noch, Vollkorn war nicht weit dahinter. Mit hämmerndem Herzen ritt Weide auf die brüllende Masse der Berittenen zu und fürchtete den Moment, in dem sich zu den Stimmen der Männer das Klirren von Stahl und die Schreie der Pferde gesellten.

Die Kriegsschreie der Zahrazen waren merkwürdig. Nein. Vertraut. Sie ... lachten.

Die Reiter hatten ihre Pferde zum Stehen gebracht und trennten sich, als Weide auftauchte.

Schakal und Tarif stiegen beide von ihren Pferden, umarmten sich und sprachen in einer Sprache, die sie nicht kannte, mit einem Lächeln auf den Lippen. Als sie selbst verwirrt von ihrem Keiler abstieg, brachen die nächsten Zahrazen in schallendes Gelächter aus, weil Schakal etwas zu ihrem Anführer gesagt hatte. Als er sie kommen sah, verfinsterte sich Tarifs Gesicht, und er sprach mit Schakal in gedämpftem Ton. Schak klopfte ihm auf die Schulter, schüttelte den Kopf und antwortete. Er gab Weide ein Zeichen, sich zu ihnen zu gesellen, als Vollkorn von der anderen Seite heranritt, mit einem skeptischen Stirnrunzeln auf seinem bärtigen Gesicht.

»Häuptling, das ist Tarif Abu Nusar«, sagte Schakal.

»Ich weiß, wer er ist«, sagte Weide und legte die letzten Schritte zurück. »Woher weißt du das?«

»Wir haben zusammen gekämpft«, antwortete Schakal.

»Das ist eine bescheidene Antwort«, sagte Tarif, immer noch lächelnd. »Er hat mein Leben und das vieler meiner Männer gerettet. Das ist der, von dem ich dir erzählt habe, Häuptling Augenweide. Er war es, der uns von diesem Land erzählte und uns vorschlug, hier zu leben.«

Weide zeigte mit einem Finger auf Schakal. »Er? Er ist kein verdammter Zauberer.«

Tarif warf ihr einen zweifelnden Blick zu. »Er hat gegen zwei *Afriten* gekämpft und dabei Wunden erlitten, die ihn unzählige Male hätten töten müssen, und er hat gesiegt. Solche Dämonen sterben nicht durch die Hand eines normalen Menschen.«

»Ich sagte, der Zauberer sei fett!«, stellte Weide klar.

Schakals Mund verzog sich. »Fett?«

»Nein«, Tarif hob eine Augenbraue. »Das hast du nicht. Du hast gesagt, er sei ein großer Arsch. Das heißt, er ist humorvoll, ja?«

»*Fettarsch*!«

Tarifs andere Augenbraue hob sich bei der Erkenntnis. »Ah.«

»Das ist ein Irrtum«, sagte Vollkorn und kicherte, während er vom Sattel heruntergriff und Schakals Hintern packte. »Das verdammte Ding ist ganz schön fleischig!«

Schakal schlug nach seiner Hand. »Verpiss dich!«

»Warum hast du mir das nicht gesagt?«, schrie Weide ihm ins Gesicht.

»Ich kannte nur seinen Namen, Isa! Nicht den seines Volkes. Nicht bis gerade eben. Wir befanden uns auf derselben Seite in einer Schlacht gegen den Schwarzen Schoß. Als die Schlacht vorbei war, war es nicht sicher, dort zu verweilen, aber ich konnte sehen, dass sie Nomaden waren und verdammt gute Kämpfer im Sattel hatten, also schlug ich vor, dass er in die Geteilten Lande kommt.«

Weide holte tief Luft, wich zurück. Und schlug Schakal ins Gesicht.

Die Zahrazen brachen in schallendes Gelächter aus, als er in den Staub fiel, Tarif am lautesten von allen.

»Er sagte, du hättest uns nicht erwähnt!«, schrie Weide ihn an. »Hattest du keine Zeit dafür?«

»Ich wusste, dass er Hispartha darum bitten musste, hierherzukommen!«, sagte Schakal vom Boden aus und wischte sich das Blut von seiner aufgeplatzten Lippe. »Mein Name hätte ihm nur Ärger eingebrockt. Und ich wusste nicht, dass er kommen würde.«

»Ich habe es dir gesagt!«

»Das hast du nicht!«

»Doch!«

»Bist du sicher?«

Weides Hände krallten sich in ihr Haar. »Nein! Scheiße!«

Vollkorn lachte so sehr, dass er keine Luft mehr bekam.

Tarif reichte Schakal die Hand und half ihm aufzustehen. »Nichts passiert. Die Stränge des Schicksals können nicht durchtrennt werden. Alles ist so, wie es sein soll.« Sein Gesicht wurde wieder ernst, als er Augenweide ansah. »Schakal ist nicht mein Feind. Ich sehe jetzt, dass er auch nicht deiner ist. Und ich schulde ihm mein Leben, eine Schuld, die größer ist als jede, die Hispartha zusteht.«

»Das bist du ihm doppelt schuldig, wenn er dich gerade davon abgehalten hat, gegen den Häuptling zu kämpfen«, sagte Vollkorn und wischte sich die Augen.

»Die Zahrazen sind eure Verbündeten in jedem Kampf«, verkündete Tarif. »Wenn ihr uns braucht.«

»Das tun wir«, sagte Weide.

»Dann lasst uns unsere Burg sehen.«

Weide beauftragte Ahlamra, Tarif das Kastell zu zeigen. Die Frau kannte die Festung und die Muttersprache des Mannes gleichermaßen gut. Als die Besichtigung abgeschlossen war, ließ er die Hälfte seiner Männer zurück und ritt mit dem Rest los, um die Zahrazen auf den Umzug vorzubereiten. Weide schickte Ahlamra als Abgesandte mit.

»Er wird in diesen ersten Tagen wahrscheinlich befürchten, dass er die falsche Wahl getroffen hat«, sagte Weide zu Ahlamra, während sie ein Pferd für sie sattelte. »Hilf ihm, standhaft zu bleiben. Aber ... versuche zu verhindern, dass seine Frau ihm die Kehle durchschneidet. Oder deine.«

Die schöne Weichlingsfrau lächelte geduldig. »Das wird keine Gefahr sein. Der Schlüssel zu einem Mann wie Tarif Abu Nusar *ist* seine Frau. Sie wird ihm die Treue halten, und deshalb muss ich sie für eure Sache gewinnen.«

Weide zog den Gurt fest und schnaubte. »Du warst nur einen Nachmittag lang bei ihm. Du kannst das doch nicht schon wissen.«

»Sag mir, Häuptling, wenn du deine Armbrust spannst, wie lange dauert es, bis du weißt, dass du richtig zielen wirst?«

»Einen Herzschlag«, räumte Weide ein.

Ahlamra gestattete sich einen selbstgefälligen Blick.

Der Wagen mit den Waisenkindern rollte gerade durchs Tor, als die Zahrazen aufbrachen. Auf der Kutschbank saß Faulpelz und lenkte das Gespann der Barbaren, Distel war neben ihm. Der Rest der Bastarde ritt hinterher. Vollkorn näherte sich, um Distel hinunterzuhelfen, wobei Muro mehr oder weniger an seinem Bein klebte.

»Sieh zu, dass sie etwas zu essen bekommen und sich einleben«, sagte Weide.

Schakal kam hoch und stellte sich neben sie. »Ich bin zu meinen alten Gemächern hinuntergegangen.«

Weide lächelte. Er meinte die Kerker.

»Sie sind weniger voll als vor unserer Abreise zur Dreiblutbastion«, sagte er.

Der Gedanke hinterließ einen schlechten Geschmack in Weides Mund. »Um die Männer, die offensichtlich Ärger machten, hat sich Schleich auf meine Anweisung hin in aller Stille gekümmert. Bei dem Rest werden wir abwarten müssen. Ich hoffe, ein paar werden uns helfen zu verstehen, wie man diese Waffen richtig benutzt.«

»Ich könnte dort von Nutzen sein«, sagte Schakal. »Ich habe einige in Tyrkanien gesehen.«

»Gut.«

»Ich könnte auch einen Blick darauf werfen«, sagte Faulpelz über die Schulter, während er weiter das Gespann abschirrte.

Als er fertig war, übergab er die Keiler an den wartenden Bekir und ging auf sie zu. »Einige der Karnevalswagen, mit denen ich gefahren bin, haben Schwarzpulver in kleinen Mengen verwendet. Einer hatte sogar eine unechte Kanone.«

»Das ist dann also eure Aufgabe«, sagte Weide.

Faulpelz sah Schakal an. »Sollen wir gleich nach oben gehen und es uns ansehen? Ich muss mir den Staub aus der Kehle spülen.«

»Wein und Brandbomben.« Schakal gluckste. »Kann es kaum erwarten.«

»Na ja, ich meinte Wasser, aber wenn du es interessant machen willst.«

»Lass uns ... mit klarem Kopf anfangen und sehen, wie es läuft.«

»Wie du willst, Häuptling.« Faulpelz nickte Weide zu, klopfte Schakal auf die Schulter und schlenderte davon.

»Vorsichtig, Schak«, sagte sie, als der Staubfresser außer Hörweite war. »Erst Tarif, jetzt Faulpelz. Vollkorn könnte eifersüchtig werden.«

Er winkte ab. »Vollkorn ist wie der Rest von uns. Er hatte seinen Anteil an Huren. Außerdem ... jeder Mann, der eifersüchtig auf einen wird, der das verloren hat, was Faulpelz fehlt ... wäre ein verdammt kleinlicher Mistkerl.«

Weide erwiderte das Lächeln, das er ihr schenkte. Sie hatte es gehasst, dass Schakal weg war, aber sie mochte, was die Welt aus ihm gemacht hatte.

Als die Sonne am nächsten Morgen aufging, kletterte Weide auf das Dach des Bergfrieds. Sie sah nach Norden, das rechte Auge gegen das grelle Licht zusammengekniffen. Sie hatte die Morgendämmerung immer gehasst, denn die Versuchung war immer da. Der Ruf aufzuhören, nährte sich aus all den Kämpfen ihres Lebens. Sie hasste sich selbst für das Verlangen, sich einer solchen Schwäche überlassen zu wollen. Sie hasste sich selbst fast so sehr, wie sie den Lehmmaster hasste und Maneto und Knolle und jede andere Fotze, die sie an ihrem verdienten Platz in diesem Brachland zweifeln ließ. Ein weiterer solcher Tag war angebrochen.

Weide sah auf den Stein der Zinne vor ihr. Sie stieß ihren Arm nach vorne und schlug durch den Block. Mörtel und Trümmer fielen herab, als sie ihre Faust wegzog. Sie beobachtete, wie der Wind den Staub von ihren Fingerknöcheln wehte und ihn forttrug. Jeder Feind konnte jetzt so leicht gebrochen werden. Und doch kündigte der Sonnenaufgang immer noch die gleichen alten Sehnsüchte an. Der Ruf, dieses Leben aufzugeben, war beinahe unwiderstehlich.

Der Weg, der hinter ihr lag, war übersät mit Schmerz, Zweifel, Grausamkeit – jeder Schritt purer Trotz. Und er hatte Weide zu derartiger Macht verholfen, dass sie nie wieder ein anderes Lebewesen fürchten musste. Aber was war mit ihren Leuten? Sie zu beschützen, für sie zu kämpfen, war eine ungeheure Aufgabe. Sie konnte ihre Feinde brechen, aber die Splitter so vieler Schlachten konnten immer noch alles zerstören, was sie liebte, und sie in einem Haufen ihrer Leichen knien lassen. Diese Kraft trug nicht dazu bei, die Last so vieler Leben zu lindern. Der vor ihr liegende Weg war furchterregend, doch sie konnte ihre Furcht nicht mit denen teilen, die sie führen musste.

Nicht mit ihnen.

Weide ging zu dem Taubenschlag auf dem Bergfried und öffnete die Türen. Die Vögel flogen in Windeseile davon, zwei Dutzend oder mehr. Alle flogen nach Norden, alle trugen dieselbe Botschaft. Weide hatte sie so oft geschrieben, dass sie sie auswendig kannte.

Ihr nennt uns Bastarde. Ihr nennt uns Rußhäute. Ihr nennt uns Aschefarbene. Ihr gebt uns hasserfüllte Namen. Wie werdet ihr uns nennen, wenn ihr lernt, uns zu fürchten?

Weide starrte in den Himmel, als ihre Herausforderung nach Hispartha flog, und flüsterte in den neuen Tag.

»Finden wir es heraus.«

Danksagungen

Es hat mehr als zwei Jahre gedauert, dieses Buch fertigzustellen. In dieser Zeit hat sich die Liste der Menschen, die mich unterstützt haben, verlängert, während mein Gedächtnis … nicht mehr so gut ist. Ich entschuldige mich bei denjenigen, die eine Erwähnung verdient haben, und hier nicht genannt werden. Schickt mir ruhig eine *Was, zum Teufel, Bruder?*-Nachricht.

Zunächst muss ich meinem unendlich geduldigen Lektor Julian Pavia großen Dank aussprechen. Er hat mir während einem (oder zwei) Anfällen von »Entwurfswahnsinn« – anders kann man es wohl nicht nennen – die Stange gehalten. All die klassischen Zweifel und Ängste, die eine Fortsetzung mit sich bringt, haben mich schwer getroffen, aber er hat mir nie Vorhaltungen gemacht oder Schuldgefühle vermittelt, trotz der Kopfschmerzen, die die Verschiebung des Erscheinungstermins mit sich brachte. Julian, danke für dein Verständnis und dafür, dass du mir geholfen hast, den Lesern die beste Version dieser Geschichte zu präsentieren.

Ein großes Dankeschön auch an den Rest der hervorragenden Mitarbeiter von Crown: Angeline, Kathleen, Stacey, Lance und allen anderen, die ich vielleicht nicht kenne. Ich bin immer noch beeindruckt, dass so viele engagierte Fachleute für die keilerreitenden Halb-Orks arbeiten.

Auf der anderen Seite des großen Teichs, bei Orbit UK, vielen Dank an Anna, James, Nazia, Emily und das Team! Ihr habt eure Ecke der Welt mit eurem ansteckenden Enthusiasmus für diese Serie in eine verdammt engagierte Rotte verwandelt.

Vielen Dank an Julie Wilson von PRH Audio, die Harry Nangle und Will Damron für die Produktion des Hörbuchs von *Die*

Grauen Bastarde engagiert hat. Ihr habt einen großartigen Job gemacht!

Ich habe das Glück, Josiah Bancroft als verständnisvolles Ohr zu haben. Wie mein großer Einfluss, Robert E. Howard, habe ich einen Schriftstellerfreund, der versteht, wie diese Reise ist (im Guten wie im Schlechten). Obwohl, um ehrlich zu sein, mein Brieffreund viel cooler ist als Lovecraft.

Diejenigen von euch, die *Graue Bastarde*-Shirts tragen, ein großes Lob für die zusätzliche (und sichtbare!) Unterstützung. Diese mischlingswürdigen Designs wurden von dem talentierten Ian Leino entworfen, und ich bin sehr glücklich, dass er seine Talente auf diese Marke losgelassen hat.

Meine Hochachtung gilt meinem verstorbenen Großvater Charles Arthur French Jr. (für mich Graddy). Danke, dass du mein Verständnis für Gehörlose vertieft und mir die fast übermenschlichen Möglichkeiten des Lippenlesens gezeigt hast.

Den Namen von Weides Keiler verdanke ich dem brillanten, profanen Schreibstil von Jesse Bullington.

Ich habe auch von Mike »Everest« Evans abgekupfert (auf seine Bitte hin), als ich Finsterkeiler (Dark Hog) in den Kanon der Geteilten Lande aufnahm. Prost, Kumpel!

Die Grauen Bastarde hatten das Glück, einige unglaubliche Cheerleader unter den Buchhändlern zu haben, allen voran Victoria von Mysterious Galaxy und Beth von Powell's. Vielen Dank, dass ihr das Buch all jenen empfohlen habt, die bei der anfänglichen Prämisse nicht weggelaufen sind ... und dass ihr euch mit einigen von denen auseinandergesetzt habt, die es getan haben.

Jim Hodgson, ich kann es kaum erwarten, dich in der nächsten Staffel von *Outlander* wiederzusehen. Ich vermisse deinen Moschus.

Dank an Dr. Aleron Kong und Dr. Davis Ashura für die Bestätigung meiner Instinkte bezüglich des Überlebens der Kastration.

In diesen Tagen ist es auch in Mode, den Hut vor Dyrk Ashton zu ziehen. Vielleicht, weil er der aufrichtigste Mensch in der Welt der Schriftsteller ist. Oder ein ruchloser Schurke. Kommt ganz darauf an, wen man fragt. Aber er war schon immer ein treuer Verbündeter von mir, also nehmen wir ihn als aufrichtig und nett wahr.

Vas, lange vor *Lebe im Sattel* hatten wir einen weiteren Gruß. Mein Freund, wie immer, Above Ground!

Mark Lawrence, der Zehnte meiner Seele, ist per Kurier unterwegs.

Rob, danke, dass du mich so akzeptierst, wie ich bin, dass du dich immer meldest und dass du mich über Wasser hältst.

Die Unterstützung, die ich täglich von meiner Familie erhalte, ist atemberaubend. Mama, dieses Buch wurde von dir geschrieben und inspiriert, denn du bist ein lebenslanges Beispiel für Widerstandsfähigkeit, Mitgefühl, Ausdauer und Gnade. Du bist am besten, wenn es denen, die du liebst, am schlechtesten geht, was ein Segen und eine Last ist, die du wie kein anderer trägst. Dad, ich werde dich vielleicht nicht immer um Hilfe bitten, aber ich weiß, dass ich es kann und dass du, wenn ich es tue, alles geben wirst und noch mehr. Wyatt, du bist zu jung, um dieses Buch zu lesen, aber hier ist ein Wort nur für dich: POO. Du bist der Schatz in meinem Leben. Liza, vielleicht ist der beste Ausdruck der Dankbarkeit, den ich dir geben kann, der, dass dies endlich hinter uns liegt. Danke, dass du dich reingehängt hast und gesund geblieben bist, auch wenn ich nicht gesund war. Ich liebe euch alle.

Dieses Jahr konnte ich endlich meine Agentin Cameron McClure persönlich kennenlernen. Das war, nachdem sie sich während des Schreibens dieses Buches mit mir in den Schützengräben abgemüht hatte, vor allem in den letzten Monaten, als es schwierig wurde. Cameron, du bist die beste Agentin in der Branche, weil du so viel mehr bist als das. Du bist eine Mitarbeiterin, eine Vertraute, eine Beraterin, eine Mentorin und eine unglaubliche Freundin. Du bist unfähig, Blödsinn zu machen, und duldest es nicht bei mir. Es gibt nur einen Rottennamen, der deiner würdig ist. Danke, dass du mit mir reitest, Häuptling.

Und schließlich an alle Leserinnen und Leser: Ohne Sie würde dieser Traum zerplatzen. Ich bin jedem einzelnen von Ihnen für immer dankbar.

Bleibt im Sattel, Bastarde!

Jonathan

Über den Autor

JONATHAN FRENCH lebt mit seiner Frau und seinem Sohn in Atlanta. Er ist ein begeisterter Leser von Comics, ein Experte im Werfen von seltsam geformten Würfeln und ein regelmäßiger Con-Besucher.

ETWAS FINSTERES UND HUNGRIGES WANDERT UMHER ...

Chuck Wendig:
DAS GRUBENBUCH
18 €, ISBN 978-3-8332-4277-9

Einst lebte der junge Nathan mit seinem gewalttätigen Vater in einem Haus auf dem Land – und hat seiner Familie nie erzählt, was dort passiert ist. Einst sah die junge Maddie, die in ihrem Zimmer gerne Puppen bastelte, etwas, das sie nicht hätte sehen sollen und stellt seitdem gespenstische Skulpturen her. Einst ging etwas Unheimliches, etwas sehr Hungriges in den Tunneln, Bergen und Kohleminen in der Heimatstadt der beiden Kinder umher.

Jetzt sind Nathan und Maddie verheiratet und mit ihrem Sohn Oliver in ihre Heimat zurückgezogen. Dort lernt Oliver einen seltsamen Jungen kennen, der zu seinem besten Freund wird. Einen Jungen mit vielen Geheimnissen und einer Vorliebe für dunkle Magie ...

Vom Autor von WANDERERS.

JETZT NEU IM BUCHHANDEL

panini BOOKS
www.paninibooks.de